DE VERDWIJNING VAN STEPHANIE MAILER

JOËL DICKER BIJ DE BEZIGE BIJ

De waarheid over de zaak Harry Quebert
Het boek van de Baltimores

Joël Dicker

De verdwijning van Stephanie Mailer

Vertaald door Manik Sarkar

2019
DE BEZIGE BIJ
AMSTERDAM

Oorspronkelijke titel *La Disparition de Stephanie Mailer*
Oorspronkelijke uitgever Éditions de Fallois, Parijs
Omslagontwerp bij Barbara
Omslagillustratie © Lighthouse Hill, 1927 (oil on canvas), Hopper, Edward (1882-1967) / Dallas Museum of Art, Texas, USA / gift of Mr. and Mrs. Maurice Purnell / Bridgeman Images
Foto auteur Jeremy Spierer
Vormgeving binnenwerk CeevanWee, Amsterdam
Druk Bariet Ten Brink, Meppel
ISBN 978 94 031 4950 9
NUR 302

debezigebij.nl

Voor Constance

Beste lezer,

Voordat u in deze roman duikt wil ik eer betonen aan Bernard de Fallois, mijn uitgever, die ons in januari 2018 heeft verlaten.

Een uitzonderlijk mens met een buitengewoon talent voor het uitgeversvak. Ik heb alles aan hem te danken. Hij bood me de kans van mijn leven. Ik zal hem verschrikkelijk missen.

En nu gaan we lezen!

Over de gebeurtenissen van 30 juli 1994

Alleen mensen die bekend zijn in de Hamptons, een streek in de staat New York, zijn op de hoogte van wat er op 30 juli 1994 gebeurde in Orphea, een kleine, chique badplaats aan de Atlantische Oceaan.

Op die avond ging Orphea's allereerste theaterfestival van start, en die gebeurtenis, die nationale aandacht kreeg, trok een aanzienlijk publiek. Al aan het einde van de middag dromden de toeristen en de plaatselijke bevolking samen in de hoofdstraat om de feestelijkheden bij te wonen die door de gemeente waren georganiseerd. De woonwijken stroomden zo leeg dat het wel spooksteden leken: er waren geen wandelaars op de stoep, geen stelletjes op de veranda's, geen rolschaatsende kinderen op straat, niemand in de tuinen. Iedereen was naar de hoofdstraat gegaan.

In de uitgestorven wijk Penfield was rond acht uur 's avonds het enige teken van leven een auto die langzaam door de verlaten straten reed. Aan het stuur zat een man die met paniekerige ogen de trottoirs afspeurde. Hij had zich nog nooit zo alleen gevoeld. Hij zag niemand die hem kon helpen. Hij had geen idee wat hij moest beginnen. Hij was wanhopig op zoek naar zijn vrouw: ze was na het joggen niet thuisgekomen.

Onder de weinige bewoners die op die eerste avond van het festival hadden besloten thuis te blijven waren Samuel en Meghan Padalin. Ze waren er niet in geslaagd om kaartjes te bemachtigen voor het openingsstuk – er had een ware stormloop op de loketten plaatsgevonden – en ze zagen er geen brood in zich in de hoofdstraat en op de boulevard in het openbare feestgedruis te storten.

Aan het einde van de dag, tegen halfzeven, was Meghan gaan joggen, zoals iedere dag. Behalve op zondag, wanneer ze haar lichaam rust gunde, rende ze iedere avond hetzelfde rondje: ze ging weg van huis en rende door Penfield Street naar Penfield Crescent die in een halve cirkel om een parkje lag. Ze stopte bij het gras om wat oefeningen te doen – altijd dezelfde – en nam dan weer dezelfde weg naar huis. Het rondje duurde precies drie kwartier. Vijftig minuten, als ze langer oefeningen deed. Nooit meer dan dat.

Om halfacht begon het Samuel Padalin op te vallen dat zijn vrouw er nog niet was.

Om kwart voor acht begon hij ongerust te worden.

Om acht uur ijsbeerde hij door de woonkamer.

Om tien over acht hield hij het niet meer uit en stapte hij in de auto om de buurt te verkennen. Het leek hem het meest logisch om Meghans vaste route te volgen, dus dat deed hij.

Hij sloeg Penfield Street in en reed naar Penfield Crescent, waar de weg zich splitste. Het was twintig over acht. Geen levende ziel te bekennen. Hij stopte een ogenblik om het park af te speuren, maar hij zag niemand. Toen hij weer optrok zag hij een omtrek op het trottoir. Eerst dacht hij dat het een stapel kleren was. Toen begreep hij dat het een lichaam was. Met bonzend hart sprong hij de auto uit: het was zijn vrouw.

Aan de politie zou Samuel Padalin zeggen dat hij eerst dacht dat ze door de hitte onwel was geworden. Dat hij bang was dat ze een hartaanval had gekregen. Maar toen hij dichter bij haar kwam, zag hij het bloed en het gat achter in haar schedel.

Hij begon te brullen, riep om hulp, wist niet of hij bij zijn vrouw moest blijven of weg moest rennen en op de deuren bonzen om de hulpdiensten te laten bellen. Zijn ogen deden het niet, hij had het gevoel dat zijn benen hem niet meer konden dragen. Uiteindelijk trok zijn geroep de aandacht van een bewoner van een parallelle straat, die het alarmnummer belde.

Een paar minuten later vergrendelde de politie de buurt.

Een van de eerste agenten ter plekke ontdekte bij het afzetten van de plaats delict dat de voordeur van het huis van de burgemeester – vlak bij het lichaam van Meghan – halfopen stond. Geïntrigeerd liep hij ernaartoe. Hij zag dat de deur was opengebroken. Hij haalde zijn wapen uit de holster, sprong op het bordes en maakte zich bekend. Hij duwde de deur met zijn voet open en zag een vrouwenlijk in de gang. Hij riep direct om versterking; toen drong hij langzaam door in het huis, met zijn wapen in zijn hand. Rechts van hem, in een kleine huiskamer, ontdekte hij tot zijn afgrijzen een kinderlichaam. Uiteindelijk vond hij in de keuken de burgemeester, badend in zijn bloed, ook vermoord.

Het hele gezin was afgeslacht.

EERSTE DEEL

In de afgrond

-7

Verdwijning van een journaliste

Maandag 23 juni – dinsdag 1 juli 2014

JESSE ROSENBERG

Maandag 23 juni 2014
33 dagen voor de première van het eenentwintigste theaterfestival van Orphea

De eerste en laatste keer dat ik Stephanie Mailer zag, was op een kleine receptie ter ere van mijn vertrek bij de Staatspolitie van New York, waar ze ook naartoe was gekomen.

Die dag verzamelde een menigte agenten van alle brigades zich onder de middagzon, tegenover het houten podium dat bij belangrijke gebeurtenissen op de parkeerplaats van het districtscentrum van de Staatspolitie werd opgericht. Ik stond op het podium, samen met majoor McKenna, mijn commandant, die me in mijn hele carrière had begeleid en die me uitgebreid prees.

'Jesse Rosenberg is een jonge politiekapitein, maar hij heeft duidelijk heel veel haast om weg te gaan,' zei de majoor, wat bij de aanwezigen gelach ontlokte. 'Ik had nooit kunnen denken dat hij eerder dan ik zou vertrekken. De wereld zit niet goed in elkaar: mij zou iedereen graag zien vertrekken maar ik blijf, terwijl iedereen Jesse hier zou willen houden, en hij vertrekt.'

Ik was vijfenveertig jaar en ik ging rustig en gelukkig uit dienst. Na drieëntwintig dienstjaren had ik besloten gebruik te maken van de mogelijkheid om met pensioen te gaan om een project tot een goed einde te brengen dat me al heel lang ter harte ging. Ik moest nog een week werken: tot 30 juni. Daarna zou een nieuw hoofdstuk van mijn leven beginnen.

'Ik herinner me Jesses eerste grote zaak,' vervolgde de majoor. 'Een afschuwelijke viervoudige moord die hij op briljante wijze oploste, terwijl niemand van de brigade hem daartoe in staat achtte. Hij was nog een broekie. Toen begreep iedereen direct uit welk hout Jesse was gesneden. Iedereen die met hem omging, merkte dat hij een rechercheur was zonder weerga, en ik durf zelfs te beweren dat hij de beste van ons allemaal was. "Kapitein 100%" doopten we hem, omdat hij alle onderzoeken waaraan hij werkte tot een goed einde bracht, wat van hem een unieke rechercheur maakt. Een politieman die wordt bewonderd door zijn collega's, een expert die regelmatig wordt geraadpleegd en die al jarenlang lesgeeft aan de academie – Jesse, laat me je dit vertellen: we zijn allemaal al twintig jaar jaloers op je!'

De aanwezigen barstten opnieuw in lachen uit.

'We hebben niet precies begrepen wat dat nieuwe project van je inhoudt, Jesse, maar we wensen je veel succes, wat het ook is. Weet dat we je zullen missen – de agenten zullen je missen, maar ook hun vrouwen, die alle politiebraderieën afstruinden om je aan te gapen.'

De speech werd onthaald op een donderend applaus. De majoor omhelsde me hartelijk en toen stapte ik van het podium af om al die mensen te begroeten die zo vriendelijk waren geweest om te komen, voordat ze zich op het buffet zouden storten.

Toen ik een ogenblik alleen was, werd ik aangesproken door een heel knappe vrouw van begin dertig; ik kon me niet herinneren dat ik haar ooit had ontmoet.

'Dus u bent die beroemde Kapitein 100%,' zei ze innemend.

'Dat schijnt,' antwoordde ik, en ik glimlachte. 'Kennen wij elkaar?'

'Nee. Stephanie Mailer. Ik ben journalist bij de *Orphea Chronicle*.'

We schudden elkaar de hand. Toen zei ze: 'Vindt u het goed als ik u Kapitein 99% noem?'

Ik fronste.

'Bedoel je dat ik een van mijn onderzoeken niet heb opgelost?'

Als enig antwoord haalde ze uit haar tas een fotokopie van een krantenknipsel uit de *Orphea Chronicle*, gedateerd 1 augustus 1994. Ze gaf het aan me.

VIERVOUDIGE MOORD IN ORPHEA:
BURGEMEESTER EN ZIJN GEZIN VERMOORD

> Op zaterdagavond is Joseph Gordon, de burgemeester van Orphea, samen met zijn vrouw en hun tienjarige zoon in huis vermoord. Het vierde slachtoffer is Meghan Padalin, tweeëndertig jaar. De vrouw, die op het moment van het misdrijf aan het joggen was, was waarschijnlijk een toevallige getuige. Ze is midden op straat doodgeschoten, voor het huis van de burgemeester.

Ter illustratie stond bij het artikel een foto van mij en Derek Scott, mijn toenmalige partner, op de plaats delict.

'Waar wil je heen?' vroeg ik.

'Dat u die zaak niet hebt opgelost, kapitein.'

'Waar heb je het over?'

'U hebt in 1994 de verkeerde opgepakt. Ik dacht dat u dat wel zou willen weten voordat u bij de politie vertrekt.'

Eerst dacht ik dat het een slechte grap van mijn collega's was, toen begreep ik dat Stephanie bloedserieus was.

'Heb je hier zelf onderzoek naar gedaan?' vroeg ik.

'In zekere zin wel, kapitein.'

'"In zekere zin"? Als je wilt dat ik je geloof, zul je met iets meer moeten komen.'

'Ik vertel de waarheid, kapitein. Zo meteen heb ik een afspraak, en dan krijg ik onweerlegbare bewijzen in handen.'

'Een afspraak met wie?'

'Kapitein,' zei ze geamuseerd. 'Ik ben geen beginner. Dit is een primeur waarvan je als journalist niet het risico wilt lopen dat je hem kwijtraakt. Ik beloof dat ik mijn resultaten met u zal delen als de tijd daar rijp voor is. In de tussentijd wil ik u om een gunst vragen: ik wil toegang tot het archief van de Staatspolitie.'

'Noem je dat een gunst? Ik noem dat chantage!' riposteerde ik. 'Kom eerst maar met die resultaten, Stephanie. Dit zijn forse beschuldigingen.'

'Daar ben ik me van bewust, kapitein Rosenberg. En juist daarom heb ik geen zin om door de Staatspolitie aan de kant gezet te worden.'

'Mag ik je eraan herinneren dat je verplicht bent om nuttige informatie waarover je beschikt met de politie te delen? Dat is de wet. Ik zou ook een huiszoeking op de redactie kunnen vorderen.'

Mijn reactie leek Stephanie teleur te stellen.

'Jammer dan, Kapitein 99%,' zei ze. 'Ik had gedacht dat het u zou interesseren, maar kennelijk bent u met uw gedachten al bij uw pensioen en dat nieuwe project waar de majoor het in zijn speech over had. Wat gaat u doen? Een oude boot opknappen?'

'Dat zijn jouw zaken niet,' antwoordde ik kortaf.

Ze haalde haar schouders op en deed alsof ze wegliep. Ik wist zeker dat ze bluftte, en inderdaad bleef ze na een paar stappen staan. Ze draaide zich om.

'De oplossing lag vlak voor uw neus, kapitein Rosenberg. U hebt hem alleen niet gezien.'

Ik was geïrriteerd en geïntrigeerd tegelijk.

'Ik ben bang dat ik je niet volg, Stephanie.'

Ze hield haar hand voor mijn ogen.

'Wat ziet u, kapitein?'

'Een hand.'

'Terwijl ik mijn vingers liet zien,' zei ze.

'En toch zag ik je hand,' herhaalde ik, nog steeds zonder haar te begrijpen.

'En dat is het hem,' zei ze. 'U zag wat u wilde zien, niet wat u kon zien. Dat hebt u twintig jaar geleden verkeerd gedaan.'

Het waren haar laatste woorden. Ze ging weg en liet me alleen met het raadsel, haar visitekaartje en een kopie van het artikel.

Bij het buffet zag ik Derek Scott, mijn voormalige partner, die nu wegteerde bij de administratieve dienst. Ik liep snel naar hem toe om het artikel te laten zien.

'Je bent geen spat veranderd, Jesse,' zei hij met een glimlach, terwijl hij het oude knipsel geamuseerd bekeek. 'Wat wilde dat kind?'

'Ze is journaliste. Volgens haar hebben we ons in 1994 vergist. Zaten we ernaast. Hebben we de verkeerde opgepakt.'

'Wat?' bracht Derek uit. 'Dat slaat echt nergens op.'

'Weet ik.'

'Wat zei ze precies?'

'Dat de oplossing recht voor onze neus lag en dat we die niet hebben gezien.'

Derek stond paf. Hij leek ook ongerust, maar hij besloot het uit zijn hoofd te zetten.

'Ik geloof er niks van,' bromde hij ten slotte. 'Gewoon een tweederangs journaliste die goede sier wil maken.'

'Misschien,' antwoordde ik peinzend. 'Misschien ook niet.'

Ik keek de parkeerplaats rond en ik zag Stephanie haar auto instappen. Ze zwaaide en riep: 'Tot gauw, kapitein Rosenberg.'

Maar er kwam geen gauw.

Want die dag was de dag dat ze verdween.

DEREK SCOTT

Ik herinner me de dag dat die hele zaak begon. Het was een zaterdag, 30 juli 1994.

Jesse en ik hadden avonddienst. Om te eten waren we bij de Blue Lagoon gestopt, een populair restaurant waar Darla en Natasha in de bediening werkten.

In die tijd waren Natasha en Jesse al jaren bij elkaar. Darla was een van haar beste vriendinnen. Ze waren van plan om met z'n tweeën een restaurant te beginnen en daar stopten ze al hun tijd in. Ze hadden al een locatie gevonden en waren nu bezig om de vergunningen rond te krijgen. 's Avonds en in het weekend werkten ze bij de Blue Lagoon in de bediening en ze zetten de helft van hun inkomsten opzij om die in hun toekomstige zaak te steken.

In de Blue Lagoon hadden ze maar al te graag bedrijfsleider willen worden of in de keuken willen staan, maar de eigenaar zei: 'Die lieve snoetjes en leuke kontjes van jullie horen in de zaal thuis. En jullie hebben niets te klagen, want met die fooien verdien je heel wat meer dan wat je ooit in de keuken zou krijgen.' Daarin had hij geen ongelijk: veel klanten kwamen alleen in de Blue Lagoon om door hen bediend te worden. Ze waren knap, vrolijk en vriendelijk. Ze hadden alles mee. Het leed geen enkele twijfel dat hun restaurant een doorslaand succes zou worden, en iedereen had het er al over.

Darla was single. En ik moet bekennen dat ik sinds onze eerste ontmoeting aan niets anders meer dacht dan aan haar. Ik zeurde bij Jesse om bij de Blue Lagoon koffie te drinken als Natasha en Darla aan het werk waren. En als ze bij Jesse afspraken om aan hun restaurant te werken, kwam ik onuitgenodigd langs om Darla te charmeren, wat maar half lukte.

Tegen halfnegen 's avonds op die bewuste 30 juli zaten Jesse en ik aan de bar te eten, terwijl we vrolijk kletsten met Natasha en Darla die om ons heen draaiden. Plotseling gingen onze piepers tegelijk af. We keken elkaar ongerust aan.

'Als jullie piepers tegelijk afgaan, moet er wel iets ernstigs aan de hand zijn,' merkte Natasha op.

Ze wees ons de munttelefoon van het restaurant en een toestel dat op de bar stond. Jesse liep naar de cabine, ik nam het bartoestel. Het waren twee korte gesprekken.

'Een oproep aan alle eenheden vanwege een viervoudige moord,' zei ik tegen Natasha en Darla toen ik had opgehangen; ik haastte me naar de deur.

Jesse trok zijn jas aan.

'Schiet op,' riep ik hem toe. 'De eerste recherche-eenheid die ter plekke is, krijgt de zaak toegewezen.'

We waren jong en ambitieus. Samen maakten we kans op ons eerste onderzoek van enige omvang. Ik was een meer ervaren politieman dan Jesse en ik was al sergeant. Mijn meerderen waardeerden me enorm. Iedereen zei dat ik een prachtige politiecarrière voor de boeg had.

We renden over straat naar de auto en we sprongen erin, ik aan de bestuurderskant, Jesse aan de passagierskant.

Ik scheurde weg en Jesse pakte het zwaailicht dat op de vloer stond. Hij zette het in werking en plaatste het door het open raam op het dak van de onopvallende wagen, zodat het een rood schijnsel door de duisternis wierp.

Zo is het allemaal begonnen.

JESSE ROSENBERG

Donderdag 26 juni 2014
30 dagen voor de première

Ik had gedacht dat ik mijn laatste week bij de politie door de gangen zou dwalen en koffie zou drinken met mijn collega's bij wijze van afscheid. Maar nu zat ik al drie dagen van 's ochtends vroeg tot 's avonds laat opgesloten op mijn kantoor, gebogen over het onderzoeksdossier van de viervoudige moord uit 1994, dat ik uit de archieven tevoorschijn had gehaald. Het bezoek van die Stephanie Mailer had me een knauw gegeven: ik kon aan niets anders denken dan aan dat artikel en aan wat ze had gezegd: 'De oplossing lag vlak voor uw neus. U hebt hem alleen niet gezien.'

Toch leek het erop dat we niets over het hoofd hadden gezien. Hoe meer ik de zaak herkauwde, hoe meer ik er gerust op was dat het een van de grondigste onderzoeken uit mijn loopbaan was: alle aanwijzingen klopten, het bewijs tegen de man die we als moordenaar hadden aangemerkt was overweldigend. De ernst en toewijding waarmee Derek en ik te werk waren gegaan, waren onberispelijk. Ik vond niet het kleinste foutje. Hoe zouden we dan de verkeerde als schuldige hebben kunnen aanwijzen?

Juist die middag kwam Derek aanzetten op mijn kantoor.

'Waar ben jij mee bezig, Jesse? Iedereen zit in de kantine op je te wachten. De collega's van het secretariaat hebben een taart voor je gebakken.'

'Ik kom zo, Derek. Sorry, maar ik ben er met mijn hoofd niet bij.'

Hij keek naar de papieren die op mijn bureau lagen, pakte er eentje op en riep uit: 'Zeg, je gaat me toch niet vertellen dat je die flauwekul van die journaliste serieus neemt?'

'Derek, ik wil alleen zeker weten dat...'

Maar hij liet me niet uitpraten. 'Die zaak staat als een huis, Jesse! Dat weet jij net zo goed als ik. Kom nou, iedereen wacht op je.'

Ik knikte.

'Ik kom er zo aan, Derek. Nog heel even.'

Hij zuchtte en liep mijn kantoor uit. Ik pakte het visitekaartje dat voor me lag en ik toetste Stephanies nummer in. Haar telefoon stond uit. De vorige avond had ik ook al tevergeefs geprobeerd haar te bellen. Zelf had ze ook geen contact meer opgenomen sinds onze ontmoeting op maandag, en ik besloot om het hier maar bij te laten. Ze wist hoe ze me kon bereiken. Uiteindelijk bedacht ik dat Derek gelijk had en er geen enkele aanleiding was om de onderzoeksresultaten uit 1994 in twijfel te trekken; en met een onbezwaard gemoed trad ik in de kantine mijn collega's tegemoet.

Maar toen ik een uur later weer naar mijn kantoor ging, vond ik een fax van de Staatspolitie in Riverdale, in de Hamptons, over de verdwijning van een jonge vrouw: Stephanie Mailer, leeftijd tweeëndertig jaar, journaliste. Voor het laatst gesignaleerd op maandag.

Het bloed stolde in mijn aderen. Ik trok de bladzijde uit de machine en wierp me op de telefoon om het bureau in Riverdale te bellen. Aan de andere kant van de lijn legde een politieman me uit dat de ouders van Stephanie Mailer aan het begin van de middag ongerust waren langsgekomen omdat ze al sinds maandag geen levensteken van hun dochter meer hadden gekregen.

'Waarom zijn de ouders direct naar de Staatspolitie gegaan en niet naar de plaatselijke politie?' vroeg ik.

'Dat hebben ze wel gedaan, maar de plaatselijke politie schijnt de zaak niet al te serieus te hebben genomen. Ik vond dat we de zaak maar beter konden doorsturen naar de afdeling Zware Delicten. Misschien is er niks aan de hand, maar ik wilde toch liever dat jullie ervan wisten.'

'Daar heb je goed aan gedaan. Ik neem het van je over.'

Ik belde direct met Stephanies moeder, die liet merken dat ze doodongerust was. Haar laatste contact met haar dochter dateerde van maandagochtend. Daarna niets meer. Haar mobiel stond uit. Ook Stephanies vriendinnen konden haar niet bereiken. Uiteindelijk was ze met de plaatselijke politie naar het appartement van haar dochter gegaan, maar er was niemand thuis.

Ik ging direct naar Dereks kantoor op de administratieve afdeling.

'De journaliste die hier maandag was, Stephanie Mailer, is vermist,' zei ik.

'Wat zeg je nou, Jesse?'

Ik gaf hem het signaleringsbericht.

'Kijk zelf maar. We moeten naar Orphea. We moeten zien wat er aan de hand is. Dit kan geen toeval zijn.'

Hij zuchtte. 'Zou jij niet al bij de politie vertrokken moeten zijn, Jesse?'

'Over vier dagen pas. Ik ben nog vier dagen agent. Toen ik Stephanie maandag sprak, zei ze dat ze een afspraak had waarop ze de ontbrekende elementen van de zaak in handen zou krijgen...'

'Laat dit nou aan een collega over,' stelde hij voor.

'Geen denken aan, Derek! Dat meisje heeft me ervan verzekerd dat er in 1994...'

Hij gaf me niet de kans om de zin af te maken. 'Die zaak is afgesloten, Jesse! Geschiedenis! Wat is er nou met je aan de hand? Waarom wil je er ten koste van alles opnieuw in duiken? Wil je het allemaal echt nog een keer doorstaan?'

Ik vond het jammer dat hij me niet steunde. 'Dus je gaat niet mee naar Orphea?'

'Nee, Jesse. Sorry. Ik geloof dat je doordraait.'

En dus ging ik maar alleen naar Orphea, twintig jaar nadat ik er voor het laatst was geweest. Voor het eerst sinds de viervoudige moord.

Het was een uur rijden vanaf het districtscentrum van de Staatspolitie, maar om tijd te winnen omzeilde ik de maximumsnelheid door de sirene en de zwaailichten van mijn onopvallende auto aan te zetten. Ik nam Route 27 tot de afslag naar Riverhead, toen de 25 in noordwestelijke richting. Op het laatste stuk liep de weg door weelderige natuur, langs dichte bossen en meertjes vol waterlelies. Al snel bereikte ik de lange, verlaten Route 17 die naar Orphea liep en waar ik als een pijl overheen vloog. Algauw liet een enorm bord langs de weg me weten dat ik mijn bestemming had bereikt.

WELKOM IN ORPHEA, NEW YORK

Nationaal Theaterfestival 26 juli-9 augustus

Het was vijf uur 's middags. Ik reed de vrolijke, groene hoofdstraat in. Ik zag restaurants, terrasjes en winkels langsglijden. De sfeer was kalm en vakantieachtig. Vanwege de naderende viering van de Fourth of July* waren de lantaarnpalen versierd met vaandels vol sterren, en de reclameborden lieten weten dat er op de avond van de feestdag een groot vuurwerk zou zijn. Over de boulevard vol bloemperken en gesnoeide struiken flaneerden wandelaars tussen de kraampjes waar je boottochten kon boeken om walvissen te bekijken en fietsen werden verhuurd. Het stadje leek rechtstreeks uit een film afkomstig.

Mijn eerste stop was bij het bureau van de plaatselijke politie. Commissaris Ron Gulliver, die de leiding had over de politie van Orphea, ontving me op zijn kantoor. Ik hoefde hem er niet aan te herinneren dat we elkaar twintig jaar geleden al eens hadden ontmoet: hij wist nog wie ik was.

'U bent geen spat veranderd,' zei hij, terwijl hij me de hand schudde.

Dat kon ik over hem niet zeggen. Hij was niet gracieus ouder geworden en was behoorlijk aangekomen. Hoewel het geen lunchtijd meer was en ook nog geen tijd voor het avondeten, at hij spaghetti uit een plastic bak. Terwijl ik de redenen van mijn bezoek uiteenzette, werkte hij de halve bak op een heel onsmakelijke manier weg.

'Stephanie Mailer?' zei hij, verrast en met volle mond. 'Die zaak is afgehandeld. Het is geen vermissing. Dat heb ik al aan haar ouders uitgelegd, maar dat zijn lastpakken van jewelste. Ze gaan weg door de deur en komen door het raam weer binnen!'

'Misschien zijn het gewoon ouders die zich zorgen maken over hun dochter,' merkte ik op. 'Ze hebben al drie dagen niets van Stephanie gehoord en ze zeggen dat dat ongebruikelijk is. U begrijpt dat ik deze kwestie met de nodige zorgvuldigheid wil behandelen.'

* De nationale feestdag van de Verenigde Staten.

'Stephanie Mailer is tweeëndertig, ze mag doen wat ze wil, niet dan? Geloof me, als ik zulke ouders had, zou ik ook verdwijnen, kapitein Rosenberg. Maakt u zich geen zorgen, Stephanie is er gewoon even tussenuit geknepen.'

'Hoe weet u dat zo zeker?'

'Dat heb ik van haar baas gehoord, de hoofdredacteur van de *Orphea Chronicle*. Ze heeft maandagavond een bericht naar zijn mobiel gestuurd.'

'De avond van de vermissing,' merkte ik op.

'Ik zeg toch dat ze niet vermist is!' zei commissaris Gulliver boos.

Bij iedere uithaal kwam er een vuurwerk al pomodoro uit zijn mond. Ik deinsde terug om te voorkomen dat die projectielen op mijn smetteloze overhemd zouden landen. Toen Gulliver zijn hap had doorgeslikt, vervolgde hij: 'Mijn adjunct is met de ouders naar haar huis gegaan. Ze hebben de deur geopend met hun sleutel en de boel bekeken: alles was in orde. Het bericht aan haar hoofdredacteur bevestigde dat er geen enkele reden tot ongerustheid was. Stephanie hoeft aan niemand verantwoording af te leggen. Wat ze met haar leven doet, gaat ons niet aan. Wij hebben gedaan wat we moesten. Dus val me hier alstublieft niet mee lastig.'

'Haar ouders zijn erg ongerust,' drong ik aan. 'En met uw toestemming zou ik graag met eigen ogen willen zien dat alles in orde is.'

'Als u tijd te veel hebt, gaat u uw gang maar, kapitein. U moet gewoon even wachten tot Jasper Montagne, mijn tweede man, terugkomt van patrouille. Hij is degene die de zaak heeft afgehandeld.'

Toen sergeant Jasper Montagne er eindelijk was, stond ik tegenover een reusachtige klerenkast met gezwollen spieren en een vervaarlijk voorkomen. Hij legde uit dat hij met meneer en mevrouw Mailer het appartement van Stephanie had bezocht. Ze waren naar binnen gegaan: ze was niet thuis. Er was niets opvallends te zien. Geen sporen van een gevecht. Niets ongewoons. Daarna had Montagne de omliggende straten afgezocht naar Stephanies auto – tevergeefs. Hij was zelfs zo ijverig geweest om de ziekenhuizen en politiebureaus in de omtrek af te bellen: niets. Stephanie Mailer was gewoon niet thuis.

Toen ik zei dat ik een blik in het appartement van Stephanie wilde werpen, bood hij aan om mee te gaan. Ze woonde aan Bendham Road, een rustig straatje vlak bij de hoofdstraat, in een smal gebouw van drie verdiepingen. Op de begane grond was een ijzerwarenhandel gevestigd, in het enige appartement op de eerste verdieping woonde een huurder, en de tweede verdieping was van Stephanie.

Ik drukte lang op de bel van het appartement. Ik klopte en riep, maar tevergeefs: er was duidelijk niemand thuis.

'Ze is er niet, zoals u ziet,' zei Montagne.

Ik draaide aan de deurknop: op slot.

'Kunnen we naar binnen?' vroeg ik.

'Hebt u een sleutel?'

'Nee.'

'Ik ook niet. De vorige keer hebben haar ouders de deur opengemaakt.'

'Dus we kunnen niet naar binnen?'

'Nee. We kunnen toch niet zomaar de deur intrappen? Als u helemaal gerust wilt zijn, gaat u naar de plaatselijke krant en praat u met de hoofdredacteur, dan kan hij het bericht laten zien dat hij maandagavond van Stephanie heeft ontvangen.'

'En de onderbuurman?' vroeg ik.

'Brad Melshaw? Die heb ik gisteren ook ondervraagd, hij heeft niks gezien en niks bijzonders gehoord. Het heeft geen enkele zin om bij hem aan te bellen: hij werkt als kok bij Café Athena, dat chique restaurant aan het einde van de hoofdstraat, en daar is hij nu.'

Toch liet ik me niet uit het veld slaan: ik ging een trap naar beneden en belde aan bij Brad Melshaw. Tevergeefs.

'Dat zei ik toch,' zei Montagne zuchtend terwijl hij de trap afliep; ik bleef nog even op de overloop staan wachten of er toch zou worden opengedaan.

Toen ik ook beneden was, stond Montagne al buiten. In de hal maakte ik van de gelegenheid gebruik om Stephanies brievenbus te onderzoeken. Toen ik door de gleuf keek zag ik dat er een brief in lag; ik slaagde erin die met mijn vingertoppen vast te grijpen. Ik vouwde hem dubbel en liet hem onopvallend in mijn kontzak glijden.

Na de stop bij Stephanies woning bracht Montagne me naar de redactie van de *Orphea Chronicle*, vlak bij de hoofdstraat, zodat ik met

Michael Bird, de hoofdredacteur, kon spreken.

De redactie was gevestigd in een gebouw van rode baksteen. Hoewel de buitenkant er goed uitzag, was het vanbinnen uitgewoond. Michael Bird ontving ons op zijn kantoor. Hij woonde in 1994 al in Orphea, maar ik kon me niet herinneren dat ik hem toen had gezien. Bird legde me uit dat hij door een samenloop van omstandigheden drie dagen na de viervoudige moord de teugels van de *Orphea Chronicle* had overgenomen en dat hij die tijd daarom niet in het veld had doorgebracht, maar hoofdzakelijk met zijn neus in de papieren.

'Hoelang werkt Stephanie Mailer al voor u?' vroeg ik aan Michael Bird.

'Een maand of negen. Ik heb haar afgelopen september in dienst genomen.'

'Is ze een goede journaliste?'

'Uitstekend. Ze tilt de krant naar een hoger niveau. Dat is belangrijk, want het is moeilijk voor ons om inhoudelijke kwaliteit te kunnen bieden. Financieel heeft de krant het heel zwaar, weet u; we overleven alleen omdat we deze ruimte van de gemeente kunnen gebruiken. Mensen lezen geen kranten meer, adverteerders zijn niet meer geïnteresseerd. Vroeger waren we een vooraanstaand regionaal blad, werden we gelezen en gerespecteerd. Maar waarom zou je tegenwoordig nog de *Orphea Chronicle* lezen als je online *The New York Times* kunt lezen? Om nog maar te zwijgen over al die mensen die helemaal niets meer lezen en al hun nieuws van Facebook halen.'

'Wanneer hebt u Stephanie voor het laatst gezien?' vroeg ik.

'Maandagochtend. Op de wekelijkse redactievergadering.'

'En is u toen iets bijzonders aan haar opgevallen? Gedroeg ze zich ongewoon?'

'Nee, helemaal niet. Ik weet dat Stephanies ouders zich zorgen maken, maar zoals ik gisteren aan hen en aan adjunct-commissaris Montagne heb verteld, heeft Stephanie me maandagavond laat een bericht gestuurd om te zeggen dat ze niet kwam werken.'

Hij haalde zijn mobiel uit zijn zak en liet me het bericht zien dat hij in de nacht van maandag op dinsdag om middernacht van haar had ontvangen.

Ik moet een tijdje weg uit Orphea. Voor iets belangrijks. Ik leg je alles nog uit.

'En daarna hebt u niets meer van haar gehoord?' vroeg ik.

'Nee. Maar eerlijk gezegd baart me dat geen zorgen. Stephanie is een journaliste met een onafhankelijke geest. Ze werkt in haar eigen ritme aan haar stukken. Ik bemoei me weinig met wat ze doet.'

'Waar werkt ze momenteel aan?'

'Ze is bezig met het theaterfestival. Hier in Orphea wordt ieder jaar eind juli een groot theaterfestival georganiseerd...'

'Ja, daar weet ik van.'

'Nou, Stephanie wilde van binnenuit over het festival schrijven. Ze maakt er een artikelenreeks over. Momenteel interviewt ze de vrijwilligers die het mogelijk maken dat het festival bestaat.'

'En is het iets voor haar om zomaar te verdwijnen?' informeerde ik.

'Afwezig te zijn, zou ik eerder zeggen,' nuanceerde Michael Bird. 'Ja, ze is er vaak niet. Weet u, als journalist moet je vaak je bureau in de steek laten.'

Ik vroeg door. 'Heeft Stephanie u ooit verteld dat ze aan een groot onderzoek werkte? Ze zei dat ze maandagavond een belangrijke afspraak had...'

Ik bleef bewust een beetje vaag, omdat ik niet te veel details wilde weggeven. Maar Michael Bird schudde het hoofd.

'Nee,' zei hij, 'daar heeft ze het nooit over gehad.'

Toen ik de redactie verliet, was Montagne van mening dat er geen enkele reden tot ongerustheid was en stelde hij voor dat ik zou vertrekken.

'Commissaris Gulliver wil weten of u nu gaat.'

'Ja,' antwoordde ik. 'Ik geloof dat ik alles wel gezien heb.'

In de auto maakte ik de envelop open die ik in Stephanies brievenbus had gevonden. Het was een creditcardafschrift. Ik bestudeerde het aandachtig.

Buiten de dagelijkse uitgaven (benzine, boodschappen in de supermarkt, een paar cashopnames, aankopen in de boekwinkel van Orphea) zag ik diverse afschrijvingen bij tolwegen rond Manhattan:

Stephanie was de laatste tijd regelmatig in New York geweest. Maar het belangrijkste was dat ze een vliegticket naar Los Angeles had gekocht: een korte trip van 10 tot 13 juni. Een paar uitgaven ter plekke – in het bijzonder een hotel – bevestigden dat ze de reis inderdaad had gemaakt. Misschien had ze een vriendje in Californië. Hoe dan ook, ze was een beweeglijke jonge vrouw. Het was in het geheel niet verrassend dat ze er niet was. Ik kon de plaatselijke politie heel goed begrijpen: er was niets wat de hypothese van een vermissing steunde. Stephanie was meerderjarig en vrij om te doen wat ze wilde; ze hoefde geen rekenschap af te leggen. Bij gebrek aan aanwijzingen stond ik nu ook op het punt om het onderzoek te beëindigen toen me een detail opviel. Er was iets wat schuurde: het kantoor van de *Orphea Chronicle*. Die omgeving kwam niet overeen met het beeld dat ik inmiddels van Stephanie had. Natuurlijk kende ik haar niet, maar het aplomb waarmee ze me drie dagen eerder had benaderd, deed me eerder denken aan *The New York Times* dan aan het plaatselijke sufferdje uit een kleine badplaats in de Hamptons. Dit detail bracht me ertoe om nog iets langer te blijven graven en een bezoek af te leggen aan Stephanies ouders, die twintig minuten verderop woonden, in Sag Harbor.

Het was zeven uur 's avonds.

~

In de hoofdstraat van Orphea parkeerde op hetzelfde moment Anna Kanner voor Café Athena, waar ze een eetafspraak had met Lauren, een vriendin uit haar kindertijd, en Paul, haar echtgenoot.

Lauren en Paul waren de vrienden die Anna het meeste zag sinds ze New York had verlaten en zich in Orphea had gevestigd. Pauls ouders hadden een vakantiehuis in Southampton, een mijl of vijftien verderop, waar ze regelmatig een lang weekend doorbrachten. Ze vertrokken op donderdag uit Manhattan om de files voor te zijn.

Toen Anna op het punt stond om uit te stappen zag ze dat Lauren en Paul al aan een tafeltje op het terras zaten, maar ze zag vooral dat er nog een man bij hen was. Anna begreep meteen wat er aan de hand was; ze belde Lauren.

'Heb je een date voor me geregeld, Lauren?' vroeg ze zodra de ander opnam.

Er viel een gegeneerde stilte.

'Misschien,' antwoordde Lauren uiteindelijk. 'Hoe weet je dat?'

'Instinct,' loog Anna. 'Hè, Lauren, waarom heb je dat nou gedaan?'

Het enige wat Anna haar vriendin kon verwijten was dat ze zich met haar liefdesleven bemoeide en haar probeerde te koppelen aan de eerste de beste man.

'Deze vind je geweldig,' verzekerde Lauren, die van tafel was opgestaan zodat de man het gesprek niet kon horen. 'Geloof me, Anna.'

'Weet je, Lauren, eigenlijk komt het vanavond niet zo goed uit. Ik ben nog aan het werk en ik moet een hele stapel papieren doorwerken.'

Vrolijk zag Anna hoe Lauren zich opwond op het terras.

'Anna, ik verbied je om op het laatste moment af te zeggen! Je bent drieëndertig, je hebt een vent nodig! Hoelang heb je al niet geneukt?'

Dat was het argument dat Lauren als laatste redmiddel gebruikte. Maar Anna was niet echt in een bui om opgescheept te worden met een blind date.

'Het spijt me, Lauren. En bovendien heb ik dienst...'

'Hou toch op met je dienst! Er gebeurt nooit iets in dit stadje! Je hebt toch wel het recht om iets leuks te doen!'

Op dat moment toeterde iemand; en Lauren hoorde het zowel op straat als door de telefoon.

'Ha, meid, betrapt!' riep ze uit terwijl ze de stoep op rende. 'Waar sta je?'

Anna had geen tijd om te reageren.

'Ik zie je al!' riep Lauren uit. 'Denk je echt dat je nu nog weg kunt en mij kunt laten zitten? Besef je wel dat je de meeste avonden als een oud omaatje in je eentje doorbrengt? Weet je, ik vraag me af of je er wel goed aan hebt gedaan om je hier in te graven...'

'Toe, Lauren! Je lijkt m'n vader wel!'

'Maar Anna, als je zo doorgaat vind je nooit iemand!'

Anna begon te lachen en stapte uit. Als ze iedere keer dat iemand dat zei een cent kreeg, zou ze nu zwemmen in het geld. En toch moest ze toegeven dat ze Lauren in dit stadium geen ongelijk kon geven: ze was net gescheiden, kinderloos, en ze woonde alleen in Orphea.

Volgens Lauren waren er twee redenen voor Anna's reeks amoureuze mislukkingen: enerzijds kwam dat door gebrek aan goede wil, en anderzijds door haar beroep 'dat mannen afschrikte'. Ik vertel van tevoren nooit wat je doet, had Lauren al een paar keer gezegd als ze met Anna sprak over de afspraakjes die ze regelde, ik ben bang dat ze erdoor geïntimideerd raken.

Anna liep het terras op. De kandidaat van de dag heette Josh. Hij had de vreselijke uitstraling van mannen die te zelfverzekerd zijn. Hij groette Anna, nam haar opzichtig van top tot teen op en zuchtte vermoeid. Ze wist direct dat dit niet de avond was dat ze haar droomprins zou ontmoeten.

~

'We zijn zo ongerust, kapitein Rosenberg,' zeiden Trudy en Dennis Mailer, Stephanies ouders, met één stem in de woonkamer van hun huisje in Sag Harbor.

'Ik heb Stephanie maandagochtend gesproken,' verklaarde Trudy Mailer. 'Ze zei dat ze naar een redactievergadering moest en dat ze terug zou bellen. Dat heeft ze nooit gedaan.'

'En Stephanie belt altijd terug,' benadrukte Dennis Mailer.

Ik begreep meteen waarom de politie zich aan meneer en mevrouw Mailer had geërgerd. Bij hen was alles een drama, zelfs het feit dat ik geen koffie hoefde.

'Houdt u niet van koffie?' vroeg Trudy Mailer wanhopig.

'Wilt u liever thee?' vroeg Dennis Mailer.

Toen ik er eindelijk in slaagde hun aandacht vast te houden, kon ik een paar algemene vragen stellen. Had Stephanie problemen? Nee, daar waren ze zeker van. Gebruikte ze drugs? Ook niet. Had ze een verloofde? Een vriendje? Niet dat ze wisten. Was er een reden waarom ze zomaar uit de roulatie zou verdwijnen? Geen enkele.

Meneer en mevrouw Mailer drukten me op het hart dat het niets voor hun dochter was om iets voor hen achter te houden. Maar ik kwam er al snel achter dat dat niet helemaal klopte.

'Waarom is Stephanie twee weken geleden naar Los Angeles gegaan?' vroeg ik.

'Naar Los Angeles?' vroeg haar moeder verbaasd. 'Hoe bedoelt u?'

'Twee weken geleden is Stephanie voor drie dagen naar Californië afgereisd.'

'Daar is ons niets van bekend,' verontschuldigde haar vader zich. 'Het is niks voor haar om zomaar naar Los Angeles te gaan zonder ons iets te vertellen. Misschien had het met de krant te maken? Ze is altijd nogal terughoudend over de artikelen waar ze aan werkt.'

Ik betwijfelde of de *Orphea Chronicle* het zich kon veroorloven om een journalist naar de andere kant van het land op reportage te sturen. En het punt dat ze bij die krant werkte, riep nog meer vragen op.

'Wanneer en hoe is Stephanie in Orphea beland?' vroeg ik.

'Ze woonde de afgelopen jaren in New York,' legde Trudy Mailer uit. 'Ze heeft gestudeerd aan de letterenfaculteit van Notre Dame University. Al van kleins af aan wil ze schrijver worden. Ze heeft al een paar verhalen gepubliceerd, waaronder twee in *The New Yorker*. Na haar studie werkte ze voor *The New York Review of Letters*, maar daar is ze in september ontslagen.'

'Waarom?'

'Financiële redenen, schijnt het. Daarna ging alles heel snel: ze vond werk bij de *Orphea Chronicle* en toen besloot ze om weer in dit gebied te komen wonen. Ze leek blij dat ze uit Manhattan kon verdwijnen en dat ze een rustige plek had gevonden.'

Het was even stil. Toen zei Stephanies vader: 'Kapitein Rosenberg, geloof me, wij zijn niet van die mensen die de politie lastigvallen als er niets aan de hand is. Mijn vrouw en ik zouden nooit alarm slaan als we er niet van overtuigd waren dat er iets ongewoons is gebeurd. De politie van Orphea heeft ons heel duidelijk gemaakt dat ze niets kunnen vinden. Maar zelfs als Stephanie naar New York gaat en dezelfde dag weer terugkomt, stuurt ze een sms'je of belt ze op de terugweg om te laten weten dat alles in orde is. Waarom zou ze een bericht sturen aan haar hoofdredacteur en niet aan haar ouders? Als ze wilde dat we ons niet ongerust zouden maken, had ze ons ook iets laten weten.'

'Over New York gesproken,' haakte ik aan. 'Waarom ging Stephanie zo vaak naar Manhattan?'

'Ik zei niet dat dat vaak voorkwam,' corrigeerde de vader mij. 'Dat is maar een voorbeeld.'

'Maar ze gaat er heel vaak naartoe,' zei ik. 'Meestal op dezelfde dag en dezelfde tijd. Alsof ze een vaste afspraak heeft. Wat doet ze daar?'

Opnieuw leken meneer en mevrouw Mailer niet te weten waar ik het over had. Trudy Mailer begreep dat het haar niet was gelukt om me van de ernst van de situatie te overtuigen en vroeg: 'Bent u bij haar thuis geweest, kapitein Rosenberg?'

'Nee. Ik had haar appartement graag bezocht, maar de deur was op slot en ik had geen sleutel.'

'Zou u er een kijkje willen nemen? Dan ziet u misschien iets wat wij over het hoofd hebben gezien.'

Ik nam de uitnodiging aan met als enige doel om het dossier af te sluiten. Eén blik in Stephanies woning kon me ervan overtuigen dat de politie van Orphea gelijk had: er was niets wat wees op een vermissing. Stephanie mocht zo vaak als ze wilde naar Los Angeles en New York gaan. Wat haar werk bij de *Orphea Chronicle* betreft: het kon best zijn dat ze na haar ontslag de eerste de beste kans had aangegrepen totdat zich iets beters zou aandienen.

Het was precies acht uur 's avonds toen we aankwamen bij het gebouw aan Bendham Road waar Stephanie woonde. Met z'n drieën gingen we de trap op naar het appartement. Trudy Mailer gaf me de sleutel zodat ik de deur kon opendoen, maar toen ik hem in het slot stak, draaide het niet mee: de deur zat niet op slot. Ik voelde een sterke adrenalinestoot: er was iemand binnen. Stephanie misschien?

Ik draaide stil aan de deurknop en de deur ging een eindje open. Ik gebaarde naar de ouders dat ze geen geluid mochten maken. Ik duwde zachtjes tegen de deur, die geluidloos openging. Ik zag meteen dat het een troep was in de woonkamer: iemand had het huis doorzocht.

'Naar beneden,' fluisterde ik tegen de ouders. 'Ga naar de auto en wacht tot ik jullie kom halen.'

Dennis Mailer knikte en trok zijn vrouw mee. Ik haalde mijn wapen tevoorschijn en liep een paar stappen naar binnen. Alles was overhoopgehaald. Eerst doorzocht ik de woonkamer: de kasten waren omgegooid, de kussens van de bank waren opengesneden. Er lag van alles op de grond wat mijn aandacht trok; en daardoor miste ik het dreigende silhouet dat me stilletjes van achter naderde. Pas toen ik me omdraaide om in de andere kamers te kijken, stond ik oog in oog met een gestalte die mijn gezicht bespoot met pepperspray. Mijn ogen brandden, ik kreeg geen lucht meer. Verblind klapte ik dubbel. Ik kreeg een klap.

Alsof een zwart gordijn werd dichtgetrokken.

~

Vijf over acht, Café Athena.

Het schijnt dat de liefde altijd onaangekondigd komt, maar vanavond, nu Anna dit diner moest ondergaan, leed het geen twijfel dat de Liefde had besloten thuis te blijven. Josh was nu al een uur onafgebroken aan het woord. De monoloog werd haast een hoogstandje. Anna, die was gestopt met luisteren, hield zich onledig door te tellen hoe vaak het woord 'ik' uit zijn mond kwam, wat haar iedere keer dat hij het uitsprak nog iets meer afstootte, als waren het kleine kakkerlakken. Lauren, die niet meer wist waar ze moest kijken, was aan haar vijfde glas witte wijn, terwijl Anna zich beperkte tot alcoholvrije cocktails.

Uiteindelijk pakte Josh, die uitgeput moest zijn van zijn eigen woordenstroom, een glas water dat hij in een teug leegdronk, zodat hij even niets kon zeggen. Na deze welkome stilte wendde hij zich tot Anna en vroeg vormelijk: 'En jij, Anna, wat doe jij in het leven? Lauren wilde niets loslaten.' Precies op dat moment ging Anna's telefoon. Toen ze het nummer op het scherm zag, begreep ze meteen dat het een spoedgeval was.

'Sorry,' verontschuldigde ze zich, 'ik moet dit gesprek aannemen.'

Ze stond op en ging een paar passen verderop staan; toen kwam ze snel terug en deelde mee dat ze helaas moest vertrekken.

'Nu al?' zei Josh, die zichtbaar teleurgesteld was. 'We hebben nog niet eens de tijd gehad om elkaar te leren kennen.'

'Ik weet alles over je, het was... meeslepend.'

Ze omhelsde Lauren en haar man, begroette Josh met een handgebaar dat 'tot nooit!' betekende en verliet toen het terras. Kennelijk had ze wel indruk gemaakt op die arme Josh, want hij kwam direct achter haar aan en liep mee over de stoep.

'Wil je dat ik je ergens afzet?' vroeg hij. 'Ik heb een...'

'Mercedes coupé,' onderbrak ze hem. 'Dat weet ik, dat heb je twee keer gezegd. Heel aardig, maar mijn auto staat hier.'

Toen ze de kofferbak opendeed, bleef Josh achter haar staan.

'Ik zal Lauren om je nummer vragen,' zei hij. 'Ik ben hier vaak in de buurt, misschien kunnen we een keer koffiedrinken.'

'Prima,' antwoordde Anna om hem weg te krijgen, terwijl ze een grote stoffen zak opende die de hele kofferbak in beslag nam.

Josh vervolgde: 'Je hebt me trouwens nog niet gezegd wat voor werk je doet.'

Precies toen hij dat zei haalde Anna een kogelvrij vest uit de tas en trok het aan. Terwijl ze de bandjes om haar lichaam aanhaalde, zag ze Josh' ogen uit de kassen puilen toen hij het reflecterende embleem zag waarop in hoofdletters geschreven stond:

POLITIE

'Ik ben adjunct-commissaris van de politie van Orphea,' zei ze, terwijl ze de holster tevoorschijn haalde waar haar wapen in zat en het aan haar riem vastmaakte.

Ongelovig en met stomheid geslagen keek Josh haar aan. Ze stapte in de onopvallende auto en reed snel weg; met haar zwaailichten strooide ze blauwe en rode flitsen door het licht van de vallende avond. Ze zette de sirene aan zodat alle voorbijgangers naar haar keken.

Volgens de meldkamer was een agent van de Staatspolitie aangevallen in een gebouw in de buurt. Alle beschikbare wagens en de officier van dienst waren opgeroepen om assistentie te verlenen.

Op volle snelheid reed ze door de hoofdstraat; de overstekende voetgangers maakten rechtsomkeert en zochten dekking op de stoep, en het verkeer in beide richtingen ging aan de kant van de weg staan zodra ze haar zagen. Ze reed midden op de weg, ze gaf plankgas. Ze had spoedritten gemaakt door het spitsuur in New York.

Toen ze bij het gebouw stond was er al een politiewagen ter plaatse. Toen ze de hal in liep trof ze een collega die de trap afkwam. Hij riep: 'Hij is door de achterdeur gevlucht!'

Anna doorkruiste de begane grond, richting de nooduitgang aan de achterkant die uitkwam op een verlaten steeg. Er heerste een merkwaardige stilte. Ze spitste haar oren, speurend naar een geluid dat hem zou kunnen plaatsen; toen liep ze door naar een verlaten parkje. Ook hier doodse stilte.

Ze meende iets in de bosjes te horen: ze haalde haar wapen uit de holster en haastte zich het park in. Niets. Opeens dacht ze dat ze iemand zag rennen. Ze zette de achtervolging in, maar verloor de schim al snel uit het oog. Ze stopte, gedesoriënteerd en buiten adem. Het bloed bonsde in haar slapen. Ze hoorde een geluid achter een heg: langzaam liep ze ernaartoe; haar hart ging tekeer. Ze zag een gedaante die geruisloos voortbewoog. Ze wachtte het geschikte moment af; toen sprong ze tevoorschijn, richtte haar wapen op de verdachte en beval hem om stil te blijven staan. Het was Montagne, die haar ook onder schot hield.

'Jezus, Anna, ben je gek geworden?' riep hij uit.

Ze zuchtte en deed haar wapen in de holster, terwijl ze vooroverboog om op adem te komen.

'Wat doe jij hier, Montagne?' vroeg ze.

'Dat kan ik ook aan jou vragen! Je werkt vanavond helemaal niet!'

Als senior adjunct-commissaris van de politie was Montagne op papier haar meerdere. Zij was slechts de junior.

'Ik heb dienst,' verklaarde Anna. 'Ik ben opgeroepen door de meldkamer.'

'Ik had hem bijna te pakken!' klaagde Montagne.

'Je had hem bijna te pakken? Ik was hier eerder dan jij. Er stond alleen een wagen voor het gebouw.'

'Ik ben langs de achterkant gekomen. Je had je positie via de radio moeten doorgeven. Dat doen teamplayers. Ze geven informatie door in plaats van onbesuisd actie te ondernemen.'

'Ik was alleen en ik had geen radio.'

'Toch wel in je auto, niet dan? Doe niet altijd zo lastig, Anna! Al sinds je eerste werkdag ben je lastig!'

Hij spuugde op de grond en liep terug naar het gebouw. Anna

volgde hem. Inmiddels stond Bendham Road vol hulpvoertuigen.

'Anna! Montagne!' schreeuwde hun baas Ron Gulliver toen hij ze zag.

'We hebben het verknald, baas,' bromde Montagne. 'Ik had hem kunnen hebben, als Anna de boel niet had verpest, zoals gewoonlijk.'

'Hou toch op, Montagne!' riep ze uit.

'Hou zelf op, Anna!' brieste Montagne. 'Ga naar huis, dit is mijn zaak!'

'Nee, dit is mijn zaak! Ik was hier eerder dan jij.'

'Doe ons allemaal een plezier en verdwijn!' brulde Montagne.

Anna keerde zich naar Gulliver om hem erbij te betrekken.

'Baas... doe iets.'

Gulliver had een hekel aan conflicten.

'Je hebt geen dienst, Anna,' zei hij sussend.

'Ik ben oproepbaar!'

'Laat Montagne deze zaak afhandelen,' kapte Gulliver haar af.

Montagne glimlachte triomfantelijk, liet Anna en Gulliver achter en liep naar het gebouw.

'Dat is niet eerlijk, baas!' foeterde ze. 'En staat u zomaar toe dat Montagne zo tegen me praat?'

Gulliver wilde er niets van horen.

'Anna, maak er nou geen punt van,' zei hij vriendelijk. 'Iedereen ziet ons. Dat kan ik nu echt niet gebruiken.' Hij nam de jonge vrouw nieuwsgierig op en vroeg toen: 'Had je een afspraakje?'

'Waarom vraagt u dat?'

'Je draagt lippenstift.'

'Ik draag wel vaker lippenstift.'

'Nu is het anders. Je ziet eruit alsof je een afspraakje had. Waarom ga je niet terug? We zien elkaar morgen wel, op het bureau.'

Gulliver liep nu ook naar het gebouw en liet haar daar staan. Opeens hoorde ze dat iemand haar riep. Ze keek om. Het was Michael Bird, de hoofdredacteur van de *Orphea Chronicle*.

'Anna, wat is hier aan de hand?' vroeg hij toen hij bij haar stond.

'Ik heb geen commentaar,' antwoordde ze. 'Ik heb hier niet de leiding.'

'Binnenkort wel,' zei hij met een glimlach.

'Wat bedoel je daarmee?'

'Nou, als je hoofd van politie bent! Kwam je daarom hiernaartoe, om ruzie te maken met adjunct-commissaris Montagne?'

'Ik heb geen idee waarover je het hebt, Michael,' zei Anna.

'Echt niet?' vroeg hij quasiverbaasd. 'Iedereen weet dat jij het nieuwe hoofd van politie wordt.'

Zonder antwoord te geven liep ze weg, terug naar haar auto. Ze trok haar kogelvrije vest uit, gooide het op de achterbank en reed weg. Ze had weer naar Café Athena kunnen rijden, maar daar had ze helemaal geen zin in. Ze ging naar huis, ging met een glas en een sigaret op de veranda zitten en genoot van de zachte avond.

ANNA KANNER

Op 14 september 2013 kwam ik aan in Orphea.

Vanuit New York was het nog geen twee uur rijden: toch leek het of ik aan de andere kant van de wereld was beland. Van de wolkenkrabbers in Manhattan was ik in dit vredige stadje beland, dat baadde in het zachte zonlicht van de late middag. Ik reed door de hoofdstraat naar mijn nieuwe wijk, naar het huis dat ik had gehuurd. Ik reed stapvoets, keek naar de wandelaars, de kinderen die zich verdrongen om het busje van de ijsverkoper, de bewoners die trouw hun bloemperken onderhielden. Er heerste hier een absolute rust.

Ten slotte bereikte ik het huis. Een nieuw bestaan lag voor me. De enige restanten van mijn oude leven waren mijn meubels, die ik uit New York had laten overkomen. Ik deed de voordeur open, ging naar binnen en deed het licht aan in de donkere hal. Tot mijn stomme verbazing zag ik dat de vloer vol dozen stond. Met grote stappen liep ik over de begane grond: alle meubels waren nog ingepakt, niets was gemonteerd, mijn spullen zaten nog in grote dozen die in alle kamers stonden.

Ik belde direct met het verhuisbedrijf dat ik in de arm had genomen. Maar de vrouw die opnam zei kortaf: 'Ik geloof dat u zich vergist, mevrouw Kanner. Ik heb uw gegevens hier voor me en u hebt duidelijk de verkeerde vakjes aangekruist. De dienst die u heeft afgenomen is exclusief uitpakken.' Ze hing op. Ik ging naar buiten om de troep niet meer te hoeven zien en ging op de treden van de veranda zitten. Ik was terneergeslagen. Toen verscheen er een gestalte met in beide handen een fles bier. Het was mijn buurman, Cody Illinois. Ik had hem al twee keer ontmoet: toen ik het huis had bekeken en toen ik het contract getekend had en de verhuizing kwam voorbereiden.

'Van harte welkom, Anna.'

'Dat is aardig,' antwoordde ik mokkend.

'Je ziet er niet blij uit,' zei hij.

Ik haalde mijn schouders op. Hij gaf me een biertje en ging naast me zitten. Ik vertelde over mijn pech met de verhuizers en hij bood aan me te helpen met uitpakken; een paar minuten later tilden we mijn bed omhoog naar wat de slaapkamer zou worden. Toen vroeg ik: 'Hoe kan ik hier het beste integreren?'

'Maak je daar geen zorgen over, Anna. De mensen hier zullen je wel mogen. En je kunt volgende zomer vrijwilliger worden bij het theaterfestival. Dat is een evenement dat mensen bij elkaar brengt.'

Cody was de eerste met wie ik in Orphea een band kreeg. Hij had een prachtige boekhandel in de hoofdstraat, die algauw een tweede thuis voor me werd.

Die avond, toen Cody weg was en ik nog bezig was om de dozen met kleren uit te pakken, werd ik gebeld door mijn ex-man.

'Dit meen je toch niet, Anna!' zei hij toen ik opnam. 'Je bent uit New York vertrokken en je hebt niet eens afscheid genomen.'

'Ik heb al lang geleden afscheid van je genomen, Mark.'

'Au! Die komt aan!'

'Waarom bel je?'

'Ik had zin om je te spreken, Anna.'

'Mark, ik heb geen zin in praten. We komen echt niet meer bij elkaar. Het is voorbij.'

Hij negeerde mijn opmerking.

'Ik heb vanavond met je vader gegeten. Het was geweldig.'

'Wil je mijn vader alsjeblieft met rust laten?'

'Kan ik er wat aan doen dat hij gek op me is?'

'Waarom doe je dit, Mark? Uit wraak?'

'Ben je in een slecht humeur, Anna?'

'Ja, ik ben inderdaad in een slecht humeur!' zei ik geïrriteerd. 'Mijn meubels liggen in delen en ik weet niet hoe ik ze in elkaar moet zetten. Ik heb dus wel wat beters te doen dan naar jou te luisteren!'

Ik had er meteen spijt van, want hij zou direct de kans aangrijpen om me te helpen.

'Zal ik je helpen? Ik zit al in de auto, ik kom er nu aan!'

'Nee, absoluut niet!'

'Ik ben er over twee uur. Dan zetten we vannacht de meubels in elkaar en richten we de boel in... Zoals in de goede oude tijd.'

'Ik verbied je te komen, Mark.'

Ik hing op en zette mijn telefoon uit om rust te hebben. Maar de volgende ochtend zag ik tot mijn onaangename verrassing Mark op de stoep staan.

'Wat doe je hier?' snauwde ik toen ik opendeed.

Hij glimlachte breed. 'Wat een warm welkom! Ik kom je helpen.'

'Hoe kom je aan mijn adres?'

'Van je moeder.'

'Dat meen je niet! Ik vermoord haar!'

'Het is haar grote droom dat we weer bij elkaar komen, Anna. Ze wil kleinkinderen!'

'Tot ziens, Mark.'

Ik wilde de deur in zijn gezicht dichtduwen, maar hij hield hem tegen.

'Wacht nou, Anna. Laat me in elk geval helpen.'

Ik had te veel behoefte aan hulp om zijn aanbod af te slaan. En bovendien, hij was er nu toch. Hij speelde de rol van de perfecte man: hij versjouwde de meubels, hing de schilderijen op en sloot een plafondlamp aan.

'Ga je hier helemaal alleen wonen?' vroeg hij me tussen twee boorgaten door.

'Ja, Mark. Hier gaat mijn nieuwe leven beginnen.'

De volgende maandag was mijn eerste dag op het politiebureau. Het was acht uur 's ochtends toen ik me in mijn gewone kleren bij de balie meldde.

'Komt u voor een aangifte?' vroeg de politieman zonder op te kijken.

'Nee,' antwoordde ik. 'Ik ben je nieuwe collega.'

Hij keek naar me, glimlachte vriendelijk en riep toen naar achter: 'Jongens, ze is er!'

Er verscheen een bataljon politiemannen die me observeerden alsof ik een vreemde diersoort was. Commissaris Gulliver stapte op me af en stak vriendelijk zijn hand naar me uit: 'Welkom, Anna.'

Het was een warm welkom. Ik begroette mijn nieuwe collega's, we praatten wat, ik kreeg koffie en werd bestookt met vragen. Iemand riep blij uit: 'Ik ga nog in de Kerstman geloven, jongens! Een oude, uitgemergelde speurder gaat met pensioen en wordt vervangen door een prachtig jonkie!'

Ze barstten allemaal in lachen uit. Jammer genoeg zou die joviale stemming niet lang duren.

JESSE ROSENBERG

Vrijdag 27 juni 2014
29 dagen voor de première

In alle vroegte reed ik naar Orphea.

Ik wilde absoluut achterhalen wat er de vorige avond in het appartement van Stephanie was gebeurd. Voor commissaris Gulliver was het een simpele inbraak. Dat geloofde ik geen moment. Mijn collega's van de forensische dienst waren tot diep in de nacht blijven zoeken naar vingerafdrukken, maar ze hadden niets gevonden. Vanwege de hardheid van de klap die ik had gekregen, neigde ik zelf sterk naar de gedachte dat de dader een man was.

Stephanie moest gevonden worden. Er was haast geboden, dat voelde ik. Inmiddels reed ik op Route 17, en op het laatste rechte stuk voor de stadsgrens gaf ik flink gas, ook al had ik mijn zwaailichten of sirene niet aangezet.

Pas toen ik het bord passeerde dat de grens van Orphea markeerde, bemerkte ik de onopvallende politieauto die erachter verborgen stond en die meteen de achtervolging inzette. Ik kwam in de berm tot stilstand; in mijn achteruitkijkspiegel zag ik een knappe jonge vrouw in uniform uitstappen en naar me toe lopen. Ik stond op het punt om de eerste persoon te ontmoeten die me zou helpen deze zaak te ontwarren: Anna Kanner.

Toen ze dichter bij mijn open raam kwam, zwaaide ik met mijn badge en glimlachte ik.

'Kapitein Jesse Rosenberg,' las ze van mijn legitimatie. 'Een noodgeval?'

'Volgens mij heb ik u gisteren kort op Bendham Road gezien. Ik ben de agent die knock-out is geslagen.'

'Anna Kanner, adjunct-commissaris van de politie,' stelde de jonge vrouw zich voor. 'Hoe gaat het met uw hoofd, kapitein?'

'Heel goed, dank u. Maar ik moet toegeven dat ik in de war ben door wat er in dat appartement is gebeurd. Commissaris Gulliver denkt dat het een doodgewone inbraak is, maar daar geloof ik niets van. Ik vraag me af of ik niet midden in een onfris zaakje verzeild ben geraakt.'

'Gulliver is een eersteklas idioot,' zei Anna. 'Vertel liever iets over de zaak, dat vind ik interessanter.'

Zo begreep ik dat Anna een waardevolle bondgenoot in Orphea zou kunnen zijn. Later zou ik ontdekken dat ze bovendien een buitengewone speurder was. Ik stelde voor: 'Anna, als ik je zo mag noemen, mag ik je een kop koffie aanbieden? Dan zal ik je alles vertellen.'

Een paar minuten later, aan een tafeltje van een kleine, verlaten diner langs de weg, legde ik Anna uit dat alles was begonnen toen Stephanie Mailer aan het begin van de week naar me toe was gekomen om te praten over haar onderzoek naar de viervoudige moord in Orphea uit 1994.

'Wat is de viervoudige moord uit 1994?' vroeg Anna.

'Toen zijn de burgemeester van Orphea en zijn familie vermoord,' zei ik. 'En een voorbijgangster die aan het joggen was. Een waar bloedbad. Het was op de openingsavond van het theaterfestival van Orphea. En bovendien was het mijn eerste grote onderzoek. Mijn toenmalige partner Derek Scott en ik hebben die zaak opgelost. Maar afgelopen maandag kwam Stephanie me vertellen dat ze dacht dat we ons vergist hadden; dat het onderzoek niet was afgerond en dat we de verkeerde hadden opgepakt. Toen is ze verdwenen, en gisteren heeft iemand haar appartement doorzocht.'

Anna leek geïntrigeerd door wat ik vertelde. Na de koffie gingen we samen naar Stephanies afgesloten en verzegelde appartement, waarvan haar ouders me de sleutel hadden gegeven.

Alles was overhoopgehaald, het was een grote troep. De enige concrete aanwijzing waarover we beschikten was dat de voordeur van het appartement geen braaksporen vertoonde.

Ik zei tegen Anna: 'Volgens meneer en mevrouw Mailer hadden

zij als enigen een extra sleutel. Dat betekent dat degene die binnen is geweest de sleutels van Stephanie had.'

Ik had haar al verteld over het bericht dat Stephanie naar Michael Bird, de hoofdredacteur van de *Orphea Chronicle*, had gestuurd, en daarom vroeg Anna: 'Als iemand Stephanies sleutels heeft, heeft die misschien ook haar telefoon.'

'Bedoel je dat ze dat bericht niet zelf heeft gestuurd? Maar wie dan wel?'

'Iemand die tijd wilde winnen,' suggereerde ze.

Uit mijn achterzak haalde ik de envelop die ik de vorige dag uit de brievenbus had meegenomen en gaf hem aan Anna.

'Stephanies creditcardafschrift,' verklaarde ik. 'Begin deze maand is ze naar Los Angeles gereisd, en we moeten nog achterhalen waarom. Volgens mijn naspeuringen heeft ze daarna niet meer gevlogen. Als ze uit eigen beweging is vertrokken, heeft ze dus de auto genomen. Ik heb een algemeen opsporingsbevel uitgevaardigd voor haar nummerbord: als ze ergens op de weg is, zal de Highway Patrol haar gauw genoeg vinden.'

'Je hebt er geen gras over laten groeien,' zei Anna onder de indruk.

'Er is ook geen tijd te verliezen,' antwoordde ik. 'Verder heb ik haar belgegevens en creditcardafschriften van de laatste maanden opgevraagd. Die hoop ik vanavond te ontvangen.'

Anna wierp een snelle blik op het afschrift.

'Haar creditcard is maandagavond voor het laatst gebruikt, om 21.55 bij de Kodiak Grill,' constateerde ze. 'Dat is een restaurant in de hoofdstraat. Daar moeten we heen. Misschien heeft iemand iets gezien.'

De Kodiak Grill lag aan het begin van de hoofdstraat. De gerant keek op de weekplanner en wees ons aan wie van de aanwezige personeelsleden op maandagavond hadden gewerkt. Een van de serveersters die we ondervroegen herkende Stephanie van de foto die we haar lieten zien.

'Ja,' zei ze. 'Die herinner ik me wel. Ze was hier begin deze week. Een knappe meid, helemaal alleen.'

'Viel u iets bijzonders aan haar op dat u haar herkent? Met al die klanten die hier dagelijks binnenlopen?'

'Ze was er niet voor het eerst. Ze vroeg altijd om dezelfde tafel. Ze zei dat ze op iemand wachtte die nooit kwam.'

'En wat gebeurde er maandag?'

'Ze kwam tegen zessen toen we nog maar net met de avonddienst begonnen. En ze wachtte. Ze bestelde uiteindelijk een caesarsalade en een cola, en na een tijd ging ze weer weg.'

'Klopt, tegen tienen.'

'Dat kan best. Ik weet niet meer hoe laat het was, maar ze was er heel lang. Ze betaalde en ging weg. Dat is alles wat ik me herinner.'

Toen we weer buiten stonden, zagen we dat het gebouw naast de Kodiak Grill een bank was, voorzien van een geldautomaat.

'Daar moeten camera's hangen,' zei Anna. 'Misschien is Stephanie maandag wel gefilmd.'

Een paar minuten later zaten we in het krappe kantoor van een beveiligingsmedewerker van de bank, die ons het bereik liet zien van de verschillende camera's die aan het gebouw hingen. Een van de camera's was op het trottoir gericht; we zagen het terras van de Kodiak Grill. Hij speelde de video-opnames van maandagavond voor ons af, vanaf zes uur. Ik bestudeerde de voorbijgangers op het scherm en opeens zag ik haar.

'Stop!' riep ik. 'Daar is ze. Stephanie.'

De beveiliger zette het beeld stil.

'En nu langzaam terugspoelen,' zei ik.

Op het scherm liep Stephanie achteruit. De sigaret tussen haar lippen werd langer, toen stak ze hem aan met een goudkleurige aansteker, toen pakte ze hem tussen haar vingers en borg hem op in een pakje dat ze in haar tas stopte. Ze liep nog verder achteruit en week af van haar baan over het trottoir in de richting van een kleine compacte blauwe auto, waar ze in ging zitten.

'Dat is haar auto,' zei ik. 'Een blauwe driedeurs Mazda. Daar zag ik haar maandag instappen op de parkeerplaats van het districtscentrum van de Staatspolitie.'

Ik vroeg de beveiliger om de scène nog eens in de juiste richting af te spelen en we zagen Stephanie uitstappen, een sigaret aansteken, rokend een eindje over het trottoir lopen en uiteindelijk naar de Kodiak Grill toe gaan.

Daarna spoelden we de opname vooruit naar 21.55 uur, het tijdstip waarop Stephanie haar diner met haar creditcard had afgerekend. Na twee minuten zagen we haar verschijnen. Ze liep nerveus naar haar auto. Vlak voor ze instapte haalde ze haar telefoon uit haar tas. Ze werd gebeld. Ze nam op, het was een kort gesprek. Het leek of ze niets zei, alleen maar luisterde. Toen ze had opgehangen, stapte ze in en bleef een ogenblik roerloos zitten. Door de autoruit heen konden we haar duidelijk zien. Ze zocht in de contactenlijst van haar toestel naar een nummer: ze belde, maar hing bijna onmiddellijk weer op. Alsof er geen verbinding tot stand kwam. Ze bleef nog vijf minuten achter het stuur zitten wachten. Ze zag er nerveus uit. Toen belde ze opnieuw: nu zagen we haar praten. Het gesprek duurde een seconde of twintig. Daarna startte ze de motor en reed weg in noordelijke richting.

'Misschien zijn dit wel de laatste beelden van Stephanie Mailer,' mompelde ik.

De halve middag ondervroegen we Stephanies vrienden. De meesten woonden in Sag Harbor, waar ze vandaan kwam.

Geen van hen had na maandag nog iets van haar gehoord en ze waren allemaal ongerust. Vooral ook omdat haar ouders hen ook hadden gebeld, wat hen nog bezorgder maakte. Ze hadden haar per telefoon, e-mail en sociale media proberen te bereiken, ze hadden bij haar aangeklopt – maar alles tevergeefs.

Uit de gesprekken kwam naar voren dat Stephanie in alle opzichten een deugdzame jonge vrouw was. Ze gebruikte geen drugs, dronk nooit te veel en stond met iedereen op goede voet. Haar vrienden wisten meer van haar privéleven dan haar ouders. Een van haar vriendinnen verzekerde ons dat ze kortgeleden een vriendje had. 'Ja, ze had iemand, een zekere Sean, die nam ze een keer mee naar een feestje. Echt bizar.'

'Wat was er bizar?'

'De chemie tussen hen. Er klopte iets niet.'

Een ander beweerde dat Stephanie alleen nog maar werkte. 'We zien haar de laatste tijd bijna nooit meer. Ze zei dat ze het verschrikkelijk druk had.'

'Waar was ze mee bezig?'

'Geen idee.'

Een derde vertelde over de reis naar Los Angeles. 'Ja, ze is twee weken geleden naar Los Angeles geweest, maar ze zei dat ik dat niet mocht doorvertellen.'

'Wat ging ze daar doen?'

'Geen idee.'

De laatste vriend die haar had gesproken was Timothy Volt. Stephanie en hij hadden elkaar op zondagavond gezien.

'Ze kwam langs,' verklaarde hij. 'Ik was alleen thuis, we hebben wat gedronken.'

'Was ze nerveus? Ongerust?' vroeg ik.

'Nee.'

'Wat is Stephanie voor iemand?'

'Ze is geniaal, extreem briljant maar toch heel sympathiek, en zo koppig als een ezel. Als ze zich ergens in vastbijt, laat ze niet meer los.'

'Hield ze u een beetje op de hoogte van waar ze mee bezig was?'

'Een beetje. Ze zei dat ze met iets heel groots bezig was, maar ze wilde geen details geven.'

'Met wat voor iets?'

'Een boek. Dat was sowieso de reden dat ze was teruggekomen.'

'Hoe bedoelt u?'

'Stephanie barst van de ambitie. Het is haar droom een beroemd schrijver te worden en dat gaat haar lukken ook. In de tussentijd verdiende ze tot afgelopen september de kost bij een boekentijdschrift... ik kan even niet op de naam komen...'

'*The New York Review of Letters*,' bevestigde ik.

'Precies. Maar dat was gewoon een baantje om de rekeningen te betalen. Na haar ontslag zei ze dat ze weer naar de Hamptons kwam om rust te vinden en te schrijven. Ik weet nog dat ze een keer zei: "Ik ben hier om een boek te schrijven." Ik denk dat ze behoefte had aan tijd en rust, en dat ze die hier vond. Waarom zou ze anders bereid zijn om als freelancer aan de slag te gaan voor een plaatselijk krantje? Ze heeft ambitie, dat zei ik al. Ze mikt hoog. Er moet een goede reden zijn voor haar komst naar Orphea. Misschien kon ze zich niet concentreren in de New Yorkse drukte. Je hebt wel meer schrijvers die naar het platteland vertrekken, toch?'

'Waar schreef ze?'

'Thuis, denk ik.'

'Op de computer?'

'Geen idee. Hoezo?'

Toen we weggingen bij Timothy Volt wees Anna me erop dat Stephanie thuis geen computer had.

'Als de "bezoeker" van gisteravond die niet heeft meegenomen, tenminste,' zei ik.

We maakten van onze aanwezigheid in Sag Harbor gebruik om bij Stephanies ouders langs te gaan. Ze wisten niets over een vriendje dat Sean heette, en Stephanie had geen computer bij ze achtergelaten. Voor de zekerheid vroegen we of we een blik in Stephanies kamer mochten werpen. Die was al sinds het einde van haar middelbareschooltijd niet meer in gebruik en er was niets veranderd: posters aan de muur, bekers van sportwedstrijden, knuffels op het bed, schoolboeken.

'Stephanie slaapt hier al jaren niet meer,' zei Trudy Mailer. 'Na de middelbare school ging ze naar de universiteit en daarna bleef ze in New York totdat ze in september bij *The New York Review of Letters* werd ontslagen.'

'Is er een bepaalde reden waarom Stephanie weer in Orphea is gaan wonen?' vroeg ik, zonder te onthullen wat Timothy Volt had verteld.

'Zoals ik gisteren al zei, wilde ze terug naar de Hamptons omdat ze haar baan in New York kwijt was.'

'Maar waarom naar Orphea?' drong ik aan.

'Omdat het de grootste stad in de buurt is, denk ik.'

'En mevrouw Mailer, had Stephanie vijanden in New York?' waagde ik te vragen. 'Had ze conflicten?'

'Nee, helemaal niet.'

'Woonde ze alleen?'

'Ze had een huisgenoot, een jonge vrouw die ook bij *The New York Review of Letters* werkte. Alice Filmore. We hebben elkaar ontmoet toen we Stephanie hielpen om haar weinige spullen te verhuizen toen ze uit New York vertrok. Eigenlijk had ze bijna niets, we hebben alles rechtstreeks naar haar appartement in Orphea gebracht.'

Aangezien we helemaal niets bij haar of bij haar ouders hadden gevonden, besloten we terug te gaan naar Orphea en Stephanies computer op de redactie van de *Orphea Chronicle* te bekijken.

Toen we aankwamen was het vijf uur. Michael Bird leidde ons rond langs de bureaus van zijn medewerkers. Hij wees dat van Stephanie aan, dat netjes was opgeruimd en waarop een computerscherm, een toetsenbord, een doosje tissues, een gigantische hoeveelheid identieke balpennen in een theekop, een blocnote en een stapeltje papieren lagen. Ik ging er snel doorheen zonder iets van belang te vinden; toen vroeg ik: 'Heeft iemand in de laatste dagen, toen ze er niet was, toegang tot haar computer kunnen krijgen?'

Onder het spreken drukte ik op de aan-knop op het toetsenbord.

'Nee,' antwoordde Michael. 'Iedere computer is beveiligd met een eigen wachtwoord.'

De computer ging niet aan, en dus drukte ik opnieuw op de knop, terwijl ik Michael vragen bleef stellen.

'Er is dus geen enkele mogelijkheid dat iemand Stephanies computer heeft bekeken zonder dat zij ervan wist?'

'Geen enkele,' verzekerde Michael. 'Stephanie is de enige met het wachtwoord. Verder niemand, zelfs de ICT'er niet. Ik zou ook niet weten hoe jullie haar computer kunnen doorzoeken zonder wachtwoord.'

'Geen zorgen, daar hebben we specialisten voor. Maar ik zou hem graag willen aanzetten.'

Ik kroop onder het bureau om te checken of alles goed was aangesloten, maar er stond geen computer. Er stond niks.

Ik keek weer op en vroeg: 'Waar is Stephanies computer?'

'Nou, daaronder, toch?' antwoordde Michael.

'Nee, hier staat niks!'

Michael en Anna bukten zich snel en constateerden dat er alleen wat losse kabels hingen. 'Stephanies computer is gestolen!' riep Michael wezenloos uit.

Om halfzeven stond een warrige stoet voertuigen van de politie van Orphea en de Staatspolitie bij het gebouw van de *Orphea Chronicle*.

Binnen bevestigde een agent van de forensische dienst dat er inderdaad was ingebroken. Michael, Anna en ik volgden hem in een stoet naar een technische ruimte in de kelder die ook dienstdeed als berghok en nooduitgang. Achter in de ruimte was een deur, die naar een steile trap naar de straat leidde. Het glas in de deur was ingeslagen en toen hoefde de inbreker alleen nog maar een hand naar binnen te steken om de deurklink aan de binnenkant omlaag te drukken.

'Komen jullie hier wel eens?' vroeg ik aan Michael.

'Nee, nooit. Niemand komt ooit in de kelder. Hier zijn alleen de archieven, en daar gaat niemand ooit kijken.'

'Is er geen alarmsysteem, zijn er geen camera's?' informeerde Anna.

'Nee, hoe zouden we dat moeten betalen? Geloof me, als daar geld voor was, zouden we eerst de afvoeren laten repareren.'

'We hebben geprobeerd om sporen van de deurklink te halen,' verklaarde de agent van de forensische dienst. 'Maar die zit zo vol vingerafdrukken en vuiligheid dat er niets bruikbaars tussen zit. Bij Stephanies bureau hebben we ook niks gevonden. Ik vermoed dat de dader door deze deur binnen is gekomen, de trap op is gelopen, de computer heeft meegenomen en toen langs dezelfde weg is vertrokken.'

We gingen terug naar de redactieruimte.

'Michael, zou het iemand van de redactie geweest kunnen zijn?' vroeg ik.

'Welnee!' zei Michael geërgerd. 'Hoe kom je daarbij? Ik heb alle vertrouwen in mijn journalisten.'

'Hoe verklaar je dan dat iemand die niet op de redactie werkt precies weet welke computer van Stephanie is?'

'Ik heb geen flauw idee,' verzuchtte Michael.

'Wie komt 's ochtends als eerste binnen?' vroeg Anna.

'Shirley. Die doet 's ochtends meestal open.'

We lieten Shirley roepen.

'Hebt u de laatste dagen wel eens iets ongebruikelijks gezien wanneer u 's ochtends aankwam?' vroeg ik.

In eerste instantie wist Shirley zich niets te herinneren, toen groef ze in haar geheugen en opeens klaarde haar blik op.

'Ik niet. Maar dinsdagochtend zei Newton, een van de journalisten, dat zijn computer aanstond. Hij wist zeker dat hij hem de vorige dag had uitgezet, omdat hij als laatste was vertrokken. Hij was heel boos, hij zei dat iemand aan zijn computer had gezeten. Ik dacht dat hij hem gewoon was vergeten uit te zetten.'

'Waar staat Newtons bureau?' vroeg ik.

'Naast dat van Stephanie.'

Ik wist dat er geen bruikbare vingerafdrukken meer op de aanknop konden staan omdat die in de tussentijd was gebruikt, en dus drukte ik hem in. Het scherm lichtte op.

Computer van: Newton
Wachtwoord: _

'Hij zette een computer aan,' zei ik. 'Hij zag de naam en begreep dat hij de verkeerde had. Hij zette een tweede aan en toen zag hij Stephanies naam. We hoeven niet verder te zoeken.'

'Wat bewijst dat het iemand van buiten de redactie was,' zei Michael gerustgesteld.

'Wat vooral bewijst dat de inbraak heeft plaatsgevonden in de nacht van maandag op dinsdag,' vervolgde ik. 'Oftewel de nacht van Stephanies vermissing.'

'Vermissing?' herhaalde Michael geïntrigeerd. 'Wat bedoelt u daarmee?'

In plaats van te antwoorden vroeg ik: 'Michael, zou je alle artikelen voor me willen uitprinten die Stephanie in de tijd dat ze hier werkt heeft geschreven?'

'Natuurlijk. Maar, kapitein, ga je me nog uitleggen wat er aan de hand is? Denk je dat Stephanie iets is overkomen?'

'Dat denk ik inderdaad,' vertrouwde ik hem toe. 'En ik denk dat het ernstig is.'

Toen we de redactie verlieten, zagen we dat commissaris Gulliver en Alan Brown, de burgemeester van Orphea, op de stoep stonden en de situatie bespraken. De burgemeester herkende me direct. Het leek of hij een spook zag.

'U hier?' riep hij verbaasd.

'Ik had u ook liever onder andere omstandigheden teruggezien.'

'Wat zijn die omstandigheden dan?' vroeg hij. 'Wat is er aan de hand? Sinds wanneer komt de Staatspolitie opdraven voor een doodgewone inbraak?'

'U hebt geen bevoegdheid om hier te werken!' vulde commissaris Gulliver aan.

'Commissaris Gulliver, er is iemand vermist in de stad, en vermissingen vallen onder de bevoegdheid van de Staatspolitie.'

'Een vermissing?' bracht burgemeester Brown uit.

'Er is geen vermissing!' riep commissaris Gulliver geïrriteerd. 'U hebt geen enkel bewijs, kapitein Rosenberg! Hebt u het bureau van de aanklager gebeld? Als u zo zeker van uw zaak bent, moet u dat vooral doen. Of wilt u dat ik het doe?'

Ik gaf geen antwoord en vertrok.

Die nacht om drie uur kwam er bij de brandweer van Orphea een melding binnen van brand op Bendham Road 77, het adres van Stephanie Mailer.

DEREK SCOTT

30 juli 1994, de avond van de viervoudige moord.

Toen we Orphea bereikten was het vijf voor negen. We hadden Long Island in een recordtijd doorkruist.

Met brullende sirenes sloegen we af bij de hoofdstraat, die was afgesloten vanwege de première van het theaterfestival. Een auto van de plaatselijke politie die daar geparkeerd stond, maakte ruimte zodat we naar de wijk Penfield konden rijden. Die wijk was hermetisch afgesloten, stond vol noodvoertuigen uit alle omliggende plaatsen. Rondom Penfield Lane waren politielinten gespannen, waarachter zich nieuwsgierigen verdrongen die vanuit de hoofdstraat waren toegestroomd om niets van het schouwspel te missen.

Jesse en ik waren de eerste rechercheurs ter plaatse. We werden opgevangen door Kirk Harvey, het hoofd van politie van Orphea.

'Ik ben sergeant Derek Scott van de Staatspolitie,' zei ik terwijl ik mijn badge liet zien. 'En dit is mijn partner, rechercheur Jesse Rosenberg.'

'Ik ben commissaris Harvey,' antwoordde de politieman, zichtbaar opgelucht dat hij de teugels aan iemand anders kon overgeven. 'Ik kan u wel vertellen dat dit me de pet ver te boven gaat. Zoiets hebben we hier nog nooit meegemaakt. Vier doden. Een waar bloedbad.'

Politiemensen renden van hot naar her en brulden tegenstrijdige orders. Ik was de hoogste agent ter plaatse en besloot de leiding op me te nemen.

'We moeten alle wegen afsluiten,' gelastte ik commissaris Harvey. 'Richt wegversperringen op. Ik zal versterking vragen: de Highway Patrol en alle beschikbare eenheden van de Staatspolitie.'

Twintig meter verderop lag het lichaam van een vrouw in sportkleren, badend in het bloed. We liepen langzaam naar haar toe. Een politieman stond bij haar op wacht en deed zijn best niet naar haar te kijken.

'Ze is gevonden door haar man. Hij zit daar in die ambulance, als u hem wilt verhoren. Daarbinnen is het nog afschuwelijker,' zei hij, terwijl hij het huis aanwees waar we bij stonden. 'Een jochie en zijn moeder...'

We liepen direct naar het huis. Toen we de weg wilden afsnijden over het gazon stonden we met onze schoenen in vier centimeter water.

'Verdomme,' vloekte ik. 'Mijn voeten zijn kletsnat, zo maak ik alles vies... waarom staat hier zoveel water? Het heeft al weken niet geregend.'

'Een leiding van de sproei-installatie is gesprongen, sergeant,' zei een politieman die op wacht stond bij het huis. 'We zijn bezig de waterleiding af te sluiten.'

Op de treden naar de veranda droogde ik mijn schoenen zo goed als ik kon. Toen gingen we naar binnen: de deur was opengetrapt. Recht voor ons in de gang lag een vrouw op de grond, doorzeefd met kogels. Naast haar lag een openstaande koffer die voor de helft gevuld was. Rechts was een kleine huiskamer, waar het lichaam lag van een jongen van een jaar of tien, doorzeefd met kogels, die in de gordijnen was gevallen alsof hij was gedood toen hij zich erachter probeerde te verstoppen. In de keuken lag een man van een jaar of veertig op zijn buik in een plas bloed: hij was afgeschoten toen hij wilde vluchten.

De geur van dood en ingewanden was ondraaglijk. We gingen snel weer naar buiten, lijkbleek en geschokt door wat we hadden gezien.

Algauw werden we naar de garage van de burgemeester geroepen. De politie had in de kofferbak van de auto nog meer bagage gevonden. Kennelijk stonden de burgemeester en zijn gezin op het punt om te vertrekken.

~

De nacht was warm en de jonge locoburgemeester Brown zweette in zijn pak: hij liep zo snel als hij kon naar de hoofdstraat, baande zich een weg door de menigte. Zodra hij hoorde wat er was gebeurd had hij de schouwburg verlaten en was hij te voet naar Penfield Crescent vertrokken, in de overtuiging dat lopen sneller ging dan met de auto. Hij had gelijk: het centrum zag zwart van de mensen, er was geen doorkomen aan. Op de hoek van Durham Street werd hij gezien door bewoners die lucht hadden gekregen van het verontrustende nieuws en om hem heen dromden om meer te horen: zonder ook maar te antwoorden begon hij als een bezetene te rennen. Ter hoogte van Bendham Road sloeg hij rechtsaf. Hij liep door tot hij in de woonwijk kwam. Eerst liep hij door verlaten straten met gedoofde lichten. Toen zag hij in de verte de drukte. Nog dichterbij zag hij de halo van lichten en flakkerende zwaailichten van reddingvoertuigen sterker worden. De menigte nieuwsgierigen zwol aan. Af en toe sprak iemand hem aan, maar hij negeerde iedereen en hield zijn pas niet in. Hij baande zich een weg naar de politielinten. Toen de adjunct-commissaris van de politie, Ron Gulliver, hem herkende, liet hij hem direct langs. Even was het schouwspel te veel voor Alan Brown: lawaai, lichten, een lichaam overdekt met een wit laken op de stoep. Hij wist niet waar hij heen moest. Toen zag hij tot zijn opluchting het bekende gezicht van Kirk Harvey, het hoofd van politie van Orphea, die met Jesse en mij stond te praten.

'Kirk,' zei locoburgemeester Brown terwijl hij haastig naar hem toe kwam, 'wat is er in hemelsnaam aan de hand? Is het waar wat ze zeggen? Zijn Joseph en zijn gezin vermoord?'

'Alle drie, Alan,' antwoordde commissaris Harvey op ernstige toon. Hij knikte naar het huis waar politiemannen af en aan liepen. 'We hebben ze binnen gevonden. Het is een bloedbad van jewelste.'

Commissaris Harvey stelde ons voor aan de locoburgemeester.

'Hebt u al een spoor? Een aanwijzing?' vroeg Brown.

'Nu nog niet,' antwoordde ik. 'Het meest opvallende is dat het op de openingsavond van het theaterfestival is gebeurd.'

'Denkt u dat er een verband is?'

'Het is nog te vroeg om daar iets over te zeggen. Ik begrijp niet eens waarom de burgemeester thuis was. Zou hij niet in het Grand Theater moeten zijn?'

'Jawel, we hadden om zeven uur afgesproken. Toen ik hem niet kon vinden heb ik naar zijn huis gebeld, maar er werd niet opgenomen. We moesten echt beginnen en daarom heb ik in zijn plaats de openingstoespraak gehouden; zijn stoel bleef leeg. In de pauze hoorde ik wat er aan de hand was.'

'Alan,' zei commissaris Harvey. 'In de auto van burgemeester Gordon hebben we bagage gevonden. Het lijkt of hij en zijn gezin op het punt stonden weg te gaan.'

'Weggaan? Hoe bedoel je? Waarheen?'

'Alle mogelijkheden liggen nog open,' zei ik. 'Maar maakte de burgemeester de laatste tijd een afwezige indruk? Zei hij iets over bedreigingen? Maakte hij zich zorgen om zijn veiligheid?'

'Bedreigingen? Nee, daar heeft hij niets over gezegd. Mag ik... Mag ik binnen kijken?'

'Het is beter om de plaats delict niet te verstoren,' ontmoedigde commissaris Harvey hem. 'Bovendien is het geen fijne aanblik, Alan. Een waar bloedbad. De jongen is in de woonkamer vermoord, Gordons vrouw Leslie in de gang en Joseph zelf in de keuken.'

Locoburgemeester Brown voelde dat hij wankelde. Zijn benen leken hem in de steek te laten en hij ging op de stoep zitten. Opnieuw viel zijn blik op het witte laken dat enkele tientallen meters van hem vandaan lag.

'Maar als ze allemaal binnen liggen, wie is dat dan?' vroeg hij terwijl hij op het lichaam wees.

'Een jonge vrouw, Meghan Padalin,' antwoordde ik. 'Ze was aan het joggen. Ze moet op de moordenaar gestuit zijn op het moment dat hij naar buiten kwam en toen is ze ook vermoord.'

'Dit kan niet!' zei de locoburgemeester terwijl hij zijn gezicht in zijn handen begroef. 'Dit is een nachtmerrie!'

Op dat moment kwam Ron Gulliver, de adjunct-commissaris van politie, naar ons toe. Hij richtte zich rechtstreeks tot Brown. 'De pers heeft heel veel vragen. Iemand moet een verklaring afleggen.'

'Ik... Dat kan ik nu niet aan,' stotterde Alan met een lijkbleek gezicht.

'Alan,' antwoordde commissaris Harvey. 'Het moet. Jij bent nu de burgemeester.'

JESSE ROSENBERG

Zaterdag 28 juni 2014
28 dagen voor de première

Het was acht uur in de ochtend. Terwijl Orphea rustig ontwaakte, bereikte de drukte op Bendham Road, die vol brandweerauto's stond, zijn hoogtepunt. Het gebouw waar Stephanie woonde was alleen nog een rokende ruïne. Haar appartement was geheel door de vlammen verwoest.

Anna en ik stonden op het trottoir en keken naar de brandweerlieden, die druk bezig waren om de brandslangen op te rollen en het materieel op te bergen. Algauw kwam de commandant naar ons toe.

'Brandstichting,' zei hij op een toon die geen ruimte liet voor twijfel. 'Gelukkig zijn er geen slachtoffers. Alleen de huurder op de eerste verdieping was thuis en hij had genoeg tijd om het huis uit te gaan. Hij is degene die gebeld heeft. Kom mee, ik wil jullie iets laten zien.'

We volgden hem naar binnen, het gebouw in, de trap op. De lucht was rokerig en scherp. Toen we de tweede etage bereikten ontdekten we dat de deur van Stephanies appartement wijd openstond. Hij leek volkomen intact. Inclusief het slot.

'Hoe zijn jullie binnengekomen als jullie de deur en het slot niet hebben geforceerd?' vroeg Anna.

'Dat is het hem nou juist,' antwoordde de brandweercommandant. 'Toen we aankwamen stond de deur net zo wagenwijd open als nu.'

'Dan had de brandstichter dus de sleutel,' zei ik.

Anna keek me ernstig aan.

'Ik geloof dat degene die je hier donderdagavond betrapte zijn karwei wilde afmaken, Jesse.'

Ik liep naar de deuropening om het appartement in te kunnen kijken: er was niets van over. De meubels, de wanden, de boeken, alles was verkoold. De brandstichter had maar één doel gehad: alles vernietigen.

Op straat zat Brad Melshaw, de huurder van de eerste verdieping, gehuld in een deken met een kop koffie op het trapje van een naastgelegen gebouw en bekeek de gevel van het door de vlammen zwartgeblakerde gebouw. Hij verklaarde dat zijn dienst in Café Athena er tegen halftwaalf op zat.

'Ik ging direct naar huis,' zei hij. 'Er viel me niets bijzonders op. Ik douchte, keek even tv en viel op de bank in slaap, wat me wel vaker gebeurt. Tegen drie uur werd ik plotseling wakker. Het appartement stond blauw. Ik begreep al snel dat de rook uit het trappenhuis kwam, en toen ik de voordeur opendeed zag ik dat de bovenetage in brand stond. Ik rende direct naar beneden, de straat op, en ik belde het alarmnummer. Het schijnt dat Stephanie niet thuis was. Heeft ze problemen?'

'Van wie hebt u dat?'

'Daar heeft iedereen het over. Dit is een kleine stad, weet u.'

'Kent u Stephanie goed?'

'Nee. Een buurvrouw die ik af en toe tegenkwam, en dan nog. We hebben een heel ander leefritme. Ze is hier vorig jaar september komen wonen. Wel aardig.'

'Heeft ze iets over reisplannen verteld? Heeft ze gezegd dat ze er niet zou zijn?'

'Nee. Zoals ik al zei, we waren niet zo close dat ze me zoiets zou vertellen.'

'Misschien had ze gevraagd of u de planten water kon geven of haar post naar boven kon brengen?'

'Zulke dingen vroeg ze nooit.'

Opeens werd de blik van Brad Melshaw wazig. Hij riep uit: 'Wacht! Hoe kon ik dat vergeten? Ze had een tijdje geleden ruzie met een politieman.'

'Wanneer?'

'Afgelopen zaterdagavond.'

'Wat gebeurde er?'

'Ik kwam lopend terug van het restaurant. Het was rond middernacht. Er stond een politieauto voor de deur en Stephanie praatte met de bestuurder. Ze zei: "Dat kun je me niet aandoen, ik heb je nodig." En hij antwoordde: "Ik wil niets meer van je horen. Als je nog eens belt, dien ik een aanklacht in." Hij zette de motor aan en reed weg. Ze bleef nog even op de stoep staan. Ze zag er volkomen gevloerd uit. Ik wachtte op de hoek vanwaar ik had staan kijken tot ze weer binnen was. Ik wilde haar niet in verlegenheid brengen.'

'Wat voor politieauto was het?' vroeg Anna. 'Van de politie van Orphea, van een andere plaats? Staatspolitie? Highway Patrol?'

'Geen flauw idee. Daar heb ik niet op gelet. Bovendien was het donker.'

We werden onderbroken door burgemeester Brown, die naar me toe kwam.

'Kapitein Rosenberg, hebt u vandaag de krant al gelezen?' vroeg hij woedend terwijl hij een exemplaar van de *Orphea Chronicle* voor me openvouwde.

Op de voorpagina stond een foto van Stephanie met daarboven de volgende kop:

HEBT U DEZE VROUW GEZIEN?

Al sinds maandag is er geen teken van leven meer van Stephanie Mailer, journaliste bij de *Orphea Chronicle*. Haar verdwijning wordt omringd door vreemde gebeurtenissen. De Staatspolitie doet onderzoek.

'Ik wist niets van dat artikel, burgemeester,' verzekerde ik hem.

'Of u er iets van wist of niet, al die onrust is uw schuld, kapitein Rosenberg!' zei Brown boos.

Ik draaide me om naar het gebouw dat door de vlammen was verteerd. 'Blijft u volhouden dat er niets aan de hand is in Orphea?'

'Niets wat de plaatselijke politie niet kan oplossen. Dus alstublieft, schop niet zoveel herrie! De financiële gezondheid van de stad staat er al niet goed voor en we hebben het zomerseizoen en het theaterfestival hard nodig om de economie op gang te krijgen. En als toeristen bang worden, blijven ze weg.'

'Laat het me nog eens zeggen, burgemeester: ik vermoed dat dit een zeer ernstige zaak is...'

'Daar hebt u geen enkele aanwijzing voor, kapitein Rosenberg. Commissaris Gulliver vertelde gisteren dat Stephanies auto sinds maandag niet gezien is. Wat als ze gewoon vertrokken is? Ik heb een paar telefoontjes over u gepleegd; het schijnt dat u maandag met pensioen gaat?'

Anna keek me raar aan.

'Ga je weg bij de politie, Jesse?' vroeg ze.

'Ik ga nergens heen voordat ik duidelijkheid heb over deze zaak.'

Ik reed met Anna uit Bendham Road naar het bureau van Orphea, en toen ik onderweg werd gebeld door mijn leidinggevende, majoor McKenna, begreep ik dat burgemeester Brown een lange arm had.

'Rosenberg,' zei hij, 'de burgemeester van Orphea hangt continu aan de lijn. Hij beweert dat je zijn stad op stelten zet.'

'Er is een vrouw vermist, en de vermissing zou verband kunnen houden met de viervoudige moord uit 1994, majoor,' legde ik uit.

'Het dossier van die viervoudige moord is afgesloten, Rosenberg. Dat zou jij moeten weten, want jij hebt die zaak opgelost.'

'Dat weet ik, majoor. Maar ik begin me af te vragen of we destijds niet iets over het hoofd hebben gezien...'

'Wat zeg je nou?'

'De vrouw die verdwenen is, is journaliste, en ze heeft het onderzoek heropend. Is dat geen teken dat we dieper moeten graven?'

'Rosenberg,' zei McKenna geërgerd, 'volgens het hoofd van de plaatselijke politie heb je geen enkel bewijs voor wat dan ook. Je verpest mijn zaterdag en je zet jezelf voor schut, twee dagen voordat je met pensioen gaat. Is dat echt wat je wilt?'

Ik reageerde niet; op vriendelijker toon vervolgde McKenna: 'Luister. Ik reis dit weekend met mijn familie naar Champlain Lake en ik ga mijn telefoon vergeten. Dat betekent dus dat ik tot morgenavond onbereikbaar ben. Ik kom pas maandag weer op het werk. Je hebt dus tot maandagochtend vroeg om iets concreets te vinden. Lukt dat niet, dan kom je braaf terug naar het bureau en doen we alsof er niets gebeurd is. Dan gaan we iets drinken om je afscheid te vieren en wil ik hier nooit meer over horen. Is dat duidelijk?'

'Jazeker, majoor. Bedankt.'

Mijn tijd was beperkt. Op Anna's kantoor plakten we de diverse aanwijzingen op een magneetbord.

'Volgens de getuigenis van de journalisten is de computer gestolen in de nacht van maandag op dinsdag,' zei ik tegen Anna. 'Op donderdagavond is er ingebroken in het appartement, en de brand, ten slotte, was vannacht.'

'Waar wil je naartoe?' vroeg Anna terwijl ze me een gloeiend hete kop koffie gaf.

'Nou, dat kan erop wijzen dat wat die persoon zocht niet op de computer op de redactie stond, zodat hij Stephanies appartement moest doorzoeken. Kennelijk zonder succes, want hij heeft het risico genomen om de volgende avond terug te komen en de boel in brand te steken. Welk ander motief zou hij daarvoor kunnen hebben dan om de papieren te vernietigen die hij niet kon vinden?'

'Dus wat we zoeken bestaat misschien nog!' riep Anna uit.

'Precies,' zei ik en ik knikte. 'Maar waar?'

Ik had Stephanies bankafschriften en telefoonrekeningen bij me, die ik de vorige dag had opgehaald bij het districtscentrum van de Staatspolitie. Ik legde ze op tafel.

'Laten we allereerst proberen uit te vinden met wie Stephanie belde toen ze uit de Kodiak Grill kwam,' zei ik terwijl ik tussen de papieren zocht naar de lijst met haar laatste inkomende en uitgaande gesprekken.

Stephanie werd om 22.03 uur gebeld. Daarna had ze twee keer achter elkaar naar dezelfde persoon gebeld, om 22.05 uur en 22.10 uur. Het eerste gesprek had nog geen seconde geduurd, het tweede gesprek twintig.

Anna ging achter de computer zitten. Ik dicteerde het nummer waarvandaan Stephanie om 22.03 uur was gebeld en ze voerde het in het zoeksysteem in om de eigenaar te achterhalen.

'Krijg nou wat, Jesse!' riep Anna uit.

'Wat is er?' vroeg ik terwijl ik me naar het scherm haastte.

'Dat is het nummer van de munttelefoon van de Kodiak Grill!'

'Dus iemand belde Stephanie vanuit de Kodiak Grill toen ze nog maar net buiten stond!' zei ik verbijsterd.

'Iemand hield haar in de gaten,' zei Anna. 'Al die tijd dat ze wachtte, werd ze in de gaten gehouden.'

Ik pakte het papier weer op en ik onderstreepte het laatste nummer dat Stephanie had gebeld. Ik dicteerde het aan Anna, die het invoerde.

Toen ze de naam op de computer zag verschijnen, stond ze paf.

'Dat moet een vergissing zijn!' zei ze; ze was helemaal bleek geworden.

Ze vroeg of ik het nummer wilde herhalen en ramde koortsachtig op het toetsenbord om de getallen opnieuw in te voeren.

Ik liep naar het scherm en las de naam die tevoorschijn kwam.

'Sean O'Donnell. Wat is er, Anna? Ken je die?'

'Heel goed zelfs,' antwoordde ze, gevloerd. 'Dat is een van mijn agenten. Sean O'Donnell zit bij de politie van Orphea.'

~

Toen ik commissaris Gulliver de telefoonlijst liet zien, kon hij me onmogelijk verbieden Sean O'Donnell te verhoren. Hij riep hem terug van patrouille en zette hem in een verhoorkamer. Toen Anna, commissaris Gulliver en ik binnenkwamen, stond Sean half op uit zijn stoel, alsof zijn benen geen kracht hadden.

'Gaat iemand me nog vertellen wat er aan de hand is?' vroeg hij ongerust.

'Ga zitten,' zei Gulliver. 'Kapitein Rosenberg wil je een paar vragen stellen.'

Hij gehoorzaamde. Gulliver en ik gingen tegenover hem aan tafel zitten. Anna leunde tegen de muur achter ons.

'Sean,' zei ik, 'ik weet dat Stephanie Mailer je maandagavond heeft gebeld. Je bent de laatste die ze heeft proberen te bereiken. Wat hou je voor ons achter?'

Sean nam zijn hoofd in zijn handen.

'Kapitein,' kreunde hij. 'Ik heb er een potje van gemaakt. Ik had het meteen aan Gulliver moeten vertellen. En dat was ik ook van plan! Het spijt me zo...'

'Maar dat heb je niet gedaan, Sean! En nu moet je mij alles vertellen.'

Hij zuchtte diep en begon.

'Stephanie en ik hebben eventjes gedatet. We hebben elkaar een tijd geleden in een café leren kennen. Ik sprak haar aan, maar eerlijk gezegd leek ze niet zo happig. Uiteindelijk mocht ik haar een drankje aanbieden, we praatten even en ik dacht dat het daarbij zou blijven. Totdat ik vertelde dat ik bij de politie van Orphea werkte: toen werd ze opeens alert. Haar houding veranderde en ze leek heel erg geïnteresseerd in me. We wisselden telefoonnummers uit en we hebben elkaar nog een paar keer gezien. Verder niks. Maar twee weken geleden kwam alles in een stroomversnelling. We zijn met elkaar naar bed geweest. Een keer maar.'

'Waarom is het daarbij gebleven?' vroeg ik.

'Omdat ik erachter kwam dat ze niet in mij geïnteresseerd was, maar in de archieven van het politiebureau.'

'De archieven?'

'Ja, kapitein. Het was heel raar. Ze had het er geregeld over. Ze wilde per se dat ik haar daarnaartoe meenam. Ik dacht dat ze een grapje maakte en zei dat dat natuurlijk niet kon. Maar toen ik twee weken geleden in haar bed wakker werd, eiste ze dat ik haar mee naar het archief zou nemen. Alsof ik haar iets verschuldigd was omdat ik de nacht met haar had doorgebracht. Ik voelde me verschrikkelijk genaaid. Ik ging woedend naar huis en maakte haar duidelijk dat ik haar niet meer wilde zien.'

'Was je niet nieuwsgierig waar die interesse in de archieven vandaan kwam?' vroeg commissaris Gulliver.

'Natuurlijk wel. Iets in mij wilde het absoluut weten. Maar ik wilde Stephanie niet laten zien dat het me iets deed. Ik voelde me gebruikt, en omdat ik haar leuk vond deed dat pijn.'

'En heb je haar nog wel eens teruggezien?' vroeg ik.

'Een keer. Afgelopen zaterdag. Ze belde 's avonds een paar keer, maar ik nam niet op. Ik dacht dat ze er wel genoeg van zou krijgen, maar ze ging maar door. Ik had dienst en ik werd er gek van. Uiteindelijk kon ik er niet meer tegen en ik zei dat ik haar voor haar huis zou zien. Ik ben niet eens uitgestapt, ik zei alleen dat ik een aanklacht tegen haar zou indienen als ze me bleef lastigvallen. Ze zei dat ze hulp nodig had, maar dat geloofde ik niet.'

'Wat zei ze precies?'

'Ze zei dat ze een dossier moest inzien over een misdrijf dat hier was gepleegd en waar ze informatie over had. Ze zei: "Er is hier een zaak verkeerd opgelost. Er is een detail dat niemand destijds heeft gezien, terwijl het toch voor jullie neus lag." Om me te overtuigen liet ze haar hand zien en vroeg ze wat ik zag. "Een hand," antwoordde ik. "Ik liet je mijn vingers zien," zei ze. Door al dat gedoe over die hand en die vingers bedacht ik dat ze kennelijk dacht dat ik een idioot was. Ik reed weg, liet haar staan en zwoer dat ik me nooit meer door haar zou laten inpakken.'

'Nooit meer?' vroeg ik.

'Nooit meer, kapitein Rosenberg. Sindsdien heb ik haar niet meer gesproken.'

Ik liet een korte stilte vallen voordat ik mijn troef uitspeelde. 'Je denkt toch niet dat we gek zijn, Sean! Ik weet dat je Stephanie maandagavond nog hebt gesproken. De avond dat ze verdween.'

'Echt niet, kapitein! Ik zweer dat ik haar niet heb gesproken!'

Ik zwaaide met de telefoonlijst en smeet hem voor hem neer.

'Hou op met liegen. Hier staat het: jullie hebben twintig seconden gepraat.'

'Nee, we hebben niet gepraat!' riep Sean uit. 'Ja, ze heeft gebeld. Twee keer. Maar ik heb niet opgenomen. Bij het laatste gesprek heeft ze een bericht op mijn voicemail ingesproken. We hebben inderdaad verbinding gehad, wat de lijst laat zien, maar we hebben elkaar niet gesproken.'

Sean sprak de waarheid. Toen we zijn telefoon afluisterden vonden we een bericht met een lengte van twintig seconden dat hij op maandagavond om 22.10 uur had ontvangen. Ik drukte op de knop om het bericht te beluisteren en opeens weerklonk Stephanies stem uit de speaker van het toestel.

Sean, met mij. Ik moet je absoluut spreken, het is dringend. Alsjeblieft... [pauze] *Ik ben bang, Sean. Ik ben echt bang.*

Er klonk een lichte paniek door in haar stem.

'Ik heb het bericht die avond niet teruggeluisterd. Ik dacht dat het nog meer gedrein zou zijn. Pas woensdag heb ik het beluisterd, toen haar ouders op het bureau kwamen en vertelden dat ze verdwenen was,' zei Sean. 'En toen wist ik niet wat ik moest doen.'

'Waarom heb je niets gezegd?' vroeg ik.

'Ik was bang, kapitein. En ik schaamde me.'

'Voelde Stephanie zich bedreigd?'

'Nee... daar heeft ze tenminste nooit iets over gezegd. Ik had haar nooit eerder horen zeggen dat ze bang was.'

Ik wisselde een blik met Anna en commissaris Gulliver, toen vroeg ik aan Sean: 'Ik moet weten waar je was en wat je deed op maandagavond rond tien uur, toen Stephanie je probeerde te bellen.'

'Ik zat in een bar in East Hampton. Een van mijn vrienden is daar de bedrijfsleider en ik was er met een groepje vrienden. We zijn de hele avond gebleven. Ik zal je alle namen geven, dan kunnen jullie het controleren.'

Inderdaad werd door meerdere getuigen bevestigd dat Sean op de avond van de verdwijning vanaf zeven uur 's avonds tot een uur 's nachts in het café was. In Anna's kantoor zette ik Stephanies enigma op het magneetbord: 'Wat in 1994 vlak voor onze neus lag, maar wat we niet zagen.'

We vermoedden dat Stephanie de politiearchieven van Orphea wilde bezoeken om toegang te krijgen tot het onderzoeksdossier naar de viervoudige moord uit 1994. En dus gingen we naar het archief, waar we met weinig moeite de doos vonden waarin het dossier in kwestie zou moeten zitten. Maar tot onze grote verbazing was de doos leeg. Alles was weg. Er lag alleen een door de tijd vergeeld papier in, waarop stond getypt:

Hier begint de Zwarte nacht.

Het was als het begin van een speurtocht.

~

De enige concrete aanwijzing was het telefoontje vanuit de Kodiak Grill toen Stephanie daar net was vertrokken. We gingen ernaartoe en zagen de medewerker die we de vorige dag hadden ondervraagd.

'Waar is jullie munttelefoon?' vroeg ik.

'U kunt de telefoon aan de bar wel gebruiken,' antwoordde ze.

'Dat is heel aardig, maar ik wil de munttelefoon zien.'

Ze leidde ons het restaurant door naar de achterkant, waar twee rijen kapstokken aan de muur hingen; hier waren de toiletten, een geldautomaat, en in een hoek de munttelefoon.

'Hangt hier een camera?' vroeg Anna, terwijl ze het plafond bestudeerde.

'Nee, er hangen helemaal geen camera's in het restaurant.'

'Wordt de telefoon vaak gebruikt?'

'Ik zou het niet weten, het is hier altijd een komen en gaan. De toiletten zijn alleen voor klanten, maar er zijn altijd mensen die binnenkomen en onschuldig vragen of ze de telefoon mogen gebruiken. Dat mag meestal wel. Maar je kunt nooit weten of ze echt bellen of dat ze moeten plassen. Iedereen heeft tegenwoordig een mobiel, toch?'

Precies op dat moment ging die van Anna. Stephanies auto was bij het strand gevonden.

~

Anna en ik reden op volle snelheid over Ocean Road die vanaf de hoofdstraat naar het strand van Orphea leidde. De weg eindigde op een parkeerplaats, bestaande uit een enorme cirkel van beton, waarop de badgasten hun auto's kriskras parkeerden, zo lang ze maar wilden. In de winter stonden er auto's van wandelaars en huisvaders die kwamen vliegeren met hun kinderen. Op mooie lentedagen liep het al aardig vol. Hartje zomer vond hier, zodra de ochtenden begonnen te branden, een ware stormloop plaats; en dan slaagde een spectaculair aantal auto's erin om hier een plaatsje te vinden.

Op ongeveer honderd meter van de parkeerplaats stond in de berm een politieauto geparkeerd. Een agent wenkte ons en ik parkeerde achter zijn auto. Vanaf hier liep een smalle zandweg het bos in.

'De auto is door wandelaars gevonden,' vertelde de politieman. 'Hij schijnt er al sinds dinsdag te staan. Vanochtend lazen ze de krant en toen hebben ze de link gelegd. Ik heb het nagetrokken en het nummerbord komt overeen met dat van Stephanie Mailer.'

We moesten ongeveer tweehonderd meter lopen om de auto te bereiken, die netjes in een inham stond. Het was inderdaad de blauwe Mazda die ook door de camera's van de bank was gefilmd. Ik trok latex handschoenen aan, liep er snel omheen en keek door de ruiten naar binnen. Ik probeerde het portier te openen: op slot. Uiteindelijk zei Anna hardop wat mij door het hoofd spookte.

'Denk je dat ze in de kofferbak ligt, Jesse?'

'Er is maar één manier om daarachter te komen,' antwoordde ik.

De politieman bracht een koevoet. Ik stak hem tussen de gleuf van de kofferbak. Anna stond vlak achter me en hield haar adem in. Het slot gaf gemakkelijk mee en de kofferbak sprong open. Ik deinsde achteruit, toen boog ik voorover om naar binnen te kijken; ik constateerde dat hij leeg was.

'Niets,' zei ik terwijl ik wegliep van de auto. 'Laten we de forensische dienst bellen voordat we het plaats delict vervuilen. Ik denk dat de burgemeester nu ook wel inziet dat we zwaar geschut moeten inzetten.'

Inderdaad veranderde alles door de ontdekking van Stephanies auto. Burgemeester Brown werd van de situatie op de hoogte gebracht en kwam met Gulliver poolshoogte nemen. Hij begreep dat er een zoekactie op touw moest worden gezet, en dat de situatie de plaatselijke politie boven de pet ging; daarom belde hij de politiekorpsen van omliggende plaatsen om versterking.

Een uur later stond Ocean Road, vanaf halverwege tot aan de parkeerplaats op het strand, stampvol. Politiekorpsen uit de hele county hadden mensen gestuurd, aangevuld met wagens van de Staatspolitie. Her en der verdrongen zich groepen nieuwsgierigen bij de politielinten.

Aan de bosrand voerden de mannen van de forensische dienst in witte pakken hun kunsten op bij Stephanies auto, die ze met een stofkam onderzochten. Ook waren er speurhonden ingezet.

Algauw riep de leidinggevende van de hondenbrigade ons naar de parkeerplaats.

'Alle honden volgen hetzelfde spoor,' zei hij toen we bij hem stonden. 'Ze lopen vanaf de auto dit kleine paadje af, dat vanaf het bos door de begroeiing slingert en hier eindigt.'

Hij wees ons het pad aan, een olifantenpaadje dat wandelaars gebruikten om vanaf het bospad bij het strand te komen.

'De honden houden allemaal stil op de parkeerplaats. Precies waar ik nu sta. Daar raken ze het spoor bijster.'

De politieman stond precies op het midden van de parkeerplaats.

'Wat betekent dat?' vroeg ik.

'Dat ze hier in een auto is gestapt, kapitein Rosenberg. En dat ze met die auto is vertrokken.'

De burgemeester wendde zich tot mij.

'Wat denkt u ervan, kapitein?' vroeg hij.

'Ik denk dat iemand op Stephanie wachtte. Ze hadden een afspraak. Degene die ze in de Kodiak Grill zou zien, hield haar vanaf een tafeltje achter in de zaak in de gaten. Toen ze uit het restaurant vertrok, belde hij of zij haar vanaf de munttelefoon en sprak af op het strand. Stephanie was ongerust: ze dacht dat ze hem op een openbare plaats zou treffen en nu moest ze naar het strand, waar het op dat tijdstip doodstil was. Ze belde Sean, die niet opnam. Uiteindelijk besloot ze op het bospad te parkeren. Misschien om een vluchtmogelijkheid te hebben? Of om die mysterieuze ander te zien aankomen? Hoe dan ook, ze deed de auto op slot, liep naar de parkeerplaats en stapte in de auto van degene met wie ze had afgesproken. Waar hij haar naartoe heeft gebracht? God mag het zeggen.'

Er viel een ijskoude stilte. Toen mompelde commissaris Gulliver, alsof hij de volle omvang van de situatie begon in te zien: 'En daarmee begint de verdwijning van Stephanie Mailer.'

DEREK SCOTT

Op die avond in Orphea, op 30 juli 1994, duurde het even voordat de eerste collega's van de recherche eindelijk op de plaats delict kwamen, in gezelschap van onze leidinggevende, majoor McKenna. Toen hij de situatie in ogenschouw had genomen, nam hij me apart en vroeg: 'Was jij als eerste ter plaatse, Derek?'

'Ja, majoor,' antwoordde ik. 'Jesse en ik zijn hier al een uur. Als hoogste in rang heb ik een paar beslissingen moeten nemen, in het bijzonder dat er wegversperringen zouden worden opgericht.'

'Goed gedaan. Ik heb de indruk dat je de boel goed in de hand hebt. Voel je je in staat om deze zaak op je te nemen?'

'Ja, majoor. Het zou me een eer zijn.'

Ik merkte dat McKenna aarzelde.

'Dat zou je eerste grote zaak worden,' zei hij, 'en Jesse is een rechercheur met weinig ervaring.'

'Rosenberg heeft een goed instinct,' verzekerde ik hem. 'Vertrouw op ons, majoor. We zullen u niet teleurstellen.'

De majoor dacht een ogenblik na en stemde toen in.

'Ik geef je graag je grote kans, Scott. Ik mag jullie graag, Jesse en jou. Maar zorg dat het lukt. Want als je collega's horen dat ik jullie zo'n grote zaak heb gegeven, dan gaat er gekletst worden. Maar dan hadden ze maar eerder moeten komen! Waar zijn ze, verdomme? Zijn ze allemaal op vakantie? Stelletje eikels...'

De majoor wenkte Jesse dichterbij en sprak luidkeels, zodat onze collega's het ook zouden horen.

'Scott en Rosenberg, jullie krijgen de leiding over deze zaak.'

Jesse en ik deden er alles aan om de majoor geen spijt te laten krijgen van zijn beslissing. We brachten de nacht door in Orphea om de eerste aanwijzingen van het onderzoek te combineren. Het was bijna zeven uur in de ochtend toen ik Jesse bij zijn huis in Queens afzette. Hij vroeg me binnen voor een kop koffie en ik nam de uitnodiging aan. We waren uitgeput, maar nog veel te opgewonden om te slapen. Terwijl Jesse in de keuken het koffiezetapparaat bediende, begon ik aantekeningen te maken.

'Wie had er zo'n hekel aan de burgemeester dat hij hem met zijn vrouw en kind zou ombrengen?' zei ik hardop terwijl ik het opschreef, op een papier dat hij op de koelkast hing.

'We moeten zijn directe omgeving ondervragen,' stelde Jesse voor.

'Waarom waren ze thuis op de avond van de première van het theaterfestival? Ze hadden in het Grand Theater moeten zijn. En dan die koffers vol kleren in de auto. Ik denk dat ze op het punt stonden om weg te gaan.'

'Zouden ze op de vlucht zijn? Maar waarvoor?'

'Dat, Jesse,' zei ik, 'is precies waar we achter moeten komen.'

Ik hing een tweede papier op waarop hij schreef: *Had de burgemeester vijanden?*

Natasha, die waarschijnlijk wakker werd van onze stemmen, verscheen half slapend in de deuropening van de keuken.

'Wat is er gisteravond gebeurd?' vroeg ze, terwijl ze zich tegen Jesse aandrukte.

'Een bloedbad,' antwoordde ik.

'Moord op het theaterfestival,' las Natasha op de deur van de koelkast, voordat ze hem opendeed. 'Klinkt als een goede thriller.'

'Dat is het misschien ook,' knikte Jesse.

Natasha haalde melk, eieren en bloem tevoorschijn die ze op het aanrecht zette om pancakes te bakken en schonk zichzelf koffie in.

Ze keek opnieuw naar de aantekeningen en vroeg: 'En wat zijn jullie eerste hypotheses?'

JESSE ROSENBERG

Zondag 29 juni 2014
27 dagen voor de première

De zoekactie naar Stephanie leverde niets op.

Inmiddels was de regio bijna vierentwintig uur in de hoogste staat van paraatheid – tevergeefs. De county werd uitgekamd door teams van agenten en vrijwilligers. Er werden honden, duikers en een helikopter ingezet. Vrijwilligers hingen posters op in supermarkten en gingen winkels en benzinestations af in de hoop dat iemand, een klant of een medewerker, Stephanie had gezien. Meneer en mevrouw Mailer legden een verklaring af aan de pers en op de lokale televisie, lieten een foto van hun dochter zien en riepen iedereen op om onmiddellijk contact op te nemen met de politie als ze haar zagen.

Iedereen wilde een steentje bijdragen: de Kodiak Grill zorgde voor snacks voor de deelnemers aan de zoekactie. Het Lake Palace, een van de meest luxueuze hotels uit de omtrek, in dezelfde county als Orphea, had een van zijn zalen ter beschikking van de politie gesteld, die werd gebruikt als meldpunt voor vrijwilligers die zich bij de actie wilden aansluiten, waarna ze een zoekgebied kregen toegewezen.

Ik zat met Anna op haar kamer op het bureau van Orphea. We werkten aan het onderzoek. Stephanies reis naar Los Angeles was nog steeds een groot raadsel. Terug uit Californië had ze opeens contact gezocht met Sean O'Donnell, de agent, en bij hem gezeurd om toegang tot de archiefruimte van het politiebureau. Wat had ze ontdekt? We namen contact op met het hotel waar ze had verbleven, maar tevergeefs. Maar toen we haar regelmatige reizen naar New York onderzochten – waar we van wisten door de afschrijvingen van de tol – ontdekten we dat ze boetes had gekregen voor fout of te lang parkeren en zelfs een keer was weggesleept – altijd in dezelfde straat. Anna scharrelde zonder moeite een lijst op van de verschillende ondernemingen in die straat: restaurants, artsen, advocaten, chiropractors, wasserettes. En vooral: de redactie van *The New York Review of Letters.*

'Hoe kan dat?' vroeg ik. 'Stephanies moeder verzekerde me dat haar dochter in september bij *The New York Review of Letters* was ontslagen en dat ze daarom naar Orphea was verhuisd. Waarom zou ze er dan nog steeds komen? Dat slaat nergens op.'

'In elk geval vallen de data van de tolbetalingen samen met de boetes die ze heeft gekregen. En voor zover ik het zie, liggen de parkeerplaatsen waar ze die bekeuringen heeft gekregen allemaal vlak bij de ingang van het gebouw waar de burelen van de *Review* zitten. Laten we de hoofdredacteur van de *Review* bellen en hem om een verklaring vragen,' stelde ze voor, en ze nam de hoorn van de haak.

Ze had geen tijd om het nummer te bellen, want op hetzelfde moment werd er op de deur van haar kamer geklopt. Het was de verantwoordelijke van de forensische dienst van de Staatspolitie.

'Ik heb hier de resultaten van onze naspeuringen in het appartement en de auto van Stephanie Mailer,' zei hij terwijl hij met een dikke envelop zwaaide. 'Ik denk dat het jullie wel zal interesseren.'

Hij ging op de rand van de vergadertafel zitten.

'Om te beginnen het appartement,' zei hij. 'Ik kan bevestigen dat het om brandstichting gaat. Alles was overgoten met brandversnellende middelen. En mochten jullie er nog aan twijfelen, Stephanie Mailer heeft het vuur niet aangestoken.'

'Waarom zeg je dat?' vroeg ik.

De agent zwaaide met een plastic zak waarin stapels bankbiljetten zaten.

'We hebben in het appartement tienduizend dollar aan contanten gevonden, verborgen in het reservoir van een gietijzeren Italiaans koffiezetapparaat. Ze zijn ongeschonden.'

'Ja, als ik Stephanie was en ik had tienduizend dollar aan contanten in huis verstopt, dan zou ik die wel in veiligheid brengen voordat ik mijn appartement in brand stak,' zei Anna.

'En de auto?' vroeg ik aan de agent. 'Wat hebben jullie daar gevonden?'

'Helaas geen spoortje DNA, behalve van Stephanie zelf. Dat blijkt uit een vergelijking met een monster van haar ouders. Wel hebben we onder de bestuurdersstoel een nogal raadselachtig, handgeschreven briefje gevonden in wat waarschijnlijk Stephanies handschrift is.'

De politieagent stak zijn hand weer in de envelop en haalde er een derde plastic zak uit; er zat een bladzijde in die uit een schoolschrift was gescheurd, met de tekst:

De Zwarte nacht → *Theaterfestival van Orphea*

Bespreken met Michael Bird

'De Zwarte nacht!' riep Anna uit. 'Dat stond ook op dat briefje dat we in plaats van het ontbrekende dossier over de viervoudige moord uit 1994 hebben gevonden.'

'We moeten met Michael Bird gaan praten,' zei ik. 'Misschien weet hij meer dan hij kwijt wilde.'

We troffen Michael op zijn kantoor op de redactie van de *Orphea Chronicle*. Hij had een dossier voor ons aangelegd met daarin kopieën van alle artikelen die Stephanie voor de krant had geschreven. Voor het merendeel betrof het zeer plaatselijke informatie: de schoolkermis, de Columbus Day Parade, een gezamenlijke Thanksgivingviering voor sociaal zwakkeren, een pompoenwedstrijd voor Halloween, een auto-ongeluk en ander zeer plaatselijk nieuws. Terwijl ik de artikelen doornam vroeg ik Michael: 'Wat verdient Stephanie bij de krant?'

'Vijftienhonderd dollar per maand,' antwoordde hij. 'Waarom vraagt u dat?'

'Het kan van belang zijn voor het onderzoek. Ik wil niet achterhouden dat ik nog steeds probeer te begrijpen waarom Stephanie uit New York is weggegaan om in Orphea stukjes te schrijven over Columbus Day en een pompoenfeest. Dat snap ik niet. Vat het niet verkeerd op, Michael, maar dat stemt niet overeen met het ambitieuze beeld dat haar ouders en vrienden van haar hebben geschetst.'

'Ik begrijp precies wat u bedoelt, kapitein Rosenberg. Trouwens, ik heb het me zelf ook afgevraagd. Stephanie zei dat ze ziek was van haar ontslag bij *The New York Review of Letters*. Ze had behoefte aan iets nieuws. Ze is een idealiste, weet u. Ze wil dingen veranderen. De uitdaging om voor een plaatselijk blad te werken schrikt haar niet af, integendeel zelfs.'

'Ik denk dat er iets anders speelt,' zei ik, waarna ik Michael het papiertje liet zien dat in Stephanies auto was gevonden.

'Wat is dat?' vroeg Michael.

'Een briefje van Stephanie. Ze noemt het theaterfestival van Orphea en zegt erbij dat ze iets met je wil bespreken. Wat hou je voor ons achter, Michael?'

Michael verzuchtte: 'Ik heb beloofd dat ik niets zou vertellen... Ik heb haar mijn woord gegeven.'

'Ik geloof dat je niet begrijpt hoe ernstig de situatie is, Michael,' zei ik.

'Nee, jullie begrijpen het niet,' kaatste hij terug. 'Misschien heeft Stephanie een goede reden om een tijdje te verdwijnen. En brengen jullie alles in gevaar door de bevolking op de been te brengen.'

'Een goede reden?' vroeg ik verbaasd.

'Misschien wist ze dat ze gevaar liep en is ze ondergedoken. Jullie keren de hele regio ondersteboven, en misschien brengen jullie haar daarmee wel in gevaar. Haar onderzoek is belangrijker dan jullie je kunnen voorstellen, en de mensen die nu naar haar op zoek zijn, zijn misschien wel juist de mensen voor wie ze zich verstopt.'

'De politie, bedoel je?'

'Dat zou kunnen. Ze deed er altijd heel vaag over. Ik probeerde haar zover te krijgen om meer te vertellen, maar ze wilde nooit zeggen waar het allemaal om draaide.'

'Dat past precies bij de Stephanie die ik een tijdje geleden heb ontmoet,' verzuchtte ik. 'Maar wat is dan het verband met het theaterfestival?'

Hoewel de redactie verlaten was en de deur van zijn kantoor niet openstond, ging Michael nog zachter praten, alsof hij bang was dat iemand het zou horen.

'Stephanie dacht dat er iets niet pluis was op het festival. Ze wilde de vrijwilligers ondervragen zonder dat iemand iets doorhad. Ik kwam met het idee dat ze een artikelenreeks voor de krant zou schrijven. De perfecte dekmantel.'

'Nep-interviews?' vroeg ik verbijsterd.

'Niet nep, want we drukten ze wel af... Ik vertelde al over de financiële problemen van de krant, en Stephanie verzekerde me dat de publicatie van haar onderzoeksresultaten ons er weer bovenop zou stellen. "Als we dit afdrukken, rukken de mensen elkaar de *Orphea Chronicle* uit de hand," zei ze ooit.'

Terug op het bureau namen we eindelijk contact op met Stephanies vroegere baas, de hoofdredacteur van *The New York Review of Letters*. Hij heette Steven Bergdorf en woonde in Brooklyn. Anna belde. Ze zette de telefoon op de speaker zodat ik het gesprek kon volgen.

'Arme Stephanie,' zei Steven Bergdorf treurig toen Anna hem van de situatie op de hoogte bracht. 'Ik hoop dat haar niets ergs is overkomen. Ze is een erg intelligente vrouw, een uitmuntend literair journaliste en ze heeft een goede pen. En ze is heel aardig. Altijd vriendelijk voor iedereen. Niet iemand om zich kwade wil of moeilijkheden op de hals te halen.'

'Als mijn informatie juist is, hebt u haar afgelopen herfst ontslagen...'

'Klopt. Tot mijn overgrote spijt: zo'n briljante vrouw. Maar het budget van de *Review* was in de zomer ingekrompen. De abonnementen zijn in vrije val. Ik moest absoluut bezuinigen en iemand ontslaan.'

'Hoe reageerde ze?'

'Ze was er niet blij mee, dat mag duidelijk zijn. Maar we stonden nog steeds op goede voet. Ik heb haar in december zelfs geschreven om iets van haar te horen. Toen vertelde ze dat ze voor de *Orphea Chronicle* werkte en dat het haar erg beviel. Ik was heel blij voor haar, al was ik wel verbaasd.'

'U was verbaasd?'

Bergdorf gaf uitleg. 'Iemand als Stephanie Mailer is van het kaliber van *The New York Times*. Wat moest ze bij zo'n tweederangs krant?'

'Is Stephanie na haar ontslag nog wel eens op de redactie van uw tijdschrift geweest, meneer Bergdorf?'

'Nee, in elk geval niet dat ik weet. Hoezo?'

'Omdat we hebben vastgesteld dat haar auto in de afgelopen maanden meer dan eens bij uw gebouw stond.'

~

In zijn kamer op de burelen van *The New York Review of Letters*, die op deze zondag waren uitgestorven, bleef Steven Bergdorf nog lang onrustig na het gesprek.

'Wat is er, Stevie?' vroeg Alice, vijfentwintig jaar, die op de sofa zat en haar nagels rood lakte.

'De politie. Stephanie Mailer is verdwenen.'

'Stephanie? Wat was dat een trut.'

'Hoe bedoel je, "was"?' vroeg Steven ongerust. 'Weet jij meer dan ik?'

'Welnee, ik zei "was" omdat ik haar sinds haar vertrek niet meer heb gezien. Maar je hebt gelijk, waarschijnlijk is ze nog steeds een trut.'

Bergdorf kwam overeind uit zijn bureaustoel en ging peinzend bij het raam staan.

'Stevie, liefje,' wees Alice hem terecht. 'Je gaat toch niet lopen piekeren?'

'Als je mij niet had gedwongen haar te ontslaan...'

'Begin daar nou niet weer over, Stevie! Je hebt gedaan wat je moest doen.'

'Dus je hebt haar sinds haar vertrek niet meer gesproken?'

'Misschien nog eens door de telefoon. Wat maakt dat uit?'

'Alice, in godsnaam, je zegt net dat je haar niet meer hebt gezien!'

'Dat is ook zo. Maar ik heb haar wel door de telefoon gesproken. Een keer. Twee weken geleden.'

'Je gaat toch niet zeggen dat je haar hebt opgebeld om haar te treiteren? Weet ze wat de echte reden is van haar ontslag?'

'Nee.'

'Hoe kun je daar zo zeker van zijn?'

'Omdat zij mij belde. Ze vroeg om raad. Ze leek ongerust. Ze zei: "Ik moet iets van een man gedaan krijgen." Ik antwoordde: "Mannen zijn niet moeilijk: je zuigt aan hun pik, je belooft dat je je benen wijd doet en in ruil zijn ze je eeuwig trouw."'

'Waar ging het over? Misschien kunnen we het aan de politie vertellen.'

'Geen politie... Wees een schat en hou je kop.'

'Maar...'

'Stevie, verpest mijn humeur nou niet! Je weet wat er gebeurt als je me irriteert. Heb je geen netter overhemd? Dit is helemaal gekreukt. Maak je eens mooi, ik heb zin om vanavond uit te gaan.'

'Ik kan vanavond niet, ik...'

'Ik zei dat ik zin heb om uit te gaan!'

Met hangende schouders liep Bergdorf de kamer uit om koffie te halen. Hij belde zijn vrouw, hij zei dat hij een spoedklus had voor de afsluiting van de komende *Review* en dat hij niet thuis at. Toen hij ophing, begroef hij zijn gezicht in zijn handen. Hoe was hij hierin beland? Hoe was hij op zijn vijftigste in een relatie met die jonge vrouw verzeild geraakt?

Anna en ik waren ervan overtuigd dat het geld dat bij Stephanie was gevonden een aanwijzing in het onderzoek was. Waar kwamen die tienduizend dollar contacten vandaan? Stephanie verdiende vijftienhonderd dollar per maand: als ze haar huur, auto, boodschappen en verzekering had betaald, bleef er bar weinig over. En als het haar spaargeld was, zou het eerder op een bankrekening hebben gestaan.

Tegen het einde van de dag deden we navraag bij Stephanies ouders en vrienden naar het bestaan van de geldsom. Maar tevergeefs. Meneer en mevrouw Mailer verzekerden ons dat haar dochter zich altijd zelf had bedropen. Ze had een beurs gekregen om haar studie te betalen en daarna was ze van haar salaris rondgekomen. Haar vrienden verzekerden ons dat Stephanie vaak moeite had om de eindjes aan elkaar te knopen. Ze konden zich moeilijk voorstellen dat ze geld opzijzette.

Toen ik over de hoofdstraat uit Orphea wegreed ging ik niet rechtdoor naar Route 17 en de snelweg, maar sloeg ik haast gedachteloos af naar de wijk Penfield. Toen ik langs het pleintje van Penfield Crescent reed, stopte ik voor het huis waar burgemeester Gordon twintig jaar geleden had gewoond en waar alles was begonnen.

Ik bleef een tijdlang staan, en toen ik op weg naar huis ging kon ik me er niet van weerhouden om bij Derek en Darla langs te gaan.

Ik weet niet of dat kwam omdat ik behoefte had om Derek te zien of alleen omdat ik geen zin had om alleen te zijn; en verder had ik niemand.

Toen ik aankwam, was het acht uur. Ik bleef een ogenblik bij de deur staan, ik durfde niet aan te bellen. Ik hoorde vrolijke gesprekken en flarden van stemmen uit de keuken, waar ze zaten te eten. Derek en zijn familie aten iedere zondag pizza.

Onopvallend liep ik dichter naar het raam toe en keek hoe ze aten. Dereks drie kinderen zaten nog op de middelbare school. De oudste zou volgend jaar naar de universiteit gaan. Opeens zag een van hen me. Ze draaiden zich allemaal om naar het raam en keken me aan.

Derek kwam naar buiten terwijl hij zijn pizza wegwerkte, het papieren servet nog in zijn hand.

'Jesse,' zei hij verbaasd. 'Wat doe je daar? Kom ook eten.'

'Nee, dank je. Ik heb niet zo'n honger. Luister, er gebeuren vreemde dingen in Orphea...'

'Jesse,' verzuchtte Derek, 'je gaat me toch niet vertellen dat je je weekend daar hebt doorgebracht?'

Ik vatte snel de laatste ontwikkelingen samen.

'Er is geen twijfel mogelijk,' verzekerde ik. 'Stephanie had iets ontdekt over de viervoudige moord uit 1994.'

'Dat is maar een vermoeden, Jesse.'

'Wat?' riep ik uit. 'En dat briefje in Stephanies auto dan, over de Zwarte nacht? Diezelfde tekst lag op de plaats van het verdwenen politiedossier over de viervoudige moord! En dat ze een verband legde met het theaterfestival – weet je niet meer dat in 1994 de eerste editie was? Zijn dat dan geen tastbare bewijzen?'

'Je ziet alle verbanden die je wilt zien, Jesse! Besef je wel wat het betekent om het dossier uit 1994 te heropenen? Dat betekent dat we er destijds naast zaten.'

'En stel nou dat dat waar is? Stephanie zei dat we een essentieel detail over het hoofd hebben gezien, terwijl het toch voor onze neus lag.'

'Maar wat zouden we verkeerd hebben gedaan?' zei Derek boos. 'Vertel dat maar eens, Jesse! Weet je niet meer hoe zorgvuldig we te werk zijn gegaan? Het dossier stond als een huis! Volgens mij komen er allerlei nare herinneringen bij je boven omdat je weggaat bij de politie. Je kunt niet terug in de tijd, je kunt nooit terug naar wat je hebt gedaan! Dus waarom doe je ons dit aan? Waarom wil je het dossier heropenen?'

'Omdat het moet!'

'Er moet helemaal niks, Jesse! Morgen is je laatste dag bij de politie. Waarom wil je in een mestvaalt gaan spitten waarmee je niets meer te maken hebt?'

'Ik ben van plan om mijn laatste werkdag nog even uit te stellen. Zo kan ik niet weg. Ik kan niet leven met dit op mijn geweten!'

'Nou, ik wel!'

Hij maakte aanstalten om weer naar binnen te gaan, alsof hij een eind wilde maken aan dit gesprek waar hij helemaal geen zin in had.

'Derek, help me!' riep ik uit. 'Als ik morgen geen concreet bewijs heb voor een verband tussen Stephanie Mailer en het onderzoek uit 1994, zal hij me dwingen om het onderzoek voorgoed af te sluiten.'

Hij draaide zich om.

'Waarom doe je dit, Jesse?' vroeg hij. 'Waarom wil je zo graag in de modder wroeten?'

'Derek, help me...'

'Ik heb dit soort dingen al twintig jaar niet meer gedaan, Jesse. Waarom wil je me hierin betrekken?'

'Omdat je de beste agent bent die ik ken, Derek. Je bent altijd een veel betere speurder geweest dan ik. Jij had kapitein van de eenheid moeten worden, niet ik.'

'Kom niet naar mijn huis om me een les in moraliteit te geven of te vertellen hoe ik mijn carrière had moeten inrichten, Jesse! Je weet heel goed waarom ik de laatste twintig jaar achter een bureau formulieren zit in te vullen.'

'Ik geloof dat we een kans hebben om alles goed te maken, Derek.'

'Jesse, er valt niets goed te maken. Als je pizza wilt, ben je welkom. Maar we gaan het niet over het onderzoek hebben.'

Hij duwde de voordeur open.

'Ik ben jaloers op je, Derek!' zei ik toen.

Hij draaide zich om.

'Je bent jaloers op me? Waarop zou jij nou jaloers zijn?'

'Dat je van iemand houdt en dat er van je gehouden wordt.'

Vol afkeer schudde hij zijn hoofd. 'Jesse, Natasha is er al twintig jaar niet meer. Je had al heel lang geleden een nieuw leven moeten opbouwen. Soms denk ik dat je nog steeds wacht tot ze terugkomt.'

'Iedere dag, Derek. Iedere dag denk ik dat ze terugkomt. Iedere dag dat ik de voordeur opendoe, hoop ik dat ze er weer is.'

Hij zuchtte.

'Ik weet niet wat ik moet zeggen. Het spijt me, Jesse. Je hebt hulp nodig. Je moet verder met je leven.'

Hij ging naar binnen, ik liep naar de auto. Net toen ik weg wilde rijden zag ik Darla naar buiten komen; ze liep nerveus naar me toe. Ze leek woedend en ik wist waarom. Ik deed het raampje omlaag en ze riep: 'Doe hem dit niet aan, Jesse! Maak geen spoken uit het verleden wakker!'

'Darla, luister...'

'Nee, Jesse, jij moet luisteren! Derek verdient het niet dat je hem dit aandoet! Val hem niet lastig met dat dossier! Doe het hem niet aan. Als je in het verleden wilt wroeten ben je hier niet welkom! Moet ik je eraan herinneren wat er twintig jaar geleden is gebeurd?'

'Nee, Darla, dat hoeft niet! Daar hoeft niemand me aan te herinneren. Daar denk ik zelf wel aan, iedere dag. Iedere godverdomde dag, Darla. Hoor je me? Iedere godvergeten ochtend als ik opsta en iedere avond als ik ga slapen.'

Ze keek me triest aan; ik begreep dat het haar speet dat ze hierover was begonnen.

'Het spijt me, Jesse. Kom nou, er is nog pizza en ik heb tiramisu gemaakt.'

'Nee, dank je wel. Ik ga naar huis.'

Ik startte de auto.

Thuis schonk ik een glas in en haalde een multomap tevoorschijn die ik al heel lang niet meer had aangeraakt. Er zat een stapel artikelen in uit 1994. Ik bladerde er lang doorheen. Een ervan trok mijn aandacht.

Bij een plechtigheid in het districtscentrum van de Staatspolitie heeft sergeant Derek Scott gisteren een onderscheiding ontvangen voor het redden van zijn partner, agent Jesse Rosenberg, bij de aanhouding van een gevaarlijke moordenaar die zich afgelopen zomer in de Hamptons schuldig heeft gemaakt aan de moord op vier personen.

De voordeurbel haalde me uit mijn overpeinzingen. Ik keek op de klok: wie kon dat zo laat nog zijn? Ik pakte mijn wapen dat voor me op tafel lag en ik liep geluidloos en wantrouwig naar de deur. Ik keek door het spionnetje: het was Derek.

Ik deed open en keek hem een ogenblik zwijgend aan. Hij zag mijn wapen.

'Je denkt echt dat het menens is, hè?' vroeg hij.

Ik knikte.

Hij vervolgde: 'Laat me maar zien wat je hebt, Jesse.'

Ik haalde alles tevoorschijn wat ik had en legde het op de eetkamertafel. Derek bestudeerde de beelden van de beveiligingscamera's, het briefje, het contante geld en de creditcardafschriften.

'Het is duidelijk dat Stephanie meer uitgaf dan ze verdiende,' legde ik Derek uit. 'Alleen al dat ticket naar Los Angeles kostte negenhonderd dollar. Ze moet een andere inkomstenbron hebben gehad. Die moeten we zien te achterhalen.'

Derek verdiepte zich in Stephanies uitgaven. Ik zag een sprankeling in zijn ogen die ik al lang niet meer had gezien. Nadat hij de creditcarduitgaven langdurig had uitgepluisd, pakte hij een pen en omcirkelde een automatische maandelijkse afschrijving: zestig dollar, sinds november.

'Dat geld wordt afgeschreven door een onderneming die SVMA heet,' zei hij. 'Zegt dat je iets?'

'Nee, niets,' antwoordde ik.

Hij pakte mijn laptop van tafel en zocht op het internet.

'Een self-storage in Orphea,' zei hij, terwijl hij het scherm naar me toe draaide.

'Een opslagruimte?' vroeg ik verrast. Ik dacht aan mijn gesprek met Trudy Mailer. Volgens haar had Stephanie maar een paar spulletjes in New York, die ze direct naar haar appartement in Orphea had gebracht. Waarom zou ze dan al vanaf november een opslagruimte huren?

Het opslagbedrijf was vierentwintig uur per dag geopend en we besloten er direct naartoe te gaan. Toen ik de nachtwaker mijn badge liet zien, raadpleegde hij het register en noemde het nummer van de opslag die Stephanie huurde.

We liepen door een wirwar van deuren en neergelaten rolluiken en stonden toen voor een rolluik dat met een hangslot was afgesloten. Ik had een metaalschaar meegenomen en maakte moeiteloos korte metten met het slot. Ik liet het luik omhoogratelen terwijl Derek de ruimte met zijn zaklamp bescheen.

We deden een verbijsterende ontdekking.

DEREK SCOTT

Begin augustus 1994. Sinds de viervoudige moord was een week verstreken.

Jesse en ik staken al onze energie in het onderzoek: we werkten dag en nacht en bekommerden ons niet om slaap, verlof of overwerk.

We hadden onze tenten opgeslagen in het appartement van Jesse en Natasha, dat veel gastvrijer was dan de kille kamer in het districtscentrum van de Staatspolitie. We hadden de woonkamer in beslag genomen waar we twee veldbedden hadden neergezet en waar we kwamen en gingen wanneer we wilden. Natasha was heel attent. Soms stond ze midden in de nacht op om eten te maken. Ze zei dat het een goede manier was om de gerechten uit te testen die ze in het restaurant op het menu wilde zetten.

'Jesse,' zei ik met volle mond, genietend van wat Natasha voor ons had klaargemaakt, 'zorg dat je met deze vrouw trouwt. Ze is echt fantastisch.'

'Ben ik al mee bezig,' antwoordde Jesse op een avond.

'Wat? Wanneer?' riep ik dolblij uit.

Hij glimlachte. 'Binnenkort. Wil je de ring zien?'

'Wat dacht je!'

Hij verdween een ogenblik en kwam terug met een cassette waar een schitterende diamant in zat.

'God, Jesse, wat schitterend!'

'Die was van mijn grootmoeder,' verklaarde hij; toen stak hij hem snel weer in zijn zak voordat Natasha binnenkwam.

De ballistische analyse liet geen ruimte voor twijfel: er was een enkel wapen gebruikt, een pistool van het merk Beretta. Er was maar één persoon bij de moorden betrokken. De experts gingen ervan uit dat het hoogstwaarschijnlijk een man was, niet alleen vanwege de gewelddadigheid, maar ook omdat de voordeur met een enkele schop was ingetrapt. Die had trouwens niet op slot gezeten.

Op verzoek van het bureau van de aanklager kon middels een reconstructie van de gebeurtenissen het volgende feitenverloop worden vastgesteld: de moordenaar had de deur van de familie Gordon ingetrapt. Eerst was hij in de hal gestuit op Leslie Gordon, die hij frontaal in de buik had geraakt van ongeveer een armlengte afstand. Daarna zag hij het kind in de woonkamer, dat hij vanuit de gang met twee kogels in de rug had neergeschoten. Vervolgens was de moordenaar naar de keuken gelopen, ongetwijfeld omdat hij iets hoorde. Burgemeester Joseph Gordon werd vier keer in de rug geschoten terwijl hij probeerde door de openslaande keukendeur de tuin in te vluchten. De schutter was vertrokken door de gang en de voordeur. Geen enkele kogel had doel gemist; hij was dus een ervaren schutter.

Hij was door de voordeur naar buiten gegaan en had Meghan Padalin gezien die aan het joggen was. Waarschijnlijk probeerde ze te vluchten, maar met twee schoten in de rug had hij haar omgelegd. Waarschijnlijk was zijn gezicht onbedekt, want hij had de jonge vrouw nog eens van dichtbij door het hoofd geschoten om er zeker van te zijn dat ze echt dood was en haar mond niet kon opendoen.

Een bijkomende moeilijkheid was dat er alleen twee indirecte getuigen waren die geen nuttige bijdrage aan het onderzoek konden leveren. Op het moment van de feiten was Penfield Crescent zo goed als uitgestorven. Van de acht huizen in de straat stond er een te koop; de bewoners van vijf andere waren in het Grand Theater. Het laatste huis werd bewoond door de familie Bellamy, van wie die avond alleen Lena Bellamy thuis was, een jonge moeder van drie kinderen, met haar jongste kind dat nauwelijks drie maanden oud was. Terrence, haar echtgenoot, was met de twee oudere kinderen naar de boulevard gegaan.

Lena Bellamy had de knallen goed gehoord, maar ze dacht dat het vuurwerk op de boulevard was vanwege het festival. Toch had ze net voordat ze de knallen hoorde een zwart busje opgemerkt met op de achterruit een groot logo dat ze niet nader kon beschrijven. Ze herinnerde zich dat het een tekening was, maar ze had niet goed genoeg opgelet om te weten wat die voorstelde.

De tweede getuige was Albert Plant, een man die een straat verderop alleen in een gelijkvloerse woning woonde. Hij was sinds een ongeluk aan een rolstoel gekluisterd, en die avond was hij thuisgebleven. Onder het eten had hij de schoten gehoord. Een serie knallen die hem zo opvielen dat hij naar de veranda was gegaan en had geluisterd wat er in de buurt gebeurde. Hij had de tegenwoordigheid van geest om op de klok te kijken; tien over zeven. Maar toen het weer volmaakt stil was, dacht hij dat het kinderen moesten zijn geweest die rotjes afstaken. Hij bleef op de veranda zitten en genoot van de zachte avond, tot hij ongeveer een uur later, om twintig over acht, een man om hulp hoorde brullen. Hij had meteen de politie gebeld.

Een van de eerste moeilijkheden was de afwezigheid van een motief. Om te achterhalen wie de burgemeester en zijn gezin had vermoord, moesten we weten wie daar een goede reden voor had. Maar de eerste sporen van het onderzoek liepen op niets uit: we ondervroegen stadsbewoners, gemeenteambtenaren, familieleden en vrienden van de burgemeester en zijn vrouw – tevergeefs. Het leven van de Gordons leek volmaakt vredig. Geen vijanden, geen schulden, geen drama, geen spoken uit het verleden. Niets. Een doodgewoon gezin. Leslie Gordon, de vrouw van de burgemeester, was een geliefde onderwijzeres op de basisschool van Orphea en over de burgemeester zelf werd misschien niet lovend gepraat, maar hij stond best goed aangeschreven onder zijn stadsgenoten en iedereen ging ervan uit dat hij in september zou worden herkozen bij de gemeenteverkiezingen, waarbij de locoburgemeester Alan Brown het tegen hem opnam.

Toen we op een middag voor de zoveelste keer de papieren van het onderzoek doornamen, zei ik tegen Jesse: ‘En stel nou dat Gordon helemaal niet wilde vluchten? Stel nou dat we er vanaf het begin al naast zitten?’

'Wat bedoel je, Derek?' vroeg Jesse.

'Nou, we hebben ons gefocust op het feit dat Gordon thuis was in plaats van in het Grand Theater, en dat de koffers gepakt waren.'

'Je moet toegeven dat het heel vreemd is dat de burgemeester besluit om niet bij de opening van zijn eigen festival te komen opdagen,' bracht Jesse ertegenin.

'Misschien was hij gewoon te laat,' zei ik. 'Stond hij op het punt om ernaartoe te gaan. De officiële ceremonie begon pas om halfacht, hij had nog tijd genoeg om naar het Grand Theater te gaan. Het is nog geen tien minuten met de auto. En wat die koffers betreft: misschien gingen de Gordons op vakantie. Zijn vrouw en zoon waren de hele zomer vrij. Het zou niet meer dan logisch zijn. Misschien waren ze van plan om de volgende ochtend vroeg te vertrekken en wilden ze de koffers gepakt hebben voordat ze naar het Grand Theater gingen, omdat ze wisten dat ze laat thuis zouden zijn.'

'Maar waarom zouden ze dan vermoord zijn?' vroeg Jesse.

'Een uit de hand gelopen inbraak?' suggereerde ik. 'Iemand die dacht dat de Gordons op dat tijdstip al in het Grand Theater moesten zijn, zodat alles voor het grijpen lag?'

'Alleen heeft die zogenaamde inbreker niks anders meegenomen dan hun levens. En zou hij de deur intrappen om binnen te komen? Dat is niet bepaald subtiel. Bovendien heeft geen van de gemeenteambtenaren vermeld dat de burgemeester op vakantie ging. Nee, Derek, er is meer aan de hand. De moordenaar wilde ze uitschakelen. Dat lijdt geen twijfel, met zoveel geweld.'

Jesse haalde een foto uit het dossier van het lijk van de burgemeester in het huis; hij staarde er lang naar en vroeg: 'Valt je niets op aan deze foto, Derek?'

'Behalve dat de burgemeester baadt in zijn eigen bloed, bedoel je?'

'Hij draagt geen pak en stropdas,' zei Jesse. 'Hij draagt vrijetijdskleding. Welke burgemeester zou in zulke kleren een festival openen? Dat slaat nergens op. Weet je wat ik denk, Derek? Ik denk dat de burgemeester nooit van plan is geweest om bij de voorstelling te zijn.'

Op de foto's van de openstaande koffer naast Leslie Gordon zag je nog net dat er fotoalbums en een beeldje in zaten.

'Kijk, Derek,' vervolgde Jesse. 'Op het moment dat Leslie Gordon werd vermoord, was ze een koffer aan het volproppen met persoonlijke herinneringen. Wie neemt er nou fotoalbums mee op vakantie? Ze wilden vluchten. Waarschijnlijk voor hun moordenaar. Iemand die wist dat ze niet op het theaterfestival zouden zijn.'

Net toen Jesse dat zei, kwam Natasha binnen.

'Zo, jongens,' zei ze glimlachend. 'Hebben jullie al iets?'

'Helemaal niets,' zei ik zuchtend. 'Alleen een zwart busje met een tekening op de achterruit. En dat is niet veel.'

We werden onderbroken door de deurbel.

'Wie is daar?' vroeg ik.

'Darla,' antwoordde Natasha. 'Ze komt de plannen voor de inrichting van het restaurant bekijken.'

Ik verzamelde de papieren en borg ze op in een kartonnen map.

'Niets over het onderzoek zeggen,' droeg ik Natasha op toen ze ging opendoen.

'Goed hoor, Derek,' stelde ze me onverschillig gerust.

'Ik meen het, Nath,' herhaalde ik. 'Het onderzoek is geheim. Eigenlijk mogen we hier niet eens zijn en mag jij dit allemaal niet zien. Daar kunnen Jesse en ik problemen mee krijgen.'

'Ik zeg niks, dat beloof ik,' verzekerde Natasha hem.

Natasha deed open en toen Darla binnenkwam, viel haar oog direct op het dossier dat ik vasthield.

'En hoe gaat het met het onderzoek?' vroeg ze.

'Gaat wel,' antwoordde ik.

'Zeg, is dat alles wat je erover gaat zeggen, Derek?' zei Darla uitdagend.

'Beroepsgeheim,' zei ik alleen.

Ongewild klonk ik een beetje kortaf.

Darla keek verongelijkt. 'Beroepsgeheim? Ammehoela! Ik weet zeker dat Natasha alles weet.'

JESSE ROSENBERG

Maandag 30 juni 2014
26 dagen voor de première

Om halftwee belde ik Anna wakker: ze moest naar de opslagruimte komen waar Derek en ik al waren. Ze kende de weg, en twintig minuten later was ze er. We troffen haar op de parkeerplaats. De nacht was warm, de hemel bezaaid met sterren.

Ik stelde Derek aan Anna voor en zei toen: 'Derek heeft ontdekt waar Stephanie haar onderzoek uitvoerde.'

'In een opslagruimte?' vroeg ze verbijsterd.

Derek en ik knikten als één man en leidden Anna toen door de gangen met rolluiken. We stopten voor nummer 234A. Ik deed het rolluik omhoog en knipte het licht aan. We zagen een kleine ruimte van twee bij drie meter, geheel behangen met papieren over de viervoudige moord uit 1994. Er waren artikelen bij uit diverse regionale kranten uit die tijd, en vooral een artikelenreeks uit de *Orphea Chronicle*. Er waren ook vergrotingen van foto's van de slachtoffers en een foto van het huis van burgemeester Gordon, gemaakt op de avond van de moord en ongetwijfeld afkomstig uit een artikel. Ik stond op de voorgrond; Derek en een groep agenten stonden rondom een wit laken dat het lichaam van Meghan Padalin bedekte. Met vilstift had Stephanie op de foto geschreven:

Wat niemand heeft gezien

Het enige meubilair waren een tafeltje en een stoel, waarvan we ons voorstelden dat Stephanie er uren op had doorgebracht. Op het geïmproviseerde bureau lagen papieren en pennen. En aan de wand hing een papier, alsof het de aandacht moest trekken, waarop geschreven stond:

Kirk Harvey vinden

'Wie is Kirk Harvey?' vroeg Anna hardop.

'Het hoofd van de politie van Orphea ten tijde van de moorden,' antwoordde ik. 'Hij werkte mee aan het onderzoek.'

'En waar is hij nu?'

'Geen idee. Ik denk dat hij al met pensioen moet zijn. We moeten hem absoluut zien te vinden: misschien heeft hij Stephanie gesproken.'

Toen ik de aantekeningen die op het bureau lagen doorzocht, ontdekte ik ook iets anders.

'Kijk eens, Anna,' zei ik, terwijl ik haar een rechthoekig papier gaf.

Het was Stephanies vliegticket naar Los Angeles. Ze had erop geschreven:

De Zwarte nacht – politiearchieven

'Alweer die Zwarte nacht,' fluisterde Anna. 'Wat zou dat betekenen?'

'Dat haar reis naar Los Angeles iets met het onderzoek te maken had,' opperde ik. 'En nu kunnen we er absoluut van overtuigd zijn dat Stephanie onderzoek deed naar de viervoudige moord uit 1994.'

Aan de muur hing een minstens twintig jaar oud beeld van burgemeester Brown. Het leek afkomstig van een video-opname. Brown stond achter een microfoon met een vel aantekeningen in zijn hand, alsof hij een redevoering gaf. Om het vel papier was met viltstift een kring getrokken. De achtergrond deed denken aan het toneel van het Grand Theater.

'Misschien is dat burgemeester Brown die op de avond van de moorden de openingstoespraak van het festival houdt,' zei Derek.

'Hoe kun je weten dat dit de avond van de moorden is?' vroeg ik. 'Weet je nog wat hij die avond droeg?'

Derek pakte de foto uit het krantenartikel weer op waar Brown ook op stond, en zei: 'Het lijkt erop dat hij precies dezelfde kleren draagt.'

De hele nacht bleven we in de opslagruimte. Er waren geen camera's en de bewaker had niets gezien: hij legde uit dat hij er alleen was voor als er problemen waren, maar er waren nooit problemen. De klanten kwamen en gingen wanneer ze wilden, ongecontroleerd, zonder iets te hoeven vragen.

De forensische dienst van de Staatspolitie werd met spoed ter plaatse geroepen om de opslag te onderzoeken; en toen alles nauwkeurig werd doorzocht kwam Stephanies laptop tevoorschijn, verstopt in de dubbele bodem van een doos die leeg zou moeten zijn, maar die de politieman die hem optilde ongewoon zwaar vond.

'Hier was degene naar op zoek die haar appartement in brand heeft gestoken en bij de krant heeft ingebroken,' zei ik.

De forensische dienst nam de laptop mee voor analyse. Anna, Derek en ik namen de documenten mee die aan de muur van de opslagruimte hingen en hingen ze op Anna's werkkamer op dezelfde manier op. Om halfzeven 's ochtends prikte Derek, met dikke ogen van de slaap, de foto van het huis van burgemeester Gordon met een punaise aan de muur, staarde er langdurig naar en las opnieuw hardop voor wat Stephanie erop had geschreven: '*Wat niemand heeft gezien.*' Hij boog zich voorover tot een paar centimeter van de foto en bestudeerde de gezichten van de aanwezigen. 'Dus dat is burgemeester Brown,' zei hij, terwijl hij wees op een man in een lichtgekleurd pak. 'En dat,' zei hij terwijl hij naar een miniatuurhoofd wees, 'is commissaris Kirk Harvey.'

Ik moest terug naar het districtscentrum van de Staatspolitie om majoor McKenna verslag te doen van mijn vorderingen. Derek ging mee. Toen we Orphea verlieten en door de hoofdstraat reden, die baadde in het licht van de ochtendzon, zei Derek, die Orphea ook na twintig jaar terugzag: 'Er is hier niks veranderd. Alsof de tijd heeft stilgestaan.'

Een uur later zaten we in het kantoor van majoor McKenna, die verbijsterd luisterde naar wat ik in het weekend had gedaan. Met de ontdekking van de opslagruimte beschikten we nu over bewijs dat Stephanie onderzoek deed naar de viervoudige moord uit 1994 en dat ze misschien iets belangrijks had ontdekt.

'Verdomd nog aan toe, Jesse,' verzuchtte McKenna. 'Zal die zaak ons dan de rest van ons leven achtervolgen?'

'Ik hoop het niet, majoor,' antwoordde ik. 'Maar we moeten dit tot op de bodem uitzoeken.'

'Besef je wel wat het betekent als jullie destijds een fout hebben gemaakt?'

'Daar ben ik me terdege bewust van. Daarom zou ik willen dat u me in dienst houdt, zodat ik dit onderzoek kan voltooien.'

Hij zuchtte. 'Weet je, Jesse, dat gaat me enorm veel tijd, papierwerk en uitleg aan mijn meerderen kosten.'

'Dat begrijp ik, majoor. En het spijt me.'

'En hoe moet het dan met dat project waarvoor je bij de politie weg wilde?'

'Dat kan wel wachten tot deze zaak is afgerond, majoor,' verzekerde ik hem.

McKenna bromde en haalde formulieren uit een la.

'Ik doe het voor jou, Jesse, omdat je de beste speurder bent die ik ooit heb gehad.'

'Daar ben ik u heel erkentelijk voor, majoor.'

'Maar je kantoor heb ik vanaf morgen aan iemand toegewezen.'

'Ik heb geen kantoor nodig, majoor. Ik zal mijn spullen ophalen.'

'En ik wil niet dat je het onderzoek alleen doet. Ik zal je een partner toewijzen. Jammer genoeg zijn de andere tweetallen van je eenheid al compleet omdat je zou vertrekken. Maar geen nood, ik vind wel iemand.'

Derek, die naast me zat, verbrak zijn stilzwijgen.

'Ik ben bereid om Jesse te assisteren, majoor. Dat is de reden dat ik ben meegekomen.'

'Jij, Derek?' zei McKenna verbaasd. 'Hoelang heb jij al niet meer in het veld gewerkt?'

'Twintig jaar.'

'Het is aan Derek te danken dat we die opslagruimte hebben gevonden,' zei ik.

De majoor zuchtte opnieuw. Ik zag dat hij zich bezwaard voelde.

'Derek, zeg je nou dat je opnieuw in het onderzoek wilt duiken dat je ertoe gebracht heeft om een kantoorbaan te nemen?'

'Ja,' antwoordde Derek vastberaden.

De majoor keek ons langdurig aan.

'En waar is je dienstwapen, Derek?' vroeg hij uiteindelijk.
'In mijn bureaula.'
'Weet je nog hoe je ermee om moet gaan?'
'Ja.'
'Oké, maar doe me een lol en schiet voordat je met dat ding aan je riem gaat rondlopen toch even een magazijn leeg op de schietbaan. Heren, rond dat onderzoek snel en deugdelijk voor me af. Ik heb geen zin om de hemel op ons hoofd te krijgen.'

~

Terwijl Derek en ik in het districtscentrum van de Staatspolitie waren, zat Anna niet stil. Ze had het in haar hoofd gehaald om Kirk Harvey op te sporen, maar dat bleek aanzienlijk ingewikkelder dan ze dacht. Urenlang was ze bezig om de oude commissaris op te sporen, maar tevergeefs: hij was geheel uit de roulatie verdwenen. Hij had geen adres en geen telefoonnummer meer. Bij gebrek aan bronnen wendde ze zich tot de enige persoon in Orphea die ze kon vertrouwen: haar buurman Cody. Ze ging bij hem langs in zijn boekwinkel, die niet ver van de redactie van de *Orphea Chronicle* lag.

'Er komt echt geen hond vandaag,' zuchtte Cody toen hij haar binnen zag komen.

Anna begreep dat hij, toen hij de deur hoorde, op een klant had gehoopt. Hij vervolgde: 'Ik hoop maar dat het vuurwerk voor de Fourth of July wat mensen trekt, juni is een beroerde maand geweest.'

Anna pakte een roman van een display.

'Is dit wat?' vroeg ze aan de boekhandelaar.

'Het is niet slecht.'

'Ik neem het.'

'Anna, dat hoef je heus niet te doen...'

'Ik heb niks te lezen. Het komt geweldig goed uit.'

'En toch denk ik niet dat je daarvoor bent gekomen.'

'Niet alleen daarvoor,' zei ze glimlachend, terwijl ze hem een biljet van vijftig dollar gaf. 'Wat kun je me vertellen over de viervoudige moord uit 1994?'

Hij fronste zijn wenkbrauwen. 'Daar heb ik al heel lang niemand meer over gehoord. Wat wil je weten?'

'Ik ben benieuwd hoe de sfeer destijds was.'

'Het was verschrikkelijk,' zei Cody. 'Iedereen was natuurlijk heel erg geschrokken. Stel je voor: een heel gezin uitgemoord, inclusief een kind. En dan Meghan, het liefste meisje dat je ooit hebt gezien. We waren hier allemaal gek op haar.'

'Kende je haar goed?'

'Of ik haar goed kende? Ze werkte in de boekhandel. In die tijd draaide de winkel als een tierelier en dat kwam vooral door haar. Denk je eens in: een jonge, knappe verkoopster, heerlijk, briljant en hartstochtelijk. De klanten kwamen van heel Long Island, alleen voor haar! Het is zo jammer! Zo onrechtvaardig! Het was een verschrikkelijke schok voor me. Op een gegeven moment overwoog ik zelfs om de boel op te doeken en te vertrekken. Maar waar kon ik heen? Ik heb hier al mijn banden. Weet je, Anna, het ergste is dat iedereen het meteen begreep: Meghan was dood omdat ze de moordenaar van de Gordons had herkend. Dat betekende dat het een van ons was. Iemand die we kenden. Die we in de supermarkt tegenkwamen, op het strand, in de boekhandel zelfs. En jammer genoeg bleek toen de moordenaar werd ontmaskerd dat we geen ongelijk hadden gehad.'

'Wie was het?'

'Ted Tennenbaum, een sympathieke, innemende man uit een rijke familie. Een actieve, betrokken burger. Restauranthouder. Lid van de vrijwillige brandweer. Hij had geholpen bij de organisatie van het eerste festival.' Cody zuchtte. 'Ik praat hier niet graag over, Anna. Het raakt me te diep.'

'Het spijt me, Cody. Nog één vraag: zegt de naam Kirk Harvey je wat?'

'Ja, dat was het vroegere hoofd van de politie van Orphea. Vóór Gulliver.'

'En wat is er van hem geworden? Ik probeer hem op het spoor te komen.'

Cody keek haar vreemd aan.

'Die is van de ene dag op de andere verdwenen,' zei hij terwijl hij haar wisselgeld gaf en het boek in een papieren zak deed. 'Niemand heeft ooit nog iets van hem vernomen.'

'Wat is er met hem gebeurd?'

'Dat weet niemand. Op een mooie herfstdag in 1994 is hij verdwenen.'

'In hetzelfde jaar als de viervoudige moord, bedoel je?'

'Ja, drie maanden later. Daarom weet ik het nog. Het was een vreemde zomer. De meeste bewoners wilden liever vergeten wat er was gebeurd.'

Onder het praten pakte hij zijn sleutels en propte hij zijn telefoon, die op de balie lag, in zijn zak.

'Ga je weg?' vroeg Anna.

'Ja, ik ga gebruikmaken van het feit dat er geen klanten zijn om in het Grand Theater met de andere vrijwilligers aan de slag te gaan. We hebben je trouwens al een tijdje niet gezien.'

'Weet ik, het groeit me allemaal een beetje boven het hoofd. Zal ik je brengen? Ik wilde toch net naar het Grand Theater om de vrijwilligers wat vragen over Stephanie te stellen.'

'Heel graag.'

Het Grand Theater lag naast Café Athena, dus aan het einde van de hoofdstraat, bijna bij het begin van de boulevard.

Zoals in alle rustige stadjes werd de ingang van de openbare gebouwen nauwelijks bewaakt en Anna en Cody liepen het theater binnen door gewoon de deur open te duwen. Ze doorkruisten de foyer en toen de zaal, via het centrale gangpad, tussen de rijen roodfluwelen stoelen.

'Stel je voor hoe het er hier volgende maand uitziet, vol mensen,' zei Cody trots. 'Allemaal dankzij de vrijwilligers.'

Zonder aarzelen beklom hij de treden naar het toneel; Anna kwam vlak achter hem aan. Ze liepen langs het doek naar de coulissen. Na een wirwar van gangen duwden ze een deur open waarachter het geroezemoes klonk van de vrijwilligers. Ze renden van hot naar her: sommigen zorgden voor de kaartverkoop, anderen voor de logistiek. In een andere ruimte werden voorbereidingen getroffen om affiches op te hangen en werd het programma dat binnenkort naar de drukker zou gaan op fouten gecontroleerd. In de werkplaats was een ploeg aan het werk om het staketsel van een decor omhoog te krijgen.

Anna nam de tijd om met de vrijwilligers te praten. Een groot aantal had het Grand Theater in de steek gelaten om mee te helpen met de zoekactie naar Stephanie, en ze kwamen spontaan op haar af om te vragen hoe het met het onderzoek stond.

'Het gaat niet zo snel als ik zou willen,' vertrouwde ze hen toe. 'Maar ik weet dat ze vaak in het Grand Theater kwam. Ik ben haar hier meermalen tegengekomen.'

'Ja,' zei een klein heertje dat met de kaartverkoop bezig was. 'Vanwege die artikelen over de vrijwilligers. Heeft ze jou niet ook geïnterviewd, Anna?'

'Nee,' zei Anna.

Daar had ze niet eens bij stilgestaan.

'Mij ook niet,' merkte een man op die nog niet zo lang geleden naar Orphea was gekomen.

'Vast omdat je hier nieuw bent,' suggereerde iemand.

'Ja, inderdaad,' viel een ander bij. 'Jij was er nog niet in 1994.'

'1994?' vroeg Anna verrast. 'Vroeg Stephanie naar 1994?'

'Ja. Ze was voornamelijk geïnteresseerd in het allereerste festival.'

'Wat wilde ze weten?'

Op die vraag kreeg Anna een keur aan antwoorden, maar er was er een dat regelmatig terugkwam: Stephanie had systematisch vragen gesteld over de brandweerman die op de avond van de première dienst had in het theater. Bij het verzamelen van de getuigenissen van de vrijwilligers leek het of ze het verloop van die avond tot op de minuut probeerde vast te stellen.

Uiteindelijk ging Anna Cody halen in het hok dat dienstdeed als zijn kantoor. Hij zat achter een wankele tafel waarop een oude computer stond en allerlei stapels documenten lagen.

'Heb je mijn vrijwilligers lang genoeg van het werk gehouden, Anna?' zei hij, bij wijze van grap.

'Cody, weet jij heel toevallig nog wie de brandweerman van dienst was op de avond van de première in 1994, en of hij nog steeds in Orphea woont?'

Cody sperde zijn ogen wijd open.

'Of ik me dat herinner? God, Anna, het spookt hier echt, vandaag. Dat was Ted Tennenbaum, de dader van die viervoudige moord. En die kun je nergens meer vinden, want hij is dood.'

ANNA KANNER

In de herfst van 2013 duurde de vriendelijke sfeer op het hoofdbureau krap twee dagen; toen maakte die plaats voor de eerste aanpassingsproblemen. Die uitten zich allereerst in een organisatorisch detail. De eerste kwestie waar iedereen mee zat, was hoe het met de toiletten moest. In het deel van het politiebureau dat alleen voor agenten was, waren op iedere verdieping toiletten, allemaal voor mannen, bestaande uit rijen urinoirs en individuele hokjes.

'We moeten gewoon afspreken dat een van die toiletten voor vrouwen is,' stelde een agent voor.

'Ja, maar het is wel lastig als je naar een andere etage moet om te pissen,' antwoordde degene die naast hem stond.

'We kunnen ook besluiten dat het gemengde toiletten zijn,' stelde ik voor, om de situatie niet te ingewikkeld te maken. 'Tenzij iemand daar bezwaar tegen heeft.'

'Ik sta niet graag te pissen als in het hokje achter mij een vrouw van alles zit uit te spoken,' merkte een van mijn nieuwe collega's op, die bij het spreken zijn hand opstak als op de basisschool.

'Kun je dan niet?' spotte iemand.

Iedereen barstte in lachen uit.

Het geval wilde dat aan de bezoekerskant, naast de receptie, aparte toiletten voor mannen en vrouwen waren. Er werd besloten dat ik het vrouwen-bezoekerstoilet zou gebruiken, wat me een prima oplossing leek. Het feit dat ik iedere keer als ik naar de wc moest door de receptieruimte van het bureau moest lopen had ik geen probleem gevonden, als ik op een dag de agent van dienst niet grinnikend had horen tellen hoe vaak ik langskwam.

'Zo, die pist wel veel, zeg,' liet hij zich ontvallen aan een collega met wie hij leunend op de balie stond te praten. 'Ze is al drie keer geweest vandaag.'

'Misschien is ze ongesteld,' antwoordde de ander.

'Of zit ze zich te vingeren terwijl ze over Gulliver fantaseert.'

Ze proestten het uit.

'Zou je liever willen dat ze tijdens het vingeren aan jou dacht? Heb je dat lijf gezien?'

Het andere probleem van de nieuwe gemengdheid op het bureau was de kleedruimte. Het bureau beschikte alleen over één grote kleedruimte, met douches en lockers, waar de agenten zich aan het begin en het einde van de dienst konden omkleden. Hoewel ik niemand iets had gevraagd, was het gevolg van mijn komst dat de kleedruimte verboden terrein werd voor het mannelijke personeel. Op de deur hing commissaris Gulliver, onder het metalen bordje waarin KLEEDRUIMTE stond gegraveerd, een papiertje waarop het woord *Dame* stond. In enkelvoud.

'Beide geslachten moeten een eigen kleedruimte hebben, dat schrijft de wet voor,' verklaarde Gulliver tegen de manschappen die hem geschrokken aankeken. 'Burgemeester Brown heeft geëist dat Anna een kleedruimte krijgt om zich om te kleden. En dus gaan jullie je voortaan op je kantoor verkleden, heren.'

De aanwezige agenten begonnen te mopperen; ik stelde voor dat ik me wel op mijn kamer kon omkleden, maar daar wilde commissaris Gulliver niets van horen.

'Ik wil niet dat de jongens je in je slipje zien staan, daar komt alleen maar gedonder van.' Met een vette lach voegde hij eraan toe: 'Je kunt je broek maar beter stevig dichtgeknoopt houden, als je begrijpt wat ik bedoel.'

Uiteindelijk bereikten we een compromis: we besloten dat ik me thuis zou omkleden en in uniform naar mijn werk zou komen. Iedereen blij.

Maar toen commissaris Gulliver me de volgende dag op de parkeerplaats van het bureau zag uitstappen, liet hij me naar zijn kamer komen.

'Anna,' zei hij, 'ik wil niet dat je in uniform in je eigen auto rijdt.'

‘Maar ik kan me op het bureau niet omkleden,’ zei ik.

‘Dat weet ik. Daarom krijg je een onopvallende politieauto tot je beschikking. Als je in uniform bent, wil ik dat je die gebruikt voor de rit van je huis naar het bureau.’

Zo kreeg ik een dienstauto, een zwarte terreinwagen met getint glas en verborgen zwaailichten boven de voorruit en achter de grille.

Wat ik niet wist was dat het wagenpark van de politie van Orphea maar twee onopvallende politiewagens telde. Een had commissaris Gulliver zich toegeëigend voor eigen gebruik. De andere, die op de parkeerplaats stond, was een schat die al mijn collega’s begeerden; en nu had ik die gekregen. Vanzelfsprekend leidde dit tot algehele irritatie bij de andere agenten.

‘Voortrekkerij!’ beklaagden ze zich op een geïmproviseerde vergadering in de koffiekamer. ‘Ze is er nog maar net en ze krijgt nu al voorrechten.’

‘Jullie zullen toch moeten kiezen, jongens,’ zei ik, toen ze me erop aanspraken. ‘Wat mij betreft mogen jullie die auto best gebruiken, als ik de kleedruimte krijg. Dat vind ik ook prima.’

‘Je kunt je toch op je kamer omkleden in plaats van zo moeilijk te doen?’ werd er gesputterd. ‘Waar ben je bang voor? Dat we je verkrachten?’

De geschiedenis met die auto was de eerste keer dat ik Montagne ongewild beledigde. Hij had zijn oog er al lang geleden op laten vallen, en nu had ik hem voor zijn neus weggekaapt.

‘Die had van mij moeten zijn,’ beklaagde hij zich bij Gulliver. ‘Ik ben de adjunct-commissaris, niet dan? Hoe denk je dat dit op mij afstraalt?’

Maar Gulliver gaf hem nul op het rekest.

‘Luister, Jasper,’ zei hij, ‘ik weet dat het een moeilijke kwestie is. Voor haar en voor de anderen, mij voorop. Geloof me, ik had het graag zonder haar gedaan. Vrouwen leiden altijd tot spanning in de groep. Ze willen zich altijd bewijzen. En straks wordt ze zwanger en dan moeten we allemaal overwerken om haar te vervangen!’

Het volgende drama kwam op de hielen van het eerste. Na de kwesties van logistieke aard kwamen de vragen over mijn competentie en legitimiteit. Ik was aangenomen als junior adjunct-commissaris, een functie die voor mij was gecreëerd. De officiële reden was dat het takenpakket van de politie van Orphea in de loop der jaren met het stadje was meegegroeid, in diversiteit en omvang; de komst van een derde bevelvoerder moest commissaris Gulliver en zijn plaatsvervanger Jasper Montagne wat hoognodige ademruimte verschaffen.

Eerst vroegen ze: 'Waarom is die functie voor jou gecreëerd? Omdat je een vrouw bent?'

'Nee,' legde ik uit. 'Eerst is die functie gecreëerd, en daarna is hij pas ingevuld.'

Toen vroegen ze ongerust: 'Stel dat je met een man moet vechten. Ik bedoel, je blijft toch een vrouw alleen in een patrouillewagen. Kun jij in je eentje een man aanhouden?'

'Jij?' vroeg ik op mijn beurt.

'Natuurlijk.'

'Waarom ik dan niet?'

Daarna begonnen ze me te taxeren. 'Heb je ervaring in het veld?'

'Ik heb ervaring in de straten van New York,' antwoordde ik.

'Dat is niet hetzelfde,' zeiden ze. 'Wat deed je in New York?'

Ik hoopte dat mijn staat van dienst indruk zou maken.

'Ik was onderhandelaar bij een interventieteam. Ik kwam continu tussenbeide bij gijzelingen, familiedrama's, zelfmoorddreigingen.'

Maar mijn collega's haalden hun schouders op.

'Dat is niet hetzelfde,' zeiden ze.

~

In mijn eerste maand was Lewis Erban mijn partner, een oude, versleten politieman die bijna met pensioen ging en die ik verving. Ik leerde al snel hoe je 's nachts op het strand en in het stadspark moest patrouilleren, hoe je verkeersovertredingen bekeurde en ingreep als er werd gevochten wanneer de cafés sloten.

Hoewel ik me snel genoeg bewees in het veld, zowel als bevelvoerder als bij optreden, bleven de dagelijkse verhoudingen gecompliceerd: de hiërarchische orde die tot dan toe had bestaan stond op zijn kop. Jarenlang hadden Ron Gulliver en Montagne een tweekoppige leiding gevormd: twee wolven aan het hoofd van de roedel. Gulliver zou op 1 oktober van het volgende jaar met pensioen gaan en iedereen wist dat Montagne hem zou opvolgen. In de praktijk maakte Montagne trouwens al de dienst uit; Gulliver deed alleen alsof hij de lakens uitdeelde. In de kern was Gulliver geen onsympathieke man, maar hij was geen geschikte leider: hij werd volkomen gemanipuleerd door Montagne, die de toppositie in de commandoketen allang van hem had overgenomen. Maar dat veranderde toen ik de functie van junior adjunct-commissaris kreeg: nu vormden we met z'n drieën de leiding.

Voor Montagne was dat voldoende om een intense lastercampagne tegen mij te beginnen. Hij maakte de andere agenten duidelijk dat ze zich maar beter niet te veel met mij konden inlaten. Niemand op het bureau wilde bij Montagne in een slecht blaadje komen en dus deden mijn collega's hun uiterste best om alle omgang met mij, buiten het werkgerelateerde contact, te vermijden. Als onze dienst erop zat en de jongens nog iets wilden gaan drinken, waarschuwde hij ze in de kleedruimte, dat wist ik: 'Haal het niet in je hoofd om die gekkin mee te vragen. Als je tenminste niet de komende tien jaar de plees van het bureau wilt schrobben.'

'Tuurlijk niet!' antwoordden de agenten, die hem verzekerden van hun trouw.

De lastercampagne die Montagne op touw zette maakte mijn inburgering in Orphea niet gemakkelijker. Mijn collega's wilden na de dienst geen contact met me, en als ik ze vroeg om met hun vrouw te komen eten sloegen ze de uitnodiging af of zeiden ze op het laatste moment dat ze niet konden; soms kwamen ze gewoon niet opdagen. Hoe vaak heb ik op zondagochtend niet alleen gebruncht, in mijn eentje aan een voor acht of tien personen gedekte tafel met een berg voedsel erop. Mijn sociale leven was heel beperkt: soms ging ik op stap met de vrouw van de burgemeester, Charlotte Brown. Aangezien ik bijzonder gesteld was op Café Athena in de hoofdstraat, leerde ik Sylvia Tennenbaum, de eigenares, enigszins kennen; ik kletste soms met haar, maar ik kan niet zeggen dat we vriendinnen waren. Degene met wie ik het meeste omging was mijn buurman, Cody Illinois. Als ik me verveelde ging ik naar zijn boekhandel. Zo nu en dan hielp ik hem een handje. Hij was ook voorzitter van de vrijwilligersvereniging van het theaterfestival, waarbij ik me aansloot toen de zomer dichterbij kwam, zodat ik in elk geval één avond per week iets te doen zou hebben, namelijk het voorbereiden van het theaterfestival dat eind juli zou plaatsvinden.

Telkens wanneer ik op het bureau een beetje het gevoel kreeg dat ik geaccepteerd werd, ging Montagne weer in de aanval. Hij schakelde naar de hoogste versnelling, groef in mijn verleden en bedacht bijnamen vol toespelingen voor me: 'Anna Schietgraag' of 'The Killer', waarna hij tegen mijn collega's zei: 'Pas op, jongens; Anna is dol op schieten.' Dan lachte hij als een idioot en zei: 'Zeg, Anna, weet iedereen wel waarom je uit New York bent weggegaan?'

Op een ochtend hing er op de deur van mijn kantoor een oud krantenknipsel met de kop:

POLITIE MANHATTAN SCHIET GIJZELAAR DOOD
IN JUWELIERSWINKEL

Zwaaiend met het krantenknipsel liep ik naar Gullivers kantoor.

'Hebt u het hem verteld, baas? Hebt u het aan Montagne verteld?'

'Ik heb hier niks mee te maken, Anna,' verzekerde hij me.

'Hoe verklaar je dan dat hij ervan weet?'

'Het staat in je dossier. Hij moet het op de een of andere manier in handen hebben gekregen.'

Montagne was vastbesloten om van mij af te komen en zorgde ervoor dat ik de meest saaie en ondankbare missies kreeg. Als ik in mijn eentje in of om de stad patrouilleerde, kreeg ik regelmatig radio-oproepen van de meldkamer: 'Kanner, Centrale hier. Graag reageren op een spoedoproep.' Dan ging ik met zwaailicht en sirene naar het opgegeven adres, en pas als ik aankwam begreep ik dat het om iets onbelangrijks ging.

Wilde ganzen op Route 17? Voor mij.

Een kat in een boom? Voor mij.

Een oude, ietwat seniele dame die onophoudelijk verdachte geluiden hoorde en drie keer per nacht belde? Ook voor mij.

Mijn foto belandde zelfs in de *Orphea Chronicle* bij een artikel over koeien die uit hun omheining waren ontsnapt. Ik zag er lachwekkend uit: onder de modder, wanhopig proberend om een koe naar een veld te drijven door aan haar staart te trekken. De kop luidde:

Vanzelfsprekend kwam het artikel me op meer of minder humoristische plagerijen van mijn collega's te staan: onder de ruitenwisser van mijn auto vond ik het krantenknipsel, waar een anonieme hand met zwarte viltstift bij had geschreven: *twee koeien uit Orphea.* En alsof dat nog niet genoeg was, kwamen mijn ouders me juist dat weekend uit New York opzoeken.

'Wat moet je hier?' vroeg mijn vader toen ze aankwamen terwijl hij met een exemplaar van de *Orphea Chronicle* zwaaide. 'Heb je je huwelijk eraan gegeven om koeien te vangen?'

'Krijgen we nu al ruzie, papa?'

'Nee. Ik denk gewoon dat je een goede advocaat geweest zou zijn.'

'Weet ik, papa. Dat zeg je al vijftien jaar.'

'En dan te bedenken dat je jarenlang rechten hebt gestudeerd om te eindigen als agent in een boerendorp! Wat een verspilling!'

'Ik doe wat ik leuk vind. Is dat niet het belangrijkste?'

Toen zei hij: 'Ik ga Mark partner maken.'

'Verdomme, pap,' zei ik zuchtend. 'Moet je nou echt met mijn exman gaan samenwerken?'

'Hij is een goede man, dat weet je.'

'Papa, hou nou op!' smeekte ik.

'Hij is bereid je te vergeven. Jullie kunnen weer bij elkaar komen, dan kom je weer bij mij werken...'

'Papa, ik ben er trots op dat ik bij de politie zit.'

JESSE ROSENBERG

Dinsdag 1 juli 2014
25 dagen voor de première

Stephanie was acht dagen geleden verdwenen.

In de regio werd over niets anders meer gepraat. Een handvol mensen was ervan overtuigd dat ze haar verdwijning in scène had gezet. De meerderheid dacht dat haar iets was overkomen en maakte zich zorgen over wie het volgende slachtoffer zou zijn. Een huisvrouw die boodschappen ging doen? Een meisje op het weggetje naar het strand?

Op die ochtend van de eerste juli hadden Derek en ik een ontbijtafspraak met Anna in Café Athena. Ze sprak over de mysterieuze verdwijning van Kirk Harvey, waar Derek en ik niets van wisten. Het moest dus zijn gebeurd toen de viervoudige moord al was opgelost.

'Ik heb een bezoek gebracht aan de archieven van de *Orphea Chronicle*,' zei Anna. 'En kijk eens wat ik heb ontdekt toen ik artikelen zocht over het eerste theaterfestival in 1994...'

Ze gaf ons een fotokopie van een artikel met de kop:

TOPCRITICUS OSTROVSKI OVER HET FESTIVAL

Ik las het begin van het artikel snel door. Het was de opinie van Meta Ostrovski, een beroemd recensent uit New York, over de eerste editie van het festival. Opeens bleven mijn ogen aan een zin haken.

'Luister,' zei ik tegen Derek. 'De journalist vraagt Ostrovski naar de positieve en negatieve verrassingen van het festival, en dan antwoordt Ostrovski: "De positieve verrassing mag duidelijk zijn, daar zal iedereen het over eens zijn: de geweldige voorstelling van *Oom Wanja*, opgeluisterd door Charlotte Carell in de rol van Elena. De negatieve verrassing was zonder twijfel de bizarre monoloog van Kirk Harvey. Een ramp van begin tot einde. Het is een festival onwaardig om zulk gebeuzel te programmeren. Je zou haast zeggen dat het een belediging voor de toeschouwers is."'

'Kirk Harvey, zei je?' herhaalde Derek ongelovig.

'Hij zei Kirk Harvey,' bevestigde Anna, trots op haar ontdekking.

'Wat is dit voor flauwekul?' zei ik verbaasd. 'Het hoofd van de politie van Orphea die optreedt op het festival?'

'Sterker nog,' vervolgde Derek, 'Harvey was betrokken bij het onderzoek naar de moorden. Hij was dus zowel bij de moorden als bij het festival betrokken.'

'Misschien wilde Stephanie hem daarom vinden,' zei ik. 'We moeten hem absoluut opsporen.'

Er was iemand die ons kon helpen bij de zoektocht naar Kirk Harvey: Lewis Erban, de politieman die Anna had vervangen. Hij had zijn hele carrière bij de politie van Orphea gediend en dus moest hij wel met Harvey te maken hebben gehad.

Anna, Derek en ik gingen bij hem langs: hij was druk in de weer met een bloembed voor zijn huis. Toen hij Anna zag, verscheen er een sympathieke glimlach op zijn gezicht.

'Anna,' zei hij. 'Wat leuk! Je bent de eerste collega die komt kijken hoe het gaat.'

'Niet geheel belangeloos,' antwoordde Anna direct. 'Deze heren zijn van de Staatspolitie. We wilden je spreken over Kirk Harvey.'

Toen we in de keuken zaten waar hij ons absoluut koffie wilde aanbieden, vertelde Lewis Erban dat hij geen flauw idee had wat er van Kirk Harvey was geworden.

'Is hij overleden?' vroeg Anna.

'Geen idee. Maar het lijkt me sterk. Hoe oud moet hij nu zijn? Rond de vijfenvijftig.'

'Hij is verdwenen in oktober 1994, dus net nadat de moord op burgemeester Gordon en zijn gezin was opgelost, klopt dat?' vroeg Anna.

'Ja. Van de ene dag op de andere. Hij liet een heel vreemde ontslagbrief achter. We hebben nooit geweten wat er nou precies aan de hand was.'

'Is er een onderzoek geweest?' vroeg Anna.

'Niet echt,' antwoordde Lewis ietwat beschaamd, met zijn neus in het kopje.

'Waarom niet?' Anna stoof op. 'Het hoofd van politie laat alles in de steek en niemand wil er meer van weten?'

'Eerlijk gezegd had iedereen op het bureau een hekel aan hem,' antwoordde Erban. 'Toen commissaris Harvey verdween, had hij al niets meer bij de politie te zeggen. Zijn adjunct Ron Gulliver had de macht overgenomen. De agenten van het bureau wilden niets meer met hem te maken hebben. Ze haatten hem. We noemden hem de "Baas van niemand".'

'De Baas van niemand?' vroeg Anna verbaasd.

'Echt waar. Iedereen had een hekel aan Harvey.'

'Waarom was hij dan tot commissaris benoemd?' onderbrak Derek hem.

'Omdat we eerst met hem wegliepen. Hij was een charismatische, erg intelligente man. En bovendien een goede baas. Dol op theater. Weten jullie wat hij in zijn vrije tijd deed? Theaterstukken schrijven. Zijn verlof bracht hij door in New York en dan ging hij naar alle voorstellingen die daar werden opgevoerd. Hij heeft zelfs nog een stuk gemaakt dat vrij succesvol was, met het studentengezelschap van de Universiteit van Albany. Hij haalde de krant, noem maar op. En hij had er een heel knap vriendinnetje opgescharreld, een studente van het gezelschap. Nou ja, dat soort dingen. Die kerel had alles mee, alles.'

'En wat gebeurde er toen?' vroeg Derek.

'Zijn glorie duurde nauwelijks een jaar,' zei Lewis Erban. 'Vol van zijn succes schreef hij een nieuw stuk. Hij praatte nergens anders over. Hij zei dat het een meesterwerk zou worden. Toen het theaterfestival van Orphea in het leven werd geroepen, bewoog hij hemel en aarde om ervoor te zorgen dat zijn stuk het openingsstuk zou worden. Maar burgemeester Gordon wees het af. Hij vond het een slecht stuk. Daar hadden ze heel vaak ruzie over.'

'Maar dat stuk is nog wel gespeeld op het festival, toch? Ik heb er in de archieven van de *Orphea Chronicle* een recensie over gevonden.'

'Hij droeg een zelfgeschreven monoloog voor. Dat was een ramp.'

'Wat ik bedoel,' zei Derek, 'hoe kon het dat Kirk Harvey toch meedeed aan het festival als burgemeester Gordon daar niets van moest weten?'

'Omdat de burgemeester op de openingsavond kassiewijle ging! De toenmalige locoburgemeester Alan Brown nam de teugels over en Kirk Harvey slaagde erin om zijn stuk in het programma te laten opnemen. Ik weet niet waarom Brown akkoord ging. Vast omdat hij wel iets belangrijkers aan zijn kop had.'

'Dus het is alleen aan de dood van burgemeester Gordon te danken dat Kirk Harvey kon optreden,' concludeerde ik.

'Precies, kapitein Rosenberg. Iedere avond laat, in het Grand Theater. Het was een ramp. Het was erbarmelijk, slechter dan je je kunt voorstellen. Iedereen vond dat hij afging als een gieter. En dat was voor hem het begin van het einde: zijn reputatie was naar de mallemoer, zijn vriendinnetje ging bij hem weg, alles glipte tussen zijn vingers door.'

'Maar kwam het dan door dat stuk van hem dat de andere agenten hem begonnen te haten?'

'Nee,' antwoordde Lewis Erban, 'in elk geval niet rechtstreeks. In de maanden voor het festival liet Harvey ons weten dat zijn vader kanker had en dat hij in Albany werd behandeld. Hij legde uit dat hij onbetaald verlof opnam om tijdens de behandeling voor hem te kunnen zorgen. We waren er kapot van, op het bureau. Arme Kirk met zijn stervende vader. We zamelden geld in om het wegvallen van zijn salaris op te vangen, we organiseerden evenementen, we leverden zelfs vakantiedagen voor hem in zodat hij tijdens zijn afwezigheid kon worden doorbetaald. Hij was onze baas. We mochten hem.'

'En toen?'

'Toen kwamen we erachter dat er niks aan de hand was met zijn vader. Harvey had alles verzonnen zodat hij in Albany zijn meesterwerk kon voorbereiden. Vanaf dat moment wilde niemand nog iets met hem te maken hebben en werd er niet meer naar hem geluisterd. Hij verdedigde zich door te zeggen dat hij verstrikt was geraakt in zijn leugen en dat hij nooit had gedacht dat we allemaal zouden bijdragen om hem te helpen. Dat maakte ons nog bozer, want dat betekende dat hij niet dacht zoals wij. Vanaf die dag zagen we hem niet meer als onze baas.'

'Wanneer speelde dit?'

'We kwamen er in de loop van juli 1994 achter.'

'Maar hoe kon de politie tussen juli tot oktober zonder commissaris functioneren?'

'Ron Gulliver had in de praktijk de leiding. De jongens respecteerden zijn autoriteit en alles ging goed. Het was niet officieel, maar daar maakte niemand zich druk om, want niet lang daarna werd burgemeester Gordon vermoord, en in de maanden daarop had zijn opvolger, burgemeester Brown, belangrijkere zaken aan zijn hoofd.'

'En toch hebben we bij het onderzoek naar de viervoudige moord regelmatig met Kirk Harvey samengewerkt,' reageerde Derek.

'En met wie hadden jullie nog meer contact op het bureau?' vroeg Erban.

'Niemand,' gaf Derek toe.

'En vonden jullie het niet vreemd dat jullie alleen met Kirk Harvey omgingen?'

'Daar heb ik toen niet eens bij stilgestaan.'

'Let wel,' benadrukte Erban, 'dat betekent niet dat we ons werk destijds hebben verwaarloosd. Het was toch een viervoudige moord. Alle telefoontjes van de bevolking werden serieus genomen, alle verzoeken van de Staatspolitie ook. Maar verder voerde Harvey zijn eigen onderzoek uit, in zijn eentje, in zijn hoekje. Die zaak was een obsessie voor hem.'

'Er was dus een dossier?'

'Natuurlijk. Samengesteld door Harvey. Dat moet nog wel in de archiefruimte liggen.'

'Daar is niks,' zei Anna. 'Alleen een lege doos.'

'Misschien in zijn kelderkantoor?' suggereerde Erban.

'Welk kelderkantoor?' vroeg Anna.

'Toen we in juli 1994 achter dat verhaal van die zogenaamde kanker van zijn vader kwamen, gingen alle agenten naar Harveys kantoor om een verklaring te eisen. Hij was er niet, dus begonnen we te zoeken, en we ontdekten dat hij meer tijd besteedde aan zijn theaterstuk dan aan zijn functie: we vonden handgeschreven teksten en scenario's. We besloten overal korte metten mee te maken: alles wat niet met zijn functie als hoofd van de politie te maken had, ging door de versnipperaar. Ik kan jullie vertellen dat er niet veel overbleef. Daarna haalden we de stekker van zijn computer uit het stopcontact, tilden zijn stoel en zijn bureau op en verhuisden alles naar een ruimte in de kelder. Een voorraadkast zonder ramen en frisse lucht, waar het een enorme puinhoop was. Vanaf die dag ging Harvey direct naar zijn nieuwe kamer als hij op het bureau kwam. We dachten dat hij het er geen week zou uithouden. Maar hij bleef drie maanden in de kelder zitten, totdat hij in oktober 1994 uit de roulatie verdween.'

We waren verbijsterd door die putsch die Erban beschreef. Ten slotte zei ik: 'En toen is hij op een goede dag dus verdwenen.'

'Ja, kapitein. Ik weet het nog precies, want de avond daarvoor wilde hij me absoluut over de zaak spreken.'

Orphea, eind oktober 1994

Toen Lewis Erban de toiletten van het bureau binnenliep, zag hij Kirk Harvey die zijn handen waste.

'Ik moet je spreken, Lewis,' zei Harvey.

Erban deed eerst of hij hem niet hoorde. Maar aangezien Harvey hem strak aankeek, mompelde hij: 'Ik wil me niet tegen de anderen keren, Kirk...'

'Luister, Lewis, ik weet dat ik het verpest heb...'

'Jezus, man, hoe haalde je het in je hoofd? We hebben onze vakantiedagen voor je ingeleverd.'

'Maar ik heb jullie toch niets gevraagd?' protesteerde Harvey. 'Ik was met onbetaald verlof. Niemand had er last van. Totdat jullie je ermee gingen bemoeien.'

'O, dus nu is het onze schuld?'

'Luister, Lewis, je hebt alle recht om me te haten. Maar ik heb je hulp nodig.'

'Hou maar op. Als de jongens horen dat ik met je praat, beland ik ook nog in de kelder.'

'Laten we dan ergens afspreken. Kom vanavond naar de parkeerplaats aan de boulevard, uurtje of acht. Dan vertel ik alles. Het is heel belangrijk. Het gaat over Ted Tennenbaum.'

~

'Ted Tennenbaum?' herhaalde ik.

'Ja, kapitein Rosenberg,' bevestigde Lewis. 'Ik ben natuurlijk niet gegaan. Gezien worden met Harvey was erger dan de schurft. Het was de laatste keer dat ik hem sprak. Toen ik de volgende dag op het bureau kwam, hoorde ik dat Ron Gulliver een brief van hem op zijn bureau had gevonden waarin hij zei dat hij weg was en nooit meer in Orphea zou komen.'

'En wat was uw reactie?' vroeg Derek.

'Opgeruimd staat netjes. Echt, het was het beste voor iedereen.'

Toen we bij Lewis Erban vertrokken, zei Anna: 'Stephanie ondervroeg de vrijwilligers in het Grand Theater om te achterhalen wat Ted Tennenbaum op de avond van de viervoudige moord van minuut tot minuut deed.'

'Potverdikkie.' Derek floot.

Hij was bang dat ze het niet begreep.

'Ted Tennenbaum was...'

'De dader van de viervoudige moord uit 1994, dat weet ik,' onderbrak Anna hem.

Waarop Derek zei: 'Dat hebben we tenminste twintig jaar gedacht. Wat heeft Kirk Harvey over hem ontdekt en waarom heeft hij ons niets verteld?'

Diezelfde dag kregen we van de forensische dienst de analyse van de inhoud van Stephanies computer: op de harde schijf stond maar één document, een Word-bestand beveiligd met een wachtwoord dat de IT-afdeling zonder moeite had gekraakt.

We verdrongen ons met z'n drieën achter Stephanies computer en openden het document.

'Een tekst,' zei Derek. 'Vast dat artikel.'

'Het lijkt me eerder een boek,' merkte Anna op.

Ze had gelijk. Toen we het document lazen, ontdekten we dat Stephanie een heel boek aan de zaak wilde wijden. Ik neem het begin hieronder over.

ONSCHULDIG
Door Stephanie Mailer

De ingezonden mededeling stond tussen de advertenties van een schoenlapper en van een Chinees restaurant met een *all you can eat*-buffet voor nog geen twintig dollar.

WIL JIJ EEN BESTSELLER SCHRIJVEN?
LITERATOR ZOEKT AMBITIEUZE SCHRIJVER VOOR SERIEUZE OPDRACHT. REFERENTIES ABSOLUUT NOODZAKELIJK.

Eerst nam ik het niet serieus. Geïntrigeerd besloot ik toch het nummer te bellen dat erbij stond. Er nam een man op, van wie ik de stem niet direct herkende. Ik begreep pas wie hij was toen ik hem de volgende dag in het café in SoHo trof waar hij met me had afgesproken.

'U?' vroeg ik verbaasd toen ik hem zag.

Hij leek even verbaasd als ik. Hij legde uit dat hij iemand nodig had om een boek te schrijven dat al heel lang in zijn hoofd zat.

'Ik laat die advertentie al twintig jaar plaatsen, Stephanie,' zei hij. 'De gegadigden die in de loop der jaren hebben gereageerd waren stuk voor stuk erbarmelijk.'

'Maar waarom zoekt u iemand om in uw plaats een boek te schrijven?'

'Niet in mijn plaats. Het is mijn boek. Ik zorg voor het onderwerp, jij bent de pen.'

'Waarom schrijft u het niet zelf?'

'Ik? Onmogelijk! Wat moeten de mensen wel niet zeggen? Stel je voor... Nou ja, hoe dan ook, ik betaal al je onkosten tijdens het schrijven. En daarna hoef je je nooit meer zorgen te maken.'

'Waarom niet?' vroeg ik.

'Omdat dat boek een rijk en gevierd schrijver van je zal maken, en van mij een rustiger mens. Eindelijk zal ik het genoegen smaken om antwoord te krijgen op de vragen die al twintig jaar door mijn hoofd spoken. En om dat boek te zien bestaan. Als je de sleutel van het raadsel vindt, heb je een geweldige thriller in handen. De lezers zullen ervan smullen.'

Het leed geen twijfel dat het boek met vaart was geschreven. Stephanie vertelde dat ze als dekmantel bij de *Orphea Chronicle* was gaan werken, zodat ze in alle rust onderzoek kon doen naar de viervoudige moord uit 1994.

Toch was het moeilijk om onderscheid te maken tussen feit en fictie. Als alles wat ze vertelde waargebeurd was, wie was dan die mysterieuze opdrachtgever die haar had gevraagd om dit boek te schrijven? En waarom? Ze noemde zijn naam niet, maar ze leek te suggereren dat het iemand was die ze kende, en dat hij op de avond van de viervoudige moord in het Grand Theater aanwezig was geweest.

'Misschien is dat de reden waarom dit nieuwsbericht zo'n obsessie voor me is. Ik zat in de zaal en ik keek naar het stuk dat werd opgevoerd. Een heel middelmatige uitvoering van *Oom Wanja*. En op hetzelfde moment ontrolde de echte, hartstochtelijke tragedie zich een paar straten verderop, in de wijk Penfield. Sinds die avond vraag ik me elke dag af wat er gebeurd kan zijn, en elke dag bedenk ik dat het verhaal een geweldige thriller zou zijn.'

'Maar voor zover ik weet, is de moordenaar gepakt. Een zekere Ted Tennenbaum, restauranthouder uit Orphea.'

'Weet ik, Stephanie. Ik weet ook dat alles naar hem wijst. Maar toch ben ik niet overtuigd. Hij was die avond in het theater als de brandweerman van dienst. En kort voor zeven uur ging ik de straat op om een eindje te wandelen, en toen zag ik een busje langsrijden. Dat was heel goed te herkennen aan de bijzondere sticker op de achterruit. Heel veel later begreep ik uit de kranten dat dat het busje van Ted Tennenbaum was. Het probleem is dat hij niet achter het stuur zat.'

'Wat is dat voor verhaal over een busje?' vroeg Anna.

'Ted Tennenbaums busje was een van de belangrijkste aanwijzingen die tot zijn arrestatie hebben geleid,' legde Derek uit. 'Een getuige heeft formeel verklaard dat het kort voor de moorden voor het huis van de burgemeester had gestaan.'

'Dus het was zijn busje, maar hij zat niet achter het stuur?' vroeg Anna.

'Dat lijkt deze man wel te beweren,' zei ik. 'En daarom is Stephanie dus naar me toe gekomen: om te vertellen dat we de verkeerde hadden.'

'Dan is er dus iemand die vraagtekens zet bij zijn schuld, maar al die tijd niks heeft gezegd,' merkte Derek op.

Een ding was ons alle drie duidelijk: als Stephanie uit eigen beweging was verdwenen, zou ze nooit zonder haar computer zijn vertrokken.

Jammer genoeg zou die overtuiging juist blijken: de volgende ochtend, woensdag 2 juli, zag een vogelspotter die in de vroege ochtend langs de oevers van Deer Lake liep in de verte iets donkers op het water, tussen de lelies en het riet. Geïntrigeerd pakte ze haar verrekijker. Ze had een paar seconden nodig om het te herkennen. Het was een menselijk lichaam.

DEREK SCOTT

Augustus 1994. Het onderzoek kwam niet vooruit: we hadden geen verdachte en geen motief. Als burgemeester Gordon en zijn gezin echt op het punt hadden gestaan om uit Orphea te vluchten, hadden we geen idee waar ze naartoe gingen en waarom. We hadden geen enkel aanknopingspunt, geen enkel spoor. De omgeving van Leslie en Joseph Gordon had niets bijzonders aan hen gemerkt, hun bankafschriften waren net zo alledaags als anders.

Om de schutter op het spoor te komen, en al helemaal om het motief van de moord te achterhalen, hadden we concrete aanwijzingen nodig. Dankzij de ballistische experts wisten we dat het wapen dat voor de moord was gebruikt een pistool van het merk Beretta was, en af te lezen aan de nauwkeurigheid van de schoten was de moordenaar vrij goed getraind. Maar we verzopen in de wapenregisters en in de lijsten van de leden van schietverenigingen.

Toch hadden we een belangrijke aanwijzing, die de loop van het onderzoek kon veranderen: het voertuig dat Lena Bellamy vlak voor de moorden op straat had gezien. Jammer genoeg kon ze zich geen details herinneren. Ze wist nog vaag dat het een zwart busje was, met een imposante afbeelding op de achterruit.

Jesse en ik waren uren met haar bezig, lieten haar afbeeldingen zien van alle mogelijke en denkbare voertuigen.

'Leek hij hier een beetje op?' vroegen we.

Ze keek aandachtig naar de foto's die we haar voorhielden.

'Het is echt moeilijk te zeggen,' antwoordde ze.

'Als u "busje" zegt, bedoelt u dan een pick-up? Of echt een busje?'

'Wat is het verschil? Hoe meer auto's u me laat zien, hoe vager mijn herinneringen worden.'

Ondanks Lena Bellamy's goede wil kwamen we niet verder. En de tijd werkte tegen ons. Majoor McKenna zette ons enorm onder druk.

'En?' vroeg hij onophoudelijk. 'Zeg alsjeblieft dat jullie iets hebben, jongens.'

'Niks, majoor. Het is een echte hersenkraker.'

'Verdorie, er moet echt schot in komen. Jullie gaan me toch niet vertellen dat ik me in jullie heb vergist? Dit is een belangrijke zaak en de hele brigade hoopt dat jullie op je bek gaan. Weten jullie wat ze bij de koffieautomaat over jullie fluisteren? Dat jullie amateurs zijn. Jullie zetten jezelf voor gek, ik sta ook voor gek en dit wordt heel vervelend voor iedereen. En dus wil ik dat jullie alleen ademhalen voor dit onderzoek. Vier doden op klaarlichte dag, dan moet je toch ergens iets kunnen vinden waar we iets mee kunnen?'

We leefden alleen voor het onderzoek. Twintig uur per dag, zeven dagen per week. We deden niets anders. Ik was min of meer bij Jesse en Natasha ingetrokken. Er stonden nu drie tandenborstels in de badkamer.

Dankzij Lena Bellamy kwam er schot in het onderzoek.

Tien dagen na de moord nam haar man haar op een avond mee uit eten in de hoofdstraat. Sinds die verschrikkelijke avond van 30 juli was Lena nauwelijks de deur nog uit geweest. Ze was ongerust, angstig. Ze liet de kinderen niet meer spelen in het park aan de overkant. Ze bracht ze liever wat verder weg, en ze was bereid om drie kwartier te rijden. Ze speelde zelfs met de gedachte om te verhuizen. Haar man, Terrence, die vond dat ze afleiding nodig had, slaagde er eindelijk in om haar zover te krijgen dat ze met z'n tweeën een avondje uit gingen. Hij wilde dat nieuwe restaurant wel eens proberen waar iedereen het over had, aan de hoofdstraat, naast het Grand Theater. Café Athena. Het was dé plek om gezien te worden, en het had net op tijd voor het festival de deuren geopend. Reserveringen waren heel gewild: eindelijk was er in Orphea een restaurant dat die naam waardig was.

Het was een zachte avond. Terrence parkeerde op de parkeerplaats van de boulevard en ze wandelden rustig naar het restaurant. Het was een prachtige plek, met een terras omringd door bloemperken en geheel verlicht met kaarslicht. De gevel van het restaurant was een groot venster waarop een reeks strepen en punten was getekend die op het eerste gezicht een tribaal motief leken voor te stellen, maar waarvan je ten slotte begreep dat het een uil voorstelde.

Toen Lena Bellamy de pui zag, begon ze angstig te trillen.

'Dat is de tekening!' zei ze tegen haar man.

'Welke tekening?'

'De tekening die ik achter op dat busje heb gezien.'

Vanuit een telefooncel bracht Terrence Bellamy ons meteen op de hoogte. Jesse en ik haastten ons naar Orphea en troffen de Bellamy's aan in hun auto op de parkeerplaats bij de boulevard. Lena Bellamy was in tranen. Vooral omdat het zwarte busje in de tussentijd voor Café Athena was geparkeerd: het logo op de achterruit was inderdaad identiek aan dat op de gevel. De chauffeur was een man met indrukwekkend brede schouders, en de Bellamy's zagen hem het restaurant binnenlopen. We konden hem identificeren dankzij zijn nummerbord: het was Ted Tennenbaum, de eigenaar van Café Athena.

We besloten om Tennenbaum niet overhaast te arresteren en openden discreet een onderzoek naar hem. En we begrepen al snel dat hij overeenkwam met het daderprofiel waarnaar we op zoek waren: Tennenbaum had een jaar eerder een vuurwapen gekocht – al was het geen Beretta – en hij oefende heel regelmatig op een schietbaan in de omgeving, waar de uitbater ons vertelde dat hij een behoorlijk goede schutter was.

Volgens onze informatie kwam Tennenbaum uit een welgestelde familie in Manhattan; hij was een impulsief rijkeluiszoontje dat niet vies was van een robbertje vechten. Door zijn voorliefde voor knokpartijen werd hij weggestuurd van de Universiteit van Stanford en had hij zelfs een paar maanden vastgezeten. Wat hem er daarna niet van had weerhouden een wapen aan te schaffen. Hij had zich een paar jaar eerder in Orphea gevestigd, waar hij schijnbaar geen herrie meer schopte. Aanvankelijk werkte hij in het Lake Palace, daarna had hij zijn eigen zaak opgestart: Café Athena. En door dat café was Ted Tennenbaum verzeild geraakt in een belangrijk dispuut met de burgemeester.

Tennenbaum, die er zeker van was dat zijn restaurant een doorslaand succes zou worden, had een gebouw aan de hoofdstraat met een ideale ligging gekocht, waarvan de hoge vraagprijs andere potentiële kopers had afgeschrikt. Maar er was nog wel een joekel van een probleem: het bestemmingsplan maakte het onmogelijk om er een restaurant te openen. Tennenbaum was ervan overtuigd dat de burgemeester hem zonder problemen een ontheffing zou geven, maar daar dacht burgemeester Gordon zelf anders over. Hij verzette zich uit alle macht tegen de plannen voor Café Athena. Tennenbaum was van plan om er een chique tent van te maken, het soort dat je in Manhattan vond, en Gordon zag niet in hoe Orphea daar profijt van kon hebben. Hij weigerde het bestemmingsplan aan te passen, en volgens de ambtenaren op het stadhuis vonden er diverse ruzies tussen de mannen plaats.

Toen kwamen we erachter dat het gebouw op een nacht in februari door brand was verwoest. Voor Tennenbaum een gelukkige omstandigheid: de noodzaak om het gebouw vanaf de grond te herbouwen maakte het mogelijk om de bestemming te veranderen. Dat hoorden we van commissaris Harvey.

'Je zegt dus dat Tennenbaum dankzij die brand zijn restaurant kon openen?'

'Precies.'

'Dan zal er wel sprake van brandstichting zijn geweest.'

'Natuurlijk. Maar we vonden geen enkel bewijs dat Tennenbaum de dader was. Hoe dan ook, het lot loste heel wat problemen op, en de brand woedde precies op het moment dat Tennenbaum het werk nog net op tijd kon laten uitvoeren om Café Athena vlak voor het begin van het festival te laten opengaan. Dan zou het continu vol zitten. Hij kon het zich niet veroorloven dat de werkzaamheden enige vertraging zouden oplopen.'

En dat moment zou beslissend zijn. Want diverse getuigen bevestigden dat Gordon Tennenbaum tussen de regels door dreigde dat hij de werkzaamheden zou vertragen. Adjunct-commissaris Gulliver vertelde dat hij eens tussenbeide was gekomen toen de twee mannen midden op straat met elkaar op de vuist wilden gaan.

'Waarom heeft niemand iets gezegd over die ruzie met Tennenbaum?' vroeg ik verbaasd.

'Omdat dat in maart was,' antwoordde Gulliver. 'Het was me ontschoten. Je weet, in de politiek kunnen hoofden snel verhit raken. Ik heb honderden van dit soort verhalen. Ga maar eens naar een vergadering van de gemeenteraad; ze slaan elkaar continu de hersens in. Maar dat wil nog niet zeggen dat ze naar de wapens grijpen.'

Voor Jesse en mij was het echter ruim voldoende. We hadden een waterdichte zaak: Tennenbaum had een motief om de burgemeester te vermoorden, hij was een ervaren schutter en zijn busje was een paar minuten voor de moordpartij officieel geïdentificeerd voor het huis van de Gordons. Op 12 augustus hielden we Ted Tennenbaum vroeg in de ochtend thuis aan op verdenking van de moord op Joseph, Leslie en Arthur Gordon en op Meghan Padalin.

Triomfantelijk gingen we naar het districtscentrum van de Staatspolitie waar we Tennenbaum naar zijn cel brachten, onder de bewonderende blikken van onze collega's en majoor McKenna.

Maar onze roem duurde maar een paar uur. Waarin Ted belde met Robin Starr, een zwaargewicht van de balie van New York, die zodra Tennenbaums zus een voorschot van honderdduizend dollar op zijn rekening had gestort uit Manhattan vertrok.

In de verhoorkamer waste Starr ons de oren onder de blikken van de wanhopige majoor en onze collega's, die dubbelgevouwen van het lachen vanachter een halfdoorlatende spiegel toekeken.

'Smerissen die er niks van bakken heb ik wel vaker gezien,' donderde Robin Starr. 'Maar jullie spannen de kroon! Vertel dat verhaal nog eens, sergeant Scott?'

'U hoeft niet zo neerbuigend te doen,' antwoordde ik. 'We weten dat uw cliënt al maandenlang een twist had met burgemeester Gordon over de herbouw van Café Athena.'

Starr keek me geïntrigeerd aan. 'Die werkzaamheden zijn toch al voltooid, meen ik? Wat is het probleem, sergeant Scott?'

'De bouwwerkzaamheden van Café Athena mochten geen enkele vertraging oplopen, en ik weet dat burgemeester Gordon uw cliënt heeft gedreigd om alles op te houden. Na de zoveelste scheldpartij heeft Ted Tennenbaum de burgemeester vermoord, samen met zijn gezin en die arme hardloopster die toevallig langskwam. Want zoals u ongetwijfeld weet, meester Starr, is uw cliënt een ervaren schutter.'

Starr knikte ironisch. 'Wat een prachtige wirwar, sergeant. Ik sta gewoonweg paf.'

Tennenbaum zei niets en liet zijn advocaat het woord doen, wat tot dan toe behoorlijk goed ging. Starr vervolgde: 'Als u klaar bent met dat indianenverhaal, staat u mij zeker wel toe om te reageren. Het is onmogelijk dat mijn cliënt op 30 juli om 19.00 uur bij burgemeester Gordon was, en wel om de goede, eenvoudige reden dat hij de brandweerman van dienst was in het Grand Theater. Vraagt u het aan iedereen die op die avond in de coulissen was en ze zullen u allemaal vertellen dat ze Ted hebben gezien.'

'Het was nogal een komen en gaan, die avond,' zei ik. 'Ted had genoeg tijd om ertussenuit te glippen. Met de auto is het maar een paar minuten naar het huis van de burgemeester.'

'Prima, sergeant! Dan is uw theorie dus dat mijn cliënt snel in zijn busje is gesprongen om even bij de burgemeester langs te gaan, iedereen die hij tegenkwam te vermoorden en daarna weer doodleuk terug naar het Grand Theater te rijden en zijn rol weer in te nemen?'

Ik besloot mijn troef uit te spelen. Het zou de genadeklap zijn, dacht ik. Ik liet met opzet een stilte vallen; toen zei ik tegen Starr: 'Het busje van uw cliënt is formeel bij het huis van de familie Gordon gezien, een paar minuten voor de moorden. Dat is de reden dat uw cliënt nu op het bureau zit, en dat is de reden waarom hij hier pas weggaat als hij naar een federale gevangenis wordt getransporteerd in afwachting van de dag dat zijn zaak zal voorkomen.'

Starr keek me streng aan. Ik dacht dat ik mijn doel had bereikt. Toen begon hij te applaudisseren.

'Bravo, sergeant. En bedankt. Ik heb in tijden niet meer zo gelachen. Dus u hebt uw kaartenhuis gebouwd op een warrig verhaal over het busje? Die getuige die tien dagen lang niets herkende voordat het haar plotseling weer te binnen schoot?'

'Hoe weet u dat?' vroeg ik geërgerd.

'Omdat ik mijn werk wel doe, in tegenstelling tot u,' brieste Starr. 'En u zou moeten weten dat geen enkele rechter die gesjeesde getuigenis zou accepteren! U hebt dus geen enkel concreet bewijs. Uw dossier is van padvindersniveau, sergeant. U moet zich schamen. Als u verder niets meer heeft, zullen mijn cliënt en ik nu afscheid van u nemen.'

De deur van de verhoorkamer ging open. Het was de majoor, die ons dodelijke blikken toewierp. Hij liet Starr en Tennenbaum uit en toen ze waren vertrokken kwam hij weer binnen. Met een woedende trap schopte hij een stoel door de kamer. Ik had hem nog nooit zo razend gezien.

'Was dat jullie grote onderzoek?' schreeuwde hij. 'Ik had jullie gevraagd om op te schieten, niet om aan te kloten!'

Jesse en ik sloegen onze ogen neer. We gaven geen kik, wat de majoor nog bozer maakte.

'Wat hebben jullie daarop te zeggen?'

'Ik ben ervan overtuigd dat Tennenbaum de dader is, majoor,' zei ik.

'Wat voor overtuiging? De overtuiging dat jullie zelf de bak indraaien wegens plichtsverzuim? Of dat jullie niet meer zullen slapen en eten totdat dit dossier is afgerond?'

'Dat laatste, majoor.'

'Wegwezen dan! Rot op met z'n tweeën en ga aan het werk!'

-6

Moord op een journalist

Woensdag 2 juli – dinsdag 8 juli 2014

JESSE ROSENBERG

Woensdag 2 juli 2014
24 dagen voor het festival

Op Route 17 blokkeerde een armada van tientallen hulpvoertuigen, brandweerwagens, ambulances en politie-eenheden uit de hele regio de toegang tot Deer Lake. Het overige verkeer werd door de Highway Patrol omgeleid, en in de weilanden waren linten gespannen van het ene bosje naar het andere, waarachter agenten de wacht hielden om de nieuwsgierigen en journalisten die toestroomden de toegang te ontzeggen.

Enkele tientallen meters verderop, aan de voet van een lichte helling, te midden van het hoge gras en de bramenstruiken, stonden Anna, Derek en ik met commissaris Gulliver en een handvol agenten zwijgend te kijken naar de feeërieke aanblik van een grote watervlakte bedekt met waterplanten. Ongeveer in het midden van het meer was een heldere kleurvlek tussen de waterplanten te zien: het was een massa blank vlees. Een menselijk lichaam, verstrikt in de lelies.

Van een afstand was het onmogelijk te zeggen of het Stephanie was. We wachtten op de duikers van de Staatspolitie. Onder het wachten keken we machteloos en zwijgend naar het rustige water.

Op een van de oevers aan de overkant waren de agenten die dichterbij wilden komen vastgelopen in de modder.

'Is er in dit gebied niet gezocht?' vroeg ik aan commissaris Gulliver.

'Zo ver zijn we niet gekomen. Dit is nogal een ontoegankelijk gebied. Bovendien zijn de oevers niet te bereiken door de modder en het riet...'

In de verte hoorden we sirenes. Uit alle richtingen kwam versterking. Toen kwam burgemeester Brown, vergezeld door Montagne die hem op het stadhuis had opgehaald. Uiteindelijk kwamen ook de eenheden van de Staatspolitie, en dat markeerde het begin van een algehele drukte: politie- en brandweermannen sleepten met opblaasboten, gevolgd door duikers die zware kisten materieel droegen.

'Wat is er met mijn stad aan de hand?' verzuchtte de burgemeester toen hij bij ons stond, terwijl hij naar de weelderige vlakten waterlelies staarde.

De duikers maakten zich snel gereed, de opblaasboten werden in het water gelegd. Commissaris Gulliver en ik gingen aan boord. We voeren het meer op, algauw gevolgd door een tweede boot vol duikers. De kikkers en watervogels zwegen abrupt, en toen de motoren van de boten werden uitgezet daalde er een zware stilte neer. De boten hadden nog vaart: ze spleten het tapijt van bloeiende lelies en kwamen algauw bij het lichaam. De duikers lieten zich in het water vallen en verdwenen in een wolk van luchtbellen. Ik hurkte neer bij de boeg van de boot, ik boog me voorover om het lichaam dat door de kikvorsmannen werd losgemaakt beter te kunnen zien. Toen ze er eindelijk in slaagden om het om te draaien, deinsde ik terug. Het door het water aangetaste gezicht dat ik zag was inderdaad van Stephanie Mailer.

Het nieuws dat het lichaam van Stephanie Mailer was gevonden, dat ze in Deer Lake was verdronken, verspreidde zich door de regio. Nieuwsgierigen kwamen toegesneld en verdrongen zich langs de politieafzettingen. Ook de plaatselijke media kwamen in groten getale toegestroomd. De hele berm van Route 17 werd een lawaaiige kermis.

Op de oever, waar het lichaam was neergelegd, begon de gerechtsarts, dokter Ranjit Singh, aan de eerste onderzoeken, waarna hij ons – Anna, Derek, burgemeester Brown, commissaris Gulliver en mij – bij elkaar riep voor een voorlopige stand van zaken.

'Ik denk dat Stephanie Mailer is gewurgd,' zei hij.

Burgemeester Brown sloeg zijn handen voor zijn gezicht. De gerechtsarts vervolgde: 'We zullen de autopsieresultaten moeten afwachten om precies te achterhalen wat er is gebeurd, maar ik heb grote hematomen ter hoogte van de hals gevonden en tekenen van vergaande cyanose. Het lichaam vertoont ook krassen op armen en gezicht, en schrammen op de ellebogen en knieën.'

'Hoe kan het dat ze nu pas is gevonden?' vroeg Gulliver.

'Het duurt even voordat een lichaam dat in het water ligt weer aan de oppervlakte komt. Aan de toestand van het lichaam te zien is de dood acht of negen dagen geleden ingetreden. In elk geval meer dan een week.'

'Wat teruggaat tot de nacht dat ze verdween,' zei Jesse. 'Dan is Stephanie dus ontvoerd en vermoord.'

'God nog aan toe!' fluisterde Brown, terwijl hij verpletterd met zijn hand door zijn haar ging. 'Hoe is dat mogelijk? Wie heeft dat arme kind dat aangedaan?'

'Dat is precies wat we gaan uitzoeken, burgemeester,' antwoordde Derek. 'We zijn hier geconfronteerd met een heel ernstige situatie. Er is een moordenaar in dit gebied, misschien zelfs in uw stad. We weten nog niets over zijn motieven en we kunnen niet uitsluiten dat hij opnieuw zal toeslaan. Zolang we hem nog niet hebben, moeten we dubbel zo waakzaam zijn. Op termijn moeten we een veiligheidsplan opstellen waarbij de Staatspolitie de politie van Orphea ondersteunt.'

'Een veiligheidsplan?' zei Brown ongerust. 'Geen sprake van, dan wordt iedereen doodsbang. Weet u wel dat Orphea een badplaats is? Als het gerucht de ronde gaat doen dat hier een moordenaar actief is, dan is het zomerseizoen voorbij! Begrijpt u wat dat voor ons betekent?'

Burgemeester Brown wendde zich tot Anna en commissaris Gulliver. 'Hoelang kunnen jullie deze informatie geheimhouden?' vroeg hij.

'Iedereen weet het al, Alan,' zei Gulliver. 'Het gerucht heeft zich al door de wijde omtrek verspreid. Ga zelf maar kijken, daar langs de weg is het een grote kermis!'

Opeens werden we onderbroken door geschreeuw: meneer en mevrouw Mailer waren aangekomen. Ze doemden op boven de oever. 'Stephanie!' brulde Trudy Mailer ontsteld; haar man kwam achter haar aan. Toen Derek en ik ze de helling zagen afdalen, haastten we ons naar ze toe om te voorkomen dat ze nog verder zouden lopen, en we wilden hen de aanblik besparen van het lijk van hun dochter, dat op de oever lag, klaar om in een lijkenzak te worden geborgen.

'Dit wilt u niet zien, mevrouw,' fluisterde ik tegen Trudy Mailer, die zich tegen me aan wierp. Ze begon te schreeuwen en te huilen. We brachten Trudy en Dennis Mailer naar een politiebus waar een psycholoog zich gereedmaakte om ze te woord te staan.

We moesten de media te woord staan. Dat liet ik liever aan de burgemeester over. Gulliver, die geen kans wilde missen om op televisie te komen, wilde absoluut mee.

Met z'n tweeën liepen ze omhoog naar de afzetting, waarachter de journalisten uit de wijde omtrek stonden te trappelen van ongeduld. Er waren regionale televisiezenders, fotografen en geschreven pers. Toen burgemeester Brown en Gulliver aankwamen werd er een woud van microfoons en lenzen naar ze toegestoken. Met een stem die zich onderscheidde van die van zijn collega's stelde Michael Bird de eerste vraag.

'Is Stephanie Mailer vermoord?'

Er viel een ijskoude stilte.

'We moeten de voortgang van het onderzoek afwachten,' antwoordde burgemeester Brown toen. 'Geen overhaaste conclusies alstublieft. Als de tijd daar rijp voor is, zal er een officieel persbericht uitgaan.'

'Maar het is dus wel Stephanie Mailer die in het meer is gevonden?' vroeg Michael weer.

'Meer kan ik er niet over zeggen.'

'We hebben allemaal haar ouders gezien, burgemeester,' drong Michael aan.

'Het ziet er inderdaad naar uit dat het slachtoffer Stephanie Mailer is,' zag Brown, die in het nauw gedreven was, zich gedwongen te zeggen. 'Haar ouders hebben haar nog niet officieel geïdentificeerd.'

Onmiddellijk werd hij overspoeld door een rumoer van vragen van alle andere journalisten. Opnieuw onderscheidde de stem van Michael zich van de massa.

'Dus Stephanie is vermoord,' concludeerde hij. 'Dan kunt u ons ook niet wijsmaken dat de brand in haar appartement toeval was. Wat is er in Orphea aan de hand? Wat houdt u achter voor de bevolking, burgemeester?'

Brown, die zijn kalmte wist te bewaren, antwoordde rustig: 'Ik kan me uw vragen indenken, maar het is van groot belang dat u de recherche hun werk laat doen. Ik heb momenteel geen commentaar, ik wil de politie niet voor de voeten lopen.'

Michael, die zichtbaar woedend en aangedaan was, riep nog: 'Burgemeester, bent u van plan om de viering van de Fourth of July te laten doorgaan nu de hele stad in rouw is?'

Burgemeester Brown, die door de vraag verrast werd, had maar een fractie van een seconde om te antwoorden.

'Voorlopig bepaal ik dat het vuurwerk op 4 juli niet doorgaat.'

Er klonk geroezemoes onder de journalisten en nieuwsgierigen.

Ondertussen zochten Anna, Derek en ik de oevers van het meer af in een poging te begrijpen hoe Stephanie hier terecht was gekomen. Derek bekeek de mogelijkheid dat de moord overhaast was gepleegd.

'Volgens mij zou iedere min of meer zorgvuldige moordenaar Stephanies lichaam hebben verzwaard om er zeker van te zijn dat het niet te snel boven zou komen. Degene die dit heeft gedaan was niet van plan haar te vermoorden, en ook niet op deze manier.'

Het grootste deel van de oevers van Deer Lake – en dat wat er een vogelparadijs van maakte – was niet te voet toegankelijk omdat het overdekt was met reusachtige dichte rietlanden die zich als muren verhieven. In dat oerwoud nestelden tientallen vogelsoorten die er in alle rust leefden. Een ander deel werd direct begrensd door een dik naaldbos dat zich langs Route 17 uitstrekte tot aan de oceaan.

We dachten eerst dat je deze plaats alleen te voet kon bereiken via de oever waar we waren aangekomen. Maar toen we de topografie nauwkeurig bestudeerden, zagen we dat het hoge gras aan de kant van het bos kortgeleden was geplet. Met veel moeite bereikten we dat stuk: de grond was er rul en moerassig. We ontdekten een plat stuk grond dat vanaf het bos liep, waar de modder was beroerd. Het was onmogelijk om zeker te zijn, maar het leken op voetstappen.

'Er is hier inderdaad iets gebeurd,' bevestigde Derek. 'Maar ik vraag me af of Stephanie dezelfde weg heeft genomen als wij. Het is veel te steil. Volgens mij is de enige manier om deze oever te bereiken...'

'Door het bos?' opperde Anna.

'Precies.'

Vergezeld door een paar agenten uit Orphea begonnen we aan een nauwkeurige zoektocht langs de rand van het bos. We ontdekten gebroken takken en andere tekenen dat er iemand langs was gekomen. Aan een struik hing een stuk textiel.

'Dat zou een stuk kunnen zijn van het T-shirt dat Stephanie maandag droeg,' zei ik tegen Anna en Derek toen ik de stof met mijn latex handschoen loshaalde.

Toen ik Stephanie in het water had gezien droeg ze maar één schoen. Aan haar rechtervoet. De linkerschoen ontdekten we in het bos; die was achter een boomstronk blijven haken.

'Ze rende dus door het bos,' concludeerde Derek. 'Ze probeerde aan iemand te ontsnappen. Anders had ze wel tijd gehad om haar schoen weer aan te trekken.'

'De achtervolger heeft haar ter hoogte van het meer ingehaald en haar toen verdronken,' vervolgde Anna.

'Je hebt ongetwijfeld gelijk, Anna,' zei Derek. 'Maar waarom zou ze hier vanaf het strand naartoe zijn gerend?'

Het was een afstand van meer dan vijf mijl.

Toen we de sporen van de tocht door het bos volgden, kwamen we bij de weg. Op ongeveer tweehonderd meter van de politieafzettingen.

'Hier is ze langsgekomen,' zei Derek.

Op ongeveer dezelfde plek vonden we bandensporen in de berm. Haar achtervolger was dus met de auto.

~

Op hetzelfde moment in New York

Ten burele van *The New York Review of Letters* keek Meta Ostrovski uit het raam van zijn kantoor naar een eekhoorn die over het grasveld op een pleintje hupte. In bijna perfect Frans legde hij een telefonisch interview af aan een onbekend intellectueel tijdschrift uit Parijs, dat nieuwsgierig was naar zijn mening over de perceptie van Europese literatuur in de Verenigde Staten.

'Dat spreekt voor zich!' riep Ostrovksi verheugd. 'Dat ik een van de bekendste critici ter wereld ben, komt omdat ik al dertig jaar niet te vermurwen ben. Dat is mijn geheim: een gedisciplineerde, onbuigzame geest. Hou vooral nergens van. Dat is zwakte!'

'En toch beweren bepaalde kwade tongen dat literaire recensenten mislukte schrijvers zijn...' wierp de journaliste aan de andere kant van de lijn tegen.

'Onzin, mijn waarde,' antwoordde Ostrovksi grinnikend. 'Ik heb nooit, werkelijk nooit een recensent ontmoet die ervan droomde te schrijven. Recensenten staan daarboven. Schrijven is een mindere kunstvorm. Schrijven is woorden samenvoegen tot ze zinnen vormen. Met minimale training kan een wijfjesaap dat zelfs!'

'En wat is dan de rol van de recensent?'

'De waarheid vaststellen. De massa in staat stellen te onderscheiden wat goed is en wat waardeloos. Weet u, maar een heel klein deel van de bevolking begrijpt uit zichzelf wat echt goed is. Jammer genoeg zien wij recensenten, in deze tijd dat iedereen over alles zijn mening wil geven en wij merken dat volstrekte bagger de hemel in wordt geprezen, ons gedwongen om wat structuur aan te brengen in die hele rataplan. Wij zijn de politie van de intellectuele waarheid. Zo eenvoudig is het.'

Toen het interview voorbij was, bleef Ostrovksi even zitten nadenken. Wat had hij goed gesproken! Wat was hij interessant! En die analogie van wijfjesapen en schrijvers – dat was een briljante vondst! In een paar woorden had hij het verval van de mensheid samengevat. Wat was hij trots op het feit dat hij zo snel kon denken en zijn hersenen zo schitterend waren!

Een vermoeide secretaresse duwde de deur van zijn rommelige kantoor open zonder te kloppen.

'Klop verdomme voordat je binnenkomt!' brulde Ostrovski. 'Dit is het kantoor van een belangrijk man.'

Hij haatte deze vrouw, met haar depressieve uitstraling.

'De post van vandaag,' zei ze, zonder enige aandacht te besteden aan wat hij zei.

Ze legde een brief op een stapel boeken die erop wachtten gelezen te worden.

'Eén brief maar?' vroeg Ostrovski teleurgesteld.

'Meer is er niet,' antwoordde de secretaresse, terwijl ze de kamer uit liep en de deur achter zich sloot.

Verschrikkelijk, hoe ellendig de post was geworden! In de tijd dat hij voor *The New York Times* schreef, kreeg hij hele zakken vurige brieven van lezers die geen van zijn recensies of columns wilden missen. Maar dat was toen: de mooie dagen van weleer, toen hij almachtig was, waren verleden tijd. Nu schreven ze niet meer, werd hij niet meer herkend op straat, gonsde het niet meer in de schouwburg als hij binnenkwam, stonden schrijvers niet meer eindeloos op de stoep van zijn gebouw te wachten om hem hun boek te geven waarna ze zich de volgende zondag op het boekenkatern stortten om de recensie te lezen. Hoeveel carrières had hij gemaakt met de invloed van zijn recensies, hoeveel namen had hij verwoest met zijn moordende zinsneden! Hij had de hemel in geprezen, hij had de modder in getrapt. Maar dat was vroeger. Nu was hij niet meer zo gevreesd als vroeger. Zijn kritieken werden alleen nog gevolgd door de lezers van de *Review*, dat weliswaar een blad met een uitstekende reputatie was, maar in veel kleinere kring werd gelezen.

Toen Ostrovski die ochtend wakker werd, had hij een voorgevoel. Er stond iets belangrijks te gebeuren wat zijn carrière weer op de rails zou zetten. Nu begreep hij dat het deze brief was. De brief was belangrijk. Zijn instinct liet hem nooit in de steek, hij wist of een boek goed was of slecht, alleen aan hoe het voelde als hij het oppakte. Maar wat kon er in deze brief staan? Hij wilde hem niet te snel openmaken. Waarom een brief en geen telefoontje? Hij dacht diep na: stel dat die van een producer was die zijn leven wilde verfilmen? Toen hij nog even met bonzend hart naar de prachtige envelop had gekeken, scheurde hij hem open en haalde er zorgvuldig een vel papier uit. Hij keek direct naar de ondertekening: *Alan Brown, burgemeester van Orphea.*

Geachte heer Ostrovski,

Het zou ons een grote eer zijn u dit jaar te mogen verwelkomen op het eenentwintigste nationale theaterfestival van Orphea, New York. Uw reputatie als recensent is gevestigd en uw aanwezigheid op het festival zou een enorme eer voor ons zijn. Twintig jaar geleden hebt u ons, op de eerste editie van het festival, met uw aanwezigheid verblijd. Het zou ons buitengewoon vreugdevol stemmen om het twintigjarig bestaan eveneens met u te vieren. Vanzelfsprekend zouden wij uw reis- en verblijfskosten voor onze rekening nemen; u zou in uitstekende omstandigheden verblijven.

De brief eindigde met de gebruikelijke plichtplegingen. In bijlage waren het festivalprogramma en een flyer van de VVV van het stadje bijgevoegd.

Wat een teleurstellende rotbrief! Een onbelangrijke rotbrief van een rotburgemeester van een rotstadje in the middle of nowhere! Waarom werd hij niet uitgenodigd voor prestigieuzere aangelegenheden? Hij gooide de brief in de prullenbak.

Om zijn gedachten te verzetten besloot hij zijn volgende recensie voor de *Review* te schrijven. Zoals gebruikelijk greep hij daarvoor de laatste New Yorkse bestsellerlijst, ging met zijn vinger langs de lijst naar het bestverkochte boek en schreef een moordlustige tekst over die afschuwelijke roman die hij niet eens had opengeslagen.

Ostrovski werd gestoord in zijn werk door een geluidje van zijn computer dat hem liet weten dat hij nieuwe mail had. Hij keek naar het scherm. Het was een bericht van Steven Bergdorf, de hoofdredacteur van de *Review*. Hij vroeg zich af wat Bergdorf van hem wilde: hij had ook al proberen te bellen, maar toen zat hij net in het interview. Ostrovski opende het bericht.

Meta, omdat je te beroerd bent om de telefoon op te nemen, schrijf ik je om je mee te delen dat je met onmiddellijke ingang bent ontslagen bij de *Review*.
Steven Bergdorf

Ostrovkski sprong op uit zijn stoel, stormde zijn kamer uit, de gang door, en gooide de deur open van zijn hoofdredacteur, die aan zijn bureau zat.

'Hoe durf je!' brulde hij.

'Hé, Ostrovski,' zei Bergdorf onbewogen. 'Ik probeer je al twee dagen te pakken te krijgen.'

'Hoe durf je me de laan uit te sturen, Steven? Ben je gek geworden? New York nagelt je aan de schandpaal! Woedende menigtes zullen je door Manhattan naar Times Square slepen en je ophangen aan een lantaarnpaal, hoor je? En dan kan ik niks voor je doen. Ik kan roepen: "Hou op! Laat die arme man met rust, want hij beseft niet wat hij heeft gedaan!" Maar krankzinnig van woede zullen ze roepen: "Alleen de dood kan een belediging aan het adres van de grote Ostrovski ongedaan maken."'

Bergdorf keek zijn recensent wantrouwig aan.

'Ben je me nu met de dood aan het bedreigen, Ostrovski?'

'Welnee!' verdedigde Ostrovski zich. 'Integendeel: ik red je leven nu dat nog kan. Het volk van New York houdt van Ostrovski!'

'Jongen, jongen. Waar heb je het over? Je laat de New Yorkers ijskoud. Ze weten niet meer wie je bent. Je bent over de datum.'

'Ik ben de meest gevreesde recensent van de laatste dertig jaar!'

'Precies, en het is hoog tijd dat dat verandert.'

'De lezers houden van me! Ik ben...'

'God, maar dan beter,' onderbrak de hoofdredacteur hem. 'Ik ken je slogan, Ostrovski. Je bent vooral oud. Laat het toch. Het is tijd om plaats te maken voor een nieuwe generatie. Het spijt me.'

'Acteurs deden het in hun broek als ze alleen maar wisten dat ik in de zaal zat.'

'Ja, maar dat was vroeger. In de tijd van de telegraaf en de zeppelin.'

Ostrovski moest zich inhouden om de ander niet voor zijn harses te slaan. Hij wilde zich niet verlagen tot geweld. Hij draaide zich op zijn hakken om zonder te groeten, wat volgens hem de ergst denkbare belediging was. Hij ging terug naar zijn bureau, liet zich door zijn secretaresse een doos brengen en pakte zijn kostbare herinneringen in, waarna hij wegvluchtte. Hij was van zijn leven nog niet zo vernederd.

~

Orphea bereikte het kookpunt. Met de ontdekking van Stephanies lichaam en de aankondiging van de burgemeester dat het vuurwerk op 4 juli niet doorging, was de stad in rep en roer. Terwijl Derek en ik ons onderzoek langs de oevers van Deer Lake voortzetten, werd Anna opgeroepen om het stadhuis te bewaken, waar een protestactie begon: een groep demonstranten bestaande uit winkeliers uit het stadje, was bij elkaar gekomen om te eisen dat het vuurwerk zou doorgaan. Ze zwaaiden met borden en klaagden over de situatie.

'Als er vrijdagavond geen vuurwerk komt, dan kan ik de boel wel opdoeken,' protesteerde een kleine, kale man die een kraam met Mexicaanse etenswaren had. 'Het is de belangrijkste avond van het seizoen voor mij.'

'Ik heb veel onkosten gemaakt om een plek aan de boulevard te huren en mensen aan te nemen,' verklaarde een ander. 'Gaat de gemeente me terugbetalen als het vuurwerk niet doorgaat?'

'Wat er met dat meisje Mailer is gebeurd is verschrikkelijk, maar wat heeft dat met de nationale feestdag te maken? Ieder jaar komen er duizenden mensen naar de boulevard om naar het vuurwerk te kijken. Ze komen vroeg en maken daar gebruik van om de winkels aan de hoofdstraat te bezoeken en in een restaurant te eten. Als het vuurwerk niet doorgaat, komen ze niet!'

De demonstratie verliep rustig. Anna besloot om burgemeester Brown op te zoeken op zijn kantoor op de tweede etage. Toen ze binnenkwam stond hij bij het raam. Hij groette haar terwijl hij naar de demonstranten keek.

'De geneugten van de politiek, Anna,' zei hij. 'Als ik de festiviteiten door laat gaan nadat er een moord is gepleegd die de stad heeft opgeschud ben ik harteloos, en als ik ze niet door laat gaan ben ik gewetenloos en richt ik de middenstand te gronde.'

Er viel een stilte. Anna probeerde hem een beetje te troosten.

'De mensen zijn dol op je, Alan...'

'Jammer genoeg loop ik de kans dat ik in september niet word herkozen, Anna. Orphea is niet meer de stad die het was en de bewoners willen verandering. Ik heb koffie nodig. Wil jij koffie?'

'Graag,' antwoordde ze.

Anna dacht dat de burgemeester zijn assistente om twee koffie zou vragen, maar hij nam haar mee de gang op, waar aan het einde een koffieautomaat stond. Hij deed een munt in de machine. Een donkere vloeistof stroomde in een kartonnen bekertje.

Alan Brown was een gedistingeerde verschijning, met een diepe blik en het voorkomen van een acteur. Hij zag er altijd uit om door een ringetje te halen, en zijn peper- en zoutkleurige haar zat perfect in model. De eerste koffie was klaar; hij gaf hem aan Anna en haalde toen een tweede voor zichzelf.

‘En stel dat je niet herkozen wordt,’ vroeg Anna nadat ze haar lippen met de minderwaardige koffie had bevochtigd, ‘zou dat dan zo erg zijn?’

‘Anna, weet je wat me zo aan jou beviel toen ik je vorige zomer voor het eerst op de boulevard zag?’

‘Nee...’

‘Dat we dezelfde overtuigingen hebben, dezelfde ambities voor deze samenleving. Je had een geweldige carrière kunnen hebben bij de politie van New York. Ik had al lang geleden kunnen bezwijken voor de sirenen van de politiek en kunnen proberen om in de Senaat of het Congres te worden gekozen. Maar uiteindelijk interesseert dat ons niet, want wat we in Orphea voor elkaar kunnen krijgen, zouden we in New York, Washington of Los Angeles nooit kunnen bereiken: een rechtvaardige stad, een functionerende samenleving en niet al te veel ongelijkheid. Toen burgemeester Gordon me in 1992 vroeg of ik locoburgemeester wilde worden, lag alles nog open. Deze stad was een onbeschreven blad. Ik kon hem naar mijn overtuigingen vormgeven, waarbij ik nooit uit het oog verloor wat *rechtvaardig* was, wat het beste was voor het welzijn van de gemeenschap. Sinds ik burgemeester ben verdienen de mensen meer, is hun dagelijks leven verbeterd door betere dienstverlening en betere sociale voorzieningen, en dat zonder dat de belastingen zijn gestegen.’

‘Waarom denkt u dan dat de burgers van Orphea u niet zullen herkiezen?’

‘Omdat er tijd is verstreken. Ze zijn het vergeten. Mijn eerste mandaat is bijna een generatie geleden. De verwachtingen en eisen zijn nu anders, want alles wordt als een uitgemaakte zaak gezien. En bovendien, nu Orphea welvarend is geworden, is de eetlust gewekt. Er zijn een heleboel ambitieuze lieden die een beetje macht willen en die zichzelf graag in het stadhuis zouden zien. De volgende verkiezing zou het einde van deze stad kunnen betekenen, verpest door de machtshonger en de egoïstische bestuursdorst waardoor mijn opvolger zal worden gedreven.’

‘Uw opvolger? Wie is dat dan?’

‘Dat weet ik nog niet. Maar die komt wel bovendrijven, wacht maar af. Ze kunnen zich tot het einde van de maand nog kandidaat stellen voor het burgemeesterschap.’

Burgemeester Brown beschikte over een indrukwekkend vermogen om zichzelf erbovenop te krijgen. Dat besefte Anna toen ze aan het einde van de dag met hem meeging naar Stephanies ouders in Sag Harbor.

Bij het huis van de Mailers, dat werd beschermd door een politieafzetting, was de sfeer geladen. Een dichte menigte had zich op straat verzameld. Nieuwsgierigen aangetrokken door de drukte en mensen die hun steun wilden betuigen aan de familie. Veel van de aanwezigen hielden een kaars vast. Tegen een lantaarnpaal was een altaar geïmproviseerd waaromheen bergen bloemen, briefjes en teddyberen lagen. Sommige mensen zongen, andere baden, weer andere maakten foto's. Er waren journalisten uit de hele omtrek, en een deel van het trottoir stond vol busjes van regionale televisiezenders. Toen burgemeester Brown verscheen, haastten de journalisten zich naar hem toe om vragen te stellen over het afgelaste vuurwerk van de Fourth of July. Anna wilde een weg banen zodat Brown door kon lopen zonder commentaar te hoeven geven, maar hij weerhield haar. Hij zou de media te woord staan. De man, die iets eerder naar zijn bureau was verjaagd, was nu vol flair en zelfvertrouwen.

'Ik heb de onrust van de ondernemers uit de stad gehoord,' verklaarde hij. 'Ik begrijp ze volkomen, en ik ben me er erg van bewust dat het afgelasten van de festiviteiten rondom de Fourth of July de plaatselijke economie, die toch al kwetsbaar is, in gevaar zou brengen. En dus heb ik na overleg met mijn raad besloten om het vuurwerk te laten doorgaan en op te dragen ter nagedachtenis aan Stephanie Mailer.' De burgemeester was tevreden over het effect, reageerde niet op vragen en liep door.

Nadat Anna Brown die avond naar huis had gebracht, stopte ze op de parkeerplaats van de boulevard, bij de oceaan. Het was acht uur. Door de openstaande ramen stroomde de heerlijke avondwarmte het voertuig binnen. Ze had geen zin om alleen thuis te zitten, en nog minder om in haar eentje uit eten te gaan.

Ze belde haar vriendin Lauren. Maar die zat in New York.

'Ik begrijp je niet, Anna,' zei Lauren. 'Als we samen uit eten gaan maak je je zo snel mogelijk uit de voeten, en als ik in New York ben vraag je of ik mee uit eten ga.'

Anna had geen zin in een discussie. Ze hing op en ging naar een snackbar aan de boulevard om iets af te halen. Toen ging ze naar haar kamer op het bureau en at terwijl ze het onderzoeksbord bekeek. En toen ze naar de naam Kirk Harvey staarde die op het bord stond, dacht ze opeens terug aan wat Lewis Erban de vorige dag had gezegd over de gedwongen verhuizing naar de kelder. Er was inderdaad een ruimte die dienstdeed als rommelhok en ze besloot er meteen naartoe te gaan. Toen ze de deur openduwde, werd ze bevangen door een vreemd gevoel van ongemak. Ze stelde zich Kirk Harvey hier voor, op deze plaats, twintig jaar geleden.

Omdat het licht het niet meer deed moest ze zich bijlichten met haar zaklamp. De ruimte stond vol met stoelen, kasten, wankele tafels en dozen. Ze baande zich een weg door het meubelkerkhof totdat ze voor een bureau van gelakt hout stond, overdekt met stof en bezaaid met allerlei voorwerpen waaronder een metalen naambordje waarin de naam COMMISSARIS K. HARVEY gegraveerd stond. Dit was zijn bureau. Ze opende de vier laden. Drie waren leeg, de vierde ging niet open. Er zat een slot op. Ze greep een koevoet uit de naastgelegen werkplaats en ging het slot te lijf, dat gemakkelijk meegaf; met een droge knal ging de lade open. Er lag een stuk vergeeld papier in, waarop iemand had geschreven:

DE ZWARTE NACHT

ANNA KANNER

Er is niets wat ik fijner vind dan 's nachts door Orphea patrouilleren.

Er is niets wat ik fijner vind dan de stille, rustige straten die baden in de warmte van de zomernacht, en de diepblauwe lucht bezaaid met sterren. Stapvoets rijden door vredige, slapende buurten met gesloten luiken. Een slapeloze wandelaar tegenkomen of vrolijke bewoners die op het terras genieten van het nachtelijke uur en een vriendelijke hand opsteken als je langsrijdt.

Er is niets waar ik meer van hou dan de straten in het centrum op winternachten, wanneer het opeens begint te sneeuwen en de grond snel bedekt raakt met een dikke laag wit poeder. Dat moment waarop je de enige bent die wakker is, wanneer het ballet van de sneeuwruimers nog niet is begonnen en waarin je sporen trekt in de maagdelijke sneeuw. Uitstappen, te voet patrouilleren op het plein, de sneeuw onder je stappen horen knarsen en je longen vullen met die heerlijke, verkwikkende droge kou.

Er is niets wat ik fijner vind dan een vos betrappen op zijn tocht wanneer die in de kleine uurtjes van de ochtend de hele hoofdstraat doorloopt.

Er is niets wat ik fijner vind dan de zon die opkomt boven de boulevard, in ieder seizoen. De inktkleurige horizon doorbroken zien worden door een felle punt, eerst roze, dan oranje, en de vuurbal dan langzaam tot boven de golven zien klimmen.

Ik kwam in Orphea wonen toen ik mijn scheidingspapieren nog maar een paar maanden daarvoor had ondertekend.

Ik ben te snel getrouwd, met een man met veel kwaliteiten maar die niet de ware was. Ik denk dat ik te snel getrouwd ben vanwege mijn vader.

Ik heb altijd een sterke, hechte band met mijn vader gehad. Sinds mijn prilste jeugd waren we als twee vingers van dezelfde hand. Wat mijn vader deed, wilde ik ook. Wat mijn vader zei, herhaalde ik. Waarheen hij ook ging, ik volgde.

Mijn vader houdt van tennis. Ik heb ook gespeeld, bij dezelfde club als hij. Op zondag speelden we vaak tegen elkaar, en met het verstrijken van de jaren werd het verschil heel klein.

Mijn vader speelt graag Scrabble. Stomtoevallig ben ik ook gek op dat spel. Lange tijd brachten we de wintervakantie door in Whistler, in British Columbia, om te skiën. Iedere avond gingen we na het eten in de salon van het hotel zitten en gingen elkaar met Scrabble te lijf, waarbij we pot na pot nauwkeurig bijhielden wie won en met hoeveel punten.

Mijn vader is advocaat, afgestudeerd aan Harvard; en vanzelf, zonder enige aarzeling, ging ik ook rechten studeren aan Harvard. Ik dacht dat ik dat altijd had gewild.

Mijn vader was altijd heel trots op me. Met tennis, met Scrabble, met Harvard. Met alles. Hij kreeg nooit genoeg van de handenvol complimenten die hij over mij kreeg. Het liefste van alles hoorde hij hoe intelligent en knap ik was. Ik weet hoe trots hij was als de blikken zich naar mij toe draaiden als ik ergens binnenkwam, op feestjes waar we samen naartoe gingen, op de tennisbaan, of in de salon van ons hotel in Whistler. Maar dat bracht ook met zich mee dat mijn vader mijn vriendjes niet kon uitstaan. Sinds mijn zestiende of zeventiende vond mijn vader geen van de jongens met wie ik iets had goed genoeg, knap genoeg of slim genoeg voor mij.

'Zeg, Anna, je kunt toch wel wat hoger mikken dan hij,' zei hij.

'Ik vind hem leuk, papa. Daar gaat het toch om?'

'Stel je voor dat je met hem getrouwd zou zijn!'

'Papa, ik ben zeventien! Daar ben ik nog lang niet aan toe!'

Hoe langer de relatie duurde, hoe grimmiger de lastercampagne werd. Nooit frontaal, maar geniepig. Wanneer hij maar kon, maakte hij langzaam maar zeker mijn beeld van mijn grote liefde kapot met onschuldige opmerkingen, details waar hij de aandacht op vestigde, observaties die hij deed. En uiteindelijk maakte ik het uit, overtuigd dat dat mijn eigen wens was – dat wilde ik in elk geval geloven. En het ergste was dat mijn vader bij iedere nieuwe relatie zei: 'Die vorige jongen, die was echt leuk – jammer dat jullie uit elkaar zijn trouwens – maar van deze snap ik echt niet wat je in hem ziet.' En iedere keer liet ik me weer foppen. Had ik dan echt niet door dat mijn vader die breuken regisseerde? Of maakte ik het gewoon uit, niet om specifieke redenen, maar gewoon omdat ik me er niet toe kon brengen om van een man te houden die mijn vader niet mocht? Ik geloof dat het een onvoorstelbare gedachte voor me was dat ik met iemand zou zijn die mijn vader niet beviel.

Toen ik klaar was op Harvard en me bij de balie van New York had aangesloten, werd ik advocaat op het kantoor van mijn vader. Dat avontuur duurde een jaar, en in die tijd ontdekte ik dat het recht, hoe schitterend het principe ook is, een kostbaar en traag raderwerk was, vol procedures en overwerk, waar zelfs de winnaars niet zonder kleerscheuren uit tevoorschijn kwamen. Ik kwam al snel tot de overtuiging dat het recht beter gediend zou zijn als ik in een eerder stadium kon bijdragen, en dat werken op straat meer impact zou hebben dan werken in een luie stoel. Ik schreef me in op de politieacademie van de NYPD, tot groot ongenoegen van mijn ouders, in het bijzonder mijn vader, die het slecht opnam dat ik zijn kantoor verliet, maar die toch bleef hopen dat de inschrijving een bevlieging was en geen breuk en dat ik halverwege met de opleiding zou stoppen. Een jaar later kwam ik van de politieschool, als beste van mijn lichting, met de unanieme lof van al mijn instructeurs, en ik werd met de rang van agent ingelijfd bij de recherche van het vijfenvijftigste district.

Ik was direct verkocht, vooral vanwege al die minieme overwinningen van alledag, die me er bewust van maakten dat een goede agent een verschil kon maken in het woeden van de wereld.

Mijn vrijgekomen plaats op het kantoor van mijn vader werd aangeboden aan Mark, een ervaren advocaat die een paar jaar ouder was dan ik.

De eerste keer dat ik over Mark hoorde was op een familiediner. Mijn vader was vol bewondering. 'Een briljante jongeman, heel begaafd, en knap,' zei hij. 'Hij heeft alles mee. Hij tennist zelfs.' Toen sprak hij opeens de woorden die ik hem nooit eerder had horen zeggen: 'Ik weet zeker dat je het goed met hem zou kunnen vinden. Ik zou het leuk vinden als je hem een keer zou ontmoeten.'

Ik was op een moment in mijn leven dat ik heel graag iemand wilde ontmoeten. Maar de ontmoetingen leidden nooit tot iets serieus. Na de politieschool duurden mijn relaties niet langer dan een eerste etentje of een eerste uitje in een groter gezelschap: zodra iemand erachter kwam dat ik agent was, en dan ook nog rechercheur, wilde iedereen me bestoken met vragen. Ongewild trok ik alle aandacht naar me toe, ik stond continu in de schijnwerpers. En meestal hield de relatie op met een zin als: 'Het is niet zo gemakkelijk om met jou te zijn, Anna: iedereen is alleen in jou geïnteresseerd. Het lijkt wel of ik niet besta. Ik geloof dat ik iemand zoek bij wie ik meer ruimte krijg.'

Uiteindelijk ontmoette ik die Mark, op een middag dat ik bij mijn vader langsging op kantoor; en tot mijn vreugde ontdekte ik dat hij niet aan zulke complexen leed: door zijn natuurlijke charme trok hij alle blikken naar zich toe en kon hij zonder moeite de gesprekken voeren. Hij wist overal over mee te praten, hij kon bijna alles, en als hij iets niet kon, was hij er vol bewondering over. Ik bekeek hem zoals ik nog nooit iemand had bekeken, misschien omdat mijn vader hem zo bekeek: met ogen vol bewondering. Mijn vader was gek op hem. Mark was zijn lievelingetje, en ze gingen zelfs samen tennissen. Iedere keer als mijn vader over hem begon, was hij in extase.

Mark nodigde me uit voor koffie. De vonk sloeg direct over. Het was perfecte alchemie, een waanzinnige energie. De derde kop koffie bracht hij me op bed. We zeiden allebei niks tegen mijn vader, en toen we op een avond samen zaten te eten zei hij ten slotte: 'Ik zou zo graag iets serieuzers willen tussen ons...'

'Maar...?' vroeg ik argwanend.

'Ik weet hoe hoog je vader jou aanslaat, Anna. Hij legt de lat heel hoog. Ik weet niet of hij me wel goed genoeg vindt.'

Toen ik mijn vader vertelde wat hij had gezegd, werd hij nog enthousiaster over hem dan hij al was, voor zover dat mogelijk was. Hij liet hem op zijn kantoor komen en maakte een fles champagne open.

Toen Mark me dat vertelde, lag ik een paar minuten dubbel van het lachen. Ik pakte een glas, hief het en verklaarde met de zware stem en paternalistische bewegingen van mijn vader: 'Op de man die met mijn dochter neukt!'

Het was het begin van een hartstochtelijk avontuur tussen Mark en mij, dat zich ontwikkelde tot een relatie in de beste zin van het woord. De eerste echte mijlpaal was toen we bij mijn ouders gingen eten. En voor het eerst, na vijftien jaar, zag ik mijn vader stralen, was hij vriendelijk en attent voor de man die ik had meegenomen. Hij die alle voorgangers opzij had geschoven, had er nu een gevonden die hem kon bekoren.

'Wat een vent! Wat een vent!' zei mijn vader de volgende dag door de telefoon. 'Zo bijzonder!' deed mijn moeder er op de achtergrond nog een schepje bovenop. 'Zorg dat je hem niet wegjaagt zoals al die anderen!' durfde mijn vader te zeggen. 'Ja, dit is een blijvertje,' zei mijn moeder.

De dag dat Mark en ik een jaar bij elkaar waren viel samen met de traditionele skivakantie in British Columbia. Mijn vader stelde voor om samen naar Whistler te gaan en Mark ging graag akkoord.

'Als je vijf avonden op rij met mijn vader overleeft, en vooral de Scrabble-competitie, dan verdien je een medaille.'

Niet alleen overleefde hij het, hij won zelfs drie keer. Daar kwam nog bij dat hij skiede als een god en dat op de laatste avond, toen we in het restaurant dineerden, een gast aan de tafel naast ons een hartaanval kreeg. Mark belde de reddingsdiensten terwijl hij in afwachting van de ambulance eerste hulp verleende aan het slachtoffer.

De man werd gered en naar het ziekenhuis gebracht. Terwijl de ambulanciers de patiënt wegdroegen op een brancard, schudde de arts die met hen was meegekomen Mark vol bewondering de hand. 'U hebt het leven van deze man gered, meneer. U bent een held.' Het hele restaurant applaudisseerde en de eigenaar weigerde ons te laten betalen.

Dat was de anekdote die mijn vader anderhalf jaar later op onze bruiloft vertelde om de gasten duidelijk te maken hoe bijzonder Mark was. En ik straalde in mijn witte jurk en verslond mijn echtgenoot met mijn blikken.

Het huwelijk zou minder dan een jaar standhouden.

JESSE ROSENBERG

Donderdag 3 juli 2014
23 dagen voor het festival

De voorpagina van de *Orphea Chronicle*:

MOORD OP STEPHANIE MAILER:
VERBAND MET THEATERFESTIVAL?

De moord op Stephanie Mailer, de jonge journaliste van de *Orphea Chronicle* van wie het lichaam in Deer Lake is gevonden, heeft de stad in rep en roer gebracht. De bewoners zijn ongerust en de gemeente staat onder druk, net nu het zomerseizoen van start moet gaan. Is er een moordenaar onder ons?

Een briefje dat in Stephanies auto werd gevonden en waarin het theaterfestival van Orphea wordt genoemd, zou erop kunnen wijzen dat ze met haar leven heeft betaald voor het onderzoek dat ze namens deze krant deed naar de moordaanslag in 1994 op burgemeester Gordon, de oprichter van het festival, en zijn gezin.

Toen we elkaar die ochtend zagen in het districtscentrum van de Staatspolitie, waar dokter Ranjit Singh, de gerechtsarts, ons de eerste resultaten van de autopsie op Stephanies lichaam zou openbaren, liet Anna Derek en mij de krant zien.

'Dat moest er nog bij komen!' zei Derek boos.

'Het was heel stom van mij om Michael over dat briefje te vertellen,' zei ik.

'Ik zag hem in Café Athena voordat ik hier kwam, ik geloof dat hij Stephanies dood vrij slecht opneemt. Hij zegt dat hij zich medeverantwoordelijk voelt. Wat heeft de analyse van de forensische dienst opgeleverd?'

'De bandensporen van de auto langs Route 17 zijn jammer genoeg onbruikbaar. De schoen daarentegen is inderdaad van Stephanie, en het stuk textiel komt van het T-shirt dat ze droeg. Langs de weg is een voetstap van de schoen gevonden.'

'Wat bevestigt dat ze daar het bos in is gelopen,' concludeerde Anna.

Toen werden we onderbroken door dokter Singh.

'Fijn dat u zo snel hebt gewerkt,' zei Derek.

'Ik wilde dat u verder kon voor 4 juli,' antwoordde hij.

Dokter Singh was een elegante, vriendelijke man. Hij zette zijn bril op om ons de hoofdpunten van zijn rapport voor te lezen.

'Ik heb vrij ongebruikelijke zaken gevonden,' zei hij meteen. 'De doodsoorzaak van Stephanie Mailer is verdrinking. Ik heb een grote hoeveelheid water in haar longen en maag gevonden, en modder in haar slokdarm. Ze vertoonde belangrijke tekenen van cyanose en respiratoire benauwdheid, wat erop duidt dat ze gevochten heeft of, in dit geval, zich verdedigd heeft: in haar nek heb ik hematomen in de vorm van de afdruk van een grote hand gevonden, wat erop zou wijzen dat ze ruw bij de nek is vastgepakt en dat haar hoofd onder water is geduwd. Behalve in haar slokdarm heb ik ook sporen van modder op haar lippen en tanden en boven op haar haar gevonden, wat erop wijst dat haar hoofd op geringe diepte tegen de bodem is geduwd.'

'Is ze mishandeld voordat ze werd verdronken?' vroeg Derek.

'Er is geen enkel spoor van geweld, waarmee ik bedoel dat Stephanie niet neergeslagen of geslagen is. Ook niet van seksueel contact. Ik denk dat Stephanie voor haar moordenaar vluchtte en dat hij haar heeft ingehaald.'

'Hij?' vroeg Derek. 'Dus volgens u is het een man?'

'Te zien aan de kracht die nodig is om iemand onder water te houden, neig ik inderdaad naar een man, ja. Maar het zou ook een sterke vrouw kunnen zijn.'

'Dus ze rende door het bos?' vroeg Anna.

Singh knikte.

'Verder heb ik diverse verwondingen en kneuzingen op haar gezicht en armen gevonden, veroorzaakt door schrammen van takken. Ze vertoont ook verwondingen op de zool van de voet zonder schoen. Ze heeft dus zo hard ze kon door het bos gerend, waarbij ze haar voetzool heeft opengehaald aan de takken en stenen. Onder haar nagels zaten sporen van aarde. Ik vermoed dat ze op de oever is gevallen en dat de moordenaar haar hoofd alleen nog onder water hoefde te houden.'

'Dan was het dus inderdaad een gelegenheidsmisdrijf,' zei ik. 'De dader was niet van plan haar om te brengen.'

'Daar wilde ik naartoe, Jesse,' vervolgde dokter Singh, terwijl hij ons close-ups liet zien van Stephanies schouders, ellebogen, handen en knieën.

Er waren roodachtige, vuile wonden zichtbaar.

'Dat lijken wel brandwonden,' mompelde Anna.

'Precies,' zei Singh. 'Het zijn vrij oppervlakkige schaafwonden, waarin ik stukjes asfalt en gravel heb gevonden.'

'Asfalt?' herhaalde Derek. 'Ik geloof dat ik je niet volg, dok.'

'Nou,' legde Singh uit, 'te zien aan de locatie van de wonden zijn ze veroorzaakt door een duikeling op asfalt, op een weg dus. Dat zou kunnen betekenen dat Stephanie uit eigen beweging uit een rijdende auto is gesprongen en daarna het bos in is gevlucht.'

Singhs conclusies zouden door twee belangrijke getuigenissen worden bevestigd. De eerste kwam van een tiener die in de regio op vakantie was en die iedere avond op het strand, niet ver van waar we Stephanies auto hadden gevonden, met een groepje vrienden afsprak. Anna ondervroeg hem nadat zijn ouders vanwege de mediastortvloed contact met ons opnamen en ons lieten weten dat hun zoon misschien iets belangrijks had gezien. Ze hadden gelijk.

Volgens dokter Singh was Stephanie komen te overlijden in de nacht van maandag op dinsdag, dus de nacht van haar verdwijning. De tiener verklaarde dat hij op maandag 26 juni was weggegaan bij het groepje om in alle rust te bellen met zijn vriendinnetje, dat in New York was achtergebleven.

'Ik ging op een rotsblok zitten,' vertelde de jongen. 'Vandaar had ik goed zicht op de parkeerplaats en ik herinner me dat die helemaal verlaten was. En toen zag ik plotseling een jonge vrouw van het bospad komen. Ze bleef een tijdje wachten. Tot halfelf, dat weet ik nog want dat was het moment dat ik ophing. Ik heb het op mijn telefoon gecheckt. Op dat moment reed een auto de parkeerplaats op. Ik zag de vrouw in de lichtbundel, daarom wist ik dat ze vrij jong was en een wit T-shirt droeg. Het raam aan de passagierskant ging omlaag, ze sprak een paar woorden met de bestuurder en toen stapte ze in. De auto reed meteen weg. Is dat die vrouw die dood is...?'

'Dat gaan we uitzoeken,' antwoordde Anna om hem niet onnodig bang te maken. 'Kun je de auto beschrijven? Is je een detail opgevallen, iets wat je hebt onthouden? Heb je het nummerbord misschien gezien? Een stukje ervan? Of de staat?'

'Nee, het spijt me.'

'Was de chauffeur een man of een vrouw?'

'Dat zou ik niet kunnen zeggen. Het was te donker en het ging heel snel. En bovendien heb ik er verder geen aandacht aan besteed. Als ik het had geweten...'

'Je helpt me hiermee ook al heel goed. Dus je weet zeker dat de vrouw vrijwillig instapte?'

'O ja, zeker! Ze wachtte op hem, dat was duidelijk.'

De tiener was dus de laatste die Stephanie in levenden lijve had gezien. Nog een getuigenis kwam van een handelsreiziger uit Hicksville, die zich meldde bij het districtscentrum van de Staatspolitie. Hij liet ons weten dat hij op maandag 26 juni naar Orphea was gekomen om cliënten te bezoeken.

'Ik reed rond halfelf 's avonds de stad uit,' verklaarde hij. 'Ik nam Route 17 naar de snelweg. Toen ik in de buurt van Deer Lake kwam, zag ik een stilstaande auto in de berm, met draaiende motor en beide voorportieren open. Natuurlijk viel dat me op en dus remde ik af, ik dacht dat er misschien iemand in nood was. Dat kan maar zo.'

'Hoe laat was het?'

'Ongeveer tien voor elf. In elk geval nog voor elf uur, dat weet ik zeker.'

'Dus u remde af, en toen...'

'Ja, ik remde af, want ik vond het vreemd dat die auto daar stilstond. Ik keek om me heen en toen zag ik iemand het talud op lopen. Ik bedacht dat hij waarschijnlijk nodig moest plassen. Daarmee was alles duidelijk voor mij. Ik dacht dat als diegene hulp nodig had hij of zij wel zou zwaaien. Ik reed door en ik ging naar huis en maakte me er niet meer druk over. Pas toen ik net op het nieuws hoorde dat er maandagavond een moord aan de oever van Deer Lake is gepleegd, heb ik het verband gelegd met wat ik heb gezien en bedacht ik dat het misschien belangrijk was.'

'Hebt u de persoon gezien? Was het een man? Een vrouw?'

'Aan het silhouet te zien eerder een man. Maar het was heel donker.'

'En de auto?'

Met het weinige wat de getuige had gezien, beschreef hij dezelfde auto die de tiener een kwartier eerder bij het strand had gezien. Toen we weer op Anna's kamer op het politiebureau van Orphea waren, konden we de verschillende sporen in elkaar passen en de chronologie van Stephanies laatste avond opstellen.

'Om zes uur komt ze de Kodiak Grill binnen,' zei ik. 'Ze wacht op iemand – waarschijnlijk op haar moordenaar. Die laat zich niet zien, maar houdt haar stiekem in de gaten. Om tien uur gaat Stephanie weg uit de Kodiak Grill. De eventuele moordenaar belt haar vanuit de munttelefoon in het restaurant en spreekt met haar af bij het strand. Stephanie is ongerust en ze belt Sean, de politieagent, maar die neemt niet op. Ze gaat naar de plek waar ze heeft afgesproken. Om halfelf komt de moordenaar haar met de auto halen. Ze stapt uit eigen beweging in. Ze vertrouwt hem dus voldoende, en misschien kent ze hem.'

Op een enorme kaart van de regio die aan de muur hing tekende Anna met rode viltstift de route die de auto moet hebben afgelegd: hij vertrok van het strand, toen moet hij Ocean Road hebben genomen, daarna Route 17 in noordoostelijke richting langs het meer. Van het strand naar Deer Lake is vijf mijl, dus een kwartier met de auto.

'Tegen kwart voor elf begrijpt Stephanie dat ze in gevaar is,' vervolgde ik. 'Ze gooit zich uit de auto en vlucht het bos in, waar ze wordt ingehaald en onder water geduwd. De moordenaar neemt haar sleutels mee en gaat ongetwijfeld diezelfde maandagavond nog naar haar huis. Als hij niets vindt, breekt hij in bij de redactie en gaat ervandoor met Stephanies computer, maar ook hier schiet hij mis. Stephanie was te voorzichtig. Om tijd te winnen stuurt hij om middernacht een sms naar Michael Bird, hij weet dat dat de hoofdredacteur is, omdat hij hoopt dat hij de hand nog op Stephanies resultaten kan leggen. Maar als hij ontdekt dat de Staatspolitie vermoedt dat het om een vermissing gaat, raakt alles in een stroomversnelling. Hij gaat terug naar Stephanies appartement, precies op het moment dat ik daar ben. Hij slaat me buiten westen en komt de volgende nacht terug om brand te stichten, in de hoop dat hij haar onderzoek, dat hij niet heeft gevonden, vernietigt.'

Voor het eerst sinds het begin van de zaak zagen we wat licht. Maar hoewel het net zich begon te sluiten, stond de bevolking op het punt om krankzinnig te worden. De krantenkop van de *Orphea Chronicle* maakte het er niet beter op. Daarvan werd ik me ten volle bewust toen Anna door Cody werd gebeld: 'Heb je de krant gezien? De moord op Stephanie houdt verband met het festival. Ik roep de vrijwilligers vanmiddag om vijf uur in Café Athena bij elkaar en ik ga voorstellen om in staking te gaan. We zijn niet veilig. Misschien komt er dit jaar geen festival.'

~

Op hetzelfde moment in New York

Steven Bergdorf liep met zijn vrouw naar huis.

'Ik weet dat de *Review* problemen heeft,' zei zijn vrouw met warme stem. 'Maar wat is dat nou voor iets dat je geen vakantie kunt nemen? Je weet dat het ons allemaal goed zou doen.'

'Financieel gezien lijkt me dit niet het moment om luxueus op vakantie te gaan,' snauwde Steven.

'Luxueus?' verdedigde zijn vrouw zich. 'We kunnen de camper van mijn zus lenen. We reizen het land door. Dat hoeft heus niet veel te kosten. Laten we naar Yellowstone National Park gaan. De kinderen willen dolgraag naar Yellowstone.'

'Yellowstone? Veel te gevaarlijk, met al die beren en zo.'

'Wat is er in godsnaam met je aan de hand, Steven?' zei zijn vrouw getergd. 'Je bent de laatste tijd zo'n mopperpot.'

Ze kwamen aan bij hun flat. Opeens begon Steven te beven: Alice was er.

'Dag, meneer Bergdorf,' zei Alice.

'Alice, wat een aangename verrassing!' stamelde hij.

'Ik heb die papieren gebracht die u nodig had, u hoeft alleen maar te tekenen.'

'Natuurlijk,' antwoordde Bergdorf, die houterig acteerde.

'Het zijn heel spoedeisende papieren. Omdat u vanmiddag niet op kantoor was, bedacht ik dat ik even langs zou komen zodat u ze hier kunt tekenen.'

'Wat aardig dat je bent gekomen,' bedankte Steven haar, terwijl hij schaapachtig naar zijn vrouw glimlachte.

Alice gaf hem een aktetas met allerlei correspondentie. Hij legde hem zo neer dat zijn vrouw de inhoud niet zag en bestudeerde de eerste envelop, waar reclamedrukwerk in zat. Hij deed of hij hoogst geïnteresseerd was en begon toen aan het volgende stuk dat bestond uit een wit vel waarop Alice had geschreven:

Boete omdat ik de hele dag niets heb gehoord: 1000 dollar.

Met een paperclip zat er een cheque aan uit het chequeboek dat ze hem afhandig had gemaakt; die was al ingevuld, op zijn naam, met haar als begunstigde.

'Weet je zeker dat het bedrag klopt?' vroeg Bergdorf met trillende stem. 'Dat vind ik nogal aan de hoge kant.'

'Dat is de juiste prijs, meneer Bergdorf. Kwaliteit is duur.'

'Dan zal ik tekenen,' bracht hij uit.

Hij tekende de cheque voor duizend dollar, deed de tas dicht en gaf hem aan Alice. Hij nam met een gespannen glimlach afscheid en verdween met zijn vrouw naar binnen. Een paar minuten later sloot hij zich in de wc op, liet het water in de wastafel kletteren en belde haar.

'Alice, ben je gek geworden?' fluisterde hij, neergehurkt tussen de wc en de wastafel.

'Waar was je? Je ging zomaar weg zonder iets van je te laten horen!'

'Ik moest een boodschap doen,' stamelde Bergdorf, 'en daarna ging ik mijn vrouw ophalen van haar werk.'

'Een boodschap? Wat voor boodschap, Stevie?'

'Dat kan ik niet vertellen.'

'Als je het niet vertelt, bel ik bij je aan en vertel ik alles aan je vrouw.'

'Oké, oké,' zei Steven. 'Ik ben in Orphea geweest. Luister, Alice. Stephanie is vermoord...'

'Wat? Ben je daarnaartoe gegaan? Driedubbelovergehaalde idioot! O, waarom ben je toch zo'n stomkop? Wat moet ik met zo'n sukkel?'

Alice hing woedend op. Ze sprong in een taxi en reed Manhattan door naar het begin van Fifth Avenue, waar de luxewinkels zaten. Ze had duizend dollar om uit te geven en was van plan zichzelf eens flink te verwennen.

De taxi zette Alice af in de buurt van de glazen toren waarin Channel 14 was gehuisvest, de invloedrijke commerciële televisiezender. In een vergaderzaal op de drieënvijftigste verdieping had Jerry Eden, de CEO, zijn belangrijkste directeuren bijeengeroepen.

'Zoals jullie weten is de kijkdichtheid in deze voorzomer slecht, zo niet rampzalig geweest, en daarom heb ik jullie bij elkaar geroepen. We moeten onmiddellijk actie ondernemen.'

'Waar ligt het grootste probleem?' vroeg een van de creative directors.

'De *slot* van zes uur. We liggen mijlenver achter op *Look!*'

Look! was de directe concurrent van Channel 14. Eenzelfde publiek, eenzelfde markt, eenzelfde inhoud: de twee zenders waren verwikkeld in een hevige strijd met als inzet reclamecontracten van recordhoogte voor de belangrijkste programma's.

'*Look!* zendt een realityshow uit die is ingeslagen als een bom,' verklaarde de directeur marketing.

'Wat is de pitch?' vroeg Jerry Eden.

'Dat is het hem nou: niks. Ze volgen een groep van drie zussen die lunchen, winkelen, naar de gym gaan, ruziën en het weer goedmaken. Ze worden gevolgd in het dagelijks leven.'

'En wat doen ze voor werk?'

'Ze hebben geen werk, meneer,' verklaarde de vicepresident voor programmering. 'Ze worden betaald om niks te doen.'

'En daar ligt onze kans!' zei Jerry overtuigd. 'We moeten reality-tv maken die meer in het echte leven is verankerd.'

'Maar meneer,' wierp de directeur van de afdeling tegen, 'de doelgroep van reality-tv zit financieel krap en is laagopgeleid. Als hij de tv aanzet, wil hij meekijken met de droom.'

'Precies,' antwoordde Jerry. 'We moeten een concept bedenken dat de toeschouwer zichzelf en zijn ambities toont. Een realityshow die hem frontaal raakt! Volgend seizoen kunnen we een nieuw concept hebben. We moeten groots toeslaan! Ik zie de slogan al voor me: "Channel 14. De droom zit in jou!"'

Het voorstel ontlokte een golf van enthousiasme.

'Helemaal niet gek!' zei de directeur marketing goedkeurend.

'Volgend seizoen wil ik een grote slag slaan. Een programma dat alles op z'n kop zet. Ik wil dat we in september een geniaal concept hebben waarmee we alle kijkers met handen en voeten boeien. Jullie hebben precies tien dagen: op maandag 14 juli wil ik van jullie een voorstel voor de grote klapper van het nieuwe seizoen.'

Jerry beëindigde de vergadering. Terwijl de aanwezigen zijn kantoor verlieten, ging zijn telefoon. Het was Cynthia, zijn vrouw. Hij nam op.

'Jerry,' zei Cynthia verwijtend. 'Ik probeer je al uren te bereiken.'

'Sorry, ik zat in een vergadering. Je weet dat we bezig zijn met de programmering van volgend seizoen en dat het momenteel erg druk is. Wat is er?'

'Dakota kwam vanochtend om elf uur thuis. Ze was nog dronken.'

Jerry zuchtte, geheel machteloos.

'En wat wil je dat ik daaraan doe, Cynthia?'

'Zeg, Jerry, het is onze dochter! Je hebt toch gehoord wat dokter Lern zei: ze moet weg uit New York.'

'Weg uit New York, alsof dat alles zomaar oplost!'

'Doe toch niet zo fatalistisch, Jerry! Ze is nog maar negentien. Ze heeft hulp nodig.'

'Ga me niet vertellen dat we haar niet proberen te helpen...'

'Je hebt geen idee wat ze doormaakt, Jerry!'

'Ik heb wel een idee dat ik een losgeslagen dochter van negentien heb!' zei hij boos, waarbij hij wel zo voorzichtig was om het laatste te fluisteren zodat niemand hem hoorde.

'We hebben het er nog wel eens persoonlijk over,' stelde Cynthia voor om hem te kalmeren. 'Waar ben je?'

'Waar ik ben?' herhaalde Jerry.

'Ja, de afspraak met dokter Lern is om vijf uur,' zei Cynthia. 'Je gaat me toch niet vertellen dat je die vergeten was?'

Jerry sperde zijn ogen open: hij was het volkomen vergeten. Hij schoot zijn kantoor uit en haastte zich naar de lift.

Als door een wonder was hij precies op tijd bij de praktijk van dokter Lern aan Madison Avenue. Zes maanden geleden was Jerry akkoord gegaan om iedere week familietherapie te volgen met zijn vrouw Cynthia en hun negentienjarige dochter Dakota.

De Edens namen alle drie plaats op een bank tegenover de therapeut, die in zijn vaste stoel zat.

'En,' zei dokter Lern, 'wat is er sinds de vorige sessie gebeurd?'

'Die twee weken geleden was,' ging Dakota in de aanval, 'omdat mijn vader vorige week vergat te komen.'

'Het spijt me dat ik moet werken om de exorbitante uitgaven van dit gezin te kunnen betalen!' verdedigde Jerry zich.

'O Jerry, alsjeblieft, begin nou niet!' smeekte zijn vrouw.

'Ik zei alleen "de vorige sessie",' zei de therapeut op neutrale toon.

Cynthia deed haar best om het gesprek een constructieve wending te geven.

'Ik heb tegen Jerry gezegd dat hij meer tijd met Dakota moet doorbrengen,' zei ze.

'En, Jerry, wat vind jij daarvan?' vroeg dokter Lern.

'Ik denk dat dat deze zomer heel lastig gaat worden: we moeten een nieuw concept voor een programma bedenken. De concurrentie is moordend en tussen nu en de herfst moeten we absoluut iets nieuws in elkaar zetten.'

Cynthia wond zich op. 'Er is heus wel iemand die jou kan vervangen, Jerry! Je hebt voor niets en niemand tijd, behalve voor je werk!'

'Daar moet ik wel een familie en een psychiater van onderhouden,' reageerde Jerry cynisch.

Dokter Lern ging er niet op in.

'Hoe dan ook, papa, je denkt alleen aan die kutbaan van je,' zei Dakota.

'Ik wil niet dat je dat soort woorden gebruikt,' droeg Jerry zijn dochter op.

'Jerry,' vroeg de therapeut. 'Wat denk je dat Dakota je duidelijk wil maken als ze dat soort woorden gebruikt?'

'Dat die kutbaan betaalt voor haar telefoon, haar kleren, haar godverdomde auto en alle troep die ze in haar neus propt!'

'Dakota, is dat wat je je vader duidelijk wilt maken?'

'Neuh. Maar ik wil een hond,' antwoordde Dakota.

'Altijd meer,' klaagde Jerry. 'Eerst wil je een computer, nu wil je een hond...'

'Hou op over die computer!' verdedigde Dakota zich. 'Hou daar eindelijk eens over op.'

'Was die computer een wens van Dakota?' vroeg Lern.

'Ja,' legde Cynthia Eden uit. 'Ze houdt zo van schrijven.'

'En waarom dan geen hond?' vroeg de psychiater.

'Omdat ze geen verantwoordelijkheidsgevoel heeft,' zei Jerry.

'Hoe weet je dat, als je het me niet eens laat proberen!' protesteerde Dakota.

'Ik zie hoe je voor jezelf zorgt, dat is meer dan genoeg voor mij!' beet haar vader haar toe.

'Jerry!' riep Cynthia.

'Ze wil sowieso alleen maar een hond omdat haar vriendin Neila een hond heeft gekocht,' legde Jerry betweterig uit.

'Niet Neila, Leyla! Je weet niet eens hoe mijn beste vriendin heet!'

'Is dat je beste vriendin? Ze heeft haar hond Marijuana genoemd.'

'Nou, Marijuana is heel lief!' protesteerde Dakota. 'Hij is nog maar twee maanden en hij is nu al zindelijk!'

'Daar gaat het verdomme toch helemaal niet over,' zei Jerry boos.

'Waar gaat het dan wel over?' vroeg dokter Lern.

'Dat Leyla een slechte invloed op mijn dochter heeft. Telkens als ze samen zijn, doen ze stomme dingen. Als u het mij vraagt, is wat er gebeurd is niet de schuld van de computer, maar van die Leyla!'

'Het is allemaal jouw schuld, papa!' riep Dakota uit. 'Omdat je zo stom bent en je niks begrijpt!'

Ze stond op van de bank en liep weg uit de sessie, die maar een kwartier had geduurd.

~

Om kwart over vijf kwamen Anna, Derek en ik aan bij Café Athena in Orphea. We vonden een onopvallende tafel achterin en gingen zitten. De zaak zat vol vrijwilligers en nieuwsgierigen die de merkwaardige bijeenkomst wilden bijwonen. Cody, die zijn rol als voorzitter van de vrijwilligers heel serieus nam, stond voorin op een stoel en scandeerde de woorden die de menigte in koor herhaalde.

'We lopen gevaar!' riep Cody.

'Ja, gevaar!' herhaalden de vrijwilligers die aan zijn lippen hingen.

'Burgemeester Brown houdt de waarheid over de dood van Stephanie Mailer voor ons achter. Weten jullie waarom ze is vermoord?'

'Nee, waarom?' blaatte het koor.

'Vanwege het theaterfestival!'

'Het theaterfestival!' brulden de vrijwilligers.

'Komen wij hier, doneren wij onze tijd om afgemaakt te worden?'

'Neeeeeeee!' brulde de menigte.

Een ober bracht ons koffie en de menukaarten. Ik had hem al eerder in het restaurant gezien. Hij was een Indiaans uitziende man met grijzend, halflang haar, wiens voornaam me was opgevallen. Hij heette Massachusetts.

De vrijwilligers namen om beurten het woord. Velen van hen maakten zich zorgen over wat ze in de *Orphea Chronicle* hadden gelezen en vreesden het volgende slachtoffer van de moordenaar te worden. Burgemeester Brown, die ook aanwezig was, hoorde alle klachten aan en probeerde de vrijwilligers gerust te stellen in de hoop ze tot rede te brengen.

'Er is geen seriemoordenaar actief in Orphea,' benadrukte hij.

'Maar wel een moordenaar,' merkte een klein mannetje op. 'Want Stephanie Mailer is dood.'

'Luister, er is inderdaad iets heel verdrietigs gebeurd. Maar dat heeft niets met het festival of met jullie te maken. Jullie hoeven je nergens druk over te maken.'

Cody ging weer op de stoel staan om de burgemeester van repliek te dienen.

'Burgemeester, we laten ons niet afslachten voor een theaterfestival!'

'Dan zeg ik het voor de honderdste keer,' antwoordde Brown. 'Hoe verschrikkelijk deze zaak ook is, hij staat volkomen los van het festival! Jullie redenering is absurd! Beseffen jullie wel dat het festival zonder jullie niet doorgaat?'

'Is dat alles waarover u zich druk maakt, burgemeester?' reageerde Cody. 'Dat rotfestivalletje van u? Hoe zit het met de veiligheid van uw medeburgers?'

'Ik zeg alleen wat de gevolgen zijn van een irrationele beslissing: als het theaterfestival niet doorgaat, komt de stad er niet meer bovenop.'

'Het is een teken!' riep een vrouw opeens.

'Een teken? Waarvan?' vroeg een jongeman ongerust.

'De Zwarte nacht!' brulde de vrouw.

Derek, Anna en ik keken elkaar verbijsterd aan; toen de aanwezigen die woorden hadden gehoord, galmde Café Athena van de ongeruste kreten. Cody deed zijn best om de vergadering weer onder controle te krijgen en toen het eindelijk stil was, stelde hij een stemming voor.

'Wie van jullie is voorstander van een algemene staking totdat de moordenaar van Stephanie wordt gevonden?' vroeg hij.

Er verrees een woud van handen: bijna alle vrijwilligers wilden het werk neerleggen. Toen verklaarde Cody: 'De algemene staking is goedgekeurd en zal duren totdat de moordenaar van Stephanie Mailer wordt aangehouden en onze veiligheid is gegarandeerd.'

De vergadering werd gesloten en de menigte ging rumoerig naar buiten, de warme namiddagzon in. Derek haastte zich om de vrouw in te halen die over de Zwarte nacht was begonnen.

'Wat is die Zwarte nacht, mevrouw?' vroeg hij.

Ze keek hem angstig aan.

'Bent u niet van hier, meneer?'

'Nee, mevrouw. Ik ben van de Staatspolitie.'

Hij liet zijn badge zien.

Toen zei de vrouw zacht: 'De Zwarte nacht is het ergste wat kan gebeuren. De vleeswording van een grote ramp. Het is al eens gebeurd en het zal nog eens gebeuren.'

'Ik weet niet zeker of ik u begrijp, mevrouw.'

'Weet u dan helemaal niks? Zomer 1994, de zomer van de Zwarte nacht!'

'U bedoelt die vier moorden?'

Ze knikte zorgelijk.

'Dat bloedbad was de Zwarte nacht! En dit jaar gaat het opnieuw gebeuren. Maak dat u wegkomt, zorg dat u weg bent voordat het ongeluk over deze stad neerdaalt en het te laat is. Dit festival is vervloekt!'

Ze ging haastig naar buiten en verdween met de laatste vrijwilligers, die Café Athena leeg achterlieten. Derek keerde terug naar onze tafel. Behalve wij drieën was burgemeester Brown de enige die nog binnen was.

'Die vrouw leek bijzonder angstig door die praatjes over de Zwarte nacht,' zei ik tegen de burgemeester.

Hij haalde zijn schouders op.

'Besteed er maar geen aandacht aan, kapitein Rosenberg. De Zwarte nacht is een lachwekkende legende. Die vrouw spoort niet.'

Ook burgemeester Brown vertrok. Massachusetts haastte zich naar onze tafel om ons koffie bij te schenken, ook al hadden we die nog nauwelijks aangeraakt. Ik begreep dat het een excuus was om met ons te praten. Hij fluisterde: 'De burgemeester liegt. De Zwarte nacht is veel meer dan een moderne legende. Heel veel mensen geloven erin. Ze zien het als een voorteken van iets wat in 1994 ook al is gebeurd.'

'Wat dan?' vroeg Derek.

'Dat de hele stad een nacht lang tot chaos zal vervallen: dat is de Zwarte nacht.'

'Zoals in 1994?' informeerde ik.

'Ik herinner me dat er vreemde dingen in de stad gebeurden, vlak nadat burgemeester Gordon had aangekondigd dat er een theaterfestival zou komen.'

'Wat voor dingen?' vroeg Derek.

Massachusetts kon niets meer vertellen, want op dat moment ging de deur van Café Athena open. Het was de eigenaresse, ik herkende haar meteen: Sylvia Tennenbaum, de zus van Ted. Ze moest destijds veertig zijn geweest en nu dus zestig, maar uiterlijk was ze nauwelijks veranderd: ze was nog steeds de chique dame met wie ik in het kader van het onderzoek kennis had gemaakt. Toen ze ons zag, kon ze haar verbazing niet onderdrukken, maar die maakte snel plaats voor een ijzige blik.

'Ik had al gehoord dat jullie weer in de stad waren,' zei ze met ijskoude stem.

'Dag, Sylvia,' antwoordde ik. 'Ik wist niet dat jij de zaak had overgenomen.'

'Iemand moest dat doen toen jullie mijn broer hebben vermoord.'

'We hebben je broer niet vermoord,' wierp Derek tegen.

'Jullie zijn hier niet welkom,' zei ze nadrukkelijk. 'Betalen en wegwezen.'

'Goed dan,' zei ik. 'We zijn hier niet om je lastig te vallen.'

Ik vroeg Massachusetts om de rekening, die hij direct bracht. Onder aan de kassabon had hij met balpen geschreven:

Zoek uit wat er in de nacht van 11 op 12 februari 1994 is gebeurd.

~

'Ik had nog geen verband gelegd tussen Sylvia en Ted Tennenbaum,' zei Anna toen we uit Café Athena kwamen. 'Wat is er met haar broer gebeurd?'

Derek en ik hadden geen van beiden zin om erover te praten. Er viel een stilte en uiteindelijk veranderde Derek van onderwerp.

'Laten we eerst dat verhaal van de Zwarte nacht boven water halen en kijken wat die boodschap van Massachusetts betekent.'

Er was iemand die ons hier zeker bij kon helpen: Michael Bird. We gingen naar de redactie van de *Orphea Chronicle*, en toen Michael Bird ons zijn kantoor zag binnenlopen, vroeg hij: 'Komen jullie vanwege het hoofdartikel?'

'Nee,' antwoordde ik, 'maar nu je erover begint: waarom heb je dat gedaan? Ik heb je over dat briefje in Stephanies auto verteld in een vriendschappelijk gesprek! Het was niet de bedoeling dat het op de voorpagina zou belanden.'

'Stephanie was een erg dappere vrouw en een buitengewoon journaliste,' antwoordde Michael. 'Ik zal niet toestaan dat ze voor niks gestorven is: iedereen moet weten waar ze mee bezig was!'

'Inderdaad, Michael, en de beste manier om haar te eren is door haar onderzoek voort te zetten. Niet door paniek te zaaien in de stad door de sporen aan de grote klok te hangen.'

'Het spijt me, Jesse,' zei Michael. 'Ik voel me alsof ik Stephanie niet kon beschermen. Ik zou zo graag de tijd terugdraaien. En dan te bedenken dat ik dat vervloekte sms'je vertrouwde. En dat ik een week geleden tegen je zei dat er niets was om je druk over te maken.'

'Je wist niet beter, Michael. Maak het niet nog zwaarder voor jezelf, want toen was ze sowieso al dood. We hadden niets meer kunnen doen.'

Michael liet zich verslagen in een stoel vallen.

Ik zei: 'Maar je kunt ons wel helpen om de dader te vinden.'

'Alles wat je wilt, Jesse. Ik sta tot je beschikking.'

'Stephanie was geïnteresseerd in een term waarvan wij de betekenis niet snappen: de Zwarte nacht.'

Hij glimlachte geamuseerd.

'Dat zag ik op dat briefje staan dat jullie lieten zien, en ik was ook geïntrigeerd. Ik ben meteen op onderzoek uit gegaan in de archieven.'

Hij haalde een dossier uit zijn la en gaf het aan ons. Er zat een reeks artikelen in, verschenen tussen de herfst van 1993 en de zomer van 1994, over even verontrustende als raadselachtige boodschappen. De eerste op de muur van het postkantoor: BINNENKORT: DE ZWARTE NACHT. Daarna door de hele stad.

Op een nacht in november 1993 werden er papieren achter de ruitenwissers van honderden auto's gestoken waarop stond: DE ZWARTE NACHT KOMT.

Op een ochtend in december 1993 vonden veel stadsbewoners bij het ontwaken briefjes voor de deur: WEES GEREED, DE ZWARTE NACHT NADERT.

In januari 1994 was de deur van het stadhuis beklad met een tekst waarin het aftellen begon: DE ZWARTE NACHT: NOG ZES MAANDEN.

In februari 1994 ontdekte de brandweer bij een aangestoken brand in een leegstaand pand in de hoofdstraat weer een tekst op de muur: DE ZWARTE NACHT ZAL BINNENKORT BEGINNEN.

En zo door, tot begin juni 1994 de gevel van het Grand Theater werd verminkt. HET THEATERFESTIVAL BEGINT: ZO OOK DE ZWARTE NACHT.

'Dus de Zwarte nacht had met het theaterfestival te maken,' concludeerde Derek.

De politie heeft nooit kunnen achterhalen wie er achter die dreigementen zat,' zei Michael.

'Anna heeft die woorden ook op het politiebureau aangetroffen,' zei ik. 'In het archief, in het politiedossier over de viervoudige moord uit 1994, en ook in een la van commissaris Kirk Harveys bureau.'

Wist Kirk Harvey iets? Was dit de reden van zijn mysterieuze vertrek? We wilden ook dolgraag achterhalen wat er in de nacht van 11 op 12 februari 1994 in Orphea was gebeurd. Het antwoord vonden we in de archieven: in de krant van 13 februari stond een artikel over brandstichting in een gebouw in de hoofdstraat dat eigendom was van Ted Tennenbaum, die er, tegen de zin van burgemeester Gordon, een restaurant wilde beginnen.

Derek en ik waren al van deze gebeurtenis op de hoogte ten tijde van ons onderzoek naar de viervoudige moord. Maar voor Anna was deze informatie een onthulling.

'Dat zou Café Athena worden,' legde Derek uit. 'Die brand heeft er zelfs voor gezorgd dat de bestemming van het gebouw veranderde en hij er een restaurant kon vestigen.'

'Zou Ted Tennenbaum het vuur zelf hebben aangestoken?' vroeg ze.

'Daar hebben we nooit definitief uitsluitsel over gekregen,' zei Derek. 'Maar dit verhaal is algemeen bekend. Er moet iets anders zijn waarom die ober uit Café Athena zegt dat we ernaar moeten kijken.'

Plotseling fronste hij zijn wenkbrauwen toen hij het artikel over de brand vergeleek met een van de artikelen over de Zwarte nacht.

'Verdorie, Jesse,' zei hij.

'Wat heb je gevonden?' vroeg ik.

'Moet je horen. Dit komt uit een van de artikelen over die graffiti over de Zwarte nacht: "Twee dagen na de brand die het gebouw aan het einde van de hoofdstraat heeft verwoest, heeft de brandweer bij het ruimen van het puin een tekst op een van de muren gevonden: DE ZWARTE NACHT GAAT BINNENKORT BEGINNEN".'

'Zou er dan een verband zijn tussen Ted Tennenbaum en de Zwarte nacht?'

'En stel nou eens dat het waar is, van die Zwarte nacht?' suggereerde Anna. 'Stel dat de stad door een toneelstuk een hele nacht in chaos wordt gedompeld? Stel dat er op 26 juli, bij de première van het festival, opnieuw een moord wordt gepleegd, net als in 1994? Stel dat Stephanies moord alleen maar de prelude is van iets veel groters dat nog te gebeuren staat?'

DEREK SCOTT

Op de avond nadat we door de advocaat van Ted Tennenbaum vernederd waren, midden augustus 1994, reden Jesse en ik helemaal naar Queens, op uitnodiging van Darla en Natasha, die vastbesloten waren om ons wat afleiding te bezorgen. Ze hadden ons een adres in Rego Park gegeven. Het was een klein winkeltje dat verbouwd werd met een uithangbord waar een doek overheen hing. Darla en Natasha stonden ervoor te wachten. Ze straalden.

'Waar zijn we?' vroeg ik nieuwsgierig.

'Bij ons toekomstige restaurant,' zei Darla glimlachend.

Jesse en ik waren verrukt en we vergaten direct Orphea, de moorden en Ted Tennenbaum. Het restaurantproject naderde zijn voltooiing. Al het keiharde werken zou eindelijk beloond worden: binnenkort zouden ze ontslag kunnen nemen bij de Blue Lagoon en hun droom kunnen verwezenlijken.

'Wanneer denken jullie dat jullie opengaan?' vroeg Jesse.

'Aan het einde van het jaar,' antwoordde Natasha. 'Binnen moet alles nog gebeuren.'

We wisten dat het een doorslaand succes zou worden. De mensen zouden rond het hele huizenblok in de rij wachten totdat er een tafel vrijkwam.

'Zeg,' vroeg Jesse toen, 'hoe gaat jullie restaurant eigenlijk heten?'

'Daarom hebben we jullie hier laten komen,' legde Darla uit. 'We hebben het uithangbord laten ophangen. We wisten de naam al zeker, en we bedachten dat de mensen in de buurt er al over zouden gaan praten als het er hangt.'

'Brengt het geen ongeluk om het uithangbord van het restaurant al te onthullen als het nog niet echt bestaat?' plaagde ik.

'Hou op met die flauwekul, Derek,' antwoordde Natasha lachend.

Uit het struikgewas haalde ze een fles wodka en vier kleine glaasjes die ze ons aangaf, en toen tot de rand toe volschonk. Darla greep een koord dat vastzat aan het laken dat het uithangbord bedekte, en nadat ze elkaar een signaal hadden gegeven, gaven ze er een korte ruk aan. Het laken zweefde als een parachute naar de grond en we zagen de naam van het restaurant oplichten in de nacht:

LITTLE RUSSIA

We hieven het glas op Little Russia en we namen nog een paar wodka's; toen bekeken we het pand. Darla en Natasha lieten de tekeningen zien zodat we konden voorstellen hoe het eruit zou gaan zien. Erboven zat een krappe verdieping, waar ze hun kantoor wilden vestigen. Met een ladder kon je het dak bereiken, en daar brachten we een groot deel van die gloeiend hete zomernacht door met wodka drinken en eten uit een picknickmand die de meisjes hadden gemaakt, bij het licht van een paar kaarsen, terwijl we naar het silhouet van Manhattan keken dat zich in de verte verhief.

Ik keek hoe Jesse en Natasha elkaar omhelsden. Wat waren ze mooi samen, ze zagen er zo gelukkig uit. Het was een stel waarvan je niet kon geloven dat ze door iets uit elkaar gehaald zouden kunnen worden. Toen ik ze daar, op dat moment, zo zag, voelde ik een verlangen om net zoiets mee te maken. Darla zat naast me. Ik boorde mijn blik in de hare. Ze stak haar hand uit en raakte de mijne aan. En ik kuste haar.

De volgende dag gingen we weer aan het werk, verdekt opgesteld voor Café Athena. We hadden een kater van jewelste.

'En,' vroeg Jesse, 'ben je bij Darla blijven slapen?'

Ik kon alleen maar glimlachen. Hij barstte in lachen uit. Maar we waren niet in een bui voor grappen: we moesten het onderzoek vanaf het begin opnieuw doen.

We waren er nog steeds van overtuigd dat Lena Bellamy het busje van Ted Tennenbaum voor de moorden in de straat had gezien. Het logo van Café Athena had een unieke vormgeving; Tennenbaum had het op de achterruit van zijn busje laten zetten zodat zijn zaak meer bekendheid kreeg. Maar het was Lena's woord tegen dat van Ted. We hadden meer nodig.

We zaten op een dood spoor. Op het stadhuis kregen we te horen dat burgemeester Gordon razend was geweest over de brand in het pand van Ted Tennenbaum. Hij was ervan overtuigd dat Tennenbaum het vuur zelf had aangestoken. De politie van Orphea eveneens. Maar er was geen bewijs. Tennenbaum had duidelijk de gave om geen enkel spoor achter te laten. We hadden één hoop: dat we zijn alibi konden ontkrachten door te bewijzen dat hij op de avond van de moord op zeker moment het Grand Theater had verlaten. Hij had dienst van vijf tot elf uur. Zes uur lang dus. Twintig minuten was genoeg om op en neer naar de burgemeester te gaan. Twintig minuten maar. We ondervroegen alle vrijwilligers die op de avond van de première in de coulissen aanwezig waren geweest: allemaal bevestigden ze dat ze Tennenbaum de hele avond hadden gezien. Maar de grote vraag was of hij om tien over halfzes of zes uur in het Grand Theater aanwezig was geweest. Dat kon alle verschil maken. En vanzelfsprekend wist niemand dat. Ze hadden hem op het balkon gezien, of bij de decors, of bij de bar om een broodje te kopen. Hij was overal en nergens geweest.

Ons onderzoek zat helemaal vast en we stonden op het punt om de moed te verliezen, toen we op een ochtend werden gebeld door een medewerkster van een bank in Hicksville: een telefoontje dat de loop van het onderzoek zou veranderen.

JESSE ROSENBERG

Vrijdag 4 en zaterdag 5 juli 2014
22 dagen voor het festival

Zoals ieder jaar organiseerden Derek en Darla een grote barbecue in de tuin om de Fourth of July te vieren, waarvoor ze Anna en mij uitnodigden. Zelf sloeg ik de uitnodiging af met het excuus dat ik ergens anders naartoe ging. Ik bracht de nationale feestdag alleen door, opgesloten in de keuken, waar ik wanhopig probeerde een hamburgersaus na te maken waarvan alleen Natasha destijds het geheim kende. Maar mijn talrijke pogingen leidden tot niks. Er ontbraken ingrediënten en er was geen enkele manier waarop ik erachter kon komen welke. Natasha had deze saus oorspronkelijk bedacht voor broodjes rosbief. Ik had voorgesteld om hem ook op hamburgers te gebruiken en dat was een enorm succes geworden. Maar geen van de tientallen hamburgers die ik die dag in elkaar zette leek op die van Natasha.

Ondertussen ging Anna naar haar ouders in Worcester, een trendy voorstad op een steenworp afstand van New York, voor een traditionele viering in de familiekring. Toen ze er bijna was, kreeg ze een paniekerig telefoontje van haar zus.

'Anna, waar ben je?'

'Ik ben er bijna. Wat is er?'

'De barbecue is bij de nieuwe buurman van papa en mama.'

'Is het huis van de buren eindelijk verkocht?'

'Ja, Anna,' antwoordde haar zus. 'En je raadt nooit aan wie: aan Mark. Mark, je ex-man.'

Anna trapte het rempedaal in tot aan de grond. Van slag. Ze hoorde de stem van haar zus: 'Anna? Anna, ben je daar?'

Het toeval wilde dat ze precies voor het huis in kwestie tot stilstand kwam: ze had het er altijd leuk uit vinden zien, maar nu vond ze het opeens afgrijselijk en opzichtig. Ze bekeek de belachelijke feestversiering in de vensters. Alsof je voor het Witte Huis stond. Mark overdreef, zoals altijd als het voor haar ouders was. Anna wist niet of ze moest blijven of vluchten en daarom besloot ze zich op te sluiten in haar auto. Bij andere buren zag ze spelende kinderen en gelukkige ouders. Van al haar ambities was de meest dierbare die ze ooit had gehad een gezinnetje stichten. Ze benijdde haar vriendinnen die gelukkig getrouwd waren. Ze benijdde haar vriendinnen die gelukkige moeders waren.

Ze schrok van zachte tikjes tegen de autoruit. Het was haar moeder.

'Anna,' zei ze, 'ik smeek je, maak me niet te schande, kom alsjeblieft binnen. Iedereen weet dat je er bent.'

'Waarom heb je niks verteld?' vroeg Anna op scherpe toon. 'Dan was ik dit hele stuk niet komen rijden.'

'Dat is precies waarom ik niks verteld heb.'

'Zijn jullie gek geworden? Vieren jullie de Fourth of July bij mijn ex?'

'We vieren de Fourth of July met de buurman,' weerlegde haar moeder.

'Toe, maak er geen woordspelletje van!'

Langzaam maar zeker verzamelden de genodigden zich op het grasveld om het tafereel gade te slaan; onder hen ook Mark, die zijn zieligste hondenogen had opgezet.

'Het is allemaal mijn schuld,' zei hij. 'Ik had jullie niet moeten uitnodigen zonder dat van tevoren met Anna te bespreken. Laten we de boel maar afblazen.' Hij liep weer terug naar het huis.

'We blazen niks af, Mark!' zei Anna's moeder boos. 'Je bent mijn dochter niets verschuldigd!'

'Arme Mark, dat hij zo vernederd wordt terwijl hij ons zo gastvrij ontvangt,' hoorde Anna iemand fluisteren.

Anna voelde de afkeurende blikken zwaar op zich wegen. Ze wilde Mark geen reden geven om haar eigen familie tegen zich op te zetten. Ze stapte uit en liep naar de festiviteiten die zich afspeelden in de achtertuin, aan de rand van het zwembad.

Mark en Anna's vader, met identieke keukenschorten om, waren druk in de weer bij de grill. Iedereen was verrukt van Marks nieuwe huis en de kwaliteit van zijn hamburgers. Anna pakte een fles witte wijn, ging in een hoek zitten en bezwoer zichzelf dat ze zich goed zou gedragen en geen scène zou schoppen.

Enkele tientallen mijlen daarvandaan, in Manhattan, in de studeerkamer van zijn appartement in Central Park West, keek Meta Ostrovski triest uit het raam. Hij had gedacht dat zijn ontslag bij *The New York Review of Letters* gewoon een bevlieging van Bergdorf was, dat hij de volgende dag zou bellen om te zeggen dat hij onmisbaar en onvervangbaar was. Maar Bergdorf had niet gebeld. Ostrovski was naar de redactie gegaan en zag dat zijn werkkamer helemaal was leeggehaald; zijn boeken waren in dozen gedaan, klaar om te worden weggedragen. De secretaresses hadden hem niet bij Bergdorf binnengelaten. Hij had tevergeefs geprobeerd hem te bellen. Wat moest er van hem worden?

Zijn werkster kwam de kamer binnen en bracht hem een kop thee.

'Ik ga, meneer Ostrovski,' zei ze zachtjes. 'Ik ga naar mijn zoon voor de feestdagen.'

'Groot gelijk, Erika,' antwoordde de recensent.

'Kan ik nog iets voor u doen voordat ik ga?'

'Zou je zo vriendelijk willen zijn om een kussen te pakken en me te laten stikken?'

'Nee, meneer, dat gaat niet.'

Ostrovski zuchtte. 'Goed, dan kun je gaan.'

Aan de andere kant van het park stonden Jerry en Cynthia in hun appartement aan Fifth Avenue op het punt van vertrekken: ze gingen de Fourth of July bij vrienden vieren.

Dakota gebruikte het feit dat ze zich migraineachtig voelde als excuus om thuis te blijven. Haar ouders maakten geen bezwaar. Ze wisten liever zeker dat ze thuis was. Toen ze weg waren, zat Dakota in de woonkamer en keek tv. Een paar uur verstreken. Verveeld en eenzaam in het enorme appartement rolde ze ten slotte een joint, greep een fles wodka uit haar vaders bar – ze wist waar hij de sleutel verstopte – en ging onder de keukenventilator drinken en blowen. Toen de joint op was ging ze naar haar kamer, lichtelijk stoned en een beetje aangeschoten. Ze pakte het jaarboek van haar highschool, vond de bladzijde die ze zocht en liep terug naar de keuken. Ze rolde een tweede joint, dronk door en streelde met haar vingertop de foto van een leerlinge: Tara Scalini.

Ze sprak die naam uit. Tara. Ze begon te lachen, toen stroomden de tranen over haar wangen. Ze barstte uit in een onbeheerst gesnik. Ze liet zich op de grond vallen en huilde in stilte. Zo bleef ze liggen totdat haar telefoon ging. Het was Leyla.

'Hé, Leyl,' zei Dakota toen ze opnam.

'Je klinkt beroerd, Dakota. Heb je zitten janken?'

'Yep.'

Ze was jong en mooi, haast nog een kind; ze lag op de grond met haar haar om haar heen: een krans van manen om haar smalle gezicht.

'Heb je zin om hier te komen?' vroeg Leyla.

'Ik heb mijn ouders beloofd dat ik thuis zou blijven. Maar ik zou het wel leuk vinden als jij kwam. Ik wil niet alleen zijn.'

'Ik spring in een taxi en ik kom eraan,' beloofde Leyla.

Dakota hing op en haalde een plastic zakje uit haar zak waarin een lichtgekleurd poeder zat: ketamine. Ze goot er wat van in een glas en lengde het aan met wodka; ze dronk het in een teug op.

Pas de volgende ochtend, op zaterdag, vond Jerry de driekwart lege wodkafles. Toen doorzocht hij de vuilnisbak in de keuken en vond hij de peuken van de joints. Hij wilde zijn dochter uit bed sleuren. Maar Cynthia maande hem te wachten totdat ze wakker was. Zodra Dakota haar kamer uit kwam, eiste hij een verklaring.

'Je hebt ons vertrouwen voor de zoveelste keer beschaamd!' zei hij boos terwijl hij met de fles en de peuken zwaaide.

'Doe niet zo moeilijk,' antwoordde Dakota. 'Alsof jij nooit jong bent geweest.'

Ze ging terug naar haar kamer en ging weer in bed liggen. Direct kwamen haar ouders binnen.

'Besef je wel dat je bijna een hele fles wodka hebt leeggedronken en in ons huis marihuana hebt gerookt?' zei haar vader woedend.

'Waarom wil je jezelf zo graag kapotmaken?' vroeg Cynthia, die haar best deed om de gevoelens van haar dochter te sparen.

'Wat gaat jou dat aan?' antwoordde Dakota. 'Bovendien zouden jullie hartstikke blij zijn als ik er niet meer was!'

'Dakota!' protesteerde haar moeder. 'Hoe kun je zoiets zeggen?'

'Er stonden twee glazen in de gootsteen, wie is hier geweest?' wenste Jerry Eden te weten. 'Nodig je zomaar mensen uit?'

'Ik nodig vrienden uit, en wat dan nog?'

'Wat dan nog? Dat je marihuana gebruikt!'

'Chill nou, het was maar een joint.'

'Denk je dat ik gek ben? Dat ik niet weet wat voor troep je gebruikt? Wie was er? Dat rotkind Neila?'

'Ze heet LEYLA, papa, niet NEILA! En ze is geen rotkind! Jij denkt altijd dat je beter bent dan iedereen. Alleen omdat je zoveel poen hebt!'

'Dankzij die poen kun jij leven!' brulde Jerry.

'Liefje,' zei Cynthia, die haar best deed om de gemoederen tot bedaren te brengen. 'Je vader en ik maken ons zorgen. We denken dat je je moet laten behandelen voor je verslavingsprobleem.'

'Ik ga toch al naar dokter Lern.'

'Wij dachten eerder aan een gespecialiseerde kliniek.'

'Afkicken? Ik ga niet nog eens afkicken! Mijn kamer uit!'

Ze greep een knuffel die detoneerde bij de rest van de kamer en gooide hem naar de deur om haar ouders te verjagen.

'Je doet wat wij zeggen,' antwoordde Jerry, die vastbesloten was om haar niet langer haar zin te geven.

'Ik doe het niet, hoor je? Ik ga niet en ik haat jullie!'

Ze kwam overeind om de deur dicht te slaan, ze eiste privacy. Toen belde ze in tranen met Leyla.

'Wat is er aan de hand, Dakota?' vroeg Leyla, ongerust door het gesnik.

'Mijn ouders willen me naar een kliniek sturen.'

'Wat? Om af te kicken? Wanneer dan?'

'Weet ik niet. Ze willen maandag met de psych praten. Maar ik doe het niet. Ik ga niet, hoor je? Ik ga er vanavond vandoor. Ik wil die sukkels nooit meer zien. Zodra ze slapen, ben ik weg.'

Diezelfde ochtend trotseerde Anna, die bij haar ouders in Worcester had geslapen, aan de ontbijttafel de aanvallen van haar moeder die haar bestookte met vragen.

'Mama,' zei Anna uiteindelijk, 'ik heb een kater. Ik wil rustig mijn koffie opdrinken, als dat kan.'

'Ja, hoor, ze heeft te veel gedronken!' verzuchtte haar moeder. 'Dus nu ben je aan de drank?'

'Als iedereen me op de nek zit, ja, dan drink ik, mama.'

Haar moeder zuchtte. 'Als je nog met Mark was, zouden we nu naast elkaar wonen.'

'Dan heb ik geluk dat ik niet meer met Mark ben,' zei Anna.

'Is het echt uit tussen Mark en jou?'

'Mama, we zijn al een jaar gescheiden!'

'Ja, maar liefje, dat zegt tegenwoordig niks meer, wist je dat? Mensen gaan eerst samenwonen en daarna pas trouwen, dan scheiden ze drie keer op rij en uiteindelijk komen ze weer bij elkaar.'

Anna zuchtte als antwoord, pakte haar koffiekopje en stond op.

Haar moeder zei: 'Sinds die dramatische dag bij juwelier Sabar ben je niet meer dezelfde, Anna. Je hebt je leven verpest toen je bij de politie ging. Zo denk ik erover.'

'Ik heb iemand van het leven beroofd, mama,' antwoordde Anna. 'En niets wat ik doe kan daar iets aan veranderen.'

'En dus blijf je jezelf straffen door in een afgelegen gat te gaan wonen?'

'Ik weet dat ik niet de dochter ben die je wilde, mama. Maar wat je ook mag denken, ik ben gelukkig in Orphea.'

'Ik dacht dat je daar hoofd van politie zou worden,' zei haar moeder. 'Wat is er misgegaan?'

Anna gaf geen antwoord en liep naar het terras voor een moment rust.

ANNA KANNER

Ik herinner me die lenteochtend in 2014, een paar weken voor de gebeurtenissen die met Stephanies verdwijning te maken hadden. Het waren de eerste mooie dagen. Hoewel het nog vroeg was, was het al warm. Ik keek onder de veranda van het huis om de nieuwe *Orphea Chronicle* te pakken die daar iedere ochtend werd neergelegd en ging in een comfortabele stoel zitten om hem bij de koffie te lezen. Op dat moment kwam Cody, mijn buurman, langs mijn huis; hij groette en zei: 'Bravo, Anna!'

'Hoezo?' vroeg ik.

'Vanwege dat artikel in de krant.'

Ik vouwde de krant snel open, en tot mijn grote schrik zag ik op de voorpagina een grote foto van mezelf met daarboven de volgende kop:

WORDT DEZE VROUW HET VOLGENDE HOOFD VAN POLITIE?

Aangezien Ron Gulliver, het huidige hoofd van politie, deze herfst met pensioen gaat, doet het nieuws de ronde dat hij niet zal worden opgevolgd door Jasper Montagne, de eerste adjunct-commissaris, maar door tweede adjunct-commissaris Anna Kanner, die afgelopen september naar Orphea is gekomen.

Ik raakte in paniek: wie had de *Orphea Chronicle* ingelicht? En vooral, hoe zouden Montagne en zijn collega's hierop reageren? Ik ging snel naar het bureau. De agenten bestookten me met vragen: 'Is het waar, Anna? Ga jij commissaris Gulliver vervangen?' Zonder antwoord te geven haastte ik me naar het kantoor van Gulliver om een ramp af te wenden. Maar het was al te laat: de deur was dicht. Montagne was binnen. Ik hoorde hem tieren: 'Wat is dit nou, baas? Hebt u dat gelezen? Is het waar? Wordt Anna het volgende hoofd van politie?'

Gulliver leek al even verrast als hij.

'Je moet niet alles geloven wat in de krant staat, Montagne,' zei hij. 'Het is een stelletje idioten! Ik heb van m'n leven nog nooit zoiets belachelijks gehoord. Anna als hoofd van politie? Laat me niet lachen. Ze is hier nog maar net! En bovendien zouden de jongens er nooit mee akkoord gaan om een vrouw boven zich te hebben!'

'Maar u hebt haar ook benoemd tot adjunct-commissaris,' riposteerde Montagne.

'Tweede adjunct,' verbeterde Gulliver. 'En weet je wie die functie voor haar had? Niemand. En weet je waarom niet? Omdat het een spookfunctie is. Een bedenksel van burgemeester Brown die modern wil doen door overal maar wijven aan te nemen. Gelijkheid, m'n reet. Je weet net zo goed als ik dat dat onzin is.'

'En dan?' vroeg Montagne ongerust. 'Moet ik haar dan tot mijn adjunct benoemen als ik commissaris ben?'

Gulliver stelde hem snel gerust. 'Jasper, als je commissaris bent, benoem je wie je maar wilt. Die functie van tweede adjunct is er alleen voor de sier. Je weet dat burgemeester Brown me gedwongen heeft om Anna aan te nemen en dat ik geen kant op kon. Maar als ik weg ben en jij de leiding hebt, mag je haar best ontslaan als je wilt. Maak je niet druk, ik zorg wel dat ze op haar bek gaat, wacht maar af. Ik laat haar wel zien wie hier de baas is.'

Een paar minuten later werd ik naar Gullivers kamer geroepen. Hij liet me tegenover hem plaatsnemen en pakte het exemplaar van de *Orphea Chronicle* dat op zijn bureau lag.

'Anna,' zei hij met vlakke stem, 'laat me je een goede raad geven. Een goedbedoeld advies. Maak je klein, piepklein. Zo klein als een muis.'

Ik probeerde me te verdedigen.

'Ik wist niks van dat artikel, baas...'

Maar Gulliver liet me niet uitpraten en zei scherp: 'Anna, laat me heel duidelijk zijn. Je bent alleen tweede adjunct-commissaris geworden omdat je een vrouw bent. Dus blaas maar niet te hoog van de toren, en denk maar niet dat je bent aangenomen vanwege je zogenaamde competenties. De enige reden waarom je hier bent is dat burgemeester Brown met zijn verdomde revolutionaire ideeën absoluut een vrouw bij de politie in dienst wilde nemen. Hij heeft me bestookt met praatjes over diversiteit, discriminatie en weet ik wat nog meer. Hij heeft me verdomd zwaar onder druk gezet. Je weet hoe dat gaat: ik wilde een jaar voor mijn pensioen geen sluimerende strijd met hem aangaan, en ik wil ook niet dat hij ons budget inkrimpt. Hij wilde per se een vrouw en jij was de enige vrouwelijke kandidaat. Daarom heb ik je aangenomen. Maar ga alsjeblieft geen herrie schoppen op het bureau. Je bent maar een quotum, Anna. Niets meer dan een quotum!'

Na de berisping van Gulliver had ik absoluut geen zin om de aanvallen van mijn collega's te trotseren, en daarom ging ik op patrouille. Ik parkeerde achter de grote wegwijzer langs Route 17, waar ik me al zolang ik in Orphea was verschool als ik de behoefte voelde om rustig na te denken en het op het bureau te druk was.

Terwijl ik een oogje hield op het verkeer dat op dit vroege uur nog schaars was, beantwoordde ik een bericht van Lauren: ze had de perfecte man voor me gevonden en wilde een etentje organiseren zodat ik hem kon ontmoeten. Toen ik het aanbod afsloeg, begon ze weer met het oude liedje: 'Anna, als je zo doorgaat eindig je nog alleen.' We verstuurden elkaar een paar berichten. Ik beklaagde me over commissaris Gulliver, Lauren raadde me aan om weer in New York te komen wonen. Maar daar had ik helemaal geen zin in. Behalve mijn problemen op het werk beviel het me wel. Orphea was een vredig stadje waar het leven goed was, aan de rand van de oceaan, omringd door wilde natuur. De lange zandstranden, de diepe bossen, de vijvers bedekt met waterlelies, de kronkelende zeearmen die een weelderige fauna aantrokken waren stuk voor stuk betoverend, en je kon ze overal om het stadje vinden. De zomers waren warm en heerlijk: de winters streng maar helder.

Ik wist dat dit een plek was waar ik eindelijk gelukkig kon zijn.

JESSE ROSENBERG

Maandag 7 juli 2014
19 dagen voor het festival

De voorpagina van de *Orphea Chronicle* van maandag 7 juli 2014:

EINDE VAN HET THEATERFESTIVAL

> Mogelijk valt het doek voor het theaterfestival van Orphea. Nadat het festival twintig jaar lang het middelpunt van het zomerseizoen is geweest, lijkt het dat de editie van dit jaar het moeilijker krijgt dan ooit nu de vrijwilligers uit vrees voor hun veiligheid voor een onbeperkte staking hebben gestemd – iets wat ongehoord is in de geschiedenis van het festival. De vraag die nu iedereen op de lippen ligt: kan het festival zonder vrijwilligers wel doorgaan?

Anna had de zondag gewijd aan haar zoektocht naar Kirk Harvey. Uiteindelijk had ze zijn vader gevonden, Cornelius Harvey, die in een bejaardentehuis in Poughkeepsie woonde, drie uur rijden van Orphea. Ze had contact opgenomen met de directeur; hij verwachtte ons.

'Heb je gisteren gewerkt, Anna?' vroeg ik verbaasd toen we met z'n tweeën onderweg waren naar het bejaardentehuis. 'Ik dacht dat je dit weekend bij je ouders was.'

Ze haalde haar schouders op.

'De feestvreugde werd ingekort,' antwoordde ze. 'Ik was blij dat ik iets had om me mee bezig te houden. Waar is Derek?'

'In het districtscentrum. Hij is in het onderzoeksdossier uit 1994 gedoken. Hij wordt gek van de gedachte dat we iets over het hoofd hebben gezien.'

'Wat is er in 1994 tussen jullie gebeurd, Jesse? Van wat je vertelt krijg ik de indruk dat jullie de beste vrienden van de wereld waren.'

'Dat zijn we nog steeds,' verzekerde ik haar.

'Maar in 1994 is er iets tussen jullie voorgevallen...'

'Ja. Maar ik weet niet of ik er al aan toe ben om daarover te praten.'

Ze zweeg en ze knikte; toen veranderde ze van onderwerp.

'En, Jesse, wat heb je gedaan op de Fourth of July?'

'Ik was thuis.'

'Helemaal alleen?'

'Helemaal alleen. Ik heb hamburgers gemaakt. Met natashasaus.' Ik glimlachte: het was een zinloze toevoeging.

'Wie is Natasha?'

'Mijn verloofde.'

'Ben je verloofd?'

'Dat is jaren geleden. Ik ben de vrijgezel van dienst.'

Ze barstte in lachen uit.

'Ik ook,' zei ze. 'Sinds mijn scheiding voorspellen al mijn vriendinnen dat ik alleen ga eindigen.'

'Dat doet pijn,' zei ik meelevend.

'Een beetje. Maar ik hoop dat ik iemand vind. En waarom ging het mis met Natasha?'

'Soms draait het leven je een loer, Anna.'

Aan Anna's blik zag ik dat ze begreep wat ik bedoelde. Ze knikte alleen, zwijgend.

Het bejaardentehuis The Oaks was een klein gebouw met fleurige balkons aan de rand van Poughkeepsie. In de entreehal bekeek een groepje bejaarden in rolstoelen iedereen die langsliep.

'Bezoek! Bezoek!' riep een man die een schaakbord op zijn schoot had liggen toen hij ons zag.

'Komen jullie bij ons op bezoek?' vroeg een oud, tandeloos mannetje dat op een schildpad leek.

'We komen voor Cornelius Harvey,' antwoordde Anna vriendelijk.

'Waarom komen jullie niet voor mij?' vroeg een oud, broodmager vrouwtje met beverige stem.

'Ik heb al twee maanden geen bezoek van mijn kinderen gehad,' voegde de schaakspeler toe.

We meldden ons bij de receptie, en even later verscheen de directeur van de instelling. Het was een kleine, gezette man in een met zweet doorweekt pak. Hij begluurde Anna in haar uniform en drukte ons stevig de hand. Die van hem voelde vochtig aan.

'Wat wilt u van Cornelius Harvey?' vroeg hij.

'We zijn op zoek naar zijn zoon, in het kader van een strafzaak.'

'Wat heeft die zoon gedaan?'

'We willen alleen met hem praten.'

Hij nam ons mee door de gangen naar een salon waar hier en daar wat grijsaards zaten. Sommigen zaten te kaarten, anderen lazen, weer anderen staarden in de leegte.

'Cornelius,' zei de directeur. 'Je hebt bezoek.'

Een grote, slanke oude man met warrig wit haar, gekleed in een dikke kamerjas, kwam overeind uit zijn stoel, liep naar ons toe en bekeek ons nieuwsgierig.

'Politie uit Orphea?' vroeg hij verbaasd toen hij Anna's zwarte uniform zag.

'Meneer Harvey,' zei Anna, 'we moeten absoluut in contact komen met uw zoon Kirk.'

'Kirkie? Wat willen jullie van hem?'

'Kom, meneer Harvey,' stelde Anna voor. 'Laten we even gaan zitten.'

We namen met z'n vieren plaats in een zithoek, bestaande uit een bank en twee stoelen. Een meute nieuwsgierige grijsaards dromde om ons heen.

'Wat willen jullie van mijn Kirkie?' vroeg Cornelius ongerust.

Door de manier waarop hij over hem sprak konden we een eerste onzekerheid wegnemen: Kirk Harvey was duidelijk nog in leven.

'We werken aan een onderzoek van hem,' legde Anna uit. 'In 1994 onderzocht uw zoon een viervoudige moord in Orphea. We hebben reden om aan te nemen dat dezelfde moordenaar een paar dagen geleden een jonge vrouw tot slachtoffer heeft gemaakt. We moeten Kirk absoluut spreken om deze zaak op te lossen. Hebt u contact met hem?'

'Ja, natuurlijk. We bellen geregeld.'

'Komt hij hier wel eens?'

'Nee, hij woont veel te ver weg!'

'Waar woont hij dan?'

'In Californië. Hij werkt aan een theaterstuk dat heel groot gaat worden! Hij is een groot regisseur, wisten jullie dat? Hij gaat beroemd worden. Heel beroemd! Als het stuk eindelijk wordt opgevoerd, trek ik een prachtig pak aan en ga ik voor hem klappen. Willen jullie mijn pak zien? Het hangt in mijn kamer.'

'Nee, hoor, dank u,' zei Anna. 'Zeg eens, meneer Harvey, hoe kunnen we uw zoon bereiken?'

'Ik heb een telefoonnummer. Dat kan ik jullie wel geven. Je moet een bericht voor hem achterlaten en dan belt hij terug.'

Hij haalde een notitieboekje uit zijn zak en dicteerde het nummer aan Anna.

'Hoelang woont Harvey al in Californië?' vroeg ik.

'Dat weet ik niet meer. Lang. Een jaar of twintig.'

'Dus toen hij uit Orphea vertrok ging hij rechtstreeks naar Californië?'

'Ja, rechtstreeks.'

'Waarom heeft hij alles van de ene dag op de andere in de steek gelaten?'

'Vanwege de Zwarte nacht natuurlijk,' antwoordde Cornelius, alsof het vanzelf sprak.

'De Zwarte nacht? Wat is dat dan, die Zwarte nacht, meneer Harvey?'

'Hij had alles ontdekt,' zei Cornelius, zonder echt antwoord te geven. 'Hij was achter de identiteit van de dader van de viervoudige moord uit 1994 gekomen en toen moest hij vertrekken.'

'Dus hij wist dat Ted Tennenbaum het niet gedaan had? Waarom heeft hij de echte dader dan niet aangehouden?'

'Dat kan alleen Kirkie jullie vertellen. En geef hem een dikke kus van zijn vader als jullie hem zien.'

Zodra we weer buiten het bejaardentehuis stonden, belde Anna het nummer dat Cornelius Harvey ons had gegeven.

'Beluga Bar, goedemorgen,' klonk een vrouwenstem aan de andere kant van de lijn.

‘Dag,’ zei Anna, toen ze was bijgekomen van de verrassing. ‘Ik zou Kirk Harvey graag spreken.’

‘Laat een bericht achter en dan belt hij terug.’

Anna liet haar naam en nummer achter en gaf aan dat het om een uiterst belangrijke kwestie ging. Toen ze had opgehangen, deden we meteen een onderzoekje op internet: de Beluga Bar was gevestigd in de wijk Meadowood in Los Angeles. De straatnaam kwam me bekend voor. En opeens zag ik het. Ik belde direct met Derek en vroeg hem om Stephanies bankafschriften te pakken.

‘Dat heb je goed onthouden,’ bevestigde hij toen hij de papieren had ingezien. ‘Volgens de afschrijvingen is Stephanie drie keer in de Beluga Bar geweest toen ze in juni in Los Angeles was.’

‘Dus daarom ging ze naar Los Angeles!’ riep ik uit. ‘Ze had Kirk Harvey gevonden en ze ging hem opzoeken.’

~

New York, dezelfde dag

In het appartement van de Edens was Cynthia in alle staten. Dakota was nu al twee dagen weg. De politie was ingelicht en was actief naar haar op zoek. Jerry en Cynthia hadden de stad doorzocht en waren bij al haar vrienden langsgegaan – tevergeefs. Nu liepen ze rondjes door het appartement en wachtten op nieuws dat niet kwam. Ze waren op van de zenuwen.

‘Ze komt wel weer terug als ze geld nodig heeft om drugs te kopen,’ zei Jerry uiteindelijk geïrriteerd.

‘Jerry, ik ken je niet meer! Je hebt het wel over onze dochter! Jullie hadden zo’n goede band! Weet je dat niet meer? Toen ze klein was, was ik zelfs jaloers op hoe dik jullie waren.’

‘Weet ik, weet ik,’ antwoordde Jerry om zijn vrouw te kalmeren.

Zondag hadden ze pas laat gemerkt dat hun dochter was verdwenen. Ze dachten dat ze sliep en waren pas ’s middags naar haar kamer gegaan.

‘We hadden eerder moeten kijken,’ verweet Cynthia zichzelf.

‘Wat had dat uitgemaakt? Bovendien worden we geacht haar “personal space” te respecteren, zoals me is gevraagd bij familietherapie.

We hebben niets anders gedaan dan dat verdomde vertrouwensbeginsel van die verdomde dokter Lern van jou in de praktijk brengen!'

'Ga nou niet alles verdraaien, Jerry! Bij die sessie ging het erover dat Dakota klaagde dat je haar kamer doorzocht op drugs. Dokter Lern zei dat haar kamer haar ruimte moest zijn en dat wij dat moesten respecteren, zodat er een basis van vertrouwen kon ontstaan. Hij heeft niet gezegd dat we niet mochten kijken of het goed ging met ons kind!'

'Alles wees erop dat ze uitsliep. Ik wilde haar het voordeel van de twijfel gunnen.'

'Haar mobiel staat nog steeds uit!' kreunde Cynthia, die tussendoor nog eens had geprobeerd haar dochter te bereiken. 'Ik bel dokter Lern.'

Op dat moment ging de vaste telefoon. Jerry nam direct op.

'Meneer Eden? Met de politie van New York. We hebben uw dochter gevonden. Maakt u zich geen zorgen, het gaat goed met haar. Ze is door een patrouillewagen in een steeg gevonden; ze sliep, ze was zichtbaar dronken. Ze is naar het Mount Sinai gebracht voor onderzoek.'

Op hetzelfde moment kwam op de burelen van *The New York Review of Letters* Skip Nalan, de adjunct-hoofdredacteur, woedend het kantoor van Steven Bergdorf binnen.

'Heb je Ostrovski ontslagen?' riep Skip. 'Ben je nou helemaal gek geworden? En wat is dat voor belachelijk stuk dat je in het volgende nummer wilt opnemen? Waar komt die Alice Filmore opeens vandaan? Het is een tekstje van niks, je gaat toch niet zeggen dat je zulk prutswerk wilt publiceren?'

'Alice is een begaafd journaliste. Ik heb alle vertrouwen in haar. Je kent haar wel, ze deed eerst de post.'

Skip Nalan nam zijn hoofd in zijn handen.

'De post?' herhaalde hij wanhopig. 'Je hebt Meta Ostrovski ontslagen en wilt hem vervangen door het meisje van de post dat beroerde stukken schrijft? Ben je aan de drugs, Steven?'

'Ostrovski zat niet meer op zijn oude niveau. Hij was hatelijk en irrelevant. Terwijl Alice een jonge vrouw barstensvol talent is,' protesteerde Bergdorf. 'Ik ben verdomme nog steeds de baas hier, of niet soms?'

'Talent? Het lijkt helemaal nergens op!' riep Skip. Hij liep de kamer uit en sloeg de deur dicht.

Zodra hij weg was, zwaaide de kast open en kwam Alice tevoorschijn. Steven sprong op en deed de deur van zijn kamer op slot.

'Nu niet, Alice,' smeekte hij, bang dat ze een scène zou maken.

'Nou ja, Stevie! Heb je hem niet gehoord? Heb je die verschrikkelijke dingen gehoord die hij over me zei? En je hebt me niet eens verdedigd!'

'Natuurlijk heb ik je wel verdedigd. Ik heb gezegd dat je stuk heel goed was.'

'Wees nou niet zo'n slapjanus, Stevie. Ik wil dat je hem ontslaat!'

'Doe niet zo belachelijk, ik ga Skip toch niet ook ontslaan? Ik heb Stephanie al voor je weggestuurd en Ostrovski er ook al uit geknikkerd. Je gaat mijn hele tijdschrift toch niet om zeep helpen?'

Alice wierp hem een dodelijke blik toe; toen eiste ze een cadeau van hem.

Bergdorf ging angstig op zoek. Hij ging naar de luxewinkels op Fifth Avenue waar Alice zo dol op was. In een lederwarenwinkel vond hij een heel elegant handtasje. Hij wist dat dit precies het soort model was dat Alice graag wilde. Hij nam het en gaf zijn creditcard aan de verkoopster. De kaart werd geweigerd omdat de kredietlimiet was bereikt. Hij probeerde een andere, die ook werd geweigerd. Evenals de derde. Hij raakte in paniek; het zweet parelde op zijn voorhoofd. Het was nog maar 7 juli, hij zat aan de limiet van zijn creditcards en zijn rekening was leeg. Bij gebrek aan een andere oplossing besloot hij de kaart van de *Review* te gebruiken: die deed het. Hij had niets anders meer dan de rekening met vakantiegeld. Hij moest zijn vrouw er ten koste van alles van overtuigen om af te zien van het plan om met de camper naar Yellowstone te gaan.

Toen hij de aankoop had voltooid, zwierf hij door de straten. De zware lucht veranderde in een onweersbui. Een eerste salvo vuile, warme regendruppels viel op hem neer en doorweekte zijn overhemd en haar. Hij liep door zonder erop te letten, hij voelde zich compleet verloren. Uiteindelijk ging hij bij een McDonald's naar binnen, waar hij koffie bestelde die hij aan een smerige tafel opdronk. Hij voelde zich wanhopig.

Toen Anna en ik weer in Orphea waren, stopten we bij het Grand Theater. Op de terugweg uit Poughkeepsie hadden we Cody gebeld; we waren op zoek naar alle papieren over het eerste theaterfestival. We wilden vooral meer te weten komen over het stuk dat Kirk Harvey had gespeeld en dat burgemeester Gordon wilde verbieden.

Anna leidde me door het gebouw naar de coulissen. Cody wachtte op ons in zijn kantoor: uit de archieven had hij een kartonnen doos vol met souvenirs gehaald.

'Wat zoeken jullie precies?' vroeg Cody.

'Informatie over het eerste festival. De naam van het gezelschap dat het openingsstuk speelde, het stuk van Kirk Harvey...'

'Kirk Harvey? Die speelde een belachelijk stuk dat *Ik, Kirk Harvey* heette. Een volkomen oninteressante monoloog. Het openingsstuk was *Oom Wanja*. Hier, het programma.'

Hij haalde een oude brochure van vergeeld papier tevoorschijn en gaf die aan mij.

'Hou maar,' zei hij. 'Ik heb er meer.'

Hij bleef in de doos rommelen en haalde een boekje tevoorschijn.

'Hé, ik was helemaal vergeten dat dit bestond! Een idee van burgemeester Gordon, van toen. Misschien hebben jullie er wat aan.'

Ik pakte het boekje en las de titel.

GESCHIEDENIS VAN HET THEATERFESTIVAL VAN ORPHEA
door Steven Bergdorf

'Wat is dat voor boekje?' vroeg ik direct aan Cody.

'Steven Bergdorf?' wist Anna uit te brengen toen ze de naam van de auteur zag.

Cody vertelde iets wat twee maanden voor de viervoudige moord was gebeurd.

Orphea, mei 1994

Cody had zich opgesloten in zijn kantoortje in de boekwinkel en gaf bestellingen door, toen Meghan Padalin de deur verlegen openduwde.

'Sorry dat ik je stoor, Cody, maar de burgemeester is er; hij wil je spreken.'

Cody stond meteen op en liep naar de winkelvloer. Hij wist niet wat de burgemeester van hem wilde. Om mysterieuze redenen was hij sinds maart al niet meer in de boekwinkel geweest, en Cody had geen idee waarom. Hij had het gevoel dat de burgemeester hem ontliep. Iemand had hem zelfs boeken zien kopen in de boekwinkel in East Hampton.

Gordon ging achter de toonbank staan en bladerde nerveus door een klein boekje.

'Burgemeester!' riep Cody uit.

'Dag, Cody.'

Ze drukten elkaar warm de hand.

'Wat een geluk,' zei burgemeester Gordon terwijl hij naar de boekenplanken keek, 'dat we in Orphea zo'n mooie boekwinkel hebben.'

'Is alles in orde, burgemeester?' vroeg Cody. 'Ik kreeg de laatste tijd het gevoel dat u me uit de weg ging.'

'Dat ik je uit de weg ging?' zei Gordon geamuseerd. 'Welnee! Weet je, ik sta er paf van hoeveel de mensen hier lezen. Altijd een boek in de hand. Een paar dagen geleden was ik uit eten en geloof het of niet, maar aan de tafel naast me zat een jong stel tegenover elkaar allebei aandachtig te lezen! Ik dacht dat iedereen gek was geworden. Praat nou toch met elkaar, verdorie, in plaats van in een boek te duiken! En badgasten gaan alleen nog naar het strand met een stapel goede boeken. Het is een drug.'

Cody luisterde geamuseerd naar wat de burgemeester vertelde. Hij vond hem beminnelijk en sympathiek. Een en al goedmoedigheid. Hij dacht dat hij zich wel iets in het hoofd zou hebben gehaald. Maar Gordons bezoek was niet zonder reden.

'Ik wilde je wat vragen, Cody,' vervolgde Gordon. 'Zoals je weet gaat op 30 juli ons allereerste theaterfestival van start...'

'Ja, natuurlijk weet ik dat,' antwoordde Cody enthousiast. 'Ik heb al een paar verschillende uitgaven van *Oom Wanja* voor mijn klanten in huis gehaald.'

'Wat een goed idee!' zei de burgemeester goedkeurend. 'En nu wilde ik je het volgende vragen: Steven Bergdorf, de hoofdredacteur van de *Orphea Chronicle*, heeft een boekje over het theaterfestival geschreven. Denk je dat je het hier zou kunnen verkopen? Kijk, ik heb een exemplaar voor je meegebracht.'

Hij gaf het boekje aan Cody. Op het omslag stond een foto van de burgemeester voor het Grand Theater met daarboven de titel.

'Geschiedenis van het festival,' las Cody hardop; toen vroeg hij verbaasd: 'Maar dit is toch nog maar de eerste editie van het festival? Is het niet wat vroeg om er een boek aan te wijden?'

'Weet je, er is nu al zoveel over te vertellen,' verzekerde de burgemeester hem voordat hij vertrok. 'Reken maar op een paar mooie verrassingen.'

Cody zag het belang van het boek niet echt in, maar hij wilde goede wil tonen en ging ermee akkoord om het in zijn boekwinkel te verkopen. Toen Gordon weg was, kwam Meghan Padalin weer tevoorschijn.

'Wat wilde hij?' vroeg ze aan Cody.

'Promotie voor een boekje dat hij uitgeeft.'

Ze werd minder bars en bladerde het boekje door.

'Het ziet er niet slecht uit,' oordeelde ze. 'Weet je, er zijn best veel mensen in de streek die hun eigen boeken uitgeven. We zouden een hoekje voor ze moeten inrichten waar ze hun werk te koop kunnen aanbieden.'

'Een hoekje? We hebben al te weinig ruimte. En bovendien interesseert niemand zich voor dat soort dingen,' zei Cody. 'De mensen hebben geen zin om het boek van hun buurman te kopen.'

'Dan gebruiken we het berghok achter in de winkel,' drong Meghan aan. 'Een likje verf en het is als nieuw. Dan maken we daar een ruimte voor streekauteurs. Je zult zien: auteurs zijn goede klanten voor een boekwinkel. Ze zullen uit de hele omtrek komen om hun eigen boek in de schappen te zien liggen, en dan maken ze direct van de gelegenheid gebruik om inkopen te doen.'

Cody bedacht dat het misschien wel een goed idee was. En bovendien wilde hij burgemeester Gordon een plezier doen: hij voelde wel degelijk aan dat er iets niet in orde was en dat vond hij niet prettig.

'Als je dat wilt, Meghan, dan proberen we het,' stemde Cody in. 'We hebben niets te verliezen. In het ergste geval hebben we het rommelhok opgeknapt. En hoe dan ook heb ik ontdekt dat Steven Bergdorf in zijn vrije tijd schrijver is.'

~

'Was Steven Bergdorf de hoofdredacteur van de *Orphea Chronicle*?' vroeg Anna verbaasd. 'Wist jij dat, Jesse?'

Ik haalde verbaasd mijn schouders op: ik had geen flauw idee gehad. Had ik hem destijds ontmoet? Ik zou het niet meer weten.

'Ken je hem dan?' vroeg Cody, verrast door onze reactie.

'Hij is de hoofdredacteur van het tijdschrift waarvoor Stephanie Mailer in New York werkte,' legde Anna uit.

Hoe was het mogelijk dat ik me Steven Bergdorf niet herinnerde? We wonnen inlichtingen in en ontdekten dat Bergdorf op de dag na de viervoudige moord bij de *Orphea Chronicle* was afgezet als hoofdredacteur en plaats had gemaakt voor Michael Bird. Dat was wel heel toevallig. En stel dat Bergdorf was vertrokken met vraagtekens die nu nog aan hem knaagden? Stel dat hij de opdrachtgever was van het boek dat Stephanie schreef? Ze had het over iemand die het niet zelf kon schrijven. Het was duidelijk dat de voormalige hoofdredacteur van de plaatselijke krant niet twintig jaar later kon terugkeren om zijn neus in deze zaak te steken. We moesten absoluut naar New York om Bergdorf te spreken. We besloten de volgende ochtend vroeg te vertrekken.

Maar er kwamen nog meer verrassingen. Diezelfde dag werd Anna 's avonds laat gebeld op haar mobiel. Het nummer op het scherm was van de Beluga Bar.

'Adjunct-commissaris Kanner?' zei een mannenstem aan de andere kant van de lijn. 'Kirk Harvey hier.'

DEREK SCOTT

Maandag 22 augustus 1994. Drie weken na de viervoudige moord.

Jesse en ik waren onderweg naar Hicksville, een stadje op Long Island tussen New York en Orphea. De vrouw die contact met ons had opgenomen was baliemedewerker bij een klein filiaal van de Bank of Long Island.

'Ze heeft met ons afgesproken in een café in het centrum,' vertelde ik onderweg aan Jesse. 'Haar baas weet niet dat ze contact met ons heeft opgenomen.'

'Maar het heeft met burgemeester Gordon te maken?' vroeg Jesse.

'Kennelijk.'

Ondanks het vroege tijdstip at Jesse een warme sandwich met vlees en bruine saus die goddelijk rook.

'Wil je proeven?' vroeg Jesse tussen twee happen door, terwijl hij me zijn broodje voorhield. 'Het is echt heerlijk.'

Ik nam een hap. Zoiets heerlijks had ik nog niet vaak gegeten.

'Dat komt door de saus, die is ongelooflijk. Geen idee hoe Natasha die maakt. Ik noem het natashasaus.'

'Wat, heeft Natasha deze sandwich vanochtend voor je gemaakt? Voordat je wegging?'

'Ja,' antwoordde Jesse. 'Ze is om vier uur opgestaan om gerechten voor het restaurant uit te proberen. Darla komt straks ook. Ik kon alles kiezen wat ik wilde: pancakes, wafels, een Russisch ei. Genoeg om een heel regiment te voeren. Ik heb haar aangeraden om die broodjes bij Little Russia te verkopen. Die vliegen over de toonbank.'

'Met heel veel friet erbij,' zei ik likkebaardend. 'Je kunt nooit te veel friet hebben.'

De medewerkster van de bank of Long Island, Macy Warwick, wachtte op ons in een leeg café waar ze nerveus met haar lepeltje in de cappuccino roerde.

'Ik was afgelopen weekend in de Hamptons, en ik zag een foto van dat vermoorde gezin in de krant. Ik dacht dat ik die man herkende, en later begreep ik dat het een klant van de bank was.'

Ze had een kartonnen map bij zich waarin bankpapieren zaten en duwde die naar ons toe. Daarna zei ze: 'Het kostte me even om zijn naam te achterhalen, ik had de krant niet meegenomen en ik was zijn achternaam weer vergeten. Ik moest in het informatiesysteem van de bank op zoek naar overschrijvingen. In de laatste maand kwam hij soms wel een paar keer per week.'

Onder het luisteren bekeken Jesse en ik de bankafschriften die Macy Warwick had meegenomen. Het ging steeds om stortingen van twintigduizend dollar aan contanten, bestemd voor een rekening bij de Bank of Long Island.

'Dus Joseph Gordon kwam een paar keer per week naar dit bankfiliaal om twintigduizend dollar te storten?' vroeg Jesse verbaasd.

'Ja,' knikte Macy. 'Twintigduizend is de maximale storting waarbij een cliënt geen uitleg hoeft te geven.'

We bestudeerden de papieren en we ontdekten dat het afgelopen maart was begonnen.

'Dus als ik het goed begrijp,' zei ik, 'hebt u meneer Gordon nooit om een verklaring hoeven vragen over dat geld?'

'Nee. Mijn baas ziet sowieso niet graag dat we te veel vragen stelen. Als de klanten hier niet terechtkunnen, gaan ze ergens anders heen, zegt hij. Het schijnt dat de directie overweegt om een aantal filialen te sluiten.'

'Dus dat geld staat nog op een rekening bij uw bank?'

'Bij onze bank misschien wel, maar ik ben zo vrij geweest om te kijken wie of wat er achter het rekeningnummer zat waarop dat geld werd gestort: het was een rekening die weliswaar ook op naam van meneer Gordon stond, maar dan bij ons filiaal in Bozeman, Montana.'

Jesse en ik waren verbijsterd. De bankpapieren die we bij Gordon hadden gevonden waren allemaal van zijn persoonlijke rekeningen die hij bij een bank in de Hamptons had geopend. Wat was dat voor geheime rekening die hij aanhield in Bozeman, helemaal in Montana?

We namen direct contact op met de Staatspolitie van Montana om meer informatie te krijgen. En wat ze achterhaalden was genoeg om Jesse en mij via Chicago naar Bozeman Yellowstone Airport te laten vliegen, voorzien van broodjes met natashasaus om de reis te veraangenamen.

Joseph Gordon huurde sinds april een huisje in Bozeman, wat kon worden vastgesteld aan de hand van de automatische afschrijvingen van die mysterieuze bankrekening die hij in Montana aanhield. We vonden het verhuurbedrijf, dat ons naar een sinister gelijkvloers houten huisje op de kruising van twee straten bracht.

'Ja, dat is hem. Joseph Gordon,' verzekerde de makelaar ons toen we hem een foto van de burgemeester lieten zien. 'Hij is een keer in Bozeman geweest. In april. Hij was alleen. Hij was vanuit New York komen rijden. Zijn auto stond vol dozen. Hij had het huis nog niet eens gezien toen hij al zei dat hij het nam. "Voor die prijs kun je het niet laten," zei hij.'

'Weet u zeker dat dit de man is die u hebt gezien?' vroeg ik.

'Ja,' zei hij. 'Ik vertrouwde hem niet en daarom heb ik onopvallend foto's gemaakt van zijn gezicht en zijn nummerbord, voor het geval dat. Kijk!'

De makelaar haalde een foto uit zijn map waarop duidelijk te zien was hoe burgemeester Gordon dozen uit een blauwe cabriolet laadde.

'Heeft hij u verteld waarom hij hier kwam wonen?'

'Niet echt, maar het kwam ongeveer neer op: "Het is hier niet heel mooi bij u, maar in elk geval zal niemand me hier komen zoeken."'

'En wanneer zou hij komen?'

'De huur ging in vanaf april, maar hij wist niet precies wanneer hij kwam. Mij kon het niet schelen: zolang de huur wordt betaald, gaat de rest me niet aan.'

'Mag ik die foto meenemen voor het dossier?' vroeg ik aan de makelaar.

'Natuurlijk, sergeant.'

Een bankrekening geopend in maart, een huis gehuurd vanaf april: burgemeester Gordon had zijn vlucht voorbereid. Op de avond van zijn dood stond hij inderdaad op het punt om met zijn gezin uit Orphea weg te gaan. Een vraag bleef onbeantwoord: hoe kon de moordenaar dat weten?

We moesten ook achterhalen waar het geld vandaan kwam. Want het was nu overduidelijk dat er een verband was tussen zijn dood en de enorme bedragen die hij naar Montana overmaakte: bij elkaar bijna vijfhonderdduizend dollar.

Onze eerste impuls was om na te gaan of dat geld een link kon vormen tussen Ted Tennenbaum en burgemeester Gordon. We moesten al onze overredingskracht gebruiken om de majoor zo ver te krijgen de assistent-aanklager om een huiszoekingsbevel te vragen dat ons toegang zou geven tot de bankgegevens van Tennenbaum.

De majoor waarschuwde ons: 'Onthou goed: als je bij een advocaat als Starr nog eens op je bek gaat, dan kun je voor de Raad van Discipline gesleept worden of zelfs worden aangeklaagd wegens vooringenomenheid. En ik kan jullie vertellen dat dat het einde van jullie carrière betekent.'

Dat wisten we maar al te goed. En toch konden we niet om de constatering heen dat de burgemeester die mysterieuze geldbedragen begon te ontvangen vanaf het moment dat de herstelwerkzaamheden aan Café Athena van start gingen. Stel dat burgemeester Gordon Tennenbaum had gechanteerd in ruil voor het toestaan van de werkzaamheden zodat het restaurant op tijd voor het festival open kon gaan?

De assistent-aanklager hoorde onze argumenten aan en vond de hypothese overtuigend genoeg om een huiszoekingsbevel uit te schrijven. En zo kwamen we erachter dat Ted Tennenbaum tussen februari en juli 1994 vijfhonderdduizend dollar had opgenomen van een rekening bij een bank in Manhattan, die hij van zijn vader had geërfd.

JESSE ROSENBERG

Dinsdag 8 juli 2014
18 dagen voor het festival

Die ochtend, in de auto op weg naar Steven Bergdorf in New York, vertelde Anna Derek en mij over het telefoontje van Kirk Harvey.

'Hij weigert iets door de telefoon te zeggen,' zei ze. 'We hebben morgenavond afgesproken, om zes uur in de Beluga Bar.'

'In Los Angeles?' bracht ik uit. 'Maakt hij een grapje?'

'Hij leek bloedserieus,' verzekerde Anna. 'Ik heb al een vlucht gezocht: je kunt morgenochtend om tien uur vanaf JFK vertrekken, Jesse.'

'Hoezo "Jesse"?' protesteerde ik.

'Dit is iets voor de Staatspolitie,' zei Anna. 'En Derek heeft kinderen.'

'Op naar Los Angeles,' zuchtte ik.

We hadden Steven Bergdorf niet verteld dat we zouden komen, zodat we van een verrassingseffect konden profiteren. We vonden hem op de redactie van *The New York Review of Letters* waar hij ons op zijn rommelige kantoor ontving.

'Ik heb het gehoord van Stephanie, wat een verschrikkelijk nieuws!' zei hij meteen. 'Hebt u al aanwijzingen?'

'Misschien, en daar zou u iets mee te maken kunnen hebben,' zei Derek; ik ontdekte dat hij niets van zijn geestdrift was verloren, ook al had hij twintig jaar achter zijn bureau gezeten.

'Ik?' Bergdorf verbleekte.

'Stephanie is bij de *Orphea Chronicle* gaan werken om onopvallend onderzoek te kunnen doen naar de viervoudige moord uit 1994. Ze schreef er een boek over.'

'Ik sta volkomen paf. Daar wist ik niets van.'

'Echt niet?' vroeg Derek verbaasd. 'We weten dat Stephanie het idee voor dat boek had gekregen van iemand die op de avond van de moorden in Orphea was. In het Grand Theater zelfs. Waar was u toen de moorden werden gepleegd, meneer Bergdorf? Ik weet zeker dat u zich dat herinnert.'

'Ik was inderdaad in het Grand Theater. Zoals heel Orphea op die avond! Ik heb het er niet eens met Stephanie over gehad, dat is een feitje zonder belang, vind ik.'

'In de dagen na de viervoudige moord hebt u plotseling ontslag genomen als hoofdredacteur van de *Orphea Chronicle*. En u hebt ook nog een boek over het festival geschreven – een festival waarin Stephanie heel geïnteresseerd was. Vindt u niet dat er raakvlakken zijn? Meneer Bergdorf, hebt u Stephanie Mailer opdracht gegeven om onderzoek te doen naar de viervoudige moord in Orphea?'

'Welnee, echt niet! Wat een idioot verhaal! Waarom zou ik dat doen?'

'Hoelang bent u al niet meer in Orphea geweest?'

'Vorig jaar ben ik er in mei een weekend geweest, op uitnodiging van de gemeente. Ik was er al sinds 1994 niet meer geweest. Toen ik uit Orphea vertrok, had ik er niets meer te zoeken: ik verhuisde naar New York, ik ontmoette mijn vrouw en ik bouwde aan mijn journalistieke carrière.'

'Waarom bent u zo kort na de viervoudige moord uit Orphea vertrokken?'

'Nou, vanwege burgemeester Gordon.'

Bergdorf nam ons twintig jaar mee terug in de tijd.

'Joseph Gordon,' verklaarde hij, 'was op persoonlijk en beroepsmatig vlak een vrij middelmatig mens. Een mislukt zakenman: al zijn ondernemingen waren op niets uitgelopen, en toen de gelegenheid om burgemeester te worden zich voordeed, heeft hij zich op de politiek gestort, aangetrokken door het bijbehorende salaris.'

'Waarom is hij verkozen?'

'Hij was een geweldige babbelaar, hij was in staat om oppervlakkig een goede indruk te maken. Hij zou sneeuw kunnen verkopen aan Eskimo's, maar hij zou nooit in staat zijn geweest om die sneeuw ook te leveren, als u begrijpt wat ik bedoel. Bij de burgemeestersverkiezing in 1990 stond de economie van Orphea er niet best voor, en de sfeer was zwaarmoedig. Gordon vertelde de mensen wat ze wilden horen en zo werd hij verkozen. Maar aangezien hij een middelmatig politicus was, verloor hij al snel zijn aanzien.'

'Middelmatig?' vroeg ik. 'Terwijl burgemeester Gordon toch het theaterfestival uit de grond heeft gestampt dat een belangrijke invloed op de stad heeft gehad.'

'Kapitein Rosenberg, dat theaterfestival is niet door Gordon opgericht, maar door zijn toenmalige locoburgemeester, Alan Brown. Kort nadat burgemeester Gordon werd verkozen begreep hij dat hij hulp nodig had om Orphea te besturen. In die tijd had Alan Brown, een kind van de stad, net zijn rechtenbul verworven. Hij stemde erin toe om locoburgemeester te worden, wat toch een belangrijke eerste baan is voor iemand die nog maar net is afgestudeerd. Algauw viel de jonge Brown op door zijn intelligentie. Hij deed er alles aan om de economie van de stad weer draaiend te krijgen. En dat is hem gelukt. De goede jaren na de verkiezing van president Clinton hielpen ook mee, maar Brown gaf de juiste richting aan met een heel scala aan ideeën: het toerisme kreeg een enorme boost door de viering van de Fourth of July met het jaarlijkse vuurwerk, hij verleende steun aan nieuw te vestigen ondernemingen en hij liet de hoofdstraat opknappen.'

'En na de dood van Gordon werd hij tot burgemeester gebombardeerd, nietwaar?' vroeg ik.

'Niet gebombardeerd, kapitein. Na de moord op Gordon was Alan Brown krap een maand plaatsvervangend burgemeester; in september 1994 kwamen er weer burgemeestersverkiezingen, en Brown was toch al van plan om mee te doen. Hij werd overtuigend gekozen.'

'Om nog even terug te komen op burgemeester Gordon,' zei Derek. 'Had hij vijanden?'

'Hij had geen duidelijke politieke lijn, dus vroeg of laat joeg hij iedereen wel tegen zich in het harnas.'

'Ted Tennenbaum, bijvoorbeeld?'

'Die nog niet eens. Ze hadden wel een keer ruzie over de herbestemming van een gebouw tot restaurant, maar dat ging lang niet zo ver dat je er iemand met zijn hele gezin om zou uitmoorden.'

'O nee?' vroeg ik.

'Nee. Ik heb nooit geloofd dat hij dat om zo'n futiliteit zou doen!'

'Waarom heeft u destijds niets gezegd?'

'Aan wie? Aan de politie? Ziet u me al naar het bureau gaan om een onderzoek in twijfel te trekken? Ik ging ervan uit dat er wel bewijzen zouden zijn. Ik bedoel, die arme kerel heeft het hoe dan ook niet overleefd. En bovendien kon het me eigenlijk niet zoveel schelen. Ik woonde al niet meer in Orphea. Ik volgde het verhaal van een afstandje. Nou ja, hoe dan ook, ik zei al dat de wens van de jonge Alan Brown om de stad erbovenop te helpen een zegen voor de plaatselijke middenstand was: het stadhuis werd gerenoveerd, restaurants werden opgeknapt, er kwamen een gemeentelijke bibliotheek en een paar andere gebouwen. Nou ja, dat is de officiële versie. Want met als excuus dat hij de inwoners van de stad aan werk wilde helpen vroeg Gordon hun onder de toonbank om de werkzaamheden te hoog te factureren in ruil voor het verkrijgen van het contract.'

'Streek Gordon smeergeld op?' riep Derek verbijsterd uit.

'Jazeker.'

'Waarom heeft niemand dat verteld toen het onderzoek aan de gang was?' vroeg Anna verbijsterd.

'Wat denken jullie?' riposteerde Bergdorf. 'Dat die ondernemers zichzelf zouden aangeven? Ze waren net zo schuldig als de burgemeester. Dan kun je direct de moord op Kennedy opbiechten, als je toch bezig bent.'

'En u? Hoe wist u het?'

'Die contracten waren openbaar. Wanneer de werkzaamheden waren begonnen, kon je de bedragen inzien die de gemeente aan de verschillende ondernemingen uitbetaalde. En het geval wilde dat de aannemers die aan de gemeentelijke bouwprojecten werkten ook een balans op het stadhuis moesten inleveren, omdat de gemeente er zeker van wilde zijn dat die bedrijven tijdens de werkzaamheden niet failliet zouden gaan. Begin 1994 zorgde ik ervoor dat ik de balansen in handen kreeg van de bedrijven aan wie de opdrachten waren vergund, en ik vergeleek ze met de bedragen die de gemeente officieel had uitbetaald. Bij de meeste stond in de regel over betalingen door de gemeente een lager bedrag dan wat in het contract stond vermeld.'

'Hoe is het mogelijk dat niemand dat merkte?' vroeg Derek.

'Ik denk dat er verschillende facturen voor de gemeente en de boekhouder werden gemaakt en dat die twee bedragen niet overeenstemden, wat niemand behalve ik ooit heeft uitgezocht.'

'En u hebt niets gezegd?'

'Jawel, ik heb er een artikel over geschreven voor de *Orphea Chronicle* en ik heb burgemeester Gordon opgezocht. Voor een verklaring. En weten jullie wat hij antwoordde?'

~

Stadhuis van Orphea, kantoor van burgemeester Gordon, 15 februari 1994

Aandachtig las burgemeester Gordon het artikel dat Bergdorf hem had voorgelegd. Het was doodstil in de kamer. Gordon leek rustig, terwijl Bergdorf nerveus was. Uiteindelijk legde de burgemeester de tekst op tafel, keek naar de journalist en zei met haast komische stem: 'Dat is heel ernstig wat je daar beschrijft, waarde Steven. Er zou in Orphea dus sprake zijn van corruptie op het hoogste niveau?'

'Ja, burgemeester.'

'Dat zal heel wat stof doen opwaaien. Natuurlijk heb je kopieën van de contracten en balansen om alles te bewijzen?'

'Ja, burgemeester,' knikte Bergdorf.

'Wat ben je consciëntieus te werk gegaan!' complimenteerde burgemeester Gordon hem. 'Weet je, waarde Steven, het is werkelijk een prachtig toeval dat je hier nu bent: ik wilde je net spreken over een groot project. Je weet vast wel dat we een paar maanden verwijderd zijn van de feestelijke opening van ons eerste theaterfestival?'

'Jazeker, burgemeester,' antwoordde Bergdorf, die niet precies begreep waar de burgemeester naartoe wilde.

'Nou, ik zou graag willen dat je een boekje over het festival schrijft. Een boekje waarin je vertelt over de achtergronden van de oprichting, verlevendigd met een paar foto's. Dat dan bij de opening wordt gepresenteerd. Een welkom aandenken voor de toeschouwers, die het zonder aarzelen zouden kopen. Hoeveel zou je voor zo'n opdracht vragen, Steven?'

'Dat... dat weet ik niet, burgemeester. Ik heb zoiets nog nooit gedaan.'

'Volgens mij zou dat minstens een ton zijn,' besliste de burgemeester.

'U... u betaalt me honderdduizend dollar om dat boekje te schrijven?' stotterde Steven.

'Ja, dat lijkt me redelijk voor een pen als de jouwe. Maar dat is natuurlijk onmogelijk als er een artikel in de *Orphea Chronicle* verschijnt over de gemeentelijke boekhouding. Die wordt dan namelijk tot in detail uitgeplozen, en niemand zou begrijpen waarom ik je zo'n bedrag betaal. Als je begrijpt wat ik bedoel...'

~

'En toen heeft u dat boek dus geschreven!' riep ik uit, terwijl ik direct de link legde met het boek dat Anna en ik bij Cody hadden gevonden. 'U hebt u laten omkopen...'

'Welnee, kapitein Rosenberg!' verdedigde Steven zich. 'Niet zulke grote woorden! U begrijpt toch wel dat ik zo'n aanbod niet kon afslaan? Het was dé gelegenheid voor mij om wat te verdienen – ik kon er een huis van kopen. Jammer genoeg heb ik het geld nooit gekregen, want Gordon werd vermoord voordat het zover was. Om te zorgen dat ik niet van gedachten zou veranderen als ik de honderdduizend dollar in handen had, had hij gezegd dat hij pas zou betalen als het boek was verschenen. Twee dagen na zijn dood ging ik direct naar Alan Brown, die tijdelijk het burgemeesterschap vervulde. Er was geen schriftelijke overeenkomst tussen Gordon en mij, en ik wilde niet dat de afspraak in het verdomhoekje terecht zou komen. Ik dacht dat Brown er ook bij betrokken was, maar ik kwam erachter dat hij van niets wist. Hij was zo ontsteld dat hij me vroeg om onmiddellijk ontslag te nemen, en dat hij anders de politie zou inlichten. Hij zei dat hij het niet zou tolereren als de *Orphea Chronicle* een corrupte journalist in dienst had. Ik moest weg, en zo kon die charlatan Michael Bird hoofdredacteur worden, ook al kon hij helemaal niet schrijven!'

~

In Orphea was Charlotte Brown, de vrouw van de burgemeester, erin geslaagd om haar man van zijn bureau los te rukken om te lunchen op het terras van Café Athena. Ze vond hem verschrikkelijk nerveus en gespannen. Hij sliep nauwelijks, hij at niks, hij zag er vermoeid en zorgelijk uit. Ze dacht dat een lunch in de zon hem goed zou doen.

Het was een groot succes: hoewel Alan had geprobeerd haar ervan te overtuigen dat hij geen tijd had om te lunchen liet hij zich uiteindelijk vermurwen, en de onderbreking leek hem goed te doen. Maar het respijt was van korte duur: Alans telefoon begon te trillen, en toen hij de naam van de beller op het scherm zag, liep hij ongerust weg van tafel om op te nemen.

Charlotte Brown kon niet horen waar het gesprek over ging, maar ze hoorde wat opgewonden gepraat en ze merkte dat haar echtgenoot nerveus gesticuleerde. Plotseling hoorde ze hem bijna smekend zeggen: 'Doe dat nou niet, ik vind wel een oplossing', waarna hij ophing en woedend terugkwam, terwijl een ober de bestelde desserts op tafel zette.

'Ik moet naar het stadhuis,' verklaarde Alan geërgerd.

'Nu al?' zei Charlotte teleurgesteld. 'Eet tenminste je toetje nog op. Je kunt toch nog wel een kwartiertje wachten, Alan?'

'Ik zit diep in de problemen, Charlotte. Dat was de impresario van het gezelschap dat de hoofdact van het festival moet zijn. Hij zegt dat hij over de staking heeft gehoord en dat zijn acteurs zich nu zorgen maken over hun veiligheid. Ze trekken zich terug. Ik heb geen toneelstuk. Dit is een ramp.'

De burgemeester vertrok direct; hij zag niet dat er sinds het begin van de lunch iemand met zijn rug naar hem toe zat die niets van het gesprek had gemist. Ze wachtte tot Charlotte Brown ook weg was en pakte toen haar telefoon.

'Michael Bird?' vroeg ze. 'Met Sylvia Tennenbaum. Ik heb informatie over de burgemeester die u ongetwijfeld interesseert. Kunt u naar Café Athena komen?'

~

Toen ik Steven Bergdorf vroeg waar hij was op de avond dat Stephanie Mailer was verdwenen, keek hij beledigd en antwoordde: 'Ik was bij een vernissage; dat kunt u nagaan, kapitein.' Dat deden we, zodra we terug waren op Anna's kantoor op het politiebureau van Orphea.

De galerie die de avond had georganiseerd bevestigde dat Bergdorf aanwezig was geweest, en ze lieten weten dat de vernissage om zeven uur was afgelopen.

'Als hij om zeven uur uit Manhattan is vertrokken, kon hij om tien uur in Orphea zijn,' merkte Anna op.

'Denk je dat hij Stephanie iets heeft aangedaan?' vroeg ik.

'Bergdorf kent het gebouw van de redactie van de *Orphea Chronicle* op zijn duimpje. Hij wist hoe hij moest binnenkomen om de computer te stelen. Hij wist ook dat Michael Bird de hoofdredacteur was, en dus stuurde hij hem dat sms'je vanaf Anna's telefoon. En bovendien is het denkbaar dat hij bang was dat hij in Orphea herkend zou worden, waardoor hij er uiteindelijk van afzag om Stephanie bij de Kodiak Grill te ontmoeten en bij het strand met haar afsprak. Waarom hebben we hem ook alweer niet opgepakt, daarnet?'

'Omdat dat allemaal veronderstellingen zijn, Anna,' zei Derek. 'Er is niets concreets. Dat maakt een advocaat je in vijf minuten duidelijk. We hebben niets concreets tegen hem: zelfs als hij alleen thuis was geweest, was er niets te bewijzen. En bovendien bewijst zijn beroerde alibi dat hij niet eens weet hoe laat Stephanie is vermoord.'

Daarin had Derek geen ongelijk. Toch hing ik een foto van Bergdorf op het magneetbord.

'Persoonlijk zie ik Bergdorf eerder als de opdrachtgever van Stephanies boek,' zei Anna.

Ze haalde de stukken tekst die we in Stephanies computer hadden gevonden van het bord en zei: 'Toen Stephanie aan de opdrachtgever vroeg waarom hij dat boek zelf niet schreef, antwoordde hij: "Ik? Onmogelijk! Wat zouden de mensen wel niet zeggen?" Het was dus iemand voor wie het echt onmogelijk was om het te schrijven, zo onmogelijk dat hij het aan een ander overliet.'

Ik las een fragment voor: '"Kort voor zeven uur ging ik de straat op om een eindje te wandelen, en toen zag ik een busje langsrijden. Heel veel later begreep ik uit de kranten dat dat het busje van Ted Tennenbaum was. Het probleem is dat hij niet achter het stuur zat." Bergdorf zei dat hij twijfelde aan de schuld van Tennenbaum. En dat hij die avond in het Grand Theater was.'

‘Ik zou er heel wat voor overhebben om te weten wie er in dat busje zat,’ zei Anna.

‘En ik vraag me af waarom burgemeester Brown nooit iets heeft gezegd over de corruptie van burgemeester Gordon,’ zei Derek. ‘Als we het destijds hadden geweten, zou dat het onderzoek een andere kant op hebben gestuurd. En het belangrijkste, als dat geld dat Gordon naar Montana overmaakte de steekpenningen van die ondernemers waren, wat zit er dan achter de cashopnames van Ted Tennenbaum, waarvoor hij nooit een verklaring heeft gegeven?’

Er viel een lange stilte. Toen Anna zag dat Derek en ik met stomheid geslagen waren, vroeg ze: ‘Hoe is Ted Tennenbaum eigenlijk overleden?’

‘Dat is tijdens de arrestatie gebeurd,’ zei ik zuinig.

Derek stuurde het gesprek een andere kant op om Anna duidelijk te maken dat we er niet over wilden praten.

‘Laten we iets gaan eten,’ zei hij. ‘We hebben nog niet geluncht. Ik trakteer.’

~

Burgemeester Brown was eerder dan anders naar huis gegaan. Hij had rust nodig om te overdenken wat de verschillende scenario’s waren als het theaterfestival niet doorging. Hij ijsbeerde peinzend door de huiskamer. Zijn vrouw Charlotte, die hem van een afstandje bekeek, voelde zijn nervositeit. Uiteindelijk liep ze naar hem toe om hem te kalmeren.

‘Alan, liefje,’ zei ze terwijl ze teder met haar hand door zijn haar ging. ‘Is dit misschien een signaal dat we het festival moeten afblazen? Je bent zo van slag…’

‘Hoe kun je dat nou zeggen? Terwijl je zelf op de planken hebt gestaan… Je weet hoe belangrijk het is! Ik heb je steun nodig.’

‘Ik denk alleen dat het misschien zo heeft moeten zijn. Het festival is sowieso al heel lang verliesgevend.’

‘Het festival moet doorgaan, Charlotte! De stad is ervan afhankelijk.’

‘Maar wat ga je doen om de hoofdact te vervangen?’

‘Geen flauw idee,’ verzuchtte hij. ‘Straks sta ik compleet voor gek.’

'Het komt allemaal goed, Alan. Wacht maar af.'

'Hoe dan?' vroeg hij.

Ze had geen flauw idee. Ze had het alleen gezegd om hem op te vrolijken. Ze probeerde een oplossing te bedenken.

'Ik... ik gebruik mijn contacten in de theaterwereld!'

'Je contacten? Schat, heel lief dat je dat zegt, maar je hebt al twintig jaar niet meer op de planken gestaan. Je hebt geen contacten meer...'

Hij sloeg een arm om haar heen, terwijl zij haar hoofd op zijn schouder legde.

'Het is een ramp,' zei hij. 'Niemand wil naar het festival komen. De acteurs niet, de pers niet, de recensenten niet. We hebben tientallen uitnodigingen verstuurd en helemaal geen antwoord gekregen. Ik heb zelfs Meta Ostrovksi aangeschreven.'

'Meta Ostrovski, van *The New York Times*?'

'Vroeger van *The New York Times*, nu van *The New York Review of Letters*. Beter dan niks. Maar ook van hem geen antwoord. Nog minder dan twintig dagen tot de première en het festival staat op het punt van instorten. Ik kan de schouwburg maar beter in brand steken...'

'Zeg niet van die stomme dingen, Alan!' onderbrak zijn vrouw hem.

Op dat moment klonk de deurbel.

'Hé, daar heb je hem misschien,' grapte Charlotte.

'Verwacht je iemand?' vroeg Alan, die niet in de stemming was voor grapjes.

'Nee.'

Hij stond op en liep het huis door om open te doen. Het was Michael Bird.

'Dag, Michael,' zei hij.

'Dag, burgemeester. Sorry dat ik u thuis stoor, ik heb heel lang geprobeerd om u op uw mobiel te bellen, maar die stond kennelijk uit.'

'Ik had behoefte aan rust. Wat is er?'

'Ik wilde graag uw commentaar op de geruchten, meneer.'

'Welke geruchten?'

'Dat er geen hoofdact is voor het theaterfestival.'

‘Van wie heb je dat?’

‘Ik ben journalist.’

‘Juist dan moet je weten dat geruchten geen waarde hebben, Michael,’ zei Brown geërgerd.

‘Ik ben het volkomen met u eens, meneer. Daarom heb ik de moeite genomen om de agent van het gezelschap in kwestie te bellen, die bevestigde dat de voorstelling niet doorgaat. Hij zei dat de acteurs zich niet veilig voelen in Orphea.’

‘Dat is allemaal onzin,’ antwoordde Alan zonder zijn kalmte te verliezen. ‘En als ik jou was, zou ik dat maar niet opschrijven...’

‘O nee? En waarom dan wel niet?’

‘Omdat... je dan voor gek staat.’

‘Omdat ik dan voor gek sta?’

‘Volkomen. Wat denk je dan, Michael. Ik heb allang vervanging voor het theatergezelschap dat eerst op het programma stond.’

‘Echt? Waarom hebt u dat nog niet bekendgemaakt?’

‘Omdat het... omdat het om een heel grote productie gaat,’ antwoordde de burgemeester zonder na te denken. ‘Iets unieks! Iets wat zoveel stof doet opwaaien dat het publiek komt aanrennen. Daar wil ik een officiële aankondiging voor, geen overhaast persbericht waar iedereen overheen leest.’

‘En wanneer komt die officiële aankondiging dan?’ vroeg Michael

‘Vrijdag,’ antwoordde burgemeester Brown direct. ‘Ja, dat is het, vrijdag aanstaande, 11 juli, hou ik een persconferentie op het stadhuis. En geloof me, die aankondiging zal voor iedereen als een verrassing komen!’

‘Bedankt voor de informatie, burgemeester. Morgen zet ik alles in de krant,’ zei Michael, die wilde uitvissen of de burgemeester bluftte of niet.

‘Doe maar, graag zelfs,’ antwoordde Alan op een toon die hij zelfverzekerd wilde laten klinken.

Michael knikte en deed of hij vertrok. Maar Alan kon zich niet inhouden en zei nog: ‘Vergeet niet dat die gemeente die krant van jullie subsidieert door jullie huurkosten te besparen, Michael.’

‘Wat bedoelt u daarmee, meneer?’

‘Dat de hond de hand die hem voedt niet moet bijten.’

‘Bedreigt u me, burgemeester?’

‘Dat zou ik nooit durven. Het is een vriendschappelijk advies, meer niet.’

Michael knikte bij wijze van afscheid en vertrok. Alan trok de voordeur weer dicht en balde woedend zijn vuist. Hij voelde een hand op zijn schouder: Charlotte. Ze had alles gehoord en keek hem ongerust aan.

‘Een aankondiging?’ herhaalde ze. ‘Maar schat, wat ga je dan aankondigen?’

‘Geen flauw idee. Binnen twee dagen moet er een wonder gebeuren. Zo niet, dan kondig ik mijn aftreden aan.’

-5

De Zwarte nacht

Woensdag 9 juli – donderdag 10 juli 2014

JESSE ROSENBERG

Woensdag 9 juli 2014, Los Angeles
17 dagen voor de première

Fragment van de voorpagina van de *Orphea Chronicle* van woensdag 9 juli 2014:

> MYSTERIEUS TONEELSTUK TER OPENING
> VAN HET THEATERFESTIVAL
>
> Een programmawijziging: aanstaande vrijdag zal de burgemeester aankondigen welk toneelstuk het festival zal openen. Hij stelt een spectaculaire productie in het vooruitzicht, die van de eenentwintigste editie van het festival een van de meest opvallende uit de geschiedenis zal maken.

Ik legde de krant neer op het moment dat het vliegtuig in Los Angeles landde. Anna had me haar exemplaar van de *Orphea Chronicle* gegeven toen ik haar en Derek die ochtend had gezien om de stand van zaken te bespreken.

'Hier,' had ze gezegd toen ze me de krant gaf. 'Dan heb je wat te lezen onderweg.'

'Of de burgemeester is een genie, of hij zit tot zijn nek in de problemen,' zei ik glimlachend toen ik de voorpagina las. Daarna stopte ik hem in mijn zak.

'Ik ga voor de tweede hypothese,' zei Anna lachend.

In Californië was het een uur 's middags. Ik was halverwege de ochtend opgestegen uit New York, en ondanks de vliegduur van zesenhalf uur had ik dankzij het wonder van het tijdverschil nog wat tijd voor mijn afspraak met Kirk Harvey. Die wilde ik gebruiken om uit te vinden wat Stephanie hier was komen doen. Ik had weinig tijd: voor de terugreis was een vlucht gereserveerd voor de volgende middag, zodat ik precies vierentwintig uur had.

Ik moest me aan de procedures houden en dus had ik mijn komst gemeld bij de Highway Patrol van Californië – het equivalent van de Staatspolitie. Een agent die luisterde naar de naam Cruz kwam me van het vliegveld halen en stond gedurende mijn verblijf tot mijn beschikking. Ik vroeg sergeant Cruz of hij zo vriendelijk wilde zijn om me direct naar het hotel te brengen waar Stephanie volgens haar creditcard had gelogeerd. Het was een elegant Best Western-hotel, vlak bij de Beluga Bar. De kamers waren niet goedkoop. Geld was duidelijk geen bezwaar voor haar. Ze had een geldschieter. Maar wie dan? Die mysterieuze opdrachtgever?

De receptionist herkende Stephanie meteen toen ik hem haar foto liet zien.

'Ja, ik herinner me haar wel,' zei hij.

'Was er iets bijzonders aan haar dat ze u is bijgebleven?' vroeg ik.

'Een knappe, elegante jonge vrouw. Dat valt op,' antwoordde de receptionist. 'Maar ik was vooral onder de indruk omdat ze de eerste schrijver was die ik ooit heb ontmoet.'

'Stelde ze zich zo voor?'

'Ja, ze zei dat ze een *true crime*-thriller schreef, en dat ze hier kwam om antwoorden te vinden.'

Stephanie werkte dus inderdaad aan een boek. Toen ze bij de *Review* was ontslagen had ze besloten om haar wens om schrijver te worden in vervulling te laten gaan – maar tegen welke prijs?

Ik had nog geen hotel geregeld en voor het gemak nam ik een kamer in het Best Western. Daarna bracht sergeant Cruz me naar de Beluga Bar, waar ik stipt om vijf uur aankwam. Achter de bar stond een jonge vrouw glazen te spoelen. Ze begreep aan mijn houding dat ik iemand zocht. Toen ik de naam Kirk Harvey noemde, keek ze geamuseerd.

'Bent u acteur?'

'Nee,' verzekerde ik haar.

Ze haalde haar schouders op alsof ze me niet geloofde.

'Aan de overkant van de straat is een school. Ga naar het auditorium. In de kelder.'

Ik vertrok direct. Toen ik de route naar de kelder niet kon vinden sprak ik de conciërge aan, die de speelplaats aanveegde.

'Pardon, meneer, ik ben op zoek naar Kirk Harvey.'

De man barstte in lachen uit.

'En daar is er weer een,' zei hij.

'Daar is weer een wat?' vroeg ik.

'Acteur zeker?'

'Nee. Waarom denkt iedereen dat ik acteur ben?'

De ander begon nog harder te lachen.

'Daar komt u snel genoeg achter. Ziet u die metalen deur daar? De trap af, daar hangt een bord. U kunt het niet missen. Succes!'

Hij hield niet op met lachen; ik had genoeg van zijn vrolijkheid en nam de aangegeven route. Ik ging door de deur die uitkwam op de trap, liep naar beneden en zag een zware deur waarop met plakband slordig een enorm affiche was opgehangen.

ALHIER
REPETITIES VOOR
DE ZWARTE NACHT
HET THEATERSTUK VAN DE EEUW

GEÏNTERESSEERDE ACTEURS WORDEN VERZOCHT ZICH AAN HET EIND VAN DE REPETITIE TE MELDEN BIJ MAESTRO KIRK HARVEY. GESCHENKEN ZIJN WELKOM.

Te allen tijde: stilte!
Kletsen verboden!

Mijn hart begon te bonken in mijn borst. Ik maakte een foto met mijn mobiel en stuurde die direct naar Anna en Derek. Maar net toen ik de deurklink naar beneden wilde drukken, zwaaide de deur open en moest ik achteruitstappen om hem niet in mijn gezicht te krijgen. Er kwam een man langs die snikkend de trap op vluchtte. Ik hoorde hem woedend tegen zichzelf zeggen: 'Nooit meer! Nooit meer laat ik me zo behandelen!'

De deur bleef open, en beschroomd betrad ik de in duisternis gedompelde ruimte. Het was een typisch schoolauditorium, vrij groot en met een hoog plafond. Er stonden rijen stoelen voor het kleine podium, verlicht door te warme spots met verblindend licht, waarop twee mensen stonden: een dikke vrouw en een kleine man.

Voor hen verdrong zich een indrukwekkende, kleine menigte die met religieuze aandacht keek naar wat er gebeurde. In een hoek stond een tafel met koffie, drankjes, muffins en koekjes. Ik zag een halfnaakte man haastig een gebakje naar binnen werken terwijl hij een politie-uniform aantrok. Duidelijk een acteur die zich omkleedde. Ik liep naar hem toe en fluisterde: 'Pardon, maar wat gebeurt hier?'

'Hoezo "wat gebeurt hier"? Hier wordt gerepeteerd voor *de Zwarte nacht*!'

'Aha,' zei ik, ietwat terughoudend. 'En wat is de zwarte nacht?'

'Dat is het stuk waaraan maestro Harvey al twintig jaar werkt. Al twintig jaar repeteert hij! Volgens de legende zal het op de dag dat het af is een ongekend succes kennen.'

'En wanneer is het af?'

'Dat weet niemand. Voorlopig is hij nog niet klaar met het repeteren van de eerste scène. Twintig jaar alleen voor de eerste scène – stel je voor hoe goed het stuk wel niet moet zijn!'

Om ons heen draaiden mensen zich om en staarden ons geërgerd aan om duidelijk te maken dat we stil moesten zijn. Ik ging dichter bij mijn gespreksgenoot staan en fluisterde in zijn oor: 'Wie zijn al die mensen?'

'Acteurs. Die allemaal proberen om deel uit te maken van de cast.'

'Zijn er zoveel rollen?' vroeg ik, terwijl ik een schatting van het aantal aanwezigen probeerde te maken.

'Nee, maar er is veel verloop. Vanwege de maestro. Hij is heel veeleisend...'

'En waar is de maestro?'

'Daar, op de eerste rij.'

Hij gebaarde dat we genoeg gepraat hadden en dat we nu moesten zwijgen. Ik baande me een weg door de menigte. Ik begreep dat het stuk was begonnen en dat de stilte er deel van uitmaakte. Toen ik dicht bij het podium kwam zag ik een man liggen die de rol van een dode speelde. De kleine man in uniform staarde naar het lichaam terwijl een vrouw ernaartoe liep.

De stilte duurde minutenlang. Plotseling zei een van de aanwezigen in vervoering: 'Meesterlijk!'

'Hou je bek!' zei een ander.

Het was weer stil. Toen begon een geluidsband te lopen en werden er regieaanwijzingen voorgelezen.

Een onheilspellende ochtend. Het regent. Op een landweg staat het verkeer vast: een gigantische opstopping. De automobilisten zijn geërgerd, ze toeteren woedend. Een jonge vrouw loopt door de berm, passeert de rij stilstaande auto's. Ze bereikt de politieafzetting en stelt een vraag aan de dienstdoende agent.

JONGE VROUW: Wat is er aan de hand?

AGENT: Er is een dode gevonden. Een tragisch motorongeval.

'Cut!' brulde een nasale stem. 'Licht! Licht!'

Het licht ging abrupt aan en verlichtte de zaal. Een man in een pak vol kreukels, met warrig haar en de tekst in zijn hand, liep naar het toneel. Het was Kirk Harvey, twintig jaar ouder dan toen ik hem kende.

'Nee, nee, nee!' foeterde hij tegen de kleine man. 'Wat is dat voor toon? Je moet overtuigen, jongen! Toe maar. Opnieuw.'

De kleine man in het te grote uniform zette een grote borst op en brulde: 'Er is een lijk gevonden!'

'Welnee, idioot!' zie Kirk woedend. 'Het is: "Er is een dode gevonden." En waarom blaf je als een hond? Je vertelt dat er iemand is overleden, je drijft geen kudde bijeen. En met drama, verdorie! De toeschouwer moet rillen in zijn stoel.'

'Excuus, maestro Kirk,' kreunde de kleine man. 'Geef me alstublieft nog een kans, ik smeek u!'

'Vooruit, je laatste kans. Daarna trap ik je eruit!'

Ik maakte gebruik van de onderbreking om mijn aanwezigheid kenbaar te maken.

'Dag, Kirk. Ik ben Jesse Rosenberg en...'

'Moet ik jou kennen, minkukel? Als je een rol wilt, kom je aan het einde van de repetitie naar me toe. Maar jouw kans is nu al verkeken, beunhaas!'

'Ik ben kapitein Rosenberg,' zei ik. 'Van de Staatspolitie van New York. We hebben twintig jaar geleden samen onderzoek gedaan naar die viervoudige moord.'

Zijn gezicht klaarde op.

'Ach ja, natuurlijk! Leonberg! Je bent geen spat veranderd.'

'Rosenberg.'

'Luister, Leonberg, het komt verdraaid slecht uit. Je stoort me midden in de repetitie. Welke goede wind brengt jou hier?'

'Je hebt met Anna Kanner gesproken, de adjunct-commissaris van de politie van Orphea. Zij heeft me gestuurd. Aangezien jullie om vijf uur hadden afgesproken...'

'Hoe laat is het?' vroeg Harvey.

'Vijf uur.'

'Zeg, ben jij de kleinzoon van Eichmann of zo? Doe je altijd alles wat je wordt opgedragen? Als ik je zou zeggen om je dienstwapen te trekken en mijn acteurs door de kop te schieten, zou je dat dan doen?'

'Nou... nee. Kirk, ik moet met je praten. Het is belangrijk.'

'Ha, hoor hem! Belangrijk, belangrijk! Laat mij je vertellen wat er belangrijk is, jongen: deze scène. Dat is wat er hier en nu gebeurt!'

Hij wendde zich naar het toneel en wees met beide handen.

'Kijk, Leonberg!'

'Rosenberg!'

'Wat zie je?'

'Ik zie alleen een leeg podium...'

'Doe je ogen dicht en kijk. Er is zojuist een moord gepleegd, maar dat weet nog niemand. Het is ochtend. Het is zomer, maar wel koud. Er valt een kille regen. Je voelt de spanning, de frustratie van de automobilisten die niet verder kunnen omdat de politie de weg heeft afgezet. In de lucht hangt de zure geur van uitlaatgassen van al die idioten die al een uur geen kant op kunnen maar die er geen brood in zien om de motor uit te zetten. Zet je motor dan uit, stelletje sukkels! En dan: bam! Er komt een vrouw aan, ze doemt op uit de mist. Ze vraagt aan een agent: "Wat is er gebeurd?" De agent antwoordt: "Er is een dode gevonden..." En dan begint de scène pas echt. De toeschouwers zijn betoverd. Het licht! Het licht! Doe in godsnaam het licht uit!'

Het licht in de zaal ging uit; alleen de scène op het toneel werd nog verlicht in de religieuze stilte.

'Toe maar, dikkerdje!' riep Harvey naar de actrice die de vrouw speelde om haar het startsein te geven.

Ze liep het halve toneel over naar de agent en zei haar tekst op: 'Wat is er aan de hand?' vroeg ze.

'Er is een dode gevonden!' zei de kleine man in het te grote uniform hijgend.

Harvey knikte en liet de scène doorgaan.

Overdreven speelde de actrice een nieuwsgierige vrouw die bij het lijk wilde komen. Maar ongetwijfeld door plankenkoorts zag ze de hand van de acteur die de dode speelde over het hoofd en ging ze erop staan.

'Au!' brulde de dode. 'Ze staat op me!'

'Cut!' brulde Harvey. 'Licht! Licht, verdomme!'

De zaal lichtte weer op en Harvey sprong het podium op. De acteur die het lijk speelde masseerde zijn hand.

'Je loopt als een dikke koe!' riep Harvey. 'Let op waar je je voeten neerzet, domme trut!'

'Ik ben geen dikke koe en ook geen domme trut!' riep de actrice terwijl ze in snikken uitbarstte.

'Toe zeg, kom nou! Een beetje zelfinzicht, alsjeblieft! Kijk eens naar jezelf, je bent een en al buik!'

'Ik ga!' brulde de vrouw. 'Zo laat ik me niet behandelen!'

Ze liep richting de rand van het podium, maar in de zenuwen ging ze opnieuw op het lijk staan, dat nog harder brulde dan de eerste keer.

'Ja hoor, toe maar!' schreeuwde Harvey. 'Maak dat je wegkomt, walgelijke koe!'

De snikkende arme vrouw baande zich al botsend een weg naar de deur en vluchtte weg. Je kon haar op de trap nog horen huilen. Woedend wierp Harvey zijn gelakte mocassin tegen de deur. Hij draaide zich om, keek minachtend naar de menigte zwijgende acteurs die hem aanstaarde en liet zijn woede de vrije loop.

'Jullie zijn allemaal waardeloos! Jullie begrijpen er niets van! Iedereen wegwezen! Vort! Scheer je weg! De repetitie van vandaag is voorbij!'

De acteurs gingen er gehoorzaam vandoor. Toen de laatste weg was, deed Harvey de deur van binnenuit op slot en zakte ertegen op de grond. Hij slaakte een lange, wanhopige kreet.

'Het gaat me nooit lukken! Nooit!'

Ik was gebleven en ik liep lichtelijk gegeneerd naar hem toe.

'Kirk,' zei ik zachtjes.

'Noem me maar gewoon maestro.'

Ik stak hem een vriendschappelijke hand toe; hij stond op en veegde zijn ogen droog met de manchetten van zijn zwarte pak.

'Jij wilt niet toevallig acteur worden?' vroeg Harvey toen.

'Nee, maestro, bedankt. Maar ik wil je wel wat vragen stellen, als je even tijd voor me hebt.'

Hij nam me mee naar de Beluga Bar voor een biertje terwijl sergeant Cruz, die aan het tafeltje naast ons zat, trouw bleef wachten en een kruiswoordpuzzel deed.

'Stephanie Mailer?' zei Harvey. 'Ja, die heb ik hier ontmoet. Ze wilde me spreken. Ze schreef een boek over de viervoudige moord uit 1994. Hoezo?'

'Ze is dood. Vermoord.'

'Verrek...'

'Volgens mij om wat ze over de moorden uit 1994 had ontdekt. Wat heb je haar precies verteld?'

'Dat er geen twijfel over mogelijk was dat jullie de verkeerde hadden.'

'Dat heb je haar dus verteld. Maar waarom heb je ons dat niet verteld toen we bezig waren met het onderzoek?'

'Omdat ik het later pas doorkreeg.'

'Is dat waarom je uit Orphea bent gevlucht?'

'Daar kan ik niets over vertellen, Leonberg. Nog niet.'

'Hoezo, nog niet?'

'Daar kom je nog wel achter.'

'Maestro, ik heb vierduizend kilometer gereisd om je te zien.'

'Dat had je niet moeten doen. Ik kan niet het risico lopen dat mijn stuk in gevaar komt.'

'Je stuk? Wat is "de zwarte nacht"? Heeft die iets te maken met wat er in 1994 is gebeurd? Wie heeft de burgemeester en zijn gezin vermoord? Waarom ben je gevlucht? En wat doe je hier in een zaal in de kelder van een school?'

'Kom maar mee, dan zul je alles begrijpen.'

Sergeant Cruz reed Kirk Harvey en mij in zijn patrouillewagen naar de top van de heuvels van Hollywood, zodat de stad voor ons uitgespreid lag.

'Is er een reden waarom we hier zijn?' vroeg ik ten slotte aan Harvey.

'Denk je dat je Los Angeles kent, Leonberg?'

'Een beetje...'

'Ben je kunstenaar?'

'Niet echt.'

'Pft! Dan ben je dus zoals de rest, dan ken je alleen maar de glitter: Chateau Marmont, Nice Guy, Rodeo Drive en Beverly Hills.'

'Ik kom uit een eenvoudige familie uit Queens.'

'Het doet er niet toe waar je vandaan komt, het gaat erom waar je naartoe gaat. Wat is je doel, Leonberg? Wat betekent kunst voor jou? En wat doe je om de kunst te dienen?'

'Wat bedoel je, Kirk? Je praat als een sekteleider.'

'Ik werk al twintig jaar aan dit stuk! Ieder woord, iedere stilte die de acteurs laten vallen is van belang. Het is een meesterwerk, hoor je? Maar dat kun jij niet begrijpen, dat zie jij niet. Daar kun je niets aan doen, Leonberg, je bent idioot geboren.'

'Kunnen we die beledigingen misschien achterwege laten?'

Hij antwoordde niet en keek weer naar de immense stad Los Angeles, die zich voor ons uitstrekte.

'Kom!' riep hij plotseling uit. 'Ik laat het je zien! Ik zal je het andere volk van Los Angeles laten zien, degenen die zich in de luren hebben laten leggen door het drogbeeld van de roem. Ik zal je de stad laten zien van de gebroken dromen en verbrande vleugels.'

Hij leidde sergeant Cruz naar een hamburgerrestaurant en stuurde mij naar binnen om voor ons drieën te bestellen. Ik gehoorzaamde, zonder precies te begrijpen wat dit allemaal te betekenen had. Toen ik naar de balie liep, herkende ik de kleine heer in het te grote politie-uniform die ik twee uur eerder op het toneel had zien staan.

'Welkom bij In-N-Out, wat mag het zijn?' vroeg hij.

'Ik heb u net gezien,' zei ik. 'U was bij de repetitie van *de Zwarte nacht.*'

'Klopt.'

'Dat liep niet goed af.'

'Het loopt wel vaker niet goed af, maestro Harvey is heel veeleisend.'

'Ik zou eerder zeggen dat hij volslagen gek is.'

'Zeg dat maar niet. Hij is zoals hij is. Hij werkt aan een groot project.'

'*De Zwarte nacht*?'

'Ja.'

'Maar wat is dat dan?'

'Dat kunnen alleen ingewijden begrijpen.'

'Ingewijd waarin?'

'Dat weet ik niet eens precies.'

'Iemand had het over een legende,' vervolgde ik.

'Ja, dat *de Zwarte nacht* het grootste theaterstuk uit de geschiedenis zal worden.'

Zijn gezicht lichtte op en hij werd overspoeld door opwinding.

'Kunt u ervoor zorgen dat ik de tekst van het stuk in handen krijg?' vroeg ik.

'Niemand heeft de tekst. Alleen de eerste scène is openbaar.'

'Maar waarom accepteren jullie dat hij jullie zo behandelt?'

'Kijk naar mij, ik ben hier dertig jaar geleden naartoe gekomen. Al dertig jaar probeer ik door te breken als acteur. Nu ben ik vijftig en verdien ik zeven dollar per uur, ik heb geen pensioen en geen verzekering. Ik huur een kamer. Ik heb geen gezin. Ik heb niks. *De Zwarte nacht* is mijn enige hoop om door te breken. Wat zal het zijn?'

Een paar minuten later liep ik terug naar de auto met een zak vol hamburgers en friet.

'En?' vroeg hij.

'Ik heb een van je acteurs gezien.'

'Weet ik. Sergeant Cruz, wilt u alstublieft zo aardig zijn om Westwood Boulevard te nemen? Daar zit een hippe bar, de Flamingo, die kunt u niet missen. Daar zou ik graag iets gaan drinken.'

Cruz knikte, startte de motor en reed weg. Harvey was even charismatisch als onuitstaanbaar. Toen we voor de Flamingo uitstapten, herkende ik een van de valets: het was de acteur die ik bij de tafel met koffie en muffins had gesproken. Net toen ik naar hem toe liep, stapte hij in de dure auto van een paar gasten die net waren aangekomen.

'Ga maar vast zitten,' zei ik tegen Harvey. 'Ik kom zo.'

Ik haastte me naar de auto en stapte in aan de passagierskant.

'Wat doet u?' vroeg de valet ongerust.

'Weet u nog wie ik ben?' vroeg ik terwijl ik met mijn badge zwaaide. 'We hebben elkaar gesproken bij de repetitie van *de Zwarte nacht*.'

'Ja.'

Hij startte en reed in de richting van een enorme parkeerplaats.

'Wat is "de zwarte nacht"?' vroeg ik.

'Dat waar iedereen in Los Angeles over praat. Degenen die eraan meedoen...'

'... worden wereldberoemd. Dat weet ik. Wat kunt u mij vertellen dat ik nog niet weet?'

'Zoals?'

Er schoot me een vraag te binnen die ik aan de medewerker van de In-N-Out had moeten stellen.

'Denkt u dat Kirk Harvey een moordenaar zou kunnen zijn?'

De ander antwoordde zonder aarzeling.

'Natuurlijk. Hebt u hem niet gezien? Wie hem tegenwerkt, wordt vermorzeld als een vlieg.'

'Is hij wel eens gewelddadig?'

'U hebt hem horen brullen – dat zegt alles, of niet?'

Hij parkeerde de auto en stapte uit. Hij liep naar een collega die achter een plastic tuintafel zat en de autosleutels van de cliënten beheerde. Naar aanleiding van een radioboodschap uit het restaurant gaf hij er een stel aan de valet en wees hem de auto die hij mee moest nemen.

'Wat betekent *de Zwarte nacht* voor u?' vroeg ik nog.

'Genoegdoening,' zei hij, alsof het vanzelf sprak.

Hij stapte in een zwarte BMW en reed weg. Hij liet me achter met meer vragen dan antwoorden.

Ik liep terug naar de Flamingo, die maar één straat verder zat.

Toen ik naar binnen ging, herkende ik de receptionist direct: het was de man die de rol van het lijk had gespeeld. Hij bracht me naar de tafel van Kirk die al aan een martini nipte. Een serveerster kwam naar me toe en bracht het menu. Het was de actrice.

'En?' vroeg Harvey.

'Wie zijn dit allemaal?'

'Dit zijn degenen die roem zochten en er nog steeds op wachten. De boodschap die de samenleving ons iedere dag stuurt luidt: roem of je leven. Zij zullen hopen op roem totdat ze eraan doodgaan, want aan het einde komen de roem en de dood dicht bij elkaar.'

Toen vroeg ik op de man af: 'Heb jij de burgemeester en zijn gezin vermoord, Kirk?'

Hij barstte in lachen uit, dronk zijn martini op en keek op zijn horloge.

'Het is tijd. Ik moet aan de slag. Breng me weg, Leonberg!'

Sergeant Cruz bracht ons naar Burbank, een noordelijke voorstad van Los Angeles. Het adres dat Harvey hem had gegeven was dat van een trailerpark.

'Dit is mijn eindbestemming,' zei Kirk vriendelijk. 'Leuk je weer gezien te hebben, Leonberg.'

'Werk je hier?' vroeg ik.

'Ik woon hier,' antwoordde hij. 'Ik moet mijn werkkleding aantrekken.'

'Wat voor werk doe je?' vroeg ik.

'Ik maak 's nachts schoon bij Universal Studios. Ik ben net zoals alle andere mensen die je vanavond hebt gezien, Leonberg: ik heb me door mijn dromen laten verslinden. Ik geloof dat ik een groot regisseur ben, maar ondertussen schrob ik de plees van grote regisseurs.'

En zo leidde het voormalige hoofd van politie van Orphea, nu regisseur, een armoedig bestaan in een buitenwijk van Los Angeles.

Kirk stapte uit. Ik deed hetzelfde om mijn tas uit de kofferbak te halen en hem mijn kaartje te geven.

'Ik zou je morgen heel graag weer zien,' zei ik. 'Ik moet verder met het onderzoek.'

Onder het praten doorzocht ik mijn spullen. Toen zag Kirk het exemplaar van de *Orphea Chronicle*.

'Mag ik die krant van je hebben?' vroeg hij. 'Dan heb ik wat te doen in de pauze en kan ik wat herinneringen ophalen.'

'Ga je gang,' antwoordde ik terwijl ik hem het dagblad gaf.

Hij vouwde het open en wierp een blik op de voorpagina

MYSTERIEUS TONEELSTUK TER OPENING VAN HET THEATERFESTIVAL

'Verdorie nog aan toe!' riep Kirk.

'Wat is er?'

'Wat is dat mysterieuze stuk?'

'Geen idee... Eerlijk gezegd weet ik niet eens zeker of burgemeester Brown het zelf wel weet.'

'En stel dat dit het teken is? Het teken waar ik al twintig jaar op wacht?'

'Het teken waarvan?' vroeg ik.

Met een krankzinnige blik greep Harvey me bij de schouders.

'Leonberg! Ik wil *de Zwarte nacht* op het festival van Orphea opvoeren!'

'Wat? Het festival is al over twee weken! Jullie repeteren al twintig jaar en jullie zijn nog maar bij de eerste scène.'

'Je begrijpt het niet...'

'Wat niet?'

'Leonberg, ik wil op het programma van het festival van Orphea staan. Ik wil *de Zwarte nacht* opvoeren. Dan krijg jij antwoord op je vragen.'

'Over de moord op de burgemeester?'

'Ja, dan zul je alles horen. Als je mij *de Zwarte nacht* laat opvoeren, hoor je alles! Op de avond van de première zal de hele waarheid worden geopenbaard!'

Ik belde direct met Anna en legde haar de situatie voor.

'Harvey zegt dat hij ons zal vertellen wie burgemeester Gordon heeft vermoord als we hem zijn stuk laten opvoeren.'

'Wat? Maar weet hij alles dan?'

'Dat zegt hij.'

'En stel dat hij bluft?'

'Vreemd genoeg denk ik van niet. Hij heeft de hele avond geweigerd om antwoord te geven op mijn vragen en net toen we uit elkaar zouden gaan, zag hij de voorpagina van de *Orphea Chronicle*. Hij reageerde direct: hij stelde me voor de waarheid te onthullen als wij hem dat stuk zouden laten spelen.'

'De andere mogelijkheid is dat hij de burgemeester en zijn gezin zelf vermoord heeft, dat hij gestoord is en een bekentenis gaat afleggen,' zei Anna.

'Daar had ik nog niet eens aan gedacht,' antwoordde ik.

Anna zei: 'Laat Harvey weten dat het in orde is. Ik zorg ervoor dat hij zijn zin krijgt.'

'Echt?'

'Ja. Breng hem hier. In het slechtste geval arresteren we hem zodra hij onder onze jurisdictie valt. Dan moet hij wel praten.'

'Heel goed,' zei ik goedkeurend. 'Ik ga met hem praten.'

Ik liep weer naar Kirk, die voor zijn caravan op me wachtte.

'Ik heb de adjunct-commissaris van de politie van Orphea aan de lijn,' legde ik uit. 'Ze zegt dat het in orde is.'

'Je denkt doch niet dat ik gek ben? Sinds wanneer beslist de politie over het festivalprogramma? Ik wil een handgeschreven brief van de burgemeester van Orphea. Ik zal je mijn voorwaarden dicteren.'

~

Door het tijdverschil was het aan de oostkust elf uur 's avonds. Maar Anna had geen andere keuze dan burgemeester Brown thuis op te zoeken.

Toen ze voor zijn deur stond zag ze dat er nog licht brandde op de begane grond. Met een beetje geluk was de burgemeester nog op.

Inderdaad sliep Alan Brown niet. Hij ijsbeerde door de kamer die hij als zijn kantoor gebruikte en las de toespraak voor zijn medewerkers, waarin hij zijn ontslag aankondigde. Hij had geen oplossing gevonden voor de vervanging van het oorspronkelijke stuk. De andere gezelschappen waren te amateuristisch en onbekend om voldoende toeschouwers te trekken en het Grand Theater te vullen. Het idee dat de zaal voor driekwart leeg zou blijven vond hij onverdraaglijk en het was financieel riskant. Hij had zijn besluit genomen: morgenochtend, donderdag, zou hij de medewerkers van het stadhuis bij elkaar roepen en zijn vertrek aankondigen. Vrijdag zou hij zoals gepland de pers bijeenroepen en dan zou het nieuws bekend worden.

Hij stikte. Hij had lucht nodig. Aangezien hij zijn toespraak hardop oefende, wilde hij het raam niet openen uit angst dat Charlotte het zou horen; die sliep in de kamer vlak boven hem. Maar hij hield het niet meer uit en duwde de luiken open van het openslaande raam dat uitkeek op de tuin. De lauwe nachtlucht nam bezit van de kamer. De geur van de rozenstruiken bereikte hem en bracht hem tot rust.

Hij begon opnieuw, fluisterend ditmaal: 'Dames en heren, met pijn in mijn ziel heb ik u vandaag bijeengeroepen om te vertellen dat het theaterfestival van Orphea geen doorgang kan vinden. U weet hoezeer ik bij deze gebeurtenis betrokken was, zowel op persoonlijk als op politiek vlak. Ik ben er niet in geslaagd om het festival tot een niet te vermijden evenement te maken dat het blazoen van onze stad opnieuw zou vergulden. Ik heb gefaald bij het grootste project van mijn mandaat. Daarom deel ik u hierbij tot mijn grote spijt mee dat ik zal aftreden als burgemeester van Orphea. Ik wilde dat u dit als eerste zou horen. Ik reken op uw volledige discretie om te voorkomen dat dit nieuws al uitlekt voor de persconferentie van vrijdag.'

Het was haast een opluchting. Hij had te veel ambities gehad, voor zichzelf, voor Orphea en voor het festival. Toen hij aan het project begon, was hij nog maar locoburgemeester. Hij had zich voorgesteld dat hij het tot een van de grootste culturele gebeurtenissen van de staat, en later van het hele land zou maken. Het Sundance van het theater. Maar alles was op een gigantische mislukking uitgelopen.

Op dat moment ging de bel. Wie kon dat zijn op dit uur? Hij liep naar de voordeur. Charlotte, die wakker was geworden, liep de trap af terwijl ze een kamerjas aantrok. Hij keek door het spionnetje en zag Anna in uniform.

'Het spijt me verschrikkelijk dat ik je op dit tijdstip moet storen, Alan,' zei ze. 'Dat zou ik niet doen als het niet heel belangrijk was.'

Toen ze enige ogenblikken later in de keuken zaten, kwam Charlotte, die thee zette, niet meer bij toen ze de naam hoorde.

'Kirk Harvey?' zei ze continu.

'Wat wil die idioot?' vroeg Alan, zichtbaar geërgerd.

'Hij heeft een toneelstuk geschreven dat hij op het festival van Orphea wil opvoeren. In ruil daarvoor wil hij...'

Anna kreeg de tijd niet om haar zin af te maken, want Alan was al opgesprongen uit zijn stoel. Zijn gezicht had weer kleur gekregen.

'Een toneelstuk? Natuurlijk! Denk je dat hij het Grand Theater een paar avonden achter elkaar vol kan krijgen?'

'Het schijnt het stuk van de eeuw te zijn,' antwoordde Anna, terwijl ze de foto liet zien van het affiche dat op de deur van de repetitieruimte hing.

'Het stuk van de eeuw!' herhaalde burgemeester Brown, die tot alles bereid was om zijn huid te redden.

'Als hij zijn stuk mag spelen, geeft hij ons in ruil essentiële informatie over de viervoudige moord uit 1994, en waarschijnlijk ook over de dood van Stephanie Mailer.'

'Schat,' zei Charlotte Brown zachtjes. 'Denk je niet dat...'

'Ik denk dat dit een geschenk uit de hemel is!' jubelde Alan.

'Hij stelt wel een paar eisen,' waarschuwde Anna terwijl ze het papier uitvouwde waarop ze aantekeningen had gemaakt. Ze las voor: 'Hij wil een suite in het beste hotel van de stad, hij wil dat al zijn onkosten worden vergoed en hij wil per direct de beschikking krijgen over het Grand Theater voor de repetities. Hij wil een handgeschreven en door u ondertekende overeenkomst. Dat is de reden dat ik zo vrij ben geweest om op dit tijdstip naar uw huis te komen.'

'Vraagt hij geen gage?' vroeg burgemeester Brown verbaasd.

'Kennelijk niet.'

'Halleluja! Dit komt allemaal uitstekend uit. Geef me dat papier, dan teken ik direct. En laat Harvey snel weten dat hij de hoofdact van het festival wordt! Ik wil dat hij morgen met het eerste vliegtuig naar New York komt, kun je hem dat doorgeven? Vrijdagochtend moet hij op de persconferentie absoluut naast me staan.'

'Prima,' stemde Anna in. 'Ik geef het aan hem door.'

Burgemeester Brown pakte een pen en voegde onder aan het document een handgeschreven regel toe waarin hij verklaarde dat hij akkoord ging, en zette toen zijn handtekening.

'Hier, Anna. Nu ben jij aan zet.'

Anna vertrok, maar toen Alan de deur achter haar sloot, liep ze niet meteen de treden van het bordes af. Zo hoorde ze het gesprek tussen de burgemeester en zijn vrouw.

'Je bent gek als je op Harvey vertrouwt,' zei Charlotte.

'Toe nou, liefje, dit is een onverwachte kans!'

'Hij komt weer naar Orphea! Besef je wel wat dat betekent?'

'Dat betekent dat hij mijn carrière gaat redden,' antwoordde Brown.

~

Eindelijk ging mijn telefoon.

'De burgemeester is akkoord, Jesse,' zei Anna. 'Hij stemt in met Harveys eisen. Hij wil dat jullie vrijdagochtend in Orphea zijn voor de persconferentie.'

Ik gaf het door aan Harvey, die direct in alle staten was.

'Verdomme, ja!' brulde hij. 'Verdomme, ja! Persconferentie? Prima! Mag ik de ondertekende brief zien? Ik wil er zeker van zijn dat jullie me geen loer draaien.'

'Alles is in orde,' garandeerde ik Harvey. 'Anna heeft de brief.'

'Laat haar die dan faxen!' riep hij uit.

'Faxen? Maar Harvey, wie heeft tegenwoordig nog een fax?'

'Bedenk maar wat, ik ben de ster!'

Ik begon mijn geduld te verliezen, maar ik deed mijn best om kalm te blijven. Wie weet beschikte hij over cruciale informatie. Er stond een fax op het politiebureau van Orphea, en Anna stelde voor om de brief naar het bureau van sergeant Cruz te faxen, waar ook wel een fax zou staan.

Een halfuur later, op een kamer op het hoofdbureau van de Highway Patrol van Californië, las Harvey trots de fax.

'Prachtig!' riep hij uit. '*De Zwarte nacht* wordt opgevoerd!'

Toen zei ik: 'Harvey, je hebt de garantie dat je stuk in Orphea wordt opgevoerd – kun je me nu misschien vertellen wat je weet over de viervoudige moord uit 1994?'

'Op de avond van de première hoor je alles, Leonberg!'

'De première is op 26 juli, zo lang kunnen we niet wachten. Het onderzoek is van jou afhankelijk.'

'Op de zesentwintigste, geen dag eerder.'

Ik kookte vanbinnen.

'Harvey, ik eis dat je me alles vertelt, en wel nu. Anders zorg ik dat de voorstelling niet doorgaat.'

Hij keek me minachtend aan.

'Kop dicht, Lullenstein! Hoe durf je me te bedreigen? Ik ben een groot regisseur! Als je zo doorgaat laat ik je de grond schoonlikken bij iedere stap die ik zet!'

Het was te veel. Ik verloor mijn geduld, greep Harvey bij zijn kraag en duwde hem tegen de muur.

'Praten zul je!' brulde ik. 'Praat of ik sla je tanden uit je bek! Ik wil weten wat je weet! Wie heeft de familie Gordon vermoord?'

Harvey riep om hulp; sergeant Cruz kwam aangerend en haalde ons uit elkaar.

'Ik wil een klacht indienen tegen deze man!' liet Harvey weten.

'Door jou zijn er onschuldigen gestorven, Harvey! Ik laat je niet met rust voordat je praat!'

Sergeant Cruz leidde me de kamer uit zodat ik tot rust kon komen, maar in mijn woede verliet ik het politiebureau. Ik vond een taxi die me naar het trailerpark bracht waar Kirk Harvey woonde. Ik liet me zijn caravan wijzen en trapte de deur open. Ik begon te zoeken. Als het antwoord in Kirks stuk zat, hoefde ik dat alleen te vinden. Ik vond allerlei papieren die geen belang hadden. Toen vond ik onder in een la een kartonnen map met het logo van de politie van Orphea. Er zaten politiefoto's in van de lichamen van de familie Gordon en Meghan Padalin. Het was het onderzoeksdossier uit 1994 dat uit de archieven was verdwenen.

Op dat moment hoorde ik een schreeuw; het was Kirk Harvey.

'Wat voer je daar uit, Leonberg?' brulde hij. 'Maak dat je wegkomt!'

Ik gooide me boven op hem en we rolden door het stof. Ik gaf hem een paar vuistslagen in zijn buik en zijn gezicht.

'Er zijn mensen dood, Harvey! Hoor je me? Door deze zaak ben ik verloren wat ik het meeste liefhad! En jij houdt het geheim twintig jaar voor je! Je gaat praten, nu!'

Aangezien hij bij de derde trap naar de grond was gegaan, schopte ik hem in zijn zij.

'Wie zit erachter?' Ik eiste een antwoord.

'Dat weet ik niet!' kreunde Harvey. 'Ik heb geen idee! Dat vraag ik me al twintig jaar af.'

De inwoners van het trailerpark hadden de politie gebeld en met loeiende sirenes kwamen er meerdere patrouillewagens aangereden. De agenten stortten zich op me, drukten me tegen de motorkap en sloten me omzichtig in de boeien.

Ik keek naar Harvey, die ineengedoken en rillend op de grond lag. Wat was er in mij gevaren dat ik hem zo te lijf was gegaan? Ik herkende mezelf niet. Ik was op van de zenuwen. Dit onderzoek vrat aan me. De demonen van het verleden kwamen weer boven.

DEREK SCOTT

De laatste dagen van augustus 1994. Er was een maand verstreken sinds de viervoudige moord. Het net sloot zich om Ted Tennenbaum: naast alle verdenkingen die Jesse en ik hadden, kwam nu nog de chantage door de burgemeester om de werkzaamheden aan Café Athena geen vertraging te laten oplopen.

Hoewel de opnames van Tennenbaum en de stortingen van burgemeester Gordon samenvielen, zowel qua bedragen als qua data, hadden ze geen waarde als concreet bewijs. We wilden Tennenbaum vragen waar die geldopnames voor waren, maar we wilden vooral geen regels overtreden. En dus ontboden we hem volgens het boekje schriftelijk op het districtscentrum van de Staatspolitie. Zoals we verwachtten kwam hij met Robin Starr, zijn advocaat.

'Denken jullie dat ik door burgemeester Gordon gechanteerd werd?' vroeg Tennenbaum geamuseerd. 'Het wordt steeds gekker, sergeant Scott.'

'Meneer Tennenbaum,' antwoordde ik, 'in de betreffende periode werd het geldbedrag dat van uw rekening werd opgenomen, op een paar duizend dollar na op die van burgemeester Gordon gestort.'

'Sergeant,' merkte Robin Star op, 'wist u dat miljoenen mensen iedere dag ongewild identieke transacties doen?'

'Waar waren die geldopnames voor, meneer Tennenbaum?' vroeg Jesse. 'Het gaat om een half miljoen dollar, en dat is toch niet niks. We weten dat ze niet voor de werkzaamheden aan het restaurant bestemd waren: dat is een andere rekening waar we inzage in hebben.'

'Waar u inzage in hebt dankzij de welwillendheid van mijn cliënt,' bracht Starr ons in herinnering. 'Wat meneer Tennenbaum met zijn geld doet, gaat niemand iets aan.'

'Als u toch niets te verbergen hebt, meneer Tennenbaum, waarom vertelt u dan niet gewoon waaraan u die bedragen hebt besteed?'

'Ik hou van uitgaan, uit eten gaan, leven. Ik hoef bij niemand verantwoording af te leggen,' antwoordde Tennenbaum.

'Hebt u facturen die uw beweringen kunnen staven?'

'Stel dat ik hier en daar wat vriendinnetjes onderhield?' suggereerde hij spottend. 'Het soort vriendinnetjes dat geen facturen uitschrijft? Maar goed, alle gekheid op een stokje: dat geld is legaal, dat heb ik van mijn vader geërfd. Daar doe ik mee wat ik wil.'

Wat dat betreft had Tennenbaum volkomen gelijk. We wisten dat we verder niets uit hem zouden krijgen.

Majoor McKenna liet Jesse en mij weten dat we beschikten over een hele stapel sporen die in de richting van Tennenbaum wezen, maar dat er nog steeds iets ontbrak wat de genadeslag gaf. 'Tot nu toe heeft Tennenbaum de bewijslast nog niet hoeven omkeren,' zei McKenna. 'Jullie kunnen niet bewijzen dat zijn busje in de straat is geweest, jullie kunnen niet bewijzen dat hij gechanteerd werd. Zorg dat je iets vindt waardoor Tennenbaum verplicht wordt zijn onschuld te bewijzen.'

We bekeken ons onderzoek weer van voren af aan: ongetwijfeld hadden we ergens iets gemist en dat moesten we nu vinden. In de huiskamer van Natasha, die door ons onderzoek een heel nieuw behang had gekregen, bekeken we alle mogelijke sporen opnieuw; en weer wees alles op Tennenbaum.

We gingen van het ene restaurant naar het andere, van Café Athena naar Little Russia. Het project van Darla en Natasha schoot goed op. Ze kookten de hele dag door, probeerden recepten uit die ze vervolgens in een groot boek schreven met het oog op het uitwerken van de menukaart. Jesse en ik konden er als eersten van genieten: iedere keer dat we kwamen, dag of nacht, was er iets in de keuken. Een keer was er sprake van een klein diplomatiek incident, toen ik over de beroemde sandwiches van Natasha begon.

'Vertel me alsjeblieft wel dat jullie die ongelooflijke sandwich met gegrild vlees op het menu hebben gezet.'

Darla stoof op. 'Heb je die geproefd?'

Ik begreep dat ik een blunder had begaan, en Natasha deed haar best om de schade te beperken.

'Toen ze vorige week naar Montana reisden heb ik Jesse broodjes meegegeven voor in het vliegruig.'

'We hadden afgesproken dat we ze alles samen zouden laten proeven, tegelijk, om hun reactie te peilen,' klaagde Darla.

'Het spijt me,' zei Natasha oprecht. 'Ik had medelijden toen ze zo vroeg weg moesten om naar de andere kant van het land te vliegen.'

Ik dacht dat het incident snel voorbij zou gaan. Maar toen we een paar dagen later alleen waren, begon Darla er opnieuw over.

'En toch kan ik er niet bij dat Natasha me zoiets geflikt heeft,' zei ze.

'Heb je het nou nog steeds over die stomme broodjes?' vroeg ik.

'Ja. Voor jou stelt het misschien niets voor, maar als je een partner hebt die je vertrouwen schaadt, dan kun je niet samenwerken.'

'Vind je niet dat je het een beetje opblaast, Darla?'

'Aan wiens kant sta jij eigenlijk, Derek? Die van mij of die van haar?'

Ik geloof dat Darla een beetje jaloers was op Natasha, ook al hoefde ze niemand te benijden. Maar ik kan me voorstellen dat alle vrouwen op enig moment jaloers waren op Natasha: ze was intelligenter, aanweziger, knapper. Als ze ergens binnenkwam, zag je alleen haar nog.

Wat het onderzoek betreft concentreerden Jesse en ik ons op wat we konden bewijzen. En er was een ding in het bijzonder dat een kans maakte: dat Tennenbaum gedurende een periode van ten minste twintig minuten niet in het Grand Theater was geweest. Hij verzekerde ons dat hij nooit weg was geweest. Het was dus aan ons om te bewijzen dat hij loog. En wat dat betreft hadden we nog wat ruimte. We ondervroegen alle vrijwilligers, maar we hadden nog niet kunnen spreken met de acteurs van het gezelschap dat het openingsstuk had gespeeld, omdat de verdenking pas op Tennenbaum viel toen het festival voorbij was.

Jammer genoeg was het gezelschap, verbonden aan de Universiteit van Albany, in de tussentijd ontbonden. De meeste studenten die erbij zaten hadden hun opleiding afgerond en woonden nu door het hele land. Om tijd te winnen besloten Jesse en ik dat we ons zouden concentreren op degenen die nog in de staat New York woonden en we verdeelden het werk.

Jesse was degene die het winnende lot in handen kreeg toen hij Buzz Leonard ondervroeg, de regisseur van het gezelschap, die nog steeds bij de Universiteit van Albany zat.

Toen Jesse over Ted Tennenbaum begon, zei Buzz Leonard meteen: 'Of ik een vreemde gedraging heb bespeurd bij de brandweerman van dienst op de avond van de première? Ik merkte vooral dat hij er met de pet naar gooide. Tegen zeven uur gebeurde er iets in een kleedkamer. Er vloog een föhn in brand. Die man was onvindbaar. Ik moest het zelf oplossen. Gelukkig was er een brandblusser.'

'Dus u kunt bevestigen dat de brandweerman om zeven uur afwezig was?'

'Jazeker. De acteurs uit de naastgelegen kleedkamer kwamen toegesneld op mijn geschreeuw. Ze kunnen alles bevestigen. En die brandweerman kon ik uiteindelijk vertellen hoe ik over hem dacht toen hij om klokslag halfacht kwam bovendrijven.'

'Dus de brandweerman was een halfuur lang afwezig?' herhaalde Jesse.

'Absoluut,' bevestigde Buzz Leonard.

JESSE ROSENBERG

Donderdag 10 juli 2014
16 dagen voor de première

Ik bracht de nacht in de cel door, en 's ochtends vroeg werd ik eruit gehaald. Ze brachten me naar een kantoor waar een telefoon met de hoorn naast de haak op me wachtte. Aan de andere kant van de lijn zat majoor McKenna.

'Ben je nou helemaal gek geworden, Jesse!' brulde hij. 'Een arme burger aftuigen nadat je zijn caravan overhoop hebt gehaald?'

'Het spijt me, majoor. Hij zei dat hij cruciale informatie had over de viervoudige moord uit 1994.'

'Bespaar me je excuses, Jesse! Er is geen enkel excuus om je zelfbeheersing te verliezen. Tenzij je psychisch niet meer in staat bent om dit onderzoek te leiden.'

'Ik zal me herpakken, majoor, dat beloof ik.'

De majoor zuchtte diep en zei toen vriendelijker: 'Luister, Jesse. Ik kan me onmogelijk voorstellen hoe zwaar het voor je is om alles opnieuw te moeten meemaken wat er in 1994 is gebeurd. Maar je moet je beheersen. Ik heb al mijn connecties moeten inschakelen om je vrij te krijgen.'

'Bedankt, majoor.'

'Die Harvey zal geen klacht tegen je indienen als je belooft dat je bij hem uit de buurt blijft.'

'Ja, majoor.'

'En nu zoek je een vlucht naar New York en kom je onmiddellijk hier. Er ligt een onderzoek op je te wachten.'

Terwijl ik op de terugreis uit Californië was, brachten Anna en Derek een bezoek aan Buzz Leonard, de regisseur van het openingsstuk, die tegenwoordig in New Jersey woonde waar hij dramadocent op een middelbare school was geworden.

Onderweg bracht Derek Anna op de hoogte.

'In 1994 waren er twee elementen in het onderzoek die in het bijzonder tegen Ted Tennenbaum spraken,' zei hij. 'De financiële transacties, waarvan we nu weten dat ze niet van hem afkomstig waren, en het feit dat hij afwezig was toen er brand uitbrak in de coulissen van het Grand Theater. Want het was van groot belang dat er een mogelijkheid was dat hij ertussenuit was geknepen. Een van de getuigen van destijds, Lena Bellamy, die een paar huizen van de Gordons vandaan woonde, bevestigde dat ze Tennenbaums busje in de straat had gezien toen de schoten werden gelost, terwijl Ted verzekerde dat hij niet was weggeweest uit het theater waar hij de brandweerman van dienst was. Het was Bellamy's woord tegen dat van Tennenbaum. Maar toen bevestigde Buzz Leonard, de regisseur, dat er voor het begin van de voorstelling in een kleedkamer een föhn in brand was gevlogen en dat Tennenbaum onvindbaar was geweest.'

'En als Tennenbaum niet in het Grand Theater was geweest, kon hij zijn busje hebben gepakt om burgemeester Gordon en zijn familie uit te moorden,' zei Anna.

'Precies.'

In de huiskamer waar Buzz Leonard, een kalende zestiger, hen ontving, hing achter glas een affiche van de voorstelling uit 1994.

'De *Oom Wanja* van die editie van het festival van Orphea staat in al onze geheugens gegrift. Vergeet niet dat we een studentengezelschap waren; op dat moment stond het festival nog maar in de kinderschoenen en maakte de gemeente van Orphea geen enkele kans om een professioneel gezelschap aan te trekken. Maar we hebben het publiek een unieke voorstelling voorgeschoteld. Tien avonden achter elkaar zat het Grand Theater stampvol en de recensenten waren het allemaal met elkaar eens: het was een triomf. We waren zo succesvol dat iedereen dacht dat al onze acteurs het gingen maken.'

Je kon zien dat Buzz Leonard graag aan deze periode terugdacht: hij genoot zichtbaar. De viervoudige moord was voor hem niet meer dan een vaag nieuwsfeit dat er weinig toe deed.

'En daarna?' vroeg Derek nieuwsgierig. 'Hebben u en de andere leden van het gezelschap inderdaad carrière op de planken gemaakt?'

'Nee, niemand is ermee doorgegaan. Ik kan het ze niet kwalijk nemen; het is een keiharde wereld. Ik kan erover meepraten: ik wilde naar Broadway en ik belandde op een privéschool in een voorstad. Er was maar een van ons die echt een ster had kunnen worden: Charlotte Carell. Ze speelde de rol van Elena, de vrouw van professor Serebriakov. Ze was buitengewoon. Op het toneel waren alle ogen op haar gericht. Ze had een soort naïveteit en onthechting die haar superieur maakte. Ze was aanweziger, sterker dan de anderen. Eerlijk gezegd kwam het succes van dat stuk op het festival geheel en al door haar. Geen van ons kon aan haar tippen.'

'Waarom heeft ze geen carrière gemaakt?'

'Dat vond ze niet zo nodig. Ze zat in het laatste jaar van de universiteit, ze studeerde diergeneeskunde. Het laatste wat ik hoorde is dat ze in Orphea een dierenkliniek is begonnen.'

'Wacht even,' zei Anna, die het plotseling begreep. 'Die Charlotte die u noemt, is dat Charlotte Brown, de vrouw van de burgemeester van Orphea?'

'Jazeker.' Buzz Leonard knikte. 'Ze hebben elkaar door het stuk ontmoet en de vonk sloeg meteen over. Het was een prachtig stel. Ik ben nog op hun bruiloft geweest, maar in de jaren daarna zijn we elkaar uit het oog verloren. Heel jammer.'

Derek vroeg nog: 'Dat betekent dus dat in 1994 het knappe vriendinnetje van Kirk Harvey Charlotte was, de toekomstige vrouw van de burgemeester?'

'Jazeker. Wist u dat niet, sergeant?'

'Ik had geen idee,' antwoordde Derek.

'Weet u, die Kirk Harvey is een lompe idioot, een pretentieuze smeris en een mislukte artiest. Hij wilde dramaturg en regisseur zijn, maar hij had geen greintje talent.'

'Toch heb ik gehoord dat zijn eerste stuk behoorlijk succesvol was.'

'Dat had maar één reden: Charlotte deed mee. Ze maakte alles subliem. Het stuk zelf was beroerd. Maar al laat je Charlotte op het toneel het telefoonboek voorlezen, dan val je al steil achterover omdat het zo mooi is. Trouwens, ik heb nooit begrepen waarom ze op iemand als Harvey viel. Dat is voor mij een van de grote mysteries van het leven. Iedereen heeft wel eens een buitengewoon, schitterend meisje ontmoet dat op een man valt die zowel lelijk als idioot is. Nou ja, hoe dan ook, hij was echt een volslagen idioot en hij heeft haar niet weten te behouden.'

'Waren ze lang bij elkaar?'

Buzz Leonard dacht even na voor hij antwoord gaf.

'Een jaar, geloof ik. Harvey schuimde de theaters van New York af en Charlotte ook. Zo hebben ze elkaar ontmoet. Ze deed mee aan dat beroemde eerste stuk, en het succes gaf Harvey vleugels. Dat was in de lente van 1993. Dat weet ik omdat we toen begonnen met de voorbereidingen van *Oom Wanja*. Het succes steeg hem naar zijn hoofd, hij dacht dat hij talent had en hij schreef een eigen stuk. Toen de kans bestond dat er een theaterfestival in Orphea zou komen, was hij ervan overtuigd dat zijn stuk als hoofdact zou worden gekozen. Maar ik had het gelezen en het was heel slecht. Ondertussen presenteerde ik *Oom Wanja* aan de artistieke leiding van het festival en na een paar audities werden wij gekozen.'

'Harvey moet woedend op u geweest zijn.'

'Zeg dat wel! Hij zei dat ik hem verraden had, dat ik zonder hem nooit op het idee was gekomen om het stuk aan het festival aan te bieden. Dat was ook zo. Maar zijn stuk zou sowieso nooit worden opgevoerd. Daar was de burgemeester persoonlijk op tegen.'

'Burgemeester Gordon?'

'Ja. Toevallig ving ik een gesprek op toen ik een afspraak op zijn kantoor had. Het moet halverwege juni zijn geweest. Ik was wat vroeg en ik wachtte bij de deur. Opeens deed Gordon hem open en zette Harvey eruit. Hij zei: 'Je stuk is een verschrikking, Harvey. Zo lang als ik leef zal ik het nooit in mijn stad laten opvoeren! Je bent een schande voor Orphea.' En daarop verscheurde de burgemeester het stuk dat Harvey hem had aangeboden, waar iedereen bij was.'

'"Zolang als ik leef"? Zei de burgemeester dat?' vroeg Derek.

'Met precies die woorden,' verzekerde Buzz Leonard. 'Zodat ons hele gezelschap zich na de moord afvroeg of Harvey er niet iets mee te maken had. En alles werd nog erger omdat Harvey vanaf de dag na de moord op de burgemeester de hand wist te leggen op het toneel van het Grand Theater om na onze voorstelling een afgrijselijke monoloog op te voeren, als tweede akte van de avond.'

'Wie had dat toegestaan?' vroeg Derek.

'Hij maakte gebruik van de algehele verwarring na de viervoudige moord. Hij verklaarde aan iedereen die het horen wilde dat hij het met burgemeester Gordon had besproken, en de organisatie liet hem zijn gang gaan.'

'Waarom hebt u de politie nooit verteld over die woordenwisseling tussen burgemeester Gordon en Kirk Harvey?'

'Waarom zou ik?' vroeg Buzz, terwijl hij een vies gezicht trok. 'Dat was zijn woord tegen het mijne geweest. En bovendien kon ik me niet echt voorstellen dat die kerel een heel gezin zou uitmoorden. Hij was zo slecht dat het hilarisch was. Als *Oom Wanja* was afgelopen en de toeschouwers opstonden en de zaal uit liepen, rende hij het toneel op en brulde: 'Wacht, de avond is nog niet voorbij! Nu volgt *Ik, Kirk Harvey*, van en met de beroemde Kirk Harvey!'

Anna kon zich niet inhouden en proestte het uit.

'Maakt u een grap?' vroeg ze.

'Ik ben nog nooit zo serieus geweest, mevrouw,' verzekerde Buzz Leonard haar. 'Hij begon direct aan een monoloog waarvan ik me de openingszin nog herinner: "Ik, Kirk Harvey, de man zonder stuk!" brulde hij. Hoe de tekst verderging ben ik vergeten, maar ik herinner me dat we allemaal zo snel mogelijk uit de coulissen naar het balkon renden om te zien hoe hij zich hees schreeuwde. Hij hield het vol tot het einde. Als alle toeschouwers de zaal uit waren, bleef hij onbewogen doorgaan voor een publiek van alleen technici en schoonmakers. Wanneer de monoloog was afgelopen, liep hij het toneel af en verdween zonder dat iemand er enige aandacht aan besteedde. Soms gebeurde het dat de schoonmakers eerder klaar waren dan hij, en dan onderbrak de laatste Harveys declamatie. "Nu is het genoeg, meneer!" zei hij dan. "De zaal gaat dicht, u moet weg." Een paar seconden later gingen de lichten uit. En terwijl Harvey zichzelf vernederde kwam Alan Brown naar ons toe op de tribune, ging naast Charlotte zitten en maakte haar het hof. Maar waarom interesseert dit u zo, als ik vragen mag? Aan de telefoon zei u dat u iets wilde vragen over een bepaalde gebeurtenis?'

'Dat is juist, meneer Leonard,' antwoordde Derek. 'We zijn vooral geïnteresseerd in de föhn die in brand vloog in een van de kleedkamers, voorafgaand aan de première van *Oom Wanja*.'

'Ja, dat herinner ik me nog, omdat er een rechercheur langskwam om te vragen of de brandweerman van dienst zich opvallend had gedragen.'

'Dat was mijn toenmalige collega Jesse Rosenberg,' zei Derek.

'Ja, zo was het. Rosenberg heette hij. Ik zei dat ik de brandweerman nerveus vond overkomen, maar vooral dat die avond rond zeven uur vreemd genoeg een föhn in brand was gevlogen en de brandweerman onvindbaar was. Gelukkig vond een van de acteurs een brandblusser en wist hij het vuur in de kiem te smoren voordat de hele kleedkamer in lichterlaaie stond. Het had rampzalig kunnen aflopen.'

'Volgens het toenmalige rapport verscheen de brandweerman pas tegen halfacht,' zei Derek.

'Ja, dat is wat ik me herinner. Maar waarom bent u hier, als u mijn verklaring heeft gelezen? Het is twintig jaar geleden... Denkt u dat ik u nog meer kan vertellen?'

'In uw verklaring zegt u dat u in de hal stond, dat u rook onder de deur van de kleedkamer zag komen en dat u de brandweerman van dienst belde, die onvindbaar bleek.'

'Klopt,' bevestigde Buzz Leonard. 'Ik deed de deur open en ik zag de rokende föhn die op het punt stond in brand te vliegen. Het ging allemaal heel snel.'

'Dat begrijp ik allemaal heel goed,' zei Derek. 'Maar wat ik me afvroeg bij het lezen van uw getuigenis was waarom de gebruiker van die kleedkamer niet zelf in actie kwam toen er bijna brand uitbrak.'

'Omdat er niemand in de kleedkamer was,' besefte Buzz opeens. 'Die was leeg.'

'Maar de föhn stond wel aan?'

'Ja,' bevestigde Buzz Leonard verward. 'Ik begrijp niet waarom dat detail me nooit is opgevallen... ik was zo in de war door de brand...'

'Soms ligt er een detail vlak voor je neus dat je niet ziet,' zei Anna, die zich de onheilspellende zin van Stephanie bij benadering herinnerde.

Derek vervolgde: 'Zeg eens, Buzz, van wie was die kleedkamer?'

'Charlotte Brown,' antwoordde de regisseur onmiddellijk.

'Hoe kunt u daar zo zeker van zijn?'

'Omdat die kapotte föhn van haar was. Dat weet ik nog. Ze zei dat hij oververhit raakte en begon te roken als ze hem te lang gebruikte.'

'Zou ze hem bewust warm hebben laten worden?' vroeg Derek verbaasd. 'Maar waarom dan?'

'Nee, nee,' verzekerde Buzz Leonard ons, die zijn herinneringen bij elkaar zocht. 'Er was die avond een grote elektriciteitsstoring. Een probleem met de bedrading, die niet bestand was tegen de grote elektriciteitsbehoefte. Dat was rond zeven uur. Dat weet ik nog omdat het een uur voor de voorstelling was en ik in paniek raakte omdat de technici niet in staat leken om de bedrading te repareren. Het duurde even, maar uiteindelijk kwam het goed. Kort daarna brak er dus bijna brand uit.'

'Dat betekent dat Charlotte tijdens de storing uit haar kleedkamer is weggegaan,' deduceerde Anna. 'De föhn was nog aangesloten en ging weer werken toen zij nog niet terug was.'

'Maar als ze niet in haar kleedkamer was, waar dan wel?' vroeg Derek zich af. 'Ergens anders in het theater?'

'Als ze in de coulissen was geweest, zou ze zeker zijn komen aanrennen, met alle heisa over die brand,' merkte Buzz Leonard op. 'Er werd geschreeuwd. Iedereen was in rep en roer. Nee, ik herinner me dat ze minstens een halfuur later bij me kwam klagen dat haar föhn was verdwenen. Dat weet ik omdat ik op dat moment doodsbang was dat we niet op tijd klaar zouden zijn voor als het doek opging. Het officiële gedeelte was al begonnen en we konden ons geen vertraging veroorloven. Charlotte kwam naar mijn kleedkamer en zei dat iemand haar föhn had meegenomen. Gestrest zei ik: "Je föhn is in de fik gevlogen, die ligt in de prullenbak! Heb je je haar nog niet gedaan? En waarom zijn je schoenen nat?" Ik weet nog dat de schoenen waarin ze zou spelen doorweekt waren. Alsof ze expres door het water was gelopen. Een halfuur voordat ze op moest. Wat een stress!'

'Haar schoenen waren nat?' herhaalde Derek.

'Ja. Ik herinner me ieder detail, omdat ik er op dat moment van overtuigd was dat het stuk een fiasco zou worden. Over dertig minuten ging het doek op. Met die overbelaste kabels, die brand en een hoofdrolspeelster die nog niet klaar was en met doorweekte schoenen kwam aanzetten, kon ik me in de verste verte niet voorstellen wat een triomf het zou worden.'

'En verder verliep het stuk zonder bijzonderheden?' vroeg Derek.

'Volkomen.'

'Wanneer hoorde u dat burgemeester Gordon en zijn gezin waren vermoord?'

'In de pauze deed er al een gerucht de ronde, maar daar besteedden we niet echt aandacht aan. Ik wilde dat mijn acteurs zich op het stuk zouden concentreren. Toen we weer begonnen merkte ik dat een paar mensen uit het publiek waren vertrokken, onder wie burgemeester Brown, wat opviel omdat hij op de eerste rij zat.'

'Op welk moment verdween de burgemeester?'

'Dat zou ik niet kunnen zeggen. Maar als u er wat aan hebt: ik heb een videoband van die avond.'

Buzz Leonard doorzocht een stapel relieken in de boekenkast en kwam terug met een oude vhs-band.

'We hadden de première van het stuk opgenomen zodat we een souvenir zouden hebben. De kwaliteit is niet zo goed, hij is gemaakt met de middelen van toen, maar misschien kan het u helpen om in de sfeer van die avond te duiken. Beloof me alleen dat ik hem terugkrijg, ik ben eraan gehecht.'

'Natuurlijk,' stelde Derek hem gerust. 'Bedankt voor uw nuttige hulp, meneer Leonard.'

Toen ze bij Buzz Leonard weggingen, leek Derek afwezig.

'Wat is er, Derek?' vroeg Anna toen ze instapten.

'Die schoenen,' antwoordde hij. 'Ik weet nog dat de automatische sproei-installatie van de Gordons op die avond kapot was en dat het gras voor het huis doorweekt was.'

'Denk je dat Charlotte er iets mee te maken heeft?'

'We weten nu dat ze op een tijdstip dat overeenkomt met de moorden niet in het Grand Theater was. Als ze een halfuur weg was, had ze ruim de tijd om van het Grand Theater naar Penfield en weer terug te rijden, terwijl iedereen dacht dat ze in haar kleedkamer was. Ik moet weer aan die uitspraak van Stephanie Mailer denken: iets wat niemand heeft gezien, maar dat vlak voor onze neus lag. En stel dat de dader van de viervoudige moord op die avond, toen de wijk Penfield was afgegrendeld en in de wijde omtrek wegversperringen waren opgericht, gewoon op het podium van het Grand Theater stond, voor honderden toeschouwers die een alibi vormden?'

'Denk je dat die videoband ons kan helpen om daar duidelijkheid in te krijgen, Derek?'

'Ik hoop het, Anna. Als we het publiek zien, valt ons misschien een detail op dat ons is ontgaan. Ik moet bekennen dat we in de tijd van het onderzoek niet erg geïnteresseerd waren in wat er tijdens de voorstelling in het theater gebeurde. Dat we daar nu wel mee bezig zijn, hebben we aan Stephanie Mailer te danken.'

~

Op hetzelfde moment luisterde Alan Brown in zijn kamer op het stadhuis geïrriteerd naar de bezwaren van zijn locoburgemeester, Peter Frogg.

'Kirk Harvey de troef van het festival? Het voormalige hoofd van politie? Moet ik je herinneren aan zijn optreden in *Ik, Kirk Harvey*?'

'Dat hoeft niet, Peter, maar zijn nieuwe stuk schijnt heel goed te zijn.'

'Hoe weet je dat? Je hebt het nog niet eens gezien! Het was krankzinnig om de pers een sensationeel stuk te beloven!'

'Wat had ik anders moeten doen? Ik werd door Michael in het nauw gedreven, ik moest een uitweg vinden. We werken nu al twintig jaar samen, Peter. Heb ik je ooit een reden gegeven om aan me te twijfelen?'

De deur van de kamer ging een stukje open: een secretaresse stak verlegen haar hoofd om de hoek.

'Ik zei dat ik niet gestoord wilde worden!' riep burgemeester Brown geïrriteerd.

'Dat weet ik, burgemeester. Maar u hebt een onverwachte gast: Meta Ostrovski, de beroemde recensent.'

'Die hadden we net nodig,' zei Peter Frogg, ten einde raad.

Een paar minuten later zat Ostrovski, een en al glimlach, onderuitgezakt in een stoel tegenover de burgemeester. Hij begon met zich gelukkig te prijzen dat hij uit New York was weggegaan en naar dit charmante stadje was gekomen waar hij wel op waarde werd geschat. Toch voelde hij zich gekrenkt door de eerste vraag van de burgemeester.

'Wat komt u precies in Orphea doen, meneer Ostrovski?'

'Wel, ik was zo gecharmeerd van uw uitnodiging dat ik ben gekomen om uw vermaarde theaterfestival bij te wonen.'

'Maar beseft u wel dat het festival pas over twee weken begint?' merkte de burgemeester op.

'Volkomen,' antwoordde Ostrovski.

'Hoe zit dat dan?' vroeg de burgemeester.

'Hoe zit wat dan?'

'Wat komt u doen?' vroeg de burgemeester, die zijn geduld begon te verliezen.

'Hoezo, wat kom ik doen?' vroeg Ostrovski. 'Drukt u zich eens wat duidelijker uit, mijn waarde. Ik word horendol van u.'

Peter Frogg zag dat zijn baas ten einde raad was en nam het stokje van hem over.

'De burgemeester wil weten of er een reden is voor uw, laat ik zeggen, vroegtijdige komst naar Orphea.'

'Een reden voor mijn komst? Maar u hebt me immers zelf uitgenodigd. En als ik dan eindelijk kom, in alle vriendelijkheid en vrolijkheid, dan vraagt u wat ik hier kom doen? U hebt een lichtelijk narcistisch randje, of zie ik dat verkeerd? Als u wilt, ga ik zo weer naar New York om iedereen te vertellen dat Orphea een vruchtbare voedingsbodem is voor arrogantie en intellectuele leugenachtigheid!'

Opeens kreeg burgemeester Brown een idee.

'Blijft u maar waar u bent, meneer Ostrovski! Toevallig kan ik u goed gebruiken.'

'Ha, ziet u wel dat ik er goed aan heb gedaan om te komen?'

'Morgen, vrijdag, zal ik op een persconferentie het openingsstuk van het festival presenteren. Het is de wereldwijde voorpremière. Ik zou graag willen dat u naast me staat en verklaart dat het het bijzonderste stuk is dat u in uw carrière hebt mogen zien.'

Ostrovski keek de burgemeester aan; het was een verbijsterend verzoek.

'U wilt dat ik onbeschaamd tegen de pers lieg en een stuk dat ik nooit heb gezien de hemel in prijs?'

'Precies,' zei burgemeester Brown bevestigend. 'In ruil daarvoor zal ik u vanaf vandaag tot aan het einde van het festival onderbrengen in een suite in het Lake Palace.'

'We hebben een deal, mijn waarde!' riep Ostrovski enthousiast uit. 'In ruil voor een suite krijgt u alle lof die u wilt!'

Toen Ostrovski weg was, gaf burgemeester Brown zijn plaatsvervanger Frogg opdracht om het verblijf van de recensent te regelen.

'Drie weken lang een suite in het Lake Palace, Alan?' wist hij uit te brengen. 'Dat meen je niet! Dat kost een vermogen!'

'Maak je niet druk, Peter. We vinden wel een manier om de boeken op orde te brengen. Als het festival een succes is, is mijn herverkiezing verzekerd en zal het de bevolking heus niet kunnen schelen of de begroting al dan niet is overschreden. En zo nodig snoeien we in de volgende editie.'

~

In New York, in het appartement van de Edens, lag Dakota op haar kamer bij te komen. Ze lag op bed, staarde naar het plafond en huilde in stilte. Uiteindelijk hadden ze haar uit het Mount Sinai Hospital laten vertrekken en mocht ze weer naar huis.

Ze wist niet meer wat er was gebeurd sinds ze zaterdag van huis was weggelopen. Ze herinnerde zich vaag dat ze met Leyla naar een feestje was gegaan en dat ze zich daar iets te veel te buiten was gegaan aan drank en ketamine; daarna omzwervingen, plekken die ze niet kende, een club, een appartement, een kus met een jongen, met een meisje. Ze herinnerde zich dat ze op een gegeven moment op het dak van een gebouw zat, uit een fles wodka dronk en naar de rand liep om naar de drukke straat in de diepte te kijken. Ze voelde zich onweerstaanbaar aangetrokken door de diepte. Ze wilde springen. Om te zien hoe het voelde. Maar ze had het niet gedaan. Misschien ging ze daarom zo ver. Om de moed te verzamelen om het op een dag wel te doen. Te vertrekken. Rust te vinden. Ze was gewekt door de politie, in een steeg waar ze in de flarden van haar kleding lag te slapen. Intern onderzoek wees uit dat ze niet was verkracht.

Ze staarde naar het plafond. Een dikke traan rolde over haar wang naar haar mondhoek. Hoe had het zo ver kunnen komen? Ze was een goede leerlinge geweest, ambitieus, geliefd, getalenteerd. Ze had alles mee. Een makkelijk leven zonder hindernissen, met ouders die haar altijd hadden gesteund. Ze kreeg alles wat ze wilde. Maar toen kwam

Tara Scalini en daarna de tragedie. Sindsdien haatte ze zichzelf. Wilde ze zichzelf slopen. Voor eens en altijd kapotmaken. Ze wilde haar huid tot bloedens toe openkrabben om zich pijn te doen, zodat iedereen aan de littekens kon zien hoeveel ze leed, hoezeer ze zichzelf haatte.

Haar vader Jerry stond met zijn oor tegen haar kamerdeur geleund. Hij hoorde haar niet eens ademen. Hij deed de deur een stukje open. Ze deed direct haar ogen dicht zodat het leek of ze sliep. Hij liep naar het bed, zijn voetstappen gedempt door het hoogpolig tapijt; hij zag dat ze haar ogen dicht had en liep de kamer weer uit. Hij liep het reusachtige appartement door en ging naar de keuken, waar Cynthia op een hoge kruk aan de bar op hem wachtte.

'En?' vroeg ze.

'Ze slaapt.'

Hij schonk zichzelf een glas water in en leunde op de bar, tegenover zijn vrouw.

'Wat moeten we doen?' vroeg Cynthia wanhopig.

'Geen flauw idee,' verzuchtte Jerry. 'Ik denk soms dat er niets meer aan te doen is. Dat het hopeloos is.'

'Ik herken je niet meer, Jerry. Ze had wel verkracht kunnen worden! Als ik je zo hoor praten lijkt het of je je dochter gewoon hebt opgegeven!'

'Cynthia, we hebben alles geprobeerd: individuele therapie, gezinstherapie, goeroes, een magnetiseur, artsen in alle soorten en maten – noem maar op! We hebben haar twee keer naar een afkickkliniek gestuurd en dat is twee keer rampzalig afgelopen. Ik herken mijn dochter niet meer. Wat wil je dat ik zeg?'

'Je hebt het niet eens geprobeerd, Jerry!'

'Wat bedoel je daarmee?'

'Ja, je hebt haar naar alle mogelijke artsen gestuurd. Soms ben je zelfs meegegaan. Maar je hebt nooit geprobeerd haar zelf te helpen!'

'Wat had ik kunnen doen wat de artsen niet kunnen?'

'Wat je had kunnen doen? Je bent verdomme haar vader! Je hebt niet altijd zo over haar gedacht. Ben je vergeten hoe close jullie ooit waren?'

'Je weet best wat er in de tussentijd gebeurd is, Cynthia!'

'Ja, Jerry, dat weet ik! En precies dat moet je herstellen. Jij bent de enige die dat kan.'

'En dat dode meisje dan?' bracht Jerry uit. 'Kunnen we haar ook herstellen?'

'Hou op, Jerry! Je kunt niet terug naar het verleden. Jij niet, ik niet, niemand niet. Alsjeblieft, breng Dakota weg en red haar. New York probeert haar te vermoorden.'

'Wegbrengen? Waarnaartoe?'

'Naar waar we gelukkig waren. Neem haar mee naar Orphea. Dakota heeft een vader nodig. Geen ouders die de hele dag tegen elkaar schreeuwen.'

'We schreeuwen tegen elkaar omdat...'

Jerry verhief zijn stem en meteen legde zijn vrouw zachtjes haar vinger op zijn mond om hem tot zwijgen te brengen.

'Red onze dochter, Jerry. Je bent de enige die dat kan. Ze moet weg uit New York, weg van haar demonen. Toe, Jerry, ga weg. Ga weg en kom bij me terug. Ik wil mijn man terug, ik wil mijn dochter terug. Ik wil mijn gezin terug.'

Ze barstte in tranen uit. Jerry knikte, ze haalde haar vinger van zijn lippen, hij liep de keuken uit en liep vastbesloten naar de kamer van zijn dochter. Hij duwde tegen de deur en zette de luiken wijd open.

'Hé, wat doe je?' protesteerde Dakota, die in bed overeind ging zitten.

'Iets wat ik al veel eerder had moeten doen.'

Hij trok een willekeurige la open, toen een tweede, en doorzocht ze zonder pardon. Dakota sprong uit bed.

'Hou op! Papa, hou daarmee op! Dokter Lern heeft gezegd...'

Ze wilde tussen haar vader en de la gaan staan, maar Jerry duwde haar weg, zo ruw dat het haar verraste.

'Dokter Lern heeft gezegd dat je niet meer zoveel moet trippen!' donderde Jerry terwijl hij wapperde met een zakje dat hij had gevonden waar wittig poeder in zat.

'Blijf af!' brulde ze.

'Wat is dat voor kutzooi? Ketamine?'

Zonder het antwoord af te wachten liep hij de badkamer binnen die aan de kamer vastzat.

'Stop! Stop!' brulde Dakota terwijl ze het zakje uit haar vaders hand probeerde te pakken, maar hij hield haar met zijn gespierde arm op afstand.

‘Wat wil je?’ vroeg hij terwijl hij het deksel van de wc omhooggdeed. ‘Wil je dood? De gevangenis in?’

‘Hou op!’ smeekte ze en ze begon te snikken, al was het niet duidelijk of het tranen van woede of verdriet waren.

Hij goot het poeder in de wc en trok direct door, onder de machteloze blikken van zijn dochter; uiteindelijk brulde ze: ‘Klopt, ik wil inderdaad dood. Dan ben ik tenminste van jou af!’

Haar vader keek haar verdrietig aan en zei met verbijsterende kalmte: ‘Pak je koffer, morgenochtend vroeg vertrekken we.’

‘Wat? Hoezo vertrekken we? Ik ga helemaal nergens heen!’

‘Er wordt jou niks gevraagd.’

‘Mag ik weten waar we naartoe gaan?’

‘Orphea.’

‘Orphea? Hoe kom je erbij? Daar wil ik nooit meer heen! En bovendien heb ik al plannen, een vriendin van Leyla heeft een huis in Montauk en...’

‘Vergeet het maar. Je plannen zijn veranderd.’

‘Wat?’ brulde Dakota. ‘Dat kun je niet maken! Ik ben geen baby! Ik doe wat ik wil!’

‘Nee, je doet niet wat je wilt. Ik heb je veel te lang laten doen wat je wilt.’

‘Mijn kamer uit! Laat me met rust!’

‘Ik ken je niet meer, Dakota...’

‘Ik ben volwassen, ik ben niet meer het dochtertje dat cornflakes eet en het alfabet voor je opzegt!’

‘Je bent mijn dochter, je bent negentien, je doet wat ik zeg. En nu zeg ik: pak je koffer in.’

‘En mama?’

‘We gaan met z’n tweeën, Dakota.’

‘Waarom zou ik met jou weggaan? Ik wil dit eerst met dokter Lern bespreken.’

‘We bespreken niks, niet met Lern en niet met iemand anders. Het is tijd dat iemand grenzen voor je stelt.’

‘Dit kun je niet menen! Je kunt me heus niet dwingen mee te gaan!’

‘Jawel. Want ik ben je vader en ik zeg dat het moet.’

‘Ik haat je! Ik haat je, hoor je me?’

'O, dat weet ik best, hoor, Dakota. Daar hoef je me niet aan te herinneren. En nu inpakken. We vertrekken morgenochtend vroeg,' zei Jerry opnieuw, op een toon die geen tegenspraak duldde.

Hij liep vastberaden de kamer uit, schonk een glas scotch in en dronk het in een paar slokken leeg; onderwijl keek hij door de grote vensters hoe de avond spectaculair over New York viel.

Precies op dat moment ging Steven Bergdorf naar huis. Hij stonk naar zweet en naar seks. Hij had zijn vrouw bezworen dat hij vanwege de *Review* naar de vernissage van een tentoonstelling ging, maar in werkelijkheid was hij met Alice gaan shoppen. Hij was alweer gezwicht: hij had waanzinnig hoge bedragen uitgegeven, maar ze had hem beloofd dat hij haar daarna mocht neuken en ze had woord gehouden. In haar appartementje aan 100th Street had hij haar als een razende gorilla besprongen; daarna had ze een romantisch weekend geëist.

'Laten we morgen vertrekken, Stevie. Laten we twee dagen doorbrengen als geliefden.'

'Dat kan niet,' verzekerde Steven haar diepbedroefd terwijl hij zijn onderbroek weer aantrok, want niet alleen had hij geen cent te makken, hij had ook een gezin om voor te zorgen.

'Bij jou kan nooit iets, Stevie!' dreinde Alice, die in een kinderachtige bui was. 'Waarom gaan we niet naar Orphea, dat leuke stadje waar we vorige lente waren?'

Hoe zou hij die reis kunnen rechtvaardigen? De joker dat hij voor het festival was uitgenodigd, had hij al eerder gespeeld.

'Wat moet ik mijn vrouw vertellen?' vroeg hij.

Alice werd rood en smeet een kussen in zijn gezicht.

'Je vrouw! Je vrouw!' brulde ze. 'Ik verbied je om het in mijn bijzijn nog over haar te hebben!'

Alice zette hem het huis uit en Steven ging terug naar zijn gezin. In de keuken waren zijn vrouw en kinderen net klaar met het avondeten.

Zijn vrouw glimlachte liefdevol naar hem; hij durfde haar niet te kussen. Hij vervloekte de seks.

'Mama zei dat we in de vakantie naar Yellowstone Park gaan,' zei de oudste.

'En dat we in een camper gaan slapen,' zei de jongste dolblij.

'Mama zou eens met me moeten overleggen voordat ze van alles belooft,' reageerde Steven.

'Toe nou, Steve,' zei zijn vrouw. 'Laten we in augustus gaan. Zeg nou gewoon ja. Ik heb al vrij genomen. En we mogen de camper van mijn zus lenen.'

'Zeg, zijn jullie stapelgek geworden?' zei Steven boos. 'Een park waar het wemelt van de levensgevaarlijke grizzlyberen? Heb je de statistieken niet gezien? Alleen vorig jaar al zijn er tientallen gewonden in het park gevallen! Er is zelfs een vrouw door een bizon gedood! Om nog maar te zwijgen over de poema's, wolven en geisers.'

'Je overdrijft, Steve,' zei zijn vrouw afkeurend.

'Overdrijf ik? Hier, kijk zelf!'

Hij haalde een artikel uit zijn zak dat hij eerder op de dag had uitgeprint en las voor: 'Sinds 1870 zijn er in de zwavelbronnen van Yellowstone 22 mensen omgekomen. Afgelopen lente negeerde een jongeman van twintig de waarschuwingsborden en sprong in een bassin met kokende zwavel. Hij was op slag dood. De reddingsdiensten, die zijn lichaam vanwege de weersomstandigheden pas een dag later boven water kregen, vonden alleen zijn plastic sandalen terug. Zijn gehele lichaam was in de zwavel opgelost. Er was niets van over.'

'Je bent echt wel heel dom als je in een zwavelbron springt!' stoof zijn dochter op.

'Zeg dat wel, liefje!' viel Stevens vrouw haar bij.

'Mama, gaan we dood in Yellowstone?' vroeg de jongste ongerust.

'Welnee,' zei zijn moeder geïrriteerd.

'Jawel!' brulde Steven, waarna hij zich in de badkamer opsloot met het excuus dat hij ging douchen.

Hij zette het water aan en ging op de toiletbril zitten. Hij was helemaal van de kaart. Wat moest hij tegen zijn kinderen zeggen? Dat hun vader al hun spaargeld had uitgegeven omdat hij niet in staat was zijn seksuele driften te bedwingen?

Hij had Stephanie Mailer ontslagen, hoewel ze een getalenteerd en veelbelovend journaliste was, en daarna die arme Meta Ostrovski de laan uit gestuurd, die geen vlieg kwaad deed en bovendien de stercolumnist was. Wie was de volgende? Hijzelf waarschijnlijk, als ze erachter kwamen dat hij een relatie had met een medewerkster die half zo oud was als hij en voor wie hij op kosten van de *Review* cadeaus kocht.

Alice was onverzadigbaar, hij wist niet hoe hij ooit een einde moest maken aan de helse cirkel. Bij haar weggaan? Ze dreigde dat ze hem dan van verkrachting zou beschuldigen. Hij wilde dat hij alles terug kon draaien. Voor het eerst wilde hij dat Alice dood zou gaan. Hij vond zelfs dat het leven oneerlijk was: als zij in plaats van Stephanie was doodgegaan was alles zo gemakkelijk geweest.

Zijn telefoon piepte: hij had een nieuwe e-mail ontvangen. Automatisch keek hij op het scherm, en zijn gezicht klaarde op. Een bericht van de burgemeester van Orphea. Wat toevallig! Sinds hij vorig jaar een artikel over het festival had geschreven, stond hij op de mailinglijst van de gemeente. Hij opende het bericht meteen: het was een herinnering dat er de volgende dag om elf uur een persconferentie zou plaatsvinden op het stadhuis, waar de burgemeester het unieke stuk bekend zou maken dat zijn wereldwijde voorpremière op de openingsavond van het theaterfestival zou beleven.

Hij schreef direct een bericht aan Alice om te zeggen dat hij haar meenam naar Orphea en dat ze de volgende ochtend vroeg zouden vertrekken. Hij voelde zijn hart bonken in zijn borst. Hij ging haar vermoorden.

Hij had nooit gedacht dat hij op een dag zo ver zou gaan om iemand in koelen bloede te vermoorden. Maar dit was een geval van overmacht. Het was de enige manier om zich van haar te ontdoen.

STEVEN BERGDORF

Mijn vrouw Tracy en ik hadden altijd een heel streng internetbeleid voor de kinderen: we stonden toe dat ze het gebruikten om te leren en dingen op te zoeken, maar het was pertinent niet toegestaan dat ze het voor allerlei onzin zouden gebruiken. In het bijzonder mochten ze zich niet inschrijven op discussiefora. We hadden te veel afschuwelijke verhalen gehoord over kinderen die werden belaagd door pedofielen die zich voordeden als leeftijdgenoten.

Maar in de lente van 2013, toen onze oudste dochter tien was, eiste ze dat ze op Facebook mocht.

'Maar waarom dan?' vroeg ik.

'Omdat al mijn vriendinnen op Facebook zitten!'

'Dat is geen argument. Je weet best dat je moeder en ik geen voorstander van dat soort sites zijn. Het internet is niet bedacht voor zulke flauwekul.'

Waarop mijn tienjarige dochter zei: 'Het Metropolitan Museum zit op Facebook, het MoMA ook, *National Geographic*, het ballet van Sint-Petersburg... iedereen zit op Facebook, behalve ik! We lijken wel Amish in dit huis!'

Mijn vrouw Tracy vond dat er een kern van waarheid in zat. Ze betoogde dat onze dochter intellectueel ver voorliep op haar klasgenoten en dat het belangrijk was dat ze contact legde met leeftijdgenoten, anders zou ze op school volkomen geïsoleerd raken.

Toch bleef ik aarzelen. Ik had heel veel gelezen over waar jongeren zich op sociale netwerken mee bezighouden: verbale en visuele agressie, beledigingen en schokkende plaatjes. We hielden gezinsberaad met mijn vrouw en mijn dochter om de kwestie te bespreken; ik las een artikel uit *The New York Times* voor over een recent drama op een middelbare school in Manhattan, waar een leerlinge zelfmoord had gepleegd na systematische pesterijen op Facebook.

'Wisten jullie dat? Dat is vorige week gebeurd, hier in New York: "Een jonge vrouw van achttien jaar, die in het laatste jaar zat van de uiterst prestigieuze privéschool Hayfair, heeft in haar huis een einde aan haar leven gemaakt toen ze op Facebook hevig beledigd en bedreigd werd nadat zonder haar medeweten een bericht van haar openbaar was gemaakt waarin ze uitkwam voor haar homoseksualiteit." Horen jullie dat?'

'Ik wil alleen interactie met mijn vriendinnen, papa,' zei mijn dochter.

'Ze is tien en ze gebruikt "interactie",' benadrukte Tracy. 'Volgens mij is ze oud genoeg voor een Facebookaccount.'

Uiteindelijk ging ik akkoord, onder één voorwaarde die ze accepteerde: ik zou ook een Facebookaccount openen zodat ik haar activiteiten in de gaten kon houden en me ervan kon vergewissen dat ze niet het slachtoffer van pesterijen werd.

Ik moet bekennen dat ik niet handig ben met moderne technologie. Nadat ik mijn Facebookaccount had aangemaakt had ik hulp nodig met de instellingen; dit besprak ik met Stephanie Mailer terwijl we koffiedronken in de kantine van de redactie van de *Review*.

'Zit jij op Facebook, Steven?' vroeg ze geamuseerd, waarna ze me een spoedcursus gaf over het nut van de instellingen.

Later op dezelfde dag kwam Alice naar mijn kamer om de post te brengen en zei: 'Je moet nog een profielfoto plaatsen.'

'Een profielfoto? Wat?'

Ze lachte.

'Je Facebookprofiel. Je moet er een foto van jezelf op zetten. Ik heb je een vriendschapsverzoek gestuurd.'

'Zijn wij vrienden op Facebook?'

'Alleen als je de uitnodiging accepteert.'

Dat deed ik direct. Ik vond het wel grappig wat ze had gedaan. Toen ze weg was, bekeek ik haar Facebookpagina: ik bekeek haar foto's en ik moet bekennen dat het leuk was. Ik kende Alice alleen als het meisje dat de post bracht; nu leerde ik haar familie kennen, de plaatsen waar ze vaak kwam, haar literaire smaak. Ik ontdekte haar leven. Stephanie had me geleerd hoe ik berichten kon verzenden en ik besloot iets aan Alice te sturen.

Ik: *Ben je in Mexico op vakantie geweest?*
Alice: *Ja, afgelopen winter.*
Ik: *Leuke foto's.*
Alice: *Bedankt.*

Het was het begin van een intellectueel dieptrieste correspondentie, die desondanks verslavend was. Volkomen zinloze gesprekken, maar wel aardig.

Hoewel ik 's avonds gewoonlijk zat te lezen of een film keek met mijn vrouw, voerde ik nu idiote Facebookgesprekken met Alice.

Ik: *Ik zag dat je een foto van de cover van* De Graaf van Monte Cristo *hebt gepost. Hou je van Franse boeken?*
Alice: *Ik ben gek op Franse boeken. Ik heb Frans gedaan op de universiteit.*
Ik: *Echt?*
Alice: *Ja. Het is mijn droom om schrijfster te worden. En naar Parijs te verhuizen.*
Ik: *Schrijf je?*
Alice: *Ja, ik werk aan een roman.*
Ik: *Ik wil hem heel graag lezen.*
Alice: *Misschien, als-ie af is. Ben je nog op kantoor?*
Ik: *Nee, ik ben thuis. Ik heb net gegeten.*

Mijn vrouw, die op de bank zat te lezen, keek op en vroeg wat ik deed.

'Ik moet een artikel afmaken,' antwoordde ik.

Ze verzonk weer in haar boek en ik in mijn scherm.

Alice: *Wat heb je gegeten?*
Ik: *Pizza. En jij?*
Alice: *Ik ga zo uit eten.*
Ik: *Waar?*

Alice: *Weet ik niet. Ik ga met vriendinnen op stap.*
Ik: *Fijne avond!*

Hier hield het gesprek op; waarschijnlijk was ze de deur uit. Maar toen ik een paar uur later naar bed ging, keek ik uit nieuwsgierigheid nog even op Facebook en zag ik dat ze had geantwoord.

Alice: *Bedankt.*

Ik had zin om verder te kletsen.

Ik: *Heb je een leuke avond gehad?*
Alice: *Mwah, saai. Jij wel, hoop ik.*
Ik: *Hoezo saai?*
Alice: *Ik vind mensen van mijn leeftijd nooit zo interessant. Geef mij maar mensen die iets volwassener zijn.*

Mijn vrouw riep me vanuit de slaapkamer: 'Kom je naar bed, Steve?'
'Ik kom er zo aan.'
Maar ik liet me meeslepen door het gesprek en ik bleef tot drie uur 's nachts met Alice online.

Toen ik een paar dagen later met mijn vrouw naar de vernissage van een schilderijententoonstelling ging, stond ik bij het buffet opeens oog in oog met Alice. Ze droeg een kort jurkje en hakken: ze was prachtig.
'Alice?' zei ik verrast. 'Ik wist niet dat je hier zou zijn.'
'Ik wist wel dat jij hier zou zijn.'
'Hoe dan?'
'Je bent via Facebook uitgenodigd en je hebt de uitnodiging aangenomen.'
'En dat kun je zien op Facebook?'
'Ja, je kunt alles zien op Facebook.'
Ik glimlachte geamuseerd.
'Wat wil je drinken?' vroeg ik.
'Een martini.'
Ik bestelde een martini en twee glazen wijn.

'Ben je hier met iemand?' informeerde Alice.

'Met mijn vrouw. Ze staat trouwens te wachten, ik ga maar weer naar haar toe.'

Alice leek teleurgesteld.

'Jammer voor mij,' zei ze.

Toen ik die avond terugkwam van de vernissage wachtte er een bericht voor me op Facebook.

Ik zou heel graag een keer iets alleen met je drinken.

Na een lange aarzeling antwoordde ik: *Morgen om vier uur in de bar van het Plaza?*

Ik weet niet hoe ik op het absurde idee kwam iets met haar te gaan drinken, en dan ook nog in het Plaza. Het drinken kwam vast omdat ik me tot Alice aangetrokken voelde en dat ik het een vleiende gedachte vond dat een mooie vrouw van vijfentwintig op me viel. Het Plaza had er ongetwijfeld mee te maken dat het de laatste plek in New York was waar ik iets zou gaan drinken: het was helemaal niet mijn soort plek en het lag heel ver uit de buurt van mijn huis. Ik liep dus niet het risico dat ik er iemand zou tegenkomen. Niet dat ik me kon voorstellen dat er iets met Alice zou gebeuren, maar ik wilde niet dat iemand het zou denken. Om vier uur in het Plaza kon ik werkelijk gerust zijn.

Toen ik de bar binnenliep was ik nerveus en opgewonden. Ze zat al op me te wachten, opgerold in een fauteuil. Ik vroeg wat ze wilde; ze antwoordde: 'Jou, Steven.'

Een uur later was ik stomdronken van de champagne en bedreef ik de liefde met haar in een kamer van het Plaza. Het was een waanzinnig intens moment. Ik geloof dat ik met mijn vrouw nog nooit zoiets heb meegemaakt.

Toen ik naar huis ging was het tien uur 's avonds. Ik was helemaal in de war, mijn hart bonsde, ik was volledig van de kaart door wat er was gebeurd. Ik zag het lichaam voor me dat ik had gepenetreerd, de stevige borsten die ik had vastgehouden, die huid die zich aan mij overgaf. Ik voelde een puberale opwinding. Ik had mijn vrouw nooit bedrogen. Ik had niet gedacht dat ik dat ooit zou doen. Ik had vrienden of collega's die buitenechtelijke avontuurtjes aangingen altijd krachtig veroordeeld. Maar toen ik Alice meetroonde naar die hotelkamer stond ik daar niet eens bij stil, en toen ik weer naar buiten kwam dacht ik maar aan één ding: nog een keer. Ik voelde me zo geweldig dat ik er niets verkeerds aan vond om mijn vrouw te bedriegen. Ik had niet eens het gevoel dat ik iets verkeerds had gedaan. Ik had geleefd. Zo simpel was het.

Toen ik de deur van het appartement opendeed, kwam mijn vrouw op me af.

'Waar was je, Steven? Ik was zo ongerust.'

'Sorry, een noodgeval bij de *Review*, ik dacht dat ik eerder klaar zou zijn.'

'Maar ik heb wel tien berichten voor je achtergelaten! Je had toch wel even kunnen bellen,' zei ze verwijtend. 'Ik ging bijna de politie bellen.'

Ik liep naar de keuken en keek in de ijskast. Ik verging van de honger. Er stond een bordje met restjes dat ik opwarmde, en ik at staande bij het aanrecht. Ondertussen was mijn vrouw in de weer tussen de tafel en de gootsteen en ruimde alle troep van de kinderen op. Ik voelde me nog steeds niet schuldig. Ik voelde me goed.

Toen Alice de volgende ochtend mijn kamer binnenkwam met de post van de dag, zei ze ondeugend: 'Goedemorgen, meneer Bergdorf.'

'Alice,' fluisterde ik. 'Ik moet je absoluut weer zien.'

'Dat wil ik ook, Steven. Vanavond bij mij thuis?'

Ze schreef haar adres op een papiertje en legde het op een stapel brieven.

'Ik ben om zes uur thuis. Kom maar wanneer je wilt.'

De dag bracht ik door in een toestand van volledige opwinding. Toen het eindelijk tijd was nam ik een taxi richting 100th Street, waar ze woonde. Ik stapte twee straten te vroeg uit om bloemen te kopen bij een supermarkt. Het gebouw waar ze woonde was smal en bouwvallig. De intercom bij de voordeur was kapot, maar de deur stond open. Ik ging met de trap naar de tweede verdieping, toen liep ik door een smalle gang totdat ik haar appartement vond. Er stonden twee namen bij de bel; ik las ze niet, maar ik was wel ongerust dat er nog iemand in het appartement kon zijn. Toen Alice halfnaakt opendeed, begreep ik dat dat niet zo was.

'Heb je een huisgenoot?' vroeg ik toch, bezorgd dat iemand me zou zien.

'Doet er niet toe, ze is er niet,' antwoordde Alice, terwijl ze me bij de arm pakte en me mee naar binnen nam; daarna schopte ze de deur dicht.

Ze trok me mee naar haar slaapkamer waar ik tot laat in de avond bleef. De volgende dag opnieuw, en de dag daarna ook. Ik dacht alleen aan haar. Ik wilde alleen haar. Alice altijd. Alice overal.

Na een week stelde ze voor om weer naar de bar van het Plaza te gaan, net als de eerste keer. Ik vond het een geweldig idee: ik reserveerde een kamer en ik zei tegen mijn vrouw dat ik naar Washington moest en daar de nacht zou doorbrengen. Ze had niets door: alles leek zo eenvoudig.

We werden dronken aan de bar met grand cru champagne en we dineerden in de Palm Court. Ik weet niet waarom, maar ik wilde indruk op haar maken. Misschien was dat het effect van het Plaza Hotel. Of misschien kwam het doordat ik me vrij voelde. Bij mijn vrouw moest ik altijd zuinig doen, zuinig doen, zuinig doen. We moesten ons altijd inhouden: bij de boodschappen, bij het uitgaan, bij aankopen. Over de kleinste uitgave werd overlegd. De zomervakantie was ieder jaar hetzelfde: dan zaten we in de blokhut van mijn schoonouders bij Lake Champlain, op elkaar gepropt met het gezin van mijn schoonzus. Ik had al vaak geopperd om ergens anders heen te gaan, maar mijn vrouw zei: 'De kinderen komen er graag. Zo kunnen ze tijd doorbrengen met hun neven en nichten. We kunnen lekker met de auto en bovendien hoeven we geen hotel te betalen. Waarom zouden we geld verspillen?'

In het Plaza, waar ik me al bijna thuis begon te voelen terwijl ik tête-à-tête dineerde met een meisje van vijfentwintig, bedacht ik dat mijn vrouw niet wist hoe je moet leven.

'Hoor je me wel, Stevie?' vroeg Alice, terwijl ze haar kreeft ontleedde.

'Ik hoor alleen jou.'

De sommelier vulde onze glazen met een absurd dure wijn. De fles was leeg en ik bestelde direct een nieuwe.

Alice zei: 'Weet je wat me aan jou bevalt, Stevie? Je bent een man, een echte. Je hebt ballen, je hebt verantwoordelijkheid, je hebt geld.

Ik kan niet meer tegen al die jochies die hun dollars tellen en me naar de pizzeria meenemen. Jij weet hoe je moet neuken, hoe je moet leven, jij maakt me gelukkig. Je zult wel zien hoe ik je ga bedanken.'

Alice maakte me niet alleen gelukkig, ze sublimeerde me. Als ik bij haar was voelde ik me sterk, als ik met haar ging shoppen en dingen voor haar kocht, voelde ik me een man. Eindelijk voelde ik me de man die ik altijd al wilde zijn.

Ik kon geld uitgeven zonder me al te druk te maken over de financiën: ik had wat opzijgezet op een rekening waar mijn vrouw niets van wist, waarop de onkostenvergoedingen van de *Review* werden gestort en waar ik nooit aan was gekomen; in de loop der jaren had die een saldo van een paar duizend dollar bereikt.

~

Algauw zei men dat ik veranderd was. Ik was zelfverzekerder, gelukkiger, ik viel meer op. Ik ging sporten en dus viel ik af, wat ik als reden gebruikte om samen met Alice mijn garderobe te verjongen.

'Wanneer heb je tijd gehad om te winkelen?' vroeg mijn vrouw toen ze mijn nieuwe kleren zag.

'Er zit een winkel vlak bij de redactie. Ik had echt van alles nodig, ik zie er belachelijk uit in die veel te grote broek.'

Ze fronste: 'Het lijkt wel of je jonger wilt lijken.'

'Ik ben nog niet eens vijftig, dan ben ik nog jong, of niet?'

Mijn vrouw begreep er niets van. Zo'n liefde had ik nog nooit meegemaakt, en het was wel degelijk liefde. Mijn leven werd zoveel rijker door Alice dat ik algauw begon te overwegen van mijn vrouw te scheiden. Ik zag mijn toekomst alleen met Alice. Ze liet me dromen. Ik bedacht zelfs dat ik desnoods bij haar in dat piepkleine appartementje zou trekken. Maar mijn vrouw had nog steeds niets door, en daarom besloot ik om de zaken niet te overhaasten: waarom zou ik de dingen moeilijker maken als alles zo goed ging? Ik besteedde mijn energie, en vooral mijn geld, liever aan Alice: onze levenswijze begon duur voor me te worden maar dat kon me niets schelen. Of beter gezegd, daar wilde ik niet op letten. Ik vond het zo fijn om haar een plezier te doen. En daarvoor had ik een nieuwe creditcard nodig met een hogere kredietlimiet, terwijl ik er ook voor zorgde dat ik een deel van onze etentjes en kosten op naam van de *Review* kon zetten. Er waren geen problemen, alleen oplossingen.

Aan het begin van mei 2013 kreeg ik op de *Review* een brief van de gemeente Orphea waarin me werd aangeboden om op hun kosten een weekend in de Hamptons door te brengen in ruil voor een stuk over het theaterfestival in het volgende nummer van de *Review*, dat eind juni zou uitkomen. Dat zou nog net op tijd komen om toeschouwers te trekken. De gemeente was duidelijk bang voor een lage opkomst, en ging zelfs zo ver om drie pagina's advertentieruimte in de *Review* te kopen.

Ik dacht er al een tijdje over na om iets bijzonders voor Alice te regelen. Ik droomde ervan om haar mee te nemen op een romantisch weekend. Tot dan toe had ik daarvoor geen mogelijkheid gezien vanwege mijn vrouw en kinderen, maar deze uitnodiging veranderde alles.

Toen ik mijn vrouw vertelde dat ik een weekend naar Orphea ging voor een artikel, vroeg ze of ze mee kon.

'Dat wordt te ingewikkeld,' zei ik.

'Te ingewikkeld? Ik vraag mijn zus wel om op de kinderen te passen. We zijn al eeuwen niet meer met z'n tweeën een romantisch weekendje weg geweest.'

Ik wilde zeggen dat het inderdaad een romantisch weekendje zou zijn, maar dan met een andere vrouw. Ik hield het bij een warrige verklaring: 'Je weet toch hoe lastig het is om werk met privé te combineren. Dan gaat de hele redactie kletsen, om nog maar te zwijgen dat de boekhouding daar fel op tegen is en me voor ieder etensbonnetje op de pijnbank zal leggen.'

'Ik betaal voor mezelf,' stelde mijn vrouw me gerust. 'Toe, Steven, doe nou niet zo koppig!'

'Het kan gewoon niet. Ik kan niet altijd doen wat ik wil. Maak het nou niet zo ingewikkeld, Tracy.'

'Ingewikkeld? Wat maak ik ingewikkeld? Steven, twee nachten samen in een mooi hotel is de perfecte gelegenheid om dichter bij elkaar te komen.'

'Zo leuk is het allemaal niet, hoor. Het is werk. Geloof me, ik ga er niet voor mijn plezier naartoe.'

'Maar waarom ga je dan? Je hebt altijd gezegd dat je nooit meer een voet in Orphea zou zetten. Kun je niet iemand anders sturen? Je bent niet voor niks de hoofdredacteur.'

'Juist omdat ik de hoofdredacteur ben, moet ik gaan.'

'Weet je, Steven, je bent al een tijdje niet meer de oude. Je praat niet meer met me, je raakt me niet aan, ik zie je niet meer, je bemoeit je nauwelijks met de kinderen en zelfs als je thuis bent lijkt het of je er niet bent. Wat is er aan de hand, Steven?'

Het werd een langdurige ruzie. Het vreemdste was dat onze ruzies me tegenwoordig koud lieten. Ik had niets te schaften met de mening of de ontevredenheid van mijn vrouw. Ik had de bovenhand: als het haar niet beviel, kon ze vertrekken. Mij wachtte een ander leven met een jonge vrouw op wie ik stapelgek was, en over mijn vrouw dacht ik vaak: als die trut te lastig wordt, ga ik bij haar weg.

De volgende avond maakte ik mijn vrouw wijs dat ik naar Pittsburgh moest voor een interview met een beroemd schrijver; ik nam een kamer in het Plaza – wat mijn vaste stek was geworden – en nodigde Alice uit om in Palm Court te eten en daarna de nacht door te brengen. Ik maakte van de gelegenheid gebruik om het goede nieuws over het weekend in Orphea te vertellen en het werd een magische avond.

Maar toen ik de volgende ochtend uitcheckte deelde de receptioniste me mee dat mijn creditcard geweigerd was: de limiet was bereikt. Ik voelde een knoop in mijn maag en ik barstte uit in koud zweet. Gelukkig was Alice al naar de *Review* vertrokken en was ze geen getuige van dit schaamtelijke moment. Ik belde direct mijn bank voor een verklaring en de medewerker zei: 'Uw kaart heeft de limiet van tienduizend dollar bereikt, meneer Bergdorf.'

'Maar ik heb nog een andere kaart bij u.'

'Ja, uw Platinum Card. Die heeft een limiet van vijfentwintigduizend dollar, maar die is ook bereikt.'

'Vul het saldo dan maar aan van de bijbehorende rekening.'

'Die heeft een negatief saldo van vijftienduizend dollar.'

Ik raakte in paniek.

'Probeert u me nu te zeggen dat ik vijfenveertigduizend dollar rood sta?'

'58.460 dollar om precies te zijn, meneer Bergdorf. Er staat ook tienduizend dollar op uw andere kaart open, plus de verschuldigde rente.'

‘Waarom hebt u mij niet eerder gewaarschuwd?’ snauwde ik.

‘Het gaat ons niet aan hoe u uw financiën beheert, meneer,’ antwoordde de medewerker rustig.

Ik schold hem uit voor idioot en ik bedacht dat mijn vrouw het nooit zo ver had laten komen. Zij was degene die het budget bewaakte. Ik probeerde het probleem voor me uit te schuiven: niets mocht het weekend met Alice verpesten, en toen de man van de bank me liet weten dat ik een nieuwe creditcard kon aanvragen, deed ik dat direct.

Voortaan moest ik mijn uitgaven in de gaten houden, en allereerst moest ik mijn nacht in het Plaza Hotel betalen: dat deed ik met de kaart van de *Review*. Het was de eerste van vele misstappen die ik zou begaan.

TWEEDE DEEL

Naar de oppervlakte

-4

Geheimen

Vrijdag 11 juli – zondag 13 juli 2014

JESSE ROSENBERG

Vrijdag 11 juli 2014
15 dagen voor de première

Op de boulevard van Orphea dronken Anna en ik koffie terwijl we op Derek wachtten.

'Dus je hebt Kirk Harvey uiteindelijk in Californië achtergelaten?' vroeg Anna toen ik had verteld wat er in Los Angeles was gebeurd.

'Hij is een leugenaar,' zei ik.

Eindelijk kwam Derek. Hij leek er met zijn hoofd niet bij.

'Majoor McKenna is woedend,' zei hij. 'Na wat je Harvey hebt aangedaan sta je op het punt om ontslagen te worden. Zorg dat je ten koste van alles bij hem uit de buurt blijft.'

'Ik weet het,' antwoordde ik. 'Maar er kan nu niks misgaan. Kirk Harvey is nog in Los Angeles.'

'De burgemeester wil ons zien,' zei Anna. 'Ik denk dat hij ons de oren wil wassen.'

Toen we het kantoor van burgemeester Brown binnenkwamen en ik zag hoe hij me aankeek, begreep ik dat Anna gelijk had.

'Ik heb gehoord wat u die arme Kirk Harvey hebt aangedaan, kapitein Rosenberg. Dat is uw beroep onwaardig.'

'Die kerel probeert ons aan het lijntje te houden. Hij heeft helemaal geen waardevolle informatie over het onderzoek naar 1994.'

'En dat weet u omdat hij niet is doorgeslagen tijdens de foltering?' vroeg de burgemeester ironisch.

'Burgemeester, ik ben mijn zelfbeheersing verloren en dat spijt me. Maar...'

Burgemeester Brown liet me niet uitspreken.

'Ik walg van u, Rosenberg. En ik waarschuw u. Als u die man ook maar een haar krenkt, maak ik u kapot.'

Op dat ogenblik liet Browns assistente door de intercom weten dat Kirk Harvey er nu aan kwam.

'Hebt u hem toch laten komen?' vroeg ik verbijsterd.

'Hij heeft een buitengewoon stuk geschreven,' zei de burgemeester.

'Hij is een charlatan!' riep ik uit.

De deur van het kantoor zwaaide open en Kirk Harvey verscheen. Toen hij me zag, begon hij meteen te schreeuwen: 'Ik wil die man niet in mijn buurt hebben! Hij heeft me zomaar afgetuigd!'

'Je hebt niets van hem te vrezen, Kirk,' stelde burgemeester Brown hem gerust. 'Je staat onder mijn bescherming. Kapitein Rosenberg en zijn collega's wilden net weggaan.'

De burgemeester vroeg ons te vertrekken, en om de situatie niet ingewikkelder te maken gehoorzaamden we.

We waren nog maar net vertrokken of Meta Ostrovski kwam op zijn beurt naar de kamer van de burgemeester. Toen hij binnenkwam, keek hij Harvey een ogenblik aan en stelde zich toen voor.

'Meta Ostrovski, de meest gevreesde en gevierde recensent van het land.'

'O, jou ken ik wel!' Kirk wierp hem een dodelijke blik toe. 'Je bent vergif! Een reptiel! Twintig jaar geleden heb je me de grond in getrapt.'

'O, dat erbarmelijke, van ieder talent gespeende stuk van jou dat iedere avond na *Oom Wanja* onze trommelvliezen teisterde ben ik heus niet vergeten! Dat was zo'n afschuwelijke vertoning dat de schaarse toeschouwers op slag blind werden!'

'Sterf toch, ik heb net het grootste theaterstuk van de laatste honderd jaar geschreven!'

'Hoe durf je jezelf zo op de borst te kloppen?' zei Ostrovski met stemverheffing. 'Alleen een recensent kan kwaliteit van troep onderscheiden. Ik ben de enige die de capaciteiten bezit om te oordelen wat jouw stuk waard is. En mijn oordeel zal keihard zijn!'

'En je zult zeggen dat het een buitengewoon stuk is!' viel burgemeester Brown uit, die zich rood van woede in het gesprek mengde. 'Moet ik je aan onze overeenkomst herinneren, Ostrovski?'

'Je zei dat je iets buitengewoons had, Alan!' protesteerde Ostrovski. 'Niet de laatste bagger van de hand van Kirk Harvey!'

'Wie heeft jou uitgenodigd, galbult?' spuugde Harvey terug.

'Hoe durf je het woord tot mij te richten?' stoof Ostrovski op, terwijl hij zijn handen voor zijn gezicht hield. 'Ik hoef maar met mijn vingers te knippen en je carrière is naar de maan!'

'Hou allebei op met die flauwekul!' schreeuwde Brown. 'Is dit wat jullie de journalisten gaan voorschotelen?'

De burgemeester schreeuwde zo hard dat de muren ervan trilden. Het was in een klap volkomen stil. Zowel Ostrovski als Harvey keek bedremmeld naar de grond. De burgemeester trok de kraag van zijn jasje recht en vroeg met geforceerde kalmte aan Kirk: 'Waar is de rest van het gezelschap?'

'Ik heb nog geen acteurs,' antwoordde Harvey.

'Je hebt nog geen acteurs? Hoe bedoel je?'

'Ik doe de casting hier, in Orphea,' zei Harvey.

Brown zette grote ogen op. 'De casting hier? Hoe bedoel je? Over twee weken is de première!'

'Maak je geen zorgen, Alan,' stelde Harvey hem gerust. 'Dit weekend ga ik alles voorbereiden. Maandag audities, donderdag de eerste repetitie.'

'Donderdag?' bracht Brown uit. 'Dan heb je maar negen dagen om het stuk te produceren dat het hoogtepunt van het festival moet zijn!'

'Dat is ruim voldoende. De repetities zijn al twintig jaar aan de gang. Geloof me, Alan, dit stuk gaat zoveel ophef veroorzaken dat ze in alle uithoeken van het land over dat rotfestival van jou zullen praten.'

'Mijn god, je bent in de loop der jaren stapelgek geworden, Kirk!' brulde Brown, buiten zichzelf van woede. 'Laat alles maar, het gaat niet door! Een mislukking kan ik verdragen, maar een vernedering niet.'

Ostrovski begon te grijnzen en Harvey haalde een verkreukeld papier uit zijn zak dat hij openvouwde en waarmee hij voor de ogen van de burgemeester wapperde.

'Je hebt het zwart-op-wit beloofd, stripperszoon! Je bent verplicht om mijn stuk op te voeren!'

Op dat ogenblik opende een medewerkster van de gemeente de deur.

'Burgemeester, de perszaal zit vol journalisten en ze beginnen ongeduldig te worden. Ze vragen allemaal om de grote aankondiging.'

Brown zuchtte. Hij kon niet meer terug.

~

Steven Bergdorf kwam het stadhuis binnen, meldde zich bij de receptie en vroeg waar de perszaal was. Hij noemde duidelijk zijn naam, vroeg of hij een presentielijst moest tekenen en vergewiste zich ervan dat er camera's hingen en dat hij gefilmd werd: de persconferentie was zijn alibi. Dit was de grote dag. Vandaag ging hij Alice vermoorden.

Die ochtend was hij van huis vertrokken alsof hij naar zijn werk ging. Hij had zijn vrouw gezegd dat hij met de auto ging omdat hij naar een persconferentie in een buitenwijk ging. Onderweg haalde hij Alice bij haar huis op: toen hij haar bagage in de kofferbak zette, viel het haar niet op dat hij geen spullen bij zich had. Ze was snel in slaap gevallen en ze lag de hele weg tegen hem aan te slapen. En algauw ebden Stevens moorddadige gedachten weg. Ze was zo vertederend als ze sliep, vond hij: hoe had hij zelfs maar kunnen overwegen haar te vermoorden? Hij lachte om zichzelf. Hij wist niet eens hoe dat moest, iemand vermoorden! Naarmate ze meer kilometers maakten sloeg zijn stemming steeds verder om: hij was blij om bij haar te zijn. Hij hield van haar, ook als het niet meer ging tussen hen. Hij maakte gebruik van de lange rit om na te denken; en uiteindelijk besloot hij dat hij het die dag nog met haar ging uitmaken. Ze zouden gaan wandelen op de boulevard, hij zou haar vertellen dat ze niet verder konden en dat ze uit elkaar moesten; zij zou hem begrijpen. En bovendien, hij voelde dat het niet meer hetzelfde was tussen hen, dus dan moest zij dat ook voelen. Ze waren allebei volwassen. Ze zouden als vrienden uit elkaar gaan. Aan het einde van de dag zouden ze teruggaan naar New York en dan zou alles weer bij het oude zijn. Hij kon niet wachten tot het avond was! Hij verlangde naar de rust en de stabiliteit van het huiselijk bestaan. Hij had maar één wens: op vakantie gaan naar het huisje bij Lake Champlain, terwijl zijn vrouw zich bekommerde over de uitgaven zoals ze dat altijd zo zorgvuldig had gedaan.

Alice werd wakker op het moment dat ze Orphea binnenreden.

'Goed geslapen?' vroeg Steven vriendelijk.

'Niet echt, ik ben doodop. Ik kan niet wachten om in het hotel een middagdutje te doen. Die bedden zijn zo heerlijk! Ik hoop dat we dezelfde kamer krijgen als vorig jaar. Nummer 312. Dat wil je wel vragen, hè, Stevie?'

'Hotel?' bracht Steven uit.

'Ja, natuurlijk! Ik hoop dat we naar het Lake Palace gaan. Zeg, Stevie, je gaat me toch niet vertellen dat je zo gierig bent geweest om een of ander goor hotel te boeken? Ik kan de gedachte aan een doodgewoon motel echt niet verdragen.'

Met een knoop in zijn maag stopte Steven langs de weg. Hij zette de motor uit.

'Alice,' zei hij vastberaden. 'We moeten praten.'

'Wat is er met jou aan de hand, lieve Stevie? Je ziet helemaal bleek.'

Hij haalde diep adem en stak van wal.

'Ik ben niet van plan om dit weekend met je door te brengen. Ik wil het uitmaken.'

Nu hij alles had gezegd, voelde hij zich direct beter. Ze keek hem verrast aan en barstte toen in lachen uit.

'O Stevie, ik trapte er bijna in! God, heel even was ik echt bang.'

'Het is geen grap, Alice,' zei Steven. 'Ik heb niet eens bagage bij me. Ik ben hiernaartoe gekomen om het met je uit te maken.'

Alice draaide zich om in haar stoel en zag inderdaad dat alleen haar bagage achterin lag.

'Wat is er met je aan de hand, Steven? En waarom heb je gezegd dat je een weekend met me op stap ging als je het eigenlijk wilde uitmaken?'

'Omdat ik gisteravond nog dacht dat dat ook zo was. Maar ik heb begrepen dat we een punt achter deze relatie moeten zetten. Hij is giftig geworden.'

'Giftig? Stevie, waar heb je het over?'

'Alice, het enige waar jij om geeft zijn je boek en de cadeaus die je van me krijgt. We vrijen bijna nooit meer. Je hebt genoeg geprofiteerd, Alice.'

'Gaat het jou dan alleen om de seks, Steven?'

'Alice, mijn besluit staat vast. Discussiëren heeft geen zin. Ik had het nooit zo ver moeten laten komen. Laten we teruggaan naar New York.'

Hij startte de motor en begon te keren.

'Zeg, het e-mailadres van je vrouw is toch tracy.bergdorf@lightmail.com?' vroeg Alice rustig, terwijl ze op haar telefoon begon te typen.

'Hoe kom je aan dat adres?' riep Steven uit.

'Ze heeft het recht te weten wat je me hebt aangedaan. Iedereen moet het horen.'

'Je kunt niets bewijzen!'

'Het is aan jou om te bewijzen dat je niks hebt gedaan, Stevie. Je weet best hoe dat gaat. Ik ga naar de politie, ik laat je Facebookberichten zien. Hoe je me in de val hebt gelokt, hoe je op een dag in het Plaza hebt afgesproken, hoe je me dronken hebt gevoerd en me op de hotelkamer hebt misbruikt. Ik zal zeggen dat ik in je macht was en dat ik er niet eerder over durfde te praten om wat je Stephanie Mailer hebt aangedaan.'

'Wat zou ik Stephanie dan hebben aangedaan?'

'Je hebt haar gebruikt, en toen ze het wilde uitmaken heb je haar ontslagen.'

'Maar dat is helemaal niet waar!'

'Bewijs het maar eens!' gilde Alice met duistere ogen. 'Ik vertel aan de politie dat Stephanie me in vertrouwen heeft genomen, dat ze verteld heeft wat jij haar hebt aangedaan en dat ze bang voor je was. Was de politie dinsdag niet op je kantoor, Stevie? God, ik hoop dat ze je niet als verdachte aanmerken!'

Steven versteende en legde zijn hoofd op het stuur. Hij kon geen kant op. Alice klopte neerbuigend op zijn schouder en fluisterde toen in zijn oor: 'En nu keer je weer om, Stevie, en breng je me naar het Lake Palace. Kamer 312, weet je nog? Je zorgt dat ik het droomweekend krijg dat je me beloofd hebt. En als je aardig bent, mag je misschien wel in bed slapen in plaats van op de vloer.'

Steven had geen keus. Hij reed naar het Lake Palace. Aangezien hij volkomen blut was, gaf hij de creditcard van de *Review* als garantie. Kamer 312 was een suite van negenhonderd dollar per nacht.

Alice had zin in een middagdutje en hij liet haar achter in het hotel om naar het stadhuis te gaan voor de persconferentie van de burgemeester. Als de boekhouding ernaar zou vragen, was zijn aanwezigheid al genoeg om het gebruik van de creditcard van de *Review* te rechtvaardigen. En vooral als de politie ernaar zou vragen, als hij verhoord zou worden nadat Alice' lichaam was gevonden. Hij zou zeggen dat hij voor de persconferentie was gekomen – wat iedereen kon bevestigen – en dat hij niet wist dat Alice er ook was. Terwijl hij door de gangen van het stadhuis naar de perszaal liep, probeerde hij een goede manier te bedenken om haar om te brengen. Vooralsnog overwoog hij om rattengif door haar eten te doen. Maar daarvoor mochten ze niet samen in het openbaar gezien worden, en ze waren al gezamenlijk bij het Lake Palace aangekomen. Hij begreep dat zijn alibi nu al in het water lag: de medewerkers van het hotel hadden hen samen gezien.

Hij werd uit zijn gepeins gerukt door een ambtenaar van de gemeente die hem wenkte; hij betrad een overvolle zaal vol journalisten die aandachtig luisterden hoe burgemeester Brown zijn inleiding afrondde: 'Om al die redenen is het mij een groot genoegen om u mee te delen dat *de Zwarte nacht*, de gloednieuwe creatie van regisseur Kirk Harvey, zijn wereldwijde voorpremière hier zal beleven – op het theaterfestival van Orphea.'

Hij zat aan een lange tafel voor de toehoorders. Tot zijn verbijstering zag Steven dat links van hem Meta Ostrovski zat en rechts van hem Kirk Harvey, die de laatste keer dat hij hem had gezien de functie vervulde van hoofd van de plaatselijke politie. Op zijn beurt nam Harvey nu het woord.

'Ik werk inmiddels twintig jaar aan *de Zwarte nacht* en ik ben heel trots op het feit dat het publiek eindelijk de kans krijgt dit juweel te ontdekken dat nu al tot veel enthousiasme heeft geleid bij de grootste recensenten van het land, onder wie de legendarische Meta Ostrovski, hier aanwezig, die ons zal vertellen hoe hoog hij de kwaliteiten van dit stuk aanslaat.'

Ostrovski, die dacht aan zijn vakantie in het Lake Palace, betaald door de belastingbetalers van Orphea, glimlachte en knikte naar de menigte fotografen die hem bestookte.

'Het stuk is groots, vrienden, werkelijk groots,' beaamde hij. 'Van een zeldzame kwaliteit. U weet hoe zuinig ik ben met complimenten, maar dit is van een andere orde! Dit is een nieuwe impuls voor het wereldwijde theater!'

Steven vroeg zich af wat Ostrovski hier in hemelsnaam uitspookte. Op het podium vertelde Kirk Harvey verder, geënthousiasmeerd door de warme woorden: 'Wat dit stuk bijzonder maakt is dat het ten uitvoer zal worden gebracht door acteurs die deel uitmaken van de plaatselijke bevolking. Ik heb de grootste acteurs van Broadway en Hollywood afgewezen om de inwoners van Orphea een kans te geven.'

'Amateurs, bedoelt u?' onderbrak Michael Bird hem, die ook in het publiek zat.

'Doe niet zo lomp,' zei Kirk geïrriteerd. 'Ik bedoel: echte acteurs!'

'Een amateurgezelschap met een onbekende regisseur: dat is een flinke klapper, burgemeester Brown!' reageerde Michael Bird droog.

Er klonk gelach en het werd rumoerig in de zaal. Toen verklaarde burgemeester Brown, die vast van plan was te redden wat er te redden viel: 'Kirk Harvey heeft een uitzonderlijke performance voor ons in petto.'

'Niemand houdt van performances,' riposteerde een verslaggever van een lokale radiozender.

'Dus deze grote aankondiging blijkt een zeepbel,' zei Michael Bird spijtig. 'Volgens mij is er niets sensationeels aan dit stuk. Burgemeester Brown probeert gewoon ten koste van alles het festival veilig te stellen en daarmee zijn herverkiezing in de herfst. Maar daar trappen we niet in!'

'Weet u waarom dit zo'n bijzonder stuk is?' riep Kirk uit. 'Omdat er verschrikkelijke onthullingen in worden gedaan! Rondom de viervoudige moord uit 1994 is nog niet alle onduidelijkheid verdwenen. Burgemeester Brown laat mij dit stuk opvoeren, omdat het dan eindelijk mogelijk wordt om de sluier op te tillen en de waarheid aan het licht te brengen.'

Nu waren alle aanwezigen weer geboeid.

'Kirk en ik hebben een overeenkomst,' legde burgemeester Brown uit, die dit detail liever had verzwegen. Maar hij zag nu een manier om de journalisten om te krijgen. 'In ruil voor de gelegenheid om zijn stuk op te voeren, draagt Kirk alle informatie waarover hij beschikt over aan de politie.'

'En wel op de avond van de première,' benadrukte Kirk. 'Eerder zal ik niets onthullen, want zodra de politie alles weet, ben ik ervan overtuigd dat ze me zullen verbieden om mijn meesterwerk op de planken te brengen.'

'Op de avond van de première,' herhaalde Brown. 'En daarom hoop ik dat het publiek in groten getale aanwezig zal zijn om het stuk aan te moedigen dat ons in staat stelt achter de waarheid te komen.'

Op die woorden volgde een verbijsterde stilte, waarna de journalisten, die voelden dat ze groot nieuws in handen hadden, zich opeens begonnen te roeren.

~

Op haar kamer op het politiebureau van Orphea had Anna een tv en een videorecorder laten neerzetten.

'Buzz Leonard heeft ons de video van de voorstelling van 1994 gegeven,' zei ze. 'Die wilden we bekijken, in de hoop dat we er iets uit kunnen afleiden.'

'Was het bezoek aan Buzz Leonard productief?' vroeg ik.

'Dat kun je wel zeggen,' antwoordde Derek enthousiast. 'Eerst vertelde hij dat er een woordenwisseling tussen Kirk Harvey en burgemeester Gordon was geweest. Harvey wilde zijn stuk op het festival opvoeren en Gordon zou gezegd hebben: "Zo lang als ik leef zul jij dat stuk niet opvoeren." Toen werd burgemeester Gordon vermoord en kon Harvey zijn stuk toch opvoeren.'

'Zou hij de burgemeester hebben vermoord?' vroeg ik.

Daar was Derek niet van overtuigd.

'Ik weet het niet,' zei hij. 'Het lijkt me nogal ver gaan om een burgemeester, zijn gezin en een onschuldige hardloopster om een toneelstuk te vermoorden.'

'Harvey was het hoofd van politie,' merkte Anna op. 'Meghan zou hem ongetwijfeld herkend hebben toen hij bij de Gordons naar buiten kwam en dan had hij geen andere keuze dan haar te vermoorden. Het kan kloppen.'

'En?' bracht Derek hiertegenin. 'Denk je dat Harvey op 26 juli voordat zijn stuk begint de microfoon grijpt en aan de zaal gaat zeggen: "Dames en heren, ik ben degene die iedereen vermoord heeft"?'

Ik moest lachen toen ik het me voorstelde.

'Kirk Harvey is gek genoeg om zoiets te doen,' zei ik.

Derek keek naar het magneetbord waarop we naarmate het onderzoek vorderde steeds meer ophingen.

'We weten inmiddels dat de bijschrijvingen van de burgemeester afkomstig waren van steekpenningen die regionale ondernemers hem betaalden, en niet van Ted Tennenbaum,' zei hij. 'Maar als die geldopnames van Tennenbaum niet bedoeld waren voor de burgemeester, zou ik graag willen weten waarvoor dan wel.'

'Verder is er nog altijd de kwestie dat zijn auto min of meer op het tijdstip van de moorden in de straat is gezien,' vervolgde ik. 'Het was wel degelijk zijn busje, daar twijfelde onze getuige niet aan. Kon Buzz Leonard bevestigen dat Ted Tennenbaum inderdaad niet in het Grand Theater was op het tijdstip van de moorden, zoals we destijds hebben vastgesteld?'

'Ja, Jesse, dat kon hij zeker. Daarentegen schijnt hij niet de enige te zijn geweest die een halfuur lang mysterieus verdwenen was. Geloof het of niet, maar Charlotte maakte deel uit van het gezelschap en was ook het vriendinnetje van Kirk Harvey...'

'Dat prachtige vriendinnetje dat bij hem is weggegaan?'

'Ja, die. Nou, Buzz Leonard wist honderd procent zeker dat ze voor zeven uur was vertrokken en pas om halfacht terugkwam. Dus op het tijdstip van de moorden was ze er niet. En ze kwam terug met drijfnatte schoenen.'

'Net zo nat als het grasveld van burgemeester Gordon? Vanwege die lekkende sproei-installatie?' vroeg ik.

'Precies,' zei Derek glimlachend, geamuseerd dat ik me dat detail herinnerde. 'Maar dat is nog niet alles: die Charlotte in kwestie is bij Harvey weggegaan vanwege Alan Brown. Het was ware liefde en ze zijn uiteindelijk getrouwd. Dat zijn ze trouwens nog steeds.'

'Je meent het!' zei ik, en ik floot tussen mijn tanden.

Ik bekeek de papieren die in Stephanies meubelopslag aan de wand hadden gehangen. Het vliegticket naar Los Angeles en de notitie KIRK HARVEY VINDEN. Dat laatste was haar gelukt. Had Harvey haar meer verteld dan ons? Toen viel mijn blik op het oude knipsel uit de *Orphea Chronicle* met de rood omcirkelde voorpaginafoto waarop Derek en ik voor het huis van burgemeester Gordon stonden en keken naar het laken dat over Meghan Padalin lag; vlak achter ons stonden Kirk Harvey en Alan Brown. Ze keken elkaar aan. Of misschien praatten ze. Ik keek nog wat beter. Ik zag de hand van Alan Brown die het cijfer drie leek te vormen. Was dat een teken voor iemand? Voor Harvey? En daarboven de tekst die Stephanie met rode pen had geschreven: *wat niemand zag*.

'Wat is er?' vroeg Derek.

'Wat is het verband tussen Kirk Harvey en Alan Brown?' vroeg ik.

'Charlotte Brown,' antwoordde hij.

'Charlotte Brown,' knikte ik. 'Ik weet dat de deskundigen destijds zeker wisten dat het een man was, maar misschien vergisten ze zich? Zou de moordenaar een vrouw kunnen zijn? Is dat wat we in 1994 over het hoofd hebben gezien?'

Hierna bekeken we heel nauwkeurig de opname van het toneelstuk uit 1994. De beeldkwaliteit was niet zo goed en alleen het podium was gefilmd. Het publiek was niet in beeld. Maar de opname begon al wel tijdens het officiële gedeelte. We zien locoburgemeester Alan Brown gegeneerd het toneel op klimmen en naar de microfoon lopen. Er valt een korte pauze. Brown lijkt het warm te hebben. Na enige aarzeling vouwt hij een papier open dat hij uit zijn zak heeft gehaald en waarvan je je kunt voorstellen dat het aantekeningen zijn die hij in de gauwigheid in de zaal heeft gemaakt. 'Dames en heren,' zegt hij, 'ik voer het woord namens burgemeester Gordon, die er vanavond niet bij is. Ik moet u eerlijk bekennen dat ik dacht dat hij er wel zou zijn en helaas heb ik geen echte toespraak kunnen voorbereiden. Ik zal het dus kort houden en alleen een hartelijk welkom uitspreken voor...'

'Stop!' schreeuwde Anna opeens naar Derek, zodat hij op pauze drukte. 'Kijk!'

Het beeld bevroor. We zagen Alan Brown op het podium staan, alleen, met het papier in zijn handen. Anna kwam overeind en haalde een andere foto van de muur die we in de meubelopslag hadden gevonden. Het was precies hetzelfde beeld: Brown voor de microfoon met in zijn handen het papier waar Stephanie een rode cirkel omheen had gezet.

'Dat beeld komt van de band,' zei Anna.

'Dan heeft Stephanie deze video gezien,' mompelde ik. 'Hoe kwam ze daaraan?'

'Stephanie is dood, maar ze ligt nog steeds voor,' verzuchtte Derek. 'En waarom zou ze een cirkel om het papier hebben gezet?'

We luisterden naar de rest van de toespraak, maar die was volstrekt oninteressant. Had Stephanie het papier omcirkeld vanwege de toespraak die Brown gaf of om wat er op het papier geschreven stond?

~

Ostrovski liep over Bendham Road. Hij slaagde er niet in Stephanie te bereiken: haar telefoon stond nog steeds uit. Had ze een nieuw nummer? Waarom nam ze niet op? Hij besloot haar thuis op te zoeken. Hij keek naar de huisnummers, controleerde het juiste adres nog eens in het leren opschrijfboekje waarin hij het had genoteerd en dat hij altijd bij zich droeg. Uiteindelijk stond hij voor het gebouw en toen bleef hij verschrikt staan: het gebouw was afgebrand en afgezet met politielinten.

Op datzelfde moment zag hij een patrouillewagen die langzaam de straat in reed, en hij gebaarde naar de agent die erin zat.

Adjunct-commissaris Montagne, die achter het stuur zat, bracht de auto tot stilstand en deed het raam omlaag.

'Een probleem, meneer?' vroeg hij aan Ostrovski.

'Wat is hier gebeurd?'

'Een brand. Hoezo?'

'Ik ben op zoek naar iemand die hier woont. Stephanie Mailer heet ze.'

'Stephanie Mailer? Maar die is vermoord. Zat u onder een steen?'

Ostrovski bleef onbeweeglijk staan. Montagne deed het raam omhoog en reed weg in de richting van de hoofdstraat. Plotseling kreeg hij over de radio een melding van een echtelijke ruzie op de parkeerplaats van de boulevard. Daar was hij vlakbij. Hij liet de meldkamer weten dat hij er direct naartoe ging en zette zijn zwaailichten en sirene aan. Een minuut later bereikte hij de parkeerplaats, waar in het midden een zwarte Porsche stond geparkeerd waarvan beide portieren openstonden: een jonge vrouw rende naar de pier, halfhartig gevolgd door een grote man die haar vader kon zijn. Montagne liet de sirene luid weerklinken: een wolk meeuwen vloog op en het stel versteende. Het meisje leek geamuseerd.

'Goed gedaan, Dakota!' ging Jerry Eden tekeer. 'Daar is de politie! Een mooi begin!'

'Politie van Orphea, staan blijven!' droeg Montagne hem op. 'We zijn gebeld over een echtelijke ruzie.'

'Echtelijk?' herhaalde de man perplex. 'Is dat een grap? Dit is mijn dochter!'

'Is dat je vader?' vroeg Montagne aan de jonge vrouw.

'Helaas wel, meneer.'

'Waar komen jullie vandaan?'

'Manhattan,' antwoordde Jerry.

Montagne controleerde hun identiteit en vroeg aan Dakota: 'En waarom rende je zo?'

'Ik wilde vluchten.'

'Waar vluchtte je voor?'

'Voor het leven, meneer.'

'Heeft je vader je iets aangedaan?' vroeg Montagne.

'Of ik haar iets heb aangedaan?' riep Jerry uit.

'Meneer, even uw mond dicht,' beval Montagne. 'Ik had het niet tegen u.'

Hij nam Dakota apart en vroeg het opnieuw. Het meisje begon te huilen.

'Nee, natuurlijk heeft mijn vader me niet aangeraakt,' zei ze tussen twee snikken door.

'Waarom ben je er dan zo aan toe?'

'Ik ben er al een jaar zo aan toe.'

'Waarom?'

'Dat is een veel te lang verhaal.'

Montagne drong niet aan en liet ze vertrekken.

'Maar je krijgt er zoveel voor terug!' riep Jerry Eden terwijl hij het portier dichtsloeg. Daarna zette hij luidruchtig de motor aan en reed de parkeerplaats af. Een paar minuten later bereikten Dakota en hij het Lake Palace, waar hij een suite had gereserveerd. In een lange, rituele processie brachten de kruiers hun bagage naar suite 308.

In de naastgelegen suite 310 was Ostrovski net terug; hij zat op bed met een fotolijstje in zijn handen. Er zat een foto in van een stralende vrouw. Het was Meghan Padalin. Hij keek langdurig naar het beeld, toen mompelde hij: 'Ik zal erachter komen wie je dit heeft aangedaan. Dat beloof ik.' Toen kuste hij het glas dat hen van elkaar scheidde.

In suite 312 was Steven Bergdorf in gedachten verzonken; zijn ogen glansden. Alice zat in bad. Het feit dat een toneelstuk werd uitgeruild tegen strafrechtelijke onthullingen was een absoluut unicum in de cultuurgeschiedenis. Zijn instinct zei hem dat hij een tijdje in Orphea moest blijven. Niet alleen vanwege zijn journalistieke fascinatie, maar ook omdat hij dacht dat die paar dagen hem de tijd zouden geven om zijn liefdesgeschiedenis met Alice af te ronden. Hij liep het terras op om in alle rust te bellen met Skip Nalan, zijn plaatsvervanger op de redactie van de *Review*.

'Ik ben een paar dagen weg om verslag te doen van de zaak van de eeuw,' zei hij, waarna hij Skip uit de doeken deed wat er aan de hand was. 'Een voormalig hoofd van politie die regisseur is geworden mag zijn stuk opvoeren in ruil voor onthullingen over een twintig jaar oude strafzaak waarvan iedereen dacht dat die allang was afgerond. Ik ga een reportage van binnenuit schrijven. De mensen zullen elkaar het artikel uit de handen trekken. De verkoop verdrievoudigt.'

'Neem alle tijd die je nodig hebt,' antwoordde Skip. 'Denk je dat het serieus is?'

'Of het serieus is? Je hebt geen idee. Dit is enorm.'

Daarna belde Bergdorf zijn vrouw Tracy en vertelde haar dat hij een paar dagen weg zou zijn, om dezelfde redenen die hij Skip had genoemd. Na een korte stilte vroeg Tracy uiteindelijk ongerust: 'Steven, wat is er aan de hand?'

'Een heel raar toneelstuk, liefje, dat zeg ik toch. Het is een unieke kans voor de *Review*. Je weet dat de abonnementen momenteel in vrije val zijn.'

'Nee,' zei ze. 'Ik bedoel, wat is er met jou aan de hand? Er klopt iets niet, dat heb ik heus wel door. Je bent niet meer dezelfde. De bank heeft gebeld, ze zeggen dat je hartstikke rood staat.'

'Hartstikke rood?' bracht hij uit.

'Ja, hartstikke rood,' herhaalde ze.

Ze was te rustig om te weten dat de spaarrekening ook leeg was. Maar hij wist dat het alleen maar een kwestie van tijd was voordat ze daar ook achter kwam. Hij deed zijn best om zijn kalmte te bewaren.

'Ja, ik weet het, ik heb de directeur eindelijk te pakken gekregen. Er is iets fout gegaan bij een overboeking. Alles is weer in orde.'

'Doe wat je moet doen in Orphea, Steven. Ik hoop dat het daarna beter gaat.'

'Veel beter, Tracy. Dat beloof ik.'

Hij hing op. Dit toneelstuk was een geschenk uit de hemel: hij had alle tijd om het met Alice in orde te maken. Eerder was hij veel te abrupt geweest. En wat onelegant om het in de auto te willen doen. Hij zou de tijd nemen om alles uit te leggen en dan zou ze hem wel begrijpen. Hij hoefde haar niet te doden. Alles kwam goed.

STEVEN BERGDORF

Het weekend dat ik in mei 2013 met Alice in Orphea doorbracht was werkelijk geweldig, en het inspireerde me ook nog tot een geestdriftig stuk voor de *Review*, waarin ik de lezers uitnodigde om er snel naartoe te gaan. Ik noemde het 'Het kleinste grote festival'.

In augustus moest ik Alice in de steek laten om de traditionele familievakantie te vieren in die vervloekte blokhut bij Lake Champlain. Drie uur in de auto, in de file met mijn schreeuwende kinderen en mijn slechtgehumeurde vrouw, om bij aankomst met afgrijzen te merken dat er een eekhoorn door de schoorsteen naar binnen was gekropen die niet meer naar buiten had gekund. Hij had weinig schade aangericht: de poten van een paar stoelen en de televisiekabels waren aangevreten en hij had op het tapijt gepoept. Uiteindelijk was hij in de zitkamer van de honger omgekomen. Het lijkje verspreidde een afschuwelijke stank door het hele huis, en de vakantie begon met drie uur intensief schoonmaken.

'We hadden misschien beter naar "de meest leefbare stad van de wereld" kunnen gaan!' mopperde mijn vrouw, met zweet op haar voorhoofd omdat ze als een duivelin het bevuilde tapijt stond te schrobben.

Ze was nog steeds boos over het weekend in Orphea. En ik begon me af te vragen of ze iets vermoedde. Ik kon wel zeggen dat ik bereid was om voor Alice van haar te scheiden, maar eigenlijk beviel de huidige situatie me uitstekend: ik was met Alice zonder me alle gedoe op de hals te halen die een scheiding met zich meebrengt. Soms vond ik mezelf laf. Maar uiteindelijk waren alle mannen dat.

God had ons ballen gegeven omdat we die zelf niet hadden.

De vakantie was een hel voor me. Ik miste Alice. Iedere dag maakte ik lange 'wandeltochten' om te ontsnappen en met haar te kunnen bellen. Ik liep het bos in en bleef na een kwartier staan. Ik ging op een boomstronk bij de beek zitten, belde haar en praatte ruim een uur met haar. De gesprekken hadden nog langer kunnen zijn als ik me niet gedwongen had gevoeld om terug te gaan naar de blokhut, omdat het moeilijk werd om meer dan anderhalf uur lichamelijke oefening te veinzen.

Ik had het geluk dat een echt noodgeval bij de *Review* me dwong om een dag eerder dan de rest van de familie te vertrekken, en ik ging met de bus terug naar New York. Ik had één nacht totale vrijheid met Alice. Die bracht ik bij haar thuis door. We aten pizza in bed en bedreven vier keer de liefde. Uiteindelijk viel ze in slaap. Het was bijna middernacht. Ik had dorst en ik liep de kamer uit, alleen gekleed in een te kort T-shirt en mijn boxershort, om in de keuken wat water te drinken. Toen stond ik oog in oog met haar huisgenoot, van wie ik tot mijn afgrijzen ontdekte dat het een van onze journalisten was: Stephanie Mailer.

'Stephanie?' bracht ik uit.

'Meneer Bergdorf,' zei ze, even verrast als ik.

Ze bekeek me in mijn belachelijke kleding en ze moest haar lachen inhouden.

'Dus jij bent de huisgenoot,' zei ik.

'Dus u bent de minnaar die ik door de muur heen hoor.'

Ik schaamde me kapot en ik werd rood.

'Maakt u zich geen zorgen, meneer Bergdorf,' beloofde ze toen ze de kamer uit liep. 'Ik hou mijn mond. Het gaat niemand iets aan wat u uitspookt.'

Stephanie Mailer was een vrouw met klasse. Toen ik haar de volgende dag op de redactie zag, deed ze of er niets gebeurd was. Ze begon er nooit meer over, in geen enkele situatie. Wel nam ik het Alice kwalijk dat ze me niet had gewaarschuwd.

'Je had me toch kunnen zeggen dat je met Stephanie in een huis woont!' zei ik terwijl ik de deur van mijn kamer sloot zodat we niet gehoord konden worden.

'Had dat iets uitgemaakt?'

'Dan was ik niet bij je thuis gekomen. Stel je voor dat iemand erachter komt!'

'En dan? Schaam je je soms voor mij?'

'Nee, maar ik ben je leidinggevende. Ik kan ernstig in de problemen komen.'

'Doe niet zo dramatisch, Stevie.'

'Ik doe helemaal niet dramatisch!' zei ik boos. 'En ik kom niet meer bij je thuis, het is afgelopen met die flauwekul. Voortaan spreken we ergens anders af. Ik beslis waar.'

Dat was het moment, vijf maanden in de relatie, dat alles kantelde en ik ontdekte dat Alice verschrikkelijk woedend kon zijn.

'Hoe bedoel je, dat je niet meer bij me komt? Wie denk je wel dat je bent, Stevie? Denk je dat jij dat kunt beslissen?'

Het was onze eerste ruzie, die ze besloot met: 'Ik heb me in je vergist, Stevie. Je kunt dit niet aan. Je hebt net zulke miezerige balletjes als alle mannen van jouw soort.' Ze liep mijn kantoor uit en nam ter plekke de twee weken vakantie op die ze nog had.

Tien dagen lang hoorde ik niets van haar en nam ze niet op. Het vrat aan me: die periode maakte me intens ongelukkig. Maar vooral werd me duidelijk hoezeer ik me vanaf het begin had vergist: ik had gedacht dat Alice alles voor mij zou doen en al mijn verlangens zou vervullen, maar het was precies andersom. Zij beval, ik gehoorzaamde. Ik dacht dat ze van mij was, maar ik was van haar. Vanaf de eerste dag had zij de relatie volkomen gedomineerd.

Mijn vrouw merkte dat ik in een vreemde bui was. 'Wat is er, schat?' vroeg ze. 'Je lijkt zo ver weg.'

'Niks. Gedoe op het werk.'

In werkelijkheid was ik tegelijk ontzettend verdrietig om het feit dat ik Alice kwijt was en heel bang dat ze me een loer zou draaien door mijn vrouw en de collega's van de *Review* te vertellen dat we een relatie hadden. Een maand geleden was ik zo trots als een pauw geweest, bereid om alles voor haar in de steek te laten, en nu deed ik het in mijn broek van angst: ik ging mijn gezin en mijn baan verliezen, ik zou alles kwijtraken. Mijn vrouw probeerde te begrijpen wat er aan de hand was, ze was liefdevol en teder; en hoe aardiger ze deed, hoe meer ik ervan overtuigd raakte dat ik haar niet kwijt wilde.

Uiteindelijk kon ik er niet meer tegen en besloot ik om na het werk naar Alice te gaan. Ik weet niet of ik dat deed om te horen dat ze het nooit aan iemand zou vertellen of dat ik haar weer terug wilde. Toen ik de intercom van het gebouw indrukte was het zeven uur. Geen reactie. Ze was duidelijk niet thuis en ik besloot te wachten, zittend op de treden bij de voordeur. Ik bleef drie uur onbeweeglijk wachten. Er was een cafeetje aan de overkant waar ik heen had kunnen gaan, maar ik was bang dat ik haar zou mislopen. Uiteindelijk kwam ze. Ik zag haar silhouet op de stoep: ze droeg een leren broek en hakken. Ze was magnifiek. Toen zag ik dat ze niet alleen was: Stephanie Mailer was bij haar. Ze waren samen uit geweest.

Toen ik ze zag aankomen, stond ik op. Stephanie groette me vriendelijk, maar hield haar pas niet in; ze ging naar binnen en liet Alice en mij alleen.

'Wat moet je?' vroeg Alice ijskoud.

'Ik wil je om vergiffenis vragen.'

'En dat doe je zo?'

Ik weet niet hoe het in me opkwam, maar ik knielde op het trottoir voor haar neer. Toen zei ze met die verliefde stem waar ik van smolt: 'O Stevie, wat ben je toch een schatje!'

Ze hielp me overeind en kuste me kwijnend. Toen nam ze me mee naar binnen, sleepte me naar haar slaapkamer en beval me de liefde met haar te bedrijven. Toen ik diep in haar zat, zette ze haar nagels in mijn schouders en zei: 'Stevie, je weet dat ik van je hou, maar ik moet je kunnen vergeven. Kom morgenmiddag om vijf uur naar het Plaza met een mooi cadeau. Je weet waar ik van hou. Niet gierig zijn.'

Ik beloofde het; en de volgende dag om vijf uur in de bar van het Plaza gaf ik haar, terwijl we grand cru champagne dronken, een diamanten armband betaald met geld van de rekening die mijn vrouw en ik voor de kinderen hadden geopend. Ik wist dat mijn vrouw die rekening nooit inkeek en dat ik genoeg tijd had om het bedrag terug te storten voordat ze iets zou merken.

'Heel goed, Stevie,' zei Alice neerbuigend terwijl ze de armband omdeed. 'Eindelijk heb je begrepen hoe je mij moet behandelen.'

Ze dronk de inhoud van haar flûte in een teug leeg en stond op.

'Waar ga je naartoe?' vroeg ik.

'Ik heb met vrienden afgesproken. We zien elkaar morgen op kantoor.'

'Maar ik dacht dat we de nacht samen zouden doorbrengen,' hoorde ik mezelf kreunen. 'Ik heb een kamer gereserveerd.'

'Dan zou ik die maar gebruiken om eens goed uit te rusten, Stevie.'

Ze vertrok. En ik bracht de avond door in de kamer die ik niet meer kon afzeggen; ik stopte me vol met hamburgers en keek televisie.

Vanaf het begin had Alice de leiding gehad. Ik had het gewoon niet willen zien. En voor mij was dit het begin van een lange afdaling naar de hel. Ik voelde me de gevangene van Alice. Ze blies heet en koud uit één mond. Als ik niet binnen de lijntjes bleef, dreigde ze alles openbaar te maken en dan was ik kapot. Niet alleen zou ze de *Review* en mijn vrouw op de hoogte brengen, ze zou ook naar de politie gaan. Ze zou zeggen dat ik haar gedwongen had tot seks, dat ze in de klauwen was gevallen van een sluwe, tirannieke werkgever. Soms was ze een paar dagen ongelooflijk lief, wat me volkomen verzwakte en ervoor zorgde dat ik haar nooit echt kon haten. Vroeger bevredigde ze me dan, maar nu nog maar heel af en toe, bij zeldzame vrijpartijen waar ik wanhopig op wachtte en waardoor ik in een verschrikkelijke afhankelijkheidsrelatie met haar belandde.

Ten slotte ontdekte ik in de loop van september 2013 dat Alice' motieven niet primair financieel van aard waren. Natuurlijk, ik richtte mezelf te gronde met al die cadeaus – ik had inmiddels een vierde creditcard en ik had ruim een kwart van de gezinsspaarrekening leeggeplunderd – maar ze had ook rijkere mannen kunnen verleiden en honderd keer zoveel kunnen krijgen. Waar het haar werkelijk om ging was haar schrijfcarrière, en ze dacht dat ik haar daarbij kon helpen. Ze was geobsedeerd door het idee om de volgende sterauteur van New York te worden. Ze was vastbesloten om iedereen uit te schakelen die haar daarin zou kunnen dwarsbomen. Ik herinner me heel duidelijk de ochtend van zaterdag 14 september 2013. Ze belde toen ik boodschappen deed met de rest van mijn gezin. Ik liep even weg om op te nemen en ze begon meteen te gillen.

'Klootzak, je hebt haar op de cover gezet!'

'Waar heb je het over, Alice?'

Ze had het over het herfstnummer van de *Review*. Stephanie Mailer had zo'n goed verhaal geschreven dat ik haar bij wijze van eerbetoon op de cover had gezet, en daar was Alice net achter gekomen.

'Maar Alice, ben je gek? Stephanie heeft een ongelooflijk goed verhaal geschreven!'

'Bespaar me je uitleg, Stevie! Dit komt je duur te staan! Ik wil je zien. Waar ben je?'

Ik zorgde ervoor dat ik haar tegen het einde van de dag kon treffen in het café bij haar appartement. Ik vreesde haar woede en daarom nam ik een mooie sjaal van een Frans luxemerk voor haar mee. Ze viel direct met de deur in huis en sloeg me met mijn zoenoffer in het gezicht. Zo woedend had ik haar nog nooit gezien.

'Haar carrière help je wel vooruit! Haar zet je voor op de *Review* – en mij? Ik blijf dat belachelijke, minderwaardige grietje uit de postkamer!'

'Ja, maar Alice, je schrijft niet eens artikelen!'

'Wel waar! Ik heb dat schrijfblog! Je zei zelf dat het heel goed was! Waarom publiceer je er geen fragmenten van in de *Review*?'

'Alice, ik...'

Met een woedend gebaar maande ze me tot stilte en ze sloeg met de sjaal in de lucht, alsof ze een paard temde.

'Bespaar me je praatjes!' zei ze. 'Wil je indruk op me maken met dat stomme vod? Denk je soms dat ik een hoer ben? Dat je me gewoon kunt kopen?'

'Wat wil je nou van mij, Alice?' jammerde ik ten slotte.

'Ik wil van die belachelijke Stephanie af! Ik wil dat je haar op staande voet ontslaat!'

Ze stond op om me duidelijk te maken dat ze klaar was. Ik probeerde zachtjes haar arm te pakken om haar tegen te houden. Ze zette haar vingers diep in mijn vlees.

'Ik kan je ogen uitkrabben, Stevie. Dus luister goed: maandagochtend ontsla je Stephanie Mailer bij de *Review*, hoor je me? Zo niet, dan hoort maandag iedereen wat je mij hebt aangedaan.'

Terugdenkend besef ik dat ik het niet had hoeven doen. Als ik Stephanie in dienst had gehouden, had Alice me verlinkt aan de politie, aan mijn vrouw, aan iedereen, en dan had ik de gevolgen van mijn daden moeten dragen. Maar dan had ik wel mijn verantwoordelijkheid genomen. Ik was er te laf voor. En zo ontsloeg ik de maandag daarop Stephanie Mailer bij *The New York Review of Letters*, met als excuus de financiële situatie. Toen ze vertrok liep ze in tranen langs mijn kamer, met een doos vol persoonlijke eigendommen in haar armen.

'Ik begrijp niet hoe je me dit kunt aandoen, Steven. Terwijl ik zo hard voor je heb gewerkt.'

'Het spijt me, Stephanie. Een hele nare samenloop van omstandigheden. Ons budget is enorm gekrompen.'

'Je liegt,' zei ze. 'Ik weet dat Alice je manipuleert. Maar maak je geen zorgen, ik hou mijn mond. Je kunt rustig slapen, ik zal je niks aandoen.'

Stephanies ontslag bracht Alice tot rust en ze werkte onvermoeibaar aan haar roman. Ze zei dat ze het idee van de eeuw had en dat het een geweldig boek zou worden.

Drie maanden verstreken, toen was het december 2014; de kersttijd, die me een hanger van vijftienhonderd dollar voor Alice kostte, en een snuisterijtje van honderdvijftig dollar voor mijn vrouw die als verrassing een zonvakantie van een week voor het hele gezin had geregeld. Ze vertelde het op een vrijdagavond, tijdens het eten, terwijl ze ons stralend brochures liet zien. 'We zijn altijd zo zuinig en we springen nooit uit de band. Ik ben al sinds Pasen van mijn salaris aan het sparen om oud en nieuw op de Cariben te kunnen doorbrengen.' Wat zij de Cariben noemde was Jamaica, in zo'n all-inclusivehotel voor de burgerlijke middenklasse die chic wil doen, met smerige buffetmaaltijden en een groot zwembad met verontreinigd water. Maar in de vochtige hitte van de Jamaicaanse kust, door de palmen beschut tegen de brandende zon, nippend van cocktails gemaakt met derderangsalcohol, ver van Alice en alle drukte, voelde ik me goed. Voor het eerst in lange tijd voelde ik rust. Ik ontdekte dat ik zin had om uit New York te vertrekken en ergens anders een nieuw leven op te bouwen, vanaf nul, en om niet meer de fouten te begaan waardoor ik zo was verdwaald. Uiteindelijk besprak ik het met mijn vrouw, ik vroeg: 'Zouden we niet uit New York vertrekken?'

'Wat? Waarom zou je uit New York weg willen? We hebben het toch goed?'

'Ja, maar je snapt wel wat ik bedoel.'

'Nee, ik snap juist niet wat je bedoelt.'

'We zouden in een kleinere stad kunnen gaan wonen, waar we niet de halve dag in het openbaar vervoer hoeven te zitten, en waar we elkaar zomaar op straat zouden kunnen tegenkomen.'

'Wat is dit voor bevlieging, Steven?'

'Het is geen bevlieging, het is gewoon een idee dat ik met je wil delen.'

Zoals alle echte New Yorkers kon mijn vrouw zich niet voorstellen dat ze ergens anders zou wonen, en algauw was mijn idee om te vluchten en een nieuw leven te beginnen vergeten.

~

Zes maanden verstreken.

In juni 2014 was de spaarrekening van mijn kinderen leeg. Ik onderschepte een telefoontje van de bank waarin ze ons lieten weten dat we geen lege spaarrekening konden aanhouden, en ik maakte geld over om dat probleem uit de weg te ruimen. Het was van het grootste belang dat ik een manier vond om het saldo aan te vullen en tegelijkertijd mijn financiële verlies niet te vergroten. Het moest allemaal afgelopen zijn. Ik lag lang wakker, en als ik dan eindelijk in slaap viel had ik afgrijselijke nachtmerries. Het begon me van binnenuit op te vreten.

Alice was klaar met haar roman. Ze vroeg of ik hem wilde lezen en volkomen eerlijk tegen haar wilde zijn. 'Wees zoals je in bed bent,' zei ze. 'Streng maar rechtvaardig.'

Ik worstelde me met moeite door haar boek heen en sloeg uiteindelijk lange stukken over omdat ze niet kon wachten op mijn mening, die jammer genoeg heel duidelijk was: de tekst was bedroevend nietszeggend. Maar dat kon ik niet vertellen. En in een chic restaurant in SoHo proostten we met champagne op het grote succes dat haar te wachten stond.

'Ik ben zo blij dat je het mooi vindt, Stevie,' zei ze verheugd. 'Dat zeg je toch niet om me een plezier te doen, hè?'

'Nee, ik vond het echt prachtig. Hoe kun je daaraan twijfelen?'

'Omdat ik het aan drie literair agenten heb aangeboden die alle drie geen interesse hadden.'

'Geef de moed niet op. Je moest eens weten hoeveel bestsellers eerst door agenten en uitgevers zijn afgewezen.'

'Precies, en daarom wil ik dat je me helpt om er bekendheid aan te geven. Ik wil dat je het aan Meta Ostrovski laat lezen.'

'Ostrovski, de recensent?' vroeg ik ongerust.

'Ja, natuurlijk, wie anders? Dan kan hij er een stuk over schrijven voor de volgende *Review*. Iedereen luistert naar hem. Als hij er een lovend artikel over schrijft, kan mijn boek al een succes zijn voordat het verschenen is. Agenten en uitgevers zullen me smeken om hun bod te accepteren.'

'Ik weet niet of dat een goed idee is. Ostrovski kan heel hard zijn, kwaadaardig zelfs.'

'Je bent zijn baas, toch? Je kunt gewoon eisen dat hij een positieve recensie schrijft.'

'Zo werkt het niet, Alice, dat weet je best. Iedereen is vrij om...'

'Hou toch eens op met die moralistische riedel, Stevie. Ik eis dat Ostrovski een heel enthousiast stuk over mijn boek schrijft, en dat gaat ook gebeuren. Daar ga jij voor zorgen.'

De ober bracht de kreeft uit Maine, maar ze stuurde hem met een handgebaar terug naar de keuken.

'Ik heb al geen honger meer. Wat een rotavond. Ik wil naar huis.'

In de tien dagen daarna eiste ze cadeaus die ik niet meer kon betalen. Toen ik niet gehoorzaamde, liet ze me duizend kwellingen ondergaan. Uiteindelijk wist ik haar tot bedaren te brengen door haar te beloven dat Ostrovski haar boek zou lezen en er een heel lovende recensie over zou schrijven.

Ik stuurde de tekst naar Ostrovski, die beloofde hem te lezen. Toen ik na ongeveer twee weken nog niets van hem had gehoord, vroeg ik of hij zich er al in had kunnen verdiepen; hij liet me weten dat hij het uit had. Alice eiste dat ik hem naar mijn kantoor riep zodat hij persoonlijk verslag kon doen, en we spraken af op 30 juni. Net voordat Ostrovski kwam, verstopte Alice zich in de kast op mijn kamer. Zijn oordeel was vernietigend.

'Heb ik je ongewild iets aangedaan, Steven?' vroeg hij, nog terwijl hij ging zitten. 'Zo ja, dan vraag ik je om vergiffenis.'

'Nee,' antwoordde ik verrast. 'Waarom vraag je dat?'

'Omdat je een enorme wrok tegen mij moet koesteren om me

met zo'n tekst op te zadelen! En nu raak ik nog meer tijd kwijt omdat je hem wilt bespreken. Maar uiteindelijk heb ik begrepen waarom je per se wilde dat ik dat gedrocht zou lezen.'

'O? Waarom dan?' vroeg ik, lichtelijk ongerust.

'Omdat je het zelf hebt geschreven en je mijn mening wilt horen. Denk je dat je schrijver bent, Steven, is dat het?'

'Nee, ik heb dit niet geschreven,' verzekerde ik hem.

Maar Ostrovski geloofde me niet. Hij zei: 'Laat me als een vriend met je praten, want ik wil je geen valse hoop geven: je hebt geen talent. Het is bagger. Bagger, bagger, bagger. Ik zou zelfs zeggen dat jouw boek de perfecte definitie van futiliteit is. Zelfs een wijfjesaap kan beter schrijven. Wil je de mensheid een dienst bewijzen? Zie dan af van deze loopbaan. Zou je niet kunnen schilderen? Of de hobo leren spelen?'

Hij vertrok. Hij was de deur van mijn kamer nog niet door of Alice sprong uit de kast.

'Alice,' zei ik om haar te kalmeren. 'Hij meende het niet.'

'Ik wil dat je hem ontslaat!'

'Dat ik hem ontsla? Ik kan Ostrovski toch niet ontslaan? De lezers zijn dol op hem.'

'Je gaat hem ontslaan, Stevie!'

'Nee, Alice. Dat doe ik niet. Het idee! Ostrovski ontslaan!'

Ze stak een dreigende vinger naar me uit.

'Ik beloof je hellevuur, Stevie. Ondergang, gevangenis. Waarom ben je niet gehoorzaam? Nu dwing je me je te straffen!'

Ik kon Ostrovski niet ontslaan. Maar Alice dwong me om hem te bellen, op de speaker, in haar bijzijn. Tot mijn grote opluchting nam hij niet op. Ik besloot de zaak te laten rusten, in de hoop dat Alice' woede zou zakken. Maar twee dagen later, op 2 juli, kwam ze als een furie mijn kamer binnen.

'Je hebt Ostrovski niet ontslagen! Ben je gek geworden? Hoe durf je mij te tarten?'

'Ik heb hem proberen te bellen toen jij er was en hij heeft nog niet teruggebeld.'

'Probeer het dan opnieuw! Hij zit op zijn kamer, ik heb hem net gezien.'

Ik belde op zijn directe lijn, maar hij nam niet op. Uiteindelijk werd het gesprek doorgeschakeld naar een secretaresse die me liet weten dat hij een telefonisch interview aflegde met een Franse krant.

Rood van woede joeg Alice me met een hels gebaar mijn stoel uit. Ze ging achter mijn computer zitten.

'Alice,' zei ik ongerust toen ik zag dat ze mijn inbox opende. 'Wat doe je?'

'Ik doe wat jij had moeten doen, slapjanus.'

Ze maakte een nieuw bericht aan en schreef:

> Meta, omdat je te beroerd bent om de telefoon op te nemen, schrijf ik je om je mee te delen dat je met onmiddellijke ingang bent ontslagen bij de *Review*.
>
> Steven Bergdorf

Ze klikte op Verzenden en liep tevreden de kamer uit. Op dat moment bedacht ik dat het zo niet door kon gaan. Ik raakte de controle kwijt, over de *Review* en over mijn leven. Met die creditcards en de totale leegloop van de gezinsspaarrekening zat ik diep in de schulden.

JESSE ROSENBERG

Zaterdag 12 juli 2014
14 dagen voor de première

We hadden besloten om een weekend vrij te nemen. We moesten op adem komen, afstand nemen. Derek en ik mochten de controle over onszelf niet kwijtraken: als we de grip verloren op Kirk Harvey, liep alles mis.

Voor de tweede week op rij bracht ik mijn zaterdag in de keuken door en werkte ik aan mijn saus en mijn burgers.

Derek bracht de dagen met zijn gezin door.

Anna daarentegen was niet in staat om de zaak los te laten. Ik geloof dat ze vooral werd geplaagd door wat Buzz Leonard over Charlotte Brown had verteld. Waarom was ze weggeglipt op de avond van de première in 1994? En waarnaartoe? Wat hield ze achter? Alan en Charlotte Brown waren allebei nauw betrokken bij Anna's verhuizing naar Orphea. Ze hadden haar onnoemelijk vaak uitgenodigd om te komen eten, te wandelen of boottochtjes te maken. Anna was regelmatig met Charlotte uit eten gegaan, meestal in Café Athena, waar ze uren hadden zitten kletsen. Anna had verteld over haar problemen met commissaris Gulliver, en Charlotte had verteld over de tijd dat ze zelf in Orphea was komen wonen. Ze was nog maar net afgestudeerd. Ze had werk gevonden bij een brombeer van een dierenarts die haar opzadelde met secretariële klussen en grinnikend zijn hand op haar billen legde. Anna zag niet in hoe Charlotte Brown een huis kon zijn binnengedrongen om een heel gezin uit te moorden.

Toen we de avond daarvoor de video hadden bekeken, hadden we Buzz Leonard gebeld om hem twee belangrijke vragen te stellen: beschikten er leden van het gezelschap over een auto? En wie hadden er allemaal een exemplaar van de video-opname?

Over de kwestie van de auto's was hij stellig: het gehele gezelschap was met de bus gekomen. Niemand had een auto. Wat de videoband betreft: daarvan waren zeshonderd exemplaren verkocht aan de inwoners van de stad, op verschillende verkooppunten. 'Ze lagen in de winkels aan de hoofdstraat, bij de kruidenier, bij de benzinepomp. De mensen vonden het een mooi souvenir. Tussen de herfst van 1994 en de daaropvolgende zomer zijn ze allemaal verkocht.'

Dat betekende twee dingen: Stephanie had gemakkelijk aan een tweedehandsvideoband kunnen komen – zelfs de gemeentelijke bibliotheek beschikte over een exemplaar. Maar vooral, Charlotte Brown had tijdens de dertig minuten dat ze op de avond van de moorden verdween geen beschikking over een auto, en kon zich dus niet buiten een straal van dertig minuten retour van het Grand Theater hebben bevonden. Derek, Anna en ik besloten dat als ze een van de weinige taxi's van de stad had genomen, of als ze iemand had gevraagd om haar naar Penfield te brengen, de chauffeur na de tragische gebeurtenissen hoogstwaarschijnlijk wel was komen bovendrijven.

Die ochtend besloot Anna haar hardloopsessie te gebruiken om te meten hoeveel tijd het kostte om van het theater naar het huis van burgemeester Gordon en weer terug te lopen. Wandelend deed ze er bijna vijfenveertig minuten over; Charlotte was ongeveer een halfuur weggeweest. Hoeveel speelruimte zat er in dat woord "ongeveer"? Als ze rende, kon het in vijfentwintig minuten. Een goede hardloper zou het in twintig kunnen doen, maar voor iemand die de verkeerde schoenen droeg leek dertig minuten waarschijnlijker. Technisch was het dus mogelijk. Charlotte Brown had tijd genoeg gehad om naar de Gordons te rennen, de moorden te plegen en terug te gaan naar het Grand Theater.

Terwijl Anna op een bankje op het plein zat na te denken, tegenover het vroegere huis van de familie Gordon, werd ze gebeld door Michael Bird.

'Anna,' vroeg hij ongerust, 'kun je direct naar de redactie komen? Er is iets heel vreemds gebeurd.'

Op zijn kantoor bij de *Orphea Chronicle* vertelde Michael over het bezoek dat hij net had gekregen.

'Meta Ostrovski, de beroemde boekrecensent, stond net bij de receptie. Hij wilde weten wat er met Stephanie was gebeurd. Toen ik over de moord vertelde, begon hij te schreeuwen: "Waarom heeft niemand me dat verteld?"'

'Wat is zijn band met Stephanie?' vroeg Anna.

'Dat weet ik niet. Daarom belde ik juist. Hij begon allerlei vragen te stellen. Hij wilde alles weten. Hoe ze was gestorven, waarom, welke aanwijzingen de politie had.'

'Wat heb je gezegd?'

'Ik heb alleen verteld wat algemeen bekend is en wat hij ook in de krant zou kunnen vinden.'

'En toen?'

'Toen vroeg hij oude edities van de krant waarin haar vermissing werd genoemd. Ik heb hem alles gegeven wat er nog was. Hij wilde er absoluut voor betalen. Toen ging hij er snel vandoor.'

'Waarheen?'

'Hij zei dat hij alles in zijn hotel wilde bestuderen. Hij heeft een kamer in het Lake Palace.'

Anna ging snel naar huis om te douchen en vertrok toen naar het Lake Palace. Ze liet naar zijn kamer bellen; Ostrovski sprak met haar af in de hotelbar, en daar troffen ze elkaar.

'Ik kende Stephanie van *The New York Review of Letters*,' vertelde Ostrovski. 'Een briljante vrouw, enorm getalenteerd. Een groot schrijfster in wording.'

'Hoe wist u dat ze zich in Orphea had gevestigd?' vroeg Anna.

'Na haar ontslag hielden we af en toe contact.'

'Was u niet verbaasd dat ze in een klein stadje in de Hamptons ging werken?'

'Nu ik weer in Orphea ben, vind ik haar keuze juist heel verstandig: ze zei dat ze wilde schrijven, en dit stadje is zo rustig dat het daar heel geschikt voor is.'

'Heel rustig, ja,' zei Anna. 'Maar momenteel... U bent hier niet voor het eerst, meneer Ostrovski, als ik me niet vergis?'

'Uw informatie is juist, mejuffrouw. Ik was hier twintig jaar geleden ter gelegenheid van het allereerste theaterfestival. Ik kan niet zeggen dat het programma een onuitwisbare indruk op me heeft gemaakt, maar het stadje vond ik erg aardig.'

'En na 1994 bent u nooit meer op het festival geweest?'

'Nee, nooit,' bevestigde hij.

'Maar waarom komt u na twintig jaar dan opeens terug?'

'Ik heb een buitengewoon vriendelijke uitnodiging van burgemeester Brown ontvangen en toen dacht ik: waarom niet?'

'Is dit de eerste keer sinds 1994 dat u weer bent uitgenodigd?'

'Nee. Maar dit jaar had ik zin om te gaan.'

Anna voelde dat Ostrovski iets achterhield.

'Meneer Ostrovski, als u me nou eens niet als een idioot beschouwde? Ik weet dat u vandaag bij de redactie van de *Orphea Chronicle* bent geweest en dat u vragen hebt gesteld over Stephanie. De hoofdredacteur zei dat u niet in uw normale doen leek. Wat is er aan de hand?'

'Wat er aan de hand is?' zei hij, en hij stoof op. 'Een jonge vrouw die ik enorm hoog had zitten is vermoord, dat is er aan de hand! Dus vergeeft u mij als ik mijn emoties bij zo'n ramp niet geheel onder controle heb.'

Zijn stem brak. Ze voelde dat hij op zijn tandvlees liep.

'U wist niet wat er met Stephanie was gebeurd? Werd er niet over gesproken op de redactie van de *Review*? Dit is het soort nieuws dat bij de koffieautomaat snel rondgaat, of niet?'

'Misschien wel,' zei Ostrovski met verstikte stem. 'Maar toch kon ik het niet weten, want ik ben ontslagen bij de *Review*. Weggestuurd! Vernederd! Behandeld als oud vuil! Van de ene dag op de andere heeft die zak van een Bergdorf me de laan uit gestuurd, ben ik verjaagd met een paar dozen met mijn spullen, is me de toegang tot de redactie ontzegd en wordt de telefoon niet eens meer opgenomen. Ik, de grote Ostrovski, behandeld als de eerste de beste. En mevrouw, wilt u wel geloven dat er nog maar één persoon in het land was die vriendelijk tegen me was? Dat was Stephanie Mailer. In New York stond ik aan de rand van een depressie, ik kon haar niet bereiken en toen besloot ik om naar Orphea te komen en haar op te zoeken omdat ik de uitnodiging van de burgemeester als een gelukkig toeval beschouwde en, vooruit, als een handreiking van het lot. En toen ik hier aankwam en mijn vriendin nog steeds niet kon bereiken, besloot ik naar haar huisadres te gaan, waar een officier van de openbare ordehandhaving me meedeelde dat ze vermoord is. Verdronken in een modderpoel, haar lichaam achtergelaten voor de insecten, de wormen, de vogels, de bloedzuigers. En dat, mevrouw, is de reden dat ik woedend en verdrietig ben.'

Er viel een korte stilte. Hij snoot zijn neus, veegde een traan weg, probeerde zich te herstellen door diep in te ademen.

'Ik vind het echt heel erg voor u dat uw vriendin is overleden, meneer Ostrovski,' zei Anna uiteindelijk.

'Hartelijk dank, mevrouw, dat u deelt in mijn pijn.'

'U zei dat Steven Bergdorf u heeft ontslagen?'

'Ja, Steven Bergdorf. De hoofdredacteur van de *Review*.'

'Dus eerst heeft hij Stephanie ontslagen en daarna u?'

'Ja,' zei Ostrovski. 'Denkt u dat het met elkaar te maken heeft?'

'Ik heb geen idee.'

Na het gesprek met Ostrovski ging Anna naar Café Athena om te lunchen. Net toen ze wilde gaan zitten, werd ze aangesproken.

'Burgerkleding staat je goed, Anna.'

Anna draaide zich om. Het was Sylvia Tennenbaum en ze glimlachte naar haar: ze leek in een goed humeur.

'Ik wist het niet, van je broer,' zei Anna. 'Ik wist niet wat hem was overkomen.'

'Maakt dat het anders?' vroeg Sylvia. 'Ga je me nu anders zien?'

'Ik bedoel, ik vind het heel erg. Het moet verschrikkelijk voor je zijn geweest. Ik mag je graag en het doet me verdriet. Dat is alles.'

Sylvia zag er triest uit.

'Dat is heel aardig. Vind je het goed als ik met je mee-eet, Anna? Ik trakteer.'

Ze gingen zitten aan een tafel op het terras, op een afstandje van de andere gasten.

'Ik ben al heel lang de zus van het monster,' zei Sylvia vertrouwelijk. 'De mensen hier hadden me heel graag zien vertrekken. Ze wilden dat ik het restaurant zou verkopen en weg zou gaan.'

'Wat was je broer voor iemand?'

'Hij was vriendelijk en gul. Een hart van goud, maar te impulsief, te opvliegend. Dat was zijn ondergang. Zijn leven lang heeft hij alles verpest met zijn vuisten. Op school al. Zodra hij een conflict had met een ander kind kon hij zich niet inhouden en sloeg hij erop los. Hij werd continu van school gestuurd. De zaken van onze vader gingen uitstekend en hij schreef ons in bij de beste privéscholen van Manhattan, want daar woonden we. Mijn broer ging van de ene school naar de andere en eindigde ten slotte met een leraar aan huis. Daarna werd hij toegelaten tot Stanford, maar na een jaar werd hij weggestuurd omdat hij met een docent had gevochten. Met een docent! Hij ging terug naar New York en daar vond hij werk. Dat ging acht maanden goed, toen ging hij met een collega op de vuist. En werd hij ontslagen. Hij ging in Ridgesport wonen, niet ver hiervandaan, waar we een vakantiehuis hadden. Hij vond werk als gerant in een restaurant. Dat vond hij geweldig, het restaurant groeide snel, maar hij ging met de verkeerde mensen om. Na het werk hing hij rond in een foute bar. Hij werd gearresteerd voor dronkenschap en voor het bezit van een klein beetje marihuana. En toen volgde er een heel gewelddadige vechtpartij op een parkeerplaats. Hij werd veroordeeld tot een gevangenisstraf van zes maanden. Toen hij weer vrij was, wilde hij terug naar de Hamptons, maar niet naar Ridgesport. Hij wilde een streep zetten onder het verleden. Hij zei dat hij opnieuw wilde beginnen. Zo is hij in Orphea beland. Door die tijd in de gevangenis, hoe kort ook, was het heel moeilijk voor hem om werk te vinden. Uiteindelijk nam de eigenaar van het Lake Palace hem aan als kruier. Hij was een modelwerknemer, hij klom snel op. Hij werd conciërge, toen assistent-manager. Hij gaf zich geheel over aan het burgerbestaan. Hij nam dienst bij de vrijwillige brandweer. Alles ging geweldig.'

Sylvia pauzeerde.

Anna voelde dat ze niet echt zin leek te hebben om nog meer te vertellen, dus probeerde ze haar aan te sporen.

'En wat gebeurde er toen?' vroeg ze zacht.

'Ted had een goed zakeninstinct,' vervolgde Sylvia. 'In het hotel had hij gemerkt dat veel klanten klaagden dat er in Orphea geen restaurant was dat die naam waardig was. Hij kreeg het idee om een eigen zaak op te zetten. Mijn vader, die inmiddels was overleden, had ons een aanzienlijke erfenis nagelaten en Ted kon een pand in het centrum kopen. Vervallen, maar met een ideale ligging. Hij wilde het opknappen en er Café Athena in vestigen. Jammer genoeg liep alles al snel mis.'

'Bedoel je die brand?' vroeg Anna.

'Daar weet je van?'

'Ja. Ik hoorde dat er veel spanningen waren tussen je broer en burgemeester Gordon, die weigerde om de bestemming van het gebouw te wijzigen. Ted zou het in brand hebben gestoken om gemakkelijker aan een bouwvergunning te komen. Maar dat zou de onenigheid met de burgemeester niet hebben opgelost...'

'Weet je, Anna, al die dingen heb ik ook gehoord. Maar ik kan je verzekeren dat mijn broer de brand niet heeft aangestoken. Ja, hij was woedend. Maar hij was geen kortzichtige oplichter. Hij had klasse. Hij had normen en waarden. Het klopt dat de spanning tussen mijn broer en burgemeester Gordon na de brand bleef bestaan. Ik weet dat veel getuigen hebben gezien dat ze midden op straat hevig ruziemaakten. Maar als ik je vertel waarom ze ruzie hadden, zul je me niet geloven.'

~

Hoofdstraat van Orphea
21 februari 1994
Twee weken na de brand

Toen Ted Tennenbaum het pand van het toekomstige Café Athena bereikte, zag hij dat burgemeester Gordon buiten op hem wachtte en op de stoep liep te ijsberen om warm te blijven.

'Ted,' zei burgemeester Gordon bij wijze van begroeting. 'Ik zie dat je helemaal je eigen gang gaat.'

Eerst begreep Tennenbaum niet wat hij bedoelde.

'Ik geloof niet dat ik u volg, meneer. Wat is er?'

Gordon haalde een papier uit zijn jaszak.

'Ik heb je namen gegeven van een aantal aannemers die het werk zouden kunnen doen, en je bent met geen van hen in zee gegaan.'

'Klopt,' antwoordde Ted Tennenbaum. 'Ik heb meerdere offertes aangevraagd en ik heb voor de beste prijs gekozen. Ik zie niet wat het probleem is.'

Burgemeester Gordon schakelde een tandje bij.

'Hou op met dat welles-nietes, Ted. Als je wilt dat de verbouwing snel begint, raad ik je aan om contact op te nemen met een van die bouwbedrijven. Die hebben veel betere papieren.'

'Ik heb aannemers uit de omgeving aangenomen die competent genoeg zijn. Ik mag toch wel doen wat ik zelf wil?'

Burgemeester Gordon verloor zijn geduld.

'Ik geef je geen toestemming om met die aannemers te werken!' riep hij.

'U geeft geen toestemming?'

'Nee. Ik zal de werkzaamheden net zo lang ophouden als nodig is. Met alle mogelijke middelen.'

Een paar voorbijgangers bleven staan, nieuwsgierig door de luide stemmen. Ted ging dichter bij de burgemeester staan en riep uit: 'Mag ik vragen wat jij daarmee te maken hebt, Gordon?'

'Burgemeester, alsjeblieft,' corrigeerde Gordon hem, terwijl hij zijn vinger tegen de borst van Tennenbaum zette om zijn woorden kracht bij te zetten.

Ted werd rood en greep Gordon ruw bij zijn kraag, om daarna weer los te laten. De burgemeester keek hem uitdagend aan.

'Denk je dat je indruk op me maakt, Tennenbaum? Probeer je een beetje normaal te gedragen in plaats van zoveel aandacht te trekken!'

Op dat moment kwam er een politieauto aangereden. Adjunct-commissaris Gulliver stapte haastig uit.

'Alles in orde, burgemeester?' vroeg de politieman, met zijn hand op zijn knuppel.

'Alles is zeker in orde, adjunct-commissaris, bedankt.'

~

'Vandaar dus die ruzie,' legde Sylvia Anna uit op het terras van Café Athena. 'Die ging over de keuze van de aannemer.'

'Ik geloof je,' zei Anna.

Sylvia leek haast verbaasd.

'Echt?'

'Ja, de burgemeester nam steekpenningen aan van aannemers die de markt mochten verdelen. Ik kan me indenken dat met de bouwwerkzaamheden aan Café Athena relatief grote bedragen waren gemoeid, en dat burgemeester Gordon daarin wilde meedelen. Hoe ging het verder?'

'Ted zwichtte. Hij wist dat de burgemeester in staat was om de werkzaamheden te vertragen en hem allerlei problemen te bezorgen. Zo gezegd, zo gedaan, en Café Athena kon een week voor het festival de deuren openen. Alles ging goed tot de dood van burgemeester Gordon. Mijn broer heeft burgemeester Gordon niet vermoord, dat weet ik zeker.'

'Sylvia, zegt "de Zwarte nacht" je iets?'

'Zwarte nacht,' antwoordde Sylvia, die de tijd nam om erover na te denken. 'Dat heb ik wel eens ergens zien staan, ja.'

Ze zag een achtergelaten exemplaar van de *Orphea Chronicle* van die dag liggen en pakte hem op.

'Ja, hier,' zei ze terwijl ze de voorpagina las. 'Zo heet het nieuwe openingsstuk van het festival.'

'Kenden het voormalige hoofd van politie Kirk Harvey en je broer elkaar?' vroeg Anna.

'Niet dat ik weet, hoezo?'

'Omdat de woorden "zwarte nacht" ook voorkomen in mysterieuze boodschappen die in de maanden voor het eerste festival door de hele stad zijn gevonden. Ze zijn in februari 1994 ook gevonden in het puin van het toekomstige Café Athena. Wist je dat niet?'

'Nee, ik had geen idee. Maar vergeet niet dat ik hier pas een tijd na het drama ben komen wonen. Destijds woonde ik in New Hampshire, ik was getrouwd en ik had de zaken van mijn vader overgenomen. Toen mijn broer stierf, erfde ik Café Athena; ik besloot het niet te verkopen. Hij was er zo aan gehecht. Ik nam een gerant in dienst, ik ben gescheiden en ik heb het bedrijf van mijn vader verkocht. Ik was aan iets nieuws toe. In 1998 heb ik me hier definitief gevestigd. Daarmee wil ik zeggen dat ik een deel van het verhaal niet ken, in het bijzonder dat wat je vertelt over die zwarte nacht. Ik heb geen idee of het iets met de brand te maken heeft. Maar ik weet wel wie het vuur heeft aangestoken.'

'Wie dan?' vroeg Anna met bonzend hart.

'Ik zei toch dat Ted in Ridgesport verkeerde vrienden had? Onder hen was ook iemand die Jeremiah Fold heette, een smeerlap en een sjacheraar die leefde van afpersing, met wie Ted bonje kreeg. Jeremiah was een rotzak, en hij kwam wel eens met onbekende meisjes naar het Palace om de rijke vent uit te hangen. Dan had hij zakken vol bankbiljetten en reed hij op een enorme motorfiets die hij flink liet knallen. Hij was lawaaiig, grof, en vaak stoned. Hij betaalde voor de hele tafel, die vaak meer op een orgie leek, en smeet met honderdjes naar de obers. De eigenaar van het hotel zag hem niet graag, maar durfde hem niet te verbieden om naar het hotel te komen omdat hij bang was voor problemen. Op een dag besloot Ted, die toen nog in het hotel werkte, in te grijpen. Uit loyaliteit aan de eigenaar van het Palace, die hem zijn kans had gegeven. Toen Jeremiah uit het hotel vertrok, ging Ted met de auto achter hem aan. Hij dwong Jeremiah in de berm te stoppen en maakte hem duidelijk dat hij niet meer welkom was in het Palace. Maar Jeremiah had een meisje achterop zitten. Hij wilde indruk op haar maken en daarom probeerde hij Ted te slaan, maar toen raakte Ted hem vol in het gezicht. Jeremiah voelde zich verschrikkelijk vernederd. Niet veel later zocht hij Ted thuis op, vergezeld door twee kleerkasten die hem een flink pak slaag gaven. Toen Jeremiah daarna hoorde dat Ted Café Athena was begonnen, kwam hij langs en eiste dat hij "partner" zou worden. Hij wilde commissie om de aannemers rustig te laten werken en een percentage van de omzet zodra het restaurant openging. Hij had wel door dat het een succes zou worden.'

'En wat deed Ted?' vroeg Anna.

'Eerst weigerde hij. Maar toen ging het pand op een avond in februari in vlammen op.'

'Heeft Jeremiah Fold dat gedaan?'

'Ja. Op de nacht van de brand kwam Ted om drie uur bij me langs. Daarom weet ik wat er is gebeurd.'

Nacht van 11 op 12 februari 1994
Appartement van Sylvia Tennenbaum, Manhattan

Sylvia werd wakker gebeld. Op haar wekker zag ze dat het kwart voor drie was. Het was de portier, die van beneden belde: haar broer was er. Het was dringend.

Ze liet hem bovenkomen en toen de liftdeuren opengingen zag ze hem; Ted was woedend en kon nauwelijks op zijn benen staan. Ze nam hem mee naar de zitkamer en maakte thee voor hem.

'Café Athena is afgefikt,' zei Ted. 'Met alles erin: de bouwplannen, mijn dossiers... maanden werk in rook opgegaan.'

'Hebben de architecten geen kopieën?' vroeg Sylvia om haar broer te sussen.

'Nee, je begrijpt het niet! Het is heel ernstig.'

Ted haalde een verkreukeld papier uit zijn zak. Een anonieme brief. Die had hij achter de ruitenwisser van zijn auto gevonden toen hij hoorde dat er brand was en hij zijn huis uit rende.

DE VOLGENDE KEER IS JE HUIS AAN DE BEURT

'Bedoel je dat de brand is aangestoken?' vroeg Sylvia verschrikt.

Ted knikte.

'Wie heeft dat gedaan?' riep Sylvia uit.

'Jeremiah Fold.'

'Wie?'

Haar broer vertelde alles. Dat hij Jeremiah Fold had verboden om nog in het Palace te komen, over de vechtpartij en de gevolgen daarvan.

'Jeremiah wil geld zien,' legde Ted uit. 'Heel veel geld.'

'Je moet naar de politie,' smeekte Sylvia hem.

'Dat kan voorlopig niet, ik ken Jeremiah: hij heeft ongetwijfeld iemand betaald om de brand aan te steken. De politie kan het nooit op hem terugvoeren. In elk geval niet op korte termijn. Het enige wat dat oplevert zijn represailles. Hij is stapelgek, hij is tot alles in staat. Het kan alleen maar erger worden: in het gunstigste geval steekt hij al mijn bezittingen in de fik. In het slechtste geval gaat er iemand dood.'

'En jij denkt dat hij je met rust laat als je hem betaalt?' vroeg Sylvia lijkbleek.

'Dat weet ik wel zeker,' zei Ted. 'Hij is gek op geld.'

'Betaal hem dan voorlopig,' smeekte zijn zus. 'We hebben meer geld dan we ooit kunnen opmaken. Betaal hem totdat je de situatie onder controle krijgt en je de politie kunt inlichten zonder dat hij je de strot afbijt.'

'Ik denk dat je gelijk hebt,' knikte Ted.

~

'Mijn broer besloot dus te betalen, in elk geval voorlopig, om de situatie niet erger te maken,' vertelde Sylvia aan Anna. 'Hij was zo aan dat restaurant gehecht: het was zijn trots, zijn persoonlijke overwinning. Hij had een van de aannemers in dienst genomen die hij van burgemeester Gordon had en hij maakte regelmatig geld over aan Jeremiah Fold zodat die het werk niet zou saboteren. Zo kon Café Athena op tijd opengaan.'

Anna stond perplex: tussen februari en juli 1994 had Ted Tennenbaum dus geen geld overgemaakt aan burgemeester Gordon, maar aan Jeremiah Fold.

'Heb je dit indertijd aan de politie verteld?' vroeg Anna toen.

'Nee,' verzuchtte Sylvia.

'Waarom niet?'

'Mijn broer was een verdachte in de moordzaak. Toen verdween hij op een dag, en daarna werd hij tijdens een politieachtervolging gedood. Ik had geen zin om nog meer over hem uit te storten. Maar een ding is zeker: als hij niet dood was, had ik hem alle vragen kunnen stellen waar ik geen antwoord op had.'

~

Terwijl Anna en Sylvia Tennenbaum in Café Athena aan tafel zaten, sjouwde Steven Bergdorf in de hoofdstraat van winkel naar winkel. 'Had gewoon je spullen meegebracht in plaats van dit idiote gedoe. Nu moeten we alles nieuw voor je kopen!' ratelde ze telkens als hij tegenstribbelde. Toen ze een lingeriewinkel binnenging, bleef hij stokstijf op het trottoir staan.

'Jij hebt alles wat je nodig hebt,' zei hij. 'Hier gaan we niet naar binnen.'

'Cadeau voor jou, cadeau voor mij,' zei Alice terwijl ze hem naar binnen duwde.

Zo misten ze net Kirk Harvey die langs de winkel liep en bleef stilstaan voor een bakstenen muur. Hij haalde een pot lijm en een kwast uit zijn tas en hing een van de affiches op die hij net had laten drukken.

CASTING

Vanwege de uitvoering van het illustere toneelstuk

DE ZWARTE NACHT

zoekt

een geniaal en zeer beroemd regisseur

ACTEURS – MET OF ZONDER ERVARING

Wereldwijd succes verwacht!
Gegarandeerde roem voor allen!
Zeer hoge verdiensten!

Audities op maandag 14 juli, 10 uur, Grand Theater Orphea

Let op:

BEPERKT AANTAL PLAATSEN!

Cadeaus en geschenken geaccepteerd en zelfs aanbevolen!

Een paar honderd meter verderop stuitten Jerry en Dakota Eden, die door de hoofdstraat wandelden, op een affiche.

'Een auditie voor een toneelstuk,' las Jerry zijn dochter voor. 'Moesten we dat niet proberen? Toen je klein was wilde je actrice worden.'

'In elk geval niet in zo'n suf stuk,' antwoordde Dakota.

'Laten we het gewoon proberen, dan zien we wel,' antwoordde Jerry, die zijn best deed om enthousiast te klinken.

'Er staat dat de audities op maandag zijn,' klaagde Dakota. 'Hoelang blijven we in dit afgrijselijke gat?'

'Dat weet ik niet, Dakota,' zei Jerry geïrriteerd. 'Zo lang als nodig is. Begin nou niet, we zijn er net. Of heb je andere plannen? Studeren bijvoorbeeld? O nee, dat was ik vergeten, je hebt je nergens ingeschreven.'

Dakota liep mokkend voor haar vader uit. Ze bereikten Cody's boekwinkel. Dakota ging naar binnen en bestudeerde gefascineerd de boekenplanken. Op een tafel zag ze een woordenboek. Ze pakte het op en bladerde het door. Een woord leidde tot het volgende; ze liet de definities voorbijtrekken. Ze voelde dat haar vader achter haar stond.

'Wat heb ik al lang geen woordenboek meer gezien,' zei ze.

Ze nam het woordenboek mee en begon tussen de romans te snuffelen. Cody kwam naar haar toe.

'Zoek je iets speciaals?' vroeg hij.

'Een goede roman,' antwoordde Dakota. 'Ik heb al heel lang niet meer gelezen.'

Hij zag het woordenboek dat ze onder haar arm hield.

'Dat is geen roman,' glimlachte hij.

'Dat is veel beter. Ik neem het. Ik kan me de laatste keer niet herinneren dat ik een papieren woordenboek heb doorgebladerd. Gewoonlijk schrijf ik alleen op de computer en dan corrigeert de tekstverwerker mijn fouten.'

'Het is een merkwaardige tijd,' verzuchtte Cody.

Ze knikte en zei: 'Toen ik klein was, deed ik mee aan spellingwedstrijden. Ik oefende met mijn vader. De hele tijd zaten we te spellen, mijn moeder werd er stapelgek van. Er was een tijd dat ik urenlang in het woordenboek zat te lezen en de spelling van de moeilijkste woorden uit mijn hoofd leerde. Probeer maar. Noem eens een woord?'

Ze gaf het woordenboek aan Cody, die het geamuseerd aannam en op een willekeurige plaats opensloeg. Hij bekeek de pagina en zei: 'Holosystolisch.'

'Makkelijk: h-o-l-o-s-y-s-t-o-l-i-s-c-h.'

Hij glimlachte schalks.

'Las je echt woordenboeken?'

'Ja, de hele dag.'

Ze lachte, en plotseling straalde ze wat licht uit.

'Waar kom je vandaan?' vroeg Cody.

'New York. Ik heet Dakota.'

'Cody.'

'Wat een mooie boekwinkel, Cody. Ik wilde vroeger schrijver worden.'

Ze leek plotseling weer te betrekken.

'*Vroeger?*' herhaalde Cody. 'Wat weerhoudt je? Je kan nog geen twintig zijn.'

'Ik kan niet meer schrijven.'

'*Niet meer?* Hoe bedoel je?'

'Ik kan het niet meer sinds ik iets heel ergs heb gedaan.'

'Wat heb je dan gedaan?'

'Het is te erg om over te praten.'

'Je zou erover kunnen schrijven,' stelde Cody voor.

'Dat weet ik, dat zegt mijn therapeut ook. Maar het komt er niet uit. Er komt niets uit. Ik ben helemaal leeg vanbinnen.'

Die avond dineerden Jerry en Dakota in Café Athena. Jerry wist dat Dakota het altijd een leuke plek had gevonden: hij had haar er een plezier mee willen doen. Maar ze was de hele maaltijd chagrijnig.

'Waarom heb je me hiernaartoe gesleept?' vroeg ze uiteindelijk, terwijl ze op haar pasta met fruits de mer kauwde.

'Ik dacht dat je dit een leuk restaurant vond,' verdedigde haar vader zich.

'Mee naar Orphea, bedoel ik. Waarom heb je me hiernaartoe gesleept?'

'Ik dacht dat het je goed zou doen.'

'Je dacht dat het me goed zou doen? Of wilde je me laten zien hoe teleurgesteld je in me bent en me eraan herinneren dat je je huis door mijn schuld bent kwijtgeraakt?'

'Hoe kun je zulke verschrikkelijke dingen zeggen, Dakota!'

'Ik heb je leven verpest, dat weet ik heus wel!'

'Dakota, hou nou eens op met jezelf continu verwijten te maken, je moet de draad weer oppakken, je moet door.'

'Begrijp je het niet? Ik kan nooit goedmaken wat ik heb gedaan, papa! Ik haat deze stad, ik haat alles, ik haat het leven!'

Ze kon haar tranen niet bedwingen en vluchtte de wc's in zodat niemand haar zag huilen. Toen ze na twintig lange minuten eindelijk weer tevoorschijn kwam, vroeg ze aan haar vader of ze terug naar het Palace konden gaan.

Jerry had niet gezien dat er in beide slaapkamers van de suite minibars stonden. Zonder geluid te maken trok Dakota de kleine ijskast open en pakte er een glas en een miniatuurflesje wodka uit. Ze schonk het glas vol en dronk een paar slokken. Toen snuffelde ze in de la met haar ondergoed en haalde een ampul ketamine tevoorschijn. Leyla zei dat een ampul een meer praktische en minder opvallende toedieningsvorm was dan poeder.

Dakota brak het uiteinde van de ampul en leegde de inhoud in haar glas. Ze roerde alles met haar vingertop door en dronk het in een slok op.

Na een paar minuten voelde ze zich vrediger. Ze was lichter. Gelukkiger. Ze ging op bed liggen en staarde naar het plafond, waarvan de witte verf langzaam leek te breken en een schitterend fresco onthulde: ze herkende het huis in Orphea en wilde erdoorheen wandelen.

~

Orphea, tien jaar eerder, juli 2004

Aan de ontbijttafel van het weelderige zomerhuis van de familie Eden aan Ocean Road, met uitzicht op de oceaan, heerste een vrolijke drukte.

'Acupunctuur,' zei Jerry met een ondeugend gezicht.

Dakota, negen jaar, trok het puntje van haar neus op tot een brutale grimas, wat een vertederde glimlach op het gezicht bracht van haar moeder die naar haar keek. Toen pakte het meisje vastberaden de lepel die in haar kom lag en roerde in de melk om er de ontbijtgranen uit te vissen die de vorm van letters hadden, terwijl ze langzaam zei: 'A-c-u-p-u-n-c-t-u-u-r.'

Terwijl ze de letters spelde, viste ze ze uit de melk en legde ze op het bordje ernaast. Tevreden bekeek ze het eindresultaat.

'Bravo, schat!' riep haar vader geïmponeerd uit.

Haar moeder applaudisseerde lachend.

'Hoe doe je dat?' vroeg ze.

'Weet ik niet, mama. Ik zie een soort foto van het woord in mijn hoofd, en meestal klopt het.'

'Nog een keer,' stelde Jerry voor. 'Rododendron.'

Tot grote hilariteit van haar ouders rolde Dakota met haar ogen; daarna waagde ze zich aan de spelling, waarbij ze alleen een n te veel gebruikte.

'Bijna!' complimenteerde haar vader.

'Ik heb er wel een woord bij geleerd,' filosofeerde Dakota. 'En nu doe ik het niet meer fout. Mag ik naar het zwembad?'

'Trek je badpak maar aan,' zei haar moeder glimlachend.

Het meisje slaakte een vreugdekreetje en vloog van tafel. Jerry keek liefdevol toe hoe ze door de gang verdween, en Cynthia maakte gebruik van dit moment van rust om bij haar man op schoot te gaan zitten.

'Dank je wel dat je zo'n geweldige echtgenoot en vader bent, liefste.'

'Dank je wel dat je zo'n bijzondere vrouw bent.'

'Ik had nooit gedacht dat ik ooit zo gelukkig zou zijn,' zei Cynthia met ogen die glommen van liefde.

'Ik ook niet. Wat hebben we geboft,' antwoordde Jerry.

JESSE ROSENBERG

Zondag 13 juli 2014
13 dagen voor de première

Op die bloedhete zondag hadden Derek en Darla Anna en mij uitgenodigd om van hun zwembadje te profiteren. Het was de eerste keer dat we buiten het onderzoek met z'n allen bij elkaar waren. Voor mij was het zelfs de eerste keer in heel lange tijd dat ik een middag bij Derek doorbracht.

Het hoofddoel van de uitnodiging was dat we zouden ontspannen door samen een paar biertjes te drinken. Maar Darla verdween een ogenblik, en aangezien de kinderen druk tekeergingen in het water, konden we het niet laten om toch weer over de zaak te beginnen.

Anna vertelde over haar gesprek met Sylvia Tennenbaum. Daarna zette ze uiteen hoe Ted enerzijds door burgemeester Gordon onder druk werd gezet, die hem zijn aannemers wilde opdringen, en anderzijds door Jeremiah Fold, een beruchte crimineel uit de buurt die op het idee was gekomen hem af te persen.

'De Zwarte nacht zou met Jeremiah Fold te maken kunnen hebben,' zei ze. 'Hij heeft in februari 1994 brandgesticht in Café Athena om Ted onder druk te zetten en hem te overtuigen te betalen.'

'Zou de Zwarte nacht dan de naam van een criminele bende zijn?' vroeg ik.

'Dat is een mogelijkheid, Jesse,' antwoordde Anna. 'Ik heb geen tijd gehad om langs het bureau te gaan om wat beter naar die Jeremiah Fold te kijken. Wat ik wel weet is dat die brand Ted ervan heeft overtuigd dat hij moest betalen.'

'Dus de financiële transacties die we destijds op de rekening van

Tennenbaum vonden, waren eigenlijk bedoeld voor die Jeremiah,' concludeerde Derek.

'Ja,' knikte Anna. 'Tennenbaum wilde er zeker van zijn dat Jeremiah hem de verbouwing rustig liet afmaken, zodat Café Athena op tijd voor het festival open kon gaan. En nu we weten dat Gordon steekpenningen van aannemers aannam, is het ook duidelijk waarom hij in diezelfde periode geld op zijn rekening kreeg. Hij zal ongetwijfeld hebben geëist dat de bedrijven die werden uitgekozen voor de bouw van Café Athena hem commissie betaalden, door hen duidelijk te maken dat ze die klus alleen dankzij hem hadden gekregen.'

'En stel dat burgemeester Gordon en Jeremiah Fold iets met elkaar te maken hebben?' vroeg Derek. 'Misschien had burgemeester Gordon banden met de plaatselijke onderwereld?'

'Hebben jullie dat spoor destijds gevolgd?' vroeg Anna.

'Nee,' antwoordde Derek. 'We dachten dat de burgemeester gewoon een rotte politicus was. Niet dat hij aan alle kanten steekpenningen aannam.'

Anna vervolgde: 'Stel dat de Zwarte nacht de naam van een criminele organisatie is. En stel dat de moord op burgemeester Gordon de gebeurtenis was die in de maanden voor de moorden op de muren van Orphea werd aangekondigd. Dan was het een moord met afzender, waar iedereen van wist maar die niemand zou zien.'

'Dat wat niemand heeft gezien!' riep Derek uit. 'Dat wat vlak voor onze neus lag, maar wat niemand heeft gezien! Wat denk jij, Jesse?'

Ik dacht even na. 'Dan zou je kunnen denken dat Kirk Harvey destijds onderzoek deed naar die organisatie,' antwoordde ik toen. 'En dat hij alles wist. Dat zou ook de reden zijn waarom hij het dossier heeft meegenomen.'

'En dat is waar we als eerste achteraan moeten,' stelde Anna voor.

'Wat mij dwarszit,' vervolgde Derek, 'is waarom Ted Tennenbaum, toen we hem in 1994 verhoorden over die transacties, nooit heeft verteld dat hij door die Jeremiah Fold werd afgeperst.'

'Angst voor represailles?' vroeg Anna.

Derek keek bedenkelijk.

'Misschien. Maar als we die Jeremiah Fold hebben gemist, hebben we misschien ook nog wel iets anders gemist. Ik zou de context van de zaak opnieuw willen onderzoeken en kijken wat de plaatselijke kranten destijds schreven.'

'Ik kan Michael Bird vragen om alles wat hij in het archief over die viervoudige moord heeft, voor ons klaar te leggen.'

'Goed idee,' zei Derek.

's Avonds bleven we eten. Zoals iedere zondag bestelde Derek pizza. Terwijl we allemaal in de keuken gingen zitten, zag Anna een foto aan de muur: Darla, Derek, Natasha en ik voor Little Russia, ten tijde van de verbouwing.

'Wat is Little Russia?' vroeg Anna nietsvermoedend.

'Het restaurant dat ik nooit heb geopend,' antwoordde Darla.

'Hou je van koken?' vroeg Anna.

'Er was een tijd dat ik niets liever deed.'

'En wie is dat meisje naast jou, Jesse?' vroeg Anna terwijl ze op Natasha wees.

'Natasha,' antwoordde ik.

'Natasha, je toenmalige verloofde?'

'Ja,' zei ik.

'Je hebt me nooit verteld wat er tussen jullie is gebeurd...'

Darla, die uit Anna's vragenstroom afleidde dat ze van niets wist, zei hoofdschuddend: 'God, Jesse, heb je haar dan niks verteld?'

~

In het Lake Palace gingen Steven Bergdorf en Alice op de ligstoelen bij het zwembad liggen. De dag was uitzonderlijk heet, en te midden van de zwemmers die verfrissing zochten ploeterde ook Ostrovski rond. Toen zijn vingers helemaal verrimpeld waren, kwam hij het water uit en liep hij naar zijn ligstoel om zich te laten drogen. Op dat moment ontdekte hij tot zijn afgrijzen dat op de stoel naast de zijne Steven Bergdorf zat, die zonnebrand smeerde op de rug van een jong ding dat zijn vrouw niet was.

'Steven!' riep Ostrovski uit.

'Meta?' wist Bergdorf uit te brengen toen hij de recensent voor zich zag staan. 'Wat doe jij hier?'

Natuurlijk had hij Ostrovski op de persconferentie gezien, maar hij had nooit gedacht dat hij in het Lake Palace zou logeren.

'Laat me jou precies hetzelfde vragen, Steven. Ik vertrek uit New York voor wat rust, en dan kom ik je hier tegen!'

'Ik ben hier om meer te weten te komen over dat mysterieuze stuk dat opgevoerd gaat worden.'

'Ik was hier eerder, Steven, dus ga jij maar gauw terug naar New York.'

'Wij gaan en staan waar we willen, dit is een vrij land,' antwoordde Alice kortaf.

Ostrovski herkende haar; ze werkte bij de *Review*.

'Zo, Steven,' zei hij en hij floot. 'Ik zie dat je werk en plezier combineert. Daar zal je vrouw blij mee zijn.'

Hij graaide zijn spullen bij elkaar en ging er woedend vandoor. Steven rende hem achterna.

'Meta, wacht...'

'Maak je geen zorgen, Steven,' zei Ostrovski schouderophalend. 'Ik zeg niks tegen Tracy.'

'Daar gaat het niet om. Ik wilde zeggen dat het me spijt. Het spijt me hoe ik me tegen je gedragen heb. Ik... Ik ben niet in mijn gewone doen momenteel. Ik wil je mijn excuses aanbieden.'

Ostrovski vond Bergdorf oprecht klinken en hij werd geraakt door zijn excuses. 'Dank je, Steven,' zei hij.

'Ik meen het, Meta. Heeft *The New York Times* je gestuurd?'

'Nee. God nog aan toe, ik heb geen baan meer. Wie zou een gefossiliseerde recensent in dienst nemen?'

'Je bent een groot recensent, Meta. Iedere krant neemt je aan.'

Ostrovski haalde zijn schouders op en zuchtte: 'Dat is misschien wel het probleem.'

'Hoezo?' vroeg Bergdorf.

'Sinds gisteren word ik geobsedeerd door een idee: ik wil meedoen aan de audities voor *de Zwarte nacht*.'

'Wat houdt je tegen?'

'Het kan niet! Ik ben een boekrecensent en theatercriticus! Ik kan niet zomaar gaan schrijven of spelen.'

'Ik weet niet of ik je volg, Meta...'

'Doe nou in godsnaam eens je best, Steven! Leg mij eens uit: hoe kan een theatercriticus ooit in een toneelstuk spelen? Stel je voor dat recensenten gaan schrijven of schrijvers recensent worden! Stel je voor dat Don DeLillo het nieuwe stuk van David Mamet voor *The New Yorker* bespreekt! Zie je het voor je dat Pollock in *The New York Times* verslag doet van Rothko's nieuwste tentoonstelling? Dat Jeff Koons in *The Washington Post* het nieuwste werk van Damien Hirst ontleedt? Dat Spielberg in *The LA Times* over de nieuwe Coppola schrijft: "Laat deze troep vooral links liggen, het is een ramp"! Iedereen zou roepen dat het een schandaal was, dat de onafhankelijkheid in het geding is – en terecht, je kunt toch geen recensies schrijven over een kunstvorm die je zelf beoefent?'

Bergdorf, die Ostrovski's denktrant volgde, merkte op: 'Technisch ben je geen recensent meer, Meta. Ik heb je ontslagen.'

Ostrovski's gezicht lichtte op: Bergdorf had gelijk. De voormalig recensent ging direct naar zijn kamer en pakte de exemplaren van de *Orphea Chronicle* die over de verdwijning van Stephanie Mailer berichtten.

Stel dat het in de sterren geschreven stond dat hij de overstap moest maken, bedacht Ostrovski. En dat Bergdorf, door hem te ontslaan, hem eigenlijk had bevrijd. En dat hij altijd al een kunstenaar was geweest, ook al wist hij het niet!

Hij knipte de artikelen uit en legde ze op bed. Vanaf het nachtkastje keek de foto van Meghan Padalin hem aan.

Toen Steven weer bij de rand van het zwembad zat, zei hij tegen Alice: 'Maak het Ostrovski niet zo moeilijk, hij heeft je niks misdaan.'

'Waarom niet? Zag je niet hoe minachtend hij naar me keek? Alsof ik een hoer ben. De volgende keer ga ik hem vertellen dat hij vanwege mij ontslagen is.'

'Ga nou niet rondvertellen dat jij zijn ontslag hebt geëist!' bromde Steven.

'Maar dat is toch zo, Stevie?'

'Hoe dan ook, door jou zit ik in de problemen.'

'Door mij?' zei Alice verontwaardigd.

'Ja, door jou en je stomme cadeaus! De bank heeft gebeld, het is nog maar een kwestie van tijd voordat mijn vrouw erachter komt dat ik geldproblemen heb.'

'Heb je geldproblemen, Steven?'

'Ja, natuurlijk!' foeterde Bergdorf geïrriteerd. 'Weet je wel wat we uitgeven? Ik heb al mijn rekeningen geplunderd, ik heb me als een idioot in de schulden gestoken!'

Alice staarde hem triest aan. 'Dat heb je nooit gezegd,' zei ze verwijtend.

'Wat?'

'Dat je die cadeaus niet kon betalen.'

'En wat had dat uitgemaakt?'

'Alles!' zei Alice geërgerd. 'Dat had alles uitgemaakt! Dan hadden we zuiniger gedaan! Dan waren we niet naar zulke paleizen gegaan! Stevie, begrijp het nou... Ik dacht dat je vaste gast was in het Plaza. Je bleef maar met geld strooien, dus ik dacht dat je rijk was. Ik heb nooit geweten dat je op krediet leefde. Waarom heb je niets gezegd?'

'Omdat ik me schaamde.'

'Schaamde? Waarvoor dan? Zeg, Stevie, ik ben geen slet of hoer. Ik ben niet bij je voor de cadeaus en ik wil je ook niet in de problemen brengen.'

'Maar waarom ben je dan wel bij mij?'

'Omdat ik van je hou, natuurlijk!' riep Alice.

Ze keek Steven aan; er rolde een traan over haar wang.

'Hou je dan niet van mij?' vervolgde ze snikkend. 'Vind je dat dit mijn schuld is? Dat ik je in de problemen heb gebracht?'

'Alice, zoals ik gisteren in de auto al zei... misschien moesten we allebei nadenken, even pauze nemen,' durfde Steven voor te stellen.

'Nee, blijf bij me!'

'Ik bedoel...'

'Ga weg bij je vrouw!' smeekte Alice. 'Als je van me houdt, ga je weg bij je vrouw. Niet bij mij. Ik heb alleen jou, Steven. Ik heb niemand anders. Als je weggaat, heb ik niemand meer.'

Ze snikte het uit; de mascara liep over haar wangen. De andere gasten keken naar hen. Snel probeerde Steven haar te kalmeren.

'Alice, je weet toch hoeveel ik van je hou.'

'Nee, dat weet ik niet! Zeg het, laat het zien! Laten we niet morgen vertrekken, laten we hier nog een paar dagen blijven, voor de laatste keer samen. Waarom vertel je niet aan de *Review* dat we met de audities meedoen om een reportage van binnenuit te schrijven?

Incognito in de coulissen van het stuk waar iedereen het over zal hebben. Ze zullen de kosten wel vergoeden. Toe nou! Op zijn minst een paar dagen!'

'Goed dan, Alice,' beloofde Steven haar. 'Laten we maandag en dinsdag nog blijven, dan kunnen we de audities bijwonen. En dan schrijven we samen een artikel voor de *Review*.'

~

Na het eten, bij Derek en Darla thuis.

De buurt was in duisternis gehuld. Anna en Derek ruimden de tafel af. Darla stond buiten en rookte een sigaret bij het zwembad. Ik ging naar haar toe. Het was nog steeds erg warm. De krekels zongen.

'Kijk mij eens, Jesse,' zei Darla sarcastisch. 'Ik wilde een restaurant en nu bestel ik iedere zondag pizza.'

Ik voelde haar ontreddering en probeerde haar te troosten.

'Pizza is traditie.'

'Nee, Jesse. En dat weet je. Ik ben moe. Moe van dit leven, moe van de baan die ik haat. Weet je wat ik denk, iedere keer als ik langs een restaurant loop? Dat had van mij kunnen zijn. In plaats daarvan beul ik me af als doktersassistent. Derek haat zijn baan. Al twintig jaar. Maar sinds een week, sinds hij zich weer in het harnas heeft gehesen en hij weer met jou in het veld werkt, is hij in een tophumeur.'

'Derek hoort in het veld, Darla. Hij is een ongelooflijke agent.'

'Hij kan geen agent meer zijn, Jesse. Niet na wat er is gebeurd.'

'Dan moet hij ontslag nemen! Iets anders gaan doen. Hij kan zelfs al met pensioen.'

'Het huis is nog niet afbetaald.'

'Dan verkoop je het! Over twee jaar gaan de kinderen studeren. Zoek een rustig plekje, ver van deze stadsjungle.'

'En dan?' vroeg Darla wanhopig.

'Leven,' antwoordde ik.

Ze staarde voor zich uit. Haar gezicht werd alleen beschenen door de zwembadverlichting.

'Kom mee,' zei ik uiteindelijk. 'Ik wil je iets laten zien.'

'Wat dan?'

'Het project waar ik aan werk.'

'Wat is dat voor project?'

'Het project waarvoor ik wegga bij de politie en waarover ik niets wilde zeggen. Daar was ik nog niet klaar voor. Kom.'

We lieten Derek en Anna achter en reden weg met de auto. We gingen naar Queens en toen naar Rego Park. Toen ik in de steeg parkeerde, begreep Darla het. Ze stapte uit en keek naar het pand.

'Heb je het gehuurd?' vroeg ze.

'Ja. Er zat een garen-en-bandwinkel in die niet meer liep. Ik kon de huur voor een zacht prijsje overnemen. Ik ben met de verbouwing bezig.'

Ze keek naar het uithangbord waar een laken overheen hing.

'Je gaat me toch niet vertellen dat...'

'Jawel,' antwoordde ik. 'Wacht hier maar even.'

Ik ging naar binnen om het uithangbord aan te zetten en een ladder te pakken; toen kwam ik weer buiten, klom naar het laken en trok het weg. En de letters straalden in het donker.

LITTLE RUSSIA

Darla zei niets. Ik voelde me ongemakkelijk.

'Kijk, ik heb het rode boek met jullie recepten nog,' zei ik, en ik liet haar de kostbare verzameling zien die ik tegelijk met de ladder had gehaald.

Darla zei nog steeds niks.

Ik praatte verder om een reactie los te krijgen.

'Nee, ik kan niet koken. Maar ik ga hamburgers maken. Dat lukt me nog wel. Hamburgers met natashasaus. Tenzij jij wilt helpen, Darla. Tenzij je dit samen met mij wilt doen. Ik weet dat het een beetje gek is, maar...'

Toen riep ze uit: 'Een beetje gek? Gestoord, bedoel je! Je bent niet goed wijs, Jesse! Je bent je verstand verloren! Waarom heb je dit gedaan?'

'Om het goed te maken,' antwoordde ik zachtjes.

'Maar Jesse,' schreeuwde ze. 'We kunnen het niet goedmaken! Hoor je me? Je kunt nooit goedmaken wat is gebeurd!'

Ze barstte in tranen uit en vluchtte de nacht in.

-3

Audities

Maandag 14 juli – woensdag 16 juli 2014

JESSE ROSENBERG

Maandag 14 juli 2014
12 dagen voor de première

Die ochtend hielden Derek en ik, verscholen in de eetzaal van het Lake Palace, van een afstandje Kirk Harvey in de gaten, die net was gaan zitten voor het ontbijt.

Ostrovski, die ook net binnenkwam, zag hem en ging bij hem aan tafel zitten.

'Helaas zullen sommige mensen teleurgesteld zijn, want niet iedereen wordt vanochtend geselecteerd,' zei Harvey.

'Sorry, Kirk?'

'Ik heb het niet tegen jou, Ostrovski! Ik heb het tegen de pancakes die niet zullen worden geselecteerd. De porridge ook niet. De aardappelen ook niet.'

'Het is maar een ontbijt, Kirk.'

'Welnee, geboren idioot! Het is veel meer dan dat! Ik moet me voorbereiden om de beste acteurs van Orphea te selecteren.'

Een ober kwam naar hun tafel om de bestelling op te nemen. Ostrovski vroeg om een kop koffie en een gekookt ei. Daarna wendde de ober zich tot Kirk, maar die staarde hem alleen aan en zei niets. De ober vroeg: 'En u, mijnheer?'

'Wie denk je wel dat je bent!' schreeuwde Kirk. 'Ik verbied je om rechtstreeks het woord tot mij te richten! Weet je wel dat ik een groot regisseur ben? Met welk recht spreekt het lage personeel me zomaar aan?'

'Het spijt me, meneer,' verontschuldigde de ober zich, die zich erg slecht op zijn gemak voelde.

'Haal de directeur!' eiste Harvey. 'Alleen de directeur van dit hotel mag mij te woord staan.'

De andere gasten keken met stomheid geslagen toe. Toen de directeur was ingelicht, haastte hij zich naar de tafel.

'De grote Kirk Harvey wenst eggs royale en kaviaar,' verklaarde Harvey.

'De grote Kirk Harvey wenst eggs royale en kaviaar,' zei de directeur tegen zijn werknemer.

De werknemer schreef het op en de rust keerde terug in het restaurant.

Mijn telefoon ging. Het was Anna. Ze wachtte op het politiebureau. Toen ik vertelde waar Derek en ik waren, spoorde ze ons aan om snel te vertrekken.

'Jullie mogen je daar niet laten zien,' zei ze. 'Als de burgemeester dat hoort, komen we allemaal in de problemen.'

'Die Harvey is een wandelende grap,' zei ik. 'En ze nemen hem nog serieus ook.'

'Reden te meer om ons op het onderzoek te concentreren,' zei Anna.

Ze had gelijk. We vertrokken en troffen haar op het bureau. We deden naspeuringen naar Jeremiah Fold, van wie we ontdekten dat hij op 16 juli 1994 bij een verkeersongeluk om het leven was gekomen – twee weken voor burgemeester Gordon dus.

Tot onze grote verrassing had Jeremiah geen strafblad. Het enige in zijn dossier was een onderzoek van de ATF – het federale bureau belast met de controle over alcohol, tabak en vuurwapens – maar dat was kennelijk op niets uitgelopen. We namen contact op met de politie van Ridgesport om meer over hem te weten te komen, maar de agent met wie we spraken bracht ons niet verder. Er is geen dossier over Fold, verzekerde hij ons. Dat betekende dat de dood van Fold niet als verdacht was aangemerkt.

'Als Jeremiah Fold al voor de moord op de Gordons is gestorven,' zei Derek, 'dan kan hij er niet bij betrokken zijn.'

'Ik heb de bestanden van de FBI bekeken: er is geen enkele criminele organisatie die zich "de Zwarte nacht" noemt. Er is dus geen verband met de georganiseerde misdaad en dus ook geen sprake van wraak.'

In elk geval konden we het spoor van Fold afsluiten. Het spoor dat overbleef was de identiteit van de opdrachtgever van Stephanies boek.

Derek had dozen vol kranten meegebracht.

'De advertentie waardoor Stephanie Mailer in aanraking is gekomen met haar opdrachtgever moet in de krant hebben gestaan,' legde hij aan Anna en mij uit. 'Immers, in het gesprek dat ze beschrijft vertelt hij dat hij die al twintig jaar laat zetten.'

Hij las Stephanies tekst opnieuw voor.

De ingezonden mededeling stond tussen de advertenties van een schoenlapper en van een Chinees restaurant met een all you can eat-buffet voor nog geen twintig dollar.

WIL JIJ EEN BESTSELLER SCHRIJVEN?
LITERATOR ZOEKT AMBITIEUZE SCHRIJVER VOOR SERIEUZE OPDRACHT. REFERENTIES ABSOLUUT NOODZAKELIJK.

'Het moet dus een terugkerende publicatie zijn,' zei Derek. 'En het lijkt erop dat Stephanie op maar één krant geabonneerd was: het blad van de letterenfaculteit van Notre Dame University, waar ze had gestudeerd. Dus hebben we alle nummers van het afgelopen jaar bij elkaar gezocht.'

'Ze kan die advertentie ook hebben gelezen in een tijdschrift dat ze ergens zag liggen,' wierp Anna tegen. 'In een café, op een stoel in de metro, in de wachtkamer bij de dokter.'

'Misschien,' antwoordde Derek. 'Maar misschien ook niet. Als we de advertentie vinden, kunnen we de opdrachtgever misschien vinden en uiteindelijk ontdekken wie hij in de nacht van de moorden achter het stuur van Ted Tennenbaums busje zag zitten.'

~

In het Grand Theater had zich een grote menigte verzameld voor de audities. Die verliepen ontmoedigend langzaam. Kirk Harvey zat op het podium aan een tafel. Hij riep de gegadigden twee aan twee op om ze de eerste scène van zijn toneelstuk te laten spelen, dat op een miezerig papiertje stond waar de aspirant-acteurs het samen mee moesten doen.

Een onheilspellende ochtend. Het regent. Op een landweg staat het verkeer vast: er is een gigantische opstopping. De automobilisten zijn geërgerd, ze toeteren woedend. Een jonge vrouw loopt door de berm, passeert de rij stilstaande auto's. Ze bereikt de politieafzetting en stelt een vraag aan de dienstdoende agent.

JONGE VROUW: Wat is er aan de hand?
AGENT: Er is een dode gevonden. Een tragisch motorongeval.

De kandidaten verdrongen zich voor het podium en wachtten tot Kirk Harvey ze liet opdraven. Hij schreeuwde bevelen en tegenbevelen: eerst moesten ze de trap aan de rechterkant gebruiken, toen die aan de linkerkant, toen moesten ze groeten voordat ze het podium op gingen, toen als ze erop stonden, toen helemaal niet meer, anders gaf Kirk ze opdracht om de hele weg naar het podium opnieuw af te leggen. Daarna moesten de acteurs de scène spelen. Het vonnis kwam onmiddellijk. 'Waardeloos!' schreeuwde Harvey, wat voor de kandidaat betekende dat hij uit de ogen van de maestro moest verdwijnen.

Sommige mensen protesteerden.

'Hoe kun je iemand beoordelen na één regel?'

'Val me niet lastig en maak dat je wegkomt! Ik ben de regisseur.'

'Mogen we het niet opnieuw proberen?' vroeg een afgewezen gegadigde.

'Nee!' riep Harvey.

'Maar we wachten al uren en nu hebben we allebei maar één regel gelezen.'

'Geen roem voor jou, de goot van het leven is jouw lot! En nu wegwezen, mijn ogen doen al pijn als ik naar je kijk!'

~

In de salon van suite 308 van het Lake Palace lag Dakota languit op de bank terwijl haar vader zijn laptop op het bureau zette en tegen haar praatte.

'Laten we naar de audities van dat stuk gaan,' zei Jerry. 'Dat is iets wat we samen kunnen doen.'

'Bah! Theater is saai!' antwoordde Dakota.

'Hoe kun je dat nou zeggen! En dat prachtige stuk dat je hebt geschreven dan, dat het schoolgezelschap zou opvoeren?'

'Dat is nooit opgevoerd,' zei Dakota. 'En sindsdien geef ik niet meer om theater.'

'Als ik eraan denk hoe nieuwsgierig je was als klein meisje!' zei Jerry spijtig. 'Wat een vloek dat deze generatie geobsedeerd is door telefoons en sociale media! Jullie lezen niet, het enige wat jullie interesseert is foto's maken van je middageten. Wat een tijd!'

'Je hebt wel lef, zeg,' zei Dakota. 'Dat de mensen zo zijn, komt door die kutprogramma's van jou!'

'Dakota, niet zo vulgair alsjeblieft.'

'Hoe dan ook, laat dat toneelstuk maar zitten: als we geselecteerd worden, zitten we hier tot augustus vast.'

'Wat wil je dan gaan doen?'

'Niets,' zei Dakota pruilend.

'Wil je naar het strand?'

'Nee. Wanneer gaan we weer naar New York?'

'Weet ik niet, Dakota,' zei Jerry geërgerd. 'Ik wil best geduldig zijn, maar kun jij in elk geval je best doen? Vergeet niet dat ik wel iets anders te doen heb dan hier te zitten. Channel 14 heeft geen flagship voor september en...'

'Dan gaan we toch terug?' onderbrak Dakota hem. 'Doe wat je doen moet.'

'Nee. Ik heb ervoor gezorgd dat ik alles vanaf hier kan leiden. Ik heb nu trouwens een videoconferentie.'

'Ja, hoor, altijd videoconferenties, altijd werk! Dat is het enige wat je interesseert.'

'Het duurt maar tien minuten, Dakota! Ik zorg ervoor dat ik heel veel voor je klaarsta, dat zou je op zijn minst kunnen toegeven. Tien minuten, daarna doen we wat je wilt.'

'Ik heb nergens zin in,' klaagde Dakota; toen sloot ze zich op in haar kamer.

Jerry zuchtte en sloot de webcam aan om de vergadering met zijn team te beginnen.

Tweehonderdvijftig kilometer verderop, in hartje Manhattan, in een stampvolle vergaderzaal op de drieënvijftigste verdieping van de toren van Channel 14, zaten de deelnemers aan de vergadering te kletsen tot ze zouden beginnen.

'Waar is de baas?' vroeg iemand.

'In de Hamptons.'

'O, dus hij vermaakt zich terwijl wij lopen te buffelen! Wij werken, hij casht.'

'Ik geloof dat er iets met zijn dochter aan de hand is,' zei een vrouw die Jerry's assistente goed kende. 'Die is aan de drugs of zoiets.'

'Die rijkeluiskindjes zijn allemaal hetzelfde. Hoe minder zorgen, hoe meer problemen.'

Plotseling kwam de verbinding tot stand, en iedereen viel stil. Op het scherm aan de muur verscheen de baas, en iedereen draaide zich naar hem toe en groette.

De directeur content creation nam als eerste het woord.

'Jerry,' zei hij, 'volgens mij zitten we op het goede spoor. We hebben ons geconcentreerd op een project dat al snel ieders goedkeuring kreeg: een realityserie waarin de camera's een gezin met overgewicht volgen dat wanhopig probeert af te vallen. Het is een concept dat alle groepen kijkers zou moeten bevallen, want iedereen vindt er iets van zijn gading in: je kunt je met ze identificeren, aan ze gehecht raken en ze uitlachen. We hebben een testpanel ondervraagd en het lijkt of dit een winnende formule kan zijn.'

'Klinkt goed,' zei Jerry enthousiast.

De directeur content creation gaf het woord aan de projectverantwoordelijke.

'We dachten dat de zwaarlijvige familie getraind zou kunnen worden door een prachtige personal trainer: één bonk spieren, hard en gemeen; maar in de loop van de serie ontdek je dat hij vroeger ook dik is geweest en dat hij erin geslaagd is om zijn vetrollen de baas te worden. Dat is het soort *multifaceted* personage waar het publiek van houdt.'

'Hij zou ook zorgen voor het broodnodige conflict in het ritme van de uitzendingen,' verklaarde de directeur content creation. 'We hebben al twee of drie scènes bedacht waarin dat naar voren komt. Bijvoorbeeld dat de dikke verdrietig is en huilend een pot chocoladeijs leegeet terwijl de coach naar zijn gejammer luistert en ondertussen push-ups en sit-ups doet om nog gespierder en knapper te worden.'

'Jullie idee klinkt echt goed,' zei Jerry, 'maar wacht even: als ik het zo zie, zit er te veel pathetiek in en niet genoeg conflict. En de toeschouwer heeft liever conflict. Als er te veel gesnotterd wordt, wordt het saai.'

'Daar hebben we ook al aan gedacht,' zei de directeur content creation, die trots het woord weer nam. 'Voor extra conflict hebben we een variant bedacht: we stoppen twee gezinnen in één vakantiehuis. Het ene gezin is supersportief; ouders en kinderen zijn atletisch en gezond, eten alleen gekookte groenten, niks vets. Het andere gezin is het gezin met overgewicht dat hun dagen pizza-etend voor de televisie doorbrengt. Die antagonistische levenswijzen leiden tot verschrikkelijke spanningen. De sportieven zeggen tegen de dikken: hé, jongens, ga mee sporten, dan gaan we daarna tapioca eten; de dikzakken menen dat ze niet goed wijs zijn en antwoorden: nee, dank je, we liggen ons liever op de bank vol te proppen met kaasnacho's die we wegspoelen met frisdrank.'

De hele vergadering was overtuigd. Toen nam de directeur van de afdeling juridische zaken het woord.

'Er is één moeilijkheid: als we die dikkerds dwingen om te vreten als zwijnen, dan hebben ze een verhoogd risico op diabetes en moeten we hun behandeling betalen.'

Jerry wuifde het probleem weg.

'Zorg dat je een waterdichte vrijwaring opstelt, zodat ze geen enkele actie tegen ons kunnen ondernemen.'

De leden van het juridische team begonnen direct aantekeningen te maken. Toen was het de beurt van de directeur marketing.

'Het chipsmerk Grassitos is heel enthousiast en wil bij het project betrokken zijn. Ze zijn bereid om het gedeeltelijk te financieren, op voorwaarde dat uit de afleveringen de boodschap spreekt dat chips eten kan helpen bij gewichtsverlies. Na dat fiasco met de giftige appels willen ze hun blazoen wat oppoetsen.'

'Giftige appels?' vroeg Jerry. 'Wat bedoel je?'

'Een paar jaar geleden had Grassitos het zwaar te verduren omdat ze in de schoolkantines dikke kinderen zouden kweken, en toen hebben ze gefinancierd dat er op achterstandsscholen in de buurt van New York appels werden uitgedeeld. Maar die dingen zaten zo vol pesticiden dat die kinderen tumoren kregen. Vierhonderd zieke kinderen, dat is funest voor je imago.'

'Zeg dat wel!' zei Jerry meelevend.

'Hoe dan ook,' zei de directeur marketing, 'geluk bij een ongeluk: het waren kinderen uit achterstandswijken en hun ouders hadden geen geld om rechtszaken te beginnen. Sommigen van die kinderen zullen zelfs nooit een dokter zien.'

'Grassitos wil dat de gespierde lui ook chips eten. Je moet een link kunnen leggen tussen spieren en chips eten. Verder zouden ze graag zien dat de coach of de sportieve familie latino's zijn. Dat is een belangrijke markt die ze willen aanboren. Ze hebben al een slogan klaarliggen: *Latinos Love Grassitos*.'

'Prima,' zei Jerry. 'We moeten wel eerst achterhalen hoeveel ze willen investeren om te zien of de samenwerking zinvol voor ons is.'

'En dat die spierbundels latino's zijn, is dat oké?' vroeg de directeur marketing.

'Jazeker,' bevestigde Jerry.

'We hebben latino's nodig!' schreeuwde de directeur content creation. 'Schrijft iemand dat op?'

In de suite in het Lake Palace merkte Jerry, die met zijn neus tegen het scherm gedrukt zat, niet dat Dakota haar kamer was uit gelopen en nu achter hem stond. Ze keek naar hem; hij was volledig verdiept in zijn vergadering; toen liep ze de suite uit. Ze liep op en neer door de gang en wist niet wat ze met zichzelf moest beginnen. Ze passeerde kamer 310, waar Ostrovski zich voorbereidde voor de auditie door de klassieken van het theater op te zeggen. Uit kamer 312, die van Bergdorf en Alice, hoorde ze tot haar hilariteit luidruchtige seks. Uiteindelijk besloot ze uit het Palace te vertrekken. Ze vroeg de valet om de Porsche van haar vader en reed richting Orphea. Ze ging naar Ocean Road. Ze reed langs de huizen in de richting van het strand. Ze was nerveus. Straks kwam ze langs wat hun vakantiehuis was geweest, waar ze samen zo gelukkig waren. Ze parkeerde voor de poort en staarde naar het smeedijzeren opschrift: DE HOF VAN EDEN.

Ze kon haar tranen niet lang inhouden. Ze klampte zich vast aan het stuur en barstte in huilen uit.

~

'Jesse,' zei Michael Bird glimlachend toen hij me in de deuropening van zijn kantoor zag staan. 'Waaraan heb ik dit genoegen te danken?'

Terwijl Anna en Derek op het bureau verdiept waren in de tijdschriften van Notre Dame University was ik naar de redactie van de *Orphea Chronicle* gegaan om de artikelen van destijds over de viervoudige moord bij elkaar te zoeken.

'Ik moet de archieven van de krant inzien,' zei ik. 'Mag ik je om hulp vragen zonder dat het morgen in de krant staat?'

'Natuurlijk, Jesse,' beloofde hij. 'Het spijt me nog steeds dat ik je vertrouwen heb geschaad. Dat was onprofessioneel. Maar ik speel continu dezelfde film af in mijn hoofd: had ik Stephanie niet kunnen beschermen?'

Hij zag er triest uit. Ik zag dat hij naar Stephanies bureau staarde, dat vlak voor hem stond en waaraan niets veranderd was.

'Je had niets kunnen doen, Michael,' probeerde ik hem te troosten.

Hij haalde zijn schouders op en bracht me naar de archiefruimte in de kelder.

Michael bleek een waardevolle bondgenoot: hij hielp me om de edities van de *Orphea Chronicle* uit te zoeken, artikelen te vinden die van belang leken en er kopieën van te maken. Ik maakte ook gebruik van zijn enorme kennis van de regio om navraag te doen naar Jeremiah Fold.

'Jeremiah Fold?' herhaalde hij. 'Nooit van gehoord. Wie is dat?'

'Een kleine crimineel uit Ridgesport,' legde ik uit. 'Hij perste Ted Tennenbaum af door te dreigen dat hij de opening van Café Athena zou vertragen.'

Michael was stomverbaasd

'Liet Tennenbaum zich afpersen?'

'Ja. Dat heeft de Staatspolitie in 1994 over het hoofd gezien.'

Dankzij Michael kon ik de laatste feiten over de Zwarte nacht controleren: hij nam contact op met andere kranten uit de omgeving, in het bijzonder de *Ridgesport Evening Star*, het dagblad van Ridgesport, en vroeg of er in hun archieven nog artikelen lagen te sluimeren met de steekwoorden 'zwarte nacht'. Maar er werd niets gevonden. De enige treffers kwamen uit Orphea, uit de periode tussen de herfst van 1993 en de zomer van 1994.

'Wat is het verband tussen Harveys toneelstuk en wat er gebeurd is?' vroeg Michael, die de link nog niet gelegd had.

'Dat zou ik ook wel willen weten. Vooral nu we weten dat de Zwarte nacht alleen over Orphea gaat.'

Ik nam de kopieën uit de archieven van de *Orphea Chronicle* mee naar het bureau om me erin te verdiepen. Ik begon te lezen, te knippen, te onderstrepen, weg te gooien en te rangschikken, terwijl Anna en Derek minutieus onderzoek deden naar de exemplaren van het tijdschrift van Notre Dame. Anna's kantoor begon steeds meer op een papierverwerkingsbedrijf te lijken. Opeens riep Derek uit: 'Bingo!' Hij had de advertentie gevonden. Pagina 21 van het nummer uit de herfst van 2014. Tussen een reclame voor schoenreparaties en een advertentie voor een Chinees restaurant met een *all you can eat*-buffet voor nog geen twintig dollar stond een mysterieuze boodschap:

WIL JIJ EEN BESTSELLER SCHRIJVEN?
LITERATOR ZOEKT AMBITIEUZE SCHRIJVER VOOR SERIEUZE OPDRACHT. REFERENTIES ABSOLUUT NOODZAKELIJK.

We hoefden alleen nog contact op te nemen met degene die bij het tijdschrift over de advertenties ging.

~

Dakota stond nog steeds voor de poort van de Hof van Eden geparkeerd. Haar vader had haar niet eens gebeld. Hij zou haar wel haten, dacht ze, net als iedereen. Vanwege wat er in dit huis was gebeurd. Vanwege wat ze Tara Scalini had aangedaan. Ze zou het zichzelf nooit vergeven.

Opnieuw barstte ze in tranen uit. Ze had zoveel pijn in zich: ze dacht dat het nooit beter zou gaan. Ze wilde niet meer leven. Met betraande ogen zocht ze in haar tas naar een ampul ketamine. Ze moest zich beter voelen. In plaats van ketamine vond ze tussen haar spullen een klein plastic doosje dat haar vriendin Leyla haar had gegeven. Heroïne, om te snuiven. Dakota had het nog nooit geprobeerd. Ze trok een streep wit poeder op het dashboard en wrong zich in bochten om haar neus er vlakbij te brengen.

In het huis besloot Gerald Scalini, die van zijn vrouw had gehoord dat er al een hele tijd een auto voor de poort geparkeerd stond, de politie te bellen.

In het Grand Theater was burgemeester Brown gekomen om het einde van de audities bij te wonen. Hij had gezien hoe de kandidaten werden vernederd en stuk voor stuk werden afgewezen, waarna Kirk Harvey besloot om iedereen weg te sturen met de uitroep: 'Klaar voor vandaag. Kom morgen maar terug en probeer in hemelsnaam wat minder slecht te zijn!'

'Hoeveel acteurs heb je nodig?' vroeg Brown toen hij het toneel op was geklommen en naar Harvey toe was gegaan.

'Acht. Ongeveer. Een rol meer of minder maakt niet uit, weet je.'

'Meer of minder?' bracht Brown uit. 'Heb je nog geen exacte rolverdeling?'

'Min of meer wel,' zei Harvey.

'En hoeveel heb je er vandaag gevonden?'

'Nul.'

De burgemeester zuchtte wanhopig.

'Kirk,' zei hij voordat hij vertrok, 'je hebt nog maar een dag om de rollen te verdelen. Je moet absoluut sneller werken. Anders zijn we nooit op tijd klaar.'

Voor de Hof van Eden stonden meerdere politieauto's. Achter in de patrouillewagen van Montagne zat Dakota met haar handen geboeid op haar rug te huilen. Montagne ondervroeg haar door het open portier.

'Wat deed je hier?' vroeg hij. 'Wachtte je op een klant? Verkoop je die shit hier?'

'Nee, echt niet,' zei Dakota huilend, half bij bewustzijn.

'Je bent te high om antwoord te geven, stom wijf! En waag het niet om te kotsen in mijn wagen, duidelijk? Fucking junkie!'

'Ik wil mijn vader spreken,' smeekte Dakota.

'Ja, hoor, tuurlijk, en wat nog meer? Wat we in de auto hebben gevonden is meer dan genoeg om je voor te leiden. De volgende halte voor jou is de cel, schatje.'

De middag liep ten einde, en in de rustige woonwijk waar de Browns woonden zat Charlotte, die net terug was van haar werkdag in de dierenkliniek, op de veranda van haar huis te dromen. Haar man kwam terug uit het Grand Theater en ging naast haar zitten. Hij zag er uitgeblust uit. Teder ging ze met haar hand door zijn haar.

'Hoe gingen de audities?' vroeg ze.

'Heel slecht.'

Ze stak een sigaret op.

'Alan...' zei ze.

'Ja?'

'Ik wil meedoen.'

Hij glimlachte.

'Doe maar,' moedigde hij haar aan.

'Ik weet het niet... ik heb al twintig jaar niet meer op de planken gestaan.'

'Ik ben ervan overtuigd dat je het verdomde goed zult doen.'

Als enige antwoord zuchtte Charlotte diep.

'Wat is er?' vroeg Alan, die merkte dat er iets verkeerd zat.

'Ik denk dat het misschien beter is om niet te veel op te vallen, en vooral om ver van Harvey te blijven.'

'Waar ben je bang voor?'

'Dat weet je best, Alan.'

Een paar mijl verderop, in het Lake Palace, was Jerry Eden in alle staten: Dakota was verdwenen. Hij had haar overal in het hotel gezocht: bij de bar, het zwembad, in de fitnessruimte – tevergeefs. Ze nam haar telefoon niet op en ze had geen bericht achtergelaten. Uiteindelijk had hij de hotelbeveiliging ingelicht. De cameraopnames lieten zien dat Dakota haar kamer uit liep, even over de gang zwierf, toen naar de receptie ging om de auto te vragen en wegreed. Het hoofd van de beveiliging stelde ten einde raad voor om contact op te nemen met de politie. Maar dat wilde Jerry liever vermijden; hij was bang dat zijn dochter in de problemen zou komen. Opeens ging zijn telefoon. Haastig nam hij op.

'Dakota?'

'Jerry Eden,' antwoordde een ernstige stem. 'Dit is adjunct-commissaris Jasper Montagne van de politie van Orphea.'

'Politie? Wat is er aan de hand?'

'Uw dochter Dakota wordt momenteel vastgehouden op het bureau. Ze is staande gehouden vanwege het bezit van verdovende middelen en zal morgen aan de rechter worden voorgeleid. Ze zal de nacht in de cel moeten doorbrengen.'

JERRY EDEN

In de zomer van 1994 was ik de jonge directeur van een radiozender in New York. Ik verdiende goed en ik was net getrouwd met Cynthia, mijn liefje van school, het enige meisje dat ooit in mij had geloofd.

Je had ons moeten zien: we hadden het allemaal voor elkaar. We waren verliefd, net dertig, zo vrij als een vogeltje. Mijn kostbaarste bezit was een tweedehands Corvette waarin we in het weekend het land ontdekten: we reden van de ene stad naar de andere en overnachtten in motels en pensions.

Cynthia werkte bij de boekhouding van een klein theater. Ze had goede contacten, en doordeweeks bezochten we alle stukken op Broadway zonder een cent te betalen. Het was een leven met weinig geld, maar wat we hadden was meer dan genoeg. We waren gelukkig.

1994 was het jaar waarin we trouwden. In januari, en daarom hadden we besloten om de huwelijksreis uit te stellen tot het beter weer was, want vanwege ons beperkte budget zochten we bestemmingen die binnen het bereik van de Corvette lagen. Cynthia hoorde over het kersverse theaterfestival van Orphea. In de kunstwereld werd er veel goeds over gezegd en men verwachtte gerenommeerde journalisten: een goed teken. Ik vond er een prachtig familiepension, vlak bij de oceaan, in een houten huis omringd door hortensia's, en er was geen enkele twijfel over dat de tien dagen die we er zouden doorbrengen gedenkwaardig zouden zijn. Dat waren ze ook, in ieder opzicht. Terug in New York ontdekte Cynthia dat ze zwanger was. In april 1995 werd ons enige, geliefde kind geboren: Dakota.

Zonder iets af te doen aan het geluk dat Dakota's komst in ons leven betekende, kan ik zeggen dat ik niet zeker weet of we van plan waren om zo snel al een kind te krijgen. De maanden die volgden waren zoals die van alle jonge ouders van wie het leven door de komst van een kleintje overhoop wordt gegooid: ons leven verliep voortaan in veelvouden van drie in een wereld waarin we ons tot dan toe hadden voortbewogen in een Corvette met twee zitplaatsen. We moesten de auto verkopen om een grotere te kopen, een ander appartement vinden voor een extra kamer en opdraaien voor de kosten van luiers, kleertjes, billendoekjes, kinderwagens en andere benodigdheden. Kortom, we moesten ons aanpassen.

Daar kwam nog bij dat Cynthia toen ze na haar zwangerschapsverlof terugkwam naar het theater, werd ontslagen. Ondertussen werd mijn radiozender opgekocht door een conglomeraat, en nadat ik allerlei geruchten over reorganisaties had gehoord en vreesde voor mijn functie, werd ik gedwongen om voor hetzelfde salaris en veel minder zendtijd, veel meer administratief werk en verantwoordelijkheden op me te nemen. Onze weken werden een race tegen de klok: werk, familie, Cynthia die werk zocht en die niet wist wat ze met Dakota aan moest, ik die 's avonds uitgeput thuiskwam. Onze relatie werd zwaar op de proef gesteld. Dus toen het zomer werd, stelde ik voor om eind juli een paar dagen door te brengen in het pensionnetje in Orphea om dichter bij elkaar te komen. En opnieuw deed het wonder van Orphea zijn werk.

Zo zou het ook de komende jaren gaan. Wat er ook gebeurde in de drukte van New York, wat het leven van alledag ons ook aandeed, Orphea maakte alles goed.

Cynthia vond werk in New Jersey, een uur reizen met de trein. Drie uur per dag met het openbaar vervoer, en we moesten jongleren met agenda's en kalenders, de kleine eerst naar de crèche brengen, daarna naar school, boodschappen doen, afspraken plannen, en overal – thuis, op het werk, 's avonds en 's ochtends, iedere dag die God ons gaf – onze zaakjes regelen. We waren prikkelbaar; sommige dagen zagen we elkaar nauwelijks. Maar een keer per jaar werden al die spanning, dat onbegrip, die stress en drukte in een klap uitgewist als we in Orphea kwamen. De stad was een loutering voor ons. De lucht leek zuiverder, de hemel mooier, het leven rustiger. De pensionhouder die volwassen kinderen had, zorgde uitstekend voor Dakota en paste op haar als we voorstellingen op het festival wilden bezoeken.

Aan het einde van het verblijf gingen we terug naar New York, blij, uitgerust en gekalmeerd. Klaar om weer aan onze levens te beginnen.

~

Ik ben nooit erg ambitieus geweest, en als Cynthia en Dakota er niet waren geweest, had ik nooit zo'n succesvolle carrière kunnen maken. Want wanneer ik jaarlijks terugkeerde naar Orphea en me daar zo goed voelde, wilde ik ze meer bieden. Iets beters dan het kleine pension, langer dan een week per jaar in de Hamptons. Ik wilde dat Cynthia niet meer drie uur per dag met het openbaar vervoer hoefde te reizen om de eindjes aan elkaar te knopen, ik wilde dat Dakota naar een privéschool kon en het best mogelijke onderwijs kreeg. Voor hen begon ik harder te werken, naar promotie te streven en een beter salaris te eisen. Voor hen vond ik het goed om de radiozender in te ruilen voor meer verantwoordelijkheid en banen die ik minder interessant vond, maar die beter betaalden. Ik begon de ladder te beklimmen, ik greep elke kans aan die op mijn pad kwam, ik kwam als eerste op kantoor, ging als laatste weg. In drie jaar tijd ging ik van regisseur bij een radiostation naar verantwoordelijke voor de ontwikkeling van televisieseries van alle kanalen van het conglomeraat. Mijn salaris verdubbelde, verdrievoudigde, en daarmee onze levensstandaard. Cynthia hoefde niet meer te werken en kon van Dakota genieten, die nog heel klein was. Een deel van haar tijd deed ze vrijwilligerswerk in een theater. Onze vakanties in Orphea werden langer: eerst drie weken, toen een hele maand, toen de hele zomer, in steeds grotere en luxueuzere huurhuizen, met wekelijks een huishoudster, toen twee keer per week, toen elke dag, die het hele huishouden deed, de bedden opmaakte, kookte en alles opraapte wat we lieten vallen.

Het was het goede leven. Er was maar een klein verschil met hoe ik het me had voorgesteld: in de tijd dat we een week in het pension zaten, was ik helemaal weg van mijn werk. Maar met mijn nieuwe verantwoordelijkheden kon ik nooit langer dan een paar dagen achter elkaar wegblijven: terwijl Cynthia en Dakota twee maanden lang van het zwembad genoten zonder zich ergens druk over te maken, ging ik regelmatig terug naar New York om de dagelijkse gang van zaken te leiden en problemen op te lossen. Cynthia vond het jammer dat ik niet langer kon blijven, maar alles ging goed. Waarom zouden we klagen?

Ik bleef carrière maken. Misschien zelfs zonder dat ik het wilde, dat weet ik niet meer. Mijn salaris, dat ik al astronomisch vond, bleef meegroeien met mijn takenpakket. Mediabedrijven kochten elkaar op en fuseerden tot reusachtige, almachtige conglomeraten. Ik kreeg een groot kantoor in een glazen wolkenkrabber, ik kon de hoogte van mijn functie afmeten aan de oppervlakte van mijn kamer. Mijn beloning steeg mee met de verdieping. Mijn inkomen vertienvoudigde, verhonderdvoudigde. Tien jaar geleden was ik regisseur bij een kleine radiozender, nu was ik directeur van Channel 14, de meest bekeken en meest winstgevende televisiezender in het land, die ik runde vanaf de drieënvijftigste en hoogste verdieping van een glazen toren, tegen een salaris van negen miljoen per jaar inclusief bonussen. Dus zevenhonderdvijftigduizend dollar per maand. Ik verdiende meer dan ik ooit zou kunnen uitgeven.

Alles wat ik Cynthia en Dakota wilde geven, kon ik ze geven. Luxe kleding, sportwagens, een fantastisch appartement, een privéschool, droomvakanties. Zodra de New Yorkse winter ons te grauw werd gingen we voor een week met een privévliegtuig naar Saint Barts om op krachten te komen. En in Orphea, aan de oceaan, liet ik voor een exorbitant bedrag het huis van onze dromen bouwen; ik doopte het 'de Hof van Eden', en die naam liet ik in smeedijzeren letters op de poort aanbrengen. Alles was zo simpel, zo gemakkelijk geworden. Zo bijzonder. Maar het had een prijs, en die was niet alleen financieel: het betekende dat ik me steeds meer op mijn werk moest storten. Hoe meer ik de twee vrouwen die ik liefhad wilde geven, hoe meer ik aan Channel 14 moest geven – in tijd, aandacht en energie.

Cynthia en Dakota brachten alle zomers en ieder weekend dat het mooi weer was door in het huis in de Hamptons. Ik ging zo vaak als ik kon met ze mee. Ik had er een werkkamer ingericht vanwaaruit ik de dagelijkse zaken kon afhandelen en zelfs telefonisch kon vergaderen.

Maar hoe gemakkelijker ons leven leek, hoe ingewikkelder het werd. Cynthia wilde dat ik meer tijd stak in onze relatie en in het gezin, dat ik niet meer permanent met werk bezig was; maar zonder werk hadden we geen huis. Een slang die in zijn eigen staart bijt: 'Wat heeft het voor nut om hier te komen als je je opsluit op je werkkamer?' 'Maar we zijn toch bij elkaar...' 'Nee, Jerry. Je bent er wel, maar alleen lijfelijk.' En dan gingen we weer naar het strand of naar het restaurant. Soms liep ik bij het hardlopen naar het huis waar vroeger het pension zat, dat na de dood van de eigenaar was gesloten. Ik bekeek het mooie houten huis en ik mijmerde over hoe onze vakanties waren geweest: zo eenvoudig en kort, maar zo heerlijk. Wat wilde ik graag terug naar die tijd. Ik wist niet meer hoe dat moest.

Als je het mij zou vragen, zou ik zeggen dat ik alles deed voor mijn vrouw en mijn dochter.

Als je het Cynthia of Dakota zou vragen, zouden ze zeggen dat ik alles deed voor mezelf, voor mijn ego, voor mijn obsessie met werk.

Het maakt niet uit wiens fout het is: in de loop der jaren verloor de magie van Orphea zijn kracht. De relatie en het gezin konden er niet meer herstellen en genezen. Integendeel, Orphea scheurde ze nog verder uit elkaar.

En toen stortte alles in.

Toen brak de lente van 2013 aan en waren we gedwongen om het huis in Orphea te verkopen.

JESSE ROSENBERG

Dinsdag 15 juli 2014
11 dagen voor de première

De advertentie in het tijdschrift van Notre Dame University hielp ons niet om de persoon te bereiken die erachter zat. Bij de redactie van de krant beschikte degene die over de advertenties ging over geen enkele informatie: de advertentie was bij de balie ingeleverd en contant betaald. Een volkomen raadsel. Maar hij kon in de archieven wel dezelfde advertentie terugvinden, die exact een jaar daarvoor was geplaatst. En het jaar daarvoor. De advertentie stond ieder jaar in het herfstnummer.

'Wat is er voor bijzonders in de herfst?' vroeg ik.

'Dat is het best gelezen nummer,' verklaarde de medewerker. 'Het eerste nummer van het begin van het studiejaar.'

Derek kwam met een hypothese: in de herfst kwamen de nieuwe studenten, en dus potentiële kandidaten die het boek zouden kunnen schrijven dat de opdrachtgever zo graag wenste.

'Als ik hem of haar was,' zei Derek, 'zou ik me niet tot een enkel tijdschrift beperken, maar zou ik de advertentie veel ruimer verspreiden.'

Een paar telefoontjes naar de redacties van tijdschriften van letterenfaculteiten van diverse universiteiten in New York en omstreken stelden ons in staat om die hypothese te bevestigen: al jarenlang waren dergelijke advertenties in alle herfstnummers verschenen. Maar degene die ze liet zetten liet geen enkel spoor achter.

Alles wat we wisten was dat het een man was, dat hij in 1994 in Orphea was geweest, dat hij beschikte over informatie die het vermoeden wekte dat Ted Tennenbaum niet de moordenaar was, dat hij de situatie ernstig genoeg vond om er een boek over te schrijven, maar dat hij dat niet zelf kon doen. Het laatste was nog wel het vreemdste. Derek dacht hardop na: 'Wie wil er schrijven, maar kan niet schrijven? Zozeer dat hij zo wanhopig op zoek is naar iemand die het voor hem kan doen dat hij jarenlang advertenties in studententijdschriften plaatst?'

En dus schreef Anna met zwarte viltstift op het magneetbord een raadsel dat van de sfinx van Thebe afkomstig leek:

Ik wil schrijven, maar ik kan niet schrijven. Wie ben ik?

Bij gebrek aan beter konden we alleen nog dieper duiken in de artikelen van de *Orphea Chronicle* die we al redelijk nauwkeurig hadden afgeschuimd, met weinig succes. Derek, die diep in een artikel zat, werd opeens heel opgewonden en zette een rode kring om een alinea. Hij leek alert en zijn gedrag viel ons op.

'Heb je iets gevonden?' vroeg Anna.

'Moet je luisteren,' zei hij ongelovig, terwijl hij nog eens naar de fotokopie in zijn hand keek. 'Een artikel uit de *Orphea Chronicle* van 2 augustus 1994. Er staat: "Volgens een bron bij de politie zou een derde getuige zich bekend hebben gemaakt. Een getuige die van het grootste belang zou kunnen zijn voor de politie, die momenteel nauwelijks over enige informatie beschikt."'

'Wat is dat nou?' vroeg ik verbijsterd. 'Een derde getuige? Er waren maar twee getuigen: de beide buurtbewoners.'

'Dat dacht ik ook, Jesse,' zei Derek, die even verbijsterd was als ik.

Anna nam direct contact op met Michael Bird: hij had geen enkele herinnering aan die getuige, maar hij herinnerde ons eraan dat het drie dagen na de viervoudige moord in de stad gonsde van de geruchten. Het was jammer genoeg onmogelijk om de auteur van het artikel te ondervragen – die was tien jaar geleden overleden – maar Michael liet ons weten dat de bron bij de politie zonder twijfel commissaris Gulliver moest zijn, die altijd nogal loslippig was geweest.

Gulliver was niet op het bureau. Toen hij terugkwam, bezocht hij ons op Anna's kamer. Ik legde uit dat we een artikel hadden gevonden waarin een derde getuige werd genoemd en hij antwoordde direct.

'Marty Connors. Hij werkte bij een benzinepomp vlak bij Penfield Crescent.'

'Waarom hebben wij nog nooit over hem gehoord?'

'Omdat we zijn verklaring hebben onderzocht en die geen waarde bleek te hebben.'

'Dat hadden we graag zelf willen beoordelen,' zei ik.

'Er waren destijds tientallen van dat soort getuigenissen die we heel nauwkeurig hebben gecontroleerd voordat we ze doorgaven. We werden met van alles en nog wat gebeld: ze hadden een aanwezigheid gevoeld, een vreemd geluid gehoord, een vliegende schotel gezien. Nou ja, dat soort onzin. We moesten wel filteren, anders waren jullie volkomen verzopen. Maar we hebben nauwkeurig gewerkt.'

'Daar twijfel ik niet aan. Hebt u hem zelf ondervraagd?'

'Nee. Ik weet niet meer wie dat heeft gedaan.'

Toen Gulliver de kamer uit liep, bleef hij plotseling op de drempel staan en zei: 'Iemand zonder armen.'

We keken hem alle drie aan. Uiteindelijk vroeg ik: 'Wat bedoelt u, commissaris?'

'Wat er op dat bord staat: "Ik wil schrijven, maar ik kan niet schrijven. Wie ben ik?" Het antwoord is: iemand zonder armen.'

'Bedankt, commissaris.'

We namen contact op met het tankstation dat Gulliver had genoemd en dat nog steeds bestond. We hadden het geluk dat Marty Connors er twintig jaar later nog steeds werkte.

'Marty werkt 's nachts als pompbediende,' zei degene die ik aan de lijn had. 'Hij begint om elf uur.'

'En werkt hij vanavond?'

'Ja. Wilt u dat ik een boodschap voor hem achterlaat?'

'Nee, dank u. Ik kom wel even langs.'

~

Wie geen tijd te verliezen heeft en zo snel mogelijk vanuit Manhattan in de Hamptons wil zijn, gaat door de lucht. Vanaf de heliport aan de zuidpunt van het eiland is het maar twintig minuten met de helikopter van New York naar iedere stad op Long Island.

Op de parkeerplaats van het vliegveld van Orphea zat Jerry Eden aan het stuur van zijn auto te wachten. Een luidruchtig motorgeluid trok hem uit zijn gedachten. Hij keek op en zag de helikopter aankomen. Hij stapte uit. De machine daalde neer op het platform, op enkele tientallen meters van hem vandaan. Zodra de motor uitstond en de wieken stilstonden, ging de zijdeur van de helikopter open en stapte Cynthia Eden uit, gevolgd door hun advocaat, Benjamin Graff. Ze passeerden het hek dat het platform scheidde van de parkeerplaats en Cynthia stortte zich snikkend in de armen van haar man.

Terwijl Jerry zijn vrouw omhelsde, drukte hij zijn advocaat vriendschappelijk de hand.

'Benjamin, kan Dakota in de gevangenis komen?' vroeg hij.

'Hoeveel drugs had ze bij zich?'

'Geen flauw idee.'

'Laten we meteen naar het bureau gaan,' stelde de advocaat voor. 'We moeten de zitting voorbereiden. Gewoonlijk zou ik me geen zorgen maken, maar er is dat antecedent met Tara Scalini. Als de rechter zijn dossier goed voorbereidt, vindt hij dat, en dan zou hij het er wel eens bij kunnen betrekken. Dat zou heel problematisch zijn voor Dakota.'

Jerry rilde. Zijn benen konden hem nauwelijks dragen. Zozeer dat hij Benjamin vroeg om te rijden. Een kwartier later meldden ze zich bij het bureau van Orphea. Ze werden in een verhoorkamer gezet waar Dakota geboeid werd binnengebracht. Toen ze haar ouders zag, barstte ze in snikken uit. De agent maakte haar handboeien los en ze wierp zich meteen in hun armen.

'Mijn liefje!' riep Cynthia uit terwijl ze haar dochter zo hard ze kon tegen zich aandrukte.

De agenten lieten hen alleen in de kamer; ze gingen aan de plastic tafel zitten. Benjamin Graff haalde een dossier en een notitieblok uit zijn koffertje en ging direct aan de slag.

'Dakota, ik moet precies weten wat je de politie hebt verteld,' zei hij. 'En ik moet vooral weten of je iets over Tara hebt gezegd.'

~

In het Grand Theater gingen de audities door. Op het toneel zat burgemeester Brown naast Kirk Harvey om hem ertoe te bewegen de rolverdeling zo snel mogelijk rond te krijgen. Maar niemand voldeed.

'Ze zijn stuk voor stuk waardeloos,' zei Kirk Harvey steeds. 'Dit moet hét toneelstuk van de eeuw worden en het enige wat langskomt zijn de resten van Gods toorn.'

'Doe nou je best, Kirk!' smeekte de burgemeester.

Harvey riep de volgende kandidaten op het toneel. Tegen de aanwijzingen in verschenen er twee mannen voor hem: Ron Gulliver en Meta Ostrovski.

'Wat doen jullie hier in godsnaam?'

'Ik kom voor de auditie!' brulde Ostrovski.

'Ik ook!' schreeuwde Gulliver.

'De aanwijzingen zijn toch duidelijk: een man en een vrouw. Jullie zijn beiden afgewezen.'

'Ik was hier eerder!' protesteerde Ostrovski.

'Ik heb dienst vandaag, ik kan niet op mijn beurt wachten. Ik heb voorrang.'

'Ron?' zei burgemeester Brown verrast. 'Maar jij kunt toch niet meedoen aan het toneelstuk?'

'En waarom niet?' vroeg commissaris Gulliver koppig. 'Ik neem wel vakantie. Dit is een unieke kans en die mag ik best grijpen. Bovendien mocht commissaris Harvey in 1994 ook meedoen.'

'Ik geef jullie een kans,' onderbrak Kirk hen. 'Maar een van jullie moet een vrouw zijn.'

Vervolgens eiste hij dat er een pruik gebracht zou worden, zodat de auditie twintig minuten stillag terwijl er naar dat accessoire werd gezocht. Uiteindelijk kwam een vrijwilliger die de schouwburg goed kende terug met een lange bos kunstmatig blond haar die hij in de coulissen had gevonden; Ostrovski zette hem op. Voorzien van dat nieuwe kapsel en het papier waarop de eerste scène stond, luisterde hij hoe Harvey de toneelaanwijzingen voorlas.

Een onheilspellende ochtend. Het regent. Op een landweg staat het verkeer vast: een gigantische opstopping. De automobilisten zijn geër-

gerd, ze toeteren woedend. Een jonge vrouw loopt door de berm, passeert de rij stilstaande auto's. Ze bereikt de politieafzetting en stelt een vraag aan de dienstdoende agent.

Ostrovski liep naar Gulliver toe alsof hij op hoge hakken liep en zei zijn tekst op.

OSTROVSKI (*schreeuwend als een verdoemeling, met een veel te hoge stem*): Wat is er aan de hand?
COMMISSARIS GULLIVER (*begint drie keer opnieuw*): Er is een dode gevonden. Een tragisch motorongeval.

Ze waren verschrikkelijk. Maar toen ze klaar waren stond Kirk Harvey op uit zijn stoel, klapte in zijn handen en riep uit: 'Jullie zijn allebei aangenomen!'

'Weet je het zeker?' fluisterde burgemeester Brown. 'Ze zijn verduveld slecht.'

'Honderd procent zeker!' riep Harvey opgewonden.

'Je hebt betere kandidaten afgewezen.'

'Ik zeg toch dat ik zeker van mijn zaak ben, Alan!'

Toen verzocht hij de zaal en de kandidaten om aandacht.

'Dit zijn de eerste twee spelers.'

Ostrovski en Gulliver kwamen van het toneel af onder het applaus van de andere kandidaten, voordat ze werden verblind door de flits van een fotograaf van de *Orphea Chronicle* en in het nauw werden gedreven door een journalist die benieuwd was naar hun indrukken. Ostrovski straalde. Hij dacht: regisseurs vragen om me, journalisten vallen me lastig, ik ben nu al een bewonderd en herkend kunstenaar. O lieflijke roem, zo lang begeerd, daar ben je dan!

Voor het Grand Theater wachtte Alice in Stevens auto, die hij slordig had neergezet. Toen ze terug gingen rijden naar New York wilde hij nog snel een blik op de audities werpen, zodat hij het artikel kon afmaken dat zijn weekend in Orphea rechtvaardigde.

'Vijf minuten,' beloofde hij Alice die begon te mopperen. Vijf minuten later kwam hij weer naar buiten. Alles was nu geregeld met Alice. Ze hadden de scheiding besproken, uiteindelijk had ze gezegd dat ze het begreep en dat ze geen moeilijkheden zou veroorzaken. Maar net toen Steven weer in de auto wilde stappen werd hij gebeld door Skip Nalan, de adjunct-hoofdredacteur.

'Hoe laat ben je er vandaag, Steven?' vroeg Skip met een vreemde stem. 'Ik moet je spreken, het is heel belangrijk.'

Uit de toon van Skip leidde Bergdorf direct af dat er iets aan de hand was, en hij besloot te liegen.

'Dat weet ik niet, dat hangt van de audities af. Het is heel meeslepend wat hier gebeurt. Hoezo?'

'Steven, de boekhouder is naar me toe gekomen. Ze heeft de afschriften laten zien van jouw creditcard van de *Review*: er staan echt heel vreemde transacties op. Allerlei aankopen, vooral in luxewinkels.'

'In luxewinkels?' herhaalde Steven, alsof hij geen flauw idee had waar het over ging. 'Is mijn kaartnummer gekopieerd? Het schijnt dat in China...'

'De kaart is in Manhattan gebruikt, Steven, niet in China. Er staan ook overnachtingen in het Plaza op, en behoorlijk hoge restaurantrekeningen.'

'Krijg nou wat!' zei Steven die zich nog steeds van de domme hield.

'Weet jij daar misschien meer van, Steven?'

'Ik? Natuurlijk niet, Skip. Zoiets zou ik toch niet doen?'

'Nee, inderdaad. Maar er staat ook een afschrijving op van een verblijf in het Lake Palace in Orphea. En dat kan alleen jij zijn.'

Steven begon te rillen. Toch dwong hij zich om kalm te blijven klinken.

'Dat is heel vreemd,' zei hij toen. 'Goed dat je me waarschuwt. Ik had de creditcard alleen gebruikt voor de bijkomende kosten. De gemeente heeft beloofd dat ze de kamer zou betalen. De receptionist moet in de war zijn geweest. Ik bel ze direct.'

'Gelukkig maar,' zei Skip. 'Dat stelt me gerust. Ik wil je wel vertellen dat ik bijna dacht...'

Steven barstte in lachen uit.

'Zie je mij al dineren in het Plaza?'

'Nee, inderdaad,' zei Skip geamuseerd. 'Nou ja, het goede nieuws is dat we volgens de bank waarschijnlijk niets hoeven te betalen omdat ze de fraude hadden moeten opmerken. Ze zeggen dat dit soort zaken wel vaker voorkomt, dat mensen een kaartnummer vinden en er een kopie van maken.'

'Zie je wel, dat zei ik toch?' besloot Steven, die zijn zelfverzekerdheid weer terug had.

'Als je vanmiddag nog tijd hebt moet je naar de politie om aangifte te doen. Dat eist de bank voor de terugbetaling. En gezien de hoogte van het bedrag willen ze de oplichter vinden. Ze zijn er behoorlijk zeker van dat hij in New York woont.'

Bergdorf voelde de paniek opnieuw over zich heen spoelen: de bank zou hem in een mum van tijd identificeren. In sommige winkels noemden de verkoopsters hem bij zijn voornaam. Hij kon vandaag niet terug naar New York, hij moest eerst een oplossing vinden.

'Zodra ik terug ben doe ik aangifte,' verzekerde hij Skip. 'Maar wat hier gebeurt heeft voorrang. Dit is zo'n bijzonder stuk, het niveau van de kandidaten ligt zo hoog en het creatieproces is zo bijzonder dat ik heb besloten dat ik me erin wil onderdompelen. Ik ga meedoen aan de auditie en een undercoverartikel schrijven. Het stuk van binnenuit. Het wordt een ongelooflijk verhaal. Vertrouw op mijn instinct, Skip; het wordt een klapper voor de *Review*. Een gegarandeerde Pulitzer!'

De Pulitzerprijs. Dat is precies wat Steven ook aan zijn vrouw Tracy vertelde.

'Maar hoelang blijf je daar nog?' vroeg ze ongerust.

Hij voelde dat Tracy niet hapte en dat hij zwaar geschut moest inzetten.

'Hoelang? Geen flauw idee. Maar belangrijker is dat de *Review* me overuren betaalt zolang ik hier ben. En als je ziet hoeveel uren ik maak, dan loopt dat flink op! Dus zodra ik terug ben, vertrekken we naar Yellowstone!'

'Dus we gaan?' vroeg Tracy blij.

'Natuurlijk,' zei hij. 'Ik verheug me er enorm op.'

Steven hing op en deed het portier aan de passagierszijde open.

'We kunnen niet weg,' zei hij ernstig.

'Waarom niet?' vroeg Alice.

Hij begreep opeens dat hij ook haar de waarheid niet kon vertellen. En dus glimlachte hij geforceerd en zei: 'De *Review* wil dat je meedoet met de auditie en dat je een undercoverartikel over het stuk schrijft. Een groot artikel, met je foto op de cover.'

'Maar Stevie, dat is geweldig! Mijn eerste artikel!'

Ze kuste hem hartstochtelijk en ze haastte zich naar binnen. Urenlang wachtten ze op hun beurt. Toen ze eindelijk op het toneel werden geroepen, had Harvey alle vorige kandidaten afgewezen; burgemeester Brown, die naast hem zat, drong erop aan dat hij mensen zou aannemen. Hoewel Kirk niet bepaald overtuigd was van wat Alice en Steven neerzetten, besloot hij ze aan te nemen zodat Alan niet meer zou zeuren.

'Met Gulliver en Ostrovski zitten we al op vier van de acht,' zei de burgemeester ietwat opgelucht. 'We zijn al op de helft.'

~

De middag liep al ten einde toen Dakota Eden in de grootste zittingszaal van de rechtbank in Orphea na lang wachten eindelijk aan rechter Abe Cooperstin werd voorgeleid.

Begeleid door een politieman kwam ze bevend voor de rechter staan, lichamelijk uitgeput door de nacht in de cel en met rode ogen van de tranen.

'Dit is zaaknummer 23450, gemeente Orphea tegen juffrouw Dakota Eden,' verklaarde rechter Cooperstin terwijl hij vluchtig door het verslag ging dat hem was voorgelegd. 'Juffrouw Eden, ik lees hier dat u gistermiddag bent aangehouden achter het stuur van een auto, terwijl u heroïne snoof. Is dit waar?'

Dakota wierp een angstige blik op haar advocaat Benjamin Graff, die haar bemoedigend toeknikte om te antwoorden zoals ze samen hadden voorbereid.

'Ja, edelachtbare,' antwoordde ze met een van tranen verstikte stem.

'En juffrouw, mag ik weten waarom een lieftallige jongedame zoals u drugs gebruikt?'

'Ik heb een grote fout gemaakt, edelachtbare. Ik zit in een moeilijke periode van mijn leven. Maar ik doe alles om eruit te komen. In New York loop ik bij een psychiater.'

'Dan is dit dus niet de eerste keer dat u drugs gebruikt?'

'Nee, edelachtbare.'

'Dan bent u dus een regelmatig gebruikster?'

'Nee, edelachtbare. Dat zou ik niet zeggen.'

'En toch heeft de politie een aanzienlijke hoeveelheid bij u gevonden.'

Dakota keek naar de grond. Jerry en Cynthia Eden voelden een knoop in hun maag: als de rechter ook maar iets wist over Tara Scalini, riskeerde hun dochter heel veel.

'Wat doet u in het leven?' vroeg Cooperstin.

'Momenteel niet veel,' bekende Dakota.

'En waarom niet?'

Dakota begon te huilen. Ze wilde hem alles vertellen, alles over Tara. Ze verdiende de gevangenis. Aangezien ze zichzelf niet in de hand kreeg kon ze geen antwoord geven op de vraag, en Cooperstin vervolgde: 'Ik moet bekennen dat er in het politierapport iets staat waar ik moeite mee heb, juffrouw.'

Er viel een stilte. Jerry en Cynthia voelden hun hart ontploffen in hun borst: de rechter wist alles. Nu ging ze zeker de gevangenis in. Maar Cooperstin vroeg: 'Waarom bent u naar dat huis gegaan om drugs te gebruiken? Ik bedoel, de meeste mensen zouden de bosjes in zijn gegaan, of naar het strand, naar een onopvallende plek, of niet? Maar u bent gestopt bij het hek van een huis. Zomaar midden op de weg. Dan is het niet zo vreemd dat de bewoners de politie hebben gewaarschuwd. Bent u het met me eens dat dat merkwaardig is?'

Jerry en Cynthia hielden het niet meer uit; de spanning was te groot.

'Dat is ons vroegere vakantiehuis,' legde Dakota uit. 'Mijn ouders hebben het vanwege mij moeten verkopen.'

'Vanwege u?' herhaalde de rechter nieuwsgierig.

Jerry wilde opstaan of iets uitroepen, alles om de zitting te onderbreken. Maar dat deed Benjamin Graff voor hem. Hij maakte gebruik van Dakota's aarzeling om voor haar te antwoorden.

'Edelachtbare, mijn cliënte wil zich alleen rehabiliteren en zich opnieuw met het leven verzoenen. Haar gedrag van gisteren was een schreeuw om hulp, zoveel is duidelijk. Ze parkeerde voor het huis omdat ze wist dat ze er gevonden zou worden. Ze wist dat haar vader wist dat hij haar daar kon vinden. Dakota is met haar vader naar Orphea gekomen om elkaar terug te vinden en opnieuw in het reine te komen met het leven.'

Rechter Cooperstin keek naar Dakota, naar de advocaat en toen weer naar de beklaagde.

'Klopt dat, jongedame?'

'Ja,' mompelde ze.

De rechter leek tevreden met het antwoord. Onopvallend zuchtte Jerry van opluchting: de smoes van Benjamin Graff was perfect.

'Ik geloof dat u een tweede kans verdient,' zei Cooperstin. 'Maar let op, dit is een kans die u moet grijpen. Is uw vader hier?'

Jerry stond meteen op.

'Ik ben hier, edelachtbare. Jerry Eden, vader van Dakota.'

'Meneer Eden, dit gaat u allemaal ook aan, want ik begrijp dat u hier met uw dochter bent gekomen om elkaar terug te vinden.'

'Dat is correct, edelachtbare.'

'Wat was u van plan in Orphea met uw dochter te doen?'

Die vraag verraste Jerry. De rechter zag zijn vertwijfeling en vervolgde: 'Meneer, u gaat me toch niet vertellen dat u hier alleen bent gekomen zodat uw dochter haar onbehagen naar de rand van een zwembad kon slepen?'

'Nee, edelachtbare. We... We wilden samen meedoen aan de audities voor het toneelstuk. Toen Dakota klein was, zei ze altijd dat ze actrice wilde worden. Drie jaar geleden heeft ze zelfs een stuk geschreven.'

De rechter dacht een ogenblik na. Hij keek naar Jerry, toen naar Dakota, en verklaarde toen: 'Heel goed. Juffrouw Eden, ik schort uw straf op, op voorwaarde dat u samen met uw vader aan dat toneelstuk meedoet.'

Jerry en Cynthia keken elkaar opgelucht aan.

'Dank u wel, edelachtbare,' zei Dakota glimlachend. 'Ik zal u niet teleurstellen.'

'Dat hoop ik ook, juffrouw Eden. En laat ik heel duidelijk zijn: als u verzaakt, of als u opnieuw wordt aangehouden in het bezit van drugs, dan is het voorbij met de clementie. Dan wordt uw geval afgehandeld door de staat. Om alle twijfel weg te nemen: recidive betekent direct meerdere jaren gevangenisstraf.'

Dakota zei dat ze het begreep en wierp zich in de armen van haar ouders. Ze gingen terug naar het Lake Palace. Dakota was uitgeput en viel in slaap zodra ze in de suite op de bank zat. Jerry nam Cynthia mee naar het terras om rustig met haar te praten.

'En als je hier nou eens bleef? Dan kunnen we tijd met elkaar doorbrengen.'

'Je hebt de rechter gehoord, Jerry. Dakota en jij.'

'Maar niets belet je om te blijven...'

Cynthia schudde haar hoofd.

'Nee, je begrijpt het niet. Ik kan geen tijd doorbrengen met het gezin, want momenteel heb ik het gevoel dat we geen gezin meer zijn. Ik... ik kan niet meer, Jerry. Ik heb geen kracht meer. Al jarenlang laat je me alles oplossen. En ja, je betaalt voor onze lifestyle, Jerry, en daar ben ik je oprecht dankbaar voor. Je moet niet denken dat ik dat niet ben. Maar wanneer is de laatste keer dat je iets anders voor dit gezin hebt gedaan dan betalen? Al die jaren heb je me alles alleen laten oplossen en moest ik er in mijn eentje voor zorgen dat dit gezin op de rails bleef. Jij ging gewoon weer werken. En niet één keer, niet één keer heb je gevraagd hoe het met me ging, Jerry. Hoe ik het allemaal bolwerkte. Niet één keer heb je gevraagd of ik gelukkig was. Je ging ervan uit dat dat zo was, vanuit de gedachte dat je op Saint Barts of in een appartement met uitzicht op Central Park wel gelukkig móét zijn. Niet één keer heb je het me verdomme gevraagd.'

'En jij dan?' weersprak Jerry haar. 'Heb je mij ooit gevraagd of ik gelukkig ben? Heb je me ooit gevraagd of ik die rotbaan die Dakota en jij zo haten, niet ook haat?'

'Wat belette je om ontslag te nemen?'

'Cynthia, ik deed het allemaal om jullie een droomleven te geven. Dat jullie uiteindelijk niet willen.'

'O echt, Jerry? Wil je me vertellen dat je liever in dat familiepension zat dan in ons huis aan de oceaan?'

'Misschien wel,' mompelde Jerry.

'Ik geloof je niet!'

Cynthia keek een ogenblik zwijgend naar haar man. Toen zei ze met verstikte stem: 'Ik wil dat je dit gezin repareert, Jerry. Je hebt de rechter gehoord: de volgende keer gaat Dakota naar de gevangenis. Hoe ga je ervoor zorgen dat er geen volgende keer komt, Jerry? Hoe ga je je dochter tegen zichzelf beschermen en ervoor zorgen dat ze niet in de gevangenis terechtkomt?'

'Cynthia, ik...'

Ze liet hem niet uitpraten.

'Jerry, ik ga terug naar New York. Ik laat je hier achter met de opdracht om onze dochter te repareren. Dit is een ultimatum: red Dakota. Red haar, anders ga ik bij je weg. Zo kan ik niet leven.'

~

'Hier is het, Jesse,' zei Derek, terwijl hij op het vervallen tankstation aan het einde van Penfield Road wees.

Ik sloeg af naar het betonnen emplacement en ik parkeerde voor de verlichte boetiek. Het was kwart over elf. Er was niemand bij de pomp: alles leek uitgestorven.

Buiten was de lucht verstikkend heet, ondanks het late uur. In de boetiek verspreidde de airco een ijskoude sfeer. We liepen door de gangpaden met tijdschriften, drankjes en chips naar de balie, waar achter een display met chocoladerepen een witharige man televisie zat te kijken. Hij groette zonder op te kijken van het scherm.

'Welk pompnummer?' vroeg hij.

'Ik kom niet voor benzine,' antwoordde ik terwijl ik mijn badge liet zien.

Meteen zette hij de televisie uit.

'Waar gaat het over?' vroeg hij terwijl hij opstond.

'Bent u Marty Connors?'

'Ja, dat ben ik. Wat is er aan de hand?'

'Meneer Connors, we doen onderzoek naar de dood van burgemeester Gordon.'

'Burgemeester Gordon? Maar dat is twintig jaar geleden!'

'Volgens onze informatie hebt u die avond iets gezien.'

'Jazeker. Maar daar heb ik het destijds al met de politie over gehad en die zeiden dat het niets was.'

'Ik moet weten wat u hebt gezien.'

'Een zwarte auto die heel snel reed. Hij kwam vanaf Penfield Road en vertrok in de richting van Sutton Street. Rechtdoor. Plankgas. Ik stond bij de pomp, ik had nog maar net tijd om hem weg te zien rijden.'

'Hebt u het model herkend?'

'Natuurlijk. Een Ford E-150 busje met een opvallende tekening achterop.'

Derek en ik keken elkaar aan: Tennenbaum had inderdaad een Ford E-150.

Ik vroeg: 'Zag u wie er achter het stuur zat?'

'Nee, helemaal niet. Destijds dacht ik dat het jongelui waren die stoer deden.'

'Hoe laat was dat precies?'

'Het was rond zeven uur, maar hoe laat het precies was, zou ik niet kunnen zeggen. Het kan zeven uur zijn, maar ook tien over zeven. Het gebeurde in een fractie van een seconde en ik besteedde er niet echt aandacht aan. Pas later, toen ik hoorde wat er bij de burgemeester was gebeurd, bedacht ik dat het daar misschien iets mee te maken kon hebben en heb ik de politie gebeld.'

'Wie hebt u gesproken? Kunt u zich de naam van de agent nog herinneren?'

'Ja, natuurlijk, het was het hoofd van politie zelf die me kwam ondervragen. Commissaris Kirk Harvey.'

'En...?'

'Ik heb hem hetzelfde verteld als u, en hij zei dat het niets met het onderzoek te maken had.'

In 1994 had Lena Bellamy Ted Tennenbaums busje voor het huis van burgemeester Gordon gezien. De getuigenis van Marty Connors, die hetzelfde voertuig had gezien toen het vanaf Penfield Road kwam aanrijden, bevestigde dat. Waarom had Kirk Harvey dat voor ons achtergehouden?

Toen we de boetiek van de benzinepomp uit kwamen bleven we een ogenblik op de parkeerplaats staan. Derek vouwde een plattegrond van de stad open en we bestudeerden de route die het busje volgens Marty Connors had gereden.

'Het busje reed Sutton Street in,' zei Derek terwijl hij de route met zijn vinger volgde, 'en Sutton Street loopt naar het einde van de hoofdstraat.'

'Vergeet niet dat de toegang tot de hoofdstraat op de avond van de première was afgesloten voor alle verkeer, met uitzondering van een overgang aan het einde, bedoeld om voertuigen met vergunning naar het Grand Theater te laten rijden.'

'Een vergunning? Bedoel je dat je die avond toestemming moest hebben om daar te rijden of te parkeren? Als brandweerman van dienst bijvoorbeeld?'

Indertijd hadden we ons al afgevraagd of iemand zich herinnerde dat Tennenbaum langs het controlepunt in de hoofdstraat was gekomen, vanwaar je het Grand Theater kon bereiken. Maar uit het onderzoek onder de vrijwilligers en agenten die daar hadden gestaan bleek dat het zo'n chaos was geweest dat niemand iets gezien had. Het festival was het slachtoffer van zijn succes: de hoofdstraat zag zwart van de mensen, de parkeerplaatsen waren overvol. Het was veel te veel voor de teams. De plannen om de menigte in goede banen te leiden konden niet lang worden gehandhaafd: de mensen zetten hun auto's zomaar ergens neer en liepen waar er ruimte was, dwars door de bloemperken heen. Kom er dan maar eens achter wie er langs het controlepunt was gekomen en hoe laat – dat was volkomen onmogelijk.

'Dus Tennenbaum kwam door Sutton Street en reed weer naar het Grand Theater, precies zoals we dachten,' zei Derek.

'Maar waarom heeft Harvey dat nooit verteld? Met die getuigenis hadden we Tennenbaum veel eerder in het nauw kunnen drijven. Wilde Harvey dat hij de dans ontsprong?'

Opeens verscheen Marty Connors in de deuropening van de boetiek; hij liep snel naar ons toe.

'Wat een geluk dat jullie er nog zijn,' zei hij. 'Ik herinner me opeens een detail: in die tijd heb ik nog iemand over dat busje verteld.'

'Wie dan?' vroeg Derek.

'Ik weet niet meer hoe hij heet. Maar ik weet dat hij niet van hier was. In het jaar na de moorden kwam hij regelmatig terug naar Orphea. Hij zei dat hij zelf ook onderzoek deed.'

JESSE ROSENBERG

Woensdag 16 juli 2014
10 dagen voor de première

De voorpagina van de *Orphea Chronicle*:

EERSTE ROLLEN ZWARTE NACHT VERDEELD

Vandaag had de laatste dag moeten zijn van de audities die, tot grote vreugde van de plaatselijke middenstand, een ongelooflijk aantal kandidaten uit de gehele regio hebben aangetrokken. De eerste kandidaat die het voorrecht heeft gekregen om te worden aangenomen is niemand minder dan de befaamde recensent Meta Ostrovski (foto). Hij spreekt over een stuk van ontpopping, waarin 'iedereen die dacht dat hij een rups was een majestueuze vlinder blijkt te zijn'.

Anna, Derek en ik bereikten het Grand Theater vlak voordat de derde auditiedag begon. De zaal was nog leeg. Alleen Harvey stond op het podium. Toen hij ons zag aankomen riep hij uit: 'Jullie mogen hier niet zijn!'

Ik nam niet eens de moeite om te antwoorden. Ik wierp me op hem en greep hem bij de kraag.

'Wat hou je voor ons achter, Harvey?'

Ik sleepte hem mee de coulissen in, waar we niet gezien konden worden.

'Destijds wist je al dat het inderdaad het busje van Tennenbaum was dat voor het huis van de Gordons stond. Maar je hebt de getuigenverklaring van de pompbediende bewust achtergehouden. Wat weet je nog meer over deze zaak?'

'Ik zeg niks!' brulde Harvey. 'Hoe durf je me zo hardhandig aan te pakken, drekkige aap?'

Ik haalde mijn wapen tevoorschijn en zette de loop in zijn buik.

'Jesse, wat doe je?' vroeg Anna ongerust.

'Rustig nou, Leonberg,' onderhandelde Harvey. 'Wat wil je weten? Je mag me één vraag stellen.'

'Ik wil weten wat de Zwarte nacht is,' zei ik.

'*De Zwarte nacht*? Dat is mijn stuk,' antwoordde Harvey. 'Ben je niet goed wijs of zo?'

'De Zwarte nacht in 1994,' verduidelijkte ik. 'Wat is die vervloekte Zwarte nacht?'

'In 1994 was het ook al mijn stuk. Nou ja, niet hetzelfde stuk. Ik heb alles moeten herschrijven vanwege die idioot van een Gordon. Maar ik heb de titel behouden omdat ik die zo goed vond. "De Zwarte nacht", dat klinkt als een klok, toch?'

'Denk je dat we gek zijn?' zei ik boos. 'Er is iets gebeurd wat te maken heeft met de Zwarte nacht en dat weet jij heel goed, want jij was destijds hoofd van politie: er stonden overal in Orphea mysterieuze teksten, ook bij de brand in het toekomstige Café Athena, en uiteindelijk werd er afgeteld tot Gordons dood.'

'Je raaskalt, Leonberg!' riep Harvey getergd uit. 'Dat was ik allemaal! Dat was een manier om aandacht te krijgen voor het stuk! Op het moment dat ik ermee begon was ik ervan overtuigd dat *de Zwarte nacht* het openingsstuk van het festival zou worden. Als het publiek een verband zou leggen tussen die mysterieuze teksten en de aankondiging van mijn stuk, dan zou de belangstelling nog twee keer zo groot zijn.'

'Heb jij het toekomstige Café Athena dan in brand gestoken?' vroeg Derek toen.

'Welnee, natuurlijk niet! Ik werd naar de brand geroepen en ik bleef er tot diep in de nacht, totdat de brandweer het vuur wist te doven. Ik heb gebruikgemaakt van een moment van onoplettendheid om tussen het puin te stappen en "de Zwarte nacht" op de muren te schrijven. Het was een gouden kans. Zodra de brandweer het zag, 's ochtends vroeg, had het al effect. En dat aftellen, dat was niet tot Gordons dood, maar tot de datum van de festivalpremière, oelewapper! Ik was ervan overtuigd dat ik als hoofdact zou worden gekozen en dat 30 juli 1994 de dag zou zijn dat *de Zwarte nacht*, het sensationele stuk van de grote maestro Kirk Harvey, zijn première zou beleven.'

'Dus alles was gewoon een idiote reclamecampagne?'

'Idioot?' zei Harvey beledigd. 'Zo idioot was het niet, Leonberg, want twintig jaar later heb je het er nog steeds over!'

Op dat ogenblik hoorden we rumoer uit de zaal. De kandidaten kwamen binnen. Ik liet hem los.

'We zijn hier nooit geweest, Kirk,' zei Derek. 'Anders krijg je met ons te maken.'

Harvey gaf geen antwoord. Hij trok de panden van zijn overhemd recht en liep het podium weer op, terwijl wij ons via de nooduitgang uit de voeten maakten.

In de zaal ging de derde auditiedag van start. De eerste die zich meldde was niemand minder dan Samuel Padalin, die geesten wilde uitbannen en zijn vermoorde vrouw eer wilde bewijzen. Harvey koos hem direct, met als reden dat hij hem verdrietig maakte.

'O, arme vriend,' zei Kirk, 'je moest eens weten. Ik heb je vrouw van het trottoir gehaald, ze lag helemaal aan flarden. Een stukje hier, een stukje daar.'

'Ja, dat weet ik,' antwoordde Samuel Padalin. 'Daar was ik ook bij.'

Daarna meldde Charlotte Brown zich op het toneel, tot grote verbazing van Harvey. Hij was ontroerd toen hij haar zag. Hij had al lang aan dit moment gedacht. Hij wilde hard zijn, haar vernederen waar iedereen bij was, zoals zij ook had gedaan toen ze voor Brown had gekozen. Hij wilde zeggen dat ze niet goed genoeg was om deel uit te maken van de cast, maar hij kon het niet. Hij had aan één blik genoeg om haar uitstraling te zien. Ze was een geboren actrice.

'Je bent niets veranderd,' zei hij ten slotte.

Ze glimlachte.

'Dank je, Kirk. Jij ook niet.'

Hij haalde zijn schouders op.

'Pfft. Ik ben een oude gek geworden. Wil je weer op de planken staan?'

'Ik geloof het wel.'

'Aangenomen,' zei hij alleen.

Hij schreef haar naam op.

~

Toen we ontdekten dat Kirk Harvey die Zwarte nacht geheel in scène had gezet, vonden we hem nog krankzinniger dan eerst. Hij hoefde alleen nog zijn stuk op te voeren en zichzelf belachelijk te maken, met burgemeester Brown erbij.

Het was Brown die ons intrigeerde. Waarom had Stephanie in de meubelopslag een foto hangen van de toespraak die hij hield op de première van het festival in 1994?

Op Anna's kamer bekeken we het videofragment opnieuw. Wat Brown zei, was niet bijster interessant. Wat kon er verder nog zijn? Derek kwam met het idee om de cassette naar de deskundigen van de politie te sturen om ze de scène te laten analyseren. Toen stond hij op en bekeek hij het magneetbord. Hij wiste de woorden *zwarte nacht* uit, die niet meer van belang waren voor het onderzoek nu het mysterie was ontrafeld. 'Ik kan niet geloven dat het niets meer is dan de titel van het stuk dat Harvey wilde opvoeren,' zuchtte Anna. 'Als ik denk aan alle hypotheses die we hebben geformuleerd!'

'Soms ligt de oplossing vlak voor je neus,' zei Derek, waarbij hij Stephanies profetische uitspraak aanhaalde die ons alle drie nog achtervolgde.

Plotseling werd hij nadenkend.

'Waar denk je aan?' vroeg ik.

Hij wendde zich tot Anna.

'Anna, weet je nog dat we afgelopen donderdag bij Buzz Leonard waren en dat hij zei dat Kirk Harvey een monoloog had opgevoerd met de titel *Ik, Kirk Harvey*?' zei hij.

'Jazeker.'

'Waarom dan die monoloog, en niet *de Zwarte nacht*?'

Het was een goede vraag. Op dat moment ging mijn telefoon. Het was Marty Connors, de pompbediende van het tankstation.

'Ik heb hem teruggevonden,' zei Marty in het toestel.

'Wie?' vroeg ik.

'Die kerel van een jaar na de moorden, die een eigen onderzoek deed. Ik zag net zijn foto in de *Orphea Chronicle* van vandaag. Hij doet mee aan dat toneelstuk. Meta Ostrovski heet hij.'

~

Na een moment van onzekerheid en een paar zenuwaanvallen van Kirk Harvey betraden Jerry en Dakota Eden in het Grand Theater het toneel om aan de auditie mee te doen.

Harvey bekeek Jerry.

'Hoe heet je en waar kom je vandaan?' vroeg hij krijgshaftig.

'Jerry Eden, New York. Rechter Cooperstin heeft...'

'Ben je uit New York gekomen om aan dit stuk mee te doen?' onderbrak Harvey hem.

'Ik wil tijd doorbrengen met mijn dochter Dakota, en nieuwe ervaringen met haar opdoen.'

'Waarom?'

'Omdat ik het gevoel heb dat ik haar kwijt ben en ik haar wil terugvinden.'

Er viel een stilte.

Harvey bekeek de man die voor hem stond en besloot: 'Dat bevalt me. De papa is aangenomen. Laten we zien wat de dochter kan. Ga in het licht staan, alsjeblieft.'

Dakota gehoorzaamde en ging in de halo staan. Harvey begon opeens te beven: er ging een buitengewone kracht van haar uit. Ze wierp hem een betekenisvolle blik toe, bijna te sterk om te verdragen. Harvey greep de transcriptie van de scène die op tafel lag en stond op om hem naar Dakota te brengen, maar ze zei: 'Laat maar, ik hoor de tekst al bijna drie uur, ik ken hem wel.'

Ze deed haar ogen dicht en bleef een ogenblik staan. Alle andere kandidaten in de zaal keken betoverd naar haar, in de greep van het magnetisme dat ze uitstraalde. Harvey zweeg gefascineerd.

Toen deed Dakota haar ogen weer open en sprak:

Een onheilspellende ochtend. Het regent. Op een landweg staat het verkeer vast: een gigantische opstopping. De automobilisten zijn geërgerd, ze toeteren woedend. Een jonge vrouw loopt door de berm, passeert de rij stilstaande auto's. Ze bereikt de politieafzetting en stelt een vraag aan de dienstdoende agent.

Ze deed een paar stappen over het toneel, zette de kraag omhoog van de jas die ze niet droeg, vermeed de denkbeeldige waterplassen en draafde naar Harvey als om de regendruppels te vermijden die op haar neervielen.

'Wat is er aan de hand?' vroeg ze.

Harvey keek haar aan en gaf geen antwoord.

Ze herhaalde: 'Nou, agent? Wat is er aan de hand?'

Harvey herpakte zich en antwoordde: 'Er is een dode gevonden. Een tragisch motorongeval.'

Hij keek Dakota een ogenblik aan en riep toen triomfantelijk uit: 'We hebben de achtste en laatste acteur! Morgenochtend vroeg kunnen de repetities beginnen.'

De zaal applaudisseerde. Burgemeester Brown zuchtte opgelucht.

'Je bent uniek,' zei Kirk tegen Dakota. 'Heb je ooit acteerles gehad?'

'Nooit, meneer Harvey.'

'Je krijgt de hoofdrol!'

Ze keken elkaar nog even buitengewoon intens aan. Toen vroeg Harvey: 'Heb je iemand vermoord, kind?'

Ze verbleekte en begon te rillen.

'Hoe... hoe weet u dat?' vroeg ze met een klein stemmetje.

'Dat staat in je ogen geschreven. Ik heb nog nooit zo'n duistere ziel gezien. Fascinerend.'

Dakota was doodsbang; ze kon haar tranen niet bedwingen.

'Maak je geen zorgen, kind,' zei Harvey zacht. 'Je wordt een reusachtige ster.'

~

Het was bijna halfelf. Voor Café Athena zat Anna in haar auto en keek naar binnen. Ostrovski had net de rekening betaald. Op het moment dat hij opstond greep ze de radio.

'Ostrovski komt naar buiten,' deelde ze ons mee.

Derek en ik hielden ons schuil op het terras, en zodra de recensent naar buiten kwam, onderschepten we hem.

'Meneer Ostrovski,' zei ik, wijzend op de politieauto die voor zijn neus stond geparkeerd, 'wilt u met ons meegaan? We willen u een paar vragen stellen.'

Tien minuten later zat Ostrovski op het bureau, op Anna's kamer, koffie te drinken.

'Inderdaad,' bekende hij. 'Ik was heel geïntrigeerd door de zaak. Ik heb genoeg theaterfestivals meegemaakt, maar een bloedbad op de avond van de première, dat had ik nog nooit gezien. Zoals ieder mens met een greintje nieuwsgierigheid wilde ik weten hoe het verhaal afliep.'

'Volgens de pompbediende bent u het jaar na de moorden naar Orphea teruggekomen,' zei Derek. 'Terwijl het onderzoek toen al was afgerond.'

'Van wat ik over de zaak wist, was de moordenaar overleden voordat hij een bekentenis had afgelegd, ook al leed er in de ogen van de politie geen twijfel aan zijn schuld. Ik moet toegeven dat dat me destijds bezighield. Zonder bekentenis vond ik dat nog niet alles was opgehelderd.'

Derek keek me onopvallend aan.

Ostrovski vervolgde: 'Ik kom regelmatig naar de Hamptons om uit te rusten, en dus maakte ik tijdens mijn verblijf in deze prachtige streek af en toe van de gelegenheid gebruik om naar Orphea te gaan. Ik heb links en rechts wat vragen gesteld.'

'En van wie hoorde u dat de pompbediende iets gezien had?'

'Dat was puur toeval. Op een dag stopte ik om te tanken. We kletsten wat. Hij vertelde wat hij had gezien. Hij zei dat hij de politie had ingelicht, maar dat zijn getuigenis niet van belang werd geacht. Wat mij betreft, na verloop van tijd zwakte mijn nieuwsgierigheid af.'

'Is dat alles?' vroeg ik.

'Dat is alles, kapitein Rosenberg. Het spijt me bijzonder dat ik u niet verder kan helpen.'

Ik bedankte Ostrovski voor zijn medewerking en bood aan om hem ergens af te zetten.

'Dat is heel aardig, kapitein, maar ik heb zin om een eindje te lopen en te genieten van deze prachtige avond.'

Hij stond op en nam afscheid. Maar op het moment dat hij de deur uit liep, draaide hij zich om en zei: 'Een recensent.'

'Sorry?'

'Dat raadsel op het bord,' antwoordde Ostrovski trots. 'Daar kijk ik al de hele tijd naar. En nu weet ik het. Wie wil schrijven, maar kan niet schrijven? Het antwoord is: een recensent.'

Hij knikte ten afscheid en vertrok.

'Hij is het!' riep ik naar Anna en Derek, die het niet meteen doorhadden. 'Iemand die wil schrijven maar het niet kan en die op de avond van de moorden in het Grand Theater was! Ostrovski! Hij is de opdrachtgever van Stephanies boek!'

Een ogenblik later zat Ostrovski weer in de verhoorkamer voor een aanzienlijk minder prettig gesprek dan het vorige.

'We weten alles, Ostrovski!' donderde Derek. 'Al twintig jaar zet u in de herfst advertenties in de tijdschriften van letterenfaculteiten uit de omgeving van New York om iemand te vinden die een verslag van de viervoudige moord voor u kan schrijven.'

'Waarom die advertentie?' vroeg ik. 'Dit is het moment om te praten.'

Ostrovski keek me aan alsof het vanzelf sprak.

'Nou ja, kapitein... Stelt u zich voor, een beroemd boekrecensent die zich ertoe zou verlagen een detectiveroman te schrijven? Wat zouden de mensen daar wel niet van zeggen?'

'Waarom zou dat niet kunnen?'

'Omdat de literaire genres in aflopende volgorde van respect de volgende zijn: bovenaan staat de onbegrijpelijke roman, dan komt de ideeënroman, dan de historische roman, dan de gewone roman, en dan pas, stevig op de een-na-laatste plaats, net voor de keukenmeidenroman, de detectiveroman.'

'Is dat een grapje?' zei Derek. 'Neem je ons in de maling?'

'Welnee, verduiveld! Welnee. Dat is het grote probleem. Sinds de avond van de moorden ben ik de gevangene van een prachtig plot voor een detectiveroman die ik nooit kan schrijven.'

Orphea, 30 juli 1994
De avond van de moorden

Toen *Oom Wanja* was afgelopen, liep Ostrovski de zaal uit. Acceptabele regie, goede interpretatie. In de pauze hadden mensen in zijn rij zich druk gemaakt. Sommige toeschouwers waren niet teruggekomen voor de tweede helft. Toen hij de bruisende foyer van het Grand Theater door liep begreep hij waarom: iedereen sprak over een viervoudige moord die zojuist zou zijn gepleegd.

Vanaf de treden van het gebouw, die uitkeken over de straat, zag hij dat de menigte zich in een continue stroom in dezelfde richting bewoog; naar de wijk Penfield. Iedereen wilde zien wat er gebeurd was.

De atmosfeer was geladen, koortsachtig: de mensen haastten zich voort in een menselijke maalstroom die Ostrovski deed denken aan de ratten uit *De rattenvanger van Hamelen*. Maar als recensent was het zijn werk om juist niet te gaan waar iedereen naartoe ging. Hij hield niet van wat in de mode was, hij versmaadde wat populair was, hij verafschuwde algemeen gedeeld enthousiasme. En toch was hij gefascineerd door de atmosfeer en wilde hij zich laten meevoeren. Hij begreep dat het nieuwsgierigheid was. En op zijn beurt wierp hij zich ook in de menselijke rivier die de hoofdstraat verzwolg, die samenstroomde uit de zijstraten om uiteindelijk uit te monden in een vredige woonwijk. Ostrovski liep met stevige pas en kwam al snel in de buurt van Penfield Crescent. Overal stonden politieauto's. De muren van de huizen werden rood en blauw verlicht door de zwaailichten. Ostrovski baande zich een weg door het midden van de menigte die tegen de dranghekken van de politie stond gedrukt. De lucht van deze tropische nacht was verstikkend. De mensen waren opgewonden, nerveus, ongerust, nieuwsgierig. Er werd gezegd dat dit het huis van de burgemeester was. Dat hij samen met zijn vrouw en zoon was vermoord.

Ostrovski bleef lang op Penfield Crescent, gefascineerd door wat hij zag: hij bedacht dat het echte spektakel zich niet in het Grand Theater afspeelde, maar hier. Wie had de burgemeester te grazen genomen? Waarom? Hij werd verteerd door nieuwsgierigheid. Hij zetten duizend theorieën in elkaar.

Terug in het Lake Palace ging hij aan de bar zitten. Ondanks het late uur was hij nog veel te opgewonden om te slapen. Wat was er met hem aan de hand? Waarom werd hij zo gegrepen door een eenvoudig nieuwsfeitje? Opeens begreep hij het. Hij vroeg om papier en een pen. Voor de eerste keer in zijn leven had hij de plot van een boek in zijn hoofd. Het was een prachtige intrige: terwijl een hele stad een theaterfestival viert vindt er een verschrikkelijke moord plaats. Als een goocheltruc: het publiek kijkt naar links, maar rechts gebeurt het. Ostrovski schreef zelfs in hoofdletters: DE GOOCHELTRUC. Dat was zijn titel! De volgende ochtend vroeg zou hij naar de plaatselijke boekhandel gaan en alle detectiveromans kopen die hij vond. En toen schrok hij plotseling op en besefte hij een verschrikkelijke waarheid. Als hij dat boek zou schrijven, zou iedereen zeggen dat het een boek in een minderwaardig genre was: een detectiveroman. Het zou zijn reputatie te gronde richten.

~

'Ik heb dat boek dus nooit kunnen schrijven,' verklaarde Ostrovski twintig jaar later in de verhoorkamer van het politiebureau. 'Ik droomde ervan, ik dacht er onophoudelijk aan. Ik wilde dat verhaal lezen, maar ik kon het zelf niet schrijven. Een detectiveroman. Veel te riskant.'

'En dus wilde u iemand in dienst nemen?'

'Ja. Ik kon het niet aan een gevestigd auteur vragen. Die zou me kunnen chanteren door te dreigen dat hij iedereen over mijn geheime hartstocht voor detectiveromans zou vertellen. Ik bedacht dat het minder gevaarlijk was om een student aan te nemen. En zo stuitte ik op Stephanie. Ik kende haar al van de *Review*, waar ze net was ontslagen door die idioot van een Steven Bergdorf. Stephanie had een unieke pen, een en al talent. Ze was bereid om het boek voor mij te schrijven: ze zei dat ze al jaren op zoek was naar een goed onderwerp. Het was een ideale samenloop van omstandigheden.'

'Had u regelmatig contact met Stephanie?'

'Aanvankelijk wel. Ze kwam geregeld naar New York en dan troffen we elkaar in het café bij de *Review*. Ze hield me op de hoogte van haar vorderingen. Soms las ze stukken voor. Maar het gebeurde ook wel dat ze een tijdlang geen levensteken gaf, als ze diep in het onderzoek zat. Daarom maakte ik me vorige week geen zorgen toen ik haar niet kon bereiken. Ik had haar carte blanche gegeven en dertigduizend dollar cash voor haar onkosten. Het geld en de roem mocht ze hebben, het ging mij alleen om de ontknoping.'

'Omdat u dacht dat Ted Tennenbaum de dader niet was?'

'Precies. Ik heb de ontwikkelingen in de zaak van nabij meegemaakt, en ik weet dat een getuige zijn busje voor het huis van de burgemeester heeft gezien. Maar uit de beschrijving wist ik dat ik datzelfde busje op de avond van de moorden kort voor zevenen bij het Grand Theater had zien rijden. Ik was veel te vroeg in het Grand Theater aangekomen en het was bloedheet binnen. Ik ging naar buiten om te roken. Om de menigte te ontlopen ging ik een zijstraat in: een doodlopende weg waar de artiesteningang op uitkwam. Toen zag ik dat zwarte voertuig, dat me opviel omdat er een vreemde tekening op de achterruit stond. Tennenbaums busje, waarover iedereen het later had.'

'Maar die dag hebt u de chauffeur gezien, en dat was niet Ted Tennenbaum.'

'Precies,' zei Ostrovski.

'Wie zat er dan wel achter het stuur, meneer Ostrovski?' vroeg Derek.

'Charlotte Brown, de vrouw van de burgemeester,' antwoordde hij. 'Zij reed in het busje van Ted Tennenbaum.'

-2

Repetities

Donderdag 17 juli – zaterdag 19 juli 2014

JESSE ROSENBERG

Donderdag 17 juli 2014
9 dagen voor de première

De dierenkliniek van Charlotte Brown lag in het industriegebied van Orphea, vlak bij twee grote winkelcentra. Zoals iedere ochtend arriveerde ze om halfacht op de nog lege parkeerplaats en zette de auto vlak voor de praktijk, op de plek die voor haar gereserveerd was. Ze stapte uit met een beker koffie in haar hand. Ze leek in een goed humeur. Ze was zo in gedachten verzonken dat ze me pas opmerkte toen ik haar aansprak, hoewel ik maar een paar meter van haar vandaan stond.

'Goedemorgen, mevrouw Brown,' zei ik. 'Ik ben kapitein Rosenberg van de Staatspolitie.'

Ze maakte een sprongetje en keek me aan.

'U liet me schrikken,' zei ze glimlachend. 'Ja, ik weet wie u bent.'

Toen zag ze Anna, die achter me tegen haar patrouillewagen geleund stond.

'Anna?' vroeg Charlotte, en toen raakte ze ineens in paniek. 'O god! Is Alan...?'

'Maakt u zich geen zorgen, mevrouw,' zei ik. 'Er is niets met uw man aan de hand. Maar we moeten u een paar vragen stellen.'

Anna deed het achterportier open.

'Ik snap het niet,' zei Charlotte.

'U zult het gauw genoeg begrijpen,' verzekerde ik haar.

We namen haar mee naar het politiebureau van Orphea, waar we haar toestemming gaven contact op te nemen met haar assistente om de afspraken voor die dag te annuleren; daarna mocht ze de advocaat bellen waarop ze recht had. Maar in plaats van een advocaat belde ze haar man, die meteen kwam. Maar of Alan Brown nou burgemeester was of niet, hij mocht niet aanwezig zijn bij het verhoor van zijn vrouw. Hij maakte stampij, maar commissaris Gulliver kreeg het voor elkaar om hem tot bedaren te brengen. 'Ze doen je een plezier door Charlotte hier te ondervragen, in plaats van haar mee te slepen naar het districtscentrum, Alan. Snel en discreet.'

In de verhoorkamer, met een kop koffie voor zich, zag Charlotte Brown er koortsig uit.

'Mevrouw Brown,' zei ik. 'Op de avond van zaterdag 30 juli 1994 heeft een getuige formeel vastgesteld dat u het Grand Theater kort voor zeven uur verliet in een voertuig van Ted Tennenbaum, dat een paar minuten later voor het huis van burgemeester Gordon is gezien, op het tijdstip dat hij en zijn familie werden vermoord.'

Charlotte Brown sloeg haar ogen neer.

'Ik heb de Gordons niet vermoord,' zei ze direct nadrukkelijk.

'Wat is er die avond gebeurd?"

Er viel een stilte.

Eerst verroerde Charlotte zich niet, toen fluisterde ze: 'Ik wist dat deze dag zou komen. Ik wist dat ik het geheim niet tot het einde van mijn leven zou kunnen bewaren.'

'Welk geheim, mevrouw Brown?' vroeg ik. 'Wat houdt u al twintig jaar verborgen?'

Charlotte aarzelde even, toen zei ze zacht: 'In de nacht van de première heb ik inderdaad in Ted Tennenbaums busje gereden. Ik zag het voor de artiesteningang staan. Het was niet te missen, met die uilen op de achterruit. Ik wist dat het van hem was, omdat ik met een paar acteurs een paar avonden in Café Athena had doorgebracht en Ted ons daarna naar het hotel had gebracht. Dus toen ik die dag net voor zeven uur even weg moest, bedacht ik meteen dat ik hem zou lenen. Om tijd te besparen. Niemand van de cast had een auto in Orphea. Natuurlijk wilde ik hem om toestemming vragen. Ik zocht hem in het hokje voor de brandweerman, vlak naast de kleedkamers. Maar hij was er niet. Ik keek snel rond in de coulissen, maar ik kon hem nergens vinden. Er was een probleem met de zekeringen en ik dacht dat hij daaraan werkte. Ik zag de sleutels in zijn hok liggen, ze lagen plompverloren op tafel. Ik had haast. Het officiële gedeelte zou over een halfuur beginnen en Buzz, de regisseur, wilde niet dat we het

Grand Theater zouden verlaten. Dus pakte ik zijn sleutels. Ik dacht dat niemand het zou merken. En bovendien had Tennenbaum dienst vanwege de voorstelling; hij ging toch nergens heen. Ik verliet het Grand Theater ongemerkt door de artiesteningang en ik reed weg met zijn busje.'

'Maar wat was er zo dringend dat u een halfuur lang niet bij de officiële opening kon zijn?'

'Ik moest burgemeester Gordon absoluut spreken. Een paar minuten voordat hij en zijn familie werden vermoord, was ik bij ze.'

Orphea, 30 juli 1994, 18.50 uur
De avond van de moorden

Charlotte startte Tennenbaums busje en reed de doodlopende straat uit naar de hoofdstraat. Verbijsterd zag ze hoe onbeschrijflijk druk het daar was. De straat was afgesloten voor alle verkeer en het zag er zwart van de mensen. Toen ze 's ochtends met het gezelschap was aangekomen, was alles stil en verlaten geweest. Nu was er een dichte menigte, die alleen maar groeide. Op het kruispunt wees een vrijwilliger, die het verkeer in goede banen moest leiden, de zichtbaar verdwaalde gezinnen de weg. Hij sleepte het dranghek van de politie opzij om Charlotte te laten passeren en gebaarde dat ze alleen de straat af mocht rijden langs een pad dat was vrijgelaten zodat er hulpvoertuigen konden passeren. Ze gehoorzaamde: ze had weinig keus. Ze kende Orphea niet en moest zich redden met een beknopte plattegrond achter op de brochure die de VVV ter gelegenheid van het festival had uitgebracht. Penfield Crescent stond er niet op, maar ze zag wel de wijk Penfield staan. Ze besloot om daar eerst maar heen te gaan, dan kon ze een voorbijganger de weg wel vragen. Ze reed naar Sutton Street en reed die af tot Penfield Road, de toegangsweg tot de woonwijk met dezelfde naam. Maar het leek er wel een doolhof: de straten liepen alle kanten op. Charlotte reed, maakte meermalen rechtsomkeert en verdwaalde zelfs eventjes. De straten waren uitgestorven, spookachtig haast: er was geen enkele voorbijganger te zien. De tijd drong; ze moest opschieten. Uiteindelijk ging ze terug naar Penfield Road, de hoofdweg, en reed die snel af. Ze zou vast wel iemand tegenkomen. Toen zag ze een jonge vrouw in sportkleding, die oefeningen deed in een plantsoen. Charlotte stopte onmiddellijk langs de weg, stapte uit en draafde over het gras naar haar toe.

'Pardon,' zei ze tegen de jonge vrouw. 'Ik ben helemaal verdwaald. Ik moet naar Penfield Crescent.'

'Daar bent u al,' zei de vrouw glimlachend. 'Dat is deze halfronde straat om het park. Op welk nummer moet u zijn?'

'Dat weet ik niet eens,' bekende Charlotte. 'Ik ben op zoek naar het huis van burgemeester Gordon.'

'Dat is daar,' zei de jonge vrouw, en ze wees naar een mooi huis aan de overkant van de straat en het plantsoen.

Charlotte bedankte haar en liep terug naar het busje. Ze nam de splitsing bij Penfield Crescent en reed naar het huis van de burgemeester; ze liet het busje met draaiende motor op straat staan. De klok op het dashboard gaf 19:04 aan. Ze moest opschieten, de tijd drong. Ze rende naar de voordeur van de Gordons en belde aan. Geen reactie. Ze belde opnieuw en drukte haar oor tegen de deur. Ze dacht dat ze binnen iets hoorde. Ze bonkte. 'Is daar iemand?' schreeuwde ze. Geen reactie. Ze liep de treden van de veranda weer af en zag dat de dichte gordijnen voor een van de ramen van het huis licht bewogen. Ze zag een jongen die haar aankeek en onmiddellijk het gordijn weer sloot.

'Hé, wacht even,' riep ze en ze rende het gazon op naar het raam. Maar het gazon was drijfnat: ze waadde door het water. Toen ze bij het raam stond riep ze de jongen opnieuw – tevergeefs. Ze had geen tijd om nog langer aan te dringen. Ze moest terug naar het Grand Theater. Op haar tenen stak ze het gazon over om weer bij de stoep te komen. Verdorie! Haar podiumschoenen waren helemaal doorweekt. Ze stapte weer in het busje en reed op volle snelheid weg. Het dashboardklokje gaf 19:09 uur aan, ze moest opschieten.

—

'Dus u reed weg van Penfield Crescent vlak voordat de moordenaar kwam?' vroeg ik.

'Ja, kapitein Rosenberg,' bevestigde Charlotte. 'Als ik een minuut langer was gebleven, was ik ook vermoord.'

'Misschien was hij al in de buurt en wachtte hij tot u vertrok,' zei Derek.

'Misschien wel,' zei Charlotte.

'Hebt u niets gezien?' vroeg ik opnieuw.

'Nee, helemaal niets. Ik reed zo snel als ik kon terug naar het Grand Theater. Er waren zoveel mensen in de hoofdstraat, alles was afgesloten, ik dacht dat ik nooit op tijd zou zijn. Lopen zou sneller zijn, maar ik kon Tennenbaums busje niet achterlaten. Uiteindelijk kwam ik om halfacht aan in het Grand Theater; het officiële gedeelte was al begonnen. Ik legde de sleutels van het busje terug en ik haastte me naar mijn kleedkamer.'

'En Tennenbaum heeft u niet gezien?'

'Nee, en ik heb hem niets verteld. Hoe dan ook, het uitstapje was een grote mislukking: ik had Gordon niet gezien en Buzz, de regisseur ontdekte dat ik weg was toen mijn föhn in brand vloog. Nou ja, hij nam het me niet kwalijk, we zouden zo beginnen, hij was vooral opgelucht dat hij me in de coulissen zag; en het stuk was een doorslaand succes. We hebben er nooit meer over gesproken.'

'Charlotte,' zei ik, om eindelijk te achterhalen wat we allemaal wilden weten. 'Waarom wilde je burgemeester Gordon spreken?'

'Ik moest Harveys stuk halen. *De Zwarte nacht*.'

~

Op het terras van Café Athena zaten Steven Bergdorf en Alice zwijgend te ontbijten. Alice wierp Steven dodelijke blikken toe. Hij durfde haar niet eens aan te kijken en staarde naar de gebakken aardappelen op zijn bord.

'Dat armoedige hotel waar je me laat slapen!' zei ze ten slotte. Zonder de creditcard van de *Review* was Steven gedwongen om een kamer te nemen in een aftands motel, een paar kilometer buiten Orphea.

'Je hebt toch echt gezegd dat je niet om luxe geeft,' verdedigde Steven zich.

'Ja, maar er zijn grenzen, Stevie! Ik ben geen boerin!'

Het was tijd om te gaan. Steven betaalde de rekening, en toen ze overstaken naar het Grand Theater kreunde Alice: 'Ik begrijp niet wat we hier doen, Stevie.'

'Je wilt toch op de cover van de *Review* komen? Doe dan eens een beetje je best. We moeten een artikel schrijven over het toneelstuk.'

'Maar niemand trekt zich iets aan van dat belachelijke stuk. Kan ik niet over iets anders schrijven, iets waarvoor ik niet in een hotel vol bedwantsen hoef te zitten en waarmee ik toch de cover kan halen?'

Toen Steven en Alice de trappen van het Grand Theater beklommen, stapten Jerry en Dakota uit hun auto, die voor het gebouw geparkeerd stond; commissaris Gulliver, die eindelijk het politiebureau had kunnen verlaten, kwam ook aangereden in zijn patrouillewagen.

Samuel Padalin en Ostrovski zaten al in de zaal, voor het podium waarop een stralende Kirk Harvey troonde.

Dit was de grote dag.

~

Op het politiebureau gaf Charlotte Brown ons tekst en uitleg over de reden dat Kirk Harvey haar in 1994 had gevraagd om de tekst van *de Zwarte nacht* terug te krijgen van burgemeester Gordon.

'Hij zeurde dagenlang aan mijn kop,' zei ze. 'Hij zei dat de burgemeester zijn stuk had en het niet terug wilde geven. Op de dag van de première kwam hij me weer lastigvallen in mijn kleedkamer.'

'Toen was Harvey nog steeds je vriendje, toch?' vroeg ik.

'Ja en nee, kapitein Rosenberg. Ik had al iets met Alan en ik had het uitgemaakt met Harvey, maar hij wilde me niet loslaten. Hij maakte mijn leven tot een hel.'

~

Orphea, 30 juli 1994, 10.10 uur
Negen uur voor de moorden

Charlotte liep haar kleedkamer binnen en maakte een sprongetje toen ze Kirk Harvey languit in uniform op de bank zag liggen.

'Wat doe je hier, Kirk?'

'Charlotte, als je bij me weggaat, pleeg ik zelfmoord.'

'Toe, hou op met die flauwekul!'

'Flauwekul?' riep Kirk. Hij sprong van de bank, pakte zijn pistool en stak het in zijn mond.

'Kirk, hou op, in godsnaam!' schreeuwde Charlotte in paniek.

Hij gehoorzaamde en stak het wapen terug in de holster.

'Zie je wel dat ik het meen?'

'Ja, Kirk. Maar je zult moeten accepteren dat het voorbij is tussen ons.'

'Wat heeft Alan Brown dat ik niet heb?'

'Alles.'

Hij zuchtte en ging weer zitten.

'Kirk, vandaag is de première. Moet jij niet op het politiebureau zijn? Het zal wel ontzettend druk zijn.'

'Ik durfde het je niet eerder te vertellen, Charlotte, maar het gaat slecht op het werk. Heel slecht. Ik heb morele steun nodig. Je kunt nu niet bij me weg.'

'Het is voorbij, Kirk. Zo simpel is het.'

'Charlotte, alles gaat fout in mijn leven. Vanavond had ik met mijn stuk moeten stralen. Ik zou je de hoofdrol hebben gegeven! Als die klootzak van een Joseph Gordon het had laten opvoeren...'

'Je stuk was niet heel goed, Kirk.'

'Je wilt echt dat ik een kogel door mijn kop jaag, hè?'

'Nee, maar ik probeer je de ogen te openen. Herschrijf je stuk, verbeter het, dan kun je het volgend jaar zeker laten opvoeren.'

'Speel jij dan de hoofdrol?' vroeg Harvey hoopvol.

'Natuurlijk,' zei Charlotte, om hem haar kleedkamer uit te werken.

'Help me dan!' smeekte Harvey terwijl hij op zijn knieën viel. 'Help me dan, Charlotte, anders word ik gek!'

'Hoe dan?'

'Burgemeester Gordon heeft de tekst van mijn stuk en hij wil het niet teruggeven. Help me om het terug te krijgen.'

'Heeft Gordon je stuk? Hoe bedoel je? Heb je geen kopie?'

'Nou, ongeveer twee weken geleden was er een klein misverstand met de jongens op het bureau. Als wraak hebben ze mijn kantoor geplunderd. Ze hebben al mijn teksten verwoest. Alles lag daar, Charlotte. Alles wat ik van *de Zwarte nacht* had, is verdwenen. Alleen Gordon heeft nog een kopie. Als ik die niet terugkrijg, sta ik nergens meer voor in!'

Charlotte keek naar die ongelukkige, verslagen, neergeknielde man van wie ze ooit had gehouden. Ze wist hoe hard hij aan het stuk had gewerkt.

'Kirk,' zei ze. 'Als ik dat stuk voor je terugkrijg van Gordon, beloof je dan dat je Alan en mij met rust laat?'

'Erewoord, Charlotte!'

'Waar woont burgemeester Gordon? Ik ga morgen naar hem toe.'

'Op Penfield Crescent. Maar het moet vandaag.'

'Dat kan niet, Kirk, we repeteren zeker tot halfzeven.'

'Charlotte, ik smeek je. Met een beetje geluk kan ik proberen om het stuk na jullie voorstelling op te voeren. Ik kan het voorlezen, de mensen blijven wel, dat weet ik zeker. In de pauze kom ik naar je toe om mijn stuk te halen. Beloof dat je vandaag nog naar Gordon gaat.'

Charlotte zuchtte. Ze had medelijden met Harvey. Ze wist dat dit festival zijn hele leven was.

'Ik beloof het, Kirk. Kom in de pauze maar naar me toe. Om een uur of negen. Dan heb ik je stuk.'

~

In de verhoorkamer op het bureau onderbrak Derek Charlotte.

'Dus Harvey was wel degelijk van plan om *de Zwarte nacht* op te voeren?'

'Ja,' knikte Charlotte. 'Hoezo?'

'Omdat Buzz Leonard het over een monoloog had, *Ik, Kirk Harvey*.'

'Nee,' legde Charlotte uit. 'Toen burgemeester Gordon werd vermoord kon Kirk zijn stuk niet meer terugkrijgen. En dus kwam hij de volgende avond al met een improvisatie waar geen kop of staart aan zat: *Ik, Kirk Harvey*. Het begon met: "Ik, Kirk Harvey. De man zonder stuk."'

'Zonder stuk omdat hij alle exemplaren van *de Zwarte nacht* kwijt was,' begreep Derek.

De woordenwisseling tussen Kirk Harvey en burgemeester Gordon waarvan Buzz Leonard in 1994 getuige was geweest, ging ook over *de Zwarte nacht*. Dat was de tekst die de burgemeester had verscheurd. Hoe kwam Kirk erbij dat Gordon over het laatste exemplaar van zijn tekst beschikte? Charlotte had geen flauw idee. Ik vroeg: 'Waarom hebt u destijds niet gezegd dat u in het busje zat?'

'Omdat het verband met Tennenbaums busje pas na het festival is gelegd en ik het niet direct hoorde: ik was eventjes terug in Albany en daarna heb ik een paar maanden stage gelopen bij een dierenarts in Pittsburgh. Pas zes maanden later kwam ik weer in Orphea, om bij Alan in te trekken, en toen pas hoorde ik wat er allemaal was gebeurd. Hoe dan ook, Tennenbaum was opgepakt. En hij was toch de moordenaar?'

We gaven geen antwoord. Toen vroeg ik: 'En Harvey? Heeft hij erover verteld?'

'Nee. Na het festival heb ik nooit meer iets van Kirk Harvey gehoord. Toen ik in januari 1995 in Orphea kwam wonen, kreeg ik te horen dat hij was verdwenen. Niemand heeft ooit geweten waarom.'

'Ik geloof dat Harvey is vertrokken omdat hij dacht dat jij de moorden had gepleegd, Charlotte.'

'Wat?' zei ze verbaasd. 'Dacht hij dat ik de burgemeester had bezocht, dat hij het stuk niet wilde geven en dat ik iedereen toen uit wraak heb vermoord?'

'Zo stellig kan ik niet zijn,' zei ik. 'Maar ik weet dat Ostrovski, de recensent, je vlak voor de moorden bij het Grand Theater heeft zien vertrekken in Tennenbaums busje. Gisteravond heeft hij ons verteld dat hij commissaris Harvey heeft opgezocht om daar met hem over te praten toen hij hoorde dat Tennenbaum vanwege zijn busje werd verdacht van de moorden. Dat was in oktober 1994. Ik geloof dat Kirk zo van slag was dat hij liever verdween.'

Charlotte Brown had het dus niet gedaan. Nadat ze het politiebureau verliet, ging ze meteen naar het Grand Theater. Dat hoorden we van Michael Bird, die daar was en ons erover vertelde.

Toen Charlotte in de zaal verscheen, schreeuwde Harvey blij: 'Charlotte is te vroeg! Kan deze dag nog beter gaan? We hebben Jerry al de rol van lijk gegeven, en Ostrovski is de politieman.'

Charlotte kwam zwijgend naar voren.

'Alles in orde, Charlotte?' vroeg Harvey. 'Je kijkt wat moeilijk.'

Ze staarde hem lang aan, toen fluisterde ze: 'Ben je vanwege mij uit Orphea vertrokken, Kirk?'

Hij antwoordde niet. Ze vervolgde: 'Je wist dat ik Tennenbaums busje bestuurde. Je dacht dat ik ze allemaal had vermoord.'

'Het maakt niet uit wat ik dacht, Charlotte. Het enige wat telt, is wat ik weet. Ik heb het je man beloofd: als hij me mijn stuk laat opvoeren, hoort hij alles.'

'Kirk, er is een jonge vrouw vermoord. En de moordenaar is zonder twijfel dezelfde persoon die de Gordons heeft vermoord. We kunnen niet wachten tot 26 juli. Je moet alles nu vertellen.'

'Op de avond van de première hoor je alles,' zei Harvey opnieuw.

'Kirk, je bent gek! Waarom doe je dit? Er zijn mensen dood, hoor je me?'

'En ik ben tegelijk met ze gestorven!' riep Harvey uit.

Er viel een lange stilte. Alle ogen waren gericht op Kirk en Charlotte.

'En dus?' zei Charlotte, die ten einde raad was en op het punt stond in huilen uit te barsten. 'Moet de politie dan netjes wachten totdat de voorstelling zaterdag is afgelopen voordat jij je verwaardigt te vertellen wat je weet?'

Harvey keek haar verbaasd aan.

'Als het stuk is afgelopen? Nee, het wordt halverwege al duidelijk.'

'Halverwege? Halverwege wat? Kirk, ik begrijp er niets meer van!'

Ze leek verloren. Toen zei Kirk met een donkere blik in zijn ogen: 'Ik zei dat je alles zult horen op de avond van de première, Charlotte. Dat betekent dat het antwoord in het stuk zit. *De Zwarte nacht* is de ontknoping van deze zaak. De acteurs zullen alles duidelijk maken, niet ik.'

DEREK SCOTT

De eerste dagen van september 1994.

Een maand na de viervoudige moord twijfelden Jesse en ik geen moment meer aan de schuld van Ted Tennenbaum. De zaak was bijna rond.

Tennenbaum had burgemeester Gordon vermoord omdat die hem had gechanteerd met de werkzaamheden aan Café Athena. De overgemaakte bedragen kwamen aan beide kanten overeen met geldopnames en betalingen, een getuige beweerde dat hij zijn post in het Grand Theater had verlaten op het moment dat de moorden werden gepleegd en zijn busje was bij het huis van de burgemeester gezien. Om nog maar te zwijgen over het feit dat we hadden vastgesteld dat hij een uitstekende schutter was.

Andere politieagenten zouden Tennenbaum waarschijnlijk in voorlopige hechtenis hebben genomen en de onderzoeksrechter de zaak hebben laten afronden. Er was meer dan voldoende bewijs om hem aan te klagen voor een vierdubbele moord met voorbedachten rade en om het proces te laten beginnen, maar daar lag het probleem. Tennenbaum en zijn duivelse advocaat kennende zouden ze hoogstwaarschijnlijk in staat zijn de jury ervan te overtuigen dat er gerede twijfel bestond, zodat de schuld van de beklaagde niet kon worden bewezen. En dan zou Tennenbaum worden vrijgesproken.

We wilden hem dus niet overhaast arresteren: met onze resultaten hadden we de majoor aan onze kant gekregen en we besloten om een beetje af te wachten. De tijd werkte in ons voordeel. Vroeg of laat zou Tennenbaum zijn voorzichtigheid laten varen en een fout maken.

Onze reputatie hing nu af van ons geduld. De collega's en leidinggevenden hielden ons nauwlettend in de gaten en dat wisten we. We wilden perfecte jonge agenten zijn, die een viervoudige moordenaar naar de gevangenis hadden gekregen, geen amateurs die er alleen een vernederende vrijspraak uit wisten te halen, plus een schadevergoeding van de staat aan Tennenbaum.

Een deel van het onderzoek was nog niet opgehelderd: het moordwapen. Een Beretta met weggevijld serienummer. Een schurkenwapen. Dat was wat ons intrigeerde: hoe kwam een man uit een bekende familie uit Manhattan aan zo'n wapen?

Die vraag bracht ons ertoe de Hamptons heel onopvallend uit te kammen. In het bijzonder de foute bar in Ridgesport, waar Tennenbaum een paar jaar eerder was gearresteerd bij een gewelddadige vechtpartij. Dagenlang hielden we ons ervoor schuil, in de hoop dat we Tennenbaum zouden aantreffen. Maar dat leidde ertoe dat we op een ochtend vroeg op de kamer van majoor McKenna werden ontboden. Naast McKenna was daar een vent die ons toeblafte: 'Ik ben special agent Grace, ATF*. Dus jullie zijn die klootzakken die een federaal onderzoek dwarsbomen.'

'Dag, aardige meneer,' stelde ik me voor. 'Ik ben sergeant Derek Scott en dit...'

'Ik weet verdomme wie jullie zijn!' kapte Grace me af.

De majoor legde de situatie wat diplomatieker uit.

'De ATF heeft jullie bij een bar in Ridgesport gezien die ze al in de gaten houden.'

'We hebben een huis tegenover die bar gehuurd. We zijn al maanden bezig.'

'Special agent Grace, mag ik vragen wat u over die bar weet?' vroeg Jesse.

'We zijn er terechtgekomen toen een man die in februari is opgepakt voor een bankoverval in Long Island is gaan praten in ruil voor strafvermindering. Hij heeft verklaard dat hij zijn wapen in deze bar had gekocht. Tijdens het onderzoek kwamen we erachter dat het mogelijk was dat hier wapens worden doorverkocht die van het leger

* Federaal agentschap voor de bestrijding van illegale wapenhandel.

zijn gestolen. Van binnenuit, als je begrijpt wat ik bedoel. Dat er dus soldaten bij betrokken zijn. Ik hoop dat jullie het niet erg vinden als ik het hierbij laat: de zaak ligt nogal gevoelig.'

'Mogen we weten om wat voor wapens het gaat?' vroeg Jesse nog.

'Beretta's met weggevijlde serienummers.'

Jesse wierp me een verbijsterde blik toe. Misschien stonden we op het punt het winnende doelpunt te scoren. De moordenaar had het wapen voor de viervoudige moord in deze bar gekocht.

JESSE ROSENBERG

Vrijdag 18 juli 2014
8 dagen voor de première

De aankondiging die Kirk Harvey een dag eerder in het Grand Theater had gedaan, dat de naam van de echte moordenaar uit 1994 tijdens het stuk zou worden onthuld, bracht de hele regio in rep en roer. Vooral Orphea naderde het kookpunt. Volgens mij blufte Kirk. Hij wist niets, hij wilde gewoon dat er over hem gepraat werd.

Eén ding zat ons nog dwars: *de Zwarte nacht*. Hoe kon burgemeester Gordon nog in het bezit zijn van de tekst? We wisten dat hij zijn exemplaar had verscheurd. Om een antwoord te vinden op deze vraag hadden Anna, Derek en ik de veerboot genomen van Port Jefferson in de Hamptons naar Bridgeport, Connecticut. We gingen naar New Haven om Ernest Gordon te ondervragen, de broer van burgemeester Gordon en hoogleraar biologie aan Yale. Als familielid van zijn vermoorde broer had hij alles geërfd. Hij was degene die de spullen van zijn broer destijds had opgeruimd en misschien had hij het stuk ergens gezien. Hij was onze laatste hoop.

Ernest Gordon, de oudere broer van Joseph, was nu zeventig. Hij ontving ons in de keuken waar hij koekjes en koffie voor ons had klaargezet. Zijn vrouw was er ook. Ze leek nerveus.

'Aan de telefoon zeiden jullie dat er nieuws was over de moord op mijn broer en zijn gezin,' zei Ernest Gordon.

Zijn vrouw kon niet stilzitten.

'Inderdaad, meneer Gordon,' antwoordde ik. 'Eerlijk gezegd hebben we recentelijk een paar aanwijzingen gevonden die ons ervan hebben overtuigd dat we ons twintig jaar geleden hebben vergist met Ted Tennenbaum.'

'Bedoelt u dat hij niet de moordenaar was?'

'Inderdaad. Meneer Gordon, kunt u zich iets herinneren van een toneelstuk dat uw broer in zijn bezit had? *De Zwarte nacht*, heette het.'

Ernest Gordon zuchtte.

'Mijn broer had een ongelooflijke papierwinkel in huis. Ik heb geprobeerd het een beetje uit te zoeken, maar er was gewoon te veel. Uiteindelijk heb ik bijna alles weggegooid.'

'Ik vermoed dat het stuk van enig belang was. Het schijnt dat hij het niet aan de auteur wilde teruggeven. Het zou dus goed kunnen dat hij het op een veilige plek bewaarde. Een ongewone plek. Een plek waar niemand zou zoeken.'

Ernest Gordon staarde ons aan. Er viel een zware stilte. Uiteindelijk nam zijn vrouw het woord. Ze zei: 'Ernie, je moet alles vertellen. Het kan belangrijk zijn.'

De broer van Joseph Gordon zuchtte.

'Na de dood van mijn broer heeft een notaris contact met me opgenomen. Joseph had een testament, wat me verraste omdat hij geen andere bezittingen had dan zijn huis. Maar het testament sprak over een kluis bij een bank.'

'Een kluis? Daar hebben we destijds niets over gehoord,' zei Derek.

'Ik heb ook niets aan de politie verteld,' zei Ernest Gordon.

'Waarom niet?'

'Omdat er in die kluis contanten zaten. Veel contanten. Genoeg om onze drie kinderen te laten studeren. En dus besloot ik het geld te houden en er niemand over te vertellen.'

'Dat waren de steekpenningen die Gordon niet naar Montana heeft overgemaakt,' zei Derek.

'Wat zat er nog meer in die kluis?' vroeg ik.

'Papieren, kapitein Rosenberg. Maar ik moet zeggen dat ik niet heb gekeken wat alles was.'

'Verdomme,' vloekte Derek. 'U zult alles wel hebben weggegooid!'

'Eerlijk gezegd heb ik de bank niet laten weten dat mijn broer dood was en ik heb de notaris genoeg geld gegeven om tot mijn dood voor de kluis te betalen. Ik dacht dat hij misschien niet al te netjes aan dat geld was gekomen en dus meende ik dat de beste manier was om te zorgen dat het bestaan van de kluis geheim zou blijven, om me er ver van te houden. Ik dacht dat als ik naar de bank zou gaan om het contract op te zeggen...'

Derek liet hem niet uitspreken.

'Welke bank was dat, meneer Gordon?'

'Ik betaal alles terug,' verzekerde Gordon. 'Dat beloof ik...'

'Het geld interesseert ons niet, daar gaan we u niet mee lastigvallen. Maar we moeten absoluut zien wat voor documenten uw broer in die kluis verborg.'

~

Een paar uur later liepen Anna, Derek en ik de kluisruimte van een kleine privébank in Manhattan binnen. Een medewerker opende de kluis en haalde een kistje tevoorschijn, dat we snel openden.

Er zat een stapel ingebonden papieren in; op het omslag stond:

DE ZWARTE NACHT
DOOR KIRK HARVEY

'Maar waarom had burgemeester Gordon de tekst in een bankkluis gelegd?' vroeg Anna.

'En wat is het verband tussen de moorden en dit stuk?' vroeg Derek zich af.

Er zaten ook bankpapieren in de kluis. Derek bladerde ze door en leek geïntrigeerd.

'Wat heb je gevonden, Derek?' vroeg ik.

'Dit zijn rekeningafschriften, er staan grote betalingen op. Ongetwijfeld steekpenningen. Er zijn ook opnames gedaan. Ik denk dat dat het geld is dat Gordon naar Montana stuurde voor zijn vlucht.'

'We wisten toch al dat Gordon corrupt was?' zei ik tegen Derek, omdat ik niet begreep waarom hij zo verbijsterd was.

Toen antwoordde hij: 'De rekening staat op naam van Joseph Gordon en Alan Brown.'

Dus Brown was ook corrupt. En dat was nog niet de laatste verrassing. Na de bank gingen we naar het districtscentrum van de

Staatspolitie voor de resultaten van de analyse van Alan Browns toespraak op de openingsavond van het eerste festival.

De beeldexperts hadden een klein moment in de videosequentie geïdentificeerd waarbij het licht van de schijnwerpers het papier dat Alan Brown vasthield transparant maakte en de tekst onthulde die erop stond. In het rapport stond kort vermeld: 'Van de weinige woorden die leesbaar zijn, lijkt de tekst van de spreker overeen te komen met de tekst op het papier.'

Ik keek met open mond naar de vergroting.

'Wat is er, Jesse?' vroeg Derek. 'Je zei toch dat de tekst op het papier overeenkomt met de toespraak van Brown?'

'Het probleem,' antwoordde ik, terwijl ik hem de foto liet zien, 'is dat de tekst is getypt. In tegenstelling tot wat hij beweerde heeft Alan Brown die toespraak niet op de avond van de moorden bedacht. Hij heeft hem van tevoren geschreven. Hij wist dat burgemeester Gordon niet zou komen. Hij was erop voorbereid.'

JESSE ROSENBERG

Zaterdag 19 juli 2014
7 dagen voor de première

De bankafschriften die we in Gordons kluis vonden, waren authentiek. De rekening waarop het smeergeld was overgemaakt was geopend door Gordon en Brown. Gezamenlijk. Die laatste had de aanvraagformulieren zelf ondertekend.

Vroeg in de ochtend belden wij heel discreet aan bij de woning van Alan en Charlotte Brown. We brachten ze beiden naar het districtscentrum van de Staatspolitie voor verhoor. Charlotte moest wel op de hoogte zijn van Alans betrokkenheid bij de alomtegenwoordige corruptie waardoor Orphea in 1994 werd aangevreten.

Hoewel we ons best deden om niet op te vallen toen we de Browns meenamen, had een vroege vogel die in een buurhuis aan het keukenraam was vastgelijmd gezien dat ze in twee auto's van de Staatspolitie stapten. Het bericht ging van deur tot deur met de exponentiële snelheid van elektronische berichten. Sommige mensen gingen zo ver in hun nieuwsgierigheid dat ze ongelovig aanbelden bij de Browns; onder hen was ook Michael Bird, die wilde nagaan of het gerucht waar was. Algauw bereikte de schokgolf de plaatselijke persredacties: de burgemeester van Orphea en zijn vrouw zouden gearresteerd zijn. Peter Frogg, de locoburgemeester, werd continu gebeld en sloot zich op in zijn huis. Commissaris Gulliver wilde graag antwoord geven op de vragen, maar hij wist niets. Er begon een schandaal te broeien.

Toen Kirk Harvey kort voor het tijdstip dat de repetities zouden beginnen bij het Grand Theater aankwam, stonden er allerlei journalisten. Ze wachtten op hem.

'Kirk Harvey, is er een verband tussen uw stuk en de aanhouding van Charlotte Brown?'

Harvey aarzelde een ogenblik voordat hij antwoordde. Uiteindelijk zei hij: 'Kom maar naar het stuk kijken. Daar zit alles in.'

De journalisten werden nog twee keer zo opgewonden en Harvey glimlachte.

Iedereen had het over *de Zwarte nacht*.

~

Op het districtscentrum van de Staatspolitie ondervroegen we Alan en Charlotte Brown in twee aparte verhoorkamers. Charlotte brak als eerste, toen Anna de bankafschriften liet zien die we in de kluis van de burgemeester hadden gevonden. Toen Charlotte de papieren zag, verbleekte ze.

'Steekpenningen aannemen?' vloog ze op. 'Zoiets zou Alan nooit doen! Niemand is zo eerlijk als hij!'

'We hebben bewijzen, Charlotte,' zei Anna. 'Herken je zijn handtekening?'

'Ja, goed, dat is zijn handtekening, maar er moet een andere verklaring zijn. Dat weet ik zeker. Wat heeft hij gezegd?'

'Voorlopig ontkent hij alles,' vertrouwde Anna haar toe. 'Als hij ons niet helpt, kunnen wij hem ook niet helpen. Dan wordt hij voorgeleid voor de aanklager en komt hij in voorlopige hechtenis.'

Charlotte barstte in snikken uit.

'O Anna, ik weet van niks, dat zweer ik...!'

Anna legde een meelevende hand op de hare en vroeg: 'Charlotte, heb je ons alles verteld, de vorige keer?'

'Ik heb één detail weggelaten, Anna,' bekende Charlotte, die moeizaam weer op adem kwam. 'Alan wist dat de Gordons gingen vluchten.'

'Dat wist hij?' vroeg Anna verbaasd.

'Ja, hij wist dat ze op de avond van de festivalpremière stiekem uit de stad wilden verdwijnen.'

~

Orphea, 30 juli 1994, 11.30 uur
Acht uur voor de viervoudige moord

Op het toneel van het Grand Theater gaf Buzz Leonard de laatste aanwijzingen aan de acteurs die om hem heen stonden. Hij wilde nog een paar puntjes op de i zetten. Charlotte maakte gebruik van een scène waar ze niet in voorkwam om naar de wc te gaan. In de foyer stuitte ze op Alan, en ze wierp zich stralend in zijn armen. Hij nam haar mee naar een plaats waar ze niet gezien werden en ze kusten elkaar hartstochtelijk.

'Ben je voor mij gekomen?' vroeg ze plagerig.

Haar ogen straalden. Maar hij zag er uitgeput uit.

'Alles in orde?' vroeg hij toen.

'Heel goed, Alan.'

'Geen nieuws van die vervloekte Harvey?'

'Ja, juist wel. Behoorlijk goed nieuws: hij heeft gezegd dat hij bereid is om me met rust te laten. Geen gedreig met zelfmoord meer, geen gedoe meer. Vanaf nu gaat hij zich correct gedragen. Hij wil alleen dat ik hem help om de tekst van zijn toneelstuk terug te krijgen.'

'Wat is dat voor chantage?' vroeg Alan boos.

'Nee, Al, ik wil hem graag helpen. Hij heeft zo hard aan dat stuk gewerkt. Het schijnt dat er nog maar één exemplaar van bestaat en dat burgemeester Gordon dat heeft. Kun jij hem vragen om het terug te geven? Of het aan jou te geven en dat jij het dan aan Kirk geeft?'

Alan wond zich op.

'Vergeet die onzin, Charlotte.'

'Waarom?'

'Omdat ik het je vraag. Harvey moet zich laten nakijken.'

'Alan, waarom reageer je zo? Zo ken ik je niet. Oké, Harvey is een beetje raar. Maar hij verdient het wel om zijn tekst terug te krijgen. Weet je hoeveel werk hij erin heeft gestoken?'

'Luister, Charlotte. Ik heb respect voor Harvey, als agent en als regisseur, maar vergeet dat stuk. Vergeet Gordon.'

Maar ze bleef aandringen. 'Toe, Alan, dat kun je best voor me doen. Je weet niet hoe het voelt als hij de hele tijd dreigt dat hij een kogel door zijn kop gaat jagen.'

'Deed hij dat maar!' riep Brown uit, zichtbaar geërgerd.

'Ik wist niet dat je zo'n lul was, Alan,' zei Charlotte teleurgesteld. 'Ik heb me in je vergist.'

Ze draaide zich van hem af en wilde teruglopen naar de zaal.

Hij pakte haar arm.

'Wacht, Charlotte. Het spijt me, het spijt me heel erg. Ik wou echt dat ik Kirk kon helpen, maar dat is onmogelijk.'

'Waarom dan niet?'

Alan aarzelde een seconde, toen biechtte hij op: 'Omdat burgemeester Gordon op het punt staat om uit Orphea weg te gaan. Voorgoed.'

'Wat? Vanavond?'

'Ja, Charlotte. De familie Gordon staat op het punt te verdwijnen.'

~

'Waarom gingen de Gordons weg?' vroeg Anna twintig jaar later aan Charlotte.

'Dat weet ik niet,' antwoordde ze. 'Ik wilde het ook niet weten. Ik heb burgemeester Gordon altijd een vreemde vent gevonden. Het enige wat ik wilde was de tekst van het toneelstuk terugkrijgen en aan Harvey geven. Maar ik zag de hele dag geen kans om uit het theater weg te gaan. Buzz Leonard eiste dat we bepaalde scènes opnieuw repeteerden, toen deden we een italiaantje en wilde hij iedereen persoonlijk spreken. Hij was nerveus omdat er zoveel op het spel stond. Pas helemaal aan het einde van de dag had ik eindelijk een momentje om naar de burgemeester te gaan, dus haastte ik me naar hem toe. Zonder zelfs te weten of ze er nog waren of dat ze al vertrokken waren. Ik wist dat het de laatste kans was om die tekst terug te krijgen.'

'En toen?' vroeg Anna.

'Toen ik hoorde dat de Gordons waren vermoord, wilde ik met de politie praten, maar daar bracht Alan me van af. Hij zei dat hij daar grote problemen door zou krijgen. En ik ook, omdat ik vlak voor hun dood bij hun huis was geweest. Toen ik tegen Alan zei dat een vrouw die oefeningen deed in het plantsoen me had gezien, zei hij doodsbang: "Die is ook dood. Iedereen die iets gezien heeft, is dood. Ik geloof dat je er beter met niemand over kunt praten."'

Daarna ging Anna naar de naastgelegen verhoorkamer waar Alan zat. Ze vertelde niets over haar gesprek met Charlotte en zei alleen: 'Alan, je wist dat de burgemeester niet bij de officiële opening aanwezig zou zijn. Jouw zogenaamd geïmproviseerde toespraak was uitgetypt.'

Hij sloeg zijn ogen neer.

'Ik heb niets te maken met de moord op de Gordons, dat verzeker ik je.'

Anna legde bankafschriften op tafel.

'Alan, in 1992 heb je met Joseph Gordon een gezamenlijke bankrekening geopend waarop in twee jaar tijd ruim een half miljoen dollar is gestort: steekpenningen afkomstig van herstelwerkzaamheden aan openbare gebouwen van Orphea.'

'Waar hebben jullie dat gevonden?' vroeg Alan.

'In een kluis van Joseph Gordon.'

'Anna, ik ben niet corrupt, ik zweer het.'

'Kom dan eens met een verklaring, Alan! Als je alles stelselmatig blijft ontkennen, help je je zaak niet vooruit.'

Na een laatste aarzeling begon burgemeester Brown eindelijk te praten.

'Aan het begin van 1994 ontdekte ik dat Gordon corrupt was.'

'Hoe?'

'Een anoniem telefoontje. Eind februari. Een vrouwenstem. Ze zei dat ik eens goed naar de boekhouding moest kijken van de bedrijven die door de gemeente waren ingehuurd voor openbare werken, en dat ik van de contracten de interne facturatie moest vergelijken met de facturen die het stadhuis had ontvangen. Er zaten grote verschillen tussen. De aannemers factureerden stelselmatig te veel: iemand op het stadhuis profiteerde daarvan. Iemand die in de positie verkeerde om de contracten toe te wijzen – dus of Gordon, of ik. En ik wist dat ik het niet was.'

'En wat deed je toen?'

'Ik ging direct naar Gordon toe en eiste een verklaring. Ik geef toe dat ik hem nog het voordeel van de twijfel gaf. Maar waar ik niet op rekende, was dat hij in de tegenaanval zou gaan.'

~

Orphea, 25 februari 1994
Kamer van burgemeester Gordon

Burgemeester Gordon bestudeerde vluchtig de documenten die Alan Brown had meegenomen. Die laatste stond voor hem en voelde zich slecht op zijn gemak omdat Gordon niet reageerde. Uiteindelijk zei hij: 'Stel me gerust, Joseph. Je bent toch niet verwikkeld in een corruptieschandaal? Je hebt toch geen geld gevraagd in ruil voor de toekenning van contracten?'

Burgemeester Gordon trok een la open en haalde er papieren uit die hij aan Alan gaf.

'Alan, jij en ik zijn twee doodgewone smeerlappen,' zei hij spijtig.

'Wat is dit?' vroeg Alan terwijl hij de papieren bekeek. 'En waarom staat mijn naam op dat rekeningafschrift?'

'Omdat we die rekening samen hebben geopend. Twee jaar geleden, weet je niet meer?'

'We hebben een rekening voor het stadhuis geopend, Joseph! Je zei dat dat de boekhouding eenvoudiger zou maken, vooral voor onkostenvergoedingen. Hier staat dat het om een persoonlijke rekening gaat die niets te maken heeft met de gemeente.'

'Had je maar beter moeten lezen voordat je tekende.'

'Maar Joseph, ik vertrouwde je! Heb je me erin geluisd? O god... Ik heb je zelfs mijn paspoort gegeven zodat de bank mijn identiteit kon controleren...'

'Ja, en mag ik je bedanken voor je medewerking? Dit betekent dat als ik ten val kom, ik jou meesleur, Alan. Dit geld is van ons beiden. Probeer dus maar niet om justitie in te schakelen, neem geen contact op met de politie, ga niet in de rekening snuffelen. Alles staat op naam van ons beiden. Dus als je geen cel in een federale gevangenis met me wilt delen wegens corruptie, dan kun je dit allemaal maar beter vergeten.'

'Maar Joseph, dit wordt allemaal toch wel bekend! Al was het maar omdat alle aannemers in de stad weten dat je corrupt bent!'

'Hou toch op met dat slappe gejank, Alan. De aannemers kunnen geen kant op, net als jij. Ze houden hun mond, omdat ze even schuldig zijn als ik. Maak je geen zorgen. Bovendien is het al een tijdje aan de gang en iedereen is tevreden. De aannemers weten zeker dat ze genoeg werk hebben, die gaan heus niet alles op het spel zetten om de moraalridder uit te hangen.'

'Je begrijpt het niet, Joseph: er is iemand op de hoogte van je misstappen, en ze wil haar mond opendoen. Ik heb een anoniem telefoontje gekregen. Zo ben ik erachter gekomen.'

Voor het eerst leek burgemeester Gordon in paniek.

'Wat? Wie?'

'Geen idee, Joseph. Nogmaals, het was een anoniem telefoontje.'

In de verhoorkamer van het districtscentrum van de Staatspolitie staarde Alan Anna zwijgend aan.

'Ik kon geen kant op, Anna,' zei hij. 'Ik wist dat ik onmogelijk kon bewijzen dat ik niet bij die corruptie betrokken was. De rekening stond ook op mijn naam. Gordon was duivels nauwkeurig, hij had overal aan gedacht. Hij leek soms een beetje zacht en sullig, maar hij wist precies wat hij deed. Mijn lot lag in zijn handen.'

'En wat gebeurde er toen?'

'Gordon raakte in paniek vanwege dat anonieme telefoontje. Hij was er zo zeker van dat iedereen zijn mond zou houden dat hij geen rekening had gehouden met deze mogelijkheid. Ik leidde eruit af dat de reikwijdte van het verderf nog groter was dan ik dacht en dat er heel veel voor hem op het spel stond. De maanden daarna waren heel moeilijk. Onze relatie was beroerd, maar we moesten het hoofd boven water houden. Gordon was er de man niet naar om het hoofd te laten hangen en ik wist zeker dat hij bezig was een oplossing voor de situatie te vinden. Inderdaad sprak hij op een avond in april met me af op de parkeerplaats van de boulevard. "Ik ga weg uit de stad," liet hij me weten. "Waar ga je naartoe, Joseph?" "Doet er niet toe." "Wanneer?" vroeg ik nog. "Zodra ik deze stronthoop heb opgeruimd." Er verstreken nog twee maanden die een eeuwigheid leken te duren. Eind juni 1994 liet hij me opnieuw naar de parkeerplaats bij de boulevard komen en kondigde hij aan dat hij aan het einde van de zomer vertrok. "Na het festival maak ik bekend dat ik niet meedoe aan de gemeentelijke verkiezingen in september. En dan verhuis ik in een moeite door." "Waarom vertrek je dan pas?' vroeg ik. "Waarom wil je nog twee maanden wachten?" "Ik ben al sinds maart bezig om de bankrekening beetje bij beetje leeg te halen. Ik kan niet te veel tegelijk overmaken, dat wekt argwaan. In dit tempo is hij aan het einde van de zomer leeg. De timing is perfect. Dan sluiten we de rekening zodat die niet meer bestaat. Je zult je nooit zorgen hoeven maken. En dan is de stad van jou. Daar heb je toch altijd van gedroomd, of niet?" "En tot die tijd?" vroeg ik verontrust. "Deze zaak kan ieder moment in ons gezicht ontploffen. En zelfs als je de bankrekening sluit, blijven er sporen van de overboekingen bestaan. Je kunt niet alles zomaar uitwissen, Joseph!" "Geen paniek, Alan. Ik heb alles geregeld. Zoals altijd."

'Zei burgemeester Gordon: "Ik heb alles geregeld"?' herhaalde Anna.

'Ja, dat waren zijn precieze woorden. Ik zal nooit vergeten hoe hij erbij keek: ijskoud, angstaanjagend. Ik ging al heel lang met hem om, maar ik had nooit gezien dat Joseph Gordon iemand was die zich door niets en niemand liet dwarsbomen.'

Anna knikte terwijl ze aantekeningen maakte. Ze keek op naar Brown en vroeg: 'Maar als Gordon van plan was om na het festival te vertrekken, waarom is hij dan van gedachten veranderd en besloot hij op de avond van de première te vertrekken?'

Alan fronste.

'Dat heb je van Charlotte, hè?' zei hij. 'Dat moet wel, ze is de enige die dat weet. Toen het festival dichterbij kwam kon ik het steeds slechter verdragen dat Gordon zich alle eer toe-eigende terwijl hij niets had bijgedragen aan de totstandkoming of de organisatie. Het enige wat hij had gedaan was nog meer geld in zijn zakken steken door vergunningen uit te geven voor kraampjes in de hoofdstraat. Ik kon er niet meer tegen. Hij had zelfs het lef om ter ere van zichzelf een boekje te laten uitgeven. Hij werd aan alle kanten gefeliciteerd, die oplichter! De avond voor het festival zocht ik hem op zijn kantoor op en eiste ik dat hij de volgende ochtend zou vertrekken. Ik wilde niet dat hij de lof zou oogsten voor het evenement of dat hij de openingstoespraak zou houden. Hij was van plan om Orphea pas te verlaten als hij alle eerbewijzen in ontvangst had genomen, zodat hij een eeuwige herinnering zou achterlaten aan een buitengewoon bestuurder – terwijl ik alles had gedaan. Dat vond ik onverdraaglijk. Ik wilde dat Gordon moest wegvluchten als een hond, zich als een verachtelijk wezen uit de voeten moest maken. En dus eiste ik dat hij die avond, 29 juli, zou vertrekken. Maar hij weigerde. Op de ochtend van de dertigste paradeerde hij provocatief door de hoofdstraat en deed hij alsof hij controleerde of alles goed verliep. Ik zei dat ik direct naar zijn huis ging en met zijn vrouw zou praten. Ik sprong in mijn auto en scheurde naar Penfield Crescent. Op het moment dat zijn vrouw Leslie de voordeur opende en me vriendelijk groette, hoorde ik Gordon, die razendsnel achter me aan was gereden. Leslie Gordon was al van alles op de hoogte, en in de keuken zei ik: "Als jullie vanavond niet uit Orphea vertrokken zijn, zal ik op het podium van het Grand Theater aan iedereen vertellen dat Joseph Gordon corrupt is. Ik ga alles opbiechten! Ik ben niet bang voor de consequenties. Vandaag is jullie enige kans om te vluchten." Joseph en Leslie Gordon beseften dat ik niet blufte. Ik stond op het punt te ontploffen. Ze beloofden dat ze uiterlijk die avond uit de stad zouden vertrekken. Toen ik wegging, ging ik naar het Grand Theater. Het liep tegen twaalven. Daar zag ik Charlotte, die het in haar hoofd had gehaald om een tekst op te halen die in Gordons bezit was, een verdomd toneelstuk dat Harvey had geschreven. Ze was zo onvermurwbaar dat ik haar in vertrouwen vertelde dat Gordon op het punt stond om te verdwijnen.'

'Dus alleen Charlotte en jij wisten dat de Gordons die dag zouden vluchten?' vroeg Anna.

'Ja, wij waren de enigen die dat wisten. Daar ben ik zeker van. Ik ken Gordon, die zou dat niet aan de grote klok hangen. Hij hield niet van onverwachte gebeurtenissen, hij was het gewend om alles in de hand te houden. Ik snap dan ook niet dat hij thuis is vermoord. Wie kon weten dat hij daar was? Officieel had hij op dat tijdstip in het Grand Theater moeten zijn, samen met mij, om handen te schudden. Zo stond het in het programma: *19.00-19.30 uur: officiële ontvangst in de foyer van het Grand Theater door burgemeester Joseph Gordon.*'

'En wat is er met die bankrekening gebeurd?' vroeg Anna.

'Die is nooit gesloten. Die is ook nooit aangegeven bij de belasting, alsof hij niet bestaat. Ik heb hem nooit aangeraakt, dat leek me de beste manier om deze geschiedenis te begraven. Er staat ongetwijfeld nog een behoorlijk bedrag op.'

'En dat anonieme telefoontje? Ben je er ooit achter gekomen wie dat was?'

'Nooit, Anna.'

Die avond nodigde Anna Derek en mij uit voor het eten.

De maaltijd werd overgoten met een paar flessen uitstekende bordeaux, en terwijl we een digestief dronken in de woonkamer zei Anna: 'Jullie kunnen blijven logeren, als jullie willen. Het logeerbed is heel comfortabel. Ik heb ook een schone tandenborstel voor jullie beiden en ik heb een stapel oude T-shirts van mijn ex-man bewaard – vraag me niet waarom – die jullie prachtig zouden staan.'

'Een heel goed idee,' besloot Derek. 'Dan kunnen we elkaar iets over ons leven vertellen. Anna vertelt over haar ex-man, ik over mijn afschuwelijke bestaan bij de administratie van de politie en Jesse over zijn restaurantproject.'

'Ga je een restaurant openen, Jesse?' vroeg Anna geïntrigeerd.

'Luister maar niet maar hem, Anna. Die arme jongen heeft veel te veel gedronken.'

Derek zag een kopie van *de Zwarte nacht* op de salontafel liggen, die Anna mee naar huis had genomen om te lezen. Hij pakte de tekst op.

'Jij houdt nooit op met werken,' zei hij.

De stemming werd plotseling weer serieus.

'Ik begrijp niet waarom dat stuk zo belangrijk was voor Gordon,' zei Anna.

'Zo kostbaar dat hij het in de kluis legde,' benadrukte Derek.

'Met alle bankafschriften die bezwarend waren voor burgemeester Brown,' voegde ik eraan toe. 'Zou dat betekenen dat hij dat stuk bewaarde voor zijn veiligheid, als bescherming tegen iemand?'

'Bedoel je Kirk Harvey, Jesse?' vroeg Anna.

'Weet ik niet,' antwoordde ik. 'Hoe dan ook, de tekst van het stuk zelf heeft geen enkel direct belang. En burgemeester Brown beweert dat hij Gordon nog nooit iets over het stuk heeft horen zeggen.'

'Kunnen we Alan Brown geloven?' vroeg Derek zich af. 'Na alles wat hij heeft achtergehouden...'

'Hij heeft geen reden om te liegen,' merkte ik op. 'En bovendien weten we vanaf het begin dat hij op het moment van de moorden in de foyer van het Grand Theater was en tientallen handen schudde.'

Derek en ik hadden Harveys stuk allebei gelezen, maar ongetwijfeld door de vermoeidheid hadden we iets over het hoofd gezien, wat Anna er wel uit had gehaald.

'En stel dat het iets te maken heeft met de onderstreepte woorden?' suggereerde ze.

'Onderstreepte woorden?' vroeg ik verbaasd. 'Waar heb je het over?'

'In de tekst zijn een stuk of tien woorden met potlood onderstreept.'

'Ik dacht dat dat aantekeningen van Harvey waren,' zei Derek. 'Wijzigingen die hij in de tekst wilde aanbrengen.'

'Nee,' antwoordde Anna. 'Volgens mij is het iets anders.'

We gingen om de tafel zitten. Derek bladerde de tekst door en las de onderstreepte woorden voor, Anna schreef ze op. Hieruit kwam de volgende wartaal tevoorschijn:

Jij en redelijk en matig interessant arrogant horizontaal fluitend orkaan lot droom.

'Wat zou dat kunnen betekenen?' vroeg ik me af.

'Zou het geheimtaal zijn?' suggereerde Derek.

Anna boog zich over het papier.

Ze leek een idee te hebben. Ze schreef de zin opnieuw op.

Jij En Redelijk En Matig Interessant Arrogant Horizontaal Fluitend Orkaan Lot Droom.

J E R E M I A H F O L D

DEREK SCOTT

Half september 1994. Zes weken na de viervoudige moord.

Als de informatie van special agent Grace van de ATF klopte, zouden we inderdaad hebben achterhaald waar het wapen dat bij de viervoudige moord was gebruikt, vandaan kwam: de bar in Ridgesport waar je aan de toog Beretta's van het leger kon kopen waarvan de serienummers waren weggevijld.

Op verzoek van de ATF en als teken van goede wil lieten Jesse en ik onze stek in Ridgesport direct in de steek. We hoefden alleen nog te wachten tot de ATF besloot een huiszoeking te doen, en in de tussentijd werkten we aan andere dossiers. Ons geduld en onze diplomatie werden beloond: ergens halverwege september nodigde special agent Grace Jesse en mij tegen het einde van de middag uit om mee te doen aan de reusachtige inval die ze in de bar gingen doen. Er werden wapens en munitie in beslag genomen, waaronder de laatste Beretta's van de gesloten lading, en er werd een infanteriekorporaal gearresteerd die luisterde naar de naam Ziggy, wiens gebrek aan scherpzinnigheid deed vermoeden dat hij eerder een radertje was dan het brein achter de wapensmokkel.

Iedereen had belang bij deze zaak: de ATF en de militaire politie, die ook aan de zaak werkte, meenden dat Ziggy die wapens onmogelijk alleen had kunnen bemachtigen. En wij wilden achterhalen aan wie hij de Beretta's had verkocht. Uiteindelijk vonden we een regeling waar iedereen blij mee was. De ATF liet ons Ziggy ondervragen, en wij lieten de korporaal een overeenkomst ondertekenen: hij zou de ATF de namen van zijn handlangers vertellen in ruil voor strafvermindering. Iedereen tevreden.

We legden Ziggy een stapel foto's voor, waaronder een van Ted Tennenbaum.

'We willen graag dat je ons helpt, Ziggy,' zei Jesse.

'Ik herinner me echt geen gezichten, eerlijk waar niet.'

Jesse legde een foto van de elektrische stoel voor Ziggy neer.

'Dit wacht je als je niet praat, Ziggy,' zei hij kalm.

'Wat? Hoezo?' bracht Ziggy uit.

'Een van je wapens is gebruikt om vier mensen om te brengen. Je zult voor die moord worden aangeklaagd.'

'Maar ik heb niks gedaan!' zei Ziggy hijgend.

'Dat zoek je maar uit met de rechter.'

'Tenzij je geheugen het opeens weer gaat doen, waarde Zigstermans,' legde Jesse uit.

'Laat me die foto's nog eens zien,' smeekte de korporaal. 'Ik heb niet goed gekeken.'

'Wil je misschien bij het raam staan? Daar is meer licht,' stelde Jesse voor.

'Ja, het was te donker,' bevestigde Ziggy.

'Genoeg licht is zo belangrijk.'

De korporaal liep naar het raam en bekeek de foto's die we voor hem hadden meegebracht.

'Ik heb er een verkocht aan deze kerel,' zei hij.

De foto die hij ons gaf was van Ted Tennenbaum.

'Weet je het zeker?' vroeg ik.

'Absoluut.'

'En wanneer heb je hem het wapen verkocht?'

'In februari. Ik had hem al eerder in het café gezien, maar dat was jaren geleden. Hij had een wapen nodig. Hij had cash bij zich. Ik heb hem een Beretta met munitie verkocht. Daarna heb ik hem nooit meer gezien.'

Jesse en ik wisselden een triomfantelijke blik uit: we hadden Ted Tennenbaum definitief te pakken.

-1

Dies irae: *dag van toorn*

Maandag 21 juli – vrijdag 25 juli 2014

JESSE ROSENBERG

Maandag 21 juli 2014
5 dagen voor de première

Orphea kookte. Het nieuws dat de identiteit van een vrij rondlopende moordenaar bekend zou worden gemaakt in een toneelstuk had zich door het land verspreid als een spoor van buskruit. In één weekend waren de media massaal toegestroomd, samen met hordes toeristen op zoek naar sensatie, die zich mengden onder de bewoners die zelf ook brandden van nieuwsgierigheid. De hoofdstraat zag zwart van de mensen en werd belegerd door reizende handelaars die de kans grepen om eten en drinken te verkopen, en zelfs T-shirts met de tekst: IK WAS IN ORPHEA. IK WEET WAT ER IN 1994 IS GEBEURD. Rondom het Grand Theater, dat door de politie geheel was verzegeld, was het een gedrang van jewelste, en er stonden tientallen televisieverslaggevers die regelmatig live in de uitzending verslag deden.

'Wie is de moordenaar van de familie Gordon, van een hardloopster en van een journaliste die op het punt stond alles te onthullen? Het antwoord komt over vijf dagen, hier in Orphea, New York...'

'... Over vijf dagen zal een van de meest opzienbarende stukken in tijden ons de geheimen onthullen van...'

'... Er dwaalt een moordenaar door een vredig stadje in de Hamptons, en die zal in een toneelstuk ontmaskerd worden...'

'... Hier in Orphea wordt fictie door de werkelijkheid ingehaald, en de gemeentelijke autoriteiten hebben aangekondigd dat de stad op de avond van de première geheel zal worden afgesloten. Er worden versterkingen uit de gehele regio verwacht en het Grand Theater, waar op dit moment de repetities voor het stuk aan de gang zijn, wordt vierentwintig uur per dag bewaakt...'

De werkdruk ging de plaatselijke politie ver boven de pet. En wat ook niet hielp was dat Montagne het bevel voerde omdat Gulliver aan het repeteren was, bijgestaan door versterkingen van de plaatselijke politie uit de gehele regio en de Staatspolitie.

De onwerkelijke sfeer werd nog versterkt omdat de drukte ook politiek was: als gevolg van de laatste onthullingen eiste Sylvia Tennenbaum dat haar broer officieel zou worden gerehabiliteerd. Ze had een steuncomité opgericht dat zich roerde voor de televisiecamera's met borden voorzien van het opschrift RECHT VOOR TED. Sylvia Tennenbaum eiste bovendien dat burgemeester Brown zou aftreden, dat de geplande gemeentelijke verkiezingen zouden doorgaan en dat ze zelf zou meedoen. Zodra ze enige aandacht van de media kreeg, zei ze: 'Burgemeester Brown is in het kader van de viervoudige moord uit 1994 ondervraagd door de politie. Daarmee verliest hij alle geloofwaardigheid.'

Maar burgemeester Brown, politiek dier als hij was, was helemaal niet van plan om af te treden. En de drukte kwam hem goed uit: meer dan ooit had Orphea behoefte aan een leidende hand. Ondanks de vraagtekens die zijn verhoor had opgeroepen, beschikte Brown nog over een groot vertrouwenskapitaal, en de bewoners die zich zorgen maakten over de situatie wilden in een tijd van crisis vooral hun burgemeester niet verliezen. Wat de middenstand betreft, die was nog nooit zo blij geweest: restaurants en hotels zaten boordevol, de souvenirwinkels spraken al van voorraadtekorten, en voor deze editie van het festival werden recordcijfers verwacht.

Wat niemand wist was dat in het verborgene van het Grand Theater, waar niemand behalve het gezelschap nog mocht komen, het stuk van Kirk Harvey alle kanten op ging. Ze waren nog mijlenver verwijderd van de buitengewone onthullingen die het publiek verwachtte. Dat wisten we door Michael Bird, die een onmisbare bondgenoot in het onderzoek was geworden. Aangezien Kirk Harvey Michael vertrouwde, was hij de enige buitenstaander die in het Grand Theater mocht komen. In ruil voor de belofte dat hij voor de première niets zou onthullen over de inhoud van het stuk, had Harvey hem geaccrediteerd. 'Het is van het grootste belang dat een journalist zal kunnen getuigen van wat er in Orphea is gebeurd,' had Kirk Michael uitgelegd. En daarom hadden wij Michael de opdracht gegeven om onze ogen in de zaal te zijn en het verloop van de repetities voor ons in de gaten te houden.

Die ochtend liet hij ons bij zich komen om de filmpjes die hij de vorige dag had gemaakt te laten zien. Hij woonde met zijn gezin in een prachtig huis buiten Orphea, op de weg naar Bridgehampton.

'Betaalt hij dat van zijn salaris als hoofdredacteur van een lokaal krantje?' vroeg Derek aan Anna toen we voor het huis stonden.

'De vader van zijn vrouw heeft geld,' legde ze uit. 'Clive Davis, misschien kennen jullie hem. Hij heeft een paar jaar geleden een gooi gedaan naar het burgemeesterschap van New York.'

Het was de vrouw van Michael die ons ontving. Een knappe blondine van nog geen veertig, dus aanzienlijk jonger dan haar man. Ze bood ons koffie aan en bracht ons naar de huiskamer, waar Michael met snoertjes in de weer was om zijn televisie met de computer te verbinden.

'Fijn dat jullie er zijn,' zei hij.

Hij leek van de kaart.

'Wat is er aan de hand, Michael?' vroeg ik.

'Ik geloof dat Kirk stapelgek is.'

Hij bediende zijn computer en opeens verscheen het toneel van het Grand Theater op het scherm: Samuel Padalin speelde het lijk en Jerry de agent. Harvey bekeek ze en hield een groot, ingebonden boek in zijn handen.

'Heel goed,' riep Harvey toen hij op het scherm verscheen. 'Raak doordrenkt van je personage. Samuel, je bent een dode. Jerry, je bent een stevige agentenvent!'

Harvey opende een papier en begon te lezen.

Een onheilspellende ochtend. Het regent. Op een landweg staat het verkeer vast: een gigantische opstopping.

'Wat voor papieren heeft hij daar?' vroeg ik aan Michael.

'Het hele stuk. Alles schijnt daarin te staan. Ik heb al geprobeerd er een blik op te werpen, maar Harvey verliest het niet uit het oog. Hij zegt dat de inhoud van die tekst zo gevoelig is dat hij de scènes een voor een zal uitdelen. Ook als de acteurs ze op de avond van de première moeten voorlezen omdat ze de tekst nog niet hebben kunnen leren.'

HARVEY: De automobilisten zijn geërgerd, ze toeteren woedend.

Alice en Steven doen alsof ze geïrriteerde automobilisten zijn die vastzitten in het verkeer.

Dan komt Dakota op.

HARVEY: Een jonge vrouw loopt door de berm, passeert de rij stilstaande auto's. Ze bereikt de politieafzetting en stelt een vraag aan de dienstdoende agent.

DAKOTA (jonge vrouw): Wat is er aan de hand?
JERRY (agent): Er is een dode gevonden. Een tragisch motorongeval.
DAKOTA: Een motorongeval?
JERRY: Ja, hij is met volle snelheid tegen een boom gereden. Hij is geheel verpletterd.

'Ze zijn nog steeds met dezelfde scène bezig,' constateerde Anna.

'Wacht even,' waarschuwde Michael. 'Het beste komt nog.'

Op het scherm brulde Harvey opeens: 'En nu de Dodendans!' Alle acteurs begonnen te gillen: 'De Dodendans! De Dodendans!' en opeens kwamen Ostrovski en Ron Gulliver in hun onderbroek op.

'Wat is dit voor flauwekul?' vroeg Derek geërgerd.

Ostrovski en Gulliver liepen naar de rand van het podium. Gulliver hield een opgezet dier vast. Hij keek er een ogenblik naar en sprak toen: 'Veelvraat, o veelvraat, red ons van het naderend einde!' Hij kuste het dier en gooide zich op de grond, waar hij een meelijwekkende koprol maakte. Ostrovski opende zijn armen wijd, keek naar de lege rijen en riep uit:

Dies irae, dies illa,
Solvet saeclum in favilla!

Ik geloofde mijn oren niet.

'Nu ook al Latijn?' zei ik geërgerd.

'Dit is belachelijk,' zei Derek.

'Die Latijnse tekst,' legde Michael uit, die tijd had gehad om onderzoek te doen, 'is een middeleeuwse apocalyptische tekst. Over de Dag van toorn.'

Hij liet ons de vertaling van de passage lezen:

Dag van toorn, op die dag
zal de wereld tot as vergaan!

'Dat klinkt als een dreigement,' merkte Anna op.

'Net als die opschriften die Harvey in 1993 overal in de stad achterliet,' zei Derek. 'Zou de Dag van toorn de Zwarte nacht zijn?'

'Waar ik mee zit,' zei ik, 'is dat alles erop wijst dat het stuk nooit op tijd af is. Harvey probeert iedereen om de tuin te leiden. Maar waarom? Wat wil hij bereiken?'

We konden onmogelijk in contact komen met Harvey, die onder de bescherming stond van majoor McKenna, de burgemeester en de politie van Orphea. Ons enige spoor was Jeremiah Fold. We noemden de naam tegen Michael Bird, maar die zei hem niks.

Ik vroeg aan Anna: 'Denk je dat het nog een ander woord kan zijn dan Jeremiah Fold?'

'Dat lijkt me sterk, Jesse,' antwoordde ze. 'Ik heb gisteren de hele dag door *de Zwarte nacht* gelezen. Ik heb alle mogelijke combinaties geprobeerd, en voor zover ik zag was er geen andere mogelijke oplossing.'

Waarom zou er een code verborgen zitten in de tekst van *de Zwarte nacht*? En wie zou dat gedaan hebben? Kirk Harvey? Wat wist Harvey nou echt? Wat voor spelletje speelde hij met ons en met de hele stad?

Op dat moment ging Anna's mobiel. Het was Montagne.

'Anna, we zijn overal naar je op zoek. Je moet onmiddellijk naar het bureau komen, er is vannacht ingebroken in je kantoor.'

Toen we op het bureau kwamen stonden alle collega's van Anna bij elkaar op de drempel van haar kamer te kijken naar het geforceerde rolluik en de glasscherven op de grond en probeerden te begrijpen wat er was gebeurd. Terwijl het antwoord toch heel eenvoudig was. Het bureau lag aan de straat; alle kantoren lagen achter in het gebouw en keken uit over een grasveldje met daaromheen een houten schutting. Alleen op de parkeerplaats en bij de ingangen hingen bewakingscamera's. De indringer was waarschijnlijk zonder moeite over de schutting geklommen en toen hoefde hij alleen nog over het gras te lopen om het raam van het kantoor te bereiken. Daar had hij de luiken opengebroken en het glas stukgeslagen, zodat hij het raam kon openen en naar binnen kon. Toen een agent de post naar Anna's kantoor bracht, had hij de inbraak ontdekt.

Een andere agent was de vorige middag in haar kamer geweest en toen was alles nog intact. Het moest dus 's nachts zijn gebeurd.

'Hoe is het mogelijk dat niemand iets doorhad toen het gebeurde?' zei ik.

'Als alle agenten tegelijk op patrouille zijn, is er niemand op het bureau,' legde Anna uit. 'Dat gebeurt wel eens.'

'En het lawaai?' vroeg Derek. 'Het maakt enorm veel herrie als die luiken omhooggaan. Heeft niemand iets gehoord?'

Alle omliggende gebouwen waren kantoren of gemeentelijke loodsen. De enige mogelijke getuigen waren de brandweermannen uit de naastgelegen kazerne. Maar toen een van de agenten vertelde dat er 's nachts tegen een uur een groot verkeersongeluk was geweest, waarvoor alle patrouillewagens en de brandweermannen uit de naastgelegen kazerne waren uitgerukt, begrepen we dat de indringer vrij spel had gehad.

'Hij hield zich ergens schuil,' zei Anna. 'Hij heeft het ideale moment afgewacht om in actie te komen. Misschien zat hij al een paar avonden te wachten.'

We bekeken de opnames van de veiligheidscamera's die in het bureau hingen en we stelden vast dat er niemand in het gebouw was geweest. En er hing een camera in de gang waarop de deur van Anna's kamer nog net te zien was. Die was niet opengegaan. Degene die in haar bureau had ingebroken, was er gebleven. Hij zocht dus iets in die kamer.

'Ik begrijp er niks van. Er valt echt niets te stelen,' zei Anna. 'Trouwens, er is niks verdwenen.'

'Er is misschien niets te stelen, maar genoeg te zien,' antwoordde ik terwijl ik wees op het magneetbord en de muren die vol hingen met papieren over de zaak. 'De indringer wilde weten hoe het onderzoek ervoor stond. En nu had hij toegang tot het werk van ons en van Stephanie.'

'De moordenaar neemt wel risico's,' zei Derek. 'Hij raakt in paniek. Hij neemt risico's. Wie weten er dat dit jouw kantoor is, Anna?'

Anna haalde haar schouders op.

'Dat weet iedereen. Ik bedoel, het is geen geheim. Zelfs mensen die aangifte komen doen lopen over deze gang en zien mijn kamer. Mijn naam staat op de deur.'

Toen nam Derek ons apart en hij fluisterde op ernstige toon: 'Degene die hier is binnengedrongen heeft dit risico niet zomaar genomen. Hij wist precies wat er in deze kamer te vinden was. Het is iemand van hier.'

'O god,' zei Anna. 'Een agent?'

'Als het een agent was, hoefde hij alleen maar naar je kamer te gaan als je er niet was, Anna,' zei ik.

'Dan zou hij betrapt worden,' merkte Derek op. 'Hij zou onderweg gefilmd worden door de camera in de gang. Als hij denkt dat hij in de gaten wordt gehouden, zou hij natuurlijk nooit zoiets doms doen. Maar met zo'n inbraak zet hij ons op een dwaalspoor. Misschien is er een rotte appel op het bureau.'

We waren niet meer veilig op het bureau. Maar waar moesten we heen? Ik had geen kamer meer op het districtscentrum van de Staatspolitie en Derek zat in een kantoortuin. We hadden een plek nodig waar niemand ons kwam zoeken. Toen kwam ik op het idee om de archiefruimte van de *Orphea Chronicle* te gebruiken, waar we via de achterdeur van de redactie direct naar binnen en naar buiten konden.

Michael Bird stelde ons de ruimte graag ter beschikking.

'Niemand merkt dat jullie hier zitten,' verzekerde hij. 'Mijn journalisten komen nooit in de kelder. Ik geef jullie de sleutel van de kamer en ook de kopie, dan zijn jullie de enigen die er kunnen komen. En jullie krijgen ook een sleutel van de achterdeur, zodat jullie kunnen komen en gaan wanneer jullie maar willen, dag en nacht.'

Een paar uur later hadden we onze onderzoekswand er in het diepste geheim gereconstrueerd.

~

Die avond zou Anna gaan eten met Lauren en Paul. Ze waren weer een week in hun huis in Southampton en ze hadden met haar afgesproken in Café Athena om de rampzalige avond van 26 juni over te doen.

Toen Anna thuis was om zich om te kleden, dacht ze opeens terug aan het gesprek dat ze met Cody had gevoerd over het boek dat Bergdorf over het theaterfestival had geschreven. Cody had verteld dat hij in de lente van 1994 had besloten om een ruimte in de boekhandel in te richten voor lokale auteurs. Stel dat Harveys stuk er had gelegen? Voor het eten ging ze snel bij Cody langs. Hij zat op de veranda; hij dronk whisky en genoot van de zachte vooravond.

'Ja, Anna,' zei hij. 'We hadden een ruimte achter in de winkel voor lokale schrijvers. Een nogal luguber berghok dat een dependance van de boekhandel werd, onder de naam de "auteurskamer". Het was direct een groot succes, en het werd belangrijker dan ik me had kunnen voorstellen: toeristen zijn verzot op lokale verhalen. Die afdeling bestaat trouwens nog steeds. Op dezelfde plaats. Maar ik heb in de tussentijd een muur weggehaald om het bij de rest van de winkel te trekken. Waarom wil je dat weten?'

'Gewoon uit nieuwsgierigheid,' antwoordde Anna, die de vraag liever ontweek. 'Ik vroeg me af of je nog weet welke auteurs er destijds hun werk aanboden.'

Cody moest erom lachen. 'Dat waren er zoveel! Ik ben bang dat je mijn geheugen overschat. Maar ik herinner me wel dat er aan het begin van de zomer van 1994 een artikel over in de *Orphea Chronicle* stond. Daar heb ik vast wel een kopie van in de winkel liggen, zal ik die halen? Misschien staat er iets nuttigs in.'

'Nee, Cody, heel erg bedankt. Maak je niet druk. Ik kom morgen wel naar de winkel.'

'Weet je het zeker, Anna?'

'Helemaal zeker. Dank je.'

Anna ging naar haar afspraak met Lauren en Paul. Maar toen ze in de hoofdstraat kwam, besloot ze toch om even snel langs de redactie van de *Orphea Chronicle* te gaan. Het avondeten kon wel even wachten. Ze liep om het gebouw heen, ging door de achterdeur naar binnen en liep naar de archiefruimte. Ze ging aan de computer zitten die dienstdeed als zoekmachine. Met de trefwoorden 'Cody Illinois', 'boekhandel' en 'lokale auteurs' vond ze zonder moeite een artikel dat tegen het einde van juni 1994 was verschenen.

IN DE BOEKWINKEL VAN ORPHEA KRIJGEN AUTEURS UIT DE HAMPTONS DE AANDACHT DIE ZE VERDIENEN

> Sinds twee weken is de boekwinkel van Orphea uitgebreid met een kleine ruimte die exclusief gewijd is aan lokale auteurs. Het initiatief was direct een succes bij de auteurs, die zich verdringen om hun werk aan te bieden en bekendheid te krijgen. Zozeer dat de eigenaar van de winkel, Cody Illinois, zich gedwongen zag om slechts een enkel exemplaar van ieder werk neer te leggen, zodat er ruimte is voor iedereen.

Bij het artikel stond een foto van Cody in zijn winkel, trots poserend in de deuropening van wat het rommelhok was geweest, naast een houten bordje waarin gebrand stond: AUTEURS VAN HIER. Je zag nog dat de wanden in de ruimte bedekt waren met boeken en ingebonden teksten. Anna pakte een vergrootglas en boog zich aandachtig over de werken: toen zag ze midden in het beeld een ingebonden werkje met een omslag waarop in hoofdletters stond: DE ZWARTE NACHT, DOOR KIRK HARVEY. Nu begreep ze het: burgemeester Gordon had de tekst van het toneelstuk in Cody's boekwinkel gevonden.

~

In het Lake Palace kwam Ostrovski terug van een nachtelijke wandeling door het park. Het was een zachte nacht. Toen een receptiemedewerker de recensent door de hotellobby zag lopen, kwam hij naar hem toe.

'Meneer Ostrovski, het NIET STOREN-bordje hangt al een paar dagen aan uw deur. Ik wilde weten of alles in orde is.'

'Dat heb ik met opzet gedaan,' verzekerde Ostrovski. 'Ik zit midden in het scheppingsproces. Ik mag onder geen beding worden gestoord. Kunst is een ongrijpbaar concept!'

'Zeker, meneer. Zullen we u handdoeken brengen? Hebt u toiletartikelen nodig?'

'Helemaal niet, mijn waarde. Veel dank voor uw zorgzaamheid.'

Ostrovski ging naar zijn kamer. Hij vond het fijn dat hij een artiest was. Hij voelde zich eindelijk op zijn plaats. Alsof hij in zijn echte huid was gekropen. Toen hij de deur van zijn suite openduwde mompelde hij: 'Dies irae... dies irae...' Hij deed het licht aan: hij had een hele muur behangen met artikelen over de verdwijning van Stephanie. Hij bestudeerde ze langdurig. Hij hing er nog een paar bij. Toen ging hij weer aan zijn bureau zitten dat vol lag met aantekeningen, en bekeek de foto van Meghan. Hij kuste het glas van het lijstje en zei: 'Ik ben schrijver geworden, liefste.' Hij pakte zijn pen en begon te schrijven: *dies irae, dag van toorn*.

Een paar kilometer verderop, in een kamer van Motel 17 waar Alice en Steven nu verbleven, was een fikse ruzie uitgebroken: Alice wilde weg.

'Ik wil terug naar New York, met jou of zonder jou. Ik heb genoeg van dit verschrikkelijke hotel en dit afschuwelijke bestaan. Je bent een ellendeling, Stevie. Dat heb ik altijd al geweten.'

'Goed, dan ga je maar, Alice!' antwoordde Steven, die gebogen zat over een laptop omdat hij absoluut een eerste artikel moest schrijven voor de website van de *Review*.

Alice werd kwaad omdat hij haar zo gemakkelijk liet vertrekken.

'Waarom ga jij niet naar New York?' vroeg ze.

'Ik wil over het toneelstuk schrijven. Het is een uniek scheppingsmoment.'

'Je liegt, Stevie! Het is waardeloos! Ostrovski die in zijn onderbroek rondwandelt – noem je dat theater?'

'Vertrek dan, Alice.'

'Ik neem jouw auto.'

'Nee! Je gaat met de bus! Je zoekt het maar uit!'

'Hoe durf je zo tegen me te praten, Stevie? Ik ben toch geen beest! Wat is er in je gevaren? En dan te bedenken dat je me kortgeleden nog als een koningin behandelde.'

'Luister, Alice. Ik zit tot mijn nek in de problemen. Mijn positie bij de *Review* staat op het spel vanwege dat gedoe met die creditcard.'

'Je denkt alleen aan geld, Stevie! Je begrijpt niks van liefde!'

'Klopt.'

'Ik vertel alles, Stevie. Als je me alleen naar New York laat gaan, zeg ik alles tegen Skip Nalan. Hoe je met vrouwen omgaat. Ik vertel alles wat je me hebt aangedaan.'

Steven reageerde niet. Alice zag de autosleutels naast hem op tafel liggen en besloot ze te grijpen en weg te vluchten. Ze pakte ze snel op en schreeuwde: 'Ik maak je kapot, Steven!' Maar ze had geen tijd om de deur door te gaan. Steven greep haar bij haar haar en trok haar terug. Ze schreeuwde het uit. Hij smeet haar tegen de muur, stormde op haar af en gaf haar een klap van jewelste. 'Jij gaat nergens heen!' brulde hij. 'Door jou ben ik in deze shit beland! Je blijft hier!'

Ze keek hem doodsbang aan. Ze was in tranen.

Plotseling pakte hij haar gezicht voorzichtig vast. 'Het spijt me, Alice,' fluisterde hij poeslief. 'Vergeef me, ik weet niet wat ik doe. Ik word gek van al dit gedoe. Ik ga een beter hotel voor je zoeken, dat beloof ik. Alles komt in orde. Vergeef me, liefste.'

Op hetzelfde moment reed een Porsche langs de onheilspellende parkeerplaats van Motel 17 richting de oceaan. Aan het stuur zat Dakota, die tegen haar vader had gezegd dat ze naar de fitnessruimte van het hotel ging en die er nu vandoor ging in de auto. Ze wist niet of ze had gelogen of dat haar benen niet hadden gehoorzaamd. Ze sloeg af naar Ocean Road, vanwaar ze haar pelgrimstocht vervolgde naar het huis dat van haar ouders was geweest: de Hof van Eden. Ze bekeek de bel aan het hek. Daar waar vroeger FAMILIE EDEN stond, stond nu FAMILIE SCALINI. Ze liep langs de heg rondom het terrein en keek door de bladeren. Ze zag licht. Uiteindelijk vond ze een doorgang. Ze klom schrijlings over het hek en kroop door de heg. De takken krasten zachtjes tegen haar wangen. Ze betrad het gazon, liep naar het zwembad. Er was niemand. Ze snikte in stilte.

Ze haalde een plastic fles uit haar tas waarin ketamine met wodka zat. Ze sloeg de inhoud in een slok achterover. Ze ging op een ligstoel bij het zwembad liggen. Ze luisterde naar het rustgevende klotsen van het water en deed haar ogen dicht. Ze dacht aan Tara Scalini.

DAKOTA EDEN

Ik herinner me de eerste keer dat ik Tara Scalini ontmoette, in maart 2004. Ik was negen. We waren allebei finalisten bij een spellingwedstrijd in New York. Het was vriendschap op het eerste gezicht. Die dag wilden we geen van beiden winnen. We waren even goed: om de beurt vergisten we ons expres bij het spellen van de woorden die de scheidsrechter ons voorschotelde. Hij zei om de beurt tegen ons beiden: 'Als je het volgende woord goed spelt, dan heb je gewonnen!'

Maar er kwam geen einde aan. En nadat het een uur lang zo door was gegaan, besloot de scheidsrechter dat we allebei hadden gewonnen. Gelijkspel.

Het was het begin van een innige vriendschap. We werden onafscheidelijk. Wanneer we maar konden, waren we bij elkaar.

Tara's vader, Gerald Scalini, werkte bij een beleggingsfonds. Het gezin woonde in een reusachtig appartement aan Central Park. Hun levensstandaard lag belachelijk hoog: chauffeur, kok, huis in de Hamptons.

In die tijd was mijn vader nog niet de baas van Channel 14 en had hij niet dezelfde speelruimte. We leefden aangenaam, maar we waren lichtjaren verwijderd van de levensstijl van de Scalini's. Met al mijn negen jaar vond ik dat Gerald Scalini heel aardig voor ons was. Hij ontving ons graag bij zich thuis, hij stuurde zijn chauffeur om me te halen als ik met Tara ging spelen. Als we 's zomers in Orphea waren, nodigde hij ons uit om bij hem te lunchen in het huis in East Hampton.

Maar ondanks mijn leeftijd begreep ik al snel dat de uitnodigingen van Gerald Scalini geen vrijgevigheid waren, maar neerbuigendheid. Hij hield ervan ons de ogen uit te steken. Hij vond het heerlijk om ons uit te nodigen in zijn appartement van twee verdiepingen en zeshonderd vierkante meter met uitzicht op Central Park, om daarna bij ons te komen en te zeggen: 'Wat hebben jullie je appartement leuk ingericht.' Voor hem was het een traktatie om ons te ontvangen in zijn ongelooflijke villa in East Hampton en daarna koffie te drinken in het bescheiden huis dat mijn ouders in Orphea huurden en te zeggen: 'Aardig huisje.'

Ik geloof dat mijn ouders vooral met de Scalini's omgingen om mij een plezier te doen. Tara en ik waren dol op elkaar. We leken heel erg op elkaar: uitstekende leerlingen, vooral goed in taal, we verslonden boeken en we droomden ervan om schrijver te zijn. We brachten de dagen door met samen verhalen bedenken en op te schrijven, gedeeltelijk op losse papiertjes, gedeeltelijk op de familiecomputer.

Vier jaar later, in de lente van 2008, waren Tara en ik bijna dertien. Mijn vader had spectaculaire carrièresprongen gemaakt. Hij had de ene aanzienlijke promotie na de andere gehad, hij werd genoemd in de vakbladen en uiteindelijk was hij benoemd tot hoofd van Channel 14. Ons leven was in een razend tempo veranderd. Inmiddels woonden we ook in een appartement aan Central Park, mijn ouders lieten een vakantiehuis in Orphea bouwen, en tot mijn enorme blijdschap was ik toegelaten tot Hayfair, de prestigieuze privéschool waar Tara ook op zat.

Ik geloof dat Gerald Scalini zich een beetje bedreigd ging voelen door mijn vader. Ik weet niet wat hij allemaal rondbazuinde aan de eettafel van de Scalini's, maar ik had de indruk dat Tara zich al snel anders tegen mij begon te gedragen.

Al heel lang vertelde ik Tara dat ik droomde van een eigen laptop. Ik droomde van een computer waarop ik in het geheim van mijn kamer kon schrijven. Maar mijn ouders wilden er niet aan. Ze zeiden dat er een computer in de kleine salon stond – we hadden nu een grote en een kleine salon – die ik kon gebruiken wanneer ik maar wilde.

'Ik schrijf liever op mijn kamer.'

'De salon is prima,' antwoordden mijn ouders onbuigzaam.

Die lente kreeg Tara een laptop. Precies het model dat ik ook wilde. Ik had niet de indruk dat ze ooit had laten blijken dat ze er een wilde. En nu paradeerde ze op school met haar nieuwe speeltje.

Ik deed mijn best om er geen aandacht aan te besteden. Bovendien had ik wel wat belangrijkers aan mijn hoofd: de school organiseerde een schrijfwedstrijd en ik was van plan mee te doen. Tara ook, en we werkten samen in de schoolbibliotheek. Zij op haar laptop, ik noodgedwongen in een schriftje, waarna ik 's avonds alles moest overtypen op de computer in de kleine salon.

Tara zei dat haar ouders haar tekst geweldig vonden. Ze hadden zelfs een vriend gevraagd, een beroemde New Yorkse schrijver, om hem te lezen en haar een beetje te helpen. Toen mijn tekst klaar was, liet ik hem aan haar lezen voordat ik hem indiende voor de wedstrijd. 'Niet slecht,' zei ze. In de toon die ze gebruikte meende ik haar vader te horen. Toen zij klaar was met haar tekst, wilde ze die niet aan mij laten lezen. 'Ik wil niet dat je me gaat nadoen,' legde ze uit.

Aan het begin van juni 2008 werd, tijdens een grote ceremonie in het auditorium van de school, met veel bombarie de naam van de winnaar bekendgemaakt. Tot mijn grote verrassing won ik de eerste prijs.

Een week later beklaagde Tara zich in de klas dat haar laptop was gestolen. We hadden allemaal een eigen locker op de gang, afgesloten met een cijferslot; en de rector verordonneerde dat de tassen en lockers van alle leerlingen uit haar klas gecontroleerd zouden worden. Toen het mijn beurt was om mijn locker te openen, in het bijzijn van de rector en de conrector, zag ik tot mijn grote schrik dat Tara's computer erin lag.

Het werd een reusachtig schandaal. Ik moest samen met mijn ouders bij de rector komen. Ik kon bij hoog en laag zweren dat ik er niets mee te maken had, maar de bewijzen waren overweldigend. Er kwam een tweede gesprek met de Scalini's, die verklaarden dat ze erg van streek waren. Ik kon zoveel tegenstribbelen als ik wilde, duizend keer roepen dat ik onschuldig was, maar ik moest voor de Raad van Discipline verschijnen. Ik werd een week van school gestuurd met een verplichte taak.

Het ergste was dat mijn vrienden me de rug toekeerden: ze vertrouwen me niet meer. De dievegge, werd ik genoemd. Tara vertelde aan wie het maar horen wilde dat ze me vergaf. Als ik het gevraagd had, had ze me haar laptop wel geleend. Ik wist dat ze loog. Naast mij was er maar één persoon die de cijfercode van het hangslot van mijn locker kende: Tara.

Ik was eenzaam. In de war. Maar het voorval maakte me niet zwakker en bracht me er juist toe om nog meer te gaan schrijven. De woorden werden mijn schuilplaats. Ik zonderde me vaak af in de schoolbibliotheek om te schrijven.

Voor de Scalini's ging de wind een paar maanden later uit een andere hoek waaien.

In oktober 2008 werd Gerald Scalini hard geraakt door de verschrikkelijke financiële crisis: hij verloor een groot deel van zijn vermogen.

JESSE ROSENBERG

Dinsdag 22 juli 2014
4 dagen voor de première

Toen Derek en ik Anna die ochtend in de archiefruimte van de *Orphea Chronicle* troffen, glimlachte ze triomfantelijk. Ik keek haar geamuseerd aan en gaf haar de koffie die ik voor haar had meegebracht

'Jij hebt iets ontdekt,' zei ik.

Anna knikte mysterieus en liet ons een artikel zien over Cody's boekwinkel, gedateerd 15 juni 1994.

'Kijk eens naar de foto,' zei ze. 'Rechtsachter op de boekenplank staat een exemplaar van *de Zwarte nacht*. Burgemeester Gordon heeft de tekst dus hoogstwaarschijnlijk uit de boekwinkel.'

'Dus begin juni verscheurde burgemeester Gordon de tekst van Kirk, maar daarna ging hij naar de boekhandel en kocht diezelfde tekst opnieuw. Waarom?'

'Daar heb ik geen antwoord op,' antwoordde Anna. 'Maar ik heb wel een verband gevonden tussen het toneelstuk dat Kirk Harvey nu in het Grand Theater voorbereidt en Jeremiah Fold. Toen ik gisteravond terugkwam van een etentje, ben ik bij het bureau gestopt en ik heb een deel van de nacht in de database gezocht. Jeremiah Fold heeft een zoon die net voor zijn overlijden is geboren. Ik heb de naam van de moeder achterhaald: Virginia Parker.'

'En...?' vroeg Derek. 'Zou die naam een belletje moeten doen rinkelen?'

'Nee, maar ik heb haar gesproken. En ze heeft me verteld hoe Jeremiah is doodgegaan.'

'Een verkeersongeluk,' zei Derek, die niet zag waar Anna naartoe wilde. 'Dat wisten we al.'

'Een motorongeluk,' preciseerde Anna. 'Hij is met zijn motor tegen een boom gereden.'

'Dus net als het begin van Harveys stuk, bedoel je,' zei ik.

'Precies, Jesse,' antwoordde Anna.

'We moeten Kirk Harvey direct ondervragen,' zei ik. 'We gaan hem dwingen om ons alles te vertellen wat hij weet.'

'De majoor laat je nog geen vinger optillen, Jesse,' merkte Derek op. 'Als je Harvey aanraakt, word je uit je functie gezet en is het onderzoek voorbij. Laten we proberen om methodisch te werk te gaan. En laten we allereerst achterhalen waarom de politie van Ridgesport niet eens een dossier over het ongeluk had toen we contact opnamen.'

'Omdat de Highway Patrol van de staat New York over dodelijke verkeersongelukken gaat,' antwoordde Anna.

'Dan bellen we direct de Highway Patrol voor een kopie van het rapport.'

Anna gaf ons een pak papieren.

'Al gebeurd, heren. Voilà.'

Derek en ik begonnen meteen te lezen. Het ongeluk was gebeurd in de nacht van 15 op 16 juli 1994. Het proces-verbaal van de politie was heel beknopt: 'De heer Fold verloor de macht over zijn motorfiets. Hij reed zonder helm. Getuigen zagen hem rond middernacht Ridge's Club verlaten. Hij is rond zeven uur in de ochtend gevonden door een automobilist. Bewusteloos, maar in leven. In het ziekenhuis is hij overleden.' Er zaten foto's van de motorfiets bij het dossier: het enige wat ervan over was, was een massa verwrongen metaal onder in een greppel met her en der wat brokstukken. Er stond ook bij dat special agent Grace van de ATF op zijn verzoek een kopie van het dossier had ontvangen.

'Special agent Grace is degene die ons in staat heeft gesteld om Ted Tennenbaum te pakken door de man te arresteren die hem het moordwapen heeft geleverd,' legde Derek aan Anna uit.

'We moeten absoluut met hem in contact komen,' zei ik. 'Hij zal zeker geen agent meer zijn, destijds moet hij al een jaar of vijftig zijn geweest.'

'In de tussentijd moeten we die Virginia Parker ondervragen, de voormalige vriendin van Jeremiah Fold,' stelde Derek voor. 'Misschien kan zij ons meer vertellen.'

‘Ze wacht thuis op ons,’ zei Anna, die duidelijk een eind op ons voorlag. ‘Let’s go.’

Virginia Parker woonde in een slecht onderhouden huisje aan de rand van Ridgesport. Ze was een vrouw van vijftig die mooi geweest moest zijn, maar dat nu niet meer was.

‘Jeremiah was een smeerlap,’ zei ze in de woonkamer waar ze ons ontving. ‘Het enige goede wat hij de wereld heeft gebracht, was zijn zoon. Ons kind is een goede jongen, hij werkt bij een hoveniersbedrijf en hij wordt heel hoog aangeslagen.’

‘Hoe hebt u Jeremiah leren kennen?’ vroeg ik.

Voordat ze antwoord gaf, stak ze een sigaret op en nam een lange haal. Ze had lange, dunne vingers die uitliepen in scherpe, bloedrode nagels. Pas toen ze een lange witte wolk had uitgeblazen zei ze: ‘Ik zong in Ridge’s Club. Dat was toen een hippe tent, maar nu heel oubollig. Miss Parker. Mijn artiestennaam. Af en toe zing ik er nog wel. Destijds was ik haast een ster. Alle mannen lagen aan mijn voeten. Jeremiah was een van de eigenaars. Een knappe jongen. Eerst vond ik zijn ruwheid wel leuk. Ik werd aangetrokken door zijn gevaarlijke kant. Pas toen ik zwanger van hem was, begreep ik wie hij echt was.’

~

Ridgesport, juni 1993
Zes uur ’s middags

Virginia was al de hele dag gevloerd door misselijkheid, en ze lag languit op de bank toen er op de voordeur werd geklopt. Ze dacht dat het Jeremiah was die zich zorgen over haar maakte. Ze had twintig minuten geleden een bericht voor hem achtergelaten bij de club, om hem te laten weten dat ze vanavond niet kon komen zingen.

‘Kom binnen,’ riep ze. ‘De deur is open.’

De bezoeker gehoorzaamde. Het was niet Jeremiah maar Costico, zijn handlanger. Een kleerkast met handen als kolenschoppen. Ze haatte hem evenveel als ze hem vreesde.

‘Wat moet je, Costico?’ vroeg Virginia. ‘Jeremiah is er niet.’

‘Dat weet ik, hij heeft me gestuurd. Je moet naar de club komen.’

'Ik kan niet, ik heb de hele dag overgegeven.'

'Schiet op, Virginia. Ik heb je niks gevraagd.'

'Costico, kijk eens naar me. Ik kan echt niet zingen.'

'Opschieten, Virginia. De klanten komen naar de club om jou te horen. Dat je je reet door Jeremiah laat uitwonen betekent niet dat je recht hebt op een voorkeursbehandeling.'

'Zoals je aan mijn buik kunt zien, neemt hij me niet alleen van achteren.'

'Kop dicht,' zei Costico dreigend. 'En opstaan! Ik wacht in de auto.'

'En toen bent u meegegaan?'

'Natuurlijk. Ik had geen keuze. Mijn zwangerschap was een hel. Hij dwong me om te blijven zingen tot de dag voor mijn bevalling.'

'Sloeg Jeremiah u?'

'Nee, veel erger. En de hele perversiteit van Jeremiah was dat hij zich niet als een crimineel beschouwde, maar als "ondernemer". Costico, zijn handlanger, was zijn "zakenpartner". De achterkamer waarin hij zijn deals sloot was het "kantoor". Jeremiah dacht dat hij slimmer was dan iedereen. Hij zei dat je nooit sporen moest achterlaten, dan kon de wet je nooit inhalen. Hij had geen geschreven boekhouding, zijn wapen was legaal en hij gaf nooit geschreven orders. De afpersingen en de kleinschalige drugs- en wapensmokkel liet hij uitvoeren door een stel "hulpjes" die hij in zijn macht had. Voor het merendeel huisvaders tegen wie hij belastende bewijzen had die hun leven kon verpesten: foto's met prostituees in allerlei gênante standjes bijvoorbeeld. In ruil voor zijn stilzwijgen moesten die "hulpjes" klusjes voor hem opknappen. Hij stuurde ze eropuit om geld te halen bij de mensen die hij afperste of om drugs af te leveren bij dealers en hem het geld te brengen: alles werd gedaan door sullen die boven alle verdenking stonden.

Jeremiah zat nooit in de frontlinie. Zijn hulpjes kwamen naar de club alsof ze doodgewone gasten waren en gaven een envelop ter attentie van Jeremiah aan de barman. Er was geen enkel rechtstreeks contact. Vervolgens diende de club als witwasserij voor al Jeremiahs geld. Ook dat deed hij volgens de regelen der kunst: hij stak alles weer in de club. Alles verdween in de boekhouding, en omdat de club liep als een tierelier was het onmogelijk om ergens achter te komen. Vervolgens betaalde Jeremiah er veel belasting over. Hij was niet te pakken. Hij kon er net zoveel doorheen jagen als hij wilde: alles was aangegeven bij de belasting. Ik weet dat de politie onderzoek naar hem deed, maar ze hebben nooit iets gevonden. De enigen die hem ten val hadden kunnen brengen waren de hulpjes, maar die wisten wat er gebeurde als ze hem zouden verraden: in het beste geval zouden hun sociale leven en carrière naar de knoppen zijn. Om nog maar te zwijgen over het gevaar dat ze ook liepen in de gevangenis te belanden voor hun aandeel in de criminele zaakjes. En bovendien, iedereen die tegenstribbelde werd gecorrigeerd en kwam weer op het juiste pad. En opnieuw liet hij geen spoor achter.'

Ridgesport, 1993
Achterzaal van de club

Jeremiah had een grote teil laten vollopen met water, toen de deur van het kantoor openging. Hij keek op, en Costico duwde een frêle man, in jasje-dasje, naar binnen.

'Hé daar, Everett!' begroette Jeremiah hem hartelijk. 'Leuk je te zien.'

'Dag, Jeremiah,' antwoordde de man, die trilde als een espenblad.

Everett was een modelgezinsvader die door Costico was gefilmd met een minderjarige prostituee.

'Zo, Everett,' zei Jeremiah vriendelijk. 'Ik heb gehoord dat je niet meer voor me wilt werken?'

'Luister, ik kan zulke risico's niet nemen, Jeremiah. Dat is waanzin. Als ze me pakken, ga ik jarenlang de cel in.'

'Niet veel langer dan wat je krijgt voor het bespringen van een meisje van vijftien,' zei Jeremiah.

'Ik wist zeker dat ze meerderjarig was,' verdedigde Everett zich slapjes.

'Luister, Everett, je bent een stuk stront dat kinderen misbruikt.

Zolang ik het wil werk je voor mij, tenzij je liever de bak in draait, met allemaal gozers die je pik wel even met een scheermes bijsnijden.'

Voordat Everett iets kon antwoorden greep Costico hem hardhandig beet, vouwde hem dubbel en hield zijn hoofd in de teil met ijskoud water. Toen hij het daar een seconde of twintig had gehouden, trok hij het weer naar boven. Everett nam een reusachtige hap lucht.

'Je werkt voor mij, Everett,' fluisterde Jeremiah. 'Begrepen?' Costico duwde het hoofd van de ongelukkige weer onder water, en die foltering ging net zo lang door tot Everett trouw zwoer.

~

'Dus Jeremiah verdronk mensen?' vroeg ik aan Virginia; ik legde direct het verband met de manier waarop Stephanie was vermoord.

'Ja, kapitein Rosenberg,' bevestigde Virginia. 'Hij en Costico hadden er hun specialiteit van gemaakt om te doen alsof ze mensen verdronken. Ze deden alsof ze gewone jongens waren, naïef en gemakkelijk onder de voet te lopen. Maar als ik in de club zo'n arme kerel uit het kantoor zag komen met een doorweekt hoofd en tranen in zijn ogen, dan wist ik wat er gebeurd was. Ik meen het, Jeremiah maakte mensen van binnenuit dood zonder enig zichtbaar spoor achter te laten.'

'Heeft Jeremiah wel eens iemand op die manier vermoord?'

'Waarschijnlijk wel. Hij was tot alles in staat. Ik weet dat er mensen spoorloos verdwenen zijn. Verdronken? Verbrand? Begraven? Aan de varkens gevoerd? Ik zou het niet weten. Jeremiah was voor niets bang, behalve de gevangenis. Daarom was hij zo voorzichtig.'

'En wat gebeurde er daarna?'

'In januari 1994 ben ik bevallen. Er veranderde niets tussen Jeremiah en mij. Er was nooit sprake van dat we zouden trouwen of samenwonen. Maar hij gaf me wel geld voor de baby. Nooit contant. Hij schreef cheques voor me uit of maakte het over. Heel officieel. Dat ging zo door tot juli. Tot hij doodging.'

'Wat is er gebeurd op de avond van zijn dood?'

'Ik denk dat Jeremiah zo bang was voor de gevangenis omdat hij leed aan claustrofobie. Hij zei dat hij het idee om opgesloten te zijn niet kon verdragen. Wanneer het maar kon, verplaatste hij zich op een enorme motorfiets in plaats van met de auto; hij droeg nooit een helm. Iedere avond reed hij dezelfde route: tegen middernacht vertrok hij uit de club, bijna nooit later, en dan reed hij over Route 34 naar huis, bijna in een rechte lijn. Hij reed altijd als een idioot. Hij dacht dat hij vrij was, onoverwinnelijk. Gewoonlijk was hij dronken. Ik heb altijd gedacht dat hij zich nog eens dood zou rijden. Ik heb nooit gedacht dat hij zich helemaal alleen te pletter zou rijden, en urenlang als een creperende hond langs de weg zou liggen lijden. In het ziekenhuis zeiden de artsen dat hij het misschien had kunnen redden als hij eerder gevonden was. Ik heb me nog nooit zo opgelucht gevoeld als toen ik hoorde dat hij dood was.'

'Zegt de naam Joseph Gordon u iets?' vroeg ik. 'De burgemeester van Orphea tot juli 1994.'

'Joseph Gordon?' herhaalde Virginia. 'Nee, dat zegt me niets, kapitein. Hoezo?'

'Hij was een corrupte burgemeester en ik vraag me af of hij iets met Jeremiah te maken had.'

'Ik bemoeide me nooit met zijn zaken, weet u. Hoe minder ik ervan wist, hoe beter.'

'En wat hebt u na Jeremiahs dood gedaan?'

'Het enige wat ik kon: blijven zingen in Ridge's Club. Het betaalde goed. Die idioot van een Costico zit er nog steeds.'

'Heeft hij de zaken voortgezet?'

'De club wel, maar Jeremiahs dealtjes hielden op toen hij doodging. Costico is geen zwaargewicht, hij is niet bepaald slim. Al zijn werknemers stelen uit de kas en hij is de enige die niets doorheeft. Hij is zelfs in de cel beland voor kleine oplichterijen.'

Na het bezoek aan Virginia Parker gingen we terug naar Ridge's Club. De club ging pas aan het einde van de dag open, maar binnen waren de werknemers weinig enthousiast aan het opruimen. Het was een ouderwetse club in een kelder. Alleen al aan de decoratie kon je zien dat dit in 1994 een hippe tent was geweest en in 2014 was vervallen. Bij de bar zagen we een stevig gebouwde man van een jaar of zestig, een slecht oud geworden spierbundel die kisten drank in ontvangst nam.

'Wie heeft jullie binnengelaten?' zei hij boos toen hij ons zag. 'We gaan pas om zes uur open.'

'Smerissen hebben hun eigen openingstijden,' zei Derek die zijn badge liet zien. 'Bent u Costico?'

Kennelijk was hij het, want hij ging er als een razende vandoor. Hij rende de zaal door en vloog een gang in die naar de nooduitgang leidde. Hij liep razendsnel. Anna en ik zetten de achtervolging in terwijl Derek de hoofduitgang nam, de trap op. Nadat Costico een paar smalle treden had beklommen ging hij door de deur naar buiten en verdween in het verblindende daglicht.

Toen Anna en ik ook buitenstonden, had Derek op de parkeerplaats de dikke Costico al gestopt en in de boeien geslagen.

'Het lijkt of je je reflexen terug hebt, Derek,' zei ik.

Hij glimlachte. Hij leek wel te stralen.

'Leuk om weer in het veld te werken, Jesse.'

Costico heette Costa Suarez. Hij had vastgezeten voor drugshandel, en de reden van zijn vlucht was dan ook een grote zak cocaïne in zijn jasje. Aan de hoeveelheid te zien verkocht hij die nog steeds. Maar daar ging het ons niet om. We wilden van het verrassingseffect profiteren om hem te ondervragen, en dat deden we in zijn club. Er was een achterzaal waar op de deur een plaat hing met het opschrift KANTOOR. De kamer was precies zoals Virginia hem had beschreven: koud en zonder ramen. In de hoek stond een wasbak met daarboven een ouderwetse koperen teil.

Derek deed het verhoor.

'Het boeit ons geen fuck wat je in je club verkoopt, Costico. We hebben vragen over Jeremiah Fold.'

Costico leek verrast.

'Ik heb al twintig jaar niet meer over hem gepraat.'

'En toch herinner je je hem wel,' antwoordde Derek. 'Dus hier haalden jullie die smeerlapperijen uit?'

'Dat was Jeremiahs idee. Als het aan mij had gelegen, hadden ze gewoon een paar flinke vuistslagen gekregen.'

Costico liet ons zijn dikke vingers zien, voorzien van zware, chromen ringen met puntige ribben. Inderdaad straalde hij weinig intelligentie uit. Maar hij was verstandig genoeg om te vertellen wat we wilden weten in plaats van zich te laten oppakken voor drugsbezit. En het zag ernaar uit dat Costico nog nooit van burgemeester Gordon had gehoord.

'Burgemeester Gordon? Die naam zegt me helemaal niks,' verzekerde hij ons.

Aangezien Costico uitlegde dat hij een slecht geheugen voor namen had, lieten we hem een foto van de burgemeester zien. Maar hij bleef volhouden.

'Ik zweer dat die kerel hier nog nooit een stap over de drempel heeft gezet. Gezichten vergeet ik niet. Geloof me, als ik die kerel ooit heb gezien, dan kende ik hem nog.'

'Dus hij heeft niks met Jeremiah Fold te maken?'

'Helemaal niks. In die tijd wist ik alles. Jeremiah deed niks zelf. Iedereen mag achter mijn rug zeggen dat ik een halvegare ben, maar in die tijd vertrouwde Jeremiah op me.'

'Als Joseph Gordon nooit met jou te maken heeft gehad, kan hij dan een van die hulpjes zijn?'

'Nee, onmogelijk. Ik zou me zijn gezicht herinneren. Ik heb het geheugen van een olifant, dat zeg ik toch. Daarom waardeerde Jeremiah me zo. Hij wilde geen geschreven sporen achterlaten, helemaal niks. En ik onthield alles: ladingen, gezichten, aantallen. En bovendien ligt Orphea absoluut niet in ons territorium.'

'Terwijl jullie toch Ted Tennenbaum afpersten, de eigenaar van Café Athena.'

Costico leek verbaasd om die naam weer te horen. Hij knikte.

'Ted Tennenbaum, dat was een harde. Helemaal niet het soort waar Jeremiah zich gewoonlijk mee inliet. Jeremiah nam nooit risico's. Hij richtte zich alleen op mensen die al in hun broek pisten als ik binnenkwam. Met Tennenbaum was het anders: dat was persoonlijk. Die jongen had hem in elkaar geslagen waar een meisje bij was, en Jeremiah zon op wraak. We zochten Tennenbaum thuis op, maar dat was niet genoeg voor Jeremiah en hij besloot hem af te persen. Dat was een uitzondering; verder bleef Jeremiah altijd in zijn territorium. Hij had de macht in Ridgesport, daar kende hij iedereen.'

'Weet je nog wie het toekomstige restaurant van Ted Tennenbaum in brand heeft gezet?'

'Jullie vragen wel veel. Dat moet een van de hulpjes zijn geweest.

Die lui deden alles voor ons. Wij zorgden ervoor dat we zelf altijd buiten schot bleven. Tenzij er een probleem moest worden opgelost. Maar verder deden zij alle kleine klusjes. Ze namen de drugs in ontvangst, brachten die naar de dealers en leverden de poen bij Jeremiah af. Wij deelden alleen de orders uit.'

'En waar haalden jullie die lui vandaan?'

'Het waren allemaal fucking amateurs. Er zat een smerig motel aan Route 16 waar de helft van de kamers werd verhuurd aan hoeren die er nummertjes deden. Dat wist iedereen in de omgeving. Ik kende de baas en de hoeren en we hadden een afspraak met ze. We lieten ze met rust en in ruil daarvoor mochten we ongestoord een kamer gebruiken. Als Jeremiah hulpjes nodig had, liet hij een minderjarige meid tippelen. Ik vond haar erg knap. Ze wist precies wat voor klanten ze moest uitzoeken. Familievaders die snel onder de indruk waren. Ze nam ze mee naar de kamer en zei dan tegen ze: "Ik ben minderjarig, ik zit nog op school, vind je dat geil?" Dan zei die kerel ja en dan vroeg ze hem allemaal onfatsoenlijke dingen. Ik zat ergens in de kamer, meestal achter het gordijn, met een camera. Op het juiste moment sprong ik tevoorschijn, schreeuwde "Verrassing!" en richtte de camera op die kerel. Die kop die die lui dan opzetten, niet te geloven! Prachtig was dat. Ik lachte me een breuk. Dan zei ik tegen het meisje dat ze moest nokken en dan keek ik naar die kerel die daar poedelnaakt en zo lelijk als de nacht stond te trillen op zijn benen. Ik begon te dreigen dat ik hem ging afrossen, dan zei ik dat we er wel iets op zouden vinden. Ik raapte zijn broek op en haalde zijn portemonnee tevoorschijn. Ik bekeek de creditcards, het rijbewijs, de foto's van zijn vrouw en kinderen. Ik nam alles in beslag en dan legde ik het uit: of hij kwam voor ons werken, of ik liet de opnames aan zijn vrouw en zijn baas zien. Ik zei dat hij de volgende dag naar de club moest komen. En de dagen erna zag hij me iedere ochtend en avond voor zijn huis staan. Die lui werden doodsbang. Ze deden alles voor ons.'

'Dus je had een lijst met al die kerels die je in je macht had?'

'Nee. Ik liet ze denken dat ik alles bewaarde, maar ik zorgde dat ik zo snel mogelijk van hun portemonnee af kwam. Net zoals er nooit een filmrolletje in de camera zat, zodat er niets was wat ons in de problemen kon brengen. Jeremiah zei dat er vooral geen bewijzen mochten zijn. Ik had een netwerkje van kerels op wie ik een beroep kon doen, om de beurt om geen argwaan te wekken. Hoe dan ook, één ding stond vast, die Gordon van jullie heeft nooit iets met Jeremiah te maken gehad, niet van dichtbij en niet van ver weg.'

~

In het Grand Theater gingen de repetities nogal slecht. Alice had een begrafeniskop, Dakota zag eruit als een lijk.

'Wat is er aan de hand?' brulde Kirk Harvey ten einde raad. 'De première is over vier dagen en jullie lijken wel gekookte kokkels. Jullie zijn er niet bij met je hoofd! Ik vervang jullie allemaal als het moet!'

Hij wilde de eerste scène nog eens doen, maar Dakota kwam er niet in.

'Wat is er, Dakota?' vroeg Harvey.

'Ik weet het niet, Kirk. Het lukt niet.'

Ze barstte in snikken uit. Ze leek helemaal van de kaart.

'Hel en verdoemenis!' bromde Harvey terwijl hij de pagina van zijn tekst omsloeg. 'Goed, dan gaan we naar scène twee. Dit is jouw grote scène, Charlotte. Ik hoop dat je in vorm bent.'

Charlotte Brown, die op een stoel op de eerste rij zat, ging bij Kirk op het toneel staan.

'Ik ben er klaar voor,' verzekerde ze hem. 'Wat is het voor scène?'

'Een barscène,' zei Harvey. 'Je bent een zangeres.'

Er werd een nieuw decor neergezet: een paar stoelen, een rood gordijn als achtergrond. Jerry speelde een gast; hij zat vooraan op het toneel en nipte aan een cocktail. Samuel Padalin was ditmaal de café-eigenaar, die een beetje achteraf naar zijn zangeres stond te kijken.

Er klonk pianobarmuziek.

'Heel goed,' zei Harvey goedkeurend. 'Het decor is prima. Maar het changement moet sneller. Goed, Charlotte, we zetten een microfoon op een standaard voor je neer, je komt op en je zingt. Je zingt als een godin, alle klanten zijn dol op je.'

'Goed,' stemde Charlotte in. 'Maar wat moet ik zingen?'

'Hier is je tekst,' zei Harvey en hij gaf haar een papier.

Charlotte las het door; ze zette grote, ongelovige ogen op. Toen brulde ze: '"Ik ben de hoer van de locoburgemeester"? Is dat de tekst?'

'Absoluut.'

'Dat zing ik niet. Ben je niet goed wijs?'

'Dan ga je maar weg, stom wijf!' antwoordde Harvey.

'Ik verbied je op die toon tegen me te praten!' zei Charlotte dreigend. 'Is dit een wraakoefening? Dit zogenaamd geweldige stuk? Een afrekening met het verleden waarin je al je bitterheid herkauwt? Over Ostrovski, over Gulliver, over mij?'

'Ik begrijp niet waar je het over hebt, Charlotte!'

'De dans van de veelvraat? De hoer van de locoburgemeester? Echt niet?'

'Wegwezen, Charlotte, als het je niet bevalt!'

Michael Bird bracht ons op de hoogte van de situatie toen we met zijn drieën terugkwamen uit Ridgesport. We vonden hem in de archiefruimte van de *Orphea Chronicle*.

'Charlotte heeft de hele cast van *de Zwarte nacht* proberen over te halen om weg te lopen,' verklaarde Michael. 'Maar uiteindelijk is er gestemd en alle andere acteurs wilden doorgaan.'

'En Charlotte?' vroeg Anna.

'Die gaat ook door. Kirk gaat ermee akkoord om de zin "Ik ben de hoer van de locoburgemeester" te schrappen.'

'Dit kan niet,' zei Derek. 'Eerst de Dodendans en nu dit: het lijkt erop dat Kirk Harvey dit stuk alleen heeft geschreven om wraak te nemen op iedereen die hem destijds heeft vernederd.'

Maar toen liet Michael ons de tweede scène zien, die hij eerder op de dag onopvallend had gefilmd en waarin Charlotte een zangeres speelt op wie alle klanten verliefd zijn.

'Dit kan geen toeval zijn!' riep Derek uit. 'Dat is Ridge's Club!'

'Ridge's Club?' vroeg Michael.

'De nachtclub van Jeremiah Fold.'

Het motorongeluk en nu de club. Dit was allemaal geen bedenksel, geen toeval. Bovendien, voor zover we konden zien werden het lijk in de eerste scène en de eigenaar in de tweede scène door dezelfde acteur gespeeld.

'Scène twee is een flashback,' fluisterde Derek. 'Dat personage is Jeremiah Fold.'

'Dus de uitkomst van het onderzoek zit in dit stuk?' fluisterde Michael.

'Michael,' zei ik toen. 'Ik weet niet wat er aan de hand is, maar verlies Harvey geen moment uit het oog.'

We wilden Cody spreken over de tekst van *de Zwarte nacht*, die in 1994 in zijn boekwinkel lag. Anna kon hem niet per telefoon bereiken en daarom gingen we naar de winkel. Maar de boekverkoper maakte ons duidelijk dat ze de baas de hele dag niet had gezien.

Dat was heel vreemd. Anna stelde voor om naar zijn huis te gaan. Toen we aankwamen, zag ze direct dat zijn auto voor het huis stond. Cody moest dus thuis zijn. Maar toch deed hij niet voor ons open, hoe vaak we ook aanbelden. Anna drukte de deurklink naar beneden: de deur was open. Precies op dat moment kreeg ik een déjà-vu.

We gingen naar binnen. Er hing een ijskoude stilte. Het licht stond aan, ook al was het midden op de dag.

We vonden hem in de woonkamer.

Weggezakt tegen de salontafel, badend in een plas bloed.

Cody was vermoord.

DEREK SCOTT

Eind november 1994. Vier maanden na de viervoudige moord. Jesse wilde niemand zien.

Ik ging iedere dag bij hem langs, ik klopte lang op de deur, ik smeekte hem om open te doen. Tevergeefs. Soms bleef ik uren bij de deur staan wachten. Maar het haalde niets uit.

Uiteindelijk liet hij me binnen toen ik dreigde het slot kapot te schieten en ik tegen de deur begon te schoppen. Er stond een spook voor me: vuil, warrig haar, ongeschoren wangen, een duistere, lugubere blik. Zijn appartement was een troep.

'Wat moet je?' vroeg hij lomp.

'Ik wil controleren of het goed met je gaat, Jesse.'

Hij lachte cynisch.

'Het gaat goed met me, Derek. Heel goed. Ik heb me nog nooit zo goed gevoeld.'

Uiteindelijk joeg hij me weg.

Twee dagen later kwam majoor McKenna naar mijn kamer.

'Derek, je moet naar het bureau van het vierenvijftigste district, in Queens. Je vriend Jesse is door het lint gegaan, hij is vannacht aangehouden door de politie van New York.'

'Aangehouden? Waar dan? Hij is al weken het huis niet meer uit geweest.'

'Nou, dan had hij zeker zin om zich af te reageren, want hij heeft een restaurant in aanbouw vernield. Little Russia heet het. Zegt dat je iets? Nou ja, hoe dan ook, zorg dat je de eigenaar vindt en los het op.

En praat met hem, Derek. Anders kan hij nooit meer bij de politie terugkomen.'

'Ik ga het regelen,' zei ik.

Majoor McKenna keek me aan.

'Je ziet er beroerd uit, Derek.'

Het gaat niet geweldig.'

'Ben je bij de psych geweest?'

Ik haalde mijn schouders op.

'Ik kom hier iedere ochtend op de automatische piloot naartoe, majoor. Ik geloof dat ik geen plek meer heb bij de politie. Niet na wat er is gebeurd.'

'Verdomme, Derek, je bent een held! Je hebt zijn leven gered! Vergeet dat nooit, zonder jou zou Jesse nu dood zijn. Je hebt zijn leven gered!'

JESSE ROSENBERG

Woensdag 23 juli 2014
3 dagen voor de première

Orphea was in shock. Cody Illinois, een vriendelijke boekhandelaar die met niemand problemen had, was vermoord.

Het was een korte nacht geweest, zowel voor de politie als voor de stedelingen. Het nieuws van een tweede moord had journalisten en nieuwsgierigen naar Cody's huis gelokt. De mensen waren gefascineerd en doodsbang tegelijk. Eerst Stephanie Mailer, nu Cody Illinois. Er werd gesproken over een seriemoordenaar. Er werden burgerwachten opgezet. In die sfeer van algehele onrust moesten we voor alles voorkomen dat er paniek uitbrak. De Staatspolitie en alle plaatselijke politiekorpsen uit de regio stonden ter beschikking van burgemeester Brown om de veiligheid in de stad te garanderen.

Anna, Derek en ik waren de halve nacht opgebleven om te proberen te begrijpen wat er was gebeurd. We waren aanwezig bij de eerste bevindingen van dokter Ranjit Singh, de gerechtsarts die direct was opgeroepen. Cody was overleden aan klappen achter op de schedel, aangebracht met een grote metalen lamp die naast het lichaam was gevonden en die onder het bloed zat. Verder lag het lichaam in een vreemde positie, alsof Cody was neergeknield, met zijn handen tegen zijn gezicht alsof hij zijn ogen wilde verbergen of erin wilde wrijven.

'Misschien smeekte hij de moordenaar om genade?' vroeg Anna.

'Dat denk ik niet,' antwoordde dokter Singh. 'Dan zou hij in zijn gezicht zijn geraakt, en niet van achter. En af te leiden aan wat ik zie moet de moordenaar veel hoger hebben gestaan dan hij om de schedel zo te laten breken.'

'Veel hoger hebben gestaan?' vroeg Derek. 'Wat bedoelt u?'

Dokter Singh had een idee en improviseerde een kleine reconstructie.

'Cody doet open voor zijn moordenaar. Misschien kent hij hem. Hoe dan ook, hij is vol vertrouwen want er zijn geen sporen van een gevecht. Ik denk dat hij hem binnenlaat en voor hem uit de woonkamer in loopt. Het lijkt op een bezoeker. Maar dan draait Cody zich om en wordt hij verblind. Hij brengt zijn handen naar zijn ogen en valt op zijn knieën. De moordenaar pakt de lamp van het dressoir en slaat zijn slachtoffer met al zijn kracht op het hoofd. Cody is in een klap dood, maar de moordenaar slaat nog een paar keer alsof hij zeker wil weten dat zijn slachtoffer dood is.'

'Wacht even, dok,' onderbrak Derek hem. 'Hoe bedoelt u: verblind?'

'Ik denk dat het slachtoffer is uitgeschakeld met pepperspray. Dat zou de sporen van tranen en mucus op zijn gezicht verklaren.'

'Pepperspray?' herhaalde Anna. 'Zoals in het appartement van Stephanie Mailer tegen Jesse is gebruikt?'

'Ja,' bevestigde dokter Singh.

Ik vroeg: 'U zegt dat de moordenaar zeker wil zijn dat hij de ander doodt, maar tegelijkertijd komt hij ongewapend binnen en gebruikt hij een lamp? Wat voor moordenaar doet zoiets?'

'Iemand die geen moord wil plegen, maar die geen keus heeft,' antwoordde Singh.

'Hij wist de sporen van het verleden uit,' mompelde Derek.

'Dat denk ik,' bevestigde Singh. 'Iemand in deze stad is tot alles bereid om zijn geheim te beschermen en te voorkomen dat jullie het onderzoek kunnen afronden.'

Wat wist Cody? Welk verband was er tussen hem en deze zaak? We doorzochten zijn huis, we inspecteerden de boekwinkel. Tevergeefs. We vonden niets.

Die ochtend werden Orphea, de staat New York en niet veel later het hele land gewekt met nieuwsberichten over de dood van Cody. Het ging om meer dan een moord op een boekhandelaar; het was de opeenvolging van gebeurtenissen die de mensen raakte. Inmiddels hadden alle nationale media het erover, en we moesten in Orphea rekening houden met een ongeëvenaarde toestroom van nieuwsgierigen.

Om de situatie het hoofd te bieden werd er in het stadhuis een spoedvergadering belegd met burgemeester Brown, majoor McKenna van de Staatspolitie, afgevaardigden van omliggende steden, commissaris Gulliver, Montagne, Anna, Derek en mij.

De eerste vraag die beantwoord moest worden was of het festival zou doorgaan. 's Nachts was al besloten om het hele gezelschap onder politiebescherming te plaatsen.

'Ik vind dat de voorstelling moet worden afgelast,' zei ik. 'Die maakt de situatie alleen maar erger.'

'Het gaat er niet om wat u denkt, kapitein,' zei Brown op onaangename toon. 'U hebt iets tegen die goede Harvey, al weet ik niet waarom.'

'Die goede Harvey?' herhaalde ik ironisch. 'Zei u dat twintig jaar geleden ook, toen u zijn vriendinnetje afpakte?'

'Kapitein Rosenberg,' barstte de burgemeester uit. 'Uw toon en uw brutaliteit zijn onacceptabel.'

'Jesse,' wees majoor McKenna me terecht. 'Ik stel voor dat je je persoonlijke mening voor je houdt. Denk je dat Kirk Harvey echt meer weet over de viervoudige moord?'

'We denken dat er inderdaad een verband zou kunnen bestaan tussen de zaak en het toneelstuk.'

'Jullie denken? Zou kunnen bestaan?' verzuchtte de majoor. 'Jesse, heb je concrete, solide aanwijzingen?'

'Nee, het zijn maar vermoedens, maar ze zijn relatief helder.'

'Kapitein Rosenberg,' onderbrak burgemeester Brown me. 'Iedereen zegt dat u een groot speurder bent en ik heb respect voor u. Maar ik heb de indruk dat u sinds u hier bent aangekomen overal chaos veroorzaakt, terwijl de zaak geen stap vooruitkomt.'

'Dat komt juist omdat het net zich strakker om de moordenaar sluit wanneer hij zich roert.'

'O, wat ben ik blij dat er eindelijk een verklaring is voor de chaos in Orphea!' zei de burgemeester ironisch. 'Hoe dan ook, ik laat het stuk doorgaan.'

'Burgemeester,' kwam Derek tussenbeide. 'Ik denk dat Harvey de spot met u drijft en de naam van de moordenaar niet zal openbaren.'

'Hij niet, maar het stuk wel!'

'Geen woordspelletjes, meneer. Ik ben ervan overtuigd dat Kirk Harvey geen idee heeft van de identiteit van de moordenaar. We mogen het risico niet lopen om het stuk te laten opvoeren. Ik weet niet hoe de moordenaar zal reageren als hij denkt dat zijn naam bekend zal worden.'

'Precies,' zei burgemeester Brown. 'Dit is nog nooit vertoond. Kijk eens naar die televisiecamera's, naar al die nieuwsgierigen: Orphea is het middelpunt van de aandacht. Het hele land heeft zijn games en idiote televisieprogramma's opzijgelegd en houdt zijn adem in – vanwege een toneelstuk! Is dat niet bijzonder? Wat hier nu gebeurt is eenvoudigweg uniek!'

Majoor McKenna wendde zicht tot commissaris Gulliver.

'Wat is uw mening over de vraag of het stuk moet doorgaan, commissaris Gulliver?'

'Ik stap op,' antwoordde Gulliver.

'Hoezo, je stapt op?' bracht burgemeester Brown uit.

'Ik leg per direct mijn functie neer, Alan. Ik wil meedoen aan dat stuk. Het is uniek! En bovendien sta ik in het middelpunt van de aandacht. Ik heb me nog nooit zo succesvol gevoeld. Eindelijk besta ik!'

En dus verklaarde burgemeester Brown: 'Adjunct-commissaris Montagne, ik benoem u tot tijdelijk hoofd van politie.'

Montagne glimlachte triomfantelijk. Anna deed haar best om onverstoorbaar te blijven: dit was niet het moment om een scène te schoppen.

De burgemeester wendde zich tot majoor McKenna en vroeg: 'En u, majoor, wat denkt u?'

'Dit is uw stad, burgemeester Brown. Het is dus uw beslissing. Zelfs als u alles afzegt, denk ik niet dat u het veiligheidsprobleem oplost. De stad zal vergeven blijven van journalisten en nieuwsgierigen. Maar als u de voorstelling laat doorgaan, zult u vergaande maatregelen moeten treffen.'

De burgemeester dacht even na; toen verklaarde hij resoluut: 'We sluiten de stad hermetisch af en we laten de opvoering doorgaan.'

McKenna somde de veiligheidsmaatregelen op die genomen moesten worden. Alle toegangswegen tot de stad moesten in de gaten worden gehouden. De hoofdstraat werd afgesloten voor alle verkeer.

Het theatergezelschap zou worden ondergebracht in het Lake Palace, dat onder grote politiebewaking zou komen te staan. Een speciaal konvooi zou hen dagelijks van en naar het Grand Theater brengen.

Toen de vergadering eindelijk voorbij was, zette Anna burgemeester Brown klem op de gang.

'Verdomme, Alan,' ontplofte ze. 'Waarom heb je Montagne Gullivers functie gegeven? Je hebt me naar Orphea gehaald om de teugels bij de politie over te nemen!'

'Het is maar tijdelijk, Anna. Concentreer jij je op het onderzoek.'

'Ben je boos omdat ik je heb verhoord? Is dat het?'

'Je had me best even kunnen waarschuwen, Anna, in plaats van me naar het bureau te brengen als de eerste de beste crimineel.'

'Als je alles had verteld wat je wist, was je niet als verdachte naar voren gekomen.'

'Anna,' zei Brown boos, die niet in de stemming was voor een discussie, 'als deze zaak me het burgemeesterschap gaat kosten, kun je sowieso je koffers pakken. Laat maar zien waartoe je in staat bent: zorg dat je de persoon te pakken krijgt die de stad terroriseert.'

~

Het Lake Palace veranderde in een vesting. Het hele gezelschap werd bijeengebracht in een salon die door de politie werd bewaakt.

Journalisten en nieuwsgierigen verdrongen zich voor het hotel, bradend in de middagzon, in de hoop een glimp op te vangen van Harvey en de acteurs. De opwinding werd nog groter toen er een busje en een politieauto aankwamen: het gezelschap werd naar het Grand Theater vervoerd om aan de repetities te beginnen. Na lang wachten verschenen eindelijk de acteurs, omringd door agenten. Vanachter de dranghekken werden ze toegeroepen, hun namen werden geschreeuwd. De nieuwsgierigen vroegen om foto's en handtekeningen, de journalisten wilden quotes.

Ostrovski ging als eerste in op de verzoeken. Hij werd al snel door de anderen nagevolgd. Meegesleept door dit enthousiaste bad van de menigte raakten zelfs degenen die zich zorgen maakten over de risico's van het meedoen aan *de Zwarte nacht* overtuigd. Ze stonden op het punt om sterren te worden. Heel Amerika zag live op het televisiescherm de gezichten van dit amateurgezelschap dat zoveel sensatie teweegbracht.

'Had ik het niet gezegd? Julie worden sterren,' zei Harvey trots, en stralend van geluk.

Een paar mijl verderop, in hun huis aan de oceaan, zagen Gerald Scalini en zijn vrouw tot hun verbijstering het gezicht van Dakota Eden op hun televisiescherm verschijnen.

In New York ontdekte Tracy Bergdorf, Stevens vrouw die door haar collega's was ingelicht, tot haar stomme verbazing dat haar man de Hollywoodster uithing.

In Los Angeles, in de Beluga Bar, zagen Kirk Harveys vroegere acteurs ontsteld hoe hun voormalige regisseur continu op alle nieuwszenders te zien was en opeens een beroemdheid was. Het hele land had het over *de Zwarte nacht*. Ze hadden hun kans gemist.

~

Het enig mogelijke spoor dat Anna, Derek en ik in dit stadium zagen was dat Cody iets te maken had met Jeremiah Fold en zijn vuile handeltjes. We besloten dus om nogmaals naar Ridge's Club te gaan en Costico te ondervragen. Maar toen we hem een foto van de boekhandelaar lieten zien, verzekerde hij ons dat hij ook hem nooit had gezien.

'Wie laten jullie me nu weer zien?' vroeg hij.

'Een man die vannacht is vermoord,' antwoordde ik.

'O god,' kreunde Costico. 'Hopelijk komen jullie me niet elke keer dat jullie een lijk vinden lastigvallen.'

'Dus je hebt deze man nooit in de club gezien? Of in de buurt van Jeremiah?'

'Nooit, dat zeg ik toch. Waarom denken jullie dat hij er iets mee te maken heeft?'

'Alles wijst erop dat burgemeester Gordon, die jij niet kent, bij deze Cody, die jij niet kent, de tekst van een toneelstuk heeft gekocht waarin de naam van Jeremiah Fold verborgen zat.'

'Zie ik eruit alsof ik aan toneel doe?' riposteerde Costico.

Costico was te dom om goed te kunnen liegen: we konden hem dus geloven als hij beweerde dat hij nooit van Gordon of Cody had gehoord.

Was Gordon betrokken bij deals? Zou Cody's boekwinkel een dekmantel geweest kunnen zijn? En stel nou dat dat gedoe met lokale auteurs een dwaalspoor was geweest om een criminele onderneming te verbergen? In ons hoofd buitelden de hypotheses over elkaar heen. En weer hadden we geen concrete aanwijzingen.

Bij gebrek aan beter besloten we naar het motel te gaan waar Costico de hulpjes in de val lokte. Toen we aankwamen, begrepen we dat het hotel in de loop der jaren nauwelijks veranderd was. En toen we uitstapten, ontketenden Anna's uniform en de badges aan onze riem een paniekerige beweging onder het volk op de parkeerplaats.

We onderschepten alle prostituees die eruitzagen of ze in de vijftig waren of ouder. Onder hen was er een die eruitzag als een madam; ze liet zich Regina noemen en ze verklaarde dat ze sinds midden jaren tachtig zorgde voor orde op de parkeerplaats.

Ze vroeg ons haar te volgen naar de kamer die dienstdeed als haar kantoor, waar we rustig konden praten, en waar we bovendien uit het zicht waren van de klanten, zodat we ze niet verjoegen.

'Wat is er aan de hand?' vroeg ze terwijl ze ons liet plaatsnemen op een bank van kunstleer. 'Jullie zien er niet uit alsof je van de zedenpolitie bent. Ik heb jullie nog nooit gezien.'

'Recherche,' zei ik. 'En we willen je geen moeilijkheden bezorgen. We willen alleen wat vragen stellen over Jeremiah Fold.'

'Jeremiah Fold?' herhaalde Regina, alsof we het over een spook hadden.

Ik knikte.

'Als ik zeg: de hulpjes van Jeremiah Fold, zegt je dat dan iets?' vroeg ik.

'Natuurlijk, schat,' antwoordde ze.

'Ken je deze mannen?' vroeg ik, terwijl ik haar foto's van Gordon en Cody liet zien.

'Nooit gezien.'

'Ik moet weten of ze iets met Jeremiah Fold te maken hadden.'

'Of ze iets met Fold te maken hadden? Geen idee.'

'Hadden het hulpjes van hem kunnen zijn?'

'Kan best. Eerlijk gezegd heb ik geen flauw idee. Jeremiah wierf zijn hulpjes niet onder de vaste klanten. Die gingen gewoonlijk naar dezelfde meisjes en wisten dat ze van Mylla af moesten blijven.'

'Wie is Mylla?' vroeg Derek. 'Het meisje dat als lokaas functioneerde?'

'Ja. Ze was niet de enige, maar zij deed het het langste: twee jaar. Tot aan Jeremiahs dood. De anderen bleven nooit langer dan drie maanden.'

'Waarom niet?'

'Ze waren allemaal aan de drugs. Uiteindelijk waren ze niet meer presentabel. Dan deed Jeremiah ze weg.'

'Hoe dan?'

'Een overdosis. De politie wist van niks. Hij liet hun lichaam ergens achter en de agenten waren allang blij dat er weer een junkie minder was.'

'Maar die Mylla was niet aan de drugs?'

'Nee, die raakte die troep niet aan. Ze was een meisje met een opleiding, intelligent, die in Jeremiahs handen was gevallen. Ik denk dat hij haar hield omdat hij een beetje verliefd op haar was. Ze was echt mooi. Ik bedoel, die meisjes buiten, dat zijn hoeren. Zij had iets. Ze was een soort prinsesje.'

'En hoe kwam ze aan die hulpjes?'

'Ze tippelde langs de weg, nam ze mee naar haar kamer en daar lokte Costico ze in de val. Kennen jullie Costico?'

'Ja,' zei Anna. 'Die hebben we gesproken. Maar ik begrijp niet waarom geen van die mannen zich verzette.'

'Je had Costico twintig jaar geleden moeten zien. Een monsterlijke spierbundel. En wreed. Verschrikkelijk. Soms onbeheersbaar. Ik heb hem knieën en armen zien breken als iemand ongehoorzaam was. Op een keer heeft hij bij een hulpje ingebroken en heeft hem in bed wakker gemaakt, samen met zijn doodsbange vrouw, en hem voor haar ogen afgerost. Wat wil je dan dat zo iemand doet? Aangifte? Terwijl hij zelf een drugskoerier is? Dan eindigt hij in de federale gevangenis.'

'Dus je liet hem begaan?'

'Dit is niet mijn parkeerplaats en ook niet mijn hotel,' verdedigde Regina zich. 'En bovendien liet Jeremiah ons met rust. Niemand wilde problemen met hem. Ik heb maar een keer iemand gezien die Costico op zijn plaats zette, dat was een leuk gezicht.'

'Hoe ging dat?'

'Het was januari 1994, dat weet ik nog want er was veel sneeuw gevallen. Die gozer komt poedelnaakt uit Mylla's kamer. Met niets anders dan zijn autosleutels. Costico komt vlak achter hem aan. Die kerel trekt zijn portier open en haalt een bus pepperspray uit de auto. Hij spuit naar Costico, die begint te brullen als een bakvis. Hilarisch. Dan stapt hij in en rijdt weg. Poedelnaakt! Door de sneeuw! Wat was dat prachtig!'

Regina lachte bij de herinnering.

'Pepperspray, zeg je?' vroeg ik geïntrigeerd.

'Ja, hoezo?'

'We zoeken een man die misschien iets met Jeremiah Fold te maken heeft en die pepperspray gebruikt.'

'Daar heb ik geen flauw idee van, schat. Ik heb alleen z'n kont gezien, en dat is twintig jaar geleden.'

'Bijzondere kenmerken?'

'Een lekker kontje,' zei Regina glimlachend. 'Misschien weet Costico nog iets. Die kerel had zijn broek en zijn portemonnee in de kamer laten liggen, en ik denk niet dat Costico die over het hoofd heeft gezien.'

Ik drong niet aan en vroeg: 'Wat is er van Mylla geworden?'

'Na Jeremiahs dood is ze verdwenen. Blij toe, voor haar. Ik hoop dat ze ergens een nieuw leven heeft opgebouwd.'

'Heb je enig idee hoe ze echt heette?'

'Nee.'

Anna voelde dat Regina ons niet alles vertelde en zei: 'We moeten die vrouw spreken. Dat is heel belangrijk. Er loopt iemand rond die terreur zaait en onschuldigen vermoordt om zijn geheim te bewaren. Die persoon zou iets met Jeremiah Fold te maken kunnen hebben. Hoe heette Mylla? Als je het weet, moet je het zeggen.'

Regina keek ons aan, stond op en rommelde in een doos vol souvenirs. Ze haalde een oud krantenknipsel tevoorschijn.

'Dit heb ik in Mylla's kamer gevonden toen ze weg was.'

Ze gaf ons het papier. Het was een artikel over een vermissing uit *The New York Times*, uit 1992. De dochter van een zakenman en politicus uit Manhattan was van huis weggelopen en verdwenen. Ze heette Miranda Davis. Bij de foto stond een foto van een jonge vrouw van zeventien die ik direct herkende.

Het was Miranda, de vrouw van Michael Bird.

DAKOTA EDEN

Toen ik klein was zeiden mijn ouders dat je mensen niet te snel moet beoordelen en ze altijd een tweede kans moet geven. Ik heb mijn best gedaan om Tara te vergeven, ik heb alles gedaan om onze vriendschap weer in het zadel te helpen.

Na de beurskrach van 2008 moest Gerald Scalini, die enorme bedragen had verloren, zijn appartement aan Central Park, zijn huis in de Hamptons en zijn levenswijze opgeven. Vergeleken met een grote meerderheid van de Amerikanen hadden de Scalini's nog steeds niets te klagen: ze verhuisden naar een leuk appartement aan de Upper East side, en Gerald zorgde ervoor dat Tara op dezelfde privéschool kon blijven, en dat was niet niks. Maar het was niet hetzelfde leven als eerst, met chauffeur, kok, en weekends op het platteland.

Gerald Scalini deed zijn best om de schijn op te houden, maar Tara's moeder vertelde aan wie het maar horen wilde: 'We zijn alles verloren. Ik sloof me uit, ik ren naar de stomerij, dan haal ik mijn dochter van school en moet ik voor iedereen koken.'

In de zomer van 2009 wijdden we de Hof van Eden in, ons bijzondere huis in Orphea. Dat 'bijzonder' gebruik ik niet zomaar: er ging een wonderbaarlijke geest van uit. Alles was met smaak gebouwd en ingericht. Die zomer ontbeet ik iedere ochtend met uitzicht op de oceaan. Mijn dagen bracht ik door met lezen en vooral met schrijven. Het was een schrijvershuis, vond ik, zoals je die in boeken tegenkomt.

Tegen het einde van de zomer wist mijn moeder me zover te krijgen om Tara te vragen een paar dagen in Orphea te komen doorbrengen. Ik had er helemaal geen zin in.

'Dat arme kind zit de hele zomer in New York,' pleitte mijn moeder.

'Ze heeft niks te klagen, mama.'

'Je moet kunnen delen, schat. En geduld hebben met je vrienden.'

'Ik word gek van haar,' zei ik. 'Ze is altijd zo'n wijsneus.'

'Misschien komt dat wel omdat ze zich bedreigd voelt. Je moet je vriendschappen onderhouden.'

'Ze is geen vriendin,' zei ik.

'Je weet wat ze zeggen: een vriend is iemand die je goed kent en om wie je toch geeft. En bovendien was jij altijd hartstikke blij als ze je uitnodigde in East Hampton.'

Uiteindelijk zwichtte ik. Mijn moeder had gelijk: het weerzien deed ons goed. Ik voelde weer dezelfde energie als in de begintijd van onze vriendschap. Avondenlang lagen we op het gras te kletsen. Op een van die avonden biechtte ze me in tranen op dat ze de diefstal van haar laptop in scène had gezet zodat ik de schuld zou krijgen. Ze biechtte op dat ze jaloers was op mijn tekst, dat het nooit meer zou gebeuren, en dat ze meer van me hield dan van wie ook. Ze smeekte me om vergiffenis en ik vergaf haar. Alles was vergeten.

Nu de vriendschap was hersteld, werd de band tussen onze ouders, die op hetzelfde moment als de onze was ontrafeld, ook weer sterker. We nodigden de Scalini's zelfs uit voor een weekend in de Hof van Eden, waar Gerald, nog even onverdraaglijk als altijd, de keuzes van mijn ouders continu bekritiseerde: 'O, wat jammer dat jullie voor dit materiaal hebben gekozen!' of: 'Dat had ik zelf nooit op die manier gedaan!' Tara en ik werden onafscheidelijk, we brachten al onze tijd samen door. We begonnen ook weer samen te schrijven. Dit was de tijd waarin ik het theater ontdekte. Ik was er dol op: ik las gretig toneelteksten. Ik dacht er zelfs over om er zelf een te schrijven. Tara zei dat we dat samen konden proberen. Door zijn werk bij Channel 14 werd mijn vader uitgenodigd voor alle voorpremières. We gingen dus continu naar het theater.

In de lente van 2010 kreeg ik van mijn ouders de laptop waar ik al zo lang van droomde. Ik was dolgelukkig. De hele zomer schreef ik, op het terras van ons huis in Orphea. Mijn ouders werden er zelfs ongerust van.

'Dakota, wil je niet naar het strand? Of naar de stad?' vroegen ze.

'Ik schrijf,' antwoordde ik. 'Ik ben druk bezig.'

Voor het eerst schreef ik een toneelstuk, dat ik *Meneer Constantijn* noemde; het ging over een oude man, meneer Constantijn, die alleen in een enorm huis in de Hamptons woont waar zijn kinderen nooit op bezoek komen. Op een dag heeft hij er genoeg van om zich zo alleen te voelen en doet hij alsof hij op het punt van overlijden staat. De kinderen, die allemaal hopen dat ze het huis zullen erven, haasten zich naar het ziekbed en schikken zich in al zijn grillen.

Het was een komedie. Ik was er hartstochtelijk mee bezig: ik wijdde er een heel jaar aan. Mijn ouders zagen me alleen nog achter de computer.

'Je werkt te veel,' zeiden ze.

'Ik werk niet, ik heb plezier,' legde ik uit.

'Dan maak je te veel plezier!'

In de zomer van 2011 werkte ik hard om *Meneer Constantijn* af te krijgen; en in september, toen het schooljaar weer begon, liet ik het lezen aan mijn literatuurdocent, die ik erg hoog had zitten. Toen ze het uit had, was het eerste wat ze deed me met mijn ouders bij zich roepen.

'Hebt u die tekst van uw dochter gelezen?' vroeg ze aan mijn ouders.

'Nee,' antwoordden ze. 'Ze wilde het eerst aan u laten lezen. Is er iets?'

'Is er iets? Maakt u een grapje? Het is geweldig! Wat een ongelooflijke tekst! Ik geloof dat uw dochter een gave heeft. Daarom wilde ik u spreken: zoals u misschien weet ben ik nauw betrokken bij de theaterclub van school. Ieder jaar voeren we in juni een stuk op, en dit jaar wil ik Dakota's stuk inbrengen.'

Ik kon het niet geloven: mijn stuk zou worden opgevoerd. Op school werd al snel over niets anders meer gesproken. Ik was nogal een onopvallende leerling en ik werd opeens reusachtig populair.

De repetities begonnen in januari. Ik had nog een paar maanden om aan mijn tekst te vijlen. Ik deed niets anders, ook niet in de kerstvakantie. Ik wilde dat het perfect werd. Tara kwam iedere dag bij me: we sloten ons op in mijn kamer. We zaten aan mijn bureau, vastgeplakt aan het computerscherm, en ik las de dialogen hardop voor. Tara lag op bed, luisterde aandachtig en gaf haar mening.

Alles hing af van de laatste zondag van de vakantie. De dag voordat ik de tekst moest inleveren. Tara was bij me, zoals alle voorgaande dagen. Het was het einde van de middag. Ze zei dat ze dorst had en ik ging naar de keuken om water voor haar te halen. Toen ik weer op mijn kamer kwam, stond ze op het punt om weg te gaan.

'Ga je al?' vroeg ik.

'Ja, ik had niet gezien hoe laat het was. Ik moet naar huis.'

Ik vond dat ze opeens vreemd deed.

'Alles in orde, Tara?' vroeg ik.

'Ja, alles in orde,' verzekerde ze me. 'We zien elkaar morgen op school.'

Ik bracht haar naar de deur. Toen ik weer achter mijn laptop zat, stond de tekst niet meer op het scherm. Ik dacht aan een computerprobleem, maar toen ik het document weer wilde openen, merkte ik dat het verdwenen was. Ik dacht dat ik in de verkeerde map keek. Maar ik besefte algauw dat de tekst onvindbaar was. En toen ik in de prullenmand van de computer wilde kijken en ik zag dat die net was geleegd, begreep ik het direct: Tara had mijn toneelstuk gewist en er was geen enkele manier meer om het terug te halen.

Ik barstte in tranen uit, toen ging ik door het lint. Mijn ouders kwamen naar mijn kamer gerend.

'Zeg alsjeblieft dat je ergens een kopie hebt,' zei mijn vader.

'Nee!' brulde ik. 'Alles stond hierop! Ik ben alles kwijt.'

'Dakota,' begon hij te preken, 'ik had je nog zo gezegd...'

'Jerry,' onderbrak mijn moeder hem die de ernst van de situatie inzag, 'ik geloof dat dit niet het juiste moment is.'

Ik vertelde mijn ouders wat er was gebeurd: Tara had om water gevraagd, ik was even weggegaan, toen was ze overhaast vertrokken en was het stuk verdwenen. Mijn toneelstuk kon niet zomaar zijn weggevlogen: het moest Tara wel zijn.

'Maar waarom zou ze zoiets doen?' vroeg mijn moeder, die het koste wat kost wilde begrijpen.

Ze belde de Scalini's en legde uit wat er aan de hand was. Ze verdedigden hun dochter, zwoeren dat die nooit zoiets zou doen en verweten mijn moeder dat ze valse beschuldigingen uitte.

'Gerald,' zei mijn moeder door de telefoon. 'Dat stuk heeft zichzelf niet gewist. Mag ik Tara even spreken, alsjeblieft?'

Maar Tara wilde niemand spreken.

Mijn laatste hoop was de geprinte kopie die ik in september aan mijn literatuurdocent had gegeven. Maar ze kon hem niet meer vinden. Mijn vader bracht mijn computer naar een van de IT-specialisten van Channel 14, maar die zei dat hij niks meer kon doen. 'Als de prullenmand leeg is, is-ie leeg,' zei hij tegen mijn vader. 'Heeft er nooit iemand een kopie van het document gemaakt?'

Mijn stuk bestond niet meer. Een jaar werken was gestolen. In rook opgegaan. Het was een onbeschrijflijk gevoel. Alsof er iets in mij was uitgedoofd.

Mijn ouders en mijn literatuurdocent hadden alleen stomme oplossingen: 'Probeer het stuk te herschrijven op basis van je herinneringen. Je kende het toch uit je hoofd?' Je kon wel merken dat ze nog nooit hadden geschreven. Het was onmogelijk om een creatie van een jaar over te doen in een paar dagen. Ze stelden me voor om een nieuw stuk te schrijven voor volgend jaar. Maar ik wilde al niet meer. Ik was depressief.

Van de maanden daarna herinner ik me alleen een gevoel van verbittering. Een pijn in het diepst van mijn ziel; de pijn van een groot onrecht. Tara moest boeten. Ik wilde niet eens weten waarom ze het had gedaan, ik wilde alleen genoegdoening. Ik wilde haar laten lijden zoals ik leed.

Mijn ouders gingen naar de rector, maar die zei dat hij geen enkele verantwoordelijkheid droeg.

'Voor zover ik begrijp is dit niet in het kader van school gebeurd,' zei hij. 'En dus kan ik niets doen. Dit kleine meningsverschil moet direct met de ouders van Tara Scalini worden opgelost.'

'Klein meningsverschil?' zei mijn moeder boos. 'Tara heeft een jaar werk van mijn dochter verpest! Ze zitten hier allebei op school, u moet iets doen.'

'Luister, mevrouw Eden, misschien moeten ze wat afstand van elkaar nemen. Ze vallen elkaar continu lastig. Eerst heeft Dakota Tara's laptop gestolen...'

'Dat heeft ze niet gedaan!' zei mijn moeder boos. 'Tara heeft alles in scène gezet!'

De rector zuchtte.

'Mevrouw Eden... Lost u dit nou rechtstreeks met Tara's ouders op. Dat is beter.'

Tara's ouders wilden er niets van weten. Ze verdedigden hun dochter met hand en tand en noemden me een fantast.

Maanden verstreken.

Iedereen behalve ik vergat het incident. Ik had een wond die mijn hart doorkliefde, een diepe snee die niet dicht wilde gaan. Ik sprak over niets anders, en uiteindelijk zeiden mijn ouders dat ik het niet moest blijven herkauwen, dat ik door moest.

Uiteindelijk speelde de theaterclub van school in juni een bewerking van Jack London. Ik wilde niet naar de première. Die avond sloot ik me op in mijn kamer en huilde. Maar in plaats van me te troosten zei mijn moeder: 'Dakota, het is nu al zes maanden geleden, je moet door.'

Maar dat kon ik niet. Ik bleef voor mijn scherm zitten, zonder te weten wat ik moest schrijven. Het voelde alsof ik was leeggeroofd. Van alle zin en alle inspiratie.

Ik verveelde me te pletter. Ik vroeg aandacht van mijn ouders, maar mijn vader was altijd aan het werk en mijn moeder was er nooit. Ik had nooit eerder echt beseft hoe druk ze allebei waren.

Die zomer in de Hof van Eden bracht ik mijn tijd op internet door. Ik wijdde mijn tijd vooral aan netwerken op Facebook. Het was dat, of verveling. Ik werd me ervan bewust dat ik de laatste tijd buiten Tara niet veel vriendschappen had aangeknoopt. Ongetwijfeld was ik te druk aan het schrijven geweest. Nu probeerde ik de verloren tijd virtueel in te halen.

Meerdere keren per dag snuffelde ik op Tara's Facebookpagina. Ik wilde weten wat ze deed, met wie ze omging. Sinds die zondag in januari dat ze voor het laatst bij me was geweest hadden we geen woord meer met elkaar gesproken. Maar ik bespioneerde haar via haar Facebookaccount en ik haatte alles wat ze erop zette. Misschien was dat mijn manier om de pijn uit te bannen die ze me had aangedaan. Of zat ik mijn wrok juist aan te wakkeren?

In november 2012 hadden we al tien maanden niet meer met elkaar gesproken. Op een avond, toen ik me op mijn kamer had opgesloten en met een paar mensen op Facebook chatte, kreeg ik een bericht van Tara. Het was een heel lange brief.

Ik begreep al snel dat het een liefdesbrief was.

Tara vertelde over de pijn die ze al jaren voelde. Dat ze zichzelf niet kon vergeven voor wat ze me had aangedaan. Dat ze sinds de lente bij een psychiater liep die haar hielp om alles helderder te zien. Ze zei dat het tijd was dat ze zichzelf accepteerde zoals ze was. Ze onthulde dat ze lesbisch was en ze liet me weten dat ze van me hield. Dat ze me dat meer dan eens duidelijk had gemaakt, maar dat ik haar niet had begrepen. Ze legde uit dat ze jaloers was geworden op het stuk dat ik schreef, omdat zij op mijn bed lag en zich aan mij wilde geven, maar ik alleen maar oog had voor mijn tekst. Ze biechtte me op hoe moeilijk ze het vond om haar ware zelf uit te drukken en vroeg vergiffenis voor haar gedrag. Ze wilde alles goedmaken en ze hoopte dat deze bekentenis me in staat zou stellen om de vreselijke daad te begrijpen waarvoor ze zich elke dag haatte. Het speet haar dat die liefde voor mij, die te groot en te veelomvattend was en waar ze nooit voor had durven uitkomen, haar hoofd op hol had doen slaan.

Ik herlas de brief een paar keer. Hij verwarde me, ik voelde me slecht op mijn gemak. Ik had geen zin om haar te vergeven. Ik geloof dat ik me te veel aan die woede had vastgeklampt om hem in een keer te laten verdwijnen. En dus stuurde ik Tara's brief na een korte aarzeling via Messenger naar al mijn klasgenoten.

De volgende dag had de hele school de brief gelezen. Nu was Tara 'de lesbienne' of een van de vele scheldwoorden die je daarvoor kunt bedenken. Ik geloof niet dat ik dat had gewild, maar ik besefte dat het me goed deed om haar zo aan de schandpaal genageld te zien worden. En bovendien, vooral, had ze bekend dat ze mijn tekst had gewist. Eindelijk was de waarheid boven water. De schuldige was gepakt en het slachtoffer had enige genoegdoening gekregen, maar wat iedereen onthield van de brief die ik openbaar had gemaakt, was Tara's seksuele voorkeur.

Diezelfde avond schreef Tara me opnieuw op Facebook: 'Waarom heb je me dit aangedaan?' Ik antwoordde direct: 'Omdat ik je haat.' Ik geloof dat ik op dat moment werkelijk haat voelde. En die haat verteerde me. Tara werd algauw het doelwit van pesterijen en spot, en als ik haar op school op de gang tegenkwam, bedacht ik dat het net goed voor haar was. Ik was nog steeds in de ban van die avond in januari dat ze mijn tekst had gewist. De avond dat ze mijn toneelstuk had gestolen.

In die periode raakte ik bevriend met Leyla. Ze zat in een parallelklas: ze was het meisje naar wie iedereen keek, ze was charismatisch en altijd goed gekleed. Op een dag kwam ze in de kantine naar me toe. Ze zei dat ze het cool vond dat ik die brief van Tara had verspreid. Ze had haar altijd pretentieus gevonden. 'Wat doe je zaterdagavond?' vroeg Leyla. 'Kom je bij me chillen?'

De zaterdagen bij Leyla werden een vast ritueel. We spraken af met een paar meisjes van school, sloten ons op in haar kamer, dronken alcohol die ze jatte van haar pa, rookten sigaretten in de badkamer en schreven beledigende Facebookberichten aan Tara: slet, hoer, tapijthapper. Alles kon. We zeiden dat we haar haatten. We scholden haar uit voor van alles en nog wat. Daar waren we gek op. We maken je kapot, hoer. Slet. Hoer.

Dat was het meisje dat ik was geworden. Een jaar eerder moesten mijn ouders me dwingen om naar buiten te gaan, vriendinnen te maken, maar toen bracht ik mijn weekends liever door met schrijven. Nu ging ik pimpelen op Leyla's kamer en bracht ik mijn avonden door met het beledigen van Tara. Hoe meer ik haar te grazen nam, hoe meer ik haar meende te zien krimpen. Ik, die haar zo had bewonderd, genoot er nu van haar te domineren. Op school, op de gang, duwde ik haar opzij. Op een dag sleurden Leyla en ik haar mee naar de wc en gaven haar een pak slaag. Ik had nog nooit iemand geslagen. Toen ik haar de eerste klap gaf was ik bang voor de reactie, dat ze zich zou verdedigen, dat ze me zou overmeesteren. Maar ze liet zich slaan. Ik voelde me sterk toen ik haar zag huilen, toen ze me smeekte op te houden met slaan. Ik vond het heerlijk. Dat gevoel van macht. Te zien hoe ellendig ze eraan toe was. We corrigeerden haar elke keer als we de kans hadden. Op een dag piste ze in haar broek terwijl ik haar sloeg. En die avond overstelpte ik haar opnieuw met scheldwoorden. Ga toch dood, hoer. Geloof me, dat is het beste voor je.

Zo ging het drie maanden door.

Op een ochtend halverwege februari stonden er politieauto's voor de school. Tara had zich opgehangen in haar kamer.

~

Het duurde niet lang voordat de politie bij mij terechtkwam.

Een paar dagen na het drama, toen ik op het punt stond om naar school te gaan, kwamen een paar rechercheurs me thuis opzoeken. Ze lieten me tientallen geprinte pagina's zien van de berichten die ik aan Tara had gestuurd. Papa lichtte Benjamin Graff in, zijn advocaat. Toen de agenten weggingen, zei hij dat we ons nergens zorgen over hoefden te maken, dat de politie nooit een causaal verband zou kunnen leggen tussen mijn Facebookberichten en Tara's zelfmoord. Ik herinner me dat hij zoiets zei als: 'Gelukkig heeft dat meisje van Scalini geen afscheidsbrief achtergelaten waarin ze haar daad verklaart, anders zag het er slecht uit voor Dakota.'

'Gelukkig?' brulde mijn moeder. 'Besef je wel wat je zegt, Benjamin? Ik ga haast van je kotsen.'

'Ik probeer gewoon mijn werk te doen,' verdedigde Benjamin Graff zich. 'Ik wil voorkomen dat Dakota in de cel belandt.'

Maar ze had wél een afscheidsbrief geschreven, en die vonden haar ouders toen ze een paar dagen later haar kamer opruimden. Tara legde er uitgebreid in uit dat ze liever doodging dan iedere dag door mij te worden vernederd.

De Scalini's deden aangifte.

Weer politie. Toen besefte ik pas echt wat ik had gedaan. Ik had Tara vermoord. Handboeien. Politiebureau. Verhoorkamer.

Benjamin Graff zag er tijdens zijn bezoeken niet meer zo zelfverzekerd uit als eerst. Hij was zelfs ongerust. Hij zei dat de aanklager een voorbeeld wilde stellen en een duidelijk signaal wilde sturen aan iedereen die online klasgenoten pestte. Volgens de gehanteerde zienswijze kon aanzetten tot zelfmoord zelfs als moord worden beschouwd.

'Je zou als een volwassene kunnen worden berecht,' zei Graff. 'In dat geval riskeer je zeven tot vijftien jaar gevangenisstraf. Tenzij jullie tot een vergelijk met Tara's familie komen en ze de aanklacht intrekken.'

'Een vergelijk?' vroeg mijn moeder.

'Geld,' verduidelijkte Graff. 'In ruil waarvoor ze afzien van de vervolging van Dakota. Dan komt er geen proces.'

Mijn vader gaf Graff opdracht om de advocaat van de Scalini's te benaderen. En Graff kwam terug met hun eis.

'Ze willen het huis in Orphea,' vertelde hij mijn ouders.

'Het huis?' herhaalde mijn vader ongelovig.

'Ja,' bevestigde Graff.

'Dan krijgen ze dat,' zei mijn vader. 'Bel direct met hun advocaat en maak hem duidelijk dat als de Scalini's afzien van vervolging, ik morgenvroeg naar de notaris ga.'

JESSE ROSENBERG

Donderdag 24 juli 2014
2 dagen voor de première

Voormalig special agent Grace van de ATF, die inmiddels tweeënzeventig was, genoot in Portland, Maine van een vredig pensioen. Toen ik hem belde, bleek hij zich direct voor mijn kwestie te interesseren.
'Kunnen we ergens afspreken?' vroeg hij. 'Ik wil je absoluut iets laten zien.'

Om te voorkomen dat wij helemaal naar Maine moesten rijden, spraken we af om elkaar halverwege te treffen: in Worcester, Massachusetts. Grace gaf ons het adres van een restaurantje waar hij vaak kwam en waar we rustig konden zitten. Toen we aankwamen, zat hij al aan tafel achter een stapel pancakes. Hij was afgevallen, zijn gezicht was gerimpeld, hij was ouder geworden, maar hij was weinig veranderd.

'Rosenberg en Scott, de twee verschrikkingen uit 1994,' zei Grace glimlachend toen hij ons zag. 'Ik heb altijd gedacht dat onze wegen elkaar nog eens zouden kruisen.'

We gingen tegenover hem zitten. Het weerzien voelde als een sprong naar het verleden.

'Dus jullie zijn zomaar opeens geïnteresseerd geraakt in Jeremiah Fold?' vroeg hij.

Ik gaf een gedetailleerde samenvatting van de situatie, toen zei hij: 'Zoals ik gisteren al door de telefoon zei, kapitein Rosenberg, was Jeremiah een aal. Glad, onaanraakbaar, snel, elektrisch. Alles waar je als agent een hekel aan hebt.'

'Waarom was de ATF destijds in hem geïnteresseerd?'

'Eerlijk gezegd waren we alleen heel indirect in hem geïnteresseerd. Voor ons ging het vooral om de wapenvoorraad die van het leger was gestolen en in de omgeving van Ridgesport werd verkocht. Toen we begrepen dat alles in die sportbar gebeurde waar we elkaar in 1994 troffen, waren we al maanden bezig. Een van de sporen die we wilden natrekken was Jeremiah Fold, van wie we dankzij informanten wisten dat hij in allerlei dingen handelde. Ik begreep algauw dat hij niet onze man was, maar in die paar weken dat we hem observeerden was ik verbijsterd: die kerel was een maniak en gevaarlijk goed georganiseerd. Uiteindelijk verloren we onze interesse in hem. Maar op een ochtend in juli 1994 dook zijn naam opeens weer op.'

~

Observatiepost van de ATF, Ridgesport
Ochtend van 16 juli 1994

Het was zeven uur 's ochtends toen agent Riggs in de observatiepost van de ATF aankwam om Grace af te lossen, die er de nacht had doorgebracht.

Ik ben langs Route 16 gekomen,' zei Riggs. 'Er is een gruwelijk ongeluk gebeurd. Een motorrijder heeft zich doodgereden. Je raadt nooit wie.'

'Die motorrijder? Geen flauw idee,' antwoordde Grace vermoeid; hij had geen zin in raadseltjes.

'Jeremiah Fold.'

Agent Grace was met stomheid geslagen.

'Jeremiah Fold is dood?'

'Zo goed als. Volgens de agenten gaat hij het niet redden. Hij is er heel slecht aan toe. Kennelijk reed hij zonder helm, die idioot.'

Grace' nieuwsgierigheid was gewekt. Jeremiah Fold was een voorzichtige, zorgvuldige man. Niet iemand om zich zomaar dood te rijden. Er klopte iets niet. Toen hij uit de observatiepost vertrok besloot hij om even naar Route 16 te gaan. Twee auto's van de Highway Patrol en een takelwagen waren nog ter plekke.

'Die kerel heeft de controle over zijn motor verloren,' legde een van de aanwezige agenten hem uit. 'Hij is van de weg geraakt en in volle vaart tegen een boom geknald. Hij heeft uren liggen creperen.

De ambulanciers zeggen dat het met hem gedaan is.'

'En denk je dat hij de macht over het stuur in zijn eentje heeft verloren?' vroeg Grace.

'Ja. Er zijn nergens op de weg remsporen te zien. Waarom is de ATF daarin geïnteresseerd?'

'Die kerel was een lokale gangster. Een heel nauwgezet type. Ik kan me nauwelijks voorstellen dat hij zichzelf zou doodrijden.'

'Hij was in elk geval niet nauwgezet genoeg om een helm op te zetten,' zei de agent pragmatisch. 'Denken jullie dat het om een afrekening gaat?'

'Geen idee,' antwoordde Grace. 'Er zit me iets dwars, maar ik weet niet wat.'

'Als ze die kerel dood hadden willen hebben, dan was dat wel gelukt. Ik bedoel, dan hadden ze hem overreden of beschoten. Nu heeft hij urenlang liggen lijden in de greppel. Als we hem eerder hadden gevonden, had hij gered kunnen worden. Niet bepaald een perfecte moord.'

Grace knikte en gaf de agent zijn visitekaartje.

'Wil je mij een kopie van het rapport sturen?'

'Jazeker, special agent Grace. Reken maar op mij.'

Grace bleef nog een tijd naar de berm kijken. Toen de agenten van de Highway Patrol al weg waren, werd zijn aandacht getrokken door een mat stuk plastic en wat transparante scherven, verborgen in het gras. Hij raapte ze op: het was een stuk van een bumper en scherven van koplampen.

~

'Alleen die stukken lagen er,' vertelde Grace tussen twee happen pancakes door. 'Verder niks. Wat óf betekende dat het er al een tijdje lag, óf dat iemand 's nachts had opgeruimd.'

'Dan zou iemand Jeremiah Fold dus met opzet hebben aangereden,' zei Derek.

'Ja. Wat zou verklaren waarom er geen remsporen waren. Het moet een flinke klap zijn geweest. Degene die achter het stuur zat raapte de meeste stukken bij elkaar om geen sporen achter te laten en is toen weggevlucht met een auto waarvan de motorkap aan diggelen was, maar die nog wel reed. Hij zou aan de monteur uitleggen dat hij een hert had aangereden en daarmee de staat van zijn auto verklaren. Dan zou er geen haan meer naar kraaien.'

'Hebben jullie dat spoor gevolgd?' vroeg ik.

'Nee, kapitein Rosenberg,' antwoordde Grace. 'Later hoorde ik dat Jeremiah Fold geen helm droeg omdat hij claustrofobisch was. Er waren dus wel degelijk een paar uitzonderingen op zijn voorzichtigheid. En hoe dan ook viel de zaak niet onder de bevoegdheid van de ATF. Ik had al genoeg te doen zonder me met verkeersongelukken te bemoeien. Maar ik heb altijd getwijfeld.'

'Dus u hebt geen verder onderzoek gedaan?' vroeg Derek.

'Nee. Hoewel ik drie maanden later, tegen het einde van oktober 1994, gecontacteerd werd door het hoofd van de politie van Orphea, die zich hetzelfde afvroeg als ik.'

'Is Kirk Harvey bij u geweest?' vroeg ik verrast.

'Kirk Harvey, zo heette hij. Ja, we hebben kort over de zaak van gedachten gewisseld. Hij zei dat hij weer contact met me zou opnemen, maar dat heeft hij nooit gedaan. Daar leidde ik uit af dat hij ermee was opgehouden. De tijd verstreek en toen heb ik dat ook gedaan.'

'Dus jullie hebben die scherven van de koplampen nooit laten analyseren?' concludeerde Derek.

'Nee, maar dat kunnen jullie nog doen. Ik heb ze namelijk bewaard.'

Grace had ondeugende lichtjes in zijn ogen. Hij veegde zijn mond af met een papieren servet en gaf ons een plastic tas. Er zat een groot stuk in van een zwarte bumper en wat scherven van koplampen. Glimlachend zei hij: 'Nu zijn jullie aan zet, heren.'

De reistijd van een hele dag op en neer naar Massachusetts was de moeite waard: als Jeremiah Fold vermoord was, konden we misschien een link leggen met de dood van burgemeester Gordon.

~

In het Grand Theater, dat omringd werd door een menigte en bewaakt werd als een fort, gingen de repetities door, zonder dat er echt vooruitgang werd geboekt.

'Om vanzelfsprekende redenen van veiligheid kan ik jullie niets meer vertellen,' legde Kirk Harvey de acteurs uit. 'Jullie krijgen je teksten op de avond van de première, scène voor scène.'

'Blijft de Dodendans behouden?' vroeg Gulliver ongerust.

'Natuurlijk,' antwoordde Kirk. 'Dat is een van de pijlers van de voorstelling.'

Terwijl Harvey de vragen van de acteurs beantwoordde, verdween Alice onopvallend uit de zaal. Ze wilde roken. Ze ging naar de artiesteningang die uitkwam op een doodlopende straat waar de pers en de nieuwsgierigen niet konden komen. Daar zou het rustig zijn.

Ze ging op de stoeprand zitten en stak een sigaret op. Toen zag ze een man met een officiële perskaart om zijn nek.

'Frank Vannan, *The New York Times*,' stelde hij zich voor.

'Hoe bent u hier gekomen?' vroeg Alice.

'De kunst van de journalistiek is om daar te komen waar je niet gewenst bent. Doet u mee aan het stuk?'

Alice stelde zich voor. 'Alice Filmore. Ja, ik ben een van de actrices.'

'Welke rol speelt u?'

'Dat is niet zo duidelijk. Harvey, de regisseur, blijft heel vaag over de inhoud, om lekken te voorkomen.'

De journalist haalde een blocnote tevoorschijn en maakte aantekeningen.

'Schrijf zoveel op als je wilt,' zei Alice, 'maar noem alsjeblieft niet mijn naam.'

'Geen probleem, Alice. Dus jij weet ook nog niet wat er in dit stuk onthuld gaat worden?'

'Weet je, Frank, het is een stuk over een geheim. En uiteindelijk is het belangrijkste aan een geheim niet wat er wordt onthuld, maar wat er wordt verborgen.'

'Hoe bedoel je?'

'Kijk eens naar het gezelschap, Frank. Iedere acteur heeft iets te verbergen. Harvey, de hysterische regisseur met het mislukte gevoelsleven, Dakota Eden, verteerd door een verwoestende weltschmerz, Charlotte Brown, die van dichtbij of veraf met dit verhaal te maken heeft, die is opgepakt en weer vrijgelaten, en die ten koste van alles wil meedoen. En waarom? Om nog maar te zwijgen over Ostrovski en Gulliver, die zich laten vernederen om heel even van de roem te kunnen proeven waar ze al een heel leven van dromen. En dan de hoofdredacteur van een prestigieus literair tijdschrift uit New York, die met een van zijn medewerkers naar bed gaat en zich hier schuilhoudt voor zijn vrouw. Als je het mij vraagt, Frank, is de vraag niet zozeer wat dit stuk gaat onthullen, maar wat het verbergt.'

Alice draaide zich om en ging de deur door, die ze open had gehouden met een baksteen die ze op de grond had gevonden.

'Kom maar binnen als je wilt,' zei ze tegen de journalist. 'Het is best de moeite waard. Maar vertel vooral aan niemand dat ik je heb binnengelaten.'

'Maak je geen zorgen, Alice. Niemand zal het op jou kunnen terugvoeren. Het is gewoon de deur van een schouwburg, die kan iedereen voor me hebben geopend.'

Alice corrigeerde hem: 'Het is de deur van de hel.'

~

Op die dag dat Derek en ik op en neer reisden naar Massachusetts, bezocht Anna Miranda Bird, de vrouw van Michael Bird, vroeger Miranda Davis, die voor Jeremiah Fold en Costico als lokaas had gewerkt.

Miranda had een kledingwinkel in de hoofdstraat van Bridgehampton, genaamd Keith & Danee, die vlak naast het Golden Pear Café lag. Toen Anna binnenkwam, was ze alleen in de winkel. Ze herkende haar meteen en glimlachte, ook al was ze verbaasd over het bezoek.

'Dag, Anna. Zoek je Michael?'

Anna glimlachte liefdevol terug.

'Ik zoek jou, Miranda.'

Ze liet het vermissingsbericht zien dat ze in haar hand hield. Het gezicht van Miranda stortte in.

'Geen zorgen,' probeerde Anna haar gerust te stellen. 'Ik wil je alleen spreken.'

Maar Miranda zag lijkbleek.

'Laten we naar buiten gaan,' stelde ze voor. 'Een eindje wandelen. Ik wil niet dat mijn klanten me zo zien.'

Ze sloten de winkel af en namen Anna's auto. Ze reden een klein stukje in de richting van East Hampton en namen toen een zandweg waar ze alleen waren, aan de rand van het bos bij een bloemenveld. Miranda stapte uit alsof ze wagenziek was, knielde neer in het gras en barstte in snikken uit. Anna hurkte bij haar neer en probeerde haar te kalmeren. Pas na ruim een kwartier kon Miranda praten, met moeite.

'Mijn man, mijn kinderen... ze weten van niks. Maak me niet kapot, Anna. Ik smeek je, maak me niet kapot.'

Bij de gedachte dat haar gezin achter haar geheim zou komen begon Miranda opnieuw onbeheerst te snikken.

'Geen zorgen, Miranda, niemand hoeft het te weten. Maar het is absoluut noodzakelijk dat je me over Jeremiah Fold vertelt.'

'Jeremiah Fold? God, ik had zo gehoopt dat ik die naam nooit meer zou horen. Waarom over hem?'

'Omdat het erop lijkt dat hij op de een of andere manier betrokken is bij de viervoudige moord uit 1994.'

'Jeremiah?'

'Ja. Ik weet dat het vreemd klinkt omdat hij vóór de viervoudige moord om het leven is gekomen, maar zijn naam is boven komen drijven.'

'Wat wil je weten?' vroeg Miranda.

'Ten eerste, hoe komt het dat je in handen van Jeremiah Fold bent gevallen?'

Miranda keek Anna triest aan. Na een lange stilte zei ze: 'Ik ben geboren op 3 januari 1975. Maar ik ben pas begonnen te leven op 16 juli 1994. De dag dat ik hoorde dat Jeremiah Fold dood was. Jeremiah was de meest charismatische en wreedste mens die ik ooit heb gekend. Een uitzonderlijk pervers type. Hij voldeed geheel niet aan het beeld van de gewetenloze, wrede schurk: hij was veel erger. Hij was het kwaad zelf. Ik leerde hem kennen in 1992, toen ik van huis was weggelopen. Ik was zeventien en boos op de hele wereld, om allerlei redenen die ik nu niet meer begrijp. Het was oorlog met mijn ouders en op een avond ben ik vertrokken. Het was zomer, het was heerlijk weer. Ik bracht een paar nachten door in de openlucht, toen liet ik me door een paar kerels die ik ergens had ontmoet overtuigen om in een kraakpand te komen wonen. Een oud, verlaten huis dat een soort hippiecommune was geworden. Ik vond het wel prettig, zo'n onbezorgd leven. En bovendien had ik wat geld bij me waarvan ik kon eten en kon leven. Toen kwam de avond dat die kerels in het kraakpand begrepen dat ik geld had. Ze wilden het stelen en ze begonnen me te slaan. Ik vluchtte naar de weg, en daar werd ik bijna aangereden door een kerel die op zijn motor kwam aanrijden. Hij droeg geen helm: hij was vrij jong, heel knap, hij droeg een mooi pak en mooie schoenen. Hij zag hoe radeloos ik was en vroeg wat er aan de hand was. Toen zag hij de kerels die me achternazaten; hij gaf ze alle drie een pak slaag. Ik had mijn beschermengel gevonden. Hij nam me achter op zijn motor mee naar huis; hij reed rustig omdat ik geen helm had en omdat dat gevaarlijk was, zoals hij zei. Hij was een onvoorstelbaar voorzichtige man.'

Augustus 1992

'Waar zal ik je heen brengen?' vroeg Jeremiah aan Miranda.

'Ik kan nergens heen,' antwoordde ze. 'Kan ik een paar dagen bij jou terecht?' Jeremiah bracht Miranda naar huis en installeerde haar in de logeerkamer. Ze had al wekenlang niet in een echt bed geslapen. De volgende dag praatten ze lang met elkaar.

'Miranda,' zei Jeremiah, 'je bent nog maar zeventien. Je moet terug naar je ouders.'

'Ik smeek je, laat me nog even blijven. Je zult nauwelijks merken dat ik er ben, dat beloof ik.'

Uiteindelijk ging Jeremiah akkoord. Hij gaf haar twee dagen, die steeds werden verlengd. Miranda mocht met hem mee naar de club, maar het personeel mocht haar geen alcohol geven. En toen ze vroeg of ze voor hem kon werken, nam hij haar in dienst als gastvrouw. Miranda had liever in de zaal gestaan, in de bediening, maar dat wilde Jeremiah niet: 'Je mag van de wet nog geen alcohol serveren, Miranda.' Deze man fascineerde haar. Op een avond probeerde ze hem te kussen, maar hij weerde haar af. Hij zei: 'Miranda, je bent zeventien. Ik kan er last mee krijgen.'

Toen begon hij haar vreemd genoeg Mylla te noemen. Ze wist

niet waarom, maar ze vond het wel leuk dat hij een bijnaam voor haar had. Het gaf haar het gevoel dat ze een bijzondere band met hem had. Toen vroeg hij haar om dingen voor hem te doen. Ze moest pakjes brengen naar mensen die ze niet kende, naar restaurants gaan waar ze dikke enveloppen kreeg die ze naar Jeremiah moest brengen. Op een dag begreep ze wat Jeremiah echt deed: ze vervoerde drugs, geld en God mag weten wat nog meer. Ze ging ongerust naar hem toe.

'Ik dacht dat je een goede vent was, Jeremiah.'

'Ik ben een goede vent!'

'Ze zeggen dat je in drugs handelt. Ik heb een van de pakjes opengemaakt...'

'Dat had je niet moeten doen, Mylla.'

'Noem me geen Mylla!'

Hij maakte haar wijs dat ze het niet meer hoefde te doen. Maar al de volgende dag riep hij haar als een hond bij zich. 'Mylla! Mylla, breng dit pakje naar die-en-die!'

Ze was bang. Ze besloot te vluchten. Ze nam het pakketje mee zoals hij vroeg, maar ze ging niet naar de bestemming. Ze gooide het pakje in een vuilnisbak en stapte op de trein. Ze wilde terug naar New York, naar haar ouders. Ze wilde weer een thuis hebben. Met het geld dat ze nog had legde ze het laatste stuk per taxi af. En toen de taxi haar voor het huis van haar ouders afzette, voelde ze dat een diep geluksgevoel bezit van haar nam. Het was middernacht. Een mooie herfstavond. De straat was rustig, verlaten en in slaap. Plotseling zag ze hem. Hij zat op de treden van de veranda van het huis. Jeremiah. Hij wierp haar een dodelijke blik toe. Ze wilde gillen, vluchten, maar Costico, Jeremiahs handlanger, dook achter haar op. Jeremiah gebaarde naar Miranda dat ze stil moest zijn.

Ze brachten haar met de auto naar Ridge's club. Voor het eerst bracht hij haar naar de kamer die ze het kantoor noemden. Jeremiah wilde weten waar het pakje was. Miranda huilde. Ze biechtte meteen op dat ze het had weggegooid. Ze zei dat het haar speet, ze zou het nooit meer doen.

Jeremiah herhaalde: 'Je gaat niet weg, Mylla, hoor je? Je bent van mij!'

Ze huilde, ze knielde, doodsbang en verward.

Uiteindelijk zei Jeremiah: 'Ik zal je straffen, maar ik ga je niet aftuigen.'

Eerst begreep Miranda hem niet. Toen greep Jeremiah haar bij haar haar en sleepte haar mee naar een teil. Hij duwde haar hoofd erin, een paar tellen die lang duurden. Ze dacht dat ze doodging. Toen hij klaar was en ze huilend en rillend op de grond lag, smeet Costico familiefoto's van haar ouders in haar gezicht.

'Als je niet luistert,' zei hij, 'als je iets doms doet, wat dan ook, maak ik ze allemaal af.'

~

Miranda onderbrak haar verhaal.

'Het spijt me echt heel erg dat je dit allemaal opnieuw moet doormaken,' zei Anna zacht, terwijl ze haar hand op die van Miranda legde. 'Wat gebeurde er toen?'

'Het was het begin van een nieuw leven in dienst van Jeremiah. Hij bracht me onder in een kamer in een walgelijk motel aan Route 16. Waar voornamelijk hoeren zaten.'

~

September 1992

'Dit is je nieuwe huis,' zei Jeremiah tegen Miranda toen ze de motelkamer binnenliepen. 'Hier zit je beter, je kunt komen en gaan wanneer je wilt.'

Miranda ging op bed zitten.

'Ik wil naar huis, Jeremiah.'

'Heb je het hier niet naar je zin?'

Hij sprak met zachte stem. Zo pervers was Jeremiah: de ene dag mishandelde hij Miranda, de volgende ging hij met haar winkelen en was hij zo aardig als in het begin.

'Ik wil zo graag weg,' zei Miranda opnieuw.

'Als je wilt, kun je gaan. De deur staat wagenwijd open. Maar ik wil niet dat je ouders iets overkomt.'

Met die woorden ging Jeremiah weg. Miranda keek lang naar de kamerdeur. Ze hoefde er alleen maar doorheen om de bus naar New York te nemen. En toch was het onmogelijk. Ze voelde zich volkomen in Jeremiahs greep.

Hij dwong haar om weer pakketjes rond te brengen. Toen versterkte hij zijn greep op haar door haar te betrekken in het proces van de rekrutering van de hulpjes. Op een dag riep hij haar naar zijn kantoor. Ze kwam rillend binnen, ze dacht dat hij weer met de teil in de weer zou gaan. Maar Jeremiah leek goedgehumeurd.

'Ik heb een nieuwe hr-manager nodig,' zei hij. 'De vorige heeft net een overdosis genomen.'

Miranda voelde haar hart bonken. Wat wilde Jeremiah van haar? Hij vervolgde: 'We lokken viezeriken in de val die met minderjarigen willen neuken. En jij bent de minderjarige. Maak je geen zorgen, niemand raakt je aan.'

Het was een eenvoudig plan: Miranda moest tippelen op de parkeerplaats van het motel, en als een klant zich aandiende, moest ze hem naar haar kamer brengen. Ze moest hem vragen zich uit te kleden, zij zou hetzelfde doen, en dan zou ze opbiechten dat ze minderjarig was. De klant zou ongetwijfeld zeggen dat dat geen probleem voor hem was, integendeel, en op dat moment zou Costico uit zijn verstopplaats komen en zorgen voor de rest.

Zo geschiedde. Miranda ging niet alleen akkoord omdat ze geen keus had, maar ook omdat Jeremiah haar beloofde dat ze vrij was om te vertrekken zodra ze drie hulpjes had geronseld.

Toen Miranda haar deel van het contract had vervuld ging ze naar Jeremiah en eiste dat hij haar liet gaan. Ze eindigde op zijn kantoor, met haar hoofd in de teil.

'Je bent een crimineel, Mylla,' zei hij terwijl ze weer op adem probeerde te komen. 'Je lokt mannen in de val en je chanteert ze! Ze hebben je allemaal gezien en ze kennen zelfs je echte naam. Jij gaat nergens heen, Mylla. Je blijft bij mij.'

Miranda's leven werd een hel. Als ze geen pakjes rondbracht fungeerde ze als lokaas op de parkeerplaats van het motel, en iedere avond werkte ze bij de receptie van Ridge's Club, waar de gasten haar bijzonder waardeerden.

~

'Hoeveel mannen heb je in de val gelokt?' vroeg Anna.

'Weet ik niet. Tientallen, in de twee jaar dat het duurde. Jeremiah vernieuwde de voorraad hulpjes regelmatig. Hij wilde ze niet te lang gebruiken, uit angst dat de politie ze zou gaan herkennen. Hij hield ervan om zijn sporen uit te wissen. Ik was bang, depressief, ongelukkig. Ik wist niet wat er met me zou gebeuren. De meisjes op de parkeerplaats zeiden dat degenen die voor mij als lokaas hadden gediend allemaal aan een overdosis waren overleden of zelfmoord hadden gepleegd.'

'Een vrouw bij het motel vertelde over een woordenwisseling tussen Costico en een hulpje dat niet wilde luisteren, in januari 1994. Een man die niet met zich liet sollen.'

'Ja, dat weet ik nog vaag,' zei Miranda.

'We moeten hem zien te vinden.'

Miranda zette grote ogen op.

'Dat is twintig jaar geleden, ik weet het niet meer precies. Wat heeft hij met het onderzoek te maken?'

'Die man zou Costico met pepperspray hebben bewerkt. En de man die wij zoeken is ook een liefhebber van pepperspray. Ik heb het gevoel dat het in deze fase geen toeval meer is. Ik moet hem op het spoor zien te komen.'

'Jammer genoeg heeft hij nooit gezegd hoe hij heette en ik vrees dat ik me zijn gezicht niet meer herinner. Het is twintig jaar geleden.'

'Volgens mijn inlichtingen zou die man naakt zijn weggevlucht. Heb je misschien een bijzonder kenmerk op zijn lichaam gezien? Is je iets opgevallen?'

Miranda deed haar ogen dicht alsof ze beter in haar geheugen wilde graven. Opeens herinnerde ze zich iets.

'Hij had een grote tatoeage over zijn schouderbladen. Een vliegende adelaar.'

Anna schreef het direct op.

'Bedankt, Miranda. Dat is informatie die heel nuttig zou kunnen zijn. Een laatste vraag.'

Ze liet Miranda foto's zien van burgemeester Gordon, Ted Tennenbaum en Cody Illinois; toen vroeg ze: 'Was een van deze mannen een hulpje?'

'Nee,' bevestigde Miranda. 'En Cody al helemaal niet! Wat een heerlijke man was dat.'

Anna vroeg: 'Wat heb je na Jeremiahs dood gedaan?'

'Ik kon weer terug naar mijn ouders, naar New York. Ik heb de middelbare school afgemaakt en ik ben gaan studeren. Ik heb mijn leven stukje bij beetje opgepakt. Een paar jaar later leerde ik Michael kennen. Dankzij hem heb ik de kracht gevonden om echt te leven. Hij is een bijzonder mens.'

'Klopt,' zei Anna instemmend. 'Ik ben erg dol op hem.'

Daarna reden de vrouwen terug naar Bridgehampton. Toen Miranda uitstapte, vroeg Anna: 'Weet je zeker dat het gaat?'

'Ja, hoor, dank je.'

'Miranda, ooit moet je alles aan je man vertellen. Vroeg of laat komt elk geheim aan het licht.'

'Dat weet ik,' zei Miranda triest.

JESSE ROSENBERG

Vrijdag 25 juli 2014
De dag voor de première

Het was vierentwintig uur voor de première. We boekten vooruitgang, maar we hadden het onderzoek nog lang niet rond. In de laatste vierentwintig uur hadden we ontdekt dat Jeremiah Fold misschien niet verongelukt was, maar vermoord. De stukken van de bumper en de koplampen die special agent Grace destijds had verzameld waren nu bij de forensische dienst voor een spoedanalyse.

Dankzij het verhaal van Miranda Bird, aan wie we hadden beloofd dat we haar verleden absoluut geheim zouden houden, beschikten we nu ook over het signalement van die man met de tatoeage van een adelaar op zijn schouderbladen. Volgens onze informatie had noch Ted Tennenbaum, noch burgemeester Gordon zo'n tatoeage. En Cody Illinois ook niet.

Costico, die de enige was die ons naar de man met de pepperspray kon leiden, was sinds de vorige dag onvindbaar. Hij was niet in de club en niet thuis. Toch stond zijn auto voor het huis, zijn deur was niet op slot, en toen we naar binnen gingen zagen we dat de televisie aanstond. Alsof Costico overhaast was vertrokken. Of hem iets was overkomen.

En alsof dat allemaal nog niet genoeg was moesten we nog bijstand verlenen aan Michael Bird, die er door burgemeester Brown van werd beschuldigd dat hij informatie over het stuk zou hebben doorgespeeld aan *The New York Times* dat diezelfde ochtend een artikel had gepubliceerd dat het gesprek van de dag was en dat niet bepaald positief was over de leden van het toneelgezelschap en de kwaliteit van het stuk.

Brown had een spoedvergadering op zijn kamer belegd. Toen we aankwamen, waren Montagne, majoor McKenna en Michael er al.

'Kun je me uitleggen hoe ze aan deze troep komen?' brulde burgemeester Brown in het gezicht van de arme Michael terwijl hij met een exemplaar van *The New York Times* zwaaide.

Ik kwam tussenbeide.

'Bent u ongerust over slechte kritieken, burgemeester?' vroeg ik.

'Ik maak me zorgen dat iemand zomaar toegang heeft tot het Grand Theater, kapitein!' blafte hij. 'Dat kan toch niet! De toegang tot het gebouw wordt door tientallen agenten bewaakt: hoe is die kerel binnengekomen?'

'Montagne heeft nu de leiding over de veiligheid in de stad,' bracht Anna de burgemeester in herinnering.

'Ik heb de boel hermetisch afgesloten,' verdedigde Montagne zich.

'Hermetisch? Kom nou!' zei Brown boos.

'Die journalist moet door iemand zijn binnengelaten,' protesteerde Montagne. 'Door een collega misschien?' suggereerde hij, terwijl hij Michael aankeek.

'Ik heb hier niks mee te maken!' stoof Michael op. 'Ik weet niet eens wat ik hier doe. Denk je dat ik de deur opendoe voor een kerel van *The New York Times*? Waarom zou ik mijn exclusieve toegang op het spel zetten? Ik heb beloofd om niks te vertellen tot de première en ik ben een man van mijn woord! Als iemand die lul van *The New York Times* heeft binnengelaten, dan is het een van de acteurs!'

Majoor McKenna deed zijn best om de boel tot bedaren te brengen.

'Toe, het heeft geen enkele zin om elkaar in de haren te vliegen. Maar we moeten maatregelen treffen zodat dat niet opnieuw gebeurt. Vanaf vanavond wordt het Grand Theater helemaal vergrendeld. Alle ingangen gaan op slot en zullen worden bewaakt. Morgenochtend wordt de hele zaak doorzocht met explosievenhonden. Als de toeschouwers morgenavond binnenkomen, worden ze systematisch gefouilleerd en moeten ze door de metaaldetector. Ook de mensen met accreditatie en het voltallige theatergezelschap. Maak bekend dat tassen streng verboden zijn, met uitzondering van kleine handtassen. Wees gerust, burgemeester Brown, er kan morgenavond niets gebeuren in het Grand Theater.'

~

Op de verdieping van het Lake Palace waar de acteurs hun kamers hadden, die volledig door de Staatspolitie was vergrendeld, bereikte de drukte een hoogtepunt. Exemplaren van *The New York Times* gingen van kamer tot kamer en ontlokten kreten van woede en wanhoop aan de spelers.

Op de gang lazen Harvey en Ostrovski hardop fragmenten voor.

'Ze noemen me een krankzinnige maniak!' zei Harvey boos. 'Ze zeggen dat het stuk niks voorstelt! Hoe durven ze!'

'Er staat ook dat de Dodendans een verschrikking is,' schrok Ostrovski. 'Wie denkt die journalist wel dat hij is, om het werk van een eerlijke artiest rücksichtslos de grond in te boren? Het is zo makkelijk om kritiek te leveren vanuit je luie stoel! Laat hem maar eens proberen een toneelstuk te schrijven, dan ziet hij zelf hoe moeilijk het is!'

Dakota had zich opgesloten in de badkamer en huilde alle tranen uit haar lijf, terwijl haar vader haar vanaf de andere kant van de deur rustig probeerde te krijgen. 'De titelrol van het stuk wordt gespeeld door Dakota Eden, dochter van Jerry Eden, de directeur van Channel 14; vorig jaar heeft zij een van haar klasgenoten tot zelfmoord gedreven door haar leven te verzieken via Facebook.'

In de suite daarnaast trommelde Steven Bergdorf ook op de deur van de badkamer.

'Doe open, Alice! Heb jij met *The New York Times* gepraat? Jij moet het wel zijn! Hoe kunnen ze weten dat de hoofdredacteur van *The New York Review of Letters* zijn vrouw bedriegt? Alice, doe open! Je moet dit oplossen. Mijn vrouw heeft gebeld, ze is hysterisch, je moet met haar praten, je moet iets doen, weet ik veel wat, haal me GODVERDOMME uit deze shit!'

De deur ging plotseling open en Bergdorf viel bijna op de grond.

'Je vrouw?' brulde Alice in tranen. 'Je vrouw? Rot toch op met je vrouw!'

'Ik ben zwanger van je, Steven! Moet ik dat ook aan je vrouw vertellen?' riep ze, en ze slingerde hem een voorwerp naar het hoofd.

Steven raapte het op: een zwangerschapstest. Hij was volledig van slag. Dit was onmogelijk! Hoe had dit kunnen gebeuren? Het moest nu ophouden. Hij moest doen wat hij van plan was toen ze hier kwamen. Hij moest haar doden.

~

Na het bezoek aan het stadhuis gingen we terug naar ons kantoor in de archiefruimte van de *Orphea Chronicle*. We bekeken de aanwijzingen die we hadden verzameld en aan de muur hadden gehangen. Plotseling haalde Derek het artikel van de muur waarop Stephanie met rode viltstift had geschreven: 'Wat niemand heeft gezien'.

Hij zei hardop: 'Wat ligt vlak voor onze ogen en heeft niemand gezien?' Hij keek naar de foto bij het artikel. Toen zei hij: 'We gaan erheen.'

Tien minuten later stonden we op Penfield Crescent, daar waar alles twintig jaar geleden, op de avond van 30 juli 1994, was begonnen. We parkeerden in de stille straat en keken lang naar het huis waar de Gordons hadden gewoond. We vergeleken het met de foto bij het artikel: alles leek nog hetzelfde als in 1994; alleen de huizen hadden een frisse verflaag gekregen.

De nieuwe eigenaren van het huis van de familie Gordon waren een sympathiek stel, inmiddels gepensioneerd, dat het in 1997 had gekocht.

'Natuurlijk weten we wat hier is gebeurd,' verklaarde de echtgenoot. 'Ik kan jullie vertellen dat we lang geaarzeld hebben, maar het was een goede prijs. We hadden nooit genoeg geld gehad om zo'n groot huis te kopen als we het volle pond moesten betalen. Dit was een kans die we moesten grijpen.'

Toen vroeg ik aan de man: 'Is de indeling van het huis nog precies als toen?'

'Ja, kapitein,' antwoordde hij. 'We hebben de hele keuken vervangen, maar de kamers zitten nog precies op dezelfde plaats als toen.'

'Mogen we misschien even rondkijken?'

'Ga vooral uw gang.'

We begonnen in de hal en volgden de reconstructie uit het politiedossier. Anna las voor uit het rapport.

'De moordenaar trapt de deur in,' zei ze. 'Hij stuit op Leslie Gordon in deze gang en schiet haar dood. Dan slaat hij rechts af en ziet de zoon in deze kamer, de huiskamer, en schiet hem dood. Dan loopt hij naar de keuken waar hij de burgemeester doodt, om vervolgens door de voordeur te vertrekken.'

We liepen de route van de huiskamer naar de keuken, toen van de keuken naar het bordes. Anna vervolgde: 'Op het moment dat hij naar buiten komt, ziet hij Meghan Padalin, die probeert weg te rennen, maar twee kogels in de rug krijgt, waarna ze wordt gedood met een kogel door het hoofd.'

Inmiddels wisten we dat de moordenaar niet met Tennenbaums busje is gekomen, zoals we dachten, maar óf te voet, óf met een ander voertuig. Anna keek de tuin nog eens door en zei opeens: 'Hé, er klopt iets niet.'

'Wat klopt er niet?' vroeg ik.

'De moordenaar wilde gebruikmaken van het feit dat iedereen bij het festival was. Hij wilde onzichtbaar, stil en snel zijn. Het zou logisch zijn als hij om het huis was geslopen, de tuin in was geglipt en door een raam naar binnen had gekeken.'

'Misschien heeft hij dat wel gedaan,' suggereerde Derek.

Anna keek bedenkelijk.

'Jullie zeiden dat er die dag een lek zat in een slang van de sproeiinstallatie. Iedereen die op het gazon heeft gelopen, had kletsnatte schoenen. Als de moordenaar door de tuin was gelopen voordat hij de deur had opengebroken, had hij water naar binnen gelopen. En het rapport zegt niets over vocht. Dat had er toch in moeten staan?'

'Goed punt,' zei Derek instemmend. 'Daar had ik niet aan gedacht.'

'En bovendien,' vervolgde Anna, 'waarom komt de moordenaar door de voordeur naar binnen, en niet door de keukendeur aan de achterkant? Daar zit een ruit in. Een doodgewone ruit. Waarom gebruikt hij die niet? Vast omdat hij niet wist dat er een deur met een ruit was. Zijn modus operandi is: snel, gewelddadig en wreed. Hij heeft de deur opengetrapt en iedereen afgeslacht.'

'Oké,' zei ik. 'Maar waar wil je naartoe, Anna?'

'Ik geloof niet dat de burgemeester het doelwit was, Jesse. Als de moordenaar de burgemeester wilde vermoorden, waarom heeft hij de voordeur dan genomen? Er waren betere opties.'

'Waar denk je aan? Een inbraak? Maar er is niks gestolen.'

'Weet ik,' antwoordde Anna. 'Maar er klopt iets niet.'

Derek dacht ook na en keek naar het plantsoen. Hij liep ernaartoe en ging in het gras zitten. Toen zei hij: 'Charlotte Brown zei dat Meghan Padalin toen ze kwam aanrijden in het park was en oefeningen deed. Door de tijdlijn weten we dat de moordenaar een minuut nadat ze uit de straat vertrok aankwam. Dan stond Meghan dus nog steeds in het park. Als de moordenaar uitstapte om de deur van de Gordons in te trappen en ze te vermoorden, waarom vluchtte Meghan dan in de richting van het huis? Dat slaat nergens op. Ze had de andere kant op moeten vluchten.'

'O god!' riep ik uit.

Ik begreep het. Niet de familie Gordon was in 1994 het doelwit, maar Meghan Padalin.

De moordenaar kende haar vaste route, hij was gekomen om haar te doden. Misschien had hij haar in het park al aangevallen en probeerde ze te vluchten. Toen liep hij de straat op en heeft haar daar vermoord. Hij was ervan overtuigd dat de Gordons er die dag niet zouden zijn. De hele stad was in het Grand Theater. Maar opeens zag hij de zoon van de Gordons bij het raam, die Charlotte net daarvoor ook had gezien. En dus trapte hij de deur in om alle getuigen te vermoorden.

Dat was wat al die tijd voor de neus van de onderzoekers lag en wat niemand had gezien: Meghan Padalins lijk, voor het huis. Zij was het doelwit. De Gordons waren de omstanders.

DEREK SCOTT

Half september 1994. Anderhalve maand na de viervoudige moord en een maand voor het drama dat Jesse en mij zou treffen.

Ted Tennenbaum zat in de val.

Op dezelfde middag dat we korporaal Ziggy ondervroegen en hij ons opbiechtte dat hij Tennenbaum een Beretta met weggevijld serienummer had verkocht, gingen we naar Orphea om hem te arresteren. Om er zeker van te zijn dat hij niet zou ontkomen gingen we met twee interventieteams van de Staatspolitie: het eerste, geleid door Jesse, zou zijn huis binnenvallen, en het tweede, geleid door mij, Café Athena. Maar we vingen bot: Tennenbaum was niet thuis. En de manager van het restaurant had hem sinds gisteren niet meer gezien.

'Hij is op vakantie,' verklaarde hij.

'Op vakantie?' vroeg ik verbaasd. 'Waarnaartoe?'

'Weet ik niet. Hij heeft een paar dagen vrij genomen. Maandag moet hij er weer zijn.'

De huiszoeking in Tennenbaums huis leverde niets op. Die in het kantoor van Café Athena ook niet. We konden niet rustig blijven wachten tot hij zich weer zou verwaardigen om terug naar Orphea te komen. Volgens onze informatie was hij niet met het vliegtuig vertrokken, in elk geval niet onder zijn echte naam. Zijn omgeving had hem niet gezien. En zijn busje was weg. We begonnen aan een grote zoekactie: zijn signalement werd verspreid op vliegvelden, bij de grenzen, en zijn nummerbord werd doorgegeven aan alle politiekorpsen van het land. Zijn foto werd in alle winkels in de buurt van Orphea en in heel veel benzinepompen in de staat New York verspreid.

Jesse en ik losten elkaar af op het bureau in het districtscentrum van de Staatspolitie, het hart van de operatie, en Orphea, waar we bivakkeerden bij het huis van Tennenbaum en in de auto sliepen. We waren ervan overtuigd dat hij zich in de buurt schuilhield: hij kende de omgeving als zijn broekzak en beschikte over heel veel hulp. We kregen zelfs een volmacht om de telefoon af te luisteren van zijn zus, Sylvia Tennenbaum, die in Manhattan woonde, en die van zijn restaurant. Maar tevergeefs. Na drie weken werden de telefoontaps uit kostenoverwegingen verwijderd. De agenten die de majoor ons had toegewezen om ons te helpen werden overgeplaatst naar missies die meer prioriteit hadden.

'Meer prioriteit dan de arrestatie van een viervoudige moordenaar?' protesteerde ik bij majoor McKenna.

'Derek,' antwoordde de majoor, 'drie weken lang heb ik je onbeperkte middelen ter beschikking gesteld. Je weet dat het maanden kan duren. Je moet geduld hebben, uiteindelijk krijgen we hem wel.'

Ted Tennenbaum was ons door de vingers geglipt, en hij was aan het ontsnappen. Jesse en ik sliepen bijna niet meer: we wilden hem vinden en arresteren om het onderzoek af te ronden.

Terwijl onze naspeuringen vastliepen, gingen de werkzaamheden aan Little Russia gestaag door. Darla en Natasha dachten dat ze uiterlijk tegen het einde van het jaar open zouden kunnen gaan.

Maar sinds enige tijd werden er spanningen tussen hen zichtbaar. De oorzaak hiervan was een artikel gepubliceerd in een krantje uit Queens. Alle buurtbewoners waren heel nieuwsgierig geworden door het uithangbord van het restaurant, en de voorbijgangers die vragen kwamen stellen vielen algauw voor de charmes van de twee eigenaressen. Al snel had iedereen het over Little Russia. Er was een journalist in hen geïnteresseerd geraakt die vroeg of hij een artikel mocht schrijven. Hij kwam met een fotograaf die een fotoreeks maakte, waaronder ook een van Natasha en Darla, samen voor het uithangbord. Maar toen het artikel een paar dagen later verscheen kwamen ze er tot hun grote ontsteltenis achter dat er een foto van Natasha bij stond, alleen, gekleed in een schort met het logo van het restaurant, met als bijschrift: *Natasha Darrinski, eigenaresse van Little Russia.*

Natuurlijk kon Natasha er niets aan doen, maar Darla was enorm gekwetst door deze gebeurtenis, die goed weergaf hoe gefascineerd sommige mensen door Natasha werden. Als zij de kamer binnenliep, zag je niets anders meer dan haar.

Tot dan toe was alles goed gegaan, maar dit was het begin van verschrikkelijke onenigheid. Iedere keer dat er een meningsverschil was kon Darla zich niet inhouden en zei ze: 'We doen toch wel wat jij wilt, Natasha. Jij beslist alles, mevrouw de eigenaresse.'

'Darla, hoelang moet ik me nog verontschuldigen voor dat vervloekte artikel? Ik kan er niks aan doen. Ik wilde niet eens, ik zei dat we beter konden wachten tot het restaurant openging, dan zou het publiciteit opleveren.'

'O, dus het is mijn fout?'

'Dat zeg ik niet, Darla.'

Als we 's avonds bij een van hen op bezoek gingen, waren ze uitgeblust, ontmoedigd. Jesse en ik voelden dat Little Russia water maakte.

Darla wilde niet meewerken aan een project waarbij ze in de schaduw van Natasha zou staan.

En Natasha leed eronder dat ze Natasha was, het meisje dat ongewild alle blikken naar zich toe trok.

Het was zo jammer. Ze hadden alles om een geweldig project, waar ze inmiddels al tien jaar van droomden en waarvoor ze keihard hadden gewerkt, tot een schitterend einde te brengen. Al die uren dat ze zich hadden afgebeuld in de Blue Lagoon, dat ze iedere dollar die ze verdienden opzijzetten, al die jaren dat ze de plek bedachten die ze voor ogen stond – het stond allemaal op instorten.

Jesse en ik wilden ons er vooral niet mee bemoeien. De laatste keer dat we met z'n vieren waren, was rampzalig verlopen. We waren samen in Natasha's keuken om te proeven van de gerechten die uiteindelijk waren uitverkoren om een plekje op de kaart van Little Russia te krijgen, en ik maakte een blunder van jewelste. Toen ik dat heerlijke broodje rundvlees met die bijzondere saus weer proefde, raakte ik in extase en begon ik over 'natashasaus'. Darla trok meteen van leer.

'Natashasaus? Noemen we dat nu zo? Waarom zouden we het restaurant eigenlijk niet Chez Natasha noemen?'

'Het is geen natashasaus,' probeerde de naamgeefster haar vriendin te kalmeren. 'Het is ons restaurant, van ons alle twee, dat weet je best.'

'Nee, Natasha, dat weet ik niet best! Ik heb het gevoel dat ik een werknemer ben die orders van jou aanneemt, juffrouw laatstewoord.'

Ze vertrok met slaande deuren.

Toen ze ons een paar weken later vroegen om mee te gaan naar de drukker om te beslissen over de vormgeving van de menukaarten, sloegen Jesse en ik de uitnodiging af. Ik weet niet of ze echt onze mening wilden of dat we alleen vrede moesten stichten, maar Jesse noch ik was van plan zich ermee te bemoeien.

Die dag was donderdag 13 oktober 1994. De dag dat alles veranderde.

Het was vroeg in de middag. Jesse en ik zaten in ons kantoor en aten sandwiches toen Jesses telefoon ging. Het was Natasha; ze was in tranen. Ze belde vanuit een jacht- en viswinkel op Long Island.

'Darla en ik hebben ruzie gekregen in de auto op weg naar de drukkerij,' zei ze. Ze is zomaar in de berm gestopt en heeft me uit de auto gezet. Ik heb mijn handtas laten liggen, ik kan geen kant op zonder geld.'

Jesse zei dat ze moest blijven waar ze was en dat hij naar haar toe kwam. Ik besloot mee te gaan. We pikten die arme Natasha in tranen op. We deden ons best om haar te troosten, we beloofden haar dat alles goed zou komen, maar ze bleef maar zeggen dat het wat haar betreft klaar was met het restaurant, dat ze er niets meer van wilde horen.

We misten Darla net, die was omgekeerd om haar vriendin te halen: ze was woedend op zichzelf om wat ze had gedaan en ze was tot alles bereid om vergeven te worden. Toen ze Natasha niet zag, stopte ze voor de jacht- en viswinkel aan die verlaten weg. De eigenaar vertelde dat hij inderdaad een jonge vrouw in tranen had gezien, dat hij haar de telefoon had laten gebruiken en dat ze door twee mannen was opgepikt. 'Ze zijn net weg,' zei hij. 'Nog geen minuut geleden.'

Ik denk dat Darla ons nog bij de jacht- en viswinkel had gevonden als ze een paar seconden eerder was gekomen. En dan was alles anders geweest.

We waren onderweg om Natasha naar huis te brengen toen de radio opeens begon te kraken. Ted Tennenbaum was bij een benzinepomp in de buurt gezien.

Ik pakte de microfoon en meldde me bij de centrale. Jesse greep het zwaailicht, plaatste het op het dak en zette de sirene aan.

0

De avond van de première

Zaterdag 26 juli 2014

JESSE ROSENBERG

Zaterdag 26 juli 2014
De dag van de première

De dag dat alles instortte.

Het was halfzes. De deuren van het Grand Theater zouden zo opengaan. De hoofdstraat, die door de politie was afgesloten, zag zwart van de mensen. Er heerste een krankzinnige opwinding. Te midden van de journalisten, nieuwsgierigen en souvenirverkopers verdrongen degenen die in het bezit waren van een kaartje zich voor de dranghekken die de toegang tot het Grand Theater vooralsnog afsloten. Teleurgestelden die geen sesam-open-u hadden bemachtigd, dwaalden rond in de menigte met zelfgemaakte borden waarop ze belachelijke bedragen voor toegangsbewijzen boden.

Iets eerder hadden de 24-uurs nieuwszenders live verslag gedaan van de aankomst van het zwaarbeveiligde artiestenkonvooi bij het Grand Theater. Voordat ze door de artiesteningang naar binnen gingen, waren ze stuk voor stuk zorgvuldig gefouilleerd en door de metaaldetector geleid.

Ook bij de hoofdingang van het Grand Theater had de politie metaaldetectoren opgesteld. Het publiek hield het niet meer uit. Over iets meer dan twee uur zou *de Zwarte nacht* worden opgevoerd. Eindelijk zou de identiteit van de dader van de viervoudige moord uit 1994 worden onthuld.

In de archiefruimte van de *Orphea Chronicle* maakten Derek, Anna en ik ons op om ook naar het Grand Theater te gaan. We waren verplicht om Kirk Harveys belachelijke triomf bij te wonen. De vorige dag had majoor McKenna ons met klem gewaarschuwd om zo ver mogelijk bij Harvey uit de buurt te blijven. 'In plaats van zo tegen hem tekeer te gaan zouden jullie er beter aan doen het onderzoek af te ronden en de waarheid te achterhalen,' zei hij tegen Derek en mij. Het was niet eerlijk. We hadden onafgebroken gewerkt, tot de laatste minuut, maar jammer genoeg met weinig succes. Waarom was Meghan Padalin vermoord? Wie had een goede reden om een vrouw uit te schakelen die een brandschoon verleden had?

Michael Birds hulp was van onschatbare waarde voor ons en hij had bijna de hele nacht met ons doorgehaald. Hij had alles wat hij over Meghan wist verzameld, zodat we haar biografie konden reconstrueren. Ze was geboren in Pittsburgh en had letteren gestudeerd aan een kleine universiteit in de staat New York. Ze had kort in New York City gewoond, voordat ze in 1990 naar Orphea was verhuisd met haar man, Samuel, die ingenieur was bij een fabriek in de buurt. Cody had haar al snel bij de boekhandel aangenomen.

En wat te denken van Samuel Padalin, haar man, die opeens weer in Orphea was opgedoken om mee te doen aan het toneelstuk? Na de moord op zijn vrouw was hij naar Southampton verhuisd en hertrouwd.

Ook Samuel Padalins verleden leek brandschoon. Hij had geen strafblad en deed bij verschillende stichtingen vrijwilligerswerk. Zijn nieuwe vrouw, Kelly Padalin, was arts. Ze hadden twee kinderen van tien en twaalf.

Was er een connectie tussen Meghan Padalin en Jeremiah Fold? Of eventueel tussen Samuel Padalin en Jeremiah?

We hadden gebeld met voormalig special agent Grace van de ATF, maar de naam Padalin zei hem niets. Costico konden we niet verhoren, die was nog steeds onvindbaar. Uiteindelijk ondervroegen we Virginia Parker, de zangeres uit de club die een kind had met Jeremiah Fold, maar zij verzekerde ons dat ze nog nooit van Samuel of Meghan Padalin had gehoord.

Geen van allen hadden ze iets met elkaar te maken. Het was bijna onwaarschijnlijk. Tegen de tijd dat de deuren van het theater opengingen, vroegen we ons zelfs af of het niet twee verschillende zaken waren.

'Aan de ene kant de moord op Meghan en aan de andere kant Gordons problemen met Jeremiah Fold,' zei Derek peinzend.

'Behalve het feit dat Gordon zo te zien ook niets met Jeremiah Fold te maken had,' merkte ik op.

'Maar Harveys stuk lijkt toch echt over Jeremiah Fold te gaan,' zei Anna. 'Ik denk wel dat het allemaal met elkaar te maken heeft.'

'Als ik het goed begrijp,' vatte Michael samen, 'is het allemaal verbonden, maar heeft het niets met elkaar te maken. Het lijkt wel een Chinese puzzel.'

'Vertel ons wat!' verzuchtte Anna. 'En dan nog de moord op Stephanie. Weten we wel zeker dat het om dezelfde dader gaat?'

Derek herpakte zich: hij wilde zich niet van de wijs laten brengen.

'Laten we ons in de moordenaar verplaatsen. Als je hem was, waar zou je vandaag dan zijn?'

'Ver weg,' antwoordde ik. 'In Venezuela of in een ander land zonder uitleveringsverdrag. En anders zou ik proberen de voorstelling te dwarsbomen.'

'De voorstelling dwarsbomen?' zei Derek verbaasd. 'Maar de zaal is met honden doorzocht en iedereen die naar binnen wil wordt gefouilleerd.'

'Ik denk dat hij er vanavond bij is,' zei ik. 'Ik denk dat de moordenaar in de zaal zit.'

We besloten naar het Grand Theater te gaan en de toeschouwers bij binnenkomst te observeren. Misschien gedroeg iemand zich vreemd of herkenden we een gezicht. Ook wilden we te weten komen wat Kirk Harvey onder de pet hield. Als we de naam van de moordenaar kenden voordat een van de acteurs die zou uitspreken, dan hadden we een belangrijke voorsprong.

De enige manier om in Harveys hoofd te kijken was om zijn aantekeningen te lezen. En vooral het onderzoeksrapport dat hij ergens verborgen hield. We stuurden Michael Bird naar het Lake Palace om in Harveys afwezigheid zijn suite te doorzoeken.

'Maar als ik iets vind, is dat geen toelaatbaar bewijs,' waarschuwde Michael ons.

'Bewijs hebben we niet nodig,' zei Derek. 'We hebben een naam nodig.'

'En hoe kom ik boven?' vroeg hij. 'Het wemelt van de politie in het hotel.'

'Laat je accreditatie zien en zeg dat Kirk Harvey je heeft gestuurd om spullen te halen. Ik zal ze van je komst op de hoogte stellen.'

Hoewel de agenten bereid leken om Michael naar boven te laten, was de hoteldirecteur er niet al te happig op om hem een kopie van de kamersleutel te geven.

'Meneer Harvey heeft duidelijke instructies achtergelaten,' zei hij tegen Michael. 'Niemand mag in zijn kamer komen.'

Maar Michael bleef aandringen en legde uit dat Harvey hem zelf had gestuurd om een aantekeningenschrift te halen, en daarom besloot de directeur om samen met hem naar binnen te gaan.

De kamer was perfect opgeruimd. Toen Michael onder de argwanende blikken van de directeur naar binnen ging, zag hij geen papieren. Geen boeken, geen papieren met aantekeningen – niets. Hij bekeek het bureau, de laden en zelfs het nachtkastje. Er was niets te vinden. Hij wierp een blik in de badkamer. 'Ik denk niet dat meneer Harvey zijn notities in de badkamer bewaart,' merkte de directeur fijntjes op.

'In Harveys kamer is niks,' liet Michael ons weten toen hij de eindeloze veiligheidscontroles was gepasseerd en weer bij ons in de foyer van het Grand Theater stond.

Het was halfacht. Over een halfuur zou de voorstelling beginnen. We waren er niet in geslaagd Harvey te snel af te zijn. We zouden de naam van de moordenaar tegelijk met de andere toeschouwers uit de mond van een acteur horen. En als de moordenaar in de zaal zat, waren we er niet gerust op hoe hij daarop zou reageren.

~

Twee voor acht. In de coulissen van de schouwburg had Harvey zijn acteurs een paar minuten voordat het doek opging bij elkaar geroepen in de gang van de kleedkamers naar het toneel. Voor hem stonden Charlotte Brown, Dakota en Jerry Eden, Samuel Padalin, Ron Gulliver, Meta Ostrovski, Steven Bergdorf en Alice Filmore.

'Vrienden,' zei hij. 'Ik hoop dat jullie klaar zijn voor jullie moment van roem en glorie. Dit optreden, een absoluut unicum in de theatergeschiedenis, zal het hele land op zijn kop zetten.'

~

Acht uur.

Het licht in de zaal ging uit. Het geroezemoes van de toeschouwers stierf weg. De spanning was haast voelbaar. De voorstelling begon. Derek, Anna en ik stonden helemaal achterin, alle drie bij een uitgang.

Burgemeester Brown verscheen op het toneel voor de openingstoespraak. Ik dacht aan de still van de video van deze zelfde avond twintig jaar geleden, die Stephanie met rode viltstift had omcirkeld.

Na een paar goed gekozen woorden sloot de burgemeester zijn praatje af met: 'Dit is een editie die in de herinnering bewaard zal blijven. Laat de voorstelling beginnen.' Hij liep van het toneel af en nam plaats op de eerste rij. Het doek ging op. Het publiek sidderde.

Op het toneel lag Samuel Padalin, die de dode speelde, en naast hem stond Jerry in de rol van politieman. In een hoek stonden Steven en Alice allebei met een stuur in handen en speelden geïrriteerde automobilisten. Dakota kwam langzaam naar voren. Toen begon Harvey te spreken.

Een onheilspellende ochtend. Het regent. Op een landweg staat het verkeer vast: een gigantische opstopping. De automobilisten zijn geërgerd, ze toeteren woedend.

Terwijl Steven en Alice deden alsof ze luid toeterden, maakten ze ruzie met elkaar. 'Alice, je móet abortus plegen!' 'Nooit, Steven! Het is jouw kind en dat moet je accepteren!'

Harvey vervolgde:

Een jonge vrouw loopt door de berm, passeert de rij stilstaande auto's.

JONGE VROUW (Dakota): Wat is er aan de hand?

AGENT (Jerry): Er is een dode gevonden. Een tragisch motorongeval.

JONGE VROUW: Een motorongeval?

AGENT: Ja, hij is met volle snelheid tegen een boom gereden. Hij is geheel verpletterd.

Het publiek was doodstil. Toen brulde Harvey: 'De Dodendans! De Dodendans!' en alle acteurs riepen: 'De Dodendans! De Dodendans!' Ostrovski en Ron Gulliver kwamen in onderbroek op; het publiek barstte in lachen uit.

Gulliver hield de opgezette veelvraat tegen zich aan en declameerde: 'Veelvraat, o veelvraat, red ons van het naderend einde!' Hij kuste het dier en wierp het op de grond. Ostrovski opende zijn armen wijd; en terwijl hij vooral probeerde zich niet te laten afleiden door het gelach van het publiek, declameerde hij:

Dies irae, dies illa,
Solvet saeclum in favilla!

Precies op dat moment besefte ik dat Harvey zijn papieren niet vasthield. Ik ging naar Derek toe.

'Harvey zei dat hij de acteurs de teksten zou geven als ze die nodig hadden, maar hij heeft geen papieren bij zich.'

'Wat heeft dat te betekenen?'

Terwijl op het toneel de scène aan de gang was waarin Charlotte in de club stond te zingen, haastten Derek en ik ons de zaal uit naar de coulissen. We bereikten Harveys kleedkamer: die zat op slot. We trapten de deur in. Op tafel zagen we direct het politiedossier liggen, maar we letten vooral op de bekende stapel papieren. We bladerden ze door. Inderdaad stonden de scènes erin die net waren gespeeld; dan, na de barscène, zou Meghan alleen opkomen en declameren:

Het uur van de waarheid is gekomen. De moordenaar heet...

De zin eindigde met drie puntjes. Verder was er niks. Alleen lege bladzijden. Derek stond een ogenblik paf; toen riep hij uit: 'Verdomme, Jesse, je had gelijk! Harvey heeft geen idee wie de moordenaar is. Hij wacht tot hij de voorstelling verstoort en zichzelf daarmee verraadt!'

Op hetzelfde moment kwam Dakota op, alleen. Ze sprak op profetische toon: 'Het uur van de waarheid is gekomen.'

Derek en ik haastten ons de kleedkamer uit: we moesten de voorstelling tegenhouden voordat er iets ergs gebeurde. Maar we waren te laat. De zaal was in volkomen duisternis gehuld. De Zwarte nacht. Alleen het toneel was verlicht. Toen we aankwamen, begon Dakota net aan de zin: 'De moordenaar heet...'

Toen klonken er twee schoten. Dakota zakte ineen.

De menigte begon te gillen. Derek en ik haalden onze wapens tevoorschijn, haastten ons het toneel op en brulden door de radio: 'Er is geschoten, er is geschoten!' De lichten in de zaal gingen aan, er brak algehele paniek uit. De doodsbange toeschouwers probeerden ten koste van alles te vluchten. Het was één grote chaos. We hadden de schutter niet gezien. Anna ook niet. En we konden de mensenstroom die zich op de nooduitgangen stortte niet tegenhouden. De schutter had zich onder de menigte gemengd. Misschien was hij al ver weg.

Dakota lag op de grond te stuiptrekken. Overal was bloed. Jerry, Charlotte en Michael renden naar haar toe. Jerry brulde. Ik drukte op de wonden om het bloeden te stoppen terwijl Derek in de radio schreeuwde: 'Er is iemand neergeschoten! Stuur de hulpdiensten naar het toneel!'

De stroom toeschouwers bereikte de hoofdstraat en ontketende een enorme golf van paniek waar de politie niet tegen was opgewassen. Mensen schreeuwden. Er werd geroepen dat er een aanslag was gepleegd.

Steven rende met Alice weg totdat ze een verlaten plantsoentje bereikten. Ze stopten om op adem te komen.

'Wat is er gebeurd?' vroeg Alice overstuur.

'Geen flauw idee,' antwoordde Steven.

Alice keek de straat door. Niemand te zien. Het was uitgestorven. Ze hadden een heel eind gerend. Het was nu of nooit, begreep Steven. Alice draaide zich van hem weg. Hij raapte een steen op en gaf een onwaarschijnlijk harde klap op haar schedel, die direct brak. Ze zakte op de grond ineen. Dood.

Steven was doodsbang; hij liet de steen vallen, deinsde achteruit en bekeek het bewegingloze lichaam. Hij moest overgeven. Hij keek radeloos om zich heen. Niemand. Hij was niet gezien. Hij sleepte Alice' lichaam naar de struiken en rende zo hard hij kon naar het Lake Palace.

In de hoofdstraat klonken geschreeuw en sirenes. Hulpvoertuigen stroomden toe.

Het was één grote chaos.

Het was de Zwarte nacht.

ANNA KANNER

Vrijdag 21 september 2012. De dag dat alles instortte.

Tot dan toe ging alles goed. In mijn carrière en in mijn liefdesleven met Mark. Ik was agent bij het bureau van het vijfenvijftigste *precinct*. Mark was advocaat bij het kantoor van mijn vader en had een zakelijke clientèle verzameld die hem aanzienlijke inkomsten opleverde. We hielden van elkaar. We waren gelukkig. Op het werk en privé. Gelukkig getrouwd. Ik vergeleek ons vaak met andere stellen en vond zelfs dat we gelukkiger en stralender waren dan anderen.

Ik denk dat het eerste struikelblok in de relatie mijn nieuwe functie bij de politie was. Ik had me al snel bewezen in het veld en mijn leidinggevenden gaven me de kans om als onderhandelaar aan de slag te gaan bij een interventieteam voor gijzelnames. Ik slaagde moeiteloos voor de tests voor de nieuwe functie.

Aanvankelijk wist Mark niet precies wat mijn nieuwe baan inhield. Totdat ik begin 2012 ongewild op tv kwam bij een gijzelneming in een supermarkt in Queens. Ik verscheen op het scherm in mijn zwarte pak, geharnast in een kogelvrij vest en met een kogelvrije helm in mijn handen. De beelden gingen de familie en onze vriendenkring rond.

'Ik dacht dat je onderhandelaar was,' zei Mark geschrokken toen hij het shot een paar keer had bekeken.

'Dat ben ik ook,' verzekerde ik hem.

'Aan je pak te zien lijkt het dat je meer met je handen dan met je hersens werkt.'

'Het is een eenheid die in actie komt bij gijzelnames, Mark. Die los je niet met yoga op.'

Hij zweeg een ogenblik bezorgd. Hij schonk zich een glas in, rookte een paar sigaretten en zei: 'Ik weet niet of ik het kan verdragen dat je zulk werk doet.'

'Je kende de gevaren van mijn werk toen je met me trouwde,' bracht ik hem in herinnering.

'Nee, toen ik je leerde kennen was je gewoon agent. Toen deed je niet zulke idiote dingen.'

'Idiote dingen? Ik red levens, Mark.'

De spanning liep op toen een psychopaat van dichtbij twee agenten doodschoot die koffiedronken in hun auto die met de ramen open geparkeerd stond in een straat in Brooklyn.

Mark was ongerust. Als ik 's ochtends wegging, zei hij: 'Ik hoop dat je vanavond terugkomt.' De maanden verstreken. Langzaam maar zeker had Mark niet meer genoeg aan toespelingen: hij begon steeds meer aan te dringen en opperde zelfs een carrièreswitch.

'Waarom kom je niet bij mij op kantoor werken, Anna? Dan kun je me een handje helpen met de omvangrijke zaken.'

'Een handje helpen? Moet ik je assistente worden? Vind je dat ik geen eigen zaken kan doen? Mag ik je eraan herinneren dat ik ook advocaat ben?'

'Leg me nou geen woorden in de mond. Ik denk alleen dat je verder moet kijken dan de directe toekomst en over deeltijdwerk zou moeten nadenken.'

'Deeltijdwerk? Hoezo?'

'Als we kinderen hebben wil je die toch niet hele dagen aan een ander toevertrouwen, Anna?'

Mark was opgegroeid met ambitieuze ouders die er niet vaak voor hem geweest waren. Daar had hij een wond aan overgehouden die hij genas door keihard te werken, vanuit het idee dat hij dan in zijn eentje in het onderhoud van zijn gezin zou kunnen voorzien zodat zijn vrouw niet hoefde te werken.

'Een huisvrouw word ik nooit, Mark. Ook dat wist je al voordat we trouwden.'

'Maar je hoeft toch niet te werken, Anna? Ik verdien genoeg!'

'Ik hou van mijn werk, Mark. Het spijt me dat je er zo'n hekel aan hebt.'

'Beloof in ieder geval dat je erover zult nadenken.'

'Nee is nee, Mark! Maar maak je geen zorgen, we worden heus niet zoals je ouders.'

'Moet je mijn ouders er weer bij halen, Anna?'

Maar ondertussen haalde hij wel mijn vader erbij: hij stortte zijn hart bij hem uit. En die praatte met me toen we op een dag met z'n tweeën waren. Dat was op die vrijdag, 21 september. Ik herinner me dat het een prachtige nazomerdag was: New York baadde in stralend zonlicht, de thermometer wees meer dan twintig graden aan. Ik had die dag geen dienst en ik lunchte met mijn vader op het terras van een klein Italiaans restaurant waar we allebei gek op waren. Het lag vrij ver van het kantoor van mijn vader; dat hij er op een doordeweekse dag met me afsprak, betekende dat hij iets belangrijks te bespreken had, dacht ik.

Inderdaad, toen we nog maar nauwelijks aan tafel zaten, zei hij: 'Anna, liefste, ik weet dat je relatieproblemen hebt.'

Het scheelde weinig of ik had mijn slok water uitgespuugd.

'Mag ik weten van wie je dat hebt, papa?' vroeg ik.

'Van je man. Hij is ongerust, wist je dat?'

'Ik deed dit werk al toen hij me leerde kennen, papa.'

'Wil je alles opofferen voor je werk bij de politie?'

'Ik ben dol op mijn werk. Kan iemand dat alsjeblieft respecteren?'

'Je zet iedere dag je leven op het spel!'

'Maar papa, als ik straks het restaurant uit loop kan ik zo door een bus worden geschept. Dan ben ik ook dood.'

'Geen woordspelletjes, Anna. Mark is een geweldige jongen, doe nou niet alsof hij gek is.'

Diezelfde avond kregen Mark en ik enorme ruzie.

'Ik kan gewoon niet geloven dat je bij mijn vader bent gaan uithuilen!' brulde ik woedend. 'Onze relatie gaat niemand anders iets aan!'

'Ik hoopte gewoon dat je vader je tot rede kon brengen. Hij is de enige die ook maar een beetje invloed op je heeft. Maar uiteindelijk denk je alleen aan je eigen geluk. Je bent heel egoïstisch, Anna.'

'Ik hou van mijn werk, Mark! En ik ben een goede agent! Is dat zo moeilijk te begrijpen?'

'Kun jij dan begrijpen dat ik er niet meer tegen kan om me altijd zorgen te moeten maken? Om ineen te krimpen als 's nachts je telefoon gaat en je vanwege een noodgeval weg moet?'

'Nu ben je gewoon flauw: dat gebeurt heus niet zo vaak.'

'Maar het gebeurt wel, Anna. Echt, het is te gevaarlijk! Dit is geen werk voor jou!'

'Hoe weet jij wat werk voor mij is?'

'Dat weet ik gewoon.'

'Hoe kún je zo stom zijn?'

'Je vader is het met me eens.'

'Ja, Mark, maar ik ben niet met mijn vader getrouwd. Het kan me niet schelen wat hij ervan vindt!'

Op datzelfde moment ging mijn telefoon. Ik zag op het scherm dat het mijn baas was. Op dit tijdstip moest het een noodgeval zijn, en dat begreep Mark direct.

'Anna, neem niet op, alsjeblieft.'

'Het is mijn chef, Mark.'

'Je hebt geen dienst.'

'Precies. En als hij dan toch belt, moet het wel belangrijk zijn.'

'Maar je bent verdomme toch niet de enige agent in deze stad?'

Ik aarzelde even. Toen nam ik op.

'Anna,' zei mijn baas aan de andere kant van de lijn, 'er is een gijzeling gaande bij de juwelier op de hoek van Madison Avenue en 57th Street. De hele omgeving is afgezet. We hebben een onderhandelaar nodig.'

'Prima,' zei ik terwijl ik het adres op een papiertje schreef. 'Hoe heet die zaak?'

'Sabar.'

Ik hing weer op en pakte de tas met mijn uitrusting die altijd klaarstond bij de deur. Ik wilde Mark een kus geven, maar hij was in de keuken verdwenen. Ik zuchtte en vertrok. Toen ik buitenstond, keek ik door het eetkamerraam van de buren: ze waren net klaar met eten. Ze zagen er gelukkig uit. Voor het eerst besefte ik dat andere stellen wel eens gelukkiger zouden kunnen zijn dan wij.

Ik stapte in mijn onopvallende auto, zette de zwaailichten aan en reed weg door de nacht.

DEREK SCOTT

Donderdag 13 oktober 1994. De dag dat alles instortte.

Met volle snelheid reden we naar de benzinepomp. Ted Tennenbaum mocht niet ontsnappen.

We werden zo in beslag genomen door de achtervolging dat ik Natasha vergat, die op de achterbank zat en zich stevig vasthield. Jesse luisterde naar de instructies die we door de radio kregen en wees me de weg.

We reden over Route 101, toen over 107. Er zaten twee patrouillewagens achter Tennenbaum aan die hij ten koste van alles probeerde af te schudden.

'Rechtdoor, dan over route 94,' zei Jesse. 'We snijden een stuk af en blokkeren de weg.'

Ik gaf nog meer gas om op voorsprong te komen en nam Route 94. Maar toen we bij de kruising met de 107 kwamen werden we afgesneden door Tennenbaums zwarte busje met het logo op de achterruit. Ik zag hem nog net achter het stuur zitten.

Ik zat hem op de hielen. Hij was erin geslaagd de patrouillewagens af te schudden. Ik was vastbesloten hem niet te laten ontsnappen. Algauw zagen we de grote brug over de rivier de Serpent voor ons. We reden haast bumper aan bumper. Ik gaf nog meer gas, zodat ik naast hem kwam. Er waren geen tegenliggers.

'Ik ga proberen hem klem te zetten tegen de reling.'

'Prima,' zei Jesse. 'Doe maar.'

Op het moment dat we de brug op reden, gaf ik een ruk aan het stuur en raakte de achterkant van de bus; Tennenbaum verloor de macht over het stuur en knalde tegen de reling. Maar die hield hem niet: Tennenbaum raakte van de weg af. En ik had geen tijd om te remmen.

Ted Tennenbaums busje stortte in de rivier, en wij ook.

DERDE DEEL

Verheffing

1

Natasha

Donderdag 13 oktober 1994

JESSE ROSENBERG

Donderdag 13 oktober 1994

Op de dag dat Derek tijdens de achtervolging van Ted Tennenbaum de controle over het stuur verloor en de reling van de brug aan stukken vloog, zag ik ons in slow motion in de rivier storten. Alsof de tijd opeens stilstond. Door de voorruit zie ik het wateroppervlak dichterbij komen. De val lijkt tientallen minuten te duren: in werkelijkheid is het maar een paar seconden.

Op het moment dat de auto het water raakt, merk ik dat ik mijn gordel niet omheb. Bij de klap bots ik met mijn hoofd tegen het dashboard. Alles wordt zwart. Mijn leven trekt aan mijn ogen voorbij. Ik zie alle voorgaande jaren voor me.

Ik zie mezelf aan het einde van de jaren zeventig, toen ik negen was en mijn moeder en ik na de dood van mijn vader naar Rego Park waren verhuisd om dichter bij mijn grootouders te zijn. Mijn moeder moest meer gaan werken om de eindjes aan elkaar te knopen, en aangezien ze niet wilde dat ik 's middags lang alleen was, moest ik uit school naar mijn grootouders toe, die een straat van mijn basisschool vandaan woonden; daar bleef ik tot mijn moeder thuiskwam.

Objectief gesproken waren mijn grootouders vreselijke mensen, maar vanwege onze gevoelsband was ik erg op ze gesteld. Ze waren niet lief, niet aardig, en vooral niet in staat om zich correct te gedragen. De lievelingsuitspraak van mijn grootvader was 'imbecielen!' Die van mijn grootmoeder 'wat een teringzooi!' Ze vloekten de hele dag, als twee gerimpelde papegaaien.

Op straat snauwden ze kinderen af en beledigden ze voorbijgangers. 'Imbecielen!' hoorde je eerst, en dan zei mijn grootmoeder: 'Wat een teringzooi!'

In de winkel gaven ze de winkelbediendes ervan langs. 'Imbecielen!' verklaarde mijn grootvader. 'Wat een teringzooi!' deed mijn grootmoeder er nog een schepje bovenop.

Bij de kassa in de supermarkt drongen ze zonder enige gêne voor. Als andere klanten protesteerden zei mijn grootvader: 'Imbecielen!' Als diezelfde klanten zwegen uit respect voor ouden van dagen, zei mijn grootvader: 'Imbecielen!' Dan was het de beurt aan de kassière: wanneer ze de streepjescodes van de producten scande en het bedrag noemde, zei mijn grootmoeder: 'Wat een teringzooi!'

Als kinderen met Halloween zo dom waren om bij hen aan te bellen, deed mijn grootvader met veel misbaar open en brulde: 'Imbecielen!' Waarna mijn grootmoeder tevoorschijn kwam, een emmer ijskoud water over hen heen gooide en brulde: 'Wat een teringzooi!' Dan zag je die kleine verklede lichaampjes huilend en doorweekt tot op het bot wegvluchten door de ijskoude straten in de New Yorkse winter; in het beste geval kregen ze griep, in het slechtste longontsteking.

Mijn grootouders gedroegen zich als mensen die honger hebben gekend. Als we uit eten gingen, leegde mijn grootmoeder het broodmandje in haar handtas. Dan vroeg mijn grootvader de ober meteen om het bij te vullen en begon mijn grootmoeder opnieuw te hamsteren. Hadden jullie ook grootouders tegen wie de ober in het restaurant zei: 'Als u nu nog meer brood bij vraagt, zullen we het in rekening moeten brengen'? Ik wel. En de volgende scène was nog gênanter. 'Wat een teringzooi!' riep mijn grootmoeder hem dan toe met haar tandeloze mond. 'Imbecielen!' deed mijn grootvader er nog een schep bovenop, terwijl hij hem het brood in het gezicht wierp.

Het grootste deel van de gesprekken die mijn moeder met haar ouders voerde bestond uit 'Toe nou!', 'Gedraag je!', 'Zet me alsjeblieft niet altijd voor schut!', of ook 'Doe dan tenminste je best als Jesse erbij is!' Op weg naar huis zei mama vaak dat ze zich voor haar ouders schaamde. Ik vond niet dat ze iets verkeerds deden.

De verhuizing naar Rego Park betekende dat ik naar een nieuwe school moest. Toen ik daar een paar weken op zat, zei een van mijn klasgenoten: 'Jesse... dat is eigenlijk net Jessica!' Het duurde nog geen kwartier voordat mijn nieuwe bijnaam de ronde had gedaan. Voortaan moest ik de hele dag door bijnamen aanhoren als 'Juffrouw Jessica!' of 'Jeske meiske!'

Toen ik die dag thuiskwam was ik in tranen omdat al die vernederingen me diep gekwetst hadden. 'Waarom huil je?' vroeg mijn grootvader kortaf toen hij me binnen zag komen. 'Huilende mannen zijn meisjes.'

'Ze noemen me Jessica,' jammerde ik.

'Tja, zo te zien hebben ze gelijk.'

Mijn grootvader bracht me naar de keuken, waar mijn grootmoeder mijn vieruurtje klaarmaakte.

'Waarom jankt dat joch?' vroeg mijn grootmoeder aan mijn grootvader.

'Omdat zijn vrienden hem een meisje noemen,' legde mijn grootvader uit.

'Pfft! Mannen die huilen zijn meisjes,' zei mijn grootmoeder.

'Hoor je dat?' zei mijn grootvader. 'Daar is iedereen het tenminste over eens.'

Omdat mijn ontreddering bleef, deden mijn grootouders me een paar goede suggesties aan de hand.

'Geef ze een pak rammel!' raadde mijn grootmoeder me aan. 'Laat niet met je sollen!'

'Ja, geef ze gewoon een flink pak slaag!' gromde mijn grootvader terwijl hij in de ijskast keek.

'Ik mag niet vechten van mama,' zei ik, zodat ze met een waardiger oplossing zouden komen. 'Kunnen jullie niet met de juf gaan praten?'

'Praten is onzin!' zei mijn grootmoeder beslist.

'Imbecielen!' voegde mijn grootvader eraan toe, die het rookvlees inmiddels had gevonden.

'Sla je grootvader maar eens in zijn pens,' beval mijn grootmoeder.

'Ja, sla me maar eens in mijn pens!' zei mijn grootvader enthousiast, terwijl hij zijn vleeswaar zo gulzig vermaalde dat er stukjes uit zijn mond vlogen.

Ik weigerde pertinent.

'Als je weigert, ben je een meisje!' waarschuwde mijn grootvader.

'Wat wil je liever: je grootvader een klap geven of een meisje zijn?' vroeg mijn grootmoeder.

Voor die keuze gesteld zei ik dat ik liever een meisje was dan mijn grootvader pijn te doen, en de rest van de dag noemden mijn grootouders me 'meisje'.

Toen ik de volgende dag uit school kwam, lag er een cadeau op de keukentafel. *Voor Jessica*, stond op een roze plakkertje. Ik pakte het uit: het was een blonde meisjespruik.

'Voortaan draag je die pruik en noemen we je Jessica,' zei mijn grootmoeder tevreden.

'Ik wil geen meisje zijn,' protesteerde ik terwijl mijn grootvader de pruik op mijn hoofd zette.

'Bewijs dan maar dat je het niet bent,' daagde mijn grootmoeder me uit. 'Als je geen meisje bent, kun je de boodschappen uit de kofferbak halen en in de ijskast leggen.'

Ik deed direct wat ze vroegen. Maar toen ik klaar was en ik vroeg of ik de pruik mocht afzetten en weer een jongen mocht zijn, was mijn grootmoeder nog niet overtuigd. Ze had meer bewijs nodig. Ik vroeg direct om een nieuwe proef die ik opnieuw met glans uitvoerde, maar nog steeds was mijn grootmoeder niet overtuigd. Pas nadat ik twee dagen lang de garage had opgeruimd, mijn grootvaders pillendoos had klaargemaakt, de kleren van de stomerij had gehaald (betaald met mijn zakgeld), de afwas had gedaan en alle schoenen in huis had gepoetst, begreep ik dat Jessica gewoon een gevangene was, de slavin van mijn grootmoeder.

De bevrijding kwam in de supermarkt, waar we met de auto van mijn grootouders naartoe gingen. Toen we op de parkeerplaats kwamen, botste mijn grootvader, die heel slecht reed, zachtjes tegen de bumper van een achteruitrijdende auto. Mijn grootmoeder en hij stapten uit om de schade op te nemen; ik bleef op de achterbank zitten.

'Imbecielen!' brulde mijn grootvader tegen de vrouwelijke bestuurder van de auto die hij had aangereden en die samen met haar man de carrosserie inspecteerde.

'Niet zulke taal, alstublieft,' zei de vrouw boos, 'anders bel ik de politie.'

‘Wat een teringzooi!’ kwam mijn grootmoeder tussenbeide, om ook een duit in het zakje te doen.

De vrouw achter het stuur werd nog kwader en werd ook boos op haar man, die geen woord zei en alleen met een slome vinger langs de kras op de bumper ging om te zien of het beschadigd was of alleen vuil.

‘Robert,’ zei ze. ‘Doe iets, verdomme!’

Nieuwsgierigen bleven met hun winkelwagens staan om te zien wat er aan de hand was terwijl de Robert in kwestie zijn vrouw woordeloos aankeek.

‘Zeg, mevrouw,’ stelde mijn grootvader de vrouw voor, ‘kijk anders eens in het handschoenenvakje of de ballen van uw man daar misschien in liggen.’

Toen maakte de Robert in kwestie zich groot; hij hief dreigend een vuist op.

‘Geen ballen? Heb ik geen ballen?’ gromde hij.

Toen ik zag dat hij mijn grootvader wilde slaan stapte ik uit, nog steeds met de pruik op mijn hoofd. ‘Blijf van mijn grootvader af!’ zei ik tegen Robert.

Hij liet zich in alle opwinding door mijn blonde haardos misleiden en zei: ‘Wat wil dat meisje?’

Het was te veel. Zouden ze eindelijk begrijpen dat ik geen meisje was?

‘Hier zijn je ballen!’ riep ik met mijn kinderstem, en ik gaf er een prachtige, goed geplaatste vuistslag in, zodat hij in elkaar zakte.

Mijn grootmoeder greep me vast, smeet me op de achterbank en ging naast me zitten, terwijl mijn grootvader, die al achter het stuur zat, als een razende wegreed. ‘Imbecielen!’ ‘Wat een teringzooi!’ hoorden de getuigen nog, die het nummerbord van mijn grootvaders auto noteerden en de politie belden.

Er zaten meerdere goede kanten aan deze gebeurtenis. Een daarvan was de komst van Ephram en Becky Jenson in mijn leven, de buren van mijn grootouders, die ik af en toe al zag. Ik wist dat Becky zo nu en dan boodschappen deed voor mijn grootmoeder en dat Ephram kleine klusjes voor mijn grootvader deed, wanneer er bijvoorbeeld een gloeilamp moest worden vervangen waarvoor je halsbrekende toeren moest uithalen. Ik wist ook dat ze geen kinderen hadden omdat mijn grootmoeder ze op een dag had gevraagd: 'Hebben jullie geen kinderen?'

'Nee,' had Becky geantwoord.

'Wat een teringzooi!' zei mijn grootmoeder meelevend.

'Dat ben ik helemaal met u eens.'

Maar niet lang na het incident met Roberts ballen en onze overhaaste terugkeer uit de supermarkt kreeg ik pas echt een band met ze, toen de politie bij mijn grootouders aanklopte.

'Is er iemand dood?' vroeg mijn grootvader aan de twee agenten die voor de deur stonden.

'Nee, meneer. Het lijkt er daarentegen wel op dat u en uw kleindochter betrokken zijn bij een incident op de parkeerplaats van het winkelcentrum van Rego.'

'Op de parkeerplaats van het winkelcentrum?' herhaalde mijn grootvader verontwaardigd. 'Daar heb ik van mijn leven nog geen stap gezet!'

'Meneer, een auto die op uw naam geregistreerd staat en die overeenkomt met het voertuig voor uw huis, is geïdentificeerd door meerdere getuigen nadat een man is aangevallen door een klein blond meisje.'

'Er zijn hier geen kleine blonde meisjes,' verzekerde mijn grootvader ze.

Ik was niet op de hoogte van wat er gebeurde; ik kwam naar de deur om te zien met wie mijn grootvader sprak; ik had de pruik nog op mijn hoofd.

'En dat meisje dan?' riep de andere agent.

'Ik ben geen meisje!' schreeuwde ik zo laag als ik kon.

'Handen af van Jessica!' brulde mijn grootvader, die met zijn lichaam de deuropening blokkeerde.

Op dat moment kwam de buurman, Ephram Jenson, naar ons toe. Hij was opgeschrikt door het geschreeuw en was direct komen aanlopen. Hij liet zijn badge zien. Ik kon niet verstaan wat hij tegen de andere agenten zei, maar ik begreep dat hij een hoge politieman was. Hij hoefde maar één zin te zeggen; toen boden zijn collega's mijn grootvader hun verontschuldigingen aan en gingen ervandoor.

Vanaf die dag verhief mijn grootmoeder, die sinds Odessa een zekere angst voor autoriteiten en uniformen had, Ephram tot de rang van Rechtvaardige. En om hem te bedanken bakte ze iedere vrijdagmiddag een heerlijke cheesecake waarvan zij het geheim alleen kende, die zijn geur door de keuken verspreidde als ik uit school kwam, maar waarvan ik wist dat ik er geen kruimel van kreeg. Als de taart klaar en ingepakt was, zei mijn grootmoeder: 'Ga hem snel brengen, Jesse. Die man is onze Raoul Wallenberg!' Ik belde aan bij de Jensons en als ik de taart overhandigde moest ik absoluut zeggen: 'Mijn grootouders willen u bedanken dat u hun leven hebt gered.'

Aangezien ik iedere week bij de Jensons kwam, vroegen ze me wel eens om binnen te komen en even te blijven. Becky zei dat de taart veel te groot was en dat ze maar met z'n tweeën waren, en ondanks mijn protesten sneed ze een stuk voor me af, dat ik in de keuken opat met een glas melk erbij. Ik vond ze heel aardig: Ephram was interessant en in Becky vond ik de moederliefde die ik niet kreeg omdat ik mijn echte moeder bijna niet zag. Algauw nodigden Becky en Ephram me uit om in het weekend mee te gaan naar Manhattan om te wandelen en tentoonstellingen te bezoeken. Ze haalden me op bij mijn grootouders. Als ze aanbelden en aan mijn grootmoeder vroegen of ik meemocht, ervoer ik een intens gevoel van vreugde.

Wat betreft het blonde meisje dat mannen in hun ballen sloeg: ze werd nooit meer teruggevonden. Jessica verdween definitief en ik hoefde die verschrikkelijke pruik niet meer te dragen. Alleen als mijn grootmoeder wat verward was, kwam Jessica af en toe weer in haar gedachten bovendrijven. Soms zaten we met de familie te eten, met een man of twintig aan een tafel, en kon ze plotseling zeggen: 'Jessica is op de parkeerplaats van de supermarkt gestorven.'

Meestal volgde dan een lange stilte. Totdat een neef durfde te vragen: 'Wie is Jessica?'

'Vast een verhaal uit de oorlog,' fluisterde een ander.

Dan keek iedereen ernstig en hing er lange tijd een stilte in de kamer, want over Odessa werd niet gepraat.

Na dat gedoe met Roberts ballen besloot mijn grootvader dat ik wel degelijk een jongen was, een dappere jongen zelfs, en om me te belonen nam hij me een middag mee naar de voorraadkamer van een koosjere slagerij, waar een oude man die oorspronkelijk uit Bratislava kwam boksles gaf. De oude man was de vorige slager; nu werd de winkel door zijn zoon gedreven. Hij bracht zijn dagen door met gratis bokslessen voor de kleinkinderen van zijn vrienden. De lessen bestonden er vooral uit dat we op het ritme van een verhaal over de finale van het Tsjechoslowaakse bokskampioenschap van 1931, dat met een oeroud accent werd verteld, tegen hangende karkassen beukten.

Zo ontdekte ik dat iedere middag een handvol oude heren in Rego Park uit de huiselijke kring wegvluchtte en naar de slagerij kwam, met als excuus dat ze tijd met hun kleinkinderen wilden doorbrengen. Gehuld in hun jassen zaten ze op plastic stoelen zwarte koffie te drinken en te roken, terwijl een horde ietwat angstige kinderen tegen vleeshompen sloeg die aan het plafond hingen. En als we niet meer konden, gingen we op de grond zitten en luisterden we naar de verhalen van de oude man uit Bratislava.

Maandenlang ging ik iedere middag in het diepste geheim naar de slagerij om te boksen. Er werd gefluisterd dat ik misschien talent had, en dat gerucht bracht iedere dag een horde oude grootvaders op de been die naar duizend dingen roken, die dicht op elkaar in de koude zaal naar me keken, terwijl ze ingemaakte groenten en Oost-Europese producten deelden die ze aten met zwart brood. Ik hoorde hoe ze me aanmoedigden – 'Toe maar, jongen!' 'Sla erop! Harder!' – terwijl mijn grootvader vol trots tegen iedereen die het horen wilde zei: 'Dat is mijn kleinzoon.'

Mijn grootvader had me op het hart gedrukt mijn moeder niets over onze nieuwe tijdbesteding te vertellen, en ik wist dat hij gelijk had. Hij had de pruik ingeruild voor een gloednieuw sportpakje dat ik bij hem bewaarde en dat mijn grootmoeder iedere avond voor me waste zodat het de volgende dag weer schoon was.

Maandenlang had mijn moeder niets door. Tot die middag in april dat de gemeentelijke keuringsdienst van waren en de politie na een golf van voedselvergiftigingen een inval deden in de onhygiënische slagerij. Ik herinner me het ongelovige gezicht van de inspecteurs toen ze in het magazijn kwamen waar ze, in de scherpe dampen van transpiratie en sigaretten, een massa jongetjes in bokskleding en een horde rokende en kuchende grijsaards aantroffen.

'Verkoopt u dat vlees nog als die kinderen erop hebben geslagen?' vroeg een van de agenten ongelovig.

'Natuurlijk,' antwoordde de oude man uit Bratislava alsof het vanzelf sprak. 'Dat is goed voor het vlees, daar wordt het mals van. En voordat de les begint wassen ze hun handen, hoor.'

'Nietes,' jammerde een kind. 'We wassen onze handen helemaal niet!'

'Jij mag niet meer op de boksclub komen!' schreeuwde de oude man uit Bratislava.

'Is dit een boksclub of een slagerij?' vroeg een agent die aan zijn hoofd krabde omdat hij er niets van begreep.

'Van allebei een beetje,' antwoordde de oude man uit Bratislava.

'De ruimte wordt niet eens gekoeld!' riep een controleur van de keuringsdienst verontwaardigd uit, terwijl hij aantekeningen maakte.

'Het is buiten koud en de ramen staan open,' kreeg hij als antwoord.

De politie bracht mijn moeder op de hoogte. Maar die kon niet weg van haar werk en daarom belde ze Ephram, de buurman van mijn grootouders, die meteen kwam en me naar huis bracht. 'Ik blijf bij je totdat je moeder thuiskomt,' zei hij.

'Wat ben jij voor agent?' vroeg ik hem toen.

'Ik werk bij de recherche.'

'Ben je belangrijk?'

'Ja. Ik ben kapitein.'

Ik was erg onder de indruk. Toen vertelde ik hem dat ik me zorgen maakte: 'Ik hoop dat mijn grootvader geen last met de politie krijgt.'

'Met de politie niet, hoor,' antwoordde hij met een geruststellende glimlach. 'Met je moeder daarentegen...'

Zoals Ephram had voorspeld ging mama hele dagen door de telefoon tegen mijn grootvader tekeer: 'Je bent stapelgek, papa!' Ze zei dat ik gewond had kunnen raken of een vergiftiging had kunnen oplopen. Of iets anders, wist ik veel. Ik was betoverd: mijn grootvader, hij ruste in vrede, had me op mijn levenspad gezet. En daar was hij niet opgehouden, want nadat hij me in de bokskunst had ingewijd, had hij als een tovenaar Natasha in mijn leven gebracht.

Dat gebeurde een paar jaar later, toen ik net zeventien was. In die tijd had ik de grote kamer in de kelder bij mijn grootouders omgevormd tot een fitnessruimte, waar mijn halters lagen en een zandzak hing. Iedere dag trainde ik. Op een dag midden in de zomervakantie zei mijn grootmoeder: 'Haal je troep uit de kelder. We hebben de ruimte nodig.' Toen ik vroeg waarom ik weg moest, vertelde mijn grootmoeder dat ze zo vriendelijk waren om een verre nicht uit Canada onderdak te geven. Vriendelijk, ja hoor! Ik wist zeker dat ze haar huur lieten betalen. Bij wijze van compensatie kreeg ik de garage aangeboden, waar ik kon trainen in de geur van olie en stof. In de dagen daarop vervloekte ik die oude, dikke, stinkende nicht die me mijn ruimte zou afnemen en van wie ik me voorstelde dat ze haar op haar kin had, dikke wenkbrauwen, gele tanden en een vieze adem, en gekleed ging in kleding uit de sovjettijd. Erger nog, op de dag dat ze kwam moest ik haar in Queens van Jamaica Station afhalen, waar de trein uit Toronto aankwam.

Mijn grootvader dwong me om een bord met haar naam in cyrillische letters mee te nemen.

'Ik ben toch geen chauffeur!' zei ik boos. 'Moet ik ook een pet opzetten?'

'Zonder dat bord herken je haar niet!'

Ik ging woedend weg – met het bord, maar ik bezwoer dat ik het niet zou gebruiken.

Toen ik in de hal van Jamaica Station verdronk in de massa reizigers, en nadat ik een paar oude gekkinnen had aangeklampt die allemaal niet de walgelijke nicht waren, had ik geen andere keuze dan het belachelijke stuk karton omhoog te houden.

Ik herinner me het moment dat ik haar zag. Een meisje met lachende ogen, een twintiger met prachtige krullen en schitterende tanden, die voor me kwam staan en het bord las.

'Je houdt het op z'n kop,' zei ze.

Ik haalde mijn schouders op.

'Ja, en? Ben jij van de bordenpolitie of zo?'

'Spreek je geen Russisch?'

'Nee,' antwoordde ik en ik draaide het bord om.

'*Krassavtsjik*,' zei het meisje spottend.

'Wie ben jij eigenlijk?' vroeg ik geïrriteerd.

'Ik ben Natasha,' zei ze glimlachend. 'Dat is mijn naam daar op het bord.'

Natasha had haar intrede in mijn leven gedaan.

Vanaf de dag dat Natasha bij mijn grootouders aankwam, gooide ze onze levens overhoop. Die verschrikkelijke oude heks bleek een fascinerende, schitterende jonge vrouw te zijn die in New York een kookopleiding deed.

Ze zette ons dagelijks leven op zijn kop. Ze nam de huiskamer in beslag, waar niemand ooit kwam, en ging er na haar lessen zitten om te lezen of aantekeningen door te nemen. Ze rolde zich op de bank op met een kop thee en stak kaarsen aan die heerlijke geuren verspreidden. Die kamer die tot dan toe zo onheilspellend was, werd de plek waar iedereen wilde zijn. Als ik uit school kwam zag ik Natasha met haar neus in haar mappen zitten, terwijl mijn grootmoeder en grootvader tegenover haar zaten, theedronken en bewonderend toekeken.

Als ze niet in de salon was, kookte ze. Op ieder uur van de dag of nacht. Het huis vulde zich met geuren die ik nooit eerder had geroken. Er werd altijd iets klaargemaakt, de ijskast was nooit leeg. En als Natasha kookte, zaten mijn grootouders vanaf hun tafeltje vol vuur naar haar te kijken en deden ze zich tegoed aan de gerechten die ze hen voorschotelde.

Van de kelderruimte die haar kamer was geworden maakte ze een comfortabel paleisje vol warme kleuren, waar altijd wierook brandde. In de weekends verslond ze stapels boeken. Ik ging vaak naar beneden en stond dan voor haar deur, geïntrigeerd door wat zich in haar kamer afspeelde, maar ik durfde nooit aan te kloppen. Uiteindelijk gaf mijn grootmoeder me een duwtje in de rug toen ze me weer eens in huis zag rondhangen: 'Sta daar niet zo te niksen' zei ze, terwijl ze me een blad in handen stopte waarop een dampende samowar stond en koekjes die net uit de oven kwamen. 'Wees eens gastvrij voor onze gast en breng dit naar haar toe.'

Ik haastte me de trap af met mijn kostbare lading, en mijn grootmoeder zag me glimlachend en vertederd begaan; ik had niet gemerkt dat ze twee kopjes op het blad had gezet.

Ik klopte aan op Natasha's kamerdeur en toen ik haar stem 'binnen' hoorde zeggen, begon mijn hart dubbel zo snel te kloppen.

'Mijn grootmoeder heeft thee voor je gezet,' zei ik verlegen, terwijl ik de deur op een kiertje zette.

'Bedankt, krassavtsjik,' zei ze met een glimlach.

Meestal lag ze op bed, waar ze stapels boeken verslond. Nadat ik het blad braaf op een lage tafel bij de kleine bank had gezet, bleef ik ietwat onbeholpen staan.

'Ga je weg of kom je binnen?' vroeg ze toen.

In mijn borst ging mijn hart tekeer.

'Ik kom binnen.'

Ik ging naast haar zitten. Ze schonk ons thee in, toen rolde ze een joint, terwijl ik gefascineerd toekeek hoe haar vingers met gelakte nagels de vloei rolden, waarna ze met het puntje van haar tong de rand bevochtigde.

Haar schoonheid was verblindend, haar zachtheid deed me smelten, haar intelligentie was meeslepend. Er was geen onderwerp waarover ze niet kon meepraten, geen boek dat ze niet had gelezen. Ze wist alles over alles. En bovendien – tot mijn grote geluk, en in tegenstelling tot wat mijn grootouders hadden gezegd – was ze niet echt een nicht: je moest ruim een eeuw teruggaan om een gemeenschappelijke voorouder te vinden.

In de loop van de weken, toen van maanden, bracht Natasha's aanwezigheid een geheel nieuwe dynamiek teweeg in het huis van mijn grootouders. Ze schaakte met mijn grootvader, voerde eindeloze gesprekken met hem over politiek en ze werd de mascotte van de groep oudjes uit de slagerij, die nu waren verbannen naar een café aan Queens Boulevard, met wie ze Russisch sprak. Ze ging met mijn grootmoeder boodschappen doen en hielp haar in huis. Ze kookten samen, en Natasha bleek een uitstekende kokkin te zijn.

Het was vaak levendig in huis door Natasha's telefoongesprekken met haar nichten – echte nichten – die over de hele wereld woonden. Soms zei ze: 'We zijn als de bloemblaadjes van een prachtige, ronde zonnebloem en de wind heeft ons naar alle hoeken van de wereld geblazen.' Op haar kamer, in de hal, of in de keuken hing ze aan de telefoon met het verlengsnoer en soms kletste ze urenlang, in alle talen, en door het tijdsverschil op ieder tijdstip van de dag of de nacht. Ze had nichten in Parijs, Zürich, Tel Aviv en Buenos Aires. Soms sprak ze Engels, soms Frans, soms Hebreeuws, soms Duits, maar gewoonlijk had het Russisch de overhand.

De gesprekskosten moesten astronomisch oplopen, maar mijn grootvader zei er niets van. Integendeel. Vaak nam hij in een andere kamer de hoorn van de haak, zonder dat zij het doorhad, en luisterde hartstochtelijk mee met het gesprek. Ik ging naast hem zitten en hij vertaalde fluisterend voor me. Zo begreep ik dat ze het vaak met haar nichten over mij had, dat ze zei dat ik knap en geweldig was en dat mijn ogen glansden. 'Krassavtsjik,' legde mijn grootvader op een dag uit toen hij hoorde dat ze mij zo noemde, 'betekent mooie jongen.'

Het werd Halloween.

Toen de eerste groep kinderen aanbelde voor snoep en mijn grootmoeder met een emmer ijskoud water naar de voordeur rende, donderde Natasha: 'Wat doe je, grootmoeder?'

'Niks,' antwoordde mijn grootmoeder betrapt, waarna ze de emmer mee terug naar de keuken nam.

Natasha had schalen vol snoepjes in alle kleuren gemaakt en gaf er een aan allebei mijn grootouders, die ze naar de deur stuurde om open te doen. De kinderen waren blij, slaakten opgewonden kreetjes en namen er handenvol van, om vervolgens in de nacht te verdwijnen. En toen mijn grootouders ze zagen weglopen, riepen ze vriendelijk: 'Happy Halloween, kinderen!'

In Rego Park was Natasha als een tornado van positieve en creatieve kracht. Als ze geen les had en niet aan het koken was, maakte ze foto's in de wijk of ging ze naar de bibliotheek. Ze liet altijd briefjes achter om mijn grootouders te vertellen waar ze was. Af en toe liet ze zomaar een briefje achter, gewoon om hallo te zeggen.

Toen ik op een dag terugkwam van school en mijn grootmoeder me door de voordeur zag komen, riep ze me en stak ze een dreigende vinger naar me uit.

'Waar was je, Jessica?'

Als mijn grootmoeder heel erg boos op me was, noemde ze me Jessica.

'Op school, grootmoeder,' antwoordde ik. 'Zoals elke dag.'

'Je hebt geen briefje achtergelaten!'

'Waarom zou ik een briefje achterlaten?'

'Natasha laat altijd briefjes achter.'

'Maar u weet toch dat ik doordeweeks naar school ga! Waar zou ik anders moeten zijn?'

'Imbecielen!' riep mijn grootvader, die de keukendeur door kwam met een pot ingemaakte komkommers.

'Wat een teringzooi!' antwoordde mijn grootmoeder.

Een van de grote veranderingen die Natasha's komst teweeg had gebracht was dat mijn grootvader en grootmoeder niet meer vloekten, in elk geval niet in haar aanwezigheid. Ook rookte mijn grootvader tijdens het eten niet meer die verschrikkelijke zelfgedraaide sigaretten; ik ontdekte zelfs dat mijn grootouders in staat waren om zich aan tafel te gedragen en we voerden interessante gesprekken. Voor het eerst zag ik mijn grootvader in nieuwe overhemden ('Die heeft Natasha voor me gekocht, ze zei dat er gaten in de oude zaten') en ik zag mijn grootmoeder zelfs met spelden in het haar ('Natasha heeft mijn haar gedaan. Ze zegt dat ik er leuk uitzie').

Wat mij betreft, Natasha liet me kennismaken met wat ik nooit gekend had: literatuur, kunst. Ze opende mijn ogen voor de wereld. Als we op stap gingen, bezochten we boekwinkels, musea, galeries. Op zondag namen we vaak de metro naar Manhattan, waar we naar het museum gingen: het Met, MoMA, het natuurhistorisch museum en het Whitney. Of we gingen naar vervallen, uitgestorven bioscopen om films te zien in talen die ik niet kende. Maar dat boeide me niet: ik keek niet naar het scherm, ik keek naar haar. Ik vrat haar op met mijn ogen, ik was volledig in de war door dat vrouwspersoon dat zo excentriek was, zo bijzonder, zo erotisch. Ze leefde mee met de films: ze liet zich gaan tegen de acteurs, ze huilde, werd boos, huilde verder. En als de voorstelling voorbij was, zei ze: 'Mooi, hè?' en dan antwoordde ik dat ik er niets van begrepen had. Ze lachte, ze zei dat ze me alles zou uitleggen. En dan nam ze me mee naar het dichtstbijzijnde café vanuit de gedachte dat ik niet in onwetendheid kon leven, en vertelde de film vanaf het begin na. Over het algemeen luisterde ik niet. Ik hing min of meer aan haar lippen. Ik lag voor haar in katzwijm.

Verder gingen we naar boekwinkels – dat was in de tijd dat boekwinkels nog floreerden in New York – en Natasha kocht stapels boeken; daarna gingen we weer naar haar kamer bij mijn grootouders.

Ze dwong me te lezen, ze kwam tegen me aan liggen, rolde een joint en rookte in alle rust.

Op een avond in december, toen ze haar hoofd op mijn lijf had gelegd terwijl ze me een essay liet lezen over de Russische geschiedenis omdat ik het had gewaagd haar een vraag te stellen over de afscheiding van voormalige Sovjetrepublieken, bevoelde ze mijn buikspieren.

'Waarom is je lichaam zo hard?' vroeg ze terwijl ze rechtop ging zitten.

'Geen idee,' antwoordde ik. 'Ik hou van sport.'

Ze nam een lange hijs van haar joint en legde hem in de asbak.

'Trek je T-shirt uit!' beval ze opeens. 'Ik wil je echt zien.'

Ik gehoorzaamde zonder na te denken. Ik voelde mijn hart in mijn hele lichaam bonzen. Ik zat in mijn blote bast voor haar, zij onderzocht in het halfduister mijn gebeeldhouwde lichaam, legde een hand op mijn borstspieren en liet haar vingertoppen over mijn torso glijden.

'Volgens mij heb ik nog nooit zo'n mooi iemand gezien,' zei Natasha.

'Ik? Ben ik mooi?'

Ze barstte in lachen uit.

'Wat dacht jij dan, idioot!'

Toen zei ik: 'Ik vind me niet zo mooi.'

Met haar schitterende glimlach sprak ze toen een zin uit die nog steeds in mijn geheugen gegrift staat: 'Mooie mensen vinden zichzelf nooit mooi, Jesse.'

Ze bekeek me glimlachend. Ze fascineerde me en ik was verlamd van besluiteloosheid. Toen ik op was van de zenuwen en me gedwongen voelde om de stilte te doorbreken, vroeg ik: 'Heb je geen vriendje?'

Ze fronste ondeugend en zei: 'Ik dacht dat jij mijn vriendje was...'

Ze bracht haar gezicht naar dat van mij, haar lippen raakten kort de mijne en toen kuste ze me zoals ik nog nooit was gekust. Haar tong verstrengelde zich op zo'n erotische manier met de mijne dat er een gevoel door me heen ging dat ik tot dan toe niet had gekend.

Het was het begin van ons verhaal. Vanaf die avond zou ik jarenlang niet meer van Natasha's zijde wijken.

Ze werd het middelpunt van mijn leven, van mijn gedachten, van mijn aandacht, van mijn zorg: het brandpunt van mijn allesomvattende liefde. En andersom was het net zo. Ik had lief en werd liefgehad zoals dat maar weinigen gegund is. In de bioscoop, in de metro, in de schouwburg, in de bibliotheek, aan tafel bij mijn grootouders – mijn plaats aan haar zijde was het paradijs. En de nacht werd ons koninkrijk.

Om wat bij te verdienen had Natasha naast haar studie een baan gevonden als serveerster bij Katz, het restaurant waar mijn grootouders graag kwamen. Daar leerde ze een meisje van haar leeftijd kennen dat er ook werkte: Darla heette ze.

Zelf werd ik na de middelbare school vanwege mijn uitstekende schoolresultaten toegelaten tot New York University. Ik hield van leren en ik was lang van plan geweest om docent of advocaat te worden. Maar in de studiebanken begreep ik eindelijk wat het betekende wat mijn grootouders me zo vaak vertelden: 'Je moet iemand worden die ertoe doet.' Wat hield dat in, ertoe doen? Voor mij was het enige wat in me opkwam het beeld van Ephram Jenson, de buurman, de trotse kapitein van politie. De hersteller. De beschermer. Mijn grootouders behandelden niemand met meer respect en consideratie dan hem. Ik wilde agent worden. Net als hij.

Na vier jaar studeren en een diploma op zak werd ik toegelaten tot de academie van de Staatspolitie, die ik afrondde als beste van mijn jaar; ik bewees me in het veld, werd algauw bevorderd en ingelijfd bij het districtscentrum van de Staatspolitie waar ik mijn hele carrière zou blijven. Ik herinner me mijn eerste dag, op het kantoor van majoor McKenna, toen ik naast een jongeman zat die ietsje ouder was dan ik.

'Rechercheur Jesse Rosenberg, afgestudeerd als beste van je jaar. Denk je dat ik geïmponeerd ben door je aanbevelingen?' spuwde McKenna uit.

'Nee, majoor,' antwoordde ik.

Hij richtte zich tot de andere jongeman.

'En jij, Derek Scott, de jongste sergeant uit de geschiedenis van de Staatspolitie, denk je dat je indruk op me maakt?'

'Nee, majoor.'

McKenna bekeek ons.

'Weten jullie wat ze zeggen op het hoofdkwartier? Dat jullie keien zijn. Daarom willen ze jullie bij elkaar zetten om te zien of er vonken van komen.'

We knikten tegelijkertijd.

'Goed,' zei McKenna. 'We zoeken twee bureaus tegenover elkaar en dan mogen jullie onderzoek doen naar omaatjes die hun kat kwijt zijn. We zullen wel zien hoe jullie het ervan afbrengen.'

Natasha en Darla waren na hun kennismaking bij Katz heel close gebleven, maar het lukte ze niet om hun carrière van de grond te krijgen. Na een paar weinig overtuigende ervaringen waren ze aangenomen bij de Blue Lagoon: officieel als keukenhulpen, maar de baas zette ze uiteindelijk in de bediening met het excuus dat hij personeelsgebrek had.

'Je moet ontslag nemen,' zei ik op een avond tegen Natasha. 'Dat kan hij niet maken.'

'Och,' zei ze, 'het salaris is goed. Genoeg om de rekeningen te betalen. En ik kan zelfs wat geld opzijzetten. Trouwens, nu we het er toch over hebben, Darla en ik hebben bedacht dat we een eigen restaurant willen openen.'

'Wat geweldig!' riep ik uit. 'Wedden dat het een doorslaand succes wordt? Wat voor restaurant? Hebben jullie al een plek?'

Natasha barstte in lachen uit.

'Rustig aan, Jesse. Zo ver zijn we nog niet. Eerst moeten we geld opzijzetten. En een concept bedenken. Maar het is een goed idee, of niet?'

'Een geweldig idee.'

'Het is mijn droom,' zei ze glimlachend. 'Jesse, beloof me dat we ooit een restaurant zullen hebben.'

'Ik beloof het.'

'Beloof het echt. Zeg dat we op een dag op een rustige plek een restaurant zullen hebben. Geen politie meer, geen New York meer, alleen nog maar rust en leven.'

'Ik beloof het.'

2

Ontreddering

Zondag 27 juli – woensdag 30 juli 2014

JESSE ROSENBERG

Zondag 27 juli 2014
De dag na de première

Zeven uur 's ochtends. De zon was net op boven Orphea. Niemand had die nacht geslapen.

Het centrum van de stad was uitgestorven. De hoofdstraat was nog steeds een en al drukte: er stonden hulpvoertuigen, overal liepen agenten en de grond was bezaaid met allemaal dingen die het publiek had laten vallen in de reusachtige paniekbeweging die volgde op de schoten in het Grand Theater.

Eerst was het tijd voor actie geweest. Tot diep in de nacht hadden de interventieteams van de politie de hele omgeving uitgekamd op zoek naar de schutter. Tevergeefs. Ook moest de stad bewaakt worden, om te voorkomen dat de winkels in de chaos geplunderd zouden worden. Buiten de beveiligde zone waren eerstehulptenten neergezet om de lichtgewonden te behandelen, overwegend slachtoffers van botsingen en mensen die in shocktoestand waren. Wat Dakota Eden betreft, die was in kritieke toestand met een traumahelikopter naar een ziekenhuis in Manhattan gebracht.

Toen de nieuwe dag aanbrak, keerde de rust terug. We moesten achterhalen wat er in het Grand Theater was gebeurd. Wie was de schutter? En hoe had hij ondanks alle veiligheidsmaatregelen een wapen naar binnen kunnen smokkelen?

Op het bureau van Orphea, waar de drukte en koortsachtigheid nog niet waren afgenomen, stonden Anna, Derek en ik op het punt om het hele theatergezelschap te ondervragen – de meest directe getuigen van wat er was gebeurd. In de golf van paniek hadden ze zich door de hele stad verspreid; het was niet eenvoudig geweest om ze te vinden en terug te halen. Nu waren ze in de vergaderkamer, waar ze op de grond sliepen of over de grote tafel hingen te wachten totdat ze een voor een werden opgehaald. De enigen die ontbraken waren Jerry Eden, die met Dakota mee de helikopter in was gegaan, en Alice Filmore, die nog onvindbaar was.

De eerste die werd ondervraagd was Kirk Harvey, en ons gesprek kreeg een wending die we in de verste verte niet voorspeld hadden. Kirk had geen beschermheer meer en we begonnen hem flink aan te pakken.

'Wat weet jij, godverdomme nog aan toe?!' brulde Derek terwijl hij Harvey door elkaar schudde als een pruimenboom. 'Ik wil een naam horen, anders sla ik de tanden uit je bek. Een naam, nu!'

'Maar ik heb geen flauw idee,' kreunde Kirk. 'Echt niet!'

Met een woedende beweging duwde Derek hem tegen de muur. Harvey zakte ineen. Ik raapte hem op en zette hem op een stoel.

'Nu moet je praten, Kirk,' dreigde ik. 'Je moet alles vertellen. Het duurt al veel te lang.'

Kirk stortte in; hij barstte haast in tranen uit.

'Hoe gaat het met Dakota?' vroeg hij met verstikte stem.

'Slecht!' riep Derek. 'En dat komt door jou!'

Harvey hield zijn hoofd met beide handen vast.

Ik zei fel, maar zonder boos te zijn: 'Je moet alles vertellen, Kirk. Waarom dat toneelstuk? Wat weet je?'

'Mijn stuk is flauwekul,' fluisterde hij. 'Ik heb nooit enig idee gehad wie de viervoudige moord heeft gepleegd.'

'Maar je wist wel dat Meghan Padalin op de avond van 30 juli 1994 het doelwit was, en niet burgemeester Gordon?'

Hij knikte.

'In oktober 1994,' zei hij, 'maakte de Staatspolitie bekend dat Ted Tennenbaum de dader van de viervoudige moord was, maar toch twijfelde ik. Ostrovski had immers gezegd dat hij Charlotte achter het stuur van Tennenbaums busje had gezien, en dat kon ik niet verklaren. Maar ik had nooit doorgegraven als de directe buren van de Gordons me een paar dagen later niet hadden gebeld om te vertellen dat ze twee kogelinslagen hadden gevonden in het kozijn van hun garagedeur. Ze waren nauwelijks te zien: ze hadden ze alleen ontdekt toen ze de boel wilden oververven. Ik ging erheen en ik haalde de twee kogels uit de muur; toen vroeg ik direct aan de forensische dienst van de Staatspolitie om ze te vergelijken met de kogels die in de slachtoffers van de viervoudige moord waren gevonden: ze kwamen uit hetzelfde wapen. Aan de kogelbaan te zien waren ze vanuit het plantsoen afgevuurd, en toen ik dat hoorde begreep ik het: Meghan was het doelwit. De moordenaar had haar in het park gemist, zij was in de richting van het huis van de burgemeester gevlucht, ongetwijfeld om hulp te zoeken, maar toen was ze ingehaald en doodgeschoten. De Gordons waren op hun beurt ook gedood omdat ze de moord hadden gezien.'

Ik besefte dat Harvey een duivels doortastende agent was.

'Waarom wisten wij dat niet?' vroeg Derek.

'Ik heb destijds wanhopig geprobeerd jullie te bereiken,' verdedigde Harvey zich. 'Ik heb jullie allebei gebeld, jou en Rosenberg. Bij het districtscentrum zeiden ze dat jullie een ongeluk hadden gehad en dat jullie een tijdje met verlof waren. Toen ik zei dat het over de viervoudige moord ging, zeiden ze dat dat onderzoek was afgerond. En dus ben ik bij jullie langsgegaan. Derek, bij jou werd ik afgescheept door een jonge vrouw die me vroeg om niet terug te komen en je met rust te laten, zeker als het over die zaak ging. Daarna klopte ik meermalen bij Jesse aan, maar er werd nooit opengedaan!'

Derek en ik keken elkaar aan en begrepen hoever we er destijds naast zaten.

'En wat deed je toen?' vroeg Derek.

'Het was een enorme rotzooi!' legde Kirk Harvey uit. 'Kort samengevat kwam het hierop neer: Charlotte Brown was ten tijde van de moord achter het stuur van Ted Tennenbaums busje gezien, maar volgens de Staatspolitie was Tennenbaum de dader, en dus was ik ervan overtuigd dat men zich vergiste in het doelwit. Wat ook niet hielp was dat ik er met niemand over kon praten: mijn collega's bij de politie van Orphea wilden me niet meer spreken sinds ik had gedaan alsof mijn vader kanker had zodat ik verlof kon nemen, en de twee agenten van de Staatspolitie die met het onderzoek waren belast – jullie – waren onvindbaar. Het was een enorme bende. En dus probeerde ik de zaak in mijn eentje op te lossen; ik boog me over andere moorden die in die tijd in de regio waren gepleegd. Die waren er niet. De enige verdachte dood was een man die zichzelf met zijn motorfiets had doodgereden op een rechte weg in Ridgesport. Het was de moeite waard om daarover inlichtingen in te winnen. Ik nam contact op met de Highway Patrol, en toen ik de agent sprak die de leiding had bij het ongeluk, hoorde ik dat een agent van de ATF hem vragen was komen stellen. Dus sprak ik af met die agent van de ATF, en die zei dat de dode motorrijder een draaideurcrimineel was en dat hij dacht dat er meer aan de hand was. Ik vond het riskant om me te mengen in vuile zaakjes waarbij de georganiseerde misdaad betrokken was en ik wilde erover praten met Lewis Erban, een van mijn collega's. Maar Lewis kwam niet opdagen op de afspraak die ik met hem had gemaakt. Ik was meer dan ooit op mezelf aangewezen, in een zaak die me boven de pet ging. En dus besloot ik te verdwijnen.'

'Omdat je bang was voor wat je kon ontdekken?'

'Nee, omdat ik helemaal alleen stond! Helemaal alleen, snap je? En ik kon die eenzaamheid niet meer verdragen. Ik bedacht dat de mensen wel ongerust zouden worden als ze me niet meer zouden zien. Of dat ze zouden willen weten waarom ik plotseling ontslag had genomen. Weten jullie waar ik de eerste twee weken na mijn "verdwijning" zat? In mijn eigen huis! Ik zat thuis. Te wachten tot er iemand zou aanbellen om te vragen hoe het ging. Maar er kwam niemand. Zelfs de buren niet. He-le-maal niemand. Ik ging de deur niet uit, ik deed geen boodschappen, ik bleef binnen zitten. Er werd niet gebeld. Mijn enige bezoeker was mijn vader, die me wat boodschappen kwam brengen. Hij bleef een paar uur naast me op de bank in de woonkamer zitten. Zwijgend. Toen vroeg hij: "Waar wachten we op?" Ik antwoordde: "Op iemand, maar ik weet niet op wie." Uiteindelijk besloot ik om weg te gaan en aan de andere kant van het land een nieuw leven te beginnen. Ik dacht dat het een uitstekende gelegenheid zou zijn om me volledig te wijden aan het schrijven van een toneelstuk. En wat was een beter onderwerp dan die moordzaak die volgens mij nog niet was opgelost? Op een avond voordat ik er definitief vandoor ging, glipte ik stiekem het politiebureau binnen – ik had de sleutels bewaard – en nam ik het onderzoeksdossier over de viervoudige moord mee.'

'Maar waarom liet je dat briefje achter? "Hier begint de Zwarte nacht"?' vroeg Anna.

'Omdat ik wegging met het idee dat ik terug in Orphea zou komen als ik mijn onderzoek had afgerond, en de waarheid als een bom zou laten inslaan. Ik zou alles vertellen, in de vorm van een toneelstuk dat waanzinnig succesvol zou zijn. Ik was uit Orphea vertrokken als een mislukkeling, en ik was vastbesloten om terug te komen als een held. En *de Zwarte nacht* op te voeren.'

'Waarom gebruikte je opnieuw dezelfde titel?' vroeg Anna.

'Omdat het de ultieme lange neus was naar iedereen die me had vernederd. *De Zwarte nacht* in de originele vorm bestond niet meer: mijn collega's hadden alle kladjes en manuscripten vernietigd, die ik zorgvuldig op het bureau bewaarde, als represaille voor die leugen over de kanker van mijn vader; en het enige exemplaar dat daaraan was ontsnapt had ik bij de boekhandel in consignatie gegeven en was nu in handen van burgemeester Gordon.'

'Hoe wist je dat?' vroeg ik.

'Dat had Meghan Padalin, die in de boekwinkel werkte, me verteld. Zij had me aangeraden om een exemplaar van het toneelstuk neer te leggen op de afdeling lokale auteurs. Er kwamen wel eens beroemdheden uit Hollywood, en wie weet zou het door een belangrijk iemand ontdekt worden. Maar halverwege juli 1994, toen mijn collega's zo woedend op me waren en ik de tekst terug wilde halen uit de boekwinkel, vertelde Meghan dat burgemeester Gordon die net had gekocht. En dus ging ik naar hem toe en vroeg of ik hem terug mocht, maar hij deed of hij hem niet meer had. Ik dacht dat hij me alleen dwars wilde zitten: hij had het stuk al gelezen en hij vond het afgrijselijk! Hij had het zelfs voor mijn ogen verscheurd! Waarom zou hij het dan opnieuw in de boekwinkel gaan kopen, behalve om mij dwars te zitten? Dus toen ik uit Orphea wegging wilde ik bewijzen dat niets de totstandkoming van kunst in de weg kan staan. Je kunt verbranden, uitjouwen, verbieden, censureren: maar alles wordt opnieuw geboren. Denk je dat je me kapot kunt maken? Prima, dan kom ik sterker dan ooit weer terug. Zo stelde ik het me voor. En dus belastte ik mijn vader met de taak om het huis te verkopen en verhuisde ik naar Californië. Met het geld van de verkoop had ik genoeg om een tijdje door te kunnen. Ik verdiepte me weer in het onderzoeksdossier. Maar ik zat helemaal vast: ik draaide in cirkeltjes rond. En hoe minder ik vooruitkwam, hoe meer het een obsessie werd.'

'Dus je zit die zaak al twintig jaar te herkauwen?' vroeg Derek.

'Ja.'

'En wat zijn je conclusies?'

'Die heb ik niet. Aan de ene kant het motorongeluk, en aan de andere kant Meghan. Dat is alles wat ik had.'

'Denk je dat Meghan is vermoord omdat ze vragen stelde over het ongeluk van Jeremiah Fold?'

'Ik heb geen flauw idee. Dat had ik gewoon voor het toneelstuk bedacht. Het leek me een mooie openingsscène. Is er echt een verband tussen Meghan en het ongeluk?'

'Dat is het hem nou juist,' antwoordde ik. 'We zijn er net als jij van overtuigd dat er een verband bestaat tussen de dood van Meghan en de dood van Jeremiah Fold, maar tussen Meghan en Jeremiah lijkt geen enkele connectie te bestaan.'

'Zie je wel,' verzuchtte Kirk. 'Er is echt iets heel vreemds gaande.'

Kirk Harvey had niets meer van de krankzinnige en onverdraaglijke regisseur van de afgelopen twee weken. Waarom had hij die rol dan gespeeld? Waarom dat toneelstuk waar kop noch staart aan zat? Waarom al die extravagantie? Toen ik het vroeg, antwoordde hij alsof het vanzelf sprak: 'Om te leven, Rosenberg! Om te leven! Zodat ik eindelijk gezien zou worden! Ik had bedacht dat ik het onderzoek nooit zou kunnen afronden. Ik zat op de bodem van de put. Ik leefde in een caravan zonder familie, zonder vrienden. Ik maakte alleen indruk op de wanhopige acteurs die ik de roem voorspiegelde die ze nooit ten deel zou vallen. Wat moest er van me worden? Toen Stephanie Mailer me in juni in Los Angeles kwam opzoeken, kreeg ik weer hoop dat ik het stuk zou kunnen afmaken. Ik heb haar alles verteld wat ik wist, omdat ik dacht dat zij hetzelfde zou doen.'

'Dus Stephanie wist dat Meghan Padalin het doelwit was?'

'Ja. Dat heb ik haar verteld.'

'En wat wist zij?'

'Geen idee. Toen ze begreep dat ik niet wist wie de dader was, wilde ze meteen vertrekken. Ze zei: "Ik heb geen tijd te verliezen." Ik eiste dat ze op zijn minst haar informatie met me zou delen, maar dat wilde ze niet. We hadden een kleine ruzie in de Beluga Bar. Toen ik haar wilde tegenhouden, greep ik haar tas en de inhoud viel op de grond. De papieren van haar onderzoek, de aansteker, de sleutelbos met die belachelijke gele bol. Ik hielp haar om haar spullen op te rapen en probeerde van de gelegenheid gebruik te maken om haar aantekeningen te lezen. Maar tevergeefs. En toen kwam jij ook nog, beste Rosenberg. Eerst was ik van plan om je niks te vertellen: ik ging me geen twee keer in de luren laten leggen. Maar toen bedacht ik dat het misschien mijn laatste kans was om terug te keren naar Orphea en het openingsstuk van het festival te spelen.'

'Ook al had je geen stuk?'

'Ik wilde gewoon mijn *fifteen minutes of fame*. Dat was het enige wat telde. En die heb ik gekregen. Twee weken lang heeft iedereen over me gepraat. Ik was het middelpunt van alle aandacht, ik stond in de krant, ik heb acteurs geregisseerd met wie ik kon doen wat ik wilde. Ik heb de grote recensent Ostrovski in zijn onderbroek gezet en ik heb hem Latijn laten schreeuwen – hij die in 1994 zoveel slechte dingen over mijn voorstelling had gezegd. Toen heb ik hetzelfde gedaan met Gulliver, dat stuk stront dat me in 1994 heeft vernederd. Zoals hij daar stond, halfnaakt, met die opgezette veelvraat in zijn handen. Ik heb wraak genomen, ik heb respect gekregen. Ik heb geleefd.'

'Maar Kirk, leg dan eens uit: het einde van het stuk bestond alleen uit lege bladzijden. Waarom?'

'Ik maakte me niet druk. Ik dacht dat jullie de schuldige al wel voor de première zouden vinden. Ik rekende op jullie. Dan had ik alleen een identiteit bekendgemaakt die iedereen al wist en dan had ik geklaagd dat jullie alles hadden verpest.'

'Maar we hebben hem niet gevonden.'

'En dus had ik voorzien dat Dakota een stilte zou laten vallen, waarna ik opnieuw de Dodendans had laten opvoeren. Ik zou Ostrovski en Gulliver urenlang vernederd hebben. Het zou zelfs een stuk zonder einde kunnen zijn, dat tot middernacht doorging. Ik was tot alles bereid.'

'Maar dan was je doorgegaan voor een idioot,' merkte Anna op.

'Minder dan burgemeester Brown. Zijn festival zou in het water vallen, de mensen zouden hun geld terug willen. Hij zou gezichtsverlies lijden en zijn herverkiezing zou gevaar lopen.'

'Dus je hebt alles alleen gedaan om hem in een slecht daglicht te zetten?'

'Ik heb alles gedaan om niet meer alleen te zijn. Want uiteindelijk is *de Zwarte nacht* de afgrond van mijn eenzaamheid. Maar het enige wat ik heb bereikt, is dat ik mensen beschadigd heb. Nu hangt het leven van die geweldige jonge Dakota aan een zijden draadje, en dat komt door mij.'

Er viel een stilte. Uiteindelijk zei ik: 'Je had op alle punten gelijk. We hebben je toneelstuk teruggevonden. Burgemeester Gordon bewaarde het in een bankkluis. In code staat de naam van Jeremiah Fold erin, de man die bij dat motorongeluk is omgekomen. Er is dus wel degelijk een connectie tussen Jeremiah, burgemeester Gordon en Meghan Padalin. Je had het allemaal door, Kirk. Je had alle stukjes van de puzzel. Nu moeten we die alleen nog aan elkaar leggen.'

'Laat me jullie helpen,' smeekte Kirk. 'Om het goed te maken.'

Ik stemde toe.

'Op voorwaarde dat je je gedraagt.'

'Beloofd, Jesse.'

We wilden eerst doorgronden wat er gisteravond in het Grand Theater was gebeurd.

'Ik stond naast het podium, ik keek naar Dakota,' zei Kirk. 'Alice Filmore en Jerry Eden stonden bij me. Opeens klonken er schoten. Dakota zakte ineen. Jerry en ik haastten ons naar haar toe en Charlotte kwam er ook snel bij.'

'Heb je gezien waar de schoten vandaan kwamen?' vroeg Derek. 'Van de eerste rij? Vanaf de rand van het podium?'

'Geen idee. De zaal was helemaal donker en wij stonden in de schijnwerpers. Hoe dan ook, de schoten kwamen uit de richting van het publiek; dat is zeker, want Dakota is geraakt ter hoogte van de borst en ze stond met haar gezicht naar de zaal. Wat ik niet snap is dat iemand een wapen de zaal in heeft gekregen. Er waren zulke strenge veiligheidsmaatregelen genomen.'

Om een antwoord op die vraag te vinden spraken we in een vergaderzaal af met majoor McKenna, Montagne en burgemeester Brown voor een eerste evaluatie, nog voordat we de andere leden van het gezelschap ondervroegen.

In dit stadium hadden we geen enkele aanwijzing over de identiteit van de schutter. Niets. Er hingen geen camera's in het Grand Theater en de toeschouwers die we ondervroegen hadden niets gezien. Iedereen zei hetzelfde; de zaal was pikkedonker op het moment dat er geschoten werd. Het was een zwarte nacht, zeiden ze. Er klonken twee knallen, het meisje zakte ineen, toen brak er paniek uit. Hoe gaat het met die arme actrice?

Maar we hadden geen nieuws over haar.

McKenna liet ons weten dat het wapen niet was gevonden, niet in de zaal en niet in de omliggende straten.

'De schutter heeft van de paniek geprofiteerd om het Grand Theater uit te vluchten en het wapen weg te gooien,' zei McKenna.

'Het was onmogelijk voor ons om te verhinderen dat de mensen naar buiten gingen,' voegde Montagne eraan toe, alsof hij zich wilde vrijpleiten. 'Ze zouden elkaar onder de voet hebben gelopen en dan waren er doden gevallen. Niemand had gedacht dat het gevaar van binnenuit zou komen, de zaal was zo goed gecontroleerd.'

Dat was precies het punt waardoor we ondanks het ontbreken van enige concrete aanwijzingen een grote doorbraak in het onderzoek hadden.

'Hoe kon iemand gewapend het Grand Theater binnenkomen?' vroeg ik.

'Geen idee,' antwoordde McKenna. 'De jongens die de toegang controleerden zijn gewend aan uiterst gevoelige evenementen. Ze beveiligen internationale conferenties, parades, reizen van het staatshoofd naar New York. De procedure is heel strikt: de zaal is van tevoren doorzocht met explosievenhonden, die ook aanslaan op vuurwapens, en daarna is hij continu bewaakt. Niemand kan 's nachts binnen zijn gekomen. Vervolgens gingen het publiek en alle acteurs door de metaaldetector wanneer ze de zaal binnenkwamen.'

Er was iets wat we misten, dat kon niet anders. We moesten begrijpen hoe er een wapen binnengebracht kon zijn. Voor een beter beeld liet McKenna de officier van de Staatspolitie roepen die verantwoordelijk was voor de beveiliging. Die herhaalde woordelijk de procedure die de majoor had geschetst.

'Toen we de zaal hadden doorzocht, hebben we hem afgesloten, en dat bleef zo,' zei de officier. 'Ik zou het er veilig genoeg vinden voor de president van de Verenigde Staten zelf.'

'En daarna is iedereen gecontroleerd?' vroeg Derek.

'Iedereen, zonder uitzondering,' verzekerde de officier.

'Wij zijn niet gecontroleerd,' merkte Anna op.

'Agenten die een badge lieten zien zijn niet gefouilleerd,' erkende de officier.

'Zijn er veel naar binnen gekomen?' vroeg ik.

'Nee, kapitein, een handvol agenten in burger en een paar van onze jongens. De meesten van hen liepen even naar binnen om te checken of alles goed ging.'

'Jesse,' vroeg majoor McKenna ongerust. 'Je gaat me toch niet vertellen dat je nu een politieman verdenkt?'

'Ik zou het graag begrijpen, dat is alles,' antwoordde ik, waarna ik de officier vroeg om te beschrijven hoe ze de zaal hadden doorzocht.

Om zo exact mogelijk te kunnen antwoorden liet hij de verantwoordelijke van de hondengeleiders komen, die uitlegde hoe ze te werk waren gegaan.

'Er waren drie zones,' legde de chef van de hondenbrigade uit. 'De foyer, de zaal, en de coulissen en kleedkamers. We werken de zones altijd een voor een af, om zeker te weten dat de boel niet in de war raakt. De acteurs repeteerden in de zaal en daarom zijn we begonnen met de coulissen en de kleedkamers. Dat was het grootste deel, omdat er een vrij grote kelder onder de schouwburg zit. Zodra we daarmee klaar waren, vroegen we de acteurs om de repetitie te onderbreken terwijl wij de zaal doorzochten, zodat de honden niet werden afgeleid.'

'En waar gingen de acteurs toen naartoe?' vroeg ik.

'Naar de coulissen. Ze mochten nog in de zaal komen, maar dan moesten ze wel door de metaaldetector, om te garanderen dat de zone veilig bleef. Ze konden dus probleemloos van de ene zone naar de andere.'

Derek bracht zijn hand naar zijn voorhoofd. 'En zijn de acteurs gefouilleerd toen ze die dag in het Grand Theater aankwamen?' vroeg hij.

'Nee. Maar hun tassen zijn in de kleedkamers besnuffeld door de honden en gingen daarna door de metaaldetector.'

Toen zei Derek: 'Maar als een acteur die dag met een wapen op zijn lichaam naar het Grand Theater kwam, het tijdens de repetitie bij zich hield terwijl jullie de kleedkamers doorzochten en daarna gefouilleerd en wel naar de kleedkamer ging toen jullie de zaal controleerden, dan had hij het wapen daarna weer in zijn kleedkamer kunnen leggen, die al doorzocht was. Dan zou hij daarna weer terug naar de zaal kunnen gaan en ongestoord door de metaaldetector komen.'

'In dat geval zouden de honden het gemist hebben, ja. We hebben ze de acteurs niet laten besnuffelen.'

'Zo is het wapen dus binnengekomen,' zei ik. 'Alles was al een dag eerder gebeurd. De veiligheidsmaatregelen waren in de pers aangekondigd, de schutter had ruim de tijd om alles voor te bereiden. Het wapen lag al in het Grand Theater. De schutter hoefde het gisteren alleen nog maar uit zijn kleedkamer te halen voordat de voorstelling begon.'

'Dan zou de schutter een van de acteurs zijn?' vroeg burgemeester Brown geschrokken.

'Daar is geen twijfel over mogelijk,' bevestigde Derek.

De schutter zat dus in de kamer naast ons. Vlak onder onze ogen.

Eerst onderzochten we alle acteurs op kruitsporen; maar hun handen en kleding waren allemaal schoon. We testten ook de toneelkleding en we stuurden teams op pad om hun kleedkamers, hotelkamers en woningen te doorzoeken. Alles tevergeefs. Maar de schutter hoefde alleen handschoenen of zelfs een jas te dragen op het moment dat hij schoot en dat zou al verklaren waarom we niets vonden. Bovendien had de schutter alle tijd gehad om zich van het wapen te ontdoen, zich om te kleden en te douchen.

Kirk zei dat hij op het moment van de schoten bij Alice en Jerry stond. Jerry Eden konden we telefonisch bereiken; Dakota lag al uren op de operatietafel. Er was nog geen nieuws. Maar hij bevestigde dat Alice en Kirk bij hem stonden op het moment dat zijn dochter werd beschoten. We achtten Jerry Eden volledig betrouwbaar en dus konden we vertrouwen op zijn getuigenis: hij had niets te maken met de gebeurtenissen uit 1994 en we konden ons moeilijk voorstellen dat hij zijn dochter iets zou aandoen. Dat maakte het ook mogelijk om Kirk en Alice Filmore van de lijst van verdachten te schrappen.

De rest van de dag brachten we door met het ondervragen van de andere acteurs. Maar tevergeefs. Niemand had iets gezien. Als we vroegen waar iedereen was op het moment van de schoten, waren ze ergens in de coulissen of in de buurt van Kirk Harvey. Niemand kon zich herinneren iemand te hebben gezien. Het was een echte hersenkraker.

Aan het einde van de middag waren we nog geen stap verder.

'Hoezo hebben jullie niks?' Majoor McKenna wond zich op toen we hem op de hoogte brachten.

'We hebben bij niemand kruitsporen gevonden. En niemand heeft iets gezien,' zei ik.

'Maar we weten toch dat een van hen waarschijnlijk de schutter is?'

'Dat weet ik, majoor. Maar er is niets wat tegen iemand pleit. Alsof ze elkaar de hand boven het hoofd houden.'

'En je hebt ze allemaal ondervraagd?' vroeg de majoor opnieuw.

'Allemaal, behalve Alice Filmore.'

'En waar is zij dan?'

'Zij is gewoon onvindbaar,' antwoordde Derek. 'Haar telefoon staat uit. Steven Bergdorf zei dat ze samen het theater uit zijn gerend en dat ze volkomen in paniek leek. Kennelijk wilde ze terug naar New York. Maar zij wordt vrijgepleit door Jerry Eden. Ze waren allebei bij Harvey op het moment dat er geschoten werd. Zullen we toch de NYPD inlichten?'

'Nee,' zei de majoor. 'Dat hoeft niet, ze heeft een alibi. En jullie hebben genoeg te doen met degenen die dat niet hebben.'

'En wat doen we met de rest van het gezelschap?' vroeg ik. 'We houden ze nu al twaalf uur vast.'

'Als je niets hebt, laat je ze gaan. We hebben geen keus. Maar zeg dat ze de staat New York niet mogen verlaten.'

'Is er al nieuws van Dakota, majoor?' vroeg Anna.

'De operatie is afgelopen. De chirurgen hebben de kogels uit haar lichaam gehaald en ze hebben geprobeerd de schade aan haar organen te herstellen. Maar ze heeft veel bloed verloren en ze ligt in een kunstmatig coma. De artsen zijn bang dat ze de nacht niet haalt.'

'Kunt u vragen of de kogels geanalyseerd kunnen worden, majoor?' vroeg ik.

'Als je wilt. Waarom?'

'Ik vraag me af of ze uit een politiewapen komen.'

Er viel een lange stilte. Toen stond de majoor op uit zijn stoel en beëindigde de bespreking.

'Ga maar even uitrusten,' zei hij. 'Jullie lijken wel zombies.'

Toen Anna thuiskwam zag ze tot haar ongenoegen Mark, haar ex-man, op de veranda zitten.

'Mark? Wat doe jij hier in godsnaam?'

'We zijn allemaal doodongerust, Anna. Op televisie gaat het over niets anders dan de schietpartij in het Grand Theater. En je hebt niet op onze telefoontjes en berichten gereageerd.'

'Jij ontbrak er nog maar aan, Mark. Het gaat goed, dank je. Nu kun je gaan.'

'Toen ik hoorde wat er gebeurd was, moest ik denken aan juwelier Sabar.'

'Toe, begin nou niet!'

'Je moeder zei het ook!'

'Dan moet je maar met haar trouwen, jullie lijken heel veel gemeenschappelijk te hebben.'

Mark was niet van plan te vertrekken en bleef demonstratief zitten. Anna zakte uitgeput naast hem neer.

'Ik dacht dat je naar Orphea was gekomen omdat je gelukkig zou zijn in een stadje waar niks gebeurt,' zei hij.

'Inderdaad,' antwoordde Anna.

'Je zou haast denken dat je destijds alleen bij die interventie-eenheid in New York bent gegaan om me dwars te zitten,' zei hij bitter.

'Hang toch niet altijd het slachtoffer uit, Mark. Mag ik je er nogmaals aan herinneren dat ik al bij de politie zat toen je me leerde kennen?'

'Inderdaad,' gaf Mark toe. 'En ik moet zelfs zeggen dat dat een van de dingen was die me in je aantrokken. Maar heb je je ooit een moment in mij verplaatst? Ik ontmoet op een dag een heel bijzondere vrouw: briljant, zo mooi als de zon, grappig. Ik heb zelfs het geluk dat ik met haar kan trouwen. Maar dan trekt die schitterende vrouw iedere ochtend een kogelvrij vest aan als ze naar haar werk gaat. En iedere keer dat ze de flat uit loopt met haar semiautomatische pistool aan haar riem, vraag ik me af of ik haar nog levend terug zal zien. En bij iedere sirene, ieder alarm, iedere keer dat het op tv over een schietpartij of een noodgeval gaat, vraag ik me af of ze er niet middenin zit. En als er wordt aangebeld, is het dan een buurman die suiker komt lenen? Is ze haar sleutels vergeten? Of is het een agent in uniform die me komt vertellen dat mijn vrouw is overleden tijdens het uitoefenen van haar beroep? En dan de angst als ze te laat thuiskomt! En de bezorgdheid die aan me vreet als ze niet terugbelt en ik al een paar berichten heb achtergelaten! En de onregelmatige, idiote werktijden: ze gaat slapen als ik opsta en keert mijn leven om! En die nachtelijke telefoontjes en het vertrek in het holst van de nacht! En het overwerk! En de weekends die niet doorgingen! Dat was mijn leven met jou, Anna.'

'Genoeg, Mark!'

Maar hij was niet van plan het daarbij te laten.

'Een vraag, Anna. Toen je bij me wegging, heb je toen een ogenblik de tijd genomen om je in mij te verplaatsen? En te proberen te begrijpen wat ik had doorgemaakt? Als we na het werk afspraken in een restaurant en ik uren moest wachten omdat mevrouw plotseling een noodgeval had zodat ik maar met een lege maag naar bed ging. En al die keren dat je zei "Ik kom eraan", en je uiteindelijk toch niet kwam omdat je zaak langer duurde dan gepland. Was er onder al die duizenden agenten van die verdomde NYPD niet één aan wie je af en toe bij wijze van uitzondering een zaak kon toevertrouwen om met mij uit eten te gaan? Terwijl mevrouw Anna de hele wereld redde voelde ik me van de acht miljoen inwoners van New York de acht miljoenste, degene die als laatste aan de beurt komt! De politie heeft mijn vrouw afgepakt!'

'Nee, Mark,' wierp Anna tegen. 'Je bent me zelf verloren. Je hebt me niet kunnen behouden.'

'Geef me nog een kans, ik smeek je.'

Anna aarzelde lang; toen zei ze: 'Ik heb iemand ontmoet. Een goede man. Volgens mij ben ik verliefd. Het spijt me.'

Mark keek haar lang aan in een diepe, ijskoude stilte. Hij leek van slag. Uiteindelijk zei hij bitter: 'Misschien heb je gelijk, Anna. Maar vergeet niet dat je niet meer dezelfde bent sinds wat er bij juwelier Sabar is gebeurd. En dat hadden we kunnen vermijden! Die avond wilde ik niet dat je ging! Ik heb je gevraagd om die verdomde telefoon niet op te nemen, weet je nog?'

'Dat weet ik nog.'

'Als je niet naar die juwelierszaak was gegaan, als je één keer naar me had geluisterd, zouden we nu nog bij elkaar zijn.'

ANNA KANNER

Het was de avond van 21 september 2012.

De avond dat alles instortte.

De avond van de overval op juwelier Sabar.

Ik reed in mijn onopvallende auto terug naar Manhattan, met halsbrekende snelheid naar 57th Street waar de juwelier zich bevond. De hele wijk zat potdicht.

Mijn baas riep me naar het busje dat dienstdeed als commandopost.

'Er is één overvaller,' verklaarde hij. 'Die is helemaal losgeslagen.'

'Eentje maar?' vroeg ik verbaasd. 'Dat komt niet vaak voor.'

'Ja. En hij lijkt nerveus. Het schijnt dat hij de juwelier en zijn twee dochters van tien en twaalf thuis heeft gekidnapt. Ze wonen in een appartement boven de winkel. Hij heeft ze mee naar de winkel gesleept, ongetwijfeld in de hoop dat ze pas de volgende dag gevonden zouden worden. Maar twee passerende agenten die te voet surveilleerden waren verbaasd dat ze binnen nog licht zagen en toen hebben ze alarm geslagen. En ze hadden het goed gezien.'

'Dan is er dus één gijzelnemer en drie gijzelaars?'

'Ja,' bevestigde mijn chef. 'We hebben geen aanwijzingen over de identiteit van de overvaller. We weten alleen dat het een man is.'

'Hoelang is het al gaande?' vroeg ik.

'Inmiddels drie uur. De situatie begint kritiek te worden. De gijzelnemer eiste dat we ons terugtrokken, we hebben geen visueel contact en de huidige onderhandelaar krijgt niets voor elkaar. Niet eens telefonisch contact. Daarom heb ik je laten komen. Ik dacht dat het jou misschien wel zou lukken. Het spijt me dat ik je tijdens je verlof heb gestoord.'

'Geen zorgen, chef. Daar ben ik voor.'

'Je man zal me wel haten.'

'Ach, dat komt wel goed. Wat is het plan?'

Er waren weinig mogelijkheden: omdat we geen telefonisch contact hadden, moest ik naar de juwelierszaak lopen en persoonlijk contact leggen. Ik had nog nooit iets dergelijks gedaan.

'Ik weet dat dit nieuw is voor je, Anna,' zei mijn baas. 'Als je je er niet toe in staat voelt, heb ik daar alle begrip voor.'

'Ik doe het wel,' verzekerde ik hem.

'Jij bent onze ogen, Anna. Iedereen zit op jouw frequentie. Op een paar verdiepingen van het gebouw aan de overkant zitten scherpschutters. Als je iets ziet, vertel het dan, zodat ze zo nodig hun positie kunnen aanpassen.'

'Prima,' antwoordde ik terwijl ik mijn kogelvrije vest rechttrok.

Mijn baas wilde dat ik mijn kogelvrije helm opzette, maar dat weigerde ik. Je kunt geen contact leggen met een helm op je hoofd. Ik voelde dat de adrenaline mijn hart sneller liet pompen. Ik was bang. Ik wilde Mark bellen, maar ik hield me in. Ik wilde alleen zijn stem horen, geen rotopmerkingen.

Ik passeerde een veiligheidscordon en liep alleen door de uitgestorven straat met een megafoon in mijn hand. Er hing een volmaakte stilte. Op een meter of tien van de juwelierszaak bleef ik staan. Ik maakte me via de megafoon bekend.

Enige ogenblikken later verscheen er een man in een zwart leren jack en bivakmuts voor de deur: hij hield een van de meisjes met een revolver onder schot. Ze had een blinddoek voor en er zat tape over haar mond.

Hij eiste dat iedereen zich zou terugtrekken en we hem lieten vertrekken. Hij vormde een geheel met zijn gijzelaar en bewoog continu, waardoor hij het werk van de scherpschutters bemoeilijkte. Ik hoorde in mijn oortje dat mijn baas toestemming gaf om hem neer te schieten, maar de scherpschutters kregen hem niet goed in het vizier. De overvaller keek snel de straat en de omgeving door, ongetwijfeld om zijn vluchtkansen te peilen, en verdween toen in de juwelierszaak.

Er klopte iets niet, maar ik wist niet meteen wat. Waarom had hij zich laten zien? Hij was alleen; waarom zou hij het risico nemen om zich te laten beschieten, in plaats van zijn eisen telefonisch door te geven?

Er verstreken nog twintig minuten; toen ging de deur van de juwelierszaak opeens ruw open: het meisje verscheen weer, geblinddoekt en gekneveld. Ze zag niks en ze liep stapje voor stapje, tastte de grond af met haar tenen; ik hoorde haar kreunen. Ik wilde dichterbij komen, maar opeens verscheen in de deuropening de overvaller, in zijn leren jas en bivakmuts, met in iedere hand een wapen.

Ik liet mijn megafoon vallen en trok mijn wapen om hem neer te schieten.

'Wapens neer!' beval ik.

Hij ging schuil achter de uitstekende etalage zodat de scherpschutters hem nog niet konden zien.

'Anna, wat gebeurt er?' vroeg mijn chef door de radio.

'Hij komt naar buiten,' antwoordde ik. 'Schiet hem neer als je hem ziet.'

De schutters lieten weten dat ze hem nog niet in het vizier hadden. Ik bleef hem onder schot houden, ik richtte midden op zijn hoofd. Het meisje was een paar meter van hem verwijderd. Ik begreep niet wat hij deed. Opeens begon hij met beide armen te zwaaien en hij bewoog bruusk in mijn richting. Ik haalde de trekker over. De kogel raakte de man vol in zijn hoofd en hij zakte ineen.

De knal weerklonk in mijn oren. Mijn gezichtsveld vernauwde zich. Mijn radio begon te kraken. Achter me kwamen de arrestatieteams direct in actie. Ik kwam weer tot mezelf. Het meisje werd direct in veiligheid gebracht terwijl ik de juwelierszaak in liep achter een stoet gehelmde, tot de tanden gewapende agenten. We ontdekten het tweede meisje dat vastgebonden en gekneveld op de grond lag; ze was geblinddoekt, maar gezond. We evacueerden haar ook, waarna we verder zochten naar de juwelier. We vonden hem toen we de deur van zijn kantoor hadden opengebroken waarin hij was opgesloten. Hij lag op de grond; zijn handen waren vastgebonden met een tiewrap, er zat tape over zijn mond en ogen. Ik bevrijdde hem, hij kronkelde en greep naar zijn linkerarm. Eerst dacht ik dat hij gewond was, maar toen begreep ik dat hij een hartaanval had. Ik liet onmiddellijk hulp komen en in de minuten daarna werd de juwelier naar het ziekenhuis gebracht, terwijl zijn dochters door artsen werden verzorgd.

Voor de juwelierszaak waren de agenten druk in de weer rond het lichaam dat op het asfalt lag. Ik ging naar ze toe. En opeens hoorde ik een van mijn collega's verrast uitroepen: 'Droom ik, of heeft hij die revolvers aan zijn handen getapet?'

'Dat zijn namaakwapens,' zei een ander.

We zetten de bivakmuts af die zijn gezicht verborg; er zat een dik stuk tape over zijn mond.

'Wat is dit?' riep ik uit.

Ik viel ten prooi aan een verschrikkelijke twijfel, ik pakte mijn telefoon en toetste de naam van de juwelier in de zoekmachine. Toen ik de foto op het scherm zag, werd ik volkomen gevloerd.

'Verdomme,' zei een van mijn collega's terwijl hij naar mijn scherm keek. 'Hij lijkt verdomd veel op de juwelier.'

'Het is de juwelier!' brulde ik.

Toen vroeg een van de agenten: 'Maar als dit de juwelier is, waar is de overvaller dan?'

Daarom had de overvaller dus het risico genomen om zich te laten zien. Zodat ik hem met een bivakmuts en een leren jack zou associëren. Daarna had hij juwelier Sabar gedwongen om zijn kleren aan te trekken, had hij met tape wapens aan zijn handen geplakt en dwong hem naar buiten te gaan door te dreigen dat hij zijn jongste dochter zou vermoorden. Toen was hij snel naar het kantoor gerend, had zich opgesloten, tape over zijn mond en ogen geplakt en zijn handen door de tie-wrap gestoken, zodat hij voor de juwelier zou worden aangezien; vervolgens werd hij met zijn zakken vol edelstenen naar een ziekenhuis afgevoerd.

Zijn plan was perfect geslaagd: toen we in groten getale naar het ziekenhuis gingen waar hij voor die zogenaamde hartaanval naartoe was gebracht, was hij op mysterieuze wijze uit de onderzoekskamer verdwenen. De twee agenten die hem naar de eerste hulp hadden begeleid, stonden verstrooid te kletsen op de gang en hadden geen idee wat er was gebeurd.

De overvaller werd nooit geïdentificeerd of gevonden. Ik had een onschuldige gedood. Ik had het ergste gedaan wat een lid van een speciale eenheid kan doen: een gijzelaar doden.

Iedereen verzekerde me dat ik niets verkeerd had gedaan, dat ze precies hetzelfde zouden doen. Toch bleef de scène zich steeds opnieuw in mijn hoofd afspelen.

'Hij kon niks zeggen,' zei mijn chef steeds. 'Hij kon niet gebaren zonder dreigend met zijn armen te zwaaien; hij kon niks. Hij was al dood.'

'Ik denk dat hij bewoog omdat hij op de grond wilde gaan liggen om zich over te geven. Als ik nog een seconde had gewacht met schieten, had hij dat kunnen doen. Dan was hij nu nog in leven.'

'Anna, als die man die voor je stond de echte overvaller was geweest en je nog een seconde had gewacht, had je honderd procent zeker een kogel door je kop gekregen.'

Wat me nog het meest raakte was dat Mark er geen begrip voor had en ook geen medeleven toonde. Hij wist niet wat hij tegen mijn wanhoop kon doen, en daarom deed hij niets anders dan de geschiedenis continu herschrijven door te zeggen: 'God, Anna, als je die avond niet was gegaan... Je had verlof! Je had de telefoon niet eens hoeven opnemen! Maar je bent altijd zo'n uitslover...' Ik geloof dat hij het zich kwalijk nam dat hij me niet had kunnen tegenhouden. Hij zag dat ik triest en wanhopig was, en zelf was hij woedend. Ik kreeg verlof, maar ik wist niet wat ik ermee aan moest. Ik bleef somber thuiszitten. Ik voelde me depressief. Mark probeerde mijn gedachten wel te verzetten, hij stelde voor om te gaan wandelen, hard te lopen of musea te bezoeken. Maar hij slaagde er niet in de woede de baas te worden die aan hem vrat. Toen we na een bezoek aan het Metropolitan Museum in het cafetaria cappuccino dronken, zei ik: 'Iedere keer als ik mijn ogen dichtdoe, zie ik die man voor me met die wapens in zijn handen. Ik kan de tape om zijn handen niet zien, ik zie alleen zijn ogen. Ik heb de indruk dat hij doodsbang is. Maar hij gehoorzaamt niet. Voor hem staat het meisje met de blinddoek...'

'Anna, niet hier. We zijn hier juist om aan andere dingen te denken. Hoe kun je vooruitkomen als je er steeds over blijft praten?'

'Verdomme, Mark!' riep ik uit. 'Omdat dit mijn werkelijkheid is!'

Niet alleen sprak ik met stemverheffing, maar ook had ik met een bruuske beweging mijn kopje omgestoten. De mensen aan de tafels om ons heen keken naar ons. Ik was moe.

'Ik haal een nieuwe voor je,' zei Mark verzoenend.

'Nee, laat maar... Volgens mij moet ik even lopen. Ik wil even alleen zijn. Ik ga even een rondje door het park lopen, ik zie je thuis wel weer.'

Terugkijkend begrijp ik dat het probleem met Mark was dat hij er niet over wilde praten. Ik was niet geïnteresseerd in zijn mening en zijn goedkeuring: ik wilde alleen dat er iemand naar me luisterde, terwijl hij juist wilde doen alsof er niets gebeurd was, of alsof alles al vergeten was.

Ik moest vrijuit kunnen praten. Op aanraden van de psycholoog van mijn eenheid sprak ik er met mijn collega's over. Ze konden allemaal heel goed luisteren: met de een ging ik iets drinken, de ander nodigde me uit voor het eten. De uitstapjes deden me goed, maar jammer genoeg haalde Mark zich in zijn hoofd dat ik een affaire met een collega had.

'Grappig,' zei hij. 'Je bent altijd in een goed humeur als je terugkomt van je avondjes. Dat is weer eens wat anders dan die grafkop als je bij mij bent.'

'Mark, maak je een grapje? Ik heb gewoon koffiegedronken met een collega. Hij is getrouwd en heeft twee kinderen.'

'Wat een geruststelling, hij is getrouwd! En getrouwde mannen gaan nooit vreemd!'

'Je gaat me toch niet vertellen dat je jaloers bent, Mark?'

'Anna, als je bij mij bent heb je de hele tijd zo'n kop op. Je glimlacht alleen als je weggaat. Om nog maar te zwijgen over de laatste keer dat we hebben geneukt!'

Ik kon Mark niet duidelijk maken dat hij zich van alles inbeeldde. Of zei ik niet vaak genoeg dat ik van hem hield? Hoe dan ook, ik verwaarloosde hem, ik dacht te veel aan mijn eigen problemen en ik liet hem aan zijn lot over. Uiteindelijk zocht hij de aandacht die hij niet van mij kreeg bij een van zijn collega's, die niets liever wilde. Het hele kantoor wist ervan, dus ik ook. De dag dat ik het hoorde trok ik bij Lauren in.

Toen kwam de periode dat Mark spijt kreeg van zijn excuses, zijn smeekbeden. Hij vroeg mijn ouders om vergiffenis; hij deed ons hele leven in hun woonkamer uit de doeken en uiteindelijk beklaagden ze hem.

'Zeg, Anna,' zei mijn moeder. 'Vier maanden geen seks?'

'Heb je dat van Mark?' vroeg ik met afgrijzen.

'Ja, en hij huilde erbij.'

Ik geloof dat het ergste niet was dat Mark was vreemdgegaan, maar dat die aantrekkelijke, beschermende man, degene die levens redde in restaurants en hele volksstammen charmeerde, in mijn geest was verworden tot een jankerd die bij mijn moeder snotterde dat we te weinig seks hadden. Ik wist dat er iets was beschadigd, en in de loop van juni 2013 ging hij akkoord met een scheiding.

Ik was moe van New York, moe van de stad, de hitte, de omvang, het onophoudelijke lawaai en de lichten die nooit doofden. Ik wilde ergens anders wonen, ik had behoefte aan verandering, en het toeval wilde dat ik in *The New York Review of Letters*, waarop ik geabonneerd was, op een artikel over Orphea stuitte.

HET GROOTSTE KLEINE THEATERFESTIVAL
Door Steven Bergdorf

Kent u het sieraad genaamd Orphea, verstopt in de Hamptons? Een klein, paradijselijk stadje waar de lucht zuiverder lijkt en het leven lieflijker is dan waar dan ook, en dat ieder jaar onderdak biedt aan een theaterfestival waarvan de hoofdact altijd bij de tijd en hoogstaand is [...]

Het stadje zelf is de reis al waard. De hoofdstraat is een juweel van rust. De cafés en restaurants zijn uitstekend en aanlokkelijk, de winkels aantrekkelijk. Alles hier is dynamisch en vriendelijk [...] Logeer in het Lake Palace als u de gelegenheid hebt, een schitterend hotel vlak buiten de stad, aan de rand van een prachtig meer en een betoverend bos. U zult zich in een filmdecor wanen. Het personeel voorziet in al uw behoeften, de kamers zijn ruim en smaakvol ingericht, het restaurant is verfijnd. Wie van dit hotel heeft geproefd komt er niet gemakkelijk meer weg.

Ik nam een paar dagen vrij tijdens het festival, ik reserveerde een kamer in het Lake Palace en ik ging naar Orphea. Geen woord van het artikel was gelogen: ik ontdekte vlak buiten New York een heerlijke, beschermde wereld. Ik zou er dolgraag willen wonen. Ik liet me betoveren door de straatjes, de bioscoop, de boekwinkel. Orphea leek me de droomplaats om een nieuw leven in een nieuwe omgeving te beginnen.

Toen ik op een dag op een bankje bij de boulevard zat en naar de oceaan keek, meende ik in de verte de fontein te zien van een walvis die naar de oppervlakte kwam. Ik voelde de behoefte om dit moment met iemand te delen, en ik sprak een passerende jogger aan.

'Wat is er?' vroeg hij.

'Een walvis, er is daar een walvis!'

Het was een knappe man, een vijftiger.

'Die zie je hier wel vaker,' zei hij, zichtbaar geamuseerd door mijn opwinding.

'Ik kom hier voor het eerst,' legde ik uit.

'Waar komt u vandaan?'

'New York.'

'Dat is niet zo ver weg,' merkte hij op.

'Heel dichtbij en toch zo ver,' antwoordde ik.

Hij glimlachte en we kletsten wat. Hij heette Alan Brown, hij was de burgemeester van het stadje. Ik vertelde kort over de moeilijke persoonlijke situatie waarin ik zat en mijn verlangen om opnieuw te beginnen.

'Anna,' zei Alan toen. 'Vat deze vraag niet verkeerd op, want ik ben getrouwd en ik wil je niet versieren. Maar heb je zin om vanavond bij ons te komen eten? Ik wil iets met je bespreken.'

Zo dineerde ik die avond met burgemeester Brown en zijn vrouw Charlotte in hun leuke huis. Ze vormden een mooi stel. Zij was ietsje jonger dan hij. Ze was dierenarts en runde een kleine, goedlopende kliniek. Ze hadden geen kinderen en ik stelde er geen vragen over.

De burgemeester deed de ware reden van zijn uitnodiging pas uit de doeken toen we aan het dessert zaten.

'Anna, het hoofd van de plaatselijke politie gaat volgend jaar met pensioen. Zijn adjunct is nogal een domkop die me niet echt bevalt. Ik heb grote plannen met de stad en ik wil dat de leiding wordt overgenomen door iemand die ik kan vertrouwen. En ik heb het gevoel dat jij de ideale kandidaat bent.'

Terwijl ik er even over nadacht, voegde de burgemeester eraan toe: 'Ik moet je wel waarschuwen dat dit een rustig stadje is. Het is hier geen New York...'

'Mooi zo,' antwoordde ik. 'Ik heb juist behoefte aan rust.'

De volgende ochtend nam ik het aanbod van burgemeester Brown aan. En zo verhuisde ik op een dag in september 2013 naar Orphea. In de hoop dat ik een nieuwe start kon maken. En vooral dat ik mezelf zou terugvinden.

JESSE ROSENBERG

Maandag 28 juli 2014
2 dagen na de première

Zesendertig uur na de rampzalige première was het theaterfestival van Orphea officieel geannuleerd, en alle media in het land waren woedend; vooral de politie kreeg ervan langs omdat ze niet in staat was geweest om de bevolking te beschermen. Na de moord op Stephanie Mailer en Cody Illinois was de schietpartij in het Grand Theater een drama te veel: een moordenaar terroriseerde de Hamptons, de bevolking was in rep en roer. In de hele regio liepen de hotels leeg, reserveringen werden massaal geannuleerd, vakantiegangers zagen af van hun komst. Er heerste algehele paniek.

De gouverneur van de staat New York was woedend en gaf in het openbaar uiting aan zijn ontstemdheid. De bevolking keerde burgemeester Brown de rug toe en majoor McKenna en de aanklager werden de oren gewassen door hun superieuren. Onder het spervuur van kritiek hadden ze besloten om de vlucht naar voren te kiezen en die ochtend een persconferentie te beleggen in het stadhuis. Ik vond dat het slechtst denkbare plan: we hadden voorlopig nog helemaal geen antwoorden voor de media. Waarom zouden we ons nog meer blootstellen?

Tot op het laatste moment probeerden Derek, Anna en ik ze er in de gangen van het stadhuis van te overtuigen om in dit stadium af te zien van een openbare verklaring, maar tevergeefs.

'Het probleem is dat jullie momenteel niets concreets te vertellen hebben,' legde ik uit.

'Dat komt omdat jullie niet in staat zijn gebleken om iets te vinden!' donderde de assistent-aanklager. 'Al sinds dit onderzoek is begonnen!'

'We hebben meer tijd nodig,' verdedigde ik me.

'Tijd hebben jullie al meer dan genoeg gehad!' antwoordde de assistent-aanklager. 'En alles wat ik zie is een ramp. Doden. Een doodsbange bevolking. Jullie zijn mislukkelingen en dat zullen we de pers vertellen!'

Ik wendde me tot majoor McKenna, in de hoop dat hij me zou steunen.

'Majoor, u kunt ons niet alle schuld in de schoenen schuiven,' protesteerde ik. 'De beveiliging van het theater en de stad vielen onder de bevoegdheid van u en adjunct-commissaris Montagne.'

De majoor werd rood.

'Let op je woorden, Jesse!' riep hij. 'Waag het niet. Ik heb je vanaf het begin van dit onderzoek de hand boven het hoofd gehouden. Mijn oren suizen nog van het geschreeuw van de gouverneur toen hij gisteren belde! Als hij een persconferentie wil, dan krijgt hij die.'

'Het spijt me, majoor.'

'Kan me niet bommen dat het je spijt, Jesse. Derek en jij hebben deze doos van Pandora geopend, en jullie zorgen zelf maar dat je hem weer dicht krijgt.'

'Had u liever gezien dat we alles onder het tapijt hadden geveegd en de leugen in stand hadden gehouden, majoor?'

Hij zuchtte.

'Ik geloof dat je niet beseft wat je hebt aangericht door dit onderzoek te heropenen. Het hele land heeft het over de zaak. Er gaan koppen rollen, Jesse, maar niet die van mij! Waarom ging je niet gewoon met pensioen, zoals je verdomme van plan was? Waarom ben je je nieuwe leventje niet gaan leiden toen je alle eerbewijzen hebt verzameld die je kon krijgen?'

'Omdat ik een echte agent ben, majoor.'

'Of een echte stommeling, Jesse. Ik geef Derek en jou nog tot het einde van de week om deze zaak op te lossen. Als de moordenaar maandagochtend niet op mijn kamer zit, laat ik je ontslaan zonder pensioen, Jesse. En jou ook, Derek. En nu aan de slag. En laat ons ook ons werk doen. De journalisten wachten.'

De majoor en de assistent-aanklager liepen naar de perszaal. Voordat burgemeester Brown ze volgde, wendde hij zich tot Anna en zei: 'Ik heb liever dat je het hier hoort, Anna: ik ga officieel aankondigen dat Jasper Montagne tot het nieuwe hoofd van politie van Orphea wordt benoemd.'

Anna werd bleek. 'Wat?' wist ze uit te brengen. 'Maar u zei dat hij alleen maar interim-commissaris was, totdat ik klaar was met het onderzoek.'

'Met alle drukte in Orphea moet er een officiële vervanger voor Gulliver komen. En mijn keuze is op Montagne gevallen.'

Anna stond op het punt in huilen uit te barsten.

'Dit kun je me niet aandoen, Alan!'

'Natuurlijk wel, en ik doe het ook.'

'Maar je had beloofd dat ik Gulliver zou vervangen – daarvoor ben ik naar Orphea gekomen.'

'Er is in de tussentijd heel wat gebeurd. Het spijt me, Anna.'

Ik wilde Anna te hulp komen. 'Burgemeester, u begaat een grote fout. Adjunct-commissaris Kanner is een van de beste agenten die ik in lange tijd heb gezien.'

'Waar bemoeit u zich mee, kapitein Rosenberg!' antwoordde Brown kortaf. 'Werk liever aan het onderzoek in plaats van uw neus te steken in zaken die u niet aangaan.'

De burgemeester maakte rechtsomkeert en liep naar de perszaal.

~

In het Lake Palace was een chaotische uittocht gaande, zoals in alle hotels in de omtrek. De gasten vertrokken en de hoteldirecteur, die tot alles bereid was om de aderlating te stoppen, smeekte ze te blijven, beloofde uitzonderlijk hoge kortingen. Maar niemand wilde in Orphea blijven – behalve Kirk Harvey, die vastbesloten was om zijn verantwoordelijkheid te nemen en bij te dragen aan het afronden van het onderzoek, en die de kans greep om voor een weggeefprijs zijn suite te behouden die nu niet meer door de gemeente werd betaald. Ostrovski deed hetzelfde: hij kreeg zelfs voor een prikkie een driedubbele upgrade naar de Royal Suite.

Charlotte Brown, Samuel Padalin en Ron Gulliver waren de vorige avond naar huis gegaan.

In kamer 312 deed Steven Bergdorf zijn koffer dicht, onder het toeziend oog van zijn vrouw Tracy. Ze was de vorige dag gekomen.

Ze had haar kinderen aan de zorg van een vriendin toevertrouwd en was met de bus naar de Hamptons gekomen om haar man te helpen. Ze was bereid om hem zijn misstappen te vergeven. Ze wilde alleen dat alles weer werd zoals het was.

'Weet je zeker dat je weg kunt?' vroeg ze.

'Ja, natuurlijk. De politie zegt alleen dat ik in de staat New York moet blijven. De stad New York ligt in de staat New York, of niet?'

'Inderdaad,' knikte Tracy.

'Dan is alles dus in orde. We gaan. Ik kan niet wachten tot we thuis zijn.'

Steven pakte zijn koffer en trok hem achter zich aan.

'Je koffer lijkt zwaar,' zei Tracy. 'Ik roep wel een kruier, die kan hem zo in de auto zetten.'

'Als je dat maar laat!' riep Steven uit.

'Waarom niet?'

'Ik kan mijn eigen koffer wel tillen.'

'Zoals je wilt.'

Ze liepen de kamer uit. Op de gang omhelsde Tracy Bergdorf onverwacht haar man.

'Ik was zo bang,' fluisterde ze. 'Ik hou van je.'

'Ik hou ook van jou, Tracy, liefste. Ik heb je verschrikkelijk gemist.'

'Ik vergeef je alles,' zei Tracy toen.

'Wat bedoel je?' vroeg Steven.

'Dat meisje dat bij je was. Die in het artikel in *The New York Times* werd genoemd.'

'O god, dat geloofde je toch niet? Toe nou, Tracy, er is nooit een meisje geweest, dat zijn allemaal verzinsels.'

'Echt?'

'Natuurlijk. Je weet dat ik Ostrovski moest ontslaan. Uit wraak heeft hij allemaal onzin verteld aan *The New York Times*.'

'Wat een smeerlap!' zei Tracy boos.

'Vertel mij wat! Het is verschrikkelijk dat mensen zo bekrompen zijn.'

Tracy omhelsde haar man opnieuw. Ze was zo opgelucht dat het allemaal niet waar was.

'We kunnen hier nog wel een nacht doorbrengen,' stelde ze voor.

'De kamers gaan voor een prikkie. Dan kunnen we weer iets dichter tot elkaar komen.'

'Ik wil naar huis,' zei Steven. 'De meisjes zien, die lieve schatten.'

'Je hebt gelijk. Wil je lunchen?'

'Nee, ik vertrek liever direct.'

Ze verdwenen in de lift en liepen de hotellobby door, waar het druk was door alle overhaaste vertrekken. Steven liep vastbesloten naar de uitgang en zorgde dat hij de blikken van de receptionisten niet kruiste. Hij vertrok zonder de rekening te betalen. Hij moest wegwezen, snel, zonder dat iemand hem iets over Alice zou vragen. Zeker nu zijn vrouw erbij was.

De auto wachtte op de parkeerplaats. Steven had zijn sleutel niet aan de valet willen geven.

'Kan ik u helpen?' vroeg een medewerker, die zijn koffer wilde aannemen.

'Absoluut niet,' zei Steven en hij versnelde zijn pas; zijn vrouw liep achter hem aan.

Hij deed de deur open en gooide zijn koffer op de achterbank.

'Leg die koffer toch in de kofferbak,' zei zijn vrouw.

'Zal ik uw koffer in de kofferbak leggen?' vroeg de medewerker die met ze mee was gelopen.

'Absoluut niet,' zei Steven opnieuw, terwijl hij achter het stuur ging zitten. 'Tot ziens, en bedankt.'

Zijn vrouw ging op de passagiersstoel zitten, hij startte de motor en ze reden weg. Toen ze de stadsgrenzen passeerden, slaakte Steven een zucht van verlichting. Tot nu toe had niemand iets gemerkt. En Alice' lichaam in de kofferbak was nog niet gaan stinken. Hij had het zorgvuldig ingepakt in huishoudfolie en hij was blij dat hij daaraan had gedacht.

Tracy zette de radio aan. Ze voelde zich vredig en gelukkig. Algauw viel ze in slaap.

Buiten was het verschrikkelijk heet. Ik hoop dat ze niet gaat koken daarbinnen, dacht Steven, die het stuur vastklampte. Alles was zo snel gegaan, hij had geen tijd gehad om na te denken. Nadat hij Alice had gedood en haar lichaam in de struiken had verborgen, was hij naar het Lake Palace gerend om zijn auto te halen, waarna hij naar de plaats delict was teruggekeerd. Met moeite had hij Alice' lichaam opgetild en in de kofferbak gegooid. Zijn overhemd zat onder het bloed. Maar wat deed het ertoe, niemand merkte het. Het was een chaos in Orphea, alle agenten waren druk in de weer in het centrum. Daarna was hij naar een 24-uurs supermarkt gereden, waar hij astronomische hoeveelheden huishoudfolie had gekocht; toen had hij een stil plekje aan de rand van een bos gevonden. Hij had het gehele lichaam, dat al koud en stijf werd, zorgvuldig ingepakt. Hij wist dat hij het niet in Orphea kon dumpen. Hij moest het ergens anders naartoe brengen en zorgen dat de stank hem niet zou verraden. Hij hoopte dat zijn list hem in staat zou stellen om wat tijd te winnen.

Terug bij het Lake Palace, met Alice in de kofferbak, trok hij een oude trui aan die ergens in zijn auto slingerde om het overhemd te verbergen en naar zijn kamer te kunnen gaan zonder dat iemand iets merkte. Toen had hij langdurig gedoucht en schone kleren aangetrokken die leken op wat hij eerder had gedragen. Ten slotte had hij wat geslapen. Tot hij wakker schrok: hij moest zorgen dat hij van Alice' spullen af kwam. Hij had haar koffer tevoorschijn gehaald, had al haar spullen erin gepropt en was weer uit het hotel vertrokken, in de hoop dat niemand op zijn doen en laten lette. Maar er heerste zo'n drukte dat niemand iets zag. Hij pakte de auto weer en verspreidde Alice' bezittingen en kleren over diverse vuilnisbakken in allerlei steden in de omtrek, waarna hij de lege koffer uiteindelijk langs de weg achterliet. Hij voelde zijn hart ontploffen in zijn borst en er zat een knoop in zijn maag: als een politieagent zijn merkwaardige handelingen zag, hem zou aanhouden en de kofferbak van de auto zou laten openen, was hij het haasje.

Uiteindelijk was hij om vijf uur 's ochtends terug in de suite van het Lake Palace, waaruit hij elk spoor van Alice had verwijderd. Hij sliep een halfuur, toen werd hij wakker van gebonk op de deur. De politie. Hij wilde zich uit het raam gooien. Hij was erbij! Hij deed in zijn boxershort open, rillend over zijn hele lichaam. Voor hem stonden twee agenten in uniform.

'De heer Steven Bergdorf?' vroeg een van hen.

'Dat ben ik.'

'Het spijt ons heel erg dat we u op dit tijdstip lastigvallen, maar kapitein Rosenberg heeft ons op pad gestuurd om alle leden van het theatergezelschap te halen. Hij wil u ondervragen over de gebeurtenissen van gisteravond in het Grand Theater.'

'Ik ga graag met u mee,' had Steven geantwoord, terwijl hij zijn best deed om kalm te blijven.

Aan de agent die hem vroeg of hij Alice had gezien, zei hij dat hij haar uit het oog was verloren toen ze de schouwburg uit renden. Daarna hadden ze geen vragen meer gesteld.

De hele weg naar New York dacht hij na over de vraag wat hij met Alice aan moest. Toen hij de silhouetten van de wolkenkrabbers van Manhattan zag opdoemen, had hij al een heel plan uitgedacht. Alles kwam goed. Niemand zou Alice ooit terugvinden. Hij hoefde alleen Yellowstone National Park maar te bereiken.

Een paar mijl verderop, tegenover Central Park, in het Mount Sinai Hospital, waakten Jerry en Cynthia Eden bij hun dochter die op de intensive care lag. De dokter kwam langs om ze een hart onder de riem te steken.

'Meneer en mevrouw Eden, u moet even uitrusten. We houden haar voorlopig in een kunstmatig coma.'

'Maar hoe gaat het met haar?' vroeg Cynthia gebroken.

'Dat is vooralsnog onmogelijk te zeggen. Ze heeft de operatie doorstaan, dat is hoopgevend. Maar we weten nog niet of ze er lichamelijke of neurologische gevolgen van zal ondervinden. De kogels hebben aanzienlijke schade aangericht. Een van de longen is geperforeerd en de milt is geraakt.'

'Dokter,' vroeg Jerry ongerust, 'wordt onze dochter weer wakker?'

'Ik weet het niet. Het spijt me enorm. Er is een kans dat ze het niet overleeft.'

~

Anna, Derek en ik reden door de hoofdstraat die nog steeds was afgesloten voor het publiek. Alles was verlaten ondanks de stralende zon. Er was niemand op de trottoirs, niemand op de boulevard. Er hing een vreemde sfeer als in een spookstad.

Voor het Grand Theater hielden een paar agenten de wacht terwijl medewerkers van de gemeente de laatste rotzooi opruimden, waaronder souvenirs uit de kraampjes van de reizende kooplieden, als laatste getuigen van de chaos die hier had geheerst.

Anna raapte een T-shirt op waarop stond: IK WAS OP 26 JULI 2014 IN ORPHEA.

'Ik was er liever niet geweest,' zei ze.

'Ik ook niet,' verzuchtte Derek.

We liepen het gebouw in en gingen naar de verlaten, stille zaal. Op het toneel zagen we een enorme plas opgedroogd bloed, medische kompressen en verpakkingen van steriele verbandmaterialen die de hulpdiensten hadden achtergelaten. Er kwam maar één woord in me op: ontreddering.

Volgens het rapport van de arts die Dakota had geopereerd waren de kogels van boven naar beneden gegaan, in een hoek van zestig graden. Die informatie stelde ons in staat om vast te stellen waar in de zaal de schutter zich bevond. We begonnen aan een reconstructie van de feiten.

'Dus Dakota stond midden op het toneel,' zei Derek. 'Kirk stond links van haar, samen met Jerry en Alice.'

Ik ging midden op het toneel staan alsof ik Dakota was. Anna zei: 'Ik zie niet hoe de kogels haar vanaf een stoel, of zelfs van achter uit de zaal, waar het hoger is, onder een hoek van zestig graden omlaag hadden kunnen raken.'

Ze liep peinzend langs de rijen. Ik keek op; toen zag ik een loopbrug waarmee je bij de lichtbakken en schijnwerpers kon komen.

'Hij zat daar!' riep ik uit.

Derek en Anna probeerden te achterhalen hoe je de loopbrug kon bereiken; ze vonden een kleine trap achter in de coulissen, in de buurt van de kleedkamers. De loopbrug liep boven het hele toneel langs alle lichtbakken. Toen Derek boven me stond, richtte hij met zijn vinger op me. De schiethoek klopte perfect. En het was een redelijk kleine afstand: je hoefde geen scherpschutter te zijn om raak te schieten.

'De zaal was pikdonker en Dakota keek recht in de schijnwerpers. Zij zag niks, de schutter zag alles. Er waren geen vrijwilligers en geen theatertechnici, behalve de lichtman: de dader had dus alle tijd om ongezien naar boven te klimmen, op een geschikt moment op Dakota te schieten en daarna weg te vluchten door een nooduitgang.'

'Om die loopbrug te bereiken moet je door de coulissen,' zei Anna. 'En de enigen die in de coulissen konden komen waren mensen met een accreditatie. De toegang werd streng bewaakt.'

'Dan is de dader dus inderdaad een van de acteurs,' zei Derek. 'Wat betekent dat we vijf verdachten hebben: Steven Bergdorf, Meta Ostrovski, Ron Gulliver, Samuel Padalin en Charlotte Brown.'

'Charlotte was bij Dakota toen ze was neergeschoten,' merkte ik op.

'Dat pleit haar nog niet vrij,' zei Derek. 'Ze schiet Dakota vanaf de loopbrug neer en komt dan weer beneden om haar te helpen – een prachtscenario!'

Op hetzelfde moment werd ik gebeld op mijn mobiel.

Verdomme, zuchtte ik, wat wil hij nou weer?

Ik nam op. 'Dag, majoor. We zijn in het Grand Theater. We hebben ontdekt vanwaar de schutter heeft geschoten. Een loopbrug die je alleen vanuit de coulissen kunt bereiken, wat betekent dat...'

'Jesse,' onderbrak de majoor me, 'daar bel ik juist over. Ik heb de ballistische analyse ontvangen. Het wapen dat tegen Dakota Eden is gebruikt, is een Beretta.'

'Een Beretta? Maar bij de moord op Meghan Padalin en de Gordons is ook een Beretta gebruikt!' riep ik uit.

'Daar dacht ik ook al aan,' zei de majoor, 'en daarom heb ik om een vergelijking gevraagd. Jesse, hou je vast: in 1994 en eergisteren is hetzelfde wapen gebruikt.'

Derek zag dat ik verbleekte en vroeg wat er was. Ik zei: 'Hij is hier, hij is onder ons. Dakota is beschoten door de moordenaar van Meghan en de Gordons. De moordenaar loopt al twintig jaar vrij rond.'

Nu werd ook Derek lijkbleek.

'Het lijkt wel of alles behekst is,' fluisterde hij.

DEREK SCOTT

12 november 1994. Een maand na het verschrikkelijke auto-ongeluk kreeg ik de medaille voor betoonde moed. In de sportzaal van het districtscentrum, in een zaal vol agenten, hoogwaardigheidsbekleders, journalisten en genodigden, werd ik gedecoreerd door het hoofd van de Staatspolitie zelf, die er speciaal voor was afgereisd.

Ik stond op het podium met mijn arm in een mitella en ik keek naar de grond. Ik hoefde die medaille niet, en de ceremonie ook niet, maar majoor McKenna had me op het hart gedrukt dat een weigering enorm slecht zou vallen bij mijn meerderen.

Jesse zat achter in de zaal. Een beetje afgezonderd. Hij had geen behoefte aan de plaats op de eerste rij die voor hem gereserveerd was. Hij zag er verslagen uit. Ik kon hem niet eens aankijken.

Na een lange toespraak kwam het hoofd van politie naar me toe en hing me plechtig een medaille om de hals. Hij zei: 'Sergeant Derek Scott, voor betoonde moed in de uitvoer van uw taak, en voor het redden van een leven met gevaar voor eigen leven, ken ik u deze onderscheiding toe. U bent een sieraad voor het korps.'

Toen het hoofd van politie me de medaille had omgehangen salueerde hij plechtig, waarna de fanfare een triomfantelijke mars inzette.

Ik bleef onbewogen en keek recht voor me uit. Opeens zag ik dat Jesse huilde, en toen kon ik ook mijn tranen niet bedwingen. Ik liep van het podium af en ik haastte me naar de onopvallende deur van de kleedkamers. Ik tilde de medaille over mijn hoofd en smeet hem woedend op de grond. Toen rolde ik me op een bank op en barstte in snikken uit.

JESSE ROSENBERG

Dinsdag 29 juli 2014
3 dagen na de première

Het was de laatste grote wending in de zaak.

Het moordwapen uit 1994 dat nooit gevonden was, was opeens weer komen bovendrijven. En hetzelfde wapen dat was gebruikt om Meghan Padalin en de familie Gordon te vermoorden was nu gebruikt om Dakota tot zwijgen te brengen. Dat betekende dat Stephanie al die tijd gelijk had gehad: Ted Tennenbaum had noch de familie Gordon, noch Meghan Padalin vermoord.

Die ochtend ontbood de majoor Derek en mij op het districtscentrum van de Staatspolitie; de assistent-aanklager was er ook.

'Ik zal Sylvia Tennenbaum op de hoogte moeten brengen,' zei hij. 'Het bureau van de aanklager gaat een procedure opstarten. Ik wilde dat jullie dat wisten.'

'Bedankt, majoor,' zei ik. 'We begrijpen het.'

'Sylvia Tennenbaum kan niet alleen een aanklacht tegen de politie indienen,' zei de assistent-aanklager, 'maar ook tegen jullie.'

'Of Ted Tennenbaum nu schuldig was of niet aan een viervoudige moord, hij is zelf verantwoordelijk voor die achtervolging. Niets daarvan zou ooit zijn gebeurd als hij gevolg had gegeven aan onze bevelen.'

'Maar Derek heeft zijn voertuig met opzet geramd en hem van de brug gedrukt,' zei de assistent-aanklager verwijtend.

Derek stoof op. 'We probeerden hem te pakken te krijgen!'

'Daar waren ook andere manieren voor,' wierp de assistent-aanklager tegen.

'O ja?' zei Derek getergd. 'Welke dan? Bent u een expert in achtervolgingen?'

'We zitten hier niet om jullie kapot te maken,' verzekerde de majoor ons. 'Ik heb het dossier erbij gepakt, en alles wees op Ted Tennenbaum. Het busje van Tennenbaum dat vlak voor de moord op de plaats delict was gezien, het motief dat hij door de burgemeester werd gechanteerd, wat werd bevestigd door bankafschriften, het feit dat Tennenbaum een wapen had aangeschaft van hetzelfde type dat voor de moorden is gebruikt, en het feit dat hij een geoefend schutter was. Hij moest het wel zijn!'

'En toch zijn al die bewijzen later ontkracht,' verzuchtte ik.

'Dat weet ik, Jesse,' zei de majoor spijtig. 'Maar iedereen heeft zich laten misleiden. Jullie hebben niks verkeerd gedaan. Jammer genoeg ben ik bang dat Sylvia Tennenbaum geen genoegen zal nemen met die verklaring en alle mogelijke middelen zal gebruiken om een schadevergoeding te krijgen.'

Voor ons onderzoek betekende het echter ook dat het net zich steeds nauwer sloot. In 1994 had de moordenaar van Meghan Padalin ook de Gordons uitgeschakeld, die ongelukkige getuigen waren. Omdat Derek en ik het dwaalspoor van de Gordons hadden gevolgd en door een hele stapel bewijzen overtuigd waren geraakt van de schuld van Ted Tennenbaum, had de echte moordenaar twintig jaar rustig kunnen slapen. Totdat Stephanie het onderzoek heropende, daartoe aangezet door Ostrovski, die altijd al twijfelde omdat hij had gezien dat Tennenbaum niet achter het stuur van het busje zat. Nu beide lijnen steeds dichter bij de moordenaar kwamen, had hij iedereen uitgeschakeld die hem kon ontmaskeren. Hij was begonnen met de Gordons, toen had hij Stephanie uitgeschakeld, toen Cody, en nu had hij Dakota het zwijgen willen opleggen. De moordenaar was vlakbij, onder onze ogen, binnen handbereik. We moesten snel en slim te werk gaan.

Toen het onderhoud met majoor McKenna op het districtscentrum voorbij was, maakten we van de gelegenheid gebruik om een bezoek af te leggen aan het kantoor van dokter Ranjit Singh, de gerechtsarts, die ook een expert was op het gebied van profiling. Hij had zich over het onderzoeksdossier gebogen in een poging meer te weten te komen over de persoonlijkheid van de moordenaar.

'Ik heb de verschillende aanwijzingen zorgvuldig bestudeerd,' zei dokter Singh. 'Ten eerste denk ik dat jullie te maken hebben met een persoon van het mannelijk geslacht. Statistisch omdat de kans dat een vrouw door een andere vrouw wordt vermoord slechts twee procent bedraagt, maar in dit geval zijn er ook concretere aanwijzingen: de impulsiviteit, de ingetrapte deur bij de Gordons, en de meedogenloze moord op een heel gezin. Dan Stephanie Mailer die in het meer werd verdronken, en Cody Illinois wiens schedel met veel geweld is ingeslagen – vormen van voornamelijk mannelijk geweld. Trouwens, ik heb in het dossier gezien dat mijn collega's destijds ook naar een man neigden.'

'Dus het kan geen vrouw geweest zijn?' vroeg ik.

'Ik kan niets uitsluiten, kapitein,' antwoordde dokter Singh. 'Er zijn gevallen bekend waarin achter dit soort mannelijke profielen een vrouwelijke dader schuilging. Maar uit de indruk die het dossier maakt, neig ik naar een man. Het is trouwens een interessant geval. Hij heeft een ongewoon profiel. Over het algemeen is er bij zoveel moorden sprake van een psychopaat of een beroepscrimineel. Maar als het een psychopaat was, zou hij geen rationele redenen hebben. En in dit geval zijn de moorden om heel duidelijke redenen gepleegd: om te verhinderen dat de waarheid aan het licht komt. En de moordenaar is ook geen beroepscrimineel, want toen hij Meghan Padalin moest vermoorden, schoot hij eerst mis. Hij was dus nerveus. Uiteindelijk doodde hij haar met meerdere kogels en heeft haar toen ook nog door het hoofd geschoten. Hij had geen zelfbeheersing, geen controle over zichzelf. En als hij doorheeft dat de Gordons hem misschien hebben gezien, moordt hij iedereen uit. Hij trapt de deur in, hoewel die al open is, en schiet van heel dichtbij.'

'Maar hij is toch een goede schutter,' zei Derek.

'Ja, hij is zeker een geoefend schutter. Volgens mij is het iemand die waarschijnlijk speciaal hiervoor heeft leren schieten, zo zorgvuldig is hij wel. Maar hij vergeet alles op het moment dat hij tot actie moet overgaan. Hij is dus geen koelbloedige moordenaar, maar iemand die ongewild moet schieten.'

'Ongewild?' vroeg ik verbaasd.

'Ja, iemand die nooit van plan was om te schieten, of iemand die in het openbaar een afkeer heeft van moord maar die geen andere keus had, misschien om zijn reputatie of status te beschermen of aan de gevangenis te ontsnappen.'

'Maar hij moest wel een wapen hebben of kopen, en leren schieten – dat vereist nogal wat voorbereiding,' zei Anna.

'Ik heb niet gezegd dat hij geen vooropgezet plan had,' verduidelijkte dokter Singh. 'Ik zei dat de moordenaar Meghan ten koste van alles wilde vermoorden. Hij had geen laag-bij-de-gronds motief als diefstal. Misschien wist ze iets over hem en moest hij haar het zwijgen opleggen. Wat betreft de keuze voor een vuurwapen: dat is het wapen bij uitstek voor wie niet weet hoe je een moord pleegt. Het heeft een soort afstandelijkheid, de zekerheid dat je zult doden. Een enkel schot, en alles is voorbij. Dat ligt anders bij een mes, tenzij je het slachtoffer de keel doorsnijdt, maar daartoe zou deze moordenaar niet in staat zijn. Dat zie je ook vaak bij zelfmoord: veel mensen vinden het gemakkelijker om een vuurwapen te gebruiken dan om je slagader door te snijden, van het dak van een flat te springen of medicijnen te slikken waarvan je niet precies weet wat ze gaan doen.'

Toen vroeg Derek: 'Maar waarom zou dezelfde persoon die de Gordons, Meghan Padalin, Stephanie en Cody heeft vermoord en ook heeft geprobeerd om Dakota Eden te vermoorden, bij Stephanie en Cody een ander wapen hebben gebruikt?'

'Omdat de moordenaar toen probeerde om zijn sporen uit te wissen,' legde dokter Singh uit, die zeker van zijn zaak leek. 'De moordenaar wilde dat er geen verband kon worden gelegd met de moorden uit 1994. Vooral nadat hij er twintig jaar lang in geslaagd was om iedereen om de tuin te leiden. Ik zeg het nog maar eens: volgens mij hebben jullie te maken met iemand die liever niet zou moorden. Hij heeft zes moorden gepleegd omdat hij geen kant op kon, maar hij is geen koelbloedige killer, geen seriemoordenaar. Het is iemand die ten koste van alles en iedereen zijn huid probeert te redden. Een moordenaar tegen wil en dank.'

'Maar waarom is hij in dat geval dan al niet ver uit Orphea weggevlucht?'

'Dat is een optie die hij zal overwegen zodra hij de kans heeft. Hij leeft al twintig jaar met de gedachte dat niemand achter zijn geheim zal komen. Hij heeft zijn waakzaamheid laten verslappen. Dat is waarschijnlijk de reden waarom hij zulke grote risico's heeft genomen om zijn identiteit te beschermen. Hij kan niet zomaar van de ene dag op de andere vluchten: dat zou hem verraden. Hij zal proberen tijd te winnen, een excuus te vinden om de streek definitief te kunnen verlaten zonder argwaan te wekken. Een nieuwe baan, een ziek familielid... Jullie moeten snel zijn. Jullie hebben een intelligente, nauwgezette man tegenover je. De enige manier om hem te bereiken is te achterhalen wie in 1994 een goede reden had om Meghan Padalin te vermoorden.'

Wie had een goede reden om Meghan Padalin te vermoorden? schreef Derek op het magneetbord dat in de archiefruimte van de *Orphea Chronicle* hing, de enige plaats waar we in alle rust aan die speurtocht konden werken. Anna was ook gekomen, en Kirk Harvey had zich bij ons gevoegd – zijn resultaten uit 1994 lieten zien dat hij een geduchte agent moest zijn – evenals Michael Bird, die ons zoveel hij kon met het onderzoek hielp en die daardoor een waardevolle bondgenoot was.

Met z'n allen namen we de elementen van het onderzoek door.

'Dan was Ted Tennenbaum dus niet de moordenaar,' zei Anna. 'Maar ik dacht dat jullie bewijs hadden dat hij het moordwapen in 1994 had gekocht?'

'Het wapen was afkomstig uit een voorraad die van het leger was gestolen en die onderhands werd verkocht door een louche soldaat in een bar in Ridgesport,' legde Derek uit. 'Theoretisch kun je je voorstellen dat Ted Tennenbaum en de moordenaar in dezelfde periode allebei op dezelfde plek een wapen hebben aangeschaft. Destijds was het ongetwijfeld een bekend adres om illegaal wapens te kopen.'

'Het zou dan wel verdomd toevallig zijn,' zei Anna. 'Eerst werd Tennenbaums busje op de plaats delict gezien, maar niet met hem achter het stuur. Daarna werd het wapen waarmee het misdrijf was gepleegd op dezelfde plaats gekocht waar Tennenbaum ook een Beretta had aangeschaft. Vinden jullie dat niet vreemd?'

'Sorry dat ik jullie onderbreek,' zei Michael. 'Maar waarom zou Ted Tennenbaum een illegaal wapen kopen als hij niet van plan was het te gebruiken?'

'Tennenbaum werd afgeperst door Jeremiah Fold, een crimineel uit de buurt, die zijn restaurant in brand had gestoken. Misschien wilde hij een wapen hebben om zich te kunnen beschermen.'

'Jeremiah Fold, van wie de naam in de tekst van mijn toneelstuk stond die bij burgemeester Gordon is teruggevonden?' vroeg Harvey.

'Precies,' antwoordde ik. 'En van wie we allemaal vermoeden dat hij opzettelijk om het leven is gebracht.'

'Laten we ons op Meghan richten,' stelde Derek voor terwijl hij op de zin op het bord tikte: 'Wie had een goede reden om Meghan Padalin te vermoorden?'

'Ja,' zei ik. 'Kunnen we ons voorstellen dat Meghan Jeremiah Fold heeft aangereden? En dat iemand die met Jeremiah te maken had – Costico misschien – wraak wilde?'

'Maar we hebben al vastgesteld dat er geen connectie tussen Meghan Padalin en Jeremiah Fold bestaat,' zei Derek. 'En bovendien past het helemaal niet in het profiel van Meghan dat ze een crimineel van zijn motor zou rijden.'

'Trouwens,' zei ik, 'waar is de analyse van de auto-onderdelen die Grace, de voormalig special agent van de ATF, heeft gevonden?'

'Die is nog niet klaar,' zei Derek spijtig. 'Ik hoop morgen iets te horen.'

Anna, die een deel van het dossier had opgepakt, pakte een proces-verbaal van een verhoor en zei: 'Ik geloof dat ik iets heb. Toen we burgemeester Brown vorige week ondervroegen, zei hij dat hij in 1994 een anoniem telefoontje kreeg. "Aan het begin van 1994 kwam ik erachter dat Gordon corrupt was." "Hoe?" "Ik kreeg een anoniem telefoontje. Tegen het einde van februari. Een vrouwenstem."'

'Een vrouwenstem,' herhaalde Derek. 'Meghan Padalin?'

'Waarom niet?' zei ik. 'Het is een spoor dat mogelijkheden biedt.'

'Dan zou burgemeester Brown Meghan en de Gordons hebben vermoord,' zei Michael.

'Nee,' legde ik uit. 'Toen in 1994 die viervoudige moord werd gepleegd stond Brown handen te schudden in de foyer van het Grand Theater. Hij heeft een alibi.'

'Maar door dat telefoontje besloot burgemeester Gordon Orphea te verlaten,' zei Anna. 'Hij begon geld over te maken naar Montana en ging toen naar Bozeman om een huis te zoeken.'

'Dan had burgemeester Gordon dus een uitstekend motief om Meghan Padalin te vermoorden, en zijn profiel komt overeen met wat de expert net vertelde: een man die geen moorddadig verleden had, maar die zich in het nauw gedreven voelde of zijn eer wilde redden en daarom met tegenzin een moord beging. Gordon past vrij goed in de beschrijving.'

'Behalve dan dat Gordon ook een van de slachtoffers was,' bracht ik Derek in herinnering. 'Dus klopt er iets niet.'

Kirk nam het woord.

'Ik herinner me dat me destijds iets was opgevallen: dat de moordenaar goed op de hoogte was van Meghan Padalins gewoontes. Hij wist dat ze iedere dag om dezelfde tijd ging joggen en dat ze pauzeerde in het plantsoen van Penfield Crescent. Je zou dus kunnen denken dat hij haar al een tijd in de gaten hield. Maar er was een ander detail waar de moordenaar onmogelijk achter had kunnen komen door haar alleen te observeren: het feit dat Meghan niet meedeed aan de festiviteiten rondom de première van het theaterfestival. Het was iemand die wist dat de wijk uitgestorven was en dat Meghan alleen in het plantsoen zou zijn. Zonder getuigen. Het was een unieke kans.'

'Dan zou het dus iemand uit haar omgeving zijn?' vroeg Michael.

Zoals we ons eerst hadden afgevraagd wie kon weten dat burgemeester Gordon niet bij de première zou zijn, moesten we nu nagaan wie kon weten dat Meghan op dat tijdstip in het plantsoen zou zijn.

We keken naar de lijst van verdachten die we met viltstift op het magneetbord hadden geschreven.

Meta Ostrovski
Ron Gulliver
Steven Bergdorf
Charlotte Brown
Samuel Padalin

'Laten we kijken wie we kunnen schrappen,' stelde Derek voor. 'Uitgaande van het beginsel dat het een man was, valt Charlotte Brown voorlopig af. Bovendien woonde ze destijds niet in Orphea, had ze geen connectie met Meghan Padalin en al helemaal geen gelegenheid om haar in de gaten te houden en haar gewoontes te leren kennen.'

'Gebaseerd op wat de profiling-deskundige heeft gezegd had de moordenaar er geen enkel belang bij dat het onderzoek in 1994 werd heropend,' vulde Anna aan. 'En dus kunnen we Ostrovski ook uitsluiten. Waarom zou hij Stephanie vragen om licht te werpen op de zaak als hij haar daarna zou vermoorden? Bovendien woonde hij ook niet in Orphea en had hij ook niets met Meghan Padalin te maken.'

'Blijven over: Ron Gulliver, Steven Bergdorf en Samuel Padalin,' zei ik.

'Gulliver is net afgetreden als hoofd van politie, ook al kan hij over twee maanden met pensioen,' zei Anna, waarna ze aan Kirk en Michael uitlegde dat de expert had geopperd dat de moordenaar zou vluchten als hij een gerechtvaardigde reden om te vertrekken had. 'Misschien gaat hij morgen vertellen dat hij van zijn pensioen gaat genieten in een land zonder uitleveringsverdrag.'

'En Steven Bergdorf?' vroeg Derek. 'Die verhuisde in 1994, vlak na de moorden, naar New York, en nu zit hij opeens weer in Orphea en krijgt een rol in het stuk waarin de naam van de dader bekend zou worden gemaakt.'

'En wat weten we eigenlijk over Samuel Padalin?' vroeg ik toen. 'Destijds was hij de gebroken weduwnaar en ik heb nooit gedacht dat hij zijn vrouw zou kunnen vermoorden. Maar voordat we hem van de lijst schrappen moeten we meer te weten komen over hem, en over de redenen die hem ertoe hebben gebracht om aan het toneelstuk mee te doen. Want als er iemand is die Meghans gewoontes kende en die wist dat ze op de avond van de première niet naar het festival zou gaan, was hij het.'

Michael Bird had wat onderzoek gedaan naar Samuel Padalin en zei: 'Het was een aardig stel, ze werden gewaardeerd, hadden met niemand moeilijkheden. Destijds heb ik een paar van hun buren geïnterviewd: ze zijn het allemaal met elkaar eens. Nooit geschreeuw, nooit ruzie. Iedereen beschrijft ze als charmante mensen die duidelijk gelukkig waren. Kennelijk werd Samuel Padalin hard geraakt door de dood van zijn vrouw. Een van zijn buren zegt zelfs dat hij vreesde dat hij op een gegeven moment een einde aan zijn leven zou maken. Toen is hij weer omhooggekrabbeld en is hij hertrouwd.'

'Ja,' zei Kirk. 'Dat bevestigt al mijn indrukken van toen.'

'Hoe dan ook,' vervolgde ik, 'noch Ron Gulliver, noch Steven Bergdorf, noch Samuel Padalin lijkt een motief te hebben gehad om Meghan te vermoorden. Dan komen we dus weer terug bij de eerste vraag. Waarom zou iemand haar willen doden? Als we het antwoord op die vraag vinden, hebben we de moordenaar.'

We moesten meer over Meghan te weten komen. We besloten naar Samuel Padalin te gaan in de hoop dat hij wat licht kon werpen op zijn eerste vrouw.

~

In New York, in het appartement in Brooklyn, deed Steven Bergdorf zijn best om zijn vrouw over te halen naar Yellowstone te gaan.

'Hoezo wil je niet meer?' vroeg hij geërgerd.

'Toe, Steven,' zei Tracy. 'De politie heeft je opgedragen om in de staat New York te blijven. Waarom gaan we niet naar Lake Chaplain, naar het huis van mijn ouders?'

'Omdat we die ene keer dat we met z'n vieren op vakantie zouden gaan, ik dat ook echt wil doen.'

'Mag ik je eraan herinneren dat je drie weken geleden niets van Yellowstone wilde weten?'

'Ik wil jullie gewoon een plezier doen – jou en de kinderen. Sorry dat ik naar je luister, Tracy.'

'We gaan volgende zomer wel naar Yellowstone, Steven. We kunnen ons beter aan de instructies van de politie houden en de staat niet verlaten.'

'Maar waar ben je bang voor, Tracy? Denk je dat ik een moordenaar ben?'

'Nee, natuurlijk niet.'

'Nou, leg dan eens uit waarom de politie weer contact met me zou opnemen. Je doet echt zo moeilijk. De ene dag wil je wel, de volgende dag wil je niet. Ga dan maar naar je zus als je wilt, als je niet met het gezin op reis wilt, blijf ik wel hier.'

Na een aarzeling ging Tracy akkoord. Ze voelde dat ze er behoefte aan had om wat tijd door te brengen met haar man en weer dichter tot elkaar te komen.

'Goed dan, schat,' zei ze liefdevol. 'We gaan op reis.'

'Geweldig!' brulde Steven. 'Kom, pak de koffers. Ik ga snel naar de krant om mijn artikel in te leveren en twee of drie dingen af te ronden. Dan rijd ik naar je zus om de camper te halen. Morgenochtend vroeg vertrekken we naar de Midwest!'

Tracy fronste. 'Waarom maak je alles zo ingewikkeld, Steven? We kunnen alles beter in de auto stoppen, morgen met z'n allen naar mijn zus gaan en vanaf daar vertrekken.'

'Dat kan niet,' zei Steven. 'Met de kinderen achterin hebben we geen plaats voor alle bagage.'

'Maar de bagage kan toch gewoon in de kofferbak, Steven? We hebben die auto juist gekocht vanwege de grote kofferbak.'

'De kofferbak zit klem. Hij gaat niet meer open.'

'O? Hoe kan dat?' vroeg Tracy.

'Geen idee. Hij zit opeens klem.'

'Ik kijk wel even.'

'Daar heb ik geen tijd voor,' zei Steven. 'Ik moet naar de redactie.'

'Met de auto? Sinds wanneer ga je met de auto?'

'Ik wil even naar de motor luisteren, die maakt een vreemd geluid.'

'Reden te meer om de auto hier te laten, Steven,' zei Tracy. 'Ik breng hem naar de garage om naar dat geluid en die klemmende kofferbak te laten kijken.'

'Geen garages!' donderde Steven. 'Bovendien nemen we de auto mee, we hangen hem achter de camper.'

'Doe niet zo raar, Steven. We gaan de auto toch niet meeslepen naar Yellowstone?'

'Natuurlijk wel! Dat is veel handiger. Dan laten we de camper op de camping staan en bezoeken we het park en de omtrek met de auto. We gaan toch niet overal met die mastodont naartoe rijden.'

'Maar Steven...'

'Geen gemaar. Zo doet iedereen het.'

'Nou, goed dan,' schikte Tracy zich ten slotte.

'Ik ga snel naar de krant. Pak de koffers en zeg aan je zus dat ik morgen om halfacht langskom. Om negen uur gaan we op weg naar de Midwest.'

Steven vertrok en pakte de auto die op de weg geparkeerd stond. Hij had de indruk dat de stank van Alice' lichaam al uit de kofferbak ontsnapte. Of was dat verbeelding? Hij reed naar de redactie van de *Review* waar hij als een held werd ontvangen. Maar hij was er met zijn hoofd niet bij. Hij hoorde niet wat er tegen hem gezegd werd. Hij had het gevoel dat alles draaide. Hij was misselijk. Nu hij terug was op de burelen van de *Review* kwamen al zijn emoties er plotseling uit. Hij was een moordenaar. Nu besefte hij dat pas.

Nadat hij op de wc langdurig zijn hoofd onder de kraan had gehouden, sloot hij zich op zijn kamer op met Skip Nolan, de adjunct-hoofdredacteur.

'Gaat het, Steven?' vroeg Skip. 'Je ziet er slecht uit. Je zweet, je bent lijkbleek.'

'Vermoeidheid. Volgens mij heb ik rust nodig. Ik zal je het artikel over het festival mailen. Stuur je op- en aanmerkingen maar terug.'

'Ga je weg?' vroeg Skip.

'Ik ga morgen een paar dagen met mijn vrouw en kinderen op stap. Na alles wat er is gebeurd, moeten we even tijd voor elkaar maken.'

'Ik begrijp het volkomen,' zei Skip. 'Komt Alice vandaag?'

Bergdorf slikte moeizaam.

'Dat is precies waar we het over moeten hebben, Skip.'

Steven keek heel ernstig en Skip werd ongerust.

'Wat is er?'

'Alice heeft mijn creditcard gestolen. Zij heeft het allemaal gedaan. Ze heeft alles bekend en is toen gevlucht.'

'Krijg nou wat,' zei Skip. 'Ongelooflijk. Inderdaad, de laatste tijd gedroeg ze zich heel vreemd. Ik ga straks aangifte doen, daar ga ik jou niet mee lastigvallen.'

Steven bedankte zijn plaatsvervanger, toen ondertekende hij een paar brieven en mailde zijn artikel. Nu hij toch online was deed hij snel onderzoek naar de ontbinding van lichamen. Hij was bang dat de geur hem zou verraden. Hij zou het drie dagen moeten uitzingen. Als hij morgen – woensdag – vertrok, zou hij volgens zijn berekeningen zaterdag in Yellowstone moeten zijn. Daar kon hij zich van het lichaam ontdoen op een manier dat niemand het ooit zou terugvinden. Hij wist precies wat hem te doen stond.

Hij wiste zijn zoekgeschiedenis, zette de computer uit en vertrok. Toen hij weer op straat stond, haalde hij Alice' telefoon uit zijn zak. Hij zette hem aan, liep haar contacten langs en stuurde berichten aan haar ouders en een paar van haar vrienden die hij van naam kende. 'Ik heb ruimte nodig, ik ga een tijdje weg om op adem te komen. Ik bel jullie snel. Alice.' Voorlopig zou niemand haar gaan zoeken. Hij gooide de telefoon in een vuilnisbak.

Hij moest nog een laatste detail regelen. Hij ging naar Alice' appartement, waarvan hij de sleutels bij zich had, en haalde alle juwelen en waardevolle voorwerpen op die hij haar had gegeven. Toen ging hij naar een pandjesbaas en verkocht alles. Daarmee kon hij een deel van zijn schuld aflossen.

~

In Southampton zaten Anna, Derek en ik in de woonkamer van het huis van Samuel Padalin; we hadden hem net onthuld dat in 1994 Meghan het doelwit was geweest, niet de Gordons.

'Meghan?' herhaalde hij ongelovig. 'Wat zeggen jullie nou?'

We probeerden zijn reactie te peilen, en tot nu toe leek die oprecht: Samuel was helemaal van de kaart.

'De waarheid, meneer Padalin,' zei Derek. 'We hadden destijds het verkeerde slachtoffer. Uw vrouw was het doelwit, de Gordons waren indirecte slachtoffers.'

'Maar waarom Meghan?'

'Daar willen we graag achter komen,' zei ik.

'Het slaat nergens op. Meghan was de liefste persoon die er bestond. Ze was een geliefde boekverkoopster, een heel attente buurvrouw.'

'En toch was iemand boos genoeg op haar om haar te doden,' antwoordde ik.

Samuel kon geen woord uitbrengen.

'Meneer Padalin,' vervolgde Derek. 'Deze vraag is ontzettend belangrijk. Werden jullie bedreigd? Of hadden jullie met gevaarlijke mensen te maken? Mensen die uw vrouw iets zouden aandoen?'

'Absoluut niet!' Samuel stoof op. 'Dan ken je ons echt niet.'

'Zegt de naam Jeremiah Fold u iets?'

'Nee, helemaal niks. Dat hebben jullie gisteren ook al gevraagd.'

'Was Meghan ongerust in de weken voor haar dood? En zou ze het u vertellen als ze dat was?'

'Welnee. Ze hield van lezen, schrijven en hardlopen.'

'Meneer Padalin,' zei Anna, 'wie kon weten dat Meghan en u niet bij de festiviteiten rondom de première van het festival zouden zijn? De moordenaar wist dat uw vrouw die avond zoals altijd ging joggen, terwijl de meeste inwoners in de hoofdstraat waren.'

Samuel Padalin dacht een ogenblik na.

'We hadden het continu over het festival, zoals iedereen,' antwoordde hij uiteindelijk. 'Alle gesprekken – met de buren, als we boodschappen deden, tegen de klanten in de boekwinkel – gingen maar over één ding: wie had kaartjes voor de première en wie zou gewoon in de drukte in de hoofdstraat zijn. Ik weet dat Meghan aan iedereen die het wilde weten vertelde dat we geen kaartjes hadden kunnen krijgen en dat ze niet van plan was zich in de drukte van het centrum te storten. Ze zei het op de toon van mensen die oud en nieuw niet vieren en van die avond gebruikmaken om vroeg naar bed te gaan: "Ik ga lezen op het terras, het wordt de rustigste avond in lange tijd." De ironie.'

Samuel leek volkomen van slag.

'U zei dat Meghan van schrijven hield,' zei Anna toen. 'Wat schreef ze?'

'Van alles en nog wat. Ze wilde altijd al een roman schrijven, maar ze zei dat ze er nog niet in geslaagd was om een goed plot te bedenken. Ze hield wel een dagboek bij, daar was ze behoorlijk trouw in.'

'Hebt u dat bewaard?' vroeg Anna.

'Ik heb *ze* bewaard. Er zijn minstens vijftien delen.'

Samuel Padalin liep weg en kwam even later terug met een stoffige doos die hij zo te zien uit de kelder had opgedoken. Een stuk of twintig notitieboeken, allemaal van hetzelfde merk.

Anna sloeg er willekeurig een open: het was tot op de allerlaatste bladzijde gevuld met een fijn, compact handschrift. Uren leesvoer.

'Mogen we ze meenemen?' vroeg ze aan Samuel.

'Als u wilt. Maar het lijkt me sterk dat u er iets interessants in vindt.'

'Hebt u ze gelezen?'

'Sommige wel,' antwoordde hij. 'Stukjes. Na de dood van mijn vrouw had ik het gevoel dat ik weer bij haar was als ik haar gedachten las. Maar ik besefte al snel dat ze zich verveeld had. Ze schreef namelijk over haar dagelijks leven: mijn vrouw verveelde zich. Elke dag. Ze verveelde zich met mij. Ze sprak over haar leven als boekverkoopster, over wie welk soort boeken las. Ik schaam me om het te zeggen, maar ik vond dat het iets zieligs had. Ik ben al snel gestopt met lezen, het was nogal een onaangename ervaring.'

Dat verklaarde waarom de dagboeken naar de kelder waren verbannen.

Toen we met de doos vertrokken, zagen we koffers in de hal staan.

'Gaat u weg?' vroeg Derek aan Samuel Padalin.

'Mijn vrouw, ze gaat met de kinderen naar haar ouders in Connecticut. Ze is ongerust door wat er de laatste tijd in Orphea gebeurt. Ik reis ze waarschijnlijk over een tijdje achterna. Nou ja, zodra ik toestemming heb om de staat te verlaten.'

Derek en ik moesten terug naar het districtscentrum van de Staatspolitie vanwege een afspraak met de majoor.

Majoor McKenna wilde ons zien voor een update; Anna bood aan de dagboeken van Meghan Padalin te lezen.

'Wil je het werk niet verdelen?' stelde ik voor.

'Nee, ik doe het graag, dan heb ik wat afleiding. Dat kan ik goed gebruiken.'

'Het spijt me dat je geen hoofd van politie bent geworden.'

'Zo gaan die dingen,' antwoordde Anna, die haar best deed om zich groot te houden.

Derek en ik vertrokken naar het districtscentrum van de Staatspolitie.

In Orphea stopte Anna bij het politiebureau. Alle agenten zaten in de kantine, waar Montagne een geïmproviseerde toespraak hield vanwege zijn benoeming tot commissaris.

Anna kon het niet opbrengen om te blijven en besloot naar huis te gaan om zich in Meghans schriften te verdiepen. Toen ze het bureau uit liep, stuitte ze op burgemeester Brown.

Ze keek hem een ogenblik zwijgend aan, toen vroeg ze: 'Waarom heb je me dit aangedaan, Alan?'

'Kijk eens naar de stront waar we in zitten, Anna. Mag ik je eraan herinneren dat jij daar gedeeltelijk verantwoordelijk voor bent? Je wilde zo graag aan dit onderzoek werken, en nu is het tijd dat je daar de consequenties van aanvaardt.'

'Straf je me omdat ik mijn werk heb gedaan? Ja, ik was gedwongen jou en je vrouw te ondervragen, maar alleen maar omdat het onderzoek daarom vroeg. Ik wilde je geen bevoorrechte behandeling geven, Alan, en juist daarom ben ik een goede agent. Wat die stront betreft: als je daarmee Harveys toneelstuk bedoelt, wil ik je eraan herinneren dat jij hem hierheen hebt gehaald. Je komt niet uit voor je fouten, Alan. Je bent al net zo erg als Gulliver en Montagne. Je beschouwt jezelf als een verlichte vorst, maar je bent gewoon een dictatortje.'

'Ga naar huis, Anna. Als het je niet bevalt, kun je altijd ontslag nemen.'

Anna ging naar huis. Kokend van woede. Ze was nog maar net de voordeur door of ze zakte snikkend in de hal in elkaar. Lange tijd bleef ze op de grond zitten, huilend tegen het dressoir geleund. Ze wist niet meer wat ze moest beginnen. Of wie ze moest bellen. Lauren? Die zou zeggen dat ze al honderd keer had gezegd dat haar leven niet in Orphea lag. Haar moeder? Die zou haar voor de zoveelste keer de les lezen.

Toen ze eindelijk weer rustig was, viel haar blik op de doos met dagboeken van Meghan Padalin. Ze besloot erin te duiken. Ze schonk een glas wijn in, ging in een luie stoel zitten en begon te lezen.

Ze begon meteen in het midden van 1993 en werkte vanaf daar Meghans twaalf laatste maanden door, tot juli 1994.

Eerst ging Anna bijna onderuit van verveling door Meghan Padalins langdradige beschrijvingen van haar leven. Ze begreep wat haar man bij het lezen moest hebben gevoeld.

Maar dan, op 1 januari 1994, schreef Meghan over het nieuwjaarsgala in het Northern Rose Hotel in Bridgehampton, waar ze een man had ontmoet 'die niet van hier was' en door wie ze bijzonder gecharmeerd leek.

Anna las verder, en toen ze bij februari 1994 belandde ontdekte ze iets verbijsterends.

MEGHAN PADALIN DAGBOEKFRAGMENTEN

1 januari 1994
Gelukkig nieuwjaar voor mij. Gisteren gingen we naar het nieuwjaarsgala in het Northern Rose Hotel in Bridgehampton. Ik heb iemand ontmoet. Een man die niet van hier is. Ik heb nog nooit zoiets gevoeld. Sinds gisteren voel ik vlinders in mijn buik.

25 februari 1994
Vandaag heb ik het stadhuis gebeld. Een anoniem telefoontje. Ik heb met Alan Brown gesproken, de locoburgemeester. Volgens mij is hij een goede vent. Ik heb verteld wat ik allemaal over Gordon wist. We zullen wel zien wat er gebeurt.

Daarna heb ik Felicity verteld wat ik gedaan heb. Ze was boos. Ze zei dat zij er last mee zou krijgen. Maar ze had het niet aan mij hoeven vertellen. Burgemeester Gordon is een smeerlap en dat moet iedereen weten.

8 maart 1994
Ik heb hem weer gezien. We spreken nu iedere week af. Hij maakt me zo gelukkig.

1 april 1994
Vandaag heb ik burgemeester Gordon gezien. Hij kwam naar de boekwinkel. Er waren geen andere klanten. Ik heb hem verteld dat ik alles wist, dat hij een crimineel was. Het kwam er in een keer uit. Twee maanden lang zit ik er al over te tobben. Natuurlijk ontkende

hij alles. Maar hij moet weten wat hij heeft aangericht. Ik wilde de krant inlichten, maar dat mocht niet van Felicity.

2 april 1994
Sinds gisteren voel ik me beter. Felicity heeft me door de telefoon uitgescholden. Maar ik weet dat ik er goed aan heb gedaan.

3 april 1994
Gisteren kwam ik bij het joggen langs Penfield Crescent. Ik zag de burgemeester, die net thuiskwam. 'Je moet je schamen,' zei ik. Ik was niet bang, hij leek slecht op zijn gemak. Ik voel mij als het alziend oog dat Kaïn achtervolgt. Ik ga hem iedere dag opwachten als hij uit zijn werk komt en hem aan zijn schuld herinneren.

7 april 1994
Een heerlijke dag met hem in de Springs. Hij is fascinerend. Ik ben verliefd. Samuel heeft niks door. Alles gaat goed.

2 mei 1994
Koffiegedronken met Kate. Ze is de enige die ik over hem verteld heb. Ze zegt dat ik mijn huwelijk niet op het spel mag zetten als het maar een bevlieging is. En dat ik anders moet beslissen om bij Samuel weg te gaan. Ik weet niet of ik genoeg moed heb om die stap te zetten. De situatie bevalt me wel.

25 juni 1994
Weinig te vertellen. De boekwinkel loopt goed. In de hoofdstraat gaat binnenkort een nieuw restaurant open. Café Athena. Het ziet er leuk uit. Van Ted Tennenbaum, een klant uit de boekwinkel. Aardige vent.

1 juli 1994
Burgemeester Gordon, die al een hele tijd geen stap meer in de boekwinkel heeft gezet, was gisteren lang in de winkel. Hij voerde een vreemd toneelstukje op. Hij was op zoek naar een boek van een lokale auteur, hij bleef lang in de auteurskamer. Ik weet niet precies wat hij uitvoerde. Er waren klanten in de winkel en ik kon hem niet goed

zien. Uiteindelijk kocht hij het toneelstuk van Kirk Harvey, *de Zwarte nacht*. Toen hij weg was, wierp ik een blik in de auteurskamer. Ik zag dat dat zwijn flinke ezelsoren had gemaakt in Bergdorfs boek over het festival. Ik weet zeker dat hij wilde nagaan of de stapel die hij bij ons heeft achtergelaten goed verkoopt en daarna te controleren of hij zijn deel wel krijgt. Is hij bang voor winkeldieven? Hij is zelf de grootste dief.

18 juli 1994
Kirk Harvey kwam in de winkel om zijn stuk terug te halen. Ik zei dat het verkocht was. Ik dacht dat hij blij zou zijn, maar hij was woedend. Hij wilde weten wie het had gekocht. Gordon, zei ik. Hij hoefde niet eens de tien dollar waar hij recht op had.

20 juli 1994
Kirk Harvey kwam terug. Hij zegt dat Gordon beweert dat hij het stuk niet heeft gekocht. Ik weet zeker van wel. Dat zei ik tegen Kirk. Ik had het zelfs opgeschreven. Zie aantekening van 1 juli 1994.

JESSE ROSENBERG

Woensdag 30 juli 2014
4 dagen na de première

Toen Derek en ik die ochtend in de archiefruimte van de *Orphea Chronicle* kwamen, had Anna fotokopieën uit het dagboek van Meghan Padalin aan de muur gehangen.

'Meghan zat inderdaad achter het anonieme telefoontje naar Alan Brown in 1994, waarin hij te horen kreeg dat Gordon corrupt was,' vertelde ze. 'Voor zover ik het begrijp, heeft zij dat op haar beurt weer van een zekere Felicity. Ik heb geen idee wat die haar heeft verteld, maar Meghan was verschrikkelijk boos op burgemeester Gordon. Ongeveer twee maanden na het anonieme telefoontje, op 1 april 1994, was Gordon in de boekwinkel om een boek te kopen; ze waren alleen en zij is de confrontatie met hem aangegaan. Ze zei dat ze alles wist en noemde hem een crimineel.'

'Gaat dat echt over die corruptie?' vroeg Derek.

'Dat vroeg ik me ook al af,' antwoordde Anna terwijl ze naar de volgende bladzijde ging. 'Want als ze twee dagen later gaat joggen, komt ze Gordon toevallig tegen bij zijn huis en foetert ze hem opnieuw uit. Ze schrijft in haar dagboek: "Ik ben het alziend oog dat Kaïn achtervolgt".'

'Het oog achtervolgt Kaïn omdat hij een moord heeft gepleegd,' zei ik. 'Zou de burgemeester iemand hebben vermoord?'

'Dat vroeg ik me ook af,' zei Anna. 'In de maanden daarna tot aan haar dood ging Meghan iedere dag bij het vallen van de avond hardlopen naar het huis van burgemeester Gordon. Ze wachtte in het plantsoen tot hij thuiskwam, en als ze hem zag ging ze tegen hem tekeer en herinnerde hem aan wat hij had gedaan.'

'Dan had de burgemeester dus een goede reden om Meghan te doden,' zei Derek.

'De ideale verdachte,' stemde Anna in. 'Als hij zelf niet ook was omgekomen in de kogelregen.'

'Wat weten we nog meer over die Felicity?' vroeg ik.

'Felicity Daniels,' antwoordde Anna met een tevreden glimlachje. 'Ik hoefde alleen Samuel Padalin te bellen om daarachter te komen. Ze woont tegenwoordig in Coram en ze wacht op ons. Laten we gaan.'

Felicity Daniels was zestig en werkte in een witgoedwinkel in het winkelcentrum van Coram, waar we haar troffen. Ze had op ons gewacht met de lunchpauze en we streken neer in een naastgelegen café.

'Vinden jullie het vervelend als ik een broodje bestel?' vroeg ze. 'Anders heb ik geen tijd om te lunchen.'

'Ga vooral uw gang,' antwoordde Anna.

Ze plaatste de bestelling. Ik vond dat ze er triest en vermoeid uitzag.

'Je zei dat je over Meghan wilde praten?' vroeg Felicity.

'Ja, mevrouw,' antwoordde Anna. 'Zoals u misschien weet hebben we het onderzoek naar haar dood en die van de familie Gordon heropend. Meghan was toch een vriendin van u?'

'Ja. We hebben elkaar bij de tennisvereniging ontmoet. Zo zijn we bevriend geraakt. Ze was jonger dan ik, we scheelden ongeveer tien jaar. Maar we speelden even goed. Ik zou niet direct zeggen dat we heel close waren, maar omdat we na iedere wedstrijd iets gingen drinken, leerden we elkaar vrij goed kennen.'

'Hoe zou u haar omschrijven?'

'Een romanticus. Een beetje dromerig, een beetje naïef. Heel sentimenteel.'

'Woont u al lang in Coram?'

'Al meer dan twintig jaar. Mijn kinderen en ik zijn hier kort na de dood van mijn man komen wonen. Hij is op 16 november 1993 overleden, op zijn verjaardag.'

'Hebt u Meghan nog wel eens gezien tussen uw verhuizing en haar dood?'

'Ja, ze kwam regelmatig naar Coram om even aan te wippen. Ze bracht zelfgemaakt eten mee en af en toe een goed boek. Ik vroeg nergens om, eerlijk gezegd was ze een beetje opdringerig. Maar het kwam uit een goed hart.'

'Was Meghan gelukkig?'

'Ja. Ze had alles mee. Ze had succes bij de mannen, iedereen viel voor haar in katzwijm. Kwade tongen beweren dat de boekwinkel van Orphea het destijds alleen vanwege haar zo goed deed.'

'Ging ze dan vaak vreemd?'

'Dat heb ik niet gezegd. Ze was sowieso niet het type voor avontuurtjes.'

'Waarom niet?'

Felicity Daniels fronste.

'Weet ik niet. Misschien omdat ze er de moed niet voor had. Ze hield er niet van om gevaarlijk te leven.'

'En toch had Meghan volgens haar dagboek in de laatste maanden van haar leven een relatie met een man,' zei Anna.

'Echt?' vroeg Felicity verbaasd.

'Ja, een man die ze op oudejaarsavond van 1993 in het Northern Rose Hotel in Bridgehampton had ontmoet. Meghan schrijft dat ze hem tot begin juni 1994 regelmatig ontmoette. Daarna niet meer. Heeft ze dat nooit aan u verteld?'

'Nooit,' zei Felicity Daniels stellig. 'Wie was die man?'

'Dat weten we niet,' antwoordde Anna. 'Ik hoopte dat u me dat kon vertellen. Heeft Meghan u ooit verteld dat ze zich bedreigd voelde?'

'Bedreigd? God, nee! Weet u, ik weet zeker dat er mensen zijn die haar beter kennen dan ik. Waarom vraagt u het niet aan hen?'

'Omdat in het dagboek staat dat u haar in februari 1994 iets hebt toevertrouwd over Joseph Gordon, de burgemeester van Orphea, wat haar behoorlijk dwarszat.'

'Mijn god!' mompelde Felicity Daniels terwijl ze een hand voor haar mond legde.

Wat dan?' vroeg Anna.

'Luke, mijn man,' antwoordde Felicity met een dun stemmetje. 'Ik had het nooit aan Meghan moeten vertellen.'

'Wat is er met uw man gebeurd?'

'Luke zat diep in de schulden, hij had een airco-installatiebedrijf dat failliet ging. Hij moest al zijn werknemers ontslaan. Hij kon geen kant op. Maandenlang zweeg hij erover. Ik ontdekte alles pas op de dag voor zijn dood. Ik moest het huis verkopen om de schulden af te betalen. Ik ben met de kinderen uit Orphea vertrokken en ik heb deze baan als verkoopster gevonden.'

'Mevrouw Daniels, waar is uw man aan overleden?'

'Zelfmoord. Hij heeft zich op de avond van zijn verjaardag opgehangen in zijn slaapkamer.'

~

3 februari 1994

Het was vroeg in de avond in het gemeubileerde appartement dat Felicity Daniels in Coram huurde. Meghan was aan het einde van de middag langsgekomen om lasagne te brengen en had haar in een toestand van totale ontreddering aangetroffen. De kinderen maakten ruzie en wilden hun huiswerk niet doen, de kamer was een troep, Felicity zat onderuitgezakt op de bank te huilen en had de kracht niet om de situatie het hoofd te bieden.

Meghan greep in: ze riep de kinderen tot de orde, hielp ze met hun huiswerk, zette ze onder de douche, gaf ze te eten en bracht ze naar bed. Toen maakte ze de fles wijn open die ze had meegebracht en schonk een groot glas in voor Felicity.

Felicity had niemand met wie ze openlijk kon praten en ze nam Meghan in vertrouwen.

'Ik kan niet meer, Meg. Als je eens wist wat er over Luke wordt gezegd. Een lafaard die zich op zijn verjaardag op de slaapkamer heeft verhangen terwijl zijn vrouw en kinderen beneden een verrassing voorbereidden. Ik zie heus wel hoe de andere ouders naar me kijken. Ik kan dat mengsel van verwijt en neerbuigendheid niet meer verdragen.'

'Wat naar,' zei Meghan.

Felicity haalde haar schouders op. Ze schonk zich nog wat wijn in en dronk het glas in een teug leeg. Door de alcohol zei ze na een triest stilte: 'Luke is altijd een eerlijke vent geweest. Moet je zien wat dat hem heeft opgeleverd.'

'Wat bedoel je?' vroeg Meghan.

'Niks.'

'O nee, Felicity. Je hebt me te veel verteld of niet genoeg!'

'Meghan, ik zal het je vertellen, maar je moet beloven dat je het aan niemand doorvertelt.'

'Natuurlijk. Je kunt me vertrouwen.'

'Lukes bedrijf liep de laatste jaren uitstekend. Alles ging goed. Tot de dag dat burgemeester Gordon met hem afsprak op zijn kantoor. Dat was net voordat er een begin werd gemaakt met de renovatie van de gemeentelijke gebouwen. Gordon legde Luke uit dat hij hem de aanbestedingen voor de ventilatiesystemen zou toekennen in ruil voor een financiële tegemoetkoming.'

'Smeergeld, bedoel je?' vroeg Meghan.

'Ja,' knikte Felicity. 'En Luke weigerde. Hij zei dat de boekhouder erachter zou komen en dat hij alles kwijt kon raken. Gordon dreigde dat hij hem kapot zou maken. Hij zei dat het in de stad nou eenmaal zo werkte. Maar Luke hield voet bij stuk. En dus gingen die contracten van de gemeente aan zijn neus voorbij. En de volgende ook. En om hem te straffen voor zijn verzet heeft burgemeester Gordon hem kapotgemaakt. Hij stak hem continu stokken tussen de spaken, verspreidde geruchten, deed zijn best om mensen te ontmoedigen hem in te huren. En algauw verloor Luke zijn klanten. Maar hij wilde mij niets vertellen om me niet ongerust te maken. Ik hoorde alles pas de dag voor zijn dood. De boekhouder kwam naar me toe en vertelde over het aanstaande faillissement en dat de werknemers niets te doen hadden – en ik, arme stumper, ik wist van niks. Die avond vroeg ik Luke ernaar en toen vertelde hij alles. Ik verzekerde hem ervan dat we zouden vechten, en hij antwoordde dat hij niets tegen de burgemeester kon beginnen. Ik zei dat hij aangifte moest doen. Hij keek me aan met een verslagen blik: "Je begrijpt het niet, Felicity, de hele stad is erbij betrokken. Onze vrienden. Je broer. Hoe denk je dat hij in de afgelopen twee jaar al die contracten heeft gekregen? Als we ze verraden, raken ze alles kwijt. Dan draaien ze de gevangenis in. We kunnen niets zeggen. Iedereen is aan handen en voeten gebonden." De volgende dag hing hij zich op.'

'O god, Felicity!' riep Meghan ontzet. 'Dus alles is de schuld van Gordon?'

'Je mag er met niemand over praten, Meghan.'

'Iedereen moet horen dat burgemeester Gordon een misdadiger is.'

'Beloof me dat je niks zegt, Meghan! Dan moeten die bedrijven sluiten, worden de directeuren veroordeeld, staan de werknemers op straat...'

'Dus we laten de burgemeester ongestraft zijn gang gaan?'

'Gordon is heel machtig. Veel machtiger dan hij lijkt.'

'Ik ben niet bang voor hem!'

'Meghan, beloof dat je het aan niemand vertelt. Ik heb al genoeg aan mijn hoofd.'

~

'Maar ze heeft er wel over gepraat,' zei Anna tegen Felicity Daniels.

'Ja, ze heeft anoniem met locoburgemeester Brown gebeld om het hem te vertellen. Ik was laaiend.'

'Waarom?'

'Als de politie onderzoek ging doen, zouden mensen die ik liefhad alles kwijtraken. Ik heb gezien wat er gebeurt als je alles kwijtraakt. Dat wens ik mijn ergste vijand nog niet toe. Meghan beloofde om er nooit meer met iemand over te praten. Maar twee maanden later belde ze om te zeggen dat ze de burgemeester in de boekwinkel heeft geconfronteerd met wat hij doet. Ik schreeuwde tegen haar zoals ik nog nooit tegen iemand heb geschreeuwd. Het was de laatste keer dat ik Meghan sprak. Daarna heb ik nooit meer een woord tegen haar gezegd. Ik was te boos. Echte vriendinnen bewaren elkaars geheimen.'

'Ik denk dat ze u wilde verdedigen,' zei Anna. 'Ze wilde dat er recht werd gedaan. Ze herinnerde de burgemeester er iedere dag aan dat uw man door zijn toedoen zelfmoord had gepleegd. Ze wilde uw man recht doen. U zegt dat Meghan geen moed had? Volgens mij juist wel. Ze was niet bang om de confrontatie met Gordon aan te gaan. Ze was zelfs de enige die dat durfde: ze was moediger dan de rest van de stad bij elkaar. Daar heeft ze met haar leven voor betaald.'

'Denken jullie dan dat Meghan het doelwit was?' vroeg Felicity stomverbaasd.

'Dat denken we inderdaad,' antwoordde Derek.

'Maar wie zou zoiets doen?' vroeg Felicity zich af. 'Burgemeester Gordon? Die is tegelijk met haar doodgegaan. Het slaat nergens op.'

'Dat is precies wat we willen begrijpen,' verzuchtte Derek.

'Mevrouw Daniels,' vroeg Anna, 'kent u een andere vriendin van Meghan die met ons zou kunnen praten? In haar dagboek noemt ze een zekere Kate.'

'Ja, Kate Grand. Ze zat ook bij de tennisvereniging. Ik geloof dat zij een goede vriendin van Meghan was.'

Toen we het winkelcentrum van Coram verlieten, werd Derek gebeld door de expert van de verkeersdienst.

'Ik heb de brokstukken van de auto onderzocht,' zei hij tegen Derek.

'En wat kun je eruit afleiden?'

'Je had het goed. Het is een stuk van een rechterzijbumper. Met blauwe verf aan de randen, dus van een blauwe auto. Ik heb ook grijze verfschilfers gevonden, dus volgens het politiedossier dat je me hebt gestuurd, in de kleur van de motor die betrokken was bij het dodelijke ongeval op 16 juli 1994.'

'Dus die motor is op volle snelheid geramd en van de weg geraakt?' vroeg Derek.

'Precies,' bevestigde de expert. 'Geramd door een blauwe auto.'

~

In New York waren de Bergdorfs aan de voet van hun appartementencomplex in de camper gestapt.

'Daar gaan we!' brulde Steven terwijl hij de motor aanzette.

Naast hem deed zijn vrouw Tracy haar gordel om. Ze draaide zich om naar de kinderen die achterin zaten.

'Zitten jullie goed, jongens?'

'Ja, mama,' antwoordde het meisje.

'Waarom nemen we de auto mee?'

'Omdat dat handig is!' antwoordde Steven.

'Handig?' zei Tracy. 'De kofferbak gaat niet eens open.'

'Om het mooiste natuurpark van de wereld te bekijken heb je geen kofferbak nodig. Tenzij je de kinderen erin wil stoppen.'

Hij grinnikte.

'Gaat papa ons opsluiten in de kofferbak?' vroeg het meisje ongerust.

'Niemand gaat in de kofferbak,' stelde haar moeder haar gerust.

De camper reed in de richting van Manhattan Bridge.

'Wanneer zijn we in Yellowstone?' vroeg de zoon.

'Heel snel,' verzekerde Steven hem.

'We nemen wel de tijd om het land een beetje te bekijken!' zei Tracy geërgerd. Toen richtte ze zich tot haar zoon. 'Nog heel veel nachtjes slapen, liefje. Je moet geduld hebben.'

'Welkom aan boord van de America Express!' riep Steven. 'Nog nooit is iemand zo snel van New York naar Yellowstone gereisd!'

'Joepie, we gaan hard rijden!' riep de jongen uit

'Welnee, we gaan niet hard rijden,' riep Tracy, die haar geduld verloor.

Ze reden over het eiland Manhattan naar de Holland Tunnel en bereikten New Jersey, waar ze de I-78 in westelijke richting namen.

In het Mount Sinai Hospital stoof Cynthia Eden Dakota's kamer uit en riep een verpleegster.

'Roep de dokter!' brulde Cynthia. 'Ze doet haar ogen open! Mijn dochter doet haar ogen open!'

In de archiefruimte stonden we schouder aan schouder met Kirk en Michael en bestudeerden we de mogelijke scenario's van Jeremiahs ongeluk.

'Volgens de expert, en af te zien aan de impact, is de auto hoogstwaarschijnlijk naast de motor gaan rijden, heeft hem aangetikt en van de weg geduwd,' zei Derek.

'Dan is Jeremiah Fold inderdaad vermoord,' zei Michael.

'Vermoord, vermoord,' nuanceerde Anna. 'Hij is voor dood achtergelaten. De dader was een volslagen amateur.'

'Een moordenaar tegen wil en dank!' riep Derek uit. 'Hetzelfde profiel dat dokter Singh van de moordenaar heeft opgesteld. Hij wil niet moorden, maar hij moet.'

'Er zijn waarschijnlijk heel veel mensen die Jeremiah Fold dood wilden hebben,' merkte ik op.

'En stel dat die naam Jeremiah Fold die we in *de Zwarte nacht* vonden een moordopdracht was?' suggereerde Kirk.

Derek wees op een foto in het politiedossier van het interieur van de garage van de Gordons. Er stond een rode auto, waarvan de kofferbak openstond en vol bagage zat.

'Burgemeester Gordon had een rode auto,' constateerde Derek.

'Wat gek,' zei Kirk Harvey. 'In mijn herinnering had hij een blauwe cabriolet.'

Bij die woorden schoot me opeens iets te binnen, en ik dook op het onderzoeksdossier uit 1994.

'Die hebben we gezien!' riep ik uit. 'Ik herinner me een foto van burgemeester Gordon voor zijn auto.'

Ik bladerde snel door de verslagen, foto's, getuigenverklaringen en bankafschriften. Toen vond ik hem. De foto die de makelaar uit Montana stiekem gemaakt had, waarop burgemeester Gordon bij het huis in Bozeman, dat hij gehuurd had, dozen uitlaadde uit een blauwe cabriolet.

'De makelaar in Montana vertrouwde Gordon niet,' bracht Derek ons in herinnering. 'Hij heeft hem met zijn auto gefotografeerd om zijn nummerbord en zijn gezicht niet te vergeten.'

'Dus de burgemeester reed wel degelijk in een blauwe auto,' zei Michael.

Kirk bekeek de foto van de garage van de Gordons van dichterbij en tuurde naar de auto

'Kijk eens naar de achterruit,' zei hij, terwijl hij op de foto wees. 'Daar staat de naam van een dealer. Misschien bestaat die nog.'

En inderdaad. Een dealer aan de weg naar Montauk, die al veertig jaar bestond. We gingen er direct naartoe; de eigenaar ontving ons in zijn vuile en overvolle kantoor.

'Wat willen de mensen van de politie van me weten?' vroeg hij vriendelijk.

'We hebben inlichtingen nodig over een auto die in 1994 bij u gekocht zou moeten zijn.'

Hij grinnikte.

'1994? Dan kan ik u niet echt helpen. Ziet u niet wat voor troep het hier is?'

‘Kijk anders eerst even naar het model,’ zei Derek en hij liet hem de foto zien.

De garagehouder wierp er een snelle blik op.

‘Van dat model heb ik er heel veel verkocht. Weet u toevallig hoe de koper heette?’

‘Joseph Gordon, de burgemeester van Orphea.’

De dealer werd lijkbleek. Hij werd opeens ernstig.

‘Dat is een koop die ik niet zal vergeten,’ zei hij. ‘Twee weken nadat hij zijn auto had gekocht werd die arme man met zijn hele gezin vermoord.’

‘Dus toen hij hem kocht, was het half juli?’ vroeg ik.

‘Ja, ongeveer. Toen ik ’s ochtends bij de garage aankwam, stond hij al te wachten. Hij zag eruit alsof hij de hele nacht niet had geslapen. Hij stonk naar alcohol. De rechterkant van zijn auto was helemaal kapot. Hij zei dat hij een hert had aangereden en zijn auto wilde inruilen. Hij wilde direct een nieuwe meenemen. Ik had drie rode Dodges staan, hij nam er een zonder af te dingen. Hij betaalde cash. Hij zei dat hij dronken achter het stuur zat en ook een gebouw van de gemeente had geramd, wat zijn herverkiezing in september in gevaar zou kunnen brengen. Hij deed er een extraatje van vijfduizend dollar bij als ik zijn auto direct naar de sloop zou brengen. Hij reed weg in zijn nieuwe auto en iedereen was blij.’

‘Vond u het niet een beetje vreemd?’

‘Ja en nee. Dat soort dingen gebeurt aan de lopende band. Weet u wat het geheim is dat ik al zo lang succesvol ben?’

‘Nee?’

‘Dat ik mijn mond hou. En iedereen in de streek weet dat.’

Burgemeester Gordon had redenen te over om Meghan te vermoorden, maar in plaats daarvan had hij Jeremiah Fold vermoord, met wie hij niets te maken had. Maar waarom?

Toen we die avond uit Orphea vertrokken, hadden Derek en ik honderd vragen. We reden in stilte, verloren in onze gedachten. Toen ik voor zijn huis stopte, stapte hij niet uit. Hij bleef op zijn stoel zitten.

‘Wat is er aan de hand?’ vroeg ik.

‘Sinds ik weer met jou aan dit onderzoek werk, heb ik het gevoel dat ik aan een nieuw leven ben begonnen, Jesse. Ik ben al heel lang niet meer zo blij en vrolijk geweest. Maar nu komen de spoken van het verleden weer naar boven. Als ik de laatste twee weken 's nachts mijn ogen sluit, zit ik weer met jou en Natasha in die auto.'

'Ik had ook achter het stuur kunnen zitten. Net zo goed. Wat er gebeurd is, is jouw schuld niet.'

'Het was jij of zij, Jesse! Ik moest kiezen.'

'Je hebt mijn leven gered, Derek.'

'En ik heb dat van haar vernietigd, Jesse. Kijk jou nou eens, twintig jaar later: nog steeds alleen, nog steeds in de rouw.'

'Derek, je kunt er niks aan doen.'

'Wat had jij gedaan, Jesse? Dat vraag ik me continu af.'

Ik gaf geen antwoord. We rookten zwijgend een sigaret. Toen omhelsden we elkaar en ging Derek naar binnen.

Ik had geen zin om direct naar huis te gaan. Ik wilde bij haar zijn. Ik reed naar de begraafplaats. Op dit tijdstip was die gesloten. Ik klom moeiteloos over de muur en wandelde over de vredige paden. Ik liep tussen de graven; het dikke gazon dempte mijn voetstappen. Alles was rustig en mooi. Ik begroette mijn grootouders die hier vredig rustten, toen bereikte ik haar graf. Ik ging zitten. Na een tijd hoorde ik voetstappen achter me. Darla.

'Hoe wist je dat ik hier was?' vroeg ik.

Ze glimlachte. 'Je bent niet de enige die over de muur klimt om haar op te zoeken.'

Ik glimlachte terug. Toen zei ik: 'Het spijt me van dat restaurant, Darla. Het was een stom idee.'

'Nee, Jesse, het was een geweldig idee. Ik heb spijt van mijn reactie.'

Ze kwam naast me zitten.

'Ik had haar die avond nooit mee moeten nemen,' zei ik spijtig. 'Het is allemaal mijn schuld.'

'En ik dan, Jesse? Ik had haar nooit uit de auto moeten zetten. En we hadden nooit zo'n stomme ruzie moeten hebben.'

'Dus voelen we ons allemaal schuldig,' fluisterde ik.

Darla knikte.

Ik zei: 'Soms denk ik dat ze nog bij me is. Als ik 's avonds naar huis ga, betrap ik mezelf er soms op dat ik hoop dat ze thuis op me wacht.'

'O Jesse... we missen haar allemaal. Iedere dag. Maar je moet door. Je kunt niet in het verleden blijven leven.'

'Ik weet niet of die wond ooit kan helen, Darla.'

'Jesse, het helingsproces is het leven.'

Darla legde haar hoofd op mijn schouder. Zo bleven we lange tijd naar de grafsteen voor ons staren.

NATASHA DARRINSKI
2 APRIL 1968 – 13 OKTOBER 1994

DEREK SCOTT

13 oktober 1994.

Onze auto knalt door de reling van de brug en stort in de rivier. Op het moment dat we het water raken, gaat alles razendsnel. In een reflex maak ik mijn gordel los en doe ik het raam open, zoals ze ons op de politieschool hebben geleerd. Op de achterbank schreeuwt Natasha van doodsangst. Jesse, die zijn gordel niet omhad, heeft met zijn hoofd het dashboard geraakt en is bewusteloos.

In een paar seconden loopt de auto vol water. Ik brul naar Natasha dat ze zich los moet maken en door het raam naar buiten moet klimmen. Dan zie ik dat ze de gordel niet loskrijgt. Ik buig me naar haar toe en probeer te helpen. Ik heb niks om de gordel mee door te snijden, ik moet hem losrukken. Ik trek als een krankzinnige. Tevergeefs. Het water komt tot onze schouders.

'Zorg voor Jesse!' schreeuwt Natasha. 'Ik red me wel.'

Ik aarzel een ogenblik, ze schreeuwt opnieuw: 'Derek! Haal Jesse hieruit.'

Het water komt tot onze kin. Ik verlaat de cabine door het raam, dan grijp ik Jesse. Ik slaag erin hem mee te trekken. Nu zakken we, de auto zinkt naar de rivierbodem, ik adem zo diep in als ik kan, ik kijk door het raam naar binnen. Natasha is helemaal onder water, ze is er niet in geslaagd de gordel los te maken. Ze zit vast in de auto. Ik krijg geen lucht meer. Het gewicht van Jesses lichaam trekt me naar beneden. Natasha en ik kijken elkaar voor het laatst aan. Nooit zal ik die blik door het raam vergeten.

Ik heb geen zuurstof nodig; met de kracht van de wanhoop slaag ik erin om Jesse naar het wateroppervlak te brengen. Moeizaam zwem ik naar de kant. Er komen politieauto's aan, ik zie agenten langs de oever naar beneden komen. Ik slaag erin ze te bereiken, draag Jesse aan ze over; hij beweegt niet. Ik wil terug om Natasha te halen, ik zwem weer naar het midden van de rivier. Ik weet niet eens meer waar de auto precies is gezonken. Er is niks te zien, het water is modderig. Ik ben wanhopig. Ik hoor sirenes in de verte. Ik probeer opnieuw te duiken. Ik zie Natasha's ogen weer voor me, haar blik die me mijn leven lang zal achtervolgen. Samen met een vraag: als ik nog één keer had geprobeerd om haar gordel los te trekken in plaats van Jesse vast te grijpen, had ik haar dan kunnen redden?

3

De verwisseling

Donderdag 31 juli – vrijdag 1 augustus 2014

JESSE ROSENBERG

Donderdag 31 juli 2014
5 dagen na de première

We hadden nog drie dagen om het onderzoek af te ronden. De tijd drong, en toch sprak Anna die ochtend met ons af in Café Athena.

'Dit is echt niet het moment om uitgebreid te gaan ontbijten,' klaagde Derek op weg naar Orphea.

'Ik weet niet wat ze wil,' zei ik.

'Heeft ze niets gezegd?'

'Helemaal niks.'

'En dan nog wel in Café Athena. Dat is echt de laatste plek waar ik nu wil zijn.'

Ik glimlachte.

'Wat is er?' vroeg Derek.

'Je bent in een slecht humeur.'

'Welnee, ik ben niet in een slecht humeur.'

'Ik ken je beter dan jij jezelf, Derek. Je bent in een schijthumeur.'

'Schiet nou op,' zei hij. 'Rijd eens wat sneller, ik wil horen wat Anna te zeggen heeft.'

Hij zette de zwaailichten aan zodat ik sneller zou gaan. Ik barstte in lachen uit.

Toen we eindelijk bij Café Athena aankwamen, zat Anna aan een grote tafel achterin. Er stond al koffie voor ons klaar.

'Hèhè, daar zijn jullie eindelijk,' zei ze ongeduldig toen ze ons zag, alsof we haar hadden laten wachten.

'Wat is er aan de hand?' vroeg ik.

'Ik heb continu aan haar gedacht.'

'Aan wie?'

'Meghan. Het is duidelijk dat de burgemeester van haar af wilde. Ze wist te veel. Misschien hoopte Gordon dat hij in Orphea kon blijven en niet naar Montana hoefde te vluchten. Ik heb geprobeerd om die Kate Grand te bereiken, die vriendin van Meghan. Ze is op vakantie. Ik heb een boodschap voor haar achtergelaten in haar hotel, ik hoop dat ze terugbelt. Maar het doet er ook niet zoveel toe: de burgemeester wilde Meghan uitschakelen en dat heeft hij gedaan.'

'Behalve dan dat hij niet Meghan heeft vermoord, maar Jeremiah Fold,' zei Derek, die niet begreep waar Anna naartoe wilde.

'Ze hebben geruild,' zei Anna toen. 'Hij heeft Jeremiah Fold voor iemand anders vermoord. En die ander heeft Meghan voor hem vermoord. Ze hebben hun moorden omgeruild. En wie had er belang bij dat Jeremiah Fold werd vermoord? Ted Tennenbaum, die het niet meer kon verkroppen dat hij werd afgeperst.'

'Maar we hadden toch al vastgesteld dat Ted Tennenbaum onschuldig is?' zei Derek geërgerd. 'Het openbaar ministerie is net aan een officiële procedure begonnen om zijn naam te zuiveren.'

Maar Anna liet zich niet vermurwen. 'In haar dagboek schrijft Meghan dat burgemeester Gordon, die nooit meer een stap in de boekwinkel zette, op 1 juli 1994 een theatertekst kwam kopen waarvan we weten dat hij hem al eerder had gelezen en die hij heel slecht vond. Dan heeft hij die tekst dus niet zelf uitgezocht – dat heeft de opdrachtgever van de moord op Jeremiah Fold gedaan, die er in een eenvoudige code de naam van het slachtoffer in verwerkte.'

'Maar waarom dan? Konden ze niet gewoon afspreken?'

'Misschien kenden ze elkaar niet. Of wilden ze geen enkele zichtbare band hebben. Ze wilden niet dat het de politie naar ze toe kon leiden. Mag ik jullie eraan herinneren dat Ted Tennenbaum en de burgemeester een hekel aan elkaar hadden? Wat alibi's betreft klopt het dus perfect. Niemand zou denken dat zij samenwerkten.'

'Stel dat je gelijk hebt, Anna,' zei Derek, 'hoe had de burgemeester de tekst met de code dan kunnen herkennen?'

Daar had Anna al over nagedacht. 'Misschien heeft hij verschillende boeken bekeken,' antwoordde ze. 'Of had de ander er een hoekje van omgevouwen zodat hij het zou herkennen.'

'Je bedoelt een ezelsoor, zoals burgemeester Gordon in het boek van Steven Bergdorf had gemaakt?' vroeg ik – ik herinnerde me dat Meghan dat in haar dagboek had beschreven.

'Precies,' zei Anna.

'Dan moeten we dat boek dus absoluut zien op te sporen,' zei ik.

Anna knikte.

'En daarom heb ik hier met jullie afgesproken.'

Op hetzelfde moment ging de deur van Café Athena open; Sylvia Tennenbaum verscheen. Ze wierp Derek en mij een woedende blik toe.

'Wat heeft dit te betekenen?' vroeg ze aan Anna. 'Je had niet gezegd dat zij er ook zouden zijn.'

'Sylvia,' antwoordde Anna zacht. 'We moeten praten.'

'Er valt niets te zeggen,' antwoordde Sylvia Tennenbaum kortaf. 'Mijn advocaat staat op het punt om een zaak tegen de Staatspolitie aan te spannen.'

'Sylvia,' vervolgde Anna. 'Ik denk dat je broer betrokken is bij de moord op Meghan en de familie Gordon. En ik geloof dat het bewijs bij jou ligt.'

Het leek hard aan te komen.

'Begin jij nu ook al, Anna?' vroeg ze boos.

'Kunnen we even rustig praten, Sylvia? Ik wil je iets laten zien.'

Sylvia was in de war; ze kwam bij ons aan tafel zitten. Anna schetste kort de situatie en liet haar dagboekfragmenten van Meghan Padalin lezen. Toen zei ze: 'Ik weet dat je in het huis van je broer bent getrokken, Sylvia. Als Ted erbij betrokken is, zou dat boek er nog kunnen staan en dan moeten we het in handen krijgen.'

'Ik heb heel veel aan het huis laten doen,' mompelde Sylvia met een dun stemmetje. 'Maar zijn boekenkast heb ik niet aangeraakt.'

'Zouden we er een blik op mogen werpen?' vroeg Anna. 'Als we dat boek vinden, hebben we een antwoord op de vraag die aan ons allemaal kleeft.'

Na een korte aarzeling, die zo lang duurde als het roken van een sigaret op de stoep, ging Sylvia akkoord. En dus gingen we naar haar huis. Derek en ik waren voor het eerst weer in het huis van de Tennenbaums waar we twintig jaar geleden huiszoeking hadden gedaan. Destijds hadden we niets gevonden. Toch lag het bewijs onder onze ogen. En we hadden het niet gezien. Het boek over het festival.

Waarvan de kaft nog steeds een ezelsoor had. Het stond braaf op de plank, te midden van de grote Amerikaanse schrijvers. Het had er al die tijd gestaan

Anna pakte het. We gingen om haar heen staan en ze bladerde het langzaam door; we vonden de woorden die met viltstift waren onderstreept. Net als in de tekst van het toneelstuk van Kirk Harvey die we bij de burgemeester hadden gevonden, vormden de eerste letters van de onderstreepte woorden samen een naam:

MEGHAN PADALIN

~

In het Mount Sinai Hospital in New York vertoonde Dakota, die de vorige dag was ontwaakt, tekenen van een spectaculair herstel. Toen de arts haar kwam controleren, werkte ze een hamburger naar binnen die haar vader had meegebracht.

'Rustig aan,' zei hij glimlachend. 'Vergeet niet te kauwen.'

'Ik heb zo'n honger,' antwoordde Dakota met volle mond.

'Wat goed om je zo te zien.'

'Bedankt, dokter. Ik hoorde dat ik mijn leven aan u te danken heb.'

De arts haalde zijn schouders op.

'Dat heb je aan jezelf te danken, Dakota. Je bent een vechter. Je wilde leven.'

Ze sloeg haar ogen neer. De arts controleerde het verband over haar borst. Ze had een stuk of tien hechtingen.

'Maak je geen zorgen,' zei de arts. 'We kunnen dat litteken vast wel wegwerken met plastische chirurgie.'

'Absoluut niet,' fluisterde Dakota. 'Dat is mijn reparatie.'

Tweeduizend kilometer verderop was de camper van de Bergdorfs, die op de I-94 reed, de staat Wisconsin net gepasseerd. Ze waren in de buurt van Minneapolis toen Steven bij een benzinepomp stopte om te tanken.

De kinderen liepen om de auto heen om de benen te strekken. Tracy stapte ook uit en liep naar haar man toe.

'Laten we Minneapolis gaan bekijken,' stelde ze voor.

'Nee toch,' zei Steven geïrriteerd. 'Wil je het hele programma omgooien?'

'Welk programma? Ik wil de reis ook gebruiken om de kinderen met een paar andere steden te laten kennismaken. Gisteren wilde je al niet in Chicago stoppen, en nu wil je ook niet naar Minneapolis. Waarvoor maken we deze reis, Steven, als we toch nergens stoppen?'

'Maar schat, we gingen toch naar Yellowstone? Als we overal stoppen, komen we er nooit.'

'We hebben toch geen haast?'

'Nee, maar we hadden Yellowstone gezegd, niet Chicago, Minneapolis, of weet ik wat voor gat. Ik kan niet wachten om die unieke natuur te zien. De kinderen zullen enorm teleurgesteld zijn als we treuzelen.'

Net op dat moment kwamen de kinderen schreeuwend naar hun ouders toegerend.

'Papa, mama, de auto stinkt!' riep de oudste terwijl ze haar neus dichtkneep.

Steven rende doodsbang naar de auto. Inderdaad ontsnapten er flarden van een verschrikkelijke stank uit de kofferbak.

'Een stinkdier!' riep hij uit. 'Verdorie, we hebben een stinkdier overreden! Godverdegodverdegloeiendegodver!'

'Niet zo grof, Steven,' wees Tracy hem terecht. 'Zo erg is het niet.'

'Godverdegloeiendegodver!' zei de jongen hem lachend na.

'Jij zult ervan lusten!' riep zijn moeder geërgerd.

'Kom, iedereen in de camper,' zei Steven terwijl hij het vulpistool van de benzinepomp terughing, ook al was de tank nog niet vol. 'Kinderen, jullie blijven bij de auto uit de buurt, is dat duidelijk? Je kunt er ziek van worden. Die stank kan dagen blijven hangen. Het kan zelfs nog veel erger worden. Wat een verschrikkelijke stank, zeg, de geur van de dood! Dat gore stinkdier!'

~

In Orphea reden we naar Cody's boekwinkel om te reconstrueren wat er volgens Meghans dagboek op 1 juli 1994 gebeurd was. We hadden Michael en Kirk gevraagd om mee te gaan: zij zouden ons kunnen helpen om licht op de zaak te werpen.

Anna ging achter de toonbank staan alsof ze Meghan was. Kirk, Michael en ik speelden de rol van klanten. Derek ging bij de vitrine met lokale auteurs staan – in een afgelegen hoekje van de winkel. Anna had het artikel uit de *Orphea Chronicle* van eind juni 1994 meegenomen die ze de dag voor de dood van Cody had gevonden. Ze bestudeerde de foto van Cody voor de vitrine en zei: 'Destijds stond de vitrine in een rommelhok dat met een wandje was afgescheiden. Cody noemde het de auteurskamer. Pas later liet hij de muur weghalen om meer ruimte te hebben.'

'Dus destijds kon je van bij de toonbank niet zien wat er in die kamer gebeurde,' constateerde Derek.

'Precies,' antwoordde Anna. 'Niemand had mogen zien wat zich op 1 juli 1994 in die kamer afspeelde. Maar Meghan lette goed op de burgemeester. Ze had kennelijk argwaan dat hij er was, omdat hij al maanden geen voet meer in de boekwinkel had gezet, dus hield ze hem in de gaten en zag ze wat hij deed.'

'Dus die dag hebben Tennenbaum en burgemeester Gordon achter in de winkel allebei stiekem de naam opgeschreven van degene van wie ze zich wilden ontdoen,' zei Kirk Harvey.

'Twee executiebevelen,' fluisterde Michael.

'Dus daarom is Cody vermoord,' zei Anna. 'Hij had in de winkel ongetwijfeld contact met de moordenaar gehad en zou hem uiteindelijk hebben kunnen identificeren. Misschien was de moordenaar bang dat Meghan hem iets had verteld over die vreemde dingen die ze had gezien.'

Ik besloot dat de hypothese perfect leek. Maar Derek twijfelde nog.

'En hoe zou het dan verder zijn gelopen, Anna?' vroeg hij.

'De uitruil vond plaats op 1 juli. Jeremiah is op 16 juli vermoord. Twee weken lang hield Gordon hem in de gaten. Hij ontdekte dat hij iedere avond langs dezelfde route uit Ridge's Club naar huis reed. Uiteindelijk ging hij tot actie over. Maar hij was een slapjanus, geen koelbloedige moordenaar. Hij ramde Jeremiah en liet hem achter langs de weg, ook al was hij niet dood. Hij nam alles mee wat hij kon en vluchtte; maar hij raakte in paniek en de volgende dag verkocht hij zijn auto, waarbij hij het risico nam dat de garagehouder hem zou verraden. Hij improviseerde alles. Burgemeester Gordon vermoordde Jeremiah alleen omdat hij van Meghan af wilde voordat zij hem zou verlinken en ten val zou brengen. Hij was een moordenaar tegen wil en dank.'

Er viel een korte stilte.

'Goed,' zei Derek. 'Laten we er even van uitgaan dat het allemaal klopt en dat burgemeester Gordon Jeremiah Fold heeft vermoord. Maar Meghan dan?'

'Ted Tennenbaum hield haar in de boekwinkel in de gaten,' vervolgde Anna. 'Ze schreef in haar dagboek over zijn komen en gaan. Hij was een vaste klant. Tijdens een van zijn bezoeken moet hij hebben gehoord dat ze niet naar de première zou gaan, en toen besloot hij haar te vermoorden als ze ging joggen, terwijl de hele bevolking in de hoofdstraat was. Geen getuigen.'

'Je hypothese heeft een probleem,' zei Derek. 'Ted Tennenbaum heeft Meghan Padalin niet vermoord. Om nog maar te zwijgen over het feit dat hij tijdens de achtervolging in de rivier is verdronken en dat het wapen nooit is teruggezien totdat het afgelopen zaterdag in het Grand Theater opnieuw werd gebruikt.'

'Dan is er dus een derde in het spel,' zei Anna. 'Tennenbaum nam het op zich om de boodschap door te geven dat Jeremiah Fold moest worden vermoord, maar dat deed hij namens een ander. Die nu bezig is de sporen uit te wissen.'

'De man met de pepperspray en de tatoeage van een adelaar,' opperde ik.

'Wat zou zijn motief kunnen zijn?' vroeg Kirk.

'Costico komt hem op het spoor omdat hij de portemonnee op de kamer laat liggen. Maar de man geeft hem een flink pak slaag. Costico moet woedend geweest zijn toen hij op de parkeerplaats was vernederd in het bijzijn van alle prostituees. Hij wil wraak nemen op die man, zijn familie bedreigen en een hulpje van hem maken. Maar de man met de tatoeage is niet iemand die met zich laat sollen: hij weet dat hij niet Costico, maar Jeremiah Fold moet uitschakelen om zijn vrijheid terug te krijgen.'

We moesten koste wat kost Costico in handen krijgen. Maar we waren hem kwijt. De opsporingsbevelen hadden niets opgeleverd.

Collega's van de Staatspolitie hadden zijn omgeving ondervraagd, maar niemand wist hoe het kon dat hij zomaar was verdampt met achterlating van geld, telefoon en al zijn spullen.

'Ik denk dat die Costico van jullie dood is,' zei Kirk toen. 'Net als Stephanie, net als Cody, net als iedereen die ons naar de moordenaar zou kunnen leiden.'

'Dan is de verdwijning van Costico dus het bewijs dat hij iets met de moordenaar te maken heeft. Dan zoeken we dus inderdaad de man met de getatoeëerde adelaar.'

'Dat is niet veel informatie om hem te vinden,' stelde Michael vast. 'Wat weten we nog meer?'

'Hij was een klant van de boekwinkel,' zei Derek.

'Een inwoner van Orphea,' zei ik. 'In die tijd tenminste.'

'Hij had iets met Ted Tennenbaum te maken,' voegde Anna eraan toe.

'Als hij met net zo'n omweg met Tennenbaum is verbonden als Tennenbaum met Gordon, dan moeten we ver zoeken. Destijds kende iedereen elkaar in Orphea.'

'En hij was op zaterdagavond in het Grand Theater,' zei ik.

Dat was het detail waarmee we hem te pakken konden krijgen. Het moest iemand zijn die overal kon komen.

'Laten we een nieuwe lijst maken,' zei Anna. Ze pakte een papier en schreef de namen op van de leden van het gezelschap.

Charlotte Brown
Dakota Eden
Alice Filmore
Steven Bergdorf
Jerry Eden
Ron Gulliver
Meta Ostrovski
Samuel Padalin

'Ik moet er ook op, en Kirk ook,' zei Michael. 'Wij waren er ook. Ook al heb ik geen tatoeage van een adelaar.'

Hij tilde zijn T-shirt op om zijn rug aan ons te laten zien.

'Ik heb ook geen tatoeage!' loeide Harvey die zijn blouse helemaal uittrok.

'Charlotte hebben we al geschrapt omdat we een man zoeken,' vervolgde Derek. 'En Alice en Jerry Eden kunnen er ook van af.'

Nu stonden er nog maar vier namen op de lijst.

Meta Ostrovski
Ron Gulliver
Samuel Padalin
Steven Bergdorf

'Ostrovski kunnen we ook schrappen,' zei Anna. 'Hij had geen enkele band met Orphea, hij kwam alleen voor het festival.'

Ik knikte. 'Vooral omdat we hem in zijn onderbroek gezien hebben, samen met Gulliver, en we dus weten dat noch hij, noch Gulliver een tatoeage van een adelaar op de rug heeft,' zei ik.

'Dan zijn er dus nog maar twee,' zei Derek. 'Samuel Padalin en Steven Bergdorf.'

Het net sloot zich. Onvermijdelijk.

Die middag werd Anna gebeld door Kate Grand, Meghans vriendin, die belde uit haar hotel in North Carolina.

'Toen ik Meghans dagboek las, zag ik dat ze begin 1994 een affaire had,' zei Anna. 'Ze zei dat ze u daarover had verteld. Kunt u zich er iets van herinneren?'

'Meghan had inderdaad een minnaar. Ik heb de man in kwestie nooit ontmoet, maar ik weet nog hoe het is afgelopen: slecht.'

'Namelijk?'

'Haar man Samuel ontdekte het en heeft haar een flink pak slaag gegeven. Die dag kwam ze in haar nachthemd naar me toe met rode wangen en een bloedende mond. Ik heb haar die nacht onderdak gegeven.'

'Dus Samuel Padalin mishandelde Meghan?'

'Op die dag wel, in elk geval. Ze zei dat ze voor haar leven vreesde. Ik raadde haar aan om aangifte te doen, maar dat wilde ze niet. Ze verliet haar minnaar en ging terug naar haar man.'

'Zou Samuel haar hebben gedwongen om het uit te maken en bij hem te blijven?'

'Misschien. Sindsdien deed ze heel afstandelijk tegen me. Ze zei dat Samuel niet meer wilde dat ze met me omging.'

'En ze gehoorzaamde?'

'Ja.'

'Mevrouw Grand, sorry dat ik u een vrij directe vraag stel, maar denkt u dat Samuel Padalin zijn vrouw kan hebben vermoord?'

Kate Grand zweeg een ogenblik, toen zei ze: 'Ik heb me er altijd over verbaasd dat de politie nooit naar de levensverzekering heeft gekeken.'

'Welke levensverzekering?' vroeg Anna.

'Een maand voor de dood van zijn vrouw sloot Samuel een grote levensverzekering af, op naam van hen beiden. Voor een bedrag van een miljoen dollar. Dat weet ik omdat mijn man dat destijds heeft geregeld. Hij is verzekeringsagent.'

'Dus Samuel Padalin heeft dat geld opgestreken?'

'Natuurlijk. Waar denkt u dat hij dat huis in Southampton van heeft betaald?'

DEREK SCOTT

Begin december 1994 in het districtscentrum van de Staatspolitie.

Op zijn kamer leest majoor McKenna de brief die ik hem heb gebracht.

'Een verzoek tot overplaatsing, Derek? Waar wil je naartoe?'

'Ik wil graag naar de administratieve dienst,' zei ik.

'Een bureaubaan?' wist de majoor uit te brengen.

'Ik wil niet meer in het veld werken.'

'Derek, je bent een van de beste agenten die ik ooit heb gekend! Breng je carrière niet in gevaar met een onbezonnen daad.'

'Mijn carrière?' zei ik boos. 'Welke carrière, majoor?'

'Luister, Derek,' zei de majoor vriendelijk. 'Ik begrijp dat je in de war bent. Waarom ga je niet met een psycholoog praten? Neem anders een paar weken vrij.'

'Ik heb al meer dan genoeg vrij genomen, majoor. Ik zie continu dezelfde beelden aan mijn ogen voorbijtrekken.'

'Derek,' zei de majoor, 'ik kan je niet naar de administratieve dienst sturen. Dat is zonde.'

De majoor en ik keken elkaar een ogenblik aan, toen zei ik: 'U hebt gelijk, majoor. Vergeet u de brief.'

'Zo mag ik het horen, Derek!'

'Ik neem ontslag.'

'Nee! Goed, dan ga je naar de administratieve dienst. Gewoon een tijdje. Dan kom je daarna weer terug bij de recherche.'

De majoor dacht dat ik me na een paar maanden wel zou gaan vervelen, op mijn beslissing zou terugkomen en weer mijn oude functie zou terugvragen.

Toen ik de kamer uit liep, vroeg hij: 'Is er nog nieuws over Jesse?'
'Hij wil niemand zien, majoor.'

Jesse zat thuis en was Natasha's spullen aan het uitzoeken.

Hij had nooit gedacht dat hij zonder haar zou moeten leven, en geconfronteerd met die reusachtige leegte die hij niet kon opvullen, was hij afwisselend bezig met wegdoen en verzamelen. Een deel van hem wilde de bladzijde direct omslaan, alles weggooien en alles vergeten: op die momenten vulde hij koortsachtig dozen met allerlei voorwerpen die met haar te maken hadden om ze bij het vuilnis te zetten. Maar als hij een ogenblik pauzeerde omdat een voorwerp zijn aandacht trok, stortte alles in en belandde hij in de verzamelfase. Een fotolijstje, een pen zonder inkt, een oud stukje papier: hij pakte alles vast en keek er langdurig naar. Hij bedacht dat hij toch niet alles wilde weggooien, dat hij een paar souvenirs wilde bewaren, dat hij het geluk niet wilde vergeten, en legde het voorwerp dan op tafel omdat hij het wilde bewaren. Daarna haalde hij alles uit de dozen wat erin zat. Dit ga je toch ook niet wegdoen, zei hij dan tegen zichzelf. En dit toch ook niet. Nee, die mok van MoMA, waaruit ze altijd theedronk, kan toch ook niet weg! Uiteindelijk haalde Jesse alle dozen weer leeg. En de woonkamer, die hij net daarvoor had leeggehaald, kreeg het aanzien van een museum dat aan Natasha was gewijd. Vanaf de bank keken zijn grootouders met tranen in hun ogen toe en mompelden: 'Wat een teringzooi.'

~

Halverwege december had Darla Little Russia helemaal leeggehaald. Het uithangbord was verwijderd en vernietigd, alle meubilair was verkocht om de resterende maanden huur te betalen en de huur direct te kunnen opzeggen.

De verhuizers brachten de laatste stoelen weg naar een restaurant dat ze had opgekocht, terwijl Darla in de kou op het trottoir zat en toekeek. Een van de verhuizers bracht haar een doos.

'Deze hebben we in een hoek in de keuken gevonden, we dachten dat je die misschien zou willen houden.'

Darla bekeek de inhoud van de doos. Er zaten notities van Natasha in, menu-ideeën, recepten, allerlei herinneringen aan hoe het was geweest. Er zat ook een foto in van Jesse, Natasha, Derek en zij. Ze pakte de foto vast en keek er lang naar.

'De foto wil ik houden,' zei ze tegen de verhuizer. 'Bedankt. De rest kan weg.'

'Echt?'

'Ja.'

De verhuizer knikte en liep naar de vrachtwagen. Darla bleef gebroken achter en barstte in tranen uit.

Ze moest alles vergeten.

JESSE ROSENBERG

Vrijdag 1 augustus 2014
6 dagen na de première

Wilde Meghan Padalin bij Samuel weg? Kon die dat niet verdragen en had hij haar vermoord en ondertussen de levensverzekering opgestreken?

Toen we Samuel die ochtend thuis opzochten, vonden we hem niet. We besloten naar zijn werk te gaan. Hij was door de receptioniste van onze komst op de hoogte gebracht; zonder een woord te zeggen nam hij ons mee naar zijn kamer, deed de deur dicht en barstte los.

'Zijn jullie gek geworden dat jullie hier zomaar onaangekondigd naartoe komen? Willen jullie dat ik mijn baan verlies?'

Hij was woedend.

Anna vroeg: 'Ben je opvliegend, Samuel?'

'Waarom vraag je dat?' antwoordde hij.

'Omdat je je vrouw sloeg.'

Samuel Padalin was verbijsterd.

'Wat zeg je nou?'

'Doe maar niet zo verbaasd,' donderde Anna. 'We weten alles!'

'Mag ik weten van wie je dat hebt?'

'Doet er niet toe,' zei Anna.

'Luister, ongeveer een maand voordat Meghan doodging hadden we inderdaad heel erg ruzie. Ik heb haar geslagen en dat had ik niet moeten doen. Ik ging door het lint. Ik heb geen excuus. Maar dat was de enige keer. Ik sloeg Meghan helemaal niet!'

'Waar hadden jullie ruzie over?'

'Ik ontdekte dat Meghan vreemdging. Ik wilde bij haar weg.'

~

Maandag 6 juni 1994

Toen Samuel Padalin 's ochtends aan de koffie zat en op het punt stond naar zijn werk te gaan, kwam zijn vrouw in kamerjas naar hem toe.

'Ga je vandaag niet werken?' vroeg hij.

'Ik heb koorts, ik voel me niet lekker. Ik heb Cody gebeld om te zeggen dat ik niet naar de boekwinkel kom.'

'Goed zo,' zei Samuel terwijl hij zijn koffie in één slok opdronk. 'Ga maar weer naar bed.'

Hij zette het kopje in de gootsteen, kuste zijn vrouw op het voorhoofd en ging naar zijn werk.

Hij had nooit iets ontdekt als hij een uur later niet weer naar huis was gekomen om een dossier op te halen dat hij op vrijdag mee naar huis had genomen om het in het weekend te bestuderen; hij had het op de salontafel laten liggen.

Toen hij de straat in reed, zag hij Meghan naar buiten komen. Ze droeg een prachtige zomerjurk en elegante sandalen. Ze leek te stralen, ze was goedgehumeurd – ze leek helemaal niet meer op die vrouw die hij een uur geleden had gezien. Hij stopte en zag dat ze in haar auto stapte. Ze had hem niet gezien. Hij besloot haar te volgen.

Meghan reed naar Bridgehampton, zonder te beseffen dat haar man een paar auto's achter haar reed. Toen ze de hoofdstraat was afgereden, nam ze de weg naar Sag Harbor, om tweehonderd meter later af te slaan naar het prachtige terrein van het Northern Rose Hotel. Het was een klein, chic, maar heel discreet hotel dat populair was bij New Yorkse beroemdheden. Toen ze voor het majestueuze gebouw met de zuilen stond, gaf ze haar auto aan de valet en ging naar binnen. Samuel deed hetzelfde, maar bleef wat achter zijn vrouw zodat ze hem niet zou zien. Toen hij binnenkwam, zag hij haar niet in de bar en ook niet in het restaurant. Ze was rechtstreeks naar boven gegaan. Naar een kamer.

Die dag ging Samuel Padalin niet meer terug naar zijn werk. Hij hield zijn vrouw urenlang vanaf de parkeerplaats in de gaten. Toen hij haar niet meer zag, ging hij naar huis en stortte hij zich op haar dagboeken. Tot zijn afschuw ontdekte hij dat ze al maanden met die man afsprak in het Northern Rose Hotel. Wie was hij? Ze zei dat ze hem op het nieuwjaarsgala had ontmoet. Daar waren ze samen naartoe gegaan. Hij moest hem dus gezien hebben. Misschien kende hij hem zelfs. Hij moest overgeven. Hij rende naar zijn auto en begon rond te rijden. Hij wist niet wat hij moest doen.

Toen hij eindelijk weer naar huis kwam, was Meghan al thuis. Ze lag in haar nachthemd in bed en deed of ze ziek was.

'Arme schat,' zei hij, en hij probeerde kalm te klinken. 'Gaat het nog steeds niet?'

'Nee,' antwoordde ze met een heel dun stemmetje. 'Ik ben de hele dag niet uit bed gekomen.'

Samuel kon zich niet meer beheersen. Hij ontplofte. Hij zei dat hij alles wist: dat ze naar het Northern Rose Hotel was geweest en dat ze naar de kamer van een man was gegaan. Meghan ontkende niets.

'Wegwezen, ik walg van je!' brulde Samuel.

Ze barstte in snikken uit.

'Vergeef me, Samuel!' smeekte ze, lijkbleek.

'Maak dat je wegkomt!' antwoordde hij. 'Het huis uit. Pak je spullen en verdwijn. Ik wil je nooit meer zien!'

'Samuel, alsjeblieft, doe me dit niet aan! Ik wil je niet kwijt. Ik hou alleen van jou.'

'Daar had je maar aan moeten denken voordat je met de eerste de beste man de koffer in dook.'

'Het is de grootste fout van mijn leven, Samuel! Ik voel helemaal niks voor hem!'

'Ik walg van je. Ik heb je dagboeken gezien, ik heb gelezen wat je over hem hebt geschreven. Ik heb gezien hoe vaak je met hem in het Northern Rose bent geweest!'

'Je besteedt geen aandacht aan me, Samuel!' riep ze uit. 'Ik voel me zo onbelangrijk bij jou! Ik merk helemaal niet dat je me ziet staan. Toen die man met me ging flirten vond ik dat prettig. En ja, ik heb hem vaak gezien! En ja, we hebben geflirt! Maar ik ben nooit met hem naar bed geweest!'

'O, dus nu is het mijn fout?'

'Nee, ik zeg alleen dat ik me soms eenzaam voel bij jou.'

'Ik heb gelezen dat je hem met oud en nieuw hebt leren kennen.

Dus je hebt het gedaan waar ik bij was. Dat betekent dat ik hem ken! Wie is het?'

'Dat doet er niet toe.' Meghan slikte. Ze wist niet meer of ze moest praten of zwijgen.

'Dat doet er niet toe? Droom ik?'

'Samuel, ik smeek je, ga niet bij me weg!'

Het gesprek werd steeds verhitter. Meghan verweet haar man dat hij niet romantisch en attent genoeg was, en uiteindelijk zei hij geërgerd: 'O, laat ik je niet dromen? Maar denk je dat je mij laat dromen? Je hebt geen leven, je hebt niks te vertellen, behalve die armzalige verhaaltjes uit de boekwinkel en de films die je in je hoofd afdraait.'

Zijn woorden raakten Meghan in het hart en ze spuugde haar man in het gezicht; in een reflex gaf hij haar een harde klap. Van schrik beet Meghan hard op haar tong. Ze voelde het bloed haar mond in stromen. Ze was helemaal daas. Ze pakte haar autosleutels en vluchtte weg in haar nachthemd.

~

'De volgende dag kwam Meghan terug,' vertelde Samuel Padalin op zijn kantoor. 'Ze smeekte me om niet bij haar weg te gaan, ze bezwoer me dat die kerel een verschrikkelijke fout was geweest, maar dat ze door hem had ontdekt hoeveel ze van me hield. Ik besloot mijn huwelijk een tweede kans te geven. En weet je wat? Het had ons verschrikkelijk veel goed gedaan. Ik ging veel meer aandacht aan haar besteden, zij voelde zich veel gelukkiger. Onze relatie veranderde onherkenbaar. We zaten meer dan ooit op dezelfde golflengte. We hadden twee heerlijke maanden, we zaten opeens vol plannen.'

'En die minnaar?' vroeg Anna. 'Wat is er van hem geworden?'

'Geen idee. Meghan bezwoer dat ze alle contact met hem had verbroken.'

'Hoe nam hij dat op?'

'Weet ik niet,' zei Samuel.

'Dus je hebt nooit geweten wie het was?'

'Nee, nooit. Ik heb hem zelfs nog nooit gezien.'

Er viel een korte stilte.

'Dus dat is de voornaamste reden dat je haar dagboeken niet wilde teruglezen?' zei Anna. 'En dat je ze onder in de kelder bewaarde? Omdat ze je aan die pijnlijke periode herinneren?'

De brok in Samuels keel was te groot, hij kon geen woord uitbrengen en hij knikte.

'Een laatste vraag, meneer Padalin,' zei Derek. 'Hebt u een tatoeage?'

'Nee,' fluisterde hij.

'Mag ik u vragen om uw overhemd omhoog te doen? Gewoon een routinekwestie.'

Samuel Padalin gehoorzaamde zwijgend en trok zijn overhemd uit. Geen tatoeage van een adelaar.

En stel dat de verstoten geliefde het niet kon verkroppen dat hij Meghan was verloren en haar daarom had vermoord?

We moesten alle sporen volgen. Na het bezoek aan Samuel Padalin gingen we naar het Northern Rose Hotel in Bridgehampton. Toen we aan de receptionist zeiden dat we een man wilden identificeren die op 6 juni 1994 een kamer had gehuurd, lachte hij ons in het gezicht uit.

'Geef ons anders een uitdraai met alle reserveringen tussen 5 en 7 juni, dan bestuderen we die zelf wel,' zei ik.

'U begrijpt het niet, meneer,' antwoordde hij. 'We hebben het wel over 1994. Toen gebruikten we nog handgeschreven formulieren. Er bestaat gewoon geen database waar die informatie in staat.'

Terwijl ik met de medewerker discussieerde, ijsbeerde Derek door de lobby. Zijn blik viel op de erewand, waar foto's hingen van beroemde gasten: acteurs, schrijvers, regisseurs. Opeens greep Derek een ingelijste foto vast.

'Meneer, wat doet u?' vroeg de receptionist. 'U kunt niet zomaar...'

'Jesse! Anna!' riep Derek. 'Kom hier!'

We renden naar hem toe, en toen ontdekten we een foto van Meta Ostrovski in avondkleding, twintig jaar jonger, die glimlachend naast Meghan Padalin poseerde.

'Wanneer is deze foto gemaakt?' vroeg ik aan de receptionist.

'Op nieuwjaarsavond van 1994,' antwoordde hij. 'Die man is de recensent Ostrovski en...'

'Meghan Padalins minnaar was Ostrovski!' riep Anna uit.

We gingen direct naar het Lake Palace. Toen we de lobby in liepen, stuitten we op de directeur.

'Zo snel?' vroeg hij verbaasd. 'En ik heb nog maar net gebeld.'

'Wie hebt u gebeld?' vroeg Derek.

'Nou, de politie,' antwoordde de directeur. 'Het gaat over Meta Ostrovski: hij is net vertrokken, hij zei dat hij met spoed in New York moest zijn. Toen hebben de kamermeisjes het me verteld.'

'Maar wat dan, verdomme?' vroeg Derek ongeduldig.

'Kom maar kijken.'

De directeur bracht ons naar suite 310, waar Ostrovski had gelogeerd, en opende de deur met zijn loper. We liepen naar binnen en we ontdekten dat er allerlei artikelen aan de muren hingen: over de viervoudige moord, de verdwijning van Stephanie en ons onderzoek, en dat er overal foto's van Meghan Padalin stonden.

4

De verdwijning van Stephanie Mailer

Zaterdag 2 augustus – maandag 4 augustus 2014

JESSE ROSENBERG

Zaterdag 2 augustus 2014
7 dagen na de première

Was Ostrovski dan de derde man?

Een dag geleden waren we zijn spoor kwijtgeraakt. We wisten alleen dat hij terug naar New York was gegaan: de bewakingscamera's van de NYPD hadden hem gefilmd toen hij in zijn auto over Manhattan Bridge reed. Maar hij was niet thuisgekomen. Zijn appartement was uitgestorven. Zijn mobiel stond uit zodat we hem niet konden lokaliseren, en de enige familie die hij had was een oude zuster, die niet te vinden en te bereiken was. Daarom stonden Derek en ik al bijna vierentwintig uur te posten voor zijn flatgebouw. Meer konden we voorlopig niet doen.

Alle sporen leidden naar hem; hij was van januari tot juni 1994 de minnaar van Meghan Padalin geweest. Het Northern Rose Hotel had bevestigd dat hij in dat halfjaar geregeld naar deze streek kwam. Hij was niet zoals andere jaren alleen ter gelegenheid van het theaterfestival van Orphea naar de Hamptons gekomen. Ongetwijfeld voor Meghan. En toen had hij het niet kunnen verdragen dat ze bij hem wegging. Hij had haar vermoord op de avond van de première, net als de familie Gordon, die ongelukkige getuigen van de moord waren. Hij had tijd gehad om te voet heen en weer te gaan en zat weer in de zaal toen het stuk begon. Daarna had hij na de voorstelling zijn mening gegeven in de kranten, zodat iedereen wist dat hij die avond in het Grand Theater was geweest. Het was het perfecte alibi.

Iets eerder op de dag had Anna een foto van Ostrovski aan Miranda Bird laten zien, in de hoop dat ze hem zou herkennen, maar ze was nergens zeker van. 'Dat kan hem best zijn,' zei ze. 'Maar na twintig jaar is het moeilijk om zeker te zijn.'

'Weet je zeker dat hij een tatoeage had?' vroeg Anna. 'Ostrovski heeft die nooit gehad.'

'Ik weet het niet,' bekende Miranda. 'Misschien ben ik in de war.'

Terwijl we in New York naar Ostrovski zochten, had Anna in de archiefruimte van de *Orphea Chronicle* alle onderdelen van het dossier doorgenomen met Kirk Harvey en Michael Bird. Ze wilden er zeker van zijn dat ze niets over het hoofd hadden gezien. Ze waren moe, ze hadden honger. Ze hadden de hele dag nauwelijks iets anders gegeten dan snoepjes en chocola, die Michael regelmatig een verdieping hoger uit zijn bureaulade haalde, die er vol mee zat.

Kirk staarde continu naar de muur vol aantekeningen, foto's en krantenknipsels. Uiteindelijk zei hij tegen Anna: 'Waarom zou de naam van de vrouw die de moordenaar kan herkennen er niet bij staan? Bij die getuige staat alleen: "Vrouw uit het motel aan Route 16". Alle andere getuigen hebben een naam.'

'Hé, inderdaad,' zei Michael toen. 'Hoe heet zij? Misschien is het belangrijk.'

'Dat moet je aan Jesse vragen,' antwoordde Anna. 'Die weet dat. Hoe dan ook, ze herinnert zich niks. Laten we geen tijd aan haar verspillen.'

Maar Kirk liet niet los.

'Ik heb het dossier van de Staatspolitie uit 1994 gezien, en deze getuige komt er niet in voor. Is dat een nieuwe aanwijzing?'

'Dat moet je echt aan Jesse vragen,' zei Anna opnieuw.

Toen Kirk bleef aandringen, verzocht Anna Michael om nog wat chocola te halen, waarop Michael zich uit de voeten maakte. Zij greep de kans aan de situatie snel voor Kirk uiteen te zetten, in de hoop dat hij zou begrijpen hoe belangrijk het was dat hij in Michaels bijzijn niet meer over die getuige zou beginnen.

'Verdorie,' fluisterde Kirk, 'ik kan het niet geloven: speelde Michaels vrouw de hoer voor Jeremiah Fold?'

'Kop houden, Kirk!' beval Anna. 'Geen woord meer! Als je ook maar iets hierover zegt, schiet ik je neer, dat beloof ik je.'

Anna had er nu al spijt van dat ze het hem had verteld. Ze had het voorgevoel dat hij zijn mond voorbij zou praten. Michael kwam weer binnen met een zak snoepjes.

'Dus die getuige?' vroeg hij.

'We zijn al bij het volgende punt beland,' zei Anna glimlachend. 'We hadden het over Ostrovski.'

'Ik zie Ostrovski nog niet zo snel een heel gezin vermoorden,' zei Michael toen.

'Je moet niet op eerste indrukken afgaan,' merkte Kirk op. 'Soms denk je iemand te kennen en dan ontdek je opeens een verbijsterend geheim over ze.'

'Hoe dan ook,' onderbrak Anna Kirk terwijl ze hem een dodelijke blik toewierp, 'we zien wel hoe het zit als Jesse en Derek Ostrovski in de kraag hebben gevat.'

'Heb je al iets van ze gehoord?' vroeg Michael.

'Niks.'

New York, voor het gebouw van Ostrovski. Het was halfnegen.

Derek en ik stonden op het punt om onze post te verlaten toen Ostrovski rustig over het trottoir kwam aanlopen. Met getrokken wapen sprongen we de auto uit, en we vlogen op hem af om hem staande te houden.

'Je bent stapelgek, Jesse,' kreunde Ostrovski toen ik hem tegen een muur duwde om hem de boeien om te doen.

'We weten alles, Ostrovski!' riep ik uit. 'Het spel is uit.'

'Wat weten jullie?'

'Dat je Meghan Padalin en de Gordons hebt vermoord. En Stephanie Mailer. En Cody Illinois.'

'Wat?' brulde Ostrovski. 'Jullie zijn niet goed bij je hoofd!'

Om ons heen vormde zich een kring van nieuwsgierigen. Sommigen stonden met hun mobiel te filmen.

'Help me!' riep Ostrovski. 'Dit zijn geen agenten! Ze zijn krankzinnig!'

We zagen ons gedwongen onze badges te laten zien aan de menigte; toen namen we Ostrovski mee het gebouw in, waar het rustiger was.

'Ik zou graag willen weten hoe jullie het in je hoofd halen dat ik die arme mensen zou hebben vermoord,' eiste Ostrovski.

'We hebben de wand in je suite gezien, Ostrovski. Al die krantenknipsels en foto's van Meghan.'

'Dat is toch juist een bewijs dat ik niemand heb vermoord! Ik probeer al twintig jaar te begrijpen wat er is gebeurd.'

'Of je probeert al twintig jaar je sporen te wissen,' riposteerde Derek. 'Heb je Stephanie daarom in dienst genomen? Wilde je weten of het spoor tot jou te herleiden was? En heb je haar vermoord toen ze daar bijna in slaagde?'

'Wat een onzin! Ik probeerde te doen wat jullie in 1994 hadden nagelaten!'

'Denk maar niet dat we gek zijn. Jij was een hulpje van Jeremiah Fold! Daarom heb je burgemeester Gordon gevraagd om hem uit de weg te ruimen.'

'Ik ben van niemand het hulpje!' protesteerde Ostrovski.

'Hou toch op met die onzin,' zei Derek. 'Waarom ben je zo plotseling uit Orphea vertrokken als je niks te verbergen hebt?'

'Mijn zus heeft gisteren een hersenbloeding gekregen. Ze is met spoed geopereerd. Ik wilde bij haar zijn. Ik heb de hele dag en nacht aan haar bed gezeten. Ze is de enige familie die ik heb.'

'Welk ziekenhuis?'

'New York Presbyterian.'

Derek nam contact op met het ziekenhuis om het verhaal te controleren. Wat Ostrovski beweerde, klopte: hij sprak de waarheid. Ik maakte direct zijn boeien los en vroeg: 'Waarom was die misdaad dan zo'n obsessie voor je?'

'Omdat ik van Meghan hield, verdomme!' riep Ostrovski uit. 'Is dat zo moeilijk te begrijpen? Ik hield van haar en ze hebben haar van me afgepakt! Jullie hebben geen idee hoe het voelt om de liefde van je leven te verliezen!'

Ik keek hem lang aan. Er lag een diepbedroefd schijnsel in zijn ogen. Uiteindelijk zei ik: 'Dat weet ik maar al te goed.'

Ostrovski was onschuldig. We hadden kostbare tijd en energie verspild: we hadden nog vierentwintig uur om het onderzoek af te ronden. Als we de schuldige niet op maandagochtend aan majoor

McKenna konden overdragen was onze carrière voorbij.

We hadden nog twee mogelijkheden: Ron Gulliver en Steven Bergdorf. Aangezien we toch in New York waren, besloten we met Steven Bergdorf te beginnen. Er was genoeg dat tegen hem sprak: hij was de vroegere hoofdredacteur van de *Orphea Chronicle*, de vroegere baas van Stephanie, hij was de dag na de viervoudige moord uit Orphea vertrokken om plotseling terug te komen en mee te doen aan het toneelstuk waarin de naam van de schuldige bekend zou worden gemaakt. We gingen naar zijn appartement in Brooklyn. We trommelden langdurig op de deur. Geen reactie. Op het moment dat we de deur wilden openbreken, verscheen de buurman en zei: 'Het heeft geen zin om op de deur te bonzen, de Bergdorfs zijn vertrokken.'

'Vertrokken?' vroeg ik verbaasd. 'Wanneer dan?'

'Eergisteren. Ik zag door het raam dat ze in een camper zijn gestapt.'

'Steven Bergdorf ook?'

'Ja, Steven ook. Met het hele gezin.'

'Maar hij mag de staat New York niet verlaten,' zei Derek.

'Dat zijn mijn zaken niet,' antwoordde de buurman pragmatisch. 'Misschien zijn ze naar de Hudsonvallei gegaan.'

~

Negen uur 's avonds, Yellowstone National Park.

De Bergdorfs waren een uur eerder aangekomen en hadden een plek gezocht op een camping aan de oostkant van het park. De avond viel, het was zacht weer. De kinderen speelden buiten terwijl Tracy in de camper water opzette om pasta te koken. Maar ze kon de spaghetti nergens vinden.

'Ik begrijp er niks van,' zei ze geïrriteerd tegen Steven. 'Volgens mij heb ik gisteren vier pakken gezien!'

'Ach, doet er niet toe, liefje. Ik ga wel wat kopen, ik heb onderweg een winkel gezien, vrij dichtbij.'

'Wil je nu met de camper op pad?'

'Nee, ik pak de auto. Zie je wel hoe handig het was om die mee te nemen? Trouwens, ik wil ook even kijken of ik iets tegen de stank van dat overreden stinkdier kan vinden.'

'O ja, graag!' zei Tracy. 'Het stinkt zo verschrikkelijk. Ik wist niet dat een stinkdier zo kon stinken.'

'Het zijn verschrikkelijke beesten! Je vraagt je af waarom God ze heeft geschapen – alleen om ons te pesten?'

Steven liet zijn vrouw en kinderen achter en liep naar de auto die hij een eindje verderop had geparkeerd. Hij reed de camping af en volgde de hoofdweg naar een kruidenierswinkel. Maar hij stopte niet. Hij reed door, in de richting van de zwavelbronnen van Badger.

Toen hij op de parkeerplaats aankwam, was alles uitgestorven. Het was donker, maar licht genoeg om te zien waar hij zijn voeten neerzette. De bronnen lagen enkele tientallen meters achter een houten bruggetje.

Hij vergewiste zich ervan dat er niemand aankwam. Er waren nergens koplampen te zien. En dus deed hij de kofferbak open. De verschrikkelijke geur overmande hem haast: hij kon het niet inhouden en begon over te geven. De stank was onverdraaglijk. Hij zorgde ervoor dat hij niet door zijn neus ademde en trok zijn T-shirt omhoog om zijn mond te bedekken. Hij moest zijn uiterste best doen om niet van zijn stuk te raken en pakte Alice' in plastic gehulde lichaam. Hij sleepte het met moeite naar de kokende bronnen. Nog een laatste krachtsinspanning. Toen hij vlak bij het water stond gooide hij het op de grond, en schopte er toen tegenaan totdat het van de oever af rolde en in het zure, kokende water viel. Hij zag het lichaam langzaam naar de diepten van de bron zinken en al snel was het in de duisternis verdwenen.

'Dag, Alice,' zei hij. Hij barstte in lachen uit, toen begon hij opeens te huilen en over te geven. Maar op datzelfde moment merkte hij dat er een sterk licht op hem scheen.

'Hé daar!' riep een autoritaire mannenstem. 'Wat doet u daar?'

Het was een park ranger. Steven voelde zijn hart in zijn borst ontploffen. Hij wilde antwoorden dat hij verdwaald was, maar in zijn paniek mompelde hij een paar zinnen waar kop noch staart aan zat.

'Hier komen,' beval de ranger, die hem met zijn zaklamp bleef verblinden. 'Ik vroeg wat u hier uitvoert.'

'Niks, meneer,' antwoordde Bergdorf, die erin was geslaagd om iets van zijn houding terug te vinden. 'Ik ben aan het wandelen.'

De ranger liep argwanend naar hem toe.

'Op dit tijdstip? Hier?' vroeg hij. 'U mag hier 's avonds niet komen. Hebt u die borden niet gezien?'

'Nee, meneer, het spijt me,' zei Steven met een geschrokken gezicht.

'Weet u zeker dat alles in orde is? U ziet er nogal vreemd uit.'

'Absoluut! Alles in orde!'

De ranger dacht dat hij gewoon met een onvoorzichtige toerist van doen had en hield het bij een vermaning.

'Het is nu te donker om hier te wandelen. Als u in het water valt, is er morgen niets meer van u over. Zelfs geen botten.'

'Echt?' vroeg Steven.

'Echt. Hebt u vorig jaar dat verschrikkelijke nieuwsbericht niet gehoord? Iedereen had het erover. Een man was hier in Badger voor de ogen van zijn zus in een zwavelbron gesprongen. Toen de hulpdiensten eindelijk iets konden doen, vonden ze niets anders meer van hem terug dan zijn sandalen.'

—

Nadat Derek en ik een opsporingsbevel voor Steven Bergdorf hadden uitgestuurd, besloten we terug te gaan naar Orphea. Ik bracht Anna op de hoogte en we vertrokken.

In de archiefruimte hing Anna de telefoon op.

'Dat was Jesse,' zei ze tegen Michael en Kirk. 'Ostrovski schijnt er niks mee te maken te hebben.'

'Dat dacht ik al,' zei Michael. 'En wat nu?'

'We moeten iets eten, het wordt een lange nacht.'

'Naar de Kodiak Grill!' stelde Michael voor.

'Perfect,' stemde Kirk in. 'Ik snak naar een sappige steak.'

'Nee, Kirk, we gaan zonder jou,' zei Anna, die vreesde dat hij zijn mond voorbij zou praten. 'Iemand moet hier de wacht houden.'

'De wacht houden?' vroeg Kirk. 'Hoezo?'

'Jij blijft hier, en daarmee basta,' beval Anna.

Michael en zij verlieten de redactie door de achterdeur naar de steeg en stapten in Anna's auto.

Kirk baalde dat hij alleen was. Hij dacht terug aan zijn maanden als Baas van niemand, die hij opgesloten in de kelder van het politiebureau had doorgebracht. Hij doorzocht de documenten die verspreid op de tafel voor hem lagen en verdiepte zich in het politiedossier. Hij ontfermde zich over de laatste chocolaatjes en propte ze allemaal in zijn mond.

Anna en Michael liepen de hoofdstraat door.

'Vind je het goed om even langs mijn huis te gaan?' vroeg Michael. 'Ik wil mijn dochters nog een nachtzoen geven. Ik heb ze al een week nauwelijks gezien.'

'Natuurlijk,' zei Anna, en ze nam de weg naar Bridgehampton.

Toen ze voor het huis van de Birds stonden, constateerde Anna dat alle lichten uit waren.

'Hé, er is niemand thuis,' zei Michael verbaasd.

Anna parkeerde voor het huis.

'Misschien is je vrouw met de kinderen op stap?'

'Ze zijn vast een pizza gaan eten. Ik bel ze wel.'

Michael haalde zijn mobiel uit zijn zak en baalde toen hij het scherm zag: geen netwerk.

'We hebben hier al een tijdje heel slecht bereik,' zei hij geïrriteerd.

'Ik heb ook geen netwerk,' constateerde Anna.

'Als je even wacht, ga ik naar binnen om haar op de vaste lijn te bellen.'

'Mag ik dan even naar de wc?' vroeg Anna.

'Natuurlijk. Kom maar.'

Ze gingen naar binnen. Michael wees Anna de wc en pakte toen de telefoon.

~

Onderweg naar Orphea werden Derek en ik over de radio opgeroepen. De meldkamer liet ons weten dat een man genaamd Kirk Harvey ons wanhopig probeerde te bereiken. Het gesprek werd doorgeschakeld naar de radio en opeens hoorden we Kirks stem door de auto schallen.

'Jesse, de sleutels!' brulde hij in paniek.

'Wat? Welke sleutels?'

'Ik sta in de kamer van Michael Bird op de redactie. Ik heb ze gevonden.'

We hadden geen flauw benul wat Kirk bedoelde.

'Wát heb je gevonden, Kirk? Wees eens wat duidelijker!'

'Ik heb Stephanie Mailers sleutels gevonden!'

Kirk zei dat hij naar het kantoor van Michael Bird was gegaan om chocola te zoeken. Toen hij een la doorzocht had hij een sleutelbos gevonden waar een gele plastic bal aan hing. Die had hij al eerder gezien. Hij groef in zijn geheugen en opeens zat hij weer met Stephanie in de Beluga Bar, toen ze weg wilde en hij haar probeerde tegen te houden door haar handtas te grijpen. De hele inhoud van de tas was op de grond gevallen. Hij had haar sleutels opgeraapt om ze terug te geven. Hij kon zich die sleutelhanger nog goed herinneren.

'Weet je zeker dat het Stephanies sleutels zijn?' vroeg ik.

'Ja. Er zit trouwens ook een autosleutel aan,' zei Kirk. 'Van een Mazda. Wat voor auto had Stephanie?'

'Een Mazda,' antwoordde ik. 'Dat zijn haar sleutels. Hou vooral je mond en zorg dat Michael ten koste van alles op de redactie blijft.'

'Hij is vertrokken. Met Anna.'

~

In het huis van de Birds kwam Anna van de wc. Alles was stil. Ze liep de woonkamer in: geen spoor van Michael. Haar blik bleef haken aan de fotolijstjes op een dressoir. Familiefoto's van de Birds door de jaren heen. De geboorte van de meisjes, vakanties. Toen zag Anna een foto waarop Miranda Bird er opvallend jong uitzag. Ze stond naast Michael. Het was rond kerst; op de achtergrond stond een versierde kerstboom en door het raam zag je sneeuw. In de rechterbenedenhoek van de foto was de datum afgedrukt, zoals dat toen ging als je foto's liet afdrukken. Anna keek wat beter: 23 december 1994. Haar hart begon sneller te kloppen: Miranda had gezegd dat ze Michael pas een paar jaar na Jeremiahs dood had leren kennen. Dan had ze dus gelogen.

Anna keek om zich heen. Er was niets te horen. Waar was Michael? Ze werd opeens ongerust. Ze legde haar hand op het handvat van haar wapen en liep voorzichtig naar de keuken: niemand. Alles leek verlaten. Ze pakte haar wapen en liep een donkere gang in. Ze drukte op het lichtknopje, maar het licht ging niet aan. Opeens kreeg ze een klap in haar rug waardoor ze op de grond viel en de greep op haar wapen verloor. Ze wilde zich omdraaien, maar haar gezicht werd met iets bespoten waardoor ze niets meer zag. Ze brulde van de pijn. Haar ogen brandden. Ze kreeg een klap tegen haar hoofd en ze verloor het bewustzijn. Alles werd zwart.

~

Derek en ik hadden groot alarm geslagen. Montagne had mensen naar de Kodiak Grill en naar het huis van de Birds gestuurd. Maar Anna en Michael waren onvindbaar. Toen wij eindelijk ook bij het huis van de Birds aankwamen lieten de agenten ter plekke ons verse bloedsporen zien.

Op dat moment kwam Miranda Bird met haar dochters thuis van de pizzeria.

'Wat is er aan de hand?' vroeg ze toen ze alle agenten zag.

'Waar is Michael?' schreeuwde ik.

'Michael? Geen idee. Ik had hem net nog aan de lijn. Hij zei dat hij hier met Anna was.'

'En waar was jij?'

'Ik ben met mijn dochters pizza gaan eten. Wat is er aan de hand, kapitein?'

Toen Anna weer bijkwam, zaten haar handen geboeid op haar rug en had ze een zak over haar hoofd zodat ze niets zag. Ze deed haar best om niet in paniek te raken. Uit de geluiden en trillingen te horen leidde ze af dat ze op de achterbank van een rijdende auto lag.

Het gehobbel wees erop dat ze op een onverharde weg reden, een grintweg of zandweg waarschijnlijk. Opeens kwam de auto tot stilstand. Anna hoorde gestommel. De achterdeur zwaaide open. Ze werd vastgepakt en over de grond gesleept. Ze zag niks. Ze wist niet waar ze was. Maar ze hoorde kikkers: ze was in de buurt van een meer.

~

In de woonkamer van de Birds kon Miranda niet geloven dat haar man iets met de moorden te maken had.

'Hoe kunnen jullie denken dat Michael er iets mee te maken heeft? Misschien is dat zíjn bloed wel!'

'De sleutels van Stephanie Mailer lagen in zijn bureaula,' zei ik.

Miranda wilde het niet geloven.

'Jullie vergissen je. Jullie verspillen kostbare tijd. Misschien is Michael wel in gevaar.'

Ik ging naar Derek, die in een andere kamer was. Hij had een kaart van het gebied voor zich uitgevouwen en hij sprak door de telefoon met dokter Ranjit Singh.

'De moordenaar is intelligent en systematisch,' klonk Singhs stem door de speaker. 'Hij weet dat hij niet ver weg komt met Anna en hij wil niet het risico lopen om politiewagens tegen te komen. Hij is heel voorzichtig. Hij wil zijn risico's beperken en koste wat kost een confrontatie vermijden.'

'Dus dan is hij nog in de buurt van Orphea?' vroeg ik.

'Daar ben ik van overtuigd. Hij is in een gebied dat hij goed kent. Op een plaats waar hij zich veilig voelt.'

'Net als met Stephanie?' vroeg Derek, die de kaart bestudeerde.

'Waarschijnlijk wel,' antwoordde Singh.

Derek zette met viltstift een cirkel om de plaats bij het strand waar Stephanies auto was gevonden.

'Als de moordenaar daar met Stephanie had afgesproken,' zei Derek, 'dan wilde hij haar meenemen naar een plaats die niet ver weg was.'

Met mijn vinger volgde ik de loop van Route 22 tot aan Deer Lake, waar ik een rode cirkel omheen zette. Toen nam ik de kaart mee om hem aan Miranda te laten zien. 'Hebben jullie nog een huis in de omgeving?' vroeg ik. 'Een familiehuis, een blokhut, een plaats waar je man zich veilig voelt?'

'Mijn man? Maar...'

'Geef antwoord!'

Miranda bestudeerde de kaart. Ze zag Deer Lake en wees naar het meer dat ernaast lag: Beaver Lake.

'Daar komt Michael graag,' zei ze. 'Er is een vlonder met een bootje. Vandaar kun je naar een heel leuk eilandje roeien. Daar gaan we vaak picknicken met de meiden. Het is er altijd uitgestorven. Michael zegt dat je er alleen op de wereld bent.'

Derek en ik keken elkaar aan, en zonder iets te zeggen renden we naar de auto.

~

Anna meende dat ze net in een boot was gegooid. Ze deed of ze nog bewusteloos was. Ze voelde de beweging van het water en ze ving het geluid van roeiriemen op. Ze werd ergens naartoe gebracht, maar waar?

Derek en ik reden razendsnel over Route 56. Algauw hadden we Deer Lake in zicht.

'Zo meteen is er rechts een zijweg,' zei Derek terwijl hij de sirene uitzette. 'Een smalle zandweg.'

Op hetzelfde moment zagen we de afslag. Ik draaide aan het stuur en accelereerde als een krankzinnige. Daar zag ik Anna's auto bij het water staan, vlak naast een vlonder. Ik trapte het rempedaal in en we stapten uit. Ondanks de duisternis zagen we een bootje op het meer dat naar het eiland voer. We trokken onze wapens. 'Stop! Politie!' riep ik, waarna ik een waarschuwingsschot loste.

Als antwoord hoorden we Anna's stem uit het bootje; ze riep om hulp. De gestalte die de riemen vasthield, gaf haar een klap. Anna schreeuwde nog harder. Derek en ik sprongen in het water. We zagen nog net op tijd dat Anna overboord werd gegooid. Eerst zonk ze, daarna probeerde ze met alleen haar benen naar de oppervlakte te zwemmen om adem te halen.

Derek en ik zwommen zo snel als we konden. In het donker was het onmogelijk om goed zicht te krijgen op de gedaante in de boot, die rechtsomkeert had gemaakt en nu met een grote bocht om ons heen terug naar de auto's roeide. We konden hem niet tegenhouden: we moesten Anna redden. We verzamelden onze laatste krachten om haar te bereiken, maar Anna liet zich uitgeput naar de bodem van het meer zinken.

Derek dook de diepte in. Ik deed hetzelfde. Alles om ons heen was donker. Uiteindelijk voelde Derek Anna's lichaam. Hij greep het vast en slaagde erin het naar de oppervlakte te trekken. Ik schoot hem te hulp en het lukte ons om Anna naar de oever van het eilandje te trekken, waar we dichtbij waren, en haar op de wal te hijsen. Ze hoestte, spuugde water uit. Ze leefde.

Op de andere oever had de boot de vlonder bereikt. We zagen de gestalte in Anna's auto stappen en wegvluchten.

~

Twee uur later zag een medewerker van een afgelegen benzinepomp een bloedende, radeloze man binnenkomen. Het was Michael Bird; zijn handen waren vastgebonden met een touw. 'Bel de politie!' smeekte hij. 'Hij komt, hij zit me achterna!'

JESSE ROSENBERG

Zondag 3 augustus 2014
8 dagen na de première

In de ziekenhuiskamer waar Michael de nacht ter observatie had doorgebracht, vertelde hij dat hij was aangevallen toen hij naar buiten ging.

'Ik stond in de keuken. Ik had net mijn vrouw gebeld. Plotseling hoorde ik buiten iets. Anna zat op de wc, zij kon het niet zijn. Ik ging naar buiten om te zien wat er gebeurd was en ik werd meteen bespoten met pepperspray; daarna kreeg ik een harde klap in mijn gezicht. Alsof ik in een zwart gat viel. Toen ik weer bijkwam, lag ik met vastgebonden handen in de kofferbak van een auto. Plotseling ging de kofferbak open. Ik deed of ik bewusteloos was. Ik werd over de grond gesleept. Ik rook aarde en planten. Ik hoorde iets, het leek of er werd gegraven. Uiteindelijk deed ik mijn ogen een eindje open. Ik lag midden in het bos. Een paar meter verderop stond een kerel met een bivakmuts een kuil te graven. Mijn graf. Ik dacht aan mijn vrouw, mijn dochters: zo wilde ik niet sterven. Met de moed der wanhoop stond ik op en begon ik te rennen. Ik rende een helling af, zo hard als ik kon, dwars door het bos. Achter me hoorde ik dat hij me volgde. Ik slaagde erin om op voorsprong te komen. Toen kwam ik bij een weg. Die volgde ik in de hoop dat ik een auto zou tegenkomen. Maar uiteindelijk kwam ik bij een benzinepomp.'

Derek had aandachtig naar Michaels verhaal geluisterd en zei: 'Hou op met die verhaaltjes. We hebben de sleutels van Stephanie Mailer in een la van je bureau gevonden.'

Michael was met stomheid geslagen.

'De sleutels van Stephanie Mailer? Wat zeg je nou? Dat is volslagen onzin.'

'Toch is het zo. Een bos met de sleutels van haar appartement, de redactie, haar auto en een meubelopslag.'

'Dat kan gewoon niet,' zei Michael, die er verbijsterd uitzag.

'Ben jij het, Michael?' vroeg ik. 'Heb jij Stephanie vermoord? En alle anderen?'

'Nee! Natuurlijk niet, Jesse! Dat is toch volslagen belachelijk? Wie heeft die sleutels in mijn bureau gevonden?'

We hadden liever gehad dat hij dat niet zou vragen: de sleutels waren niet door een politieagent gevonden in het kader van een huiszoeking, en daarom hadden ze geen enkele bewijswaarde. Ik had geen andere keuze dan de waarheid te vertellen.

'Kirk Harvey.'

'Kirk Harvey? Kirk Harvey doorzoekt mijn bureau en op wonderbaarlijke wijze vindt hij Stephanies sleutels! Dat is toch onzin! Was hij alleen?'

'Ja.'

'Luister, ik weet niet wat dit allemaal te betekenen heeft, maar ik denk dat Kirk Harvey jullie om de tuin probeert te leiden. Net als met dat theaterstuk. Wat is er eigenlijk aan de hand? Ben ik aangehouden?'

'Nee,' antwoordde ik.

De sleutels van Stephanie Mailer waren geen geldig bewijs. Had Kirk ze echt in Michaels bureau gevonden, zoals hij beweerde? Of had hij ze vanaf het begin al gehad? Tenzij Michael ons juist probeerde te misleiden en de aanval in scène had gezet. Het was het woord van Kirk tegen dat van Michael. Een van de twee loog. Maar wie?

De wond op Michaels gezicht was ernstig, hij had meerdere hechtingen nodig. We vonden bloed op de treden van zijn veranda. Zijn verhaal leek te kloppen. Het feit dat Anna op de achterbank van haar auto was gegooid klopte ook met Michaels versie, die beweerde dat hij in de kofferbak lag. Bovendien hadden we zijn huis doorzocht, en de hele redactie van de *Orphea Chronicle*, maar helemaal niks gevonden.

Na het bezoek aan Michael gingen Derek en ik Anna bezoeken in een naastgelegen kamer. Ook zij had de nacht in het ziekenhuis doorgebracht. Ze was er behoorlijk goed van afgekomen: een lelijke bloeduitstorting op haar voorhoofd en een blauw oog. Het had veel erger kunnen aflopen: het lichaam van Costico was gevonden, begraven op het eiland, doorzeefd met kogels.

Anna had haar aanvaller niet gezien en zijn stem niet gehoord. Ze herinnerde zich alleen de pepperspray die haar had verblind en de klappen waardoor ze het bewustzijn was verloren. Toen ze weer was bijgekomen, zat er een stoffen tas over haar hoofd. De auto, waarin misschien vingerafdrukken gevonden zouden kunnen worden, was nog niet terecht.

Anna was klaar om te gaan en we boden aan haar naar huis te brengen. Toen we haar op de gang van het ziekenhuis Michaels versie vertelden, weifelde ze. 'Dan zou de aanvaller hem in de kofferbak hebben laten liggen, terwijl hij mij naar het eiland sleepte. Maar waarom dan?'

'Misschien kon die boot het gewicht van drie volwassen lichamen niet dragen,' opperde ik. 'Dan was hij van plan om twee keer op en neer te gaan.'

'Hebben jullie niets gezien toen jullie aankwamen bij Beaver Lake?' vroeg Anna.

'Nee,' antwoordde ik. 'We zijn meteen in het water gesprongen.'

'Dus we hebben niks tegen Michael?'

'Niets wat onweerlegbaar kan worden bewezen.'

'Maar als Michael inderdaad niets te verbergen heeft,' vroeg Anna, 'waarom zou Miranda dan tegen me liegen? Ze vertelde dat ze Michael een paar jaar na de dood van Jeremiah Fold heeft ontmoet. Maar in hun zitkamer zag ik een foto van Kerstmis 1994. Dus maar een halfjaar later. Toen zat ze weer bij haar ouders in New York, dus ze moet Michael wel hebben leren kennen toen Jeremiah haar vasthield.'

'Denk je dat Michael de man in het motel zou kunnen zijn?' vroeg ik.

'Ja,' zei Anna. 'En dan heeft Miranda dat verhaal over die tatoeage verzonnen om ons op een dwaalspoor te brengen.'

Precies op dat moment zagen we Miranda Bird, die naar het ziekenhuis kwam om haar man te bezoeken.

'God, Anna, je gezicht,' zei ze. 'Ik vind het zo erg wat je is overkomen. Hoe gaat het met je?'

'Het gaat wel.'

Miranda wendde zich tot ons.

'Zien jullie wel dat Michael er niets mee te maken had? Heb je niet gezien hoe die arme jongen eraan toe is?'

'We hebben Anna gevonden op de plaats die jij ons had gewezen,' merkte ik op.

'Dat kan iedereen gedaan hebben! Iedereen hier kent Beaver Lake! Hebben jullie enig bewijs?'

We hadden geen enkel concreet bewijs. Het was weer precies als bij het onderzoek naar Tennenbaum uit 1994.

'Je hebt tegen me gelogen, Miranda,' zei Anna toen. 'Je zei dat je Michael een paar jaar na de dood van Jeremiah Fold had ontmoet, maar dat is niet zo. Je kende hem al toen je in Ridgesport was.'

Miranda zei niks. Ze leek van slag. Derek zag een lege wachtkamer en stelde voor om daarheen te gaan. We lieten Miranda plaatsnemen op een bank en Anna vroeg verder. 'Wanneer heb je Michael ontmoet?'

'Weet ik niet meer,' antwoordde Miranda.

Toen vroeg Anna: 'Was Michael die man uit het motel die terugvocht tegen Costico?'

'Anna, ik ...'

'Geef antwoord, Miranda. Dwing me niet om je mee te nemen naar het bureau.'

Miranda's gezicht betrok.

'Ja,' antwoordde ze ten slotte. 'Ik weet niet hoe jullie erachter waren gekomen wat er in het motel was gebeurd, maar dat was inderdaad Michael. Ik ontmoette hem aan het einde van 1993, toen ik hostess was in de club. Costico wilde dat ik hem in het motel in de val zou lokken, zoals alle anderen. Maar Michael liet niet met zich sollen.'

'Dus toen we het erover hadden,' zei Anna, 'heb je dat verhaal van die tatoeage bedacht om ons op een dwaalspoor te brengen. Waarom?'

'Om Michael te beschermen. Als jullie hadden geweten dat hij de man uit het motel was...'

Miranda stokte; ze besefte dat ze te veel vertelde.

'Praten, Miranda,' zei Anna boos. 'Wat zouden we hebben ontdekt als we hadden geweten dat hij die man uit het motel was?'

Er liep een traan over Miranda's wang.

'Dan hadden jullie ontdekt dat Michael Jeremiah Fold heeft vermoord.'

We waren weer op hetzelfde punt aanbeland: bij Jeremiah Fold, van wie we inmiddels wisten dat hij door burgemeester Gordon was vermoord.

'Michael heeft Jeremiah Fold niet vermoord,' zei Anna. 'Dat heeft burgemeester Gordon gedaan. Dat weten we zeker.'

Miranda's gezicht lichtte op.

'Was het niet Michael?' zei ze blij, alsof het hele verhaal maar een nachtmerrie bleek.

'Waarom dacht je dat Michael Jeremiah Fold had vermoord, Miranda?'

'Na dat incident met Costico heb ik Michael meermalen teruggezien. We werden smoorverliefd op elkaar. En Michael kreeg het in zijn hoofd om me van Jeremiah Fold te bevrijden. Al die jaren dacht ik dat... God, wat ben ik opgelucht!'

'Heb je het er nooit met Michael over gehad?'

'Na de dood van Jeremiah Fold hebben we nooit meer gepraat over wat er in Ridgesport was gebeurd. We moesten alles vergeten. Dat was de enige manier om te genezen. We hebben alles uit ons geheugen gewist en we hebben ons op de toekomst gericht. En dat is gelukt. Kijk maar naar ons, hoe gelukkig we zijn.'

~

We brachten de dag bij Anna thuis door en probeerden alle stukjes van de zaak in elkaar te passen.

Hoe meer we erover nadachten, hoe duidelijker het ons werd dat alle sporen naar Michael Bird leidden: hij was close met Stephanie Mailer, hij had ruim toegang tot het Grand Theater en de kans gehad om er een wapen te verstoppen, hij had ons onderzoek van nabij gevolgd vanuit de archiefruimte van de *Orphea Chronicle*, die hij ons spontaan ter beschikking had gesteld, wat hem in staat had gesteld om een voor een iedereen uit te schakelen die hem erbij kon lappen. Ondanks de hele berg aanwijzingen, konden we niets tegen hem doen zonder concrete bewijzen: een goede advocaat zou hem gemakkelijk vrij krijgen.

Bij Anna thuis zagen we aan het einde van de middag tot onze verrassing majoor McKenna aankomen. Hij herhaalde het dreigement dat Derek en mij sinds het begin van de week boven het hoofd hing.

'Als het onderzoek morgenochtend niet is afgerond, heb ik geen andere keus dan jullie te ontslaan. Dat komt rechtstreeks van de gouverneur. Het gaat allemaal veel te ver.'

'Alles wijst erop dat Michael Bird onze man zou kunnen zijn,' verklaarde ik.

'Aanwijzingen zijn niet genoeg! Je hebt bewijzen nodig!' donderde de majoor. 'Harde bewijzen! Moet ik jullie herinneren aan het fiasco van Ted Tennenbaum?'

'We hebben de sleutels gevonden...'

'Vergeet die sleutels, Jesse,' onderbrak McKenna mij. 'Die zijn geen wettig bewijs en dat weet je. Geen enkele rechtbank zal ze toelaten. De aanklager wil een waterdicht dossier, niemand wil enig risico lopen. Als jullie het onderzoek niet afronden, wordt de zaak geseponeerd. Dit dossier is nog erger geworden dan de pest. Als jullie denken dat Michael Bird de dader is, zorg dan dat hij gaat praten. Jullie hebben absoluut een bekentenis nodig.'

'Maar hoe dan?' vroeg ik.

'Zet hem onder druk,' raadde de majoor aan. 'Vind zijn gevoelige snaar.'

Toen zei Derek: 'Als Miranda dacht dat Michael Jeremiah Fold had vermoord om haar te bevrijden, betekent dat dat hij tot alles bereid is om zijn vrouw te beschermen.'

'Waar wil je heen?' vroeg ik.

'We moeten ons niet op Michael richten, maar op Miranda. En ik geloof dat ik een idee heb.'

JESSE ROSENBERG

Maandag 4 augustus 2014
9 dagen na de première

Om zeven uur in de ochtend kwamen we aan bij het huis van de Birds. De avond daarvoor was Michael uit het ziekenhuis ontslagen.

Miranda deed open en Derek deed haar meteen de boeien om.

'Miranda Bird,' zei ik. 'Je bent aangehouden voor het liegen tegen een politieambtenaar en het hinderen van een strafzaak.'

Michael kwam aangerend uit de keuken, gevolgd door de kinderen.

'Jullie zijn gek!' riep hij uit, en hij probeerde tussenbeide te komen.

De kinderen begonnen te huilen. Ik vond het niet leuk om te doen, maar we hadden geen andere keus. Terwijl ik Michael op afstand hield stelde ik de kinderen gerust, terwijl Derek Miranda meenam. 'Het is menens,' zei ik op vertrouwelijke toon tegen Michael. 'Miranda's leugens hebben ernstige gevolgen gehad. De aanklager is woedend. Ze zal niet onder een lange gevangenisstraf uitkomen.'

'Dit is een nachtmerrie!' riep Michael uit. 'Laat me met de aanklager praten. Dit moet een misverstand zijn.'

'Het spijt me, Michael. Jammer genoeg kun je niks voor haar doen. Je moet sterk zijn. Voor de kinderen.'

Ik ging naar buiten en stapte bij Derek in de auto. Michael kwam achter ons aan.

'Laat haar gaan!' riep hij uit. 'Laat haar gaan, ik beken alles.'

'Wat beken je?' vroeg ik.

'Dat vertel ik als jullie beloven dat je mijn vrouw met rust laat.'

'Deal,' antwoordde ik.

Derek maakte de boeien los die om Miranda's polsen zaten.

'Ik wil een schriftelijk akkoord van de aanklager,' zei Bird. 'Een garantie dat Miranda niks overkomt.'

'Daar kan ik voor zorgen,' beloofde ik.

Een uur later zat Michael in een verhoorkamer van het districtscentrum van de Staatspolitie en las een door de aanklager ondertekende brief over, waarin zijn vrouw werd gevrijwaard van vervolging omdat ze ons gedwarsboomd had. Hij zette zijn handtekening; toen biechtte hij haast opgelucht op: 'Ik heb Meghan Padalin vermoord. En de Gordons. En Stephanie. En Cody. En Costico. Ik heb ze allemaal vermoord.'

Er viel een lange stilte. Na twintig jaar hadden we eindelijk een bekentenis. Ik spoorde Michael aan om ons meer te vertellen.

'Waarom heb je dat gedaan?' vroeg ik.

Hij haalde zijn schouders op.

'Ik heb bekend, dat is het enige wat ertoe doet, of niet?'

'We willen het begrijpen. Je voldoet niet aan het profiel van een moordenaar, Michael. Je bent een vriendelijke huisvader. Hoe komt het dat een man als jij zeven mensen vermoordt?'

Hij aarzelde.

'Ik weet niet eens waar ik moet beginnen,' fluisterde hij.

'Begin dan maar bij het begin,' stelde ik voor.

Hij groef in zijn geheugen en zei: 'Het begon op een avond tegen het einde van 1993.'

Begin december 1993

Michael Bird ging voor het eerst naar Ridge's Club. Het was helemaal niet zijn soort uitgaansgelegenheid, maar een van zijn vrienden had lang aangedrongen dat hij mee moest gaan. 'Er is daar een zangeres met een heel bijzondere stem,' verzekerde hij hem. Maar toen ze er waren, werd Michael niet door de zangeres betoverd, maar door de hostess bij de ingang. Miranda. Het was liefde op het eerste gezicht. Michael was betoverd. Hij werd vaste klant van Ridge's Club, alleen om haar te zien. Hij was smoorverliefd.

Aanvankelijk ging Miranda niet op Michaels avances in. Ze maakte hem duidelijk dat hij haar niet mocht benaderen. Hij dacht dat dat onderdeel van het verleidingsspel was. Hij zag het gevaar niet. Uiteindelijk begon hij op te vallen bij Costico, die Miranda opdroeg om hem in het motel in de val te lokken. Eerst weigerde ze, maar na een sessie met de teil kon ze niet anders dan gehoorzamen. Op een avond in januari sprak ze eindelijk met Michael af in het motel. Hij ging er de volgende middag naartoe. Ze kleedden zich allebei uit, en toen Miranda naakt op bed lag zei ze: 'Ik ben minderjarig, ik zit nog op school. Vind je dat opwindend?' Michael was met stomheid geslagen. 'Je zei dat je negentien was. Waarom heb je gelogen? Ik mag niet eens in deze kamer zijn.' Hij wilde zich weer aankleden, maar toen zag hij een grote kerel achter het gordijn: Costico. Er werd wat geduwd, Michael slaagde erin de kamer uit te vluchten, naakt maar met zijn autosleutels. Op de parkeerplaats zette Costico de achtervolging in, maar Michael kon nog net het portier opendoen en een bus pepperspray pakken. Hij schakelde Costico uit en vluchtte weg. Maar Costico wist hem zonder moeite op te sporen en gaf hem in zijn eigen huis een flink pak slaag, waarna hij midden in de nacht onder dwang naar Ridge's Club werd gebracht, die al gesloten was. Michael werd naar het kantoor gebracht. Daar was Jeremiah. Miranda was er ook. Jeremiah legde Michael uit dat hij vanaf nu voor hem werkte. Dat hij een hulpje was. Hij zei: 'Zolang je doet wat we zeggen, zal je vriendinnetje niks overkomen.' Op dat moment greep Costico Miranda bij haar haar en sleepte haar mee naar de teil. Hij hield haar hoofd secondelang onder water, en dat herhaalde hij totdat Michael beloofde dat hij zou meewerken.

~

'En zo werd je een van Jeremiahs hulpjes,' zei ik.

'Inderdaad, Jesse,' antwoordde Michael. 'En zelfs zijn lievelingshulpje. Ik mocht nooit weigeren. Zodra ik opstandig werd, nam hij Miranda te grazen.'

'En heb je nooit geprobeerd contact op te nemen met de politie?'

'Dat was te gevaarlijk. Jeremiah had foto's van mijn hele familie. Op een dag ging ik bij mijn ouders langs en zat hij in de woonkamer thee te drinken. En ik maakte me ook zorgen over Miranda. Ik was stapelgek op haar. En dat was wederzijds. 's Nachts zocht ik haar op in het motel. Ik wilde haar ervan overtuigen om met me weg te vluchten, maar daar was ze te bang voor. Ze zei dat Jeremiah ons zeker zou vinden. Ze zei: "Als Jeremiah weet dat we met elkaar praten, vermoordt hij ons allebei. Hij laat ons verdwijnen en onze lichamen worden nooit meer gevonden." Ik beloofde dat ik haar zou bevrijden. Maar de zaken werden ingewikkelder. Jeremiah had zijn oog op Café Athena laten vallen.'

'Hij chanteerde Ted Tennenbaum.'

'Precies. En raad eens aan wie hij de taak had toevertrouwd om wekelijks het geld te innen? Aan mij. Ik kende Ted wel een beetje. Iedereen kent elkaar in Orphea. Toen ik hem kwam vertellen dat Jeremiah me gestuurd had, haalde hij een blaffer tevoorschijn en zette de loop tegen mijn voorhoofd. Ik dacht dat hij me ging vermoorden. Ik legde uit hoe alles zat. Ik zei dat het leven van de vrouw van wie ik hield afhing van mijn medewerking. Dat was de enige fout die Jeremiah Fold maakte. Hij was zo nauwkeurig, hij had zo'n oog voor detail, maar hij had nooit gedacht dat Ted en ik ons samen tegen hem zouden keren.'

'Jullie besloten hem te vermoorden,' zei Derek.

'Ja, maar dat was behoorlijk lastig. We wisten niet hoe we te werk moesten gaan. Ted was niet vies van een robbertje vechten, maar hij was geen moordenaar, bovendien moest het gebeuren als Jeremiah alleen was. We konden hem niet te grazen nemen als Costico of iemand anders erbij was. En dus begonnen we zijn gewoontes te bestuderen: ging hij wel eens alleen een eindje lopen? Hield hij van lange boswandelingen? We moesten het beste moment vinden om hem te doden en ons van zijn lichaam te ontdoen. Maar we ontdekten algauw dat we niet bij Jeremiah konden komen. Hij was nog machtiger dan Ted en ik ons hadden voorgesteld. Zijn hulpjes hielden elkaar in de gaten, hij had een indrukwekkend inlichtingennetwerk en ook banden met de politie. Hij wist alles.'

~

Mei 1994

Michael postte al twee dagen in zijn auto bij Jeremiahs huis om hem te observeren toen het portier opeens opengging: voordat hij iets kon doen, kreeg hij een klap in zijn gezicht. Het was Costico. Die trok hem met geweld uit de cabine en sleepte hem naar de club. Jeremiah en Miranda zaten op het kantoor te wachten. Jeremiah was woedend. 'Hou je me in de gaten?' vroeg hij aan Michael. 'Ga je met de wouten praten?' Michael zwoer van niet, maar Jeremiah wilde er niks van horen. Hij beval Costico om hem een flinke aframmeling te geven. Toen ze met hem klaar waren, namen ze Miranda te grazen. Het was een foltering waar geen einde aan kwam. Miranda was zo toegetakeld dat ze wekenlang niet naar buiten kon.

Na deze gebeurtenis bleven Michael en Ted met elkaar afspreken, maar uit angst dat ze in de gaten werden gehouden deden ze dat in het grootste geheim, op onwaarschijnlijke plaatsen ver van Orphea, zodat ze niet het risico zouden lopen samen gezien te worden. Ted vertrouwde Michael toe: 'Het lukt ons nooit om Jeremiah te vermoorden. We moeten iemand vinden die niks over hem weet en hem zover krijgen om het voor ons te doen.'

'Maar wie zouden we zover kunnen krijgen?'

'Iemand die hetzelfde nodig heeft. We doden iemand in ruil. Iemand die wij ook niet kennen. Dan kan de politie nooit bij ons terechtkomen.'

'Iemand die ons niks heeft aangedaan?' vroeg Michael.

'Geloof me,' antwoordde Tennenbaum. 'Ik doe dit niet graag. Ik zie alleen geen andere oplossing.'

Michael dacht erover na en hij besloot dat het waarschijnlijk de enige manier was om Miranda te redden. En voor haar was hij tot alles bereid.

De moeilijkheid was een partner te vinden, iemand die niets met hen te maken had. Hoe moesten ze dat doen? Ze konden moeilijk een advertentie zetten.

Zes weken verstreken. Toen ze al bang werden dat ze nooit iemand zouden vinden, nam Ted half juni contact met Michael op en zei: 'Ik geloof dat we hem hebben.'

'Wie is het?'

'Het is beter als je dat niet weet.'

~

'Dus je wist niet wie Tennenbaum had gevonden?' vroeg Derek.

'Nee,' antwoordde Michael. 'Ted Tennenbaum was de tussenpersoon, de enige die wist wie de twee uitvoerenden waren. Zo zouden er geen sporen zijn. De politie kon niet bij ons komen omdat we de identiteit van de ander zelf ook niet wisten. Alleen Tennenbaum, maar dat was een harde. Om er zeker van te zijn dat we geen enkel contact met elkaar hadden, was Tennenbaum met de ander een methode overeengekomen om de namen van de slachtoffers uit te wisselen. Hij zei iets als: "We mogen elkaar niet meer spreken en ook niet meer ontmoeten. Dus ga je op 1 juli naar de boekhandel. Daar is een kamer, waar nooit iemand komt, met boeken van lokale auteurs. Kies er een uit en schrijf er de naam van het slachtoffer in. Niet open en bloot, maar je onderstreept woorden waarvan de eerste letters overeenkomen met de letters van zijn voor- en achternaam. Daarna vouw je een hoekje om ten teken dat het dat boek is."'

'En toen heb je de naam van Jeremiah Fold genoteerd,' zei Anna.

'Precies, in de tekst van Kirk Harvey. Onze partner had een boekje over het theaterfestival gekozen. Hij had de naam van Meghan Padalin opgeschreven. De vriendelijke boekverkoopster. Haar moesten we dus doden. We begonnen haar in de gaten te houden. Ze jogde iedere dag naar Penfield Crescent. We waren van plan haar aan te rijden. We hoefden alleen nog maar te bedenken wanneer. Onze partner bleek op hetzelfde idee als wij te zijn gekomen: op 16 juli kwam Jeremiah om bij een verkeersongeluk. Maar het was bijna verkeerd afgelopen: hij had uren liggen lijden, voor hetzelfde geld was hij gered. Zo'n misser wilden wij vermijden. Ted en ik waren allebei goede schutters. Ik had al sinds ik heel jong was met mijn vader met een karabijn geoefend. Hij zei dat ik echt talent had. En dus besloten we Meghan dood te schieten. Dat was veiliger.'

~

20 juli 1994

Ted trof Michael op de uitgestorven parkeerplaats.

'Het moet, ouwe jongen. Je moet dat meisje vermoorden.'

'Kunnen we het niet laten zitten?' grimaste Michael. 'We hebben bereikt wat we willen.'

'Het liefst wel, maar we moeten ons aan het pact houden. Als onze partner denkt dat we hem in de maling hebben genomen, kan hij ons te grazen nemen. Ik heb Meghan in de boekhandel horen zeggen dat ze niet naar de opening van het festival gaat. Ze gaat joggen, zoals iedere avond, maar op die avond is de wijk uitgestorven. Het is een gouden kans.'

'Dan wordt het dus de avond van de première,' fluisterde Michael.

'Ja,' zei Tennenbaum terwijl hij de ander onopvallend een Beretta in de hand drukte. 'Hier, pak aan. Het serienummer is weggevijld. Niemand kan het tot jou herleiden.'

'Waarom moet ik het doen? Waarom jij niet?'

'Omdat ik weet wie die andere vent is. Jij moet het doen, dat is de enige manier om geen enkel spoor achter te laten. Zelfs als de politie je zou ondervragen, kun je ze niks vertellen. Geloof me, het plan is perfect. En bovendien zei je dat je zo'n goede schutter bent, toch? Je hoeft alleen dat meisje te vermoorden en dan zijn we helemaal vrij. Eindelijk.'

~

'En op 30 juli 1994 zijn jullie dus tot actie overgegaan,' zei Derek.

'Ja. Tennenbaum zei dat hij met me mee zou gaan en vroeg of ik hem bij het Grand Theater zou afhalen. Hij was die avond de brandweerman van dienst. Hij had zijn busje voor de artiesteningang gezet, zodat iedereen hem zou zien en hij een alibi had. We gingen samen naar de wijk Penfield. Alles was uitgestorven. Meghan was al in het plantsoen. Ik weet nog dat ik keek hoe laat het was. Tien over zeven. Op 30 juli 1994 om tien over zeven ging ik een mens van het leven beroven. Ik ademde diep in, toen stortte ik me als een krankzinnige op Meghan. Ze begreep niet wat haar overkwam. Ik schoot twee keer. Ik miste. Ze vluchtte in de richting van het huis van de burgemeester. Ik koos positie, wachtte tot ik haar duidelijk in het vizier had en schoot opnieuw. Ze zakte ineen. Ik liep naar haar toe en schoot haar door het hoofd. Om zeker te weten dat ze dood was. Ik voelde me bijna opgelucht. Het was onwerkelijk. Op dat moment zag ik dat de zoon van de burgemeester me aankeek vanachter het gordijn in de woonkamer. Wat deed hij daar? Waarom was hij niet met zijn ouders in het Grand Theater? Alles gebeurde in een fractie van een seconde. Ik dacht niet na. Totaal ontredderd rende ik naar het huis. Door de adrenaline was ik twee keer zo sterk, ik trapte de deur open. Ik stond voor de vrouw van de burgemeester, Leslie, die een koffer inpakte. Het schot ging vanzelf. Ze zakte in elkaar. Toen richtte ik op de zoon, die wegrende om zich te verstoppen. Ik loste een paar schoten en toen nog een op de moeder, om zeker te weten dat ze dood waren. Toen hoorde ik geluid uit de keuken. Het was burgemeester Gordon, die langs de achterkant probeerde te vluchten. Wat kon ik anders doen dan hem ook doodschieten? Toen ik weer naar buiten kwam, was Ted gevlucht. Ik ging naar het Grand Theater om me in de drukte van de première te storten en gezien te worden. Ik hield het wapen bij me, ik wist niet waar en hoe ik ervan af moest komen.'

Er viel een stilte.

'En toen?' vroeg Derek. 'Wat gebeurde er daarna?'

'Daarna had ik geen contact meer met Ted. Volgens de politie was de burgemeester het doelwit geweest en was Meghan alleen een indirect slachtoffer. Het onderzoek ging een heel andere kant op. We waren veilig. Er was geen enkele kans dat ze bij ons zouden uitkomen.'

'Behalve dan dat Charlotte ongevraagd Teds busje had geleend om bij burgemeester Gordon langs te gaan, net voordat jullie kwamen.'

'We moeten haar net gemist hebben. Pas toen een getuige het busje voor Café Athena herkende, liep alles verkeerd. Ted raakte in paniek. Hij nam weer contact met me op. Hij zei: "Waarom heb je al die mensen vermoord?" Ik antwoordde: "Omdat ze me gezien hadden." En toen zei Ted: "Burgemeester Gordon was onze partner! Hij heeft Jeremiah vermoord! Hij was degene die Meghan wilde vermoorden! Zijn gezin en hij zouden nooit iets gezegd hebben!" Ted vertelde dat de burgemeester halverwege juni zijn bondgenoot was geworden.

~

Half juni 1994

Die dag ging Ted Tennenbaum naar burgemeester Gordon om over Café Athena te praten. Hij wilde de strijdbijl begraven. Hij kon niet meer tegen de permanente spanning. Burgemeester Gordon ontving hem in de woonkamer. Het liep tegen het einde van de middag. Door het raam zag Gordon iemand in het plantsoen. Vanwaar hij zat kon Ted niet zien wie het was, maar de burgemeester zei somber: 'Sommige mensen zouden niet mogen leven.'

'Wie dan?'

'Laat maar.'

Op dat moment voelde Ted dat Gordon wel eens degene kon zijn die hij zocht. Hij besloot om hem over zijn plan te vertellen.

~

In het districtscentrum van de Staatspolitie zei Michael: 'Zonder het te weten had ik onze partner doodgeschoten. Ons geniale plan was op een ramp uitgelopen. Maar ik was ervan overtuigd dat de politie Ted niet zou kunnen pakken, omdat hij de moordenaar immers niet was. Door een stom toeval kwamen ze bij de wapenverkoper terecht. En toen bij Ted. Hij hield zich een tijdlang bij me schuil. Hij gaf me geen keuze. Zijn busje stond in mijn garage, maar vroeg of laat zou hij ontdekt worden. Ik was doodsbang: als de politie hem zou vinden was het ook met mij gedaan. Uiteindelijk heb ik hem bedreigd met het wapen dat ik had gehouden en heb ik hem weggestuurd. Hij vluchtte. En een halfuur later zat de politie hem op de hielen. Die dag is hij doodgegaan. De politie zag hem als de moordenaar – ik was veilig. Voor altijd. Ik haalde Miranda op en we zijn nooit meer uit elkaar gegaan. Niemand heeft ooit iets over haar verleden geweten. Haar familie denkt dat ze twee jaar in een kraakpand heeft gewoond en toen weer naar huis is gekomen.'

'Wist Miranda dat jij Meghan en de familie Gordon had vermoord?'

'Nee, ze wist van niks. Ze dacht wel dat ik Jeremiah had vermoord.'

'Dus dat is de reden dat ze loog toen ik haar ondervroeg,' begreep Anna.

'Ja, ze heeft dat hele verhaal over die tatoeage verzonnen om mij te beschermen. Ze wist dat het onderzoek zich ook op Jeremiah Fold richtte en ze was bang dat jullie bij mij uit zouden komen.'

'En Stephanie Mailer?' vroeg Derek.

'Ostrovski had haar opdracht gegeven om onderzoek te doen. Op een dag kwam ze naar Orphea om met me te praten en de archieven van de krant in te zien. Ik bood haar een baan bij de *Orphea Chronicle* aan, zodat ik haar in de gaten kon houden. Ik hoopte dat ze niks zou ontdekken. En een paar maanden lang kwam ze geen stap verder. Ik probeerde haar op het verkeerde spoor te zetten met anonieme telefoontjes uit telefooncellen. Ik leidde haar naar de vrijwilligers en het festival – dat was een dwaalspoor. En om tijd te winnen sprak ik met haar af in de Kodiak Grill en dan kwam ik niet opdagen.'

'En toen heb je geprobeerd om ons ook op het dwaalspoor van het festival te zetten,' merkte ik op.

'Ja,' erkende hij. 'Maar Stephanie wist Kirk Harvey op te sporen, en die vertelde haar dat Meghan het doelwit was, niet Gordon. Ze nam me in vertrouwen. Ze wilde met de Staatspolitie praten, maar niet voordat ze toegang had tot het onderzoeksdossier. Ik moest iets doen, anders zou ze alles ontdekken. Ik pleegde nog een laatste anoniem telefoontje waarin ik haar een grote openbaring beloofde, waarvoor ik op 23 juni met haar afsprak in de Kodiak Grill.'

'De dag dat ze naar het districtscentrum van de Staatspolitie kwam,' zei ik.

'Ik wist niet wat ik die avond zou doen. Ik wist niet of ik met haar ging praten of zou vluchten. Maar ik wist dat ik niet alles kwijt wilde raken. Om zes uur kwam ze zoals afgesproken naar de Kodiak Grill. Ik zat uit het zicht, aan een tafeltje achterin, en hield haar de hele avond in de gaten. Om tien uur ging ze weg. Ik moest iets doen. Ik belde haar met de munttelefoon. Ik sprak met haar af op de parkeerplaats bij het strand.'

'En je bent gegaan.'

'Ja, ze herkende me. Ik zei dat ik alles zou uitleggen, dat ik haar iets heel belangrijks wilde laten zien. Ze stapte in.'

'Je wilde haar naar het eilandje in Beaver Lake brengen om haar te doden?'

'Ja, daar zou niemand haar vinden. Maar ze begreep wat ik van plan was toen we bij Deer Lake aankwamen. Ik weet niet hoe ze het wist. Instinct waarschijnlijk. Ze gooide zich uit de auto en rende door het bos; ik ging achter haar aan en haalde haar bij de oever in. Ik heb haar verdronken. Ik duwde haar lichaam in het water en het zonk meteen. Ik liep weer terug naar de auto. Op dat moment reed er iemand langs. Ik raakte in paniek en ik sloeg op de vlucht. Ze had haar handtas in de auto laten liggen. Haar sleutels zaten erin. Ik ging naar haar huis en doorzocht haar appartement.'

'Je wilde de hand op haar onderzoek leggen,' begreep Derek. 'Maar je vond niks. En daarom stuurde je jezelf een bericht vanaf Stephanies telefoon om de indruk te wekken dat ze was vertrokken, zodat je tijd won. Daarna heb je de inbraak bij de krant in scène gezet om haar computer mee te nemen, wat pas een paar dagen later werd ontdekt.'

'Ja,' knikte Michael. 'Die avond heb ik me ontdaan van haar handtas en haar telefoon. De sleutels bewaarde ik – die konden nog van pas komen. Toen ik jou drie dagen later in Orphea zag, Jesse, raakte ik in paniek. Die avond ging ik terug naar Stephanies appartement en ben ik er met de stofkam doorheen gegaan. Maar toen kwam jij, terwijl ik dacht dat je de stad alweer verlaten had. Ik had geen andere keuze dan je aan te vallen met pepperspray en te vluchten.'

'En daarna heb je ervoor gezorgd dat je steeds in de nabijheid van het toneelstuk en het onderzoek was,' zei Derek.

'Ja. En ik was gedwongen om Cody te vermoorden. Ik wist dat hij over Bergdorfs boek had verteld. En juist in een exemplaar van dat boek had burgemeester Gordon Meghans naam gezet. Ik begon te geloven dat iedereen wist wat ik in 1994 had gedaan.'

'En toen heb je Costico ook vermoord omdat hij ons naar jou zou kunnen leiden.'

'Ja. Toen Miranda zei dat jullie haar hadden ondervraagd, dacht ik dat jullie ook met Costico zouden gaan praten. Ik wist niet of hij mijn naam nog zou weten, maar ik kon het risico niet nemen. Ik volgde hem uit de club naar zijn huis, zodat ik wist waar hij woonde. Ik heb aangebeld en hem met mijn wapen bedreigd. Ik heb gewacht tot het donker was en heb hem toen gedwongen om me naar Beaver Lake te rijden en naar het eilandje te roeien. Toen heb ik hem neergeschoten en begraven.'

'En toen kwam de première van het toneelstuk,' zei Derek. 'Dacht je dat Kirk Harvey wist wie je was?'

'Ik wilde het zekere voor het onzekere nemen. Ik heb de dag voor de première een wapen in het Grand Theater naar binnen gesmokkeld. Voordat de boel werd doorzocht. Ik heb de voorstelling bekeken vanaf een loopbrug boven het toneel, klaar om de acteurs neer te schieten.'

'Je hebt Dakota beschoten omdat je dacht dat ze je naam zou zeggen.'

'Ik was paranoïde. Ik was mezelf niet meer.'

'En ik?' vroeg Anna.

'Toen we zaterdagavond naar mijn huis gingen, wilde ik echt mijn dochters zien. Ik zag je uit de wc komen en naar die foto kijken. Ik vermoedde direct dat je iets doorhad. Toen ik bij Beaver Lake was ontsnapt, heb ik je auto ergens in het bos achtergelaten. Ik heb mijn schedel ingeslagen met een steen en ik heb mijn handen vastgebonden met een stuk touw dat ik had gevonden.'

'Dus je deed alles om je geheim te bewaren,' zei ik.

Michael keek me recht in de ogen.

'Als je een keer hebt gedood, kun je een tweede keer doden. En als je twee keer hebt gedood, kun je de hele mensheid doden. Dan zijn er geen grenzen meer.'

~

'Jullie hadden vanaf het begin gelijk,' zei McKenna, toen we de verhoorkamer uit kwamen. 'Ted Tennenbaum was inderdaad schuldig. Maar hij was niet de enige. Bravo!'

'Bedankt, majoor,' antwoordde ik.

'Jesse, mogen we hopen dat je nog iets langer bij de politie blijft?'

vroeg de majoor. 'Ik heb je bureau weer vrij gemaakt. En jij, Derek, als je weer bij de recherche wilt komen: ik heb een plaats voor je vrijgehouden.'

Derek en ik beloofden erover na te denken.

Toen we het districtscentrum van de Staatspolitie verlieten, nodigde Derek Anna en mij uit.

'Hebben jullie zin om vanavond te komen eten? Darla roostert vlees. Om het einde van het onderzoek te vieren?'

'Dat is heel aardig,' zei Anna. 'Maar ik heb mijn vriendin Lauren beloofd dat ik met haar uit eten ga.'

'Jammer,' zei Derek spijtig. 'En jij, Jesse?'

Ik glimlachte.

'Ik heb een afspraakje.'

'Echt?' vroeg Derek verbaasd.

'Met wie?' wilde Anna weten.

'Dat vertel ik jullie nog wel eens.'

'Stiekemerd,' zei Derek geamuseerd.

Ik nam afscheid, stapte in mijn auto en reed naar huis.

~

Die avond ging ik naar een Frans restaurantje in Sag Harbor waar ik nogal dol op was. Ik had bloemen bij me en ik bleef buiten wachten. Toen kwam ze. Anna. Ze straalde. Ze omhelsde me. Teder legde ik mijn hand op het verband op haar gezicht. Ze glimlachte naar me en we kusten elkaar langdurig. Toen vroeg ze: 'Denk je dat Derek iets doorheeft?'

'Ik denk het niet,' antwoordde ik geamuseerd.

Ik kuste haar opnieuw.

2016

Twee jaar na de gebeurtenissen

In de herfst van 2016 werd in een klein theater in New York een stuk opgevoerd. Het heette *De zwarte nacht van Stephanie Mailer.* Het stuk, geschreven door Meta Ostrovski en geregisseerd door Kirk Harvey, had absoluut geen succes. Ostrovski was in de wolken. 'Wat geen succes heeft, moet wel goed zijn, op mijn woord van recensent,' zei hij tegen Harvey, die dolblij was met dat goede nieuws. De beide mannen zijn momenteel op tournee door het land en zijn erg tevreden met zichzelf.

In het jaar na die roemruchte reis naar Yellowstone werd Steven Bergdorf achtervolgd door het beeld van Alice. Hij zag haar overal. Hij dacht dat hij haar hoorde. Ze dook op in de metro, op zijn werk, in de badkamer.

Om zijn geweten te sussen besloot hij alles op te biechten aan zijn vrouw. Omdat hij niet wist hoe hij het haar moest vertellen, schreef hij alles op. Hij vertelde alles, tot in het kleinste detail, vanaf het Plaza Hotel tot aan Yellowstone National Park.

Toen hij op een avond thuis de laatste hand aan de tekst had gelegd, haastte hij zich naar zijn vrouw, zodat zij hem kon lezen. Maar zij wilde net uit eten gaan met vriendinnen.

'Wat is dat?' vroeg ze bij het zien van de stapel papieren die haar man haar gaf.

'Dit moet je lezen. Meteen.'

'Ik ben al te laat voor het etentje, ik lees het later wel.'

'Begin er vast aan. Dan begrijp je het wel.'

Geïntrigeerd verzonk Tracy Bergdorf, staand op de gang, in de eerste bladzijde van de biecht. Toen begon ze aan de tweede, toen deed ze haar jas en schoenen uit en ging ze in de woonkamer op de bank zitten. De hele avond bleef ze zitten. Ze kon zich niet losmaken van de tekst. Ze las in een ruk door, vergat haar etentje. Vanaf het moment dat ze begon te lezen zei ze geen woord meer. Steven was naar de slaapkamer gegaan. Somber zat hij op de rand van het echtelijk bed. Hij voelde zich niet in staat om de reactie van zijn vrouw te trotseren. Uiteindelijk deed hij het raam open en boog zich naar buiten. Hij zat op de elfde verdieping. Hij zou op slag dood zijn. Hij moest springen. Nu.

Hij wilde net over de balustrade klimmen toen de kamerdeur openzwaaide. Het was Tracy.

'Steven,' zei ze op verrukte toon. 'Wat een geweldige roman! Ik wist niet dat je aan een detectiveroman werkte.'

'Een roman?' stamelde Steven.

'Dit is de beste thriller die ik in tijden heb gelezen.'

'Maar dat is helemaal geen...'

Maar Tracy was zo enthousiast dat ze haar man niet hoorde.

'Ik laat het direct aan Victoria lezen. Je weet dat ze bij een literair agent werkt.'

'Ik geloof niet dat...'

'Steven, dit moet uitgegeven worden!'

Tegen de zin van haar man gaf Tracy Stevens tekst aan haar vriendin Victoria, die hem aan haar baas gaf: die las het verbijsterd door en nam direct contact op met de meest prestigieuze uitgeverijen van New York.

Het boek verscheen een jaar later en was enorm succesvol. Momenteel wordt het verfilmd.

Alan Brown deed niet mee aan de gemeentelijke verkiezingen van september 2014. Hij is met Charlotte naar Washington vertrokken, waar hij nu deel uitmaakt van de staf van een senator.

Sylvia Tennenbaum is verkozen tot burgemeester van Orphea. Ze wordt door de bewoners op handen gedragen. Vorig jaar heeft ze een literair lentefestival gelanceerd, dat steeds succesvoller wordt.

Dakota Eden is begonnen aan een letterenstudie aan NYU. Jerry Eden heeft ontslag genomen. Met zijn vrouw Cynthia is hij uit Manhattan verhuisd en nu wonen ze in Orphea, waar ze de boekhandel van Cody hebben overgenomen. Ze hebben hem Dakota's World gedoopt. De winkel is overal in de Hamptons bekend.

Wat Jesse, Derek en Anna betreft: toen het onderzoek naar de vermissing van Stephanie Mailer was afgerond, zijn ze allemaal onderscheiden door de gouverneur.

Op zijn verzoek is Derek overgeplaatst van de administratieve dienst naar de recherche.

Anna heeft ontslag genomen bij de politie van Orphea en is bij de Staatspolitie in dienst getreden met de rang van sergeant.

Jesse heeft besloten om zijn carrière bij de politie voort te zetten en kreeg het aanbod om majoor te worden, maar dat heeft hij afgeslagen. In plaats daarvan heeft hij gevraagd of hij een team van drie man mag vormen, samen met Anna en Derek. Tot op de dag van vandaag zijn ze het enige team van de Staatspolitie dat met z'n drieën werkt. In die tijd hebben ze alle onderzoeken die hen zijn toevertrouwd tot een goed einde gebracht. Hun collega's noemen hen Team 100%. Ze worden bij voorkeur op de meest delicate onderzoeken gezet.

Als ze niet in het veld werken, zijn ze in Orphea, waar ze inmiddels alle drie wonen. Als je ze nodig hebt, kun je ze ongetwijfeld vinden in een charmant restaurant aan Bendham Road 77, waar tot aan het einde van juni 2014, toen er brand uitbrak, een ijzerwarenzaak zat. Chez Natasha heet het restaurant, en het wordt gerund door Darla Scott.

Als je ernaartoe gaat, zeg dan dat je komt voor Team 100%. Dat zullen ze op prijs stellen. Ze zitten altijd aan dezelfde tafel, achterin, recht onder een foto van de grootouders en een groot portret van Natasha die voor altijd zal schitteren. Hun geesten waken over het restaurant en de gasten.

Het is een plek waar het leven lieflijker lijkt.

OVERZICHT VAN DE BELANGRIJKSTE PERSONAGES

JESSE ROSENBERG: kapitein bij de Staatspolitie van New York
DEREK SCOTT: sergeant bij de Staatspolitie en voormalig partner van Jesse
ANNA KANNER: adjunct-commissaris van politie van Orphea

DARLA SCOTT: vrouw van Derek Scott
NATASHA DARRINSKI: verloofde van Jesse
JESSES GROOTOUDERS

ALAN BROWN: burgemeester van Orphea
CHARLOTTE BROWN: vrouw van Alan Brown

RON GULLIVER: huidig hoofd van politie van Orphea
JASPER MONTAGNE: adjunct-commissaris van politie van Orphea

MEGHAN PADALIN: slachtoffer van de viervoudige moord uit 1994
SAMUEL PADALIN: echtgenoot van Meghan Padalin

JOSEPH GORDON: burgemeester van Orphea in 1994
LESLIE GORDON: vrouw van Joseph Gordon

BUZZ LEONARD: regisseur van *Oom Wanja* uit 1994

TED TENNENBAUM: voormalige eigenaar van Café Athena
SYLVIA TENNENBAUM: huidige eigenaresse van Café Athena, zuster van Ted Tennenbaum

MICHAEL BIRD: hoofdredacteur van de *Orphea Chronicle*
MIRANDA BIRD: vrouw van Michael Bird

STEVEN BERGDORF: hoofdredacteur van *The New York Review of Letters*
TRACY BERGDORF: vrouw van Steven Bergdorf
SKIP NALAN: Adjunct-hoofdredacteur van *The New York Review of Letters*
ALICE FILMORE: medewerkster van *The New York Review of Letters*

META OSTROVSKI: recensent bij *The New York Review of Letters*
KIRK HARVEY: voormalig hoofd van politie van Orphea

JERRY EDEN: CEO van Channel 14
CYNTHIA EDEN: vrouw van Jerry Eden
DAKOTA EDEN: dochter van Jerry en Cynthia Eden

TARA SCALINI: jeugdvriendin van Dakota Eden
GERALD SCALINI: vader van Tara